中华水文化专题丛书

水与文学艺术

◎ 朱海风 史月梅 张艳斌 著

内 容 提 要

本书意在揭示水所蕴含的丰富内涵和文化底蕴，探讨水在文学艺术创作和发展中的重要作用，诠释人水情缘及水与文学艺术的关系。主要内容为"水与神话、水与文字、水与书法、水与诗词歌赋、水与散文、水与绘画、水与音乐、水与戏曲"等。该书是首部系统分析阐述水与文学艺术之间关系的力作，对广大文学艺术爱好者和水文化教育传播工作者的学习、欣赏及研究将会提供一定的帮助。

图书在版编目（CIP）数据

水与文学艺术 / 朱海风，史月梅，张艳斌著. -- 北京：中国水利水电出版社，2015.6
（中华水文化专题丛书）
ISBN 978-7-5170-3348-6

Ⅰ.①水… Ⅱ.①朱… ②史… ③张… Ⅲ.①水-文化-关系-中国文学-文学研究②水-文化-关系-艺术-研究-中国 Ⅳ.①K928.4②I206③J12

中国版本图书馆CIP数据核字（2015）第155357号

书　名	中华水文化专题丛书 水与文学艺术
作　者	朱海风　史月梅　张艳斌　著
出版发行	中国水利水电出版社 （北京市海淀区玉渊潭南路1号D座　100038） 网址：www.waterpub.com.cn E-mail: sales@waterpub.com.cn 电话：（010）68367658（发行部）
经　售	北京科水图书销售中心（零售） 电话：（010）88383994、63202643、68545874 全国各地新华书店和相关出版物销售网点
书籍设计	李菲
排　版	中国水利水电出版社微机排版中心
印　刷	北京嘉恒彩色印刷有限责任公司
规　格	170mm×230mm　16开本　21.5印张　405千字
版　次	2015年6月第1版　2015年6月第1次印刷
印　数	0001—3000册
定　价	49.00元

凡购买我社图书，如有缺页、倒页、脱页的，本社发行部负责调换
版权所有·侵权必究

《中华水文化书系》编纂工作领导小组

顾 问： 张印忠　中国职工思想政治工作研究会会长
　　　　　　　　　中华水文化专家委员会主任委员
组 长： 周学文　水利部党组成员、总规划师
成 员： 陈茂山　水利部办公厅巡视员
　　　　　孙高振　水利部人事司副司长
　　　　　刘学钊　水利部直属机关党委常务副书记
　　　　　　　　　水利部精神文明建设指导委员会办公室主任
　　　　　袁建军　水利部精神文明建设指导委员会办公室副主任
　　　　　陈梦晖　水利部新闻宣传中心副主任
　　　　　曹志祥　教育部基础教育课程教材发展中心副主任
　　　　　汤鑫华　中国水利水电出版社社长兼党委书记
　　　　　朱海风　华北水利水电大学党委书记
　　　　　王　凯　南京市水利局巡视员
　　　　　张　焱　中国水利报社副社长
　　　　　王　星　中华水文化专家委员会副主任委员
　　　　　王经国　中华水文化专家委员会副主任委员
　　　　　靳怀堾　水利部海委漳卫南运河管理局副局长
　　　　　　　　　中华水文化专家委员会副主任委员
　　　　　符宁平　浙江水利水电学院党委书记

领导小组下设办公室
主　任： 胡昌支
成　员： 李　亮　淡智慧　周　媛　杨　薇　李晔韬　王艳燕　刘佳宜

《中华水文化书系》包括以下丛书：
《水文化教育读本丛书》
《图说中华水文化丛书》
《中华水文化专题丛书》

《中华水文化专题丛书》编委会

主　任　李中锋
副主任　周　媛
委　员（按姓氏笔画排序）
王国永　王瑞平　毛佩琦　史月梅　史鸿文　白音包力皋　朱海风　伍海平　刘少华　刘　军
刘树坤　刘冠美　邱艳艳　张宇明　张艳斌　张朝霞　陈文学　相玉梅　侯全亮　饶明奇
董文虎　靳怀堾　翟志强　魏天辉

丛书主编　李宗新

《水与文学艺术》编写人员

朱海风　史月梅　张艳斌　著
舒　怀　主审

责任编辑：周　媛
美术编辑：李　菲

丛书各分册编写人员

《水与治国理政》：毛佩琦　刘少华　魏天辉　翟志强　著／靳怀堾　主审
《中外水文化比较》：刘冠美　编著／李宗新　主审
《水与水工程文化》：董文虎　刘冠美　编著／李宗新　主审
《水与文学艺术》：朱海风　史月梅　张艳斌　著／舒　怀　主审
《水与生态环境》：刘树坤　白音包力皋　陈文学　编著／王晓松　主审
《水与民风习俗》：王瑞平　史鸿文　邱艳艳　编著／王培君　主审
《水与流域文化》：刘　军　侯全亮　靳怀堾　伍海平　张宇明　相玉梅　编著／李宗新　主审
《水与哲学思想》：李中锋　张朝霞　著／朱海风　主审
《水与制度文化》：饶明奇　王国永　著／尉天骄　主审

弘扬先进水文化
推进治水兴水千秋伟业
——《中华水文化书系》总序

水是人类文明的源泉。我国是一个具有悠久治水传统的国家，在长期实践中，中华民族创造了巨大的物质和精神财富，形成了独特而丰富的水文化。这是中华文化和民族精神的重要组成，也是引领和推动水利事业发展的重要力量。面对当前波澜壮阔的水利改革发展实践，积极顺应时代发展要求和人民群众期盼，大力推进水文化建设，努力创造无愧于时代的先进水文化，既是一项紧迫工作，也是一项长期任务。

水利部党组高度重视水文化建设，近年来坚持从水利工作全局出发谋划水文化发展战略，着力把水文化建设与水利建设紧密结合起来，与培育发展水利行业文化紧密结合起来，与群众性宣传教育活动紧密结合起来，明确发展重点、搭建有效平台、突出行业特色，有力发挥了水文化对水利改革发展的支撑和保障作用。特别是2011年水利部出台《水文化建设规划纲要(2011-2020年)》，明确了新时期水文化建设的指导思想、基本原则和目标任务，勾画了进一步推动水文化繁荣发展的宏伟蓝图。

水文化建设是一项社会系统工程，落实好规划纲要各项部署要求，必须统筹协调各方力量，充分发挥各方优势，广泛汇聚各方智慧，形成共谋文化发展、共建文化兴水的强大合力。为抓紧落实规划纲要明确的编纂水文化丛书、开展水文化教育等任务，中国水利水电出版社在深入调研论证基础上，于2012年组织策划"中华水文化书系"大型图书出版选题,并获得了财政部资助。为推动项目顺利实施,水利部专门成立《中华水文化书系》编纂工作领导小组,启动了编纂工作。在编纂工作领导小组的组织领导下,在各有关部门和单位的鼎力支持下,在所有参与编纂人员的共同努力下,经过历时一年的艰辛付出,《中华水文化书系》终于编纂完成并即将付梓。

《中华水文化书系》包括《水文化教育读本丛书》《图说中华水文化丛书》《中华水文化专题丛书》三套丛书及相应的数字化产品,总计有26个分册,约720万字。《水文化教育读本丛书》分别面向小学、中学、大学、研究生和水利职工及社会大众等不同层面读者群,《图说中华水文化丛书》采用图文并茂形式对水文化知识进行了全面梳理,《中华水文化专题丛书》从理论层面分专题对传统水文化进行了深刻解读。三套丛书既有思想性、理论性、学术性,又兼顾了基础性、普及性、可读性,各自特色鲜明又在内容上相互补充,共同构成了较为系统的水文化理论研究体系、涵盖大中小学的水文化教材体系和普及社会公众的水文化知识传播体系。《中华水文化书系》作为水利部牵头组织实施的一项大型图书出版项目,是动员社会各界人士总结梳理、开发利用中华水文化成果的一次有益尝试,是水文化领域一项具有开创意义的基础性战略性工程。它的出版问世是水文化建设结出的丰硕成果,必将有力推动水文化教育走进学校课堂、水文化传播深入社会大众、水文化研究迈向更高层次,对促进水文化发展繁荣具有十分重要的意义。

文化是民族的血脉和灵魂。习近平总书记明确指出:"一个国家、一个民族的强盛,总是以文化兴盛为支撑的,中华民族伟大复兴需要以中华文化发展繁荣为条件。"水文化建设是社会主义文化建设的重要组成部分,大力加强水文化建设,关系社会主义文化大发展大繁荣,关系治水兴水千秋伟业。我们要以《中华水文化书系》出版为契机,紧紧围绕建设社会主义文化强国、推动水利改革发展新跨越,认真践行"节水优先、空间均衡、系统治理、两手发力"新时期水利工作方针,不断加大水文化研究发掘和传播普及力度，继承弘扬优秀传统水文化，创新发展现代特色水文化，努力推出更多高质量、高品位、高水平的水文化产品，充分发挥先进水文化的教育启迪和激励凝聚功能，进一步深化和汇集全社会治水兴水共识，奋力谱写水利改革发展新篇章，为实现"两个一百年"奋斗目标和中华民族伟大复兴的中国梦提供更加坚实的水利支撑和保障。

是为序。

2014 年 12 月 28 日

丛书序

文化，是一个国家和民族的灵魂和精神家园，是民族凝聚力和创造力的重要源泉，是国家发展和民族振兴的精神支撑，是衡量社会文明和人民生活质量的显著标志。文化是一种软实力，是一个国家或地区凝聚力、生命力、创造力、传播力、感召力和影响力的根基。人类历史充分表明，一个国家，一个民族，如果没有先进文化的积极引领，没有人民精神世界的极大丰富，没有全民族创造精神的发挥，就不可能屹立于世界民族之林。当今时代，文化在综合国力竞争中的地位日益重要，谁占据了文化发展的制高点，谁就能在激烈的竞争中更好地掌握主动权。灿烂的文化之花必然结出丰硕的经济之果。因此，提高国家文化软实力已成为重要的发展战略。

水文化，是以水为载体、以人与水的关系为纽带形成的一种独特的文化形态，是中华文化的重要组成部分。水是生命之源、文明之母、生产之要、生态之基。我们的祖先很早就以文化的眼光来看待水。早在2600多年前，管仲在《管子·水地篇》中说："水者，何也？万物之本原也，诸生之宗室也。"老子在《道德经》中说："上善若水，水善利万物而不争，处众人之所恶，故几于道。"孔子在《论语》中说："智者乐水"，如此等等，不胜枚举，都说明水具有显著的文化意义。

水文化，作为文化领域的一个重要方面，逐步成为全国乃至全球关注的热门话题。2006年，联合国为第十四个世界水日确定的主题为"水与文化"。水文化之所以越来越为人们所重视，是因为在当今社会中，人与水的矛盾、人类所面临的水问题，比以往任何一个时代都更为突出。为了实现人与水的和谐相处，在科技手段之外，需要借助文化的视野进行思考和定位。当前，我国水利事业正面临着前所未有的历史机遇和新的挑战。水利事业的发展需要以先进文化和科学理论为引领，形成新的工作思路，开创新的局面。加强水文化研究和建设正适应了现实社会的客观需求。

文化的功能不仅取决于其内容和形式的独特魅力，还取决于传播能力的强弱。20世纪人类最大的嬗变是文化传播对人类社会和人类生产生活的全面渗透。水文化在传播过程中有着增值功能，主要是继承和传播、选择和创造、积淀和享用。在水利部和财政部的大力支持下，由中国水利水电出版社组织各方力量，以庞大的阵容和宏大的规模实施的"中华水文化书系"及其数字化项目，对挖掘、整理、弘扬和传承先进的中华水文化具有重要的现实意义和深远的历史意义，是我国水文化传播史上的空前壮举。"中华水文化专题丛书"作为项目的三大丛书之一，选取博大精深的水文化中若干重大课题进行较为深入的探讨，对于深入了解中华水文化的丰富内容，构建中华水文化的理论体系有着十分重要的作用。经过广大作者的艰苦努力，"中华水文化专题丛书"终于同广大读者见面了，这是一件可喜可贺的大好事。

水文化的精髓是水的哲学和水的精神。我国著名学者北京大学教授王岳川，在美国马里兰大学和乔治梅森大学以"中国文化的美丽精神"为题的讲演中说："只有认识了中国文化中的几个'关键词'，才能认识中华文化。其中最重要的一个'关键词'就是水，因为水体现了中华文化精神的几大美德：公正、勇敢、坚韧、洁净；体现出了生命时间的观念。'水的哲学、水的精神'是中国人在人与人、人与自然、人与社会的和谐中把握自己本真精神的集中体现。了解了水文化，就了解了中华文明的根本。"

老子说"上善若水"，认为水具有"居善地，心善渊，与善仁，言善信，正善治，事善能，动善时"等七种美德；孔子说"智者乐水"，认为水具有"德、仁、义、智、勇、察、贞、善、正、度、意"等十一种美德。这些都是"水的哲学、水的精神"的生动体现。在波澜壮阔的新中国水利事业中发扬光大这些"水的哲学、水的精神",成为中华民族核心价值观的重要内容,成为一座照亮人们心灵的精神灯塔,在这种核心价值观和精神灯塔的照耀下,人们为国家、为民族、为事业、为自己去创造更加美好的未来。发扬光大中华水文化的哲学和精神,对建立我们对中华文化的自觉、自信和自豪,创新和发展先进的中华文化;对坚定中华民族追求"真、善、美"的信仰,重振民族精神雄风;对践行社会主义核心价值观,铸牢中华文化之魂都有十分重要的意义。

加强水文化建设是发展和繁荣水文化的根本途径。水文化建设不仅是水利行业的大事,也是全社会都应关注的大事。水文化和一般文化一样,有其落后和糟粕的一面,但我们倡导和弘扬的是先进和优秀的水文化,这种水文化的主旋律是一曲颂扬水伟大、水贡献、水精神的高亢赞歌,是一幅描绘人水相亲、人水和谐、人水共荣愿景的美好蓝图,是一部记述人们爱水、治水、管水、护水思想智慧的鸿篇巨制。因此,我们要大力加强水文化建设,促进水文化的发展繁荣。

为加强水文化建设,促进水文化的发展繁荣,就要通过大力传播水文化,动员和吸引全社会特别是水利行业的职工,更加积极地投入水文化建设的行列,有计划、有步骤地实施水文化建设的各项任务。在当前和今后一个时期,水文化建设任务的重点是:培育全社会"人水和谐"的生产生活方式,增强全社会的水意识;弘扬优秀的"水的哲学、水的精神",培育和践行社会主义核心价值观,全面提高人民思想道德素质和科学文化素质;践行"节水优先,空间均衡,系统治理,两手发力"的治水新思路,奋力开创水利事业新局面;不断充实民生水利的文化内涵,使水利工作真正做到保障民生、服务民生、改善民生;加强水生态文明建设,为建设"美丽中国"做出应有贡献;提高水工程的文化品位,满足人民精神文化需求;繁荣水文化事业,发展水文化产业,增强水文化实力;保护和整理优秀的水文化遗产,服务当代水利建设;加强水文化研究,构建水文化的理论体系;加强水文化教育和传播,扩大水文化在国内及国际上的影响力，为人类文明的进步做出更大贡献。

恩格斯在《自然辩证法》中说："一个民族想要站在科学的最高峰，就一刻也不能没有理论思维。"（《马克思恩格斯选集》第三卷467页）水文化研究正是一项艰苦的理论思维活动。一个拥有五千年中华文明，又在为实现中华民族伟大复兴的"中国梦"而奋斗的伟大民族，在攀登水文化科学最高峰中一定会大有作为！"中华水文化书系"及其数字化项目告成以及"中华水文化专题丛书"的出版，必将使水文化常青的理论之树开出鲜艳的实践之花，为推进我国水事业的改革发展、为建设社会主义文化强国做出新的贡献！

李宗新

2014年12月

前 言

自古以来，文学与艺术一直都是人类精神力量的源泉，也是衡量和评价一个国家与民族是否先进、文明的重要标志之一。人们之所以需要文学艺术，不仅只是为了赏心悦目和娱乐消遣，还是表达情感的一种内在需求。因此，能够对人类生活有所裨益是文学与艺术创作的目的。水作为人类生活最重要的物质来源，它无可争议地成为了文学艺术创作的主要素材之一。

鉴于学界对"水意象"、水哲学的研究用力颇勤、成果也较丰富，本书坚持从源头对水与文学艺术关系的进行爬梳，力求能够将自然之水、德化之水、文学艺术之水等概念厘定清楚，因此第一章"人水结缘：水与文学、艺术的关系"，从"人水情缘对文学艺术创作的深远影响""水文化与文学艺术创作相生相长"两个方面对水与文学艺术的关系进行宏观照；第二章"恩怨肇始：水情水事在上古神话中的记忆"，通过解读现存古代文化典籍中对上古洪水神话的记载，尝试还原上古时期暴发的世界性大洪水的真相，以及从中折射出来的文化内涵和生命精神；第三章"字源水法：水与汉字起源及书法艺术"，选取与水关系密切的汉字，从汉字的形体、结构以及字义，多角度、全方位地研究水与文字的关系，通过挖掘汉字解读人水关系的演绎，挖掘其水文化内涵；第四章"水入诗海：水在诗词歌赋中的独特呈现"，主要对水诗歌孕育、产生、形成、发展、繁盛的历史考察，重点解读古人在诗歌中是怎么描写水和为什么要写水两个核心问题；第五章"水润华章：水在散文中的浅吟高唱"，以山水游记、写景散文为载体，重点选取典型时代典型诗人的典型著作，探究散文在古代的发展轨迹，重点解读古代散文中所蕴含的水文化内涵；第六章"挥毫写水：水在绘画中的百变风情"，与山相比，水比较难画，因此专门画水的画家不多，另外中国古代山水画具有"画意不画形"的诗性特质，故画中之水的文化意蕴理解起来有一定难度，笔者便转换思路，从唐宋时期的题山水画诗切入，以期展现出山水画创作高峰时期的真实风貌，从中找出水与绘画在艺术上的共通之处；第七章"双水为魂：水与其他艺术形式的相生相长"，以水是如何通过音乐和戏曲来表现的为重点，兼及水对音乐、戏曲所起的气氛烘托作用；第八章"水美文美：水在美学视阈下的价值体现"，把水与文学艺术之间关系的发生、发展、交融的全过程置于美学视阈下，宏观地分析不同时期的人们是如何看待水的，水又呈现出什么样的面貌，以及发生这些变化的原因是什么，以期全面深入地揭示出水与人、水与文学艺术的本质关系。最后在结语部分总结、归纳本书在论述中所得出的一些主要结论，从文艺思想史的角度简略评述本书研究的理论价值与现实意义。

希望此书能够取得理论上的突破，为水文化研究略尽一点绵薄之力。

作者

2014 年 10 月

目 录

弘扬先进水文化　推进治水兴水千秋伟业
——《中华水文化书系》总序

丛书序

前言

导论	001
第一章　人水结缘：水与文学艺术的关系	**009**
第一节　人水情缘对文学艺术创作的深远影响	010
第二节　水与文学艺术创作相生相长	037
第二章　恩怨肇始：水情水事在上古神话中的记忆	**051**
第一节　上古神话传说中的洪水灾害	052
第二节　中国上古洪水神话的文化内涵	063
第三章　字源水法：水与汉字起源及书法艺术	**069**
第一节　"水"字的形成与"源头活水"	070
第二节　与"水"有关的汉字及造字法	072
第三节　从《说文》"水部"看水的文化观照	085
第四节　从"治"字看治水治国之原创理念	099
第五节　从"法"字看"刑法"之起源	101

| 第六节 | 行云流水的书法艺术 | 105 |

第四章　水入诗海歌洋：水在诗词歌赋中的独特呈现　　111

第一节	追溯中国古代咏水诗的历史演进	112
第二节	山水诗产生的原因及发展演变探究	152
第三节	"水意象"在中国古代诗歌中的精彩呈现	162
第四节	古代咏水诗中"水意象"的文化内涵	175

第五章　水润华章：水在散文中的浅吟高唱　　183

第一节	东晋陶渊明《桃花源记》中的"水"	184
第二节	南朝梁陶弘景《答谢中书书》中的"水"	189
第三节	南朝梁吴均《与朱元思书》中的"水"	191
第四节	北朝魏郦道元《水经注·江水·三峡》中的"水"	194
第五节	唐代柳宗元《小石潭记》中的"水"	197
第六节	北宋欧阳修《醉翁亭记》中的"水"	200
第七节	北宋苏轼《前赤壁赋》中的"水"	202
第八节	南宋周密《观潮》中的"水"	206
第九节	清代袁枚《浙西三瀑布记》中的"水"	209

第六章　挥毫写水：水在绘画中的百变风情　　213

第一节	山水入画：论中国山水画中人与山水的关系	214
第二节	诗传画意：论题山水画诗中展现的山水风貌	225
第三节	天开图画：论水在山水画中的独特意韵	257

第七章　以水为魂：水与其他艺术形式的相生相长　　275

| 第一节 | 流水淙淙——水与中国古典音乐 | 276 |
| 第二节 | 水袖翩翩——水与中国古代戏曲 | 285 |

第八章　水美文美：水在美学视阈下的价值体现　　295

结　语　　313

参考文献　　316

导论

一、"水"与文学艺术的关系及相关概念界定

上古时期,华夏先民对水的态度是比较极端的两极,既离不开又充满畏惧。一方面,人们缘水而居,依水而生,在与水的和谐相处中,利用水改善生活和生产环境,还创造出了许多与水有关的优美文字。另一方面,由于生产力水平低下,人们在大水泛滥、山洪暴发等自然灾害面前束手无策,眼看着土地被淹没,家园变荒芜,于是带有极大神秘感的原始宗教就产生了。人们希望通过借助神力来改变水、控制水,使它服从自己的指挥。在这种思想支配下,中国最早的文学作品——洪水神话便应运而生,如"女娲补天""精卫填海""大禹治水"等。这些洪水神话是研究人类早期社会风俗习惯、婚姻制度、家庭生活的重要文献资料,具有极高的文学价值、美学价值和历史价值。

从洪荒时代进入生活较为安定的奴隶社会、封建社会之后,随着生产力水平的提高,对水的治理也取得了较大进步,水对人类生存的威胁变得不再那么巨大,人们开始理性地看待水,希望以自己最熟悉、最常用的水来现身说法,修身养性,改善社会风气。这就是先秦时期比较盛行的"以水比德"。儒家借水培养"知者乐水"的君子人格,道家借水倡导"贵柔不争"的社会理想。由此,水被赋予了人的德性、情性与性格,人性美与水性美被紧密地联系在了一起。

两汉时期中国文学得到了较大发展,产生了许多新的文学样式,其中汉赋就是杰出代表。随着汉帝国经济的发达与国力的日渐强盛,统治者迫切需要歌功颂德,以彰显国威,赋体文章正好迎合了这一需要。作家们对汉帝国的大好河山做了事无巨细的铺陈与夸张,从各个角度对水进行描摹,使它有了声、色、光、影,并成了人们寄托情怀的媒介。正如钱钟书先生所说:"颇征山水方滋,当在汉季。"①

魏晋南北朝被鲁迅先生称为"文学的自觉时代"②,文学艺术开始独立,水也随之成为了一个独立的审美对象,从原生态的自然之水向具有艺术之美的审美意象转变,山水诗、山水画的创作也蔚然成风,到了唐宋时期逐渐发展成一种定式,"水意象"的内涵与表征也得到了更好的抒发与表达,并衍生出许多组合意象,如"水鱼""水月""水火"等,开放出了璀璨的文学艺术之花。

荣格说:"每一个原始意象中都有着人类精神和人类命运的一块碎片,都有着我们祖先的历史

---

① 钱钟书:《管锥编》(第三册),中华书局 1979 年版,第 1036 页。

② 鲁迅:《魏晋风度及文章与药及酒之关系》,《而已集》,《鲁迅全集》第三卷,人民文学出版社 2005 年版,第 526 页。

中重复了无数次欢乐和悲哀的一点残余。"①倾注着中华民族深厚情感的"水意象",在中国文学艺术创作中起着巨大的作用,它既有"成教化""助人伦"的社会功能,还有"穷神变""测幽微"的文艺功能,其内涵与外延呈现出复杂与多元化的特征。因此,在研究水与文学艺术的关系时,要对"水"的概念进行准确把握与界定,以免出现牵强附会或过度诠释的现象。第一,"水"作为一种自然现象,它往往有许多表现形态,天上的有云、雨、雾、露、霜、雪等,地面上的可以分为江、河、湖、海、溪、涧、泉、瀑以及浪、涛、潮、冰等,这些水的异化在文学艺术创作中大多已经成为了有着特殊含义的意象。因此,本书只对其作为"水"的形态进行观照,对它所独有的象征意义不作延伸。第二,水与文学艺术结合的最显著成果是山水诗文与山水画,在文艺创作中"山水"是一个固定的综合体,可以说是"山不离水,水不离山",因此,为了不产生明显的割裂感以及行文的方便,本书仍以"山水"为主要叙述语词,但"山"只是作为背景衬词出现,重点放在"水"与文学艺术的关系上。

二、本课题的研究现状及文献综述

就所掌握的资料来看,我国学术界关于水与文学艺术的研究,目前还处于初始阶段,学术界尚无振聋发聩的研究与发现,虽然关于山水诗、山水画的研究可谓汗牛充栋,但研究者往往"山水"并提,并未将"水"作为一个独立的研究对象来进行深入探讨。但实际上"山"与"水"在山水诗、山水画中分别有着不同的表现形态和象征意味,更有着不一样的情感寄托与情志表达。二者并提,是对它们各自作为独立个体特性的抹煞,同时也可能因此造成研究上的某些空白与缺憾。因此,本书将尽量把对"水"的观照个体化,突出"水"的特质以及"水"在中国古代文学艺术创作中所起的关键作用。

关于水与文学艺术的关系,目前学术界尚无研究专著,而只是在几部水文化研究的专著中偶有涉及。向柏松所著的《中国水崇拜》②一书,从民俗学、历史学角度阐述了水崇拜产生的原因、原始内涵和发展演变,以及水崇拜对中国传统历史文化所产生的影响,书中对中国古代神话传说的研究颇有见地。潘杰的《中国水文化研究》③一书,明确了水文化在中国历史发展中所起的重要

---

① 荣格:《心理学与文学》,三联书店1987年版,第121页。
② 向柏松:《中国水崇拜》,上海三联书店1999年版。
③ 潘杰:《中国水文化研究》,长江出版社2008年版,第72-73页。

作用。他在第三章"以水为媒——揭示人类永恒主题的人文力量"中论述了爱情之水，认为"以水为媒的水文化，通过文学艺术的表现力，把人世间的爱情世界表现得淋漓酣畅，而从人文视角审视更反映出水哲学中人与文化的辩证法则"[①]；在第四章"以水为美——创造人类独有的审美情怀"中指出："水的灵动清流，水的烟波浩淼，水的惊涛急流，水的瀑泻雄险，都给人一种美的感受，美的情怀，美的遐想……从而在人们的吟诵、感叹、构思和启迪中创造了以水为美的美学文化，通过文学艺术、民风民俗等形式表达出来，从而丰富了整个世界，整个人类。"[②]这样的论断，确为中肯。李宗新、闫彦编著的《中华水文化文集》第二编第三部分"水与文学艺术"[③]中，以"神话传说颂治水""行云流水话散文""茫茫诗词觅水韵""艺术殿堂水增辉""以水为媒结情缘"为题，分别论述了水与神话传说、水与散文、水与诗歌以及水与绘画、水与音乐、水与戏剧、水与雕塑的关系，阐释详尽论证充分。过竹、黄利群在《山水文化》第二章第一节中专门就"水传说"进行论述，把中国水传说分为四渎传说、河涧传说、潭湖传说、池塘传说、井传说等，详细探讨了这些传说的起源与功能价值[④]。特别值得一提的是范天平编注的《豫西水碑钩沉》[⑤]一书，搜集了豫西建国前的水事碑刻 205 通，其中现存碑刻 170 余通，制作拓片 80 余帧。这些碑刻涉及全国 18 个省（市）的人和事，按碑刻内容分类，如与"大禹治水"相关的碑刻有唐代贞观十二年（638 年）的《砥柱山铭》、宋代大中祥符四年（1011 年）的《龙门铭》、元代元贞元年（1295 年）的《重修禹王庙碑记》[⑥]等，与"水灾赈济"相关的有宋代咸平三年（1000 年）的《石道碑记》、清代乾隆三十年（1765 年）的《伊洛大涨碑记》、清代咸丰二年（1852 年）的《黄河水位碑》[⑦]等，资料翔实、考据详尽，是豫西水文献整理的发轫之作，也是研究中国水文化的有益参考。尉天骄、郑大俊、鞠平编著的《100 篇咏水诗文》[⑧]一书，精选古今中外咏水名篇佳作，分为"实用之水""智慧之水""优美之水""壮美之水"四辑，"比重最大的是展现'水之美'的内容，旨在通过文学引

---

①② 潘杰:《中国水文化研究》，长江出版社 2008 年版，第 72-73 页。

③ 李宗新、闫彦:《中华水文化文集》，中国水利水电出版社 2013 年版，第 167-192 页。

④ 过竹、黄利群:《山水文化》，高等教育出版社 2014 年版，第 48-58 页。

⑤~⑦ 范天平:《豫西水碑钩沉》，张宗子、杜建成同校，陕西人民出版社 2001 年版，第 4、9、13、168、189、205 页。

⑧ 尉天骄、郑大俊、鞠平:《100 篇咏水诗文》，河海大学出版社 2009 年版。

发大学生对水的审美关注,全面培养'爱水'情怀"①。

研究论文方面,大致可以分为以下四类:一是以文学中的"水意象"为研究对象。这类文章较多,尤其以诗歌中的水意象研究为最多,大约有近千篇,此处不一一详述,仅试举几例。王立的《中国古典文学中的流水意象》②一文,从"流水意象与中国古人的情感世界""流水文化的地理学根据及神话遗存""流水意象的多重哲学美学蕴涵""流水意象与华夏民族精神及文人性格"等四个方面对"流水意象"进行了深入研究。刘雅杰的《论先秦文学的水意象》③一文,运用原型批评的方法,在研读先秦文学文本的基础上,从"属性型水意象""功能型水意象""理念型水意象""情感型水意象"等不同角度,论述先秦文学中异彩纷呈、千姿百态的水意象。苏昕的《〈诗经〉中"水"意象之探源》④一文,对《诗经》中水意象的本义以及水与女性、情爱的微妙联系进行了深入研究之后,得出的结论是:"(《诗经》中的水)首先是远古人类性禁忌与性隔离制度在民族心理上留下的印记,其次是与之相联系的性狂欢风俗与生死崇拜观念的曲折反映。"崔风华的《〈诗经〉中"水"意象的审美意蕴探析》⑤一文,认为《诗经》中的"水意象"富有深深的审美意蕴,它以原型的形式沉淀于中华民族的灵魂之中,并且这种原型的审美意蕴的产生有着复杂的社会文化心理原因。

二是从美学角度展现水的审美特性。靳怀堾的《中华民族的审美观与水》⑥一文,以美学的眼光观照水的形态,从中华民族审美意识的发展进程入手,详尽论述了人们对水之自然美的认识、体验和激赏。《中国河湖大典》编纂办公室所著的《从古典山水诗文看祖国河湖的美》⑦一文,从"烟波浩渺洞庭阔""浓妆艳抹西湖美""滔滔黄河天上降""不尽长江滚滚来""赋比兴夸水如花"

---

① 尉天骄:《从文学中感受水文化的魅力——〈100篇咏水诗文〉评介》,《河海大学学报》(哲学社会科学版) 2008年第1期。
② 王立:《中国古典文学中的流水意象》,《中国社会科学》1994年第4期。
③ 刘雅杰:《论先秦文学的水意象》,东北师范大学2005年博士论文。
④ 苏昕:《〈诗经〉中"水"意象之探源》,《晋阳学刊》1997年第1期。
⑤ 崔风华:《〈诗经〉中"水"意象的审美意蕴探析》,辽宁师范大学2013年硕士论文。
⑥ 靳怀堾:《中华民族的审美观与水》,《首届中国水文化论坛优秀论文集》,中国水利水电出版社2009年版,第292-304页。
⑦ 《中国河湖大典》编纂办公室:《从古典山水诗文看祖国河湖的美》,《首届中国水文化论坛优秀论文集》,中国水利水电出版社2009年版,第311-314页。

等视角,对中国古典诗文中对江河山川的描绘进行总结和征引。尉天骄的《中国文学中的水》[①]一文,认为水意象的美学含义有四个类别:"长流不已的水蕴涵着深邃悠长的历史人生意味""浩瀚博大的水象征着伟大崇高的境界""秀美的水具有温柔多情的灵性""清白的水标志着纯洁无瑕的品格"。郑娇娇的《中国传统山水画中"水"的审美研究》[②]一文,从美学角度解析"水"在中国传统山水画中的观念内涵、审美表现和审美意蕴。

三是从文字、书法视角研究水文化。黄震的《"水"与中国法律起源》[③]一文,从文字学的角度切入,结合现存古代典籍与出土文物,认为"法"字的"水""最初洋溢着神判的灵光,经过上古先民治水活动,从而使'法'由天上掉到了人间,由超人的神秘力量('法')变成了权威统治者强制他人服从的暴力工具('刑')。"金戈的《中国书法与水》[④]一文,结合传世的书法作品与书法理论,详细分析了水对书法线条点画、审美气韵、艺术风格的深刻影响。

四是在哲学视野下考察水与文学艺术的关系。李德民的《儒学之水与文学之水的二元对质》[⑤]一文,认为儒家"以水比德"对应着人性善恶两极,对后代文学创作走向有着潜移默化的分流作用,"水之清浊的特征构成了诗歌中德之善恶的反向主题"。

综上所述,可知学术界对"水与文学艺术"这一课题的研究已经取得了一些显著成果,有的还颇具深度,为进一步研究打下了坚实的基础。但总的来说,仍然存在着相对薄弱的地方,例如研究焦点比较集中,对水意象、水哲学的研究层出不穷,而对水与文字、书法、散文、绘画、音乐、戏曲等文艺体裁之间联系的相关研究却如凤毛麟角。因此,本书拟对"水与文学艺术"之间的相互联系与交融互进做深入细致的研究,希望能有补白之功。

三、本书的研究思路及基本框架

为了能更好地展现水与文学艺术的相生相长,获得令人耳目一新的是非论断,须从本书出发,对基本文献材料进行精细梳理与解读,将水对于文学艺术创作的思想启迪与理论贡献勾勒出来。

---

① 尉天骄:《中国文学中的水》,《河海水利》2001年第2期。
② 郑娇娇:《中国传统山水画中"水"的审美研究》,河南大学2009年硕士论文。
③ 黄震:《"水"与中国法律起源》,《湖南社会科学》2004年第4期。
④ 金戈:《中国书法与水》,《海河水利》2005年第3期。
⑤ 李德民:《儒学之水与文学之水的二元对质》,《哈尔滨工业大学学报(社会科学版)》2007年第9期。

然而，要对水与文学艺术之间的相互交融有一个全面、准确的定位，除了突破文学与艺术的学科限制外，还必须贯通文、史、哲，进行跨学科、跨领域的交叉综合研究，寻绎出它们之间的融通轨迹。因此，本书将围绕"水与文学艺术的关系"这个中心，运用宏观与微观、考证与分析相结合的方法，力求超越诗、书、画分别论述的局限，尽可能地阐发水的特质与文学艺术在创作与理论上的内在联系，以及二者关系的发生、发展过程。本书在认真梳理中国古代诗集、文集、诗话和笔记中有关山水诗文与山水画的第一手材料基础上，细心揣摩"以水为师""外师造化、中得心源""得江山助"等诸多文艺现象，着重阐释水在文学艺术创作中所起的重要作用。研究思路及具体方法如下：

一是采用语言分析法，详细解读文字背后所蕴涵的情感体验和信息线索。典籍文本是古人苦心孤诣的成果，每一笔、每一画都有着特殊意义，人们借助它记录事情、表达情怀、寄寓感慨，通过对这些文字的解读，可以最大限度地了解事实真相。

二是运用哲学、美学、心理学理论，对水与文学艺术的一些相关概念和理论范畴作细致剖析。理论既是实践的总结，又是指导实践的依据，其中往往渗透着深邃的人生哲理和深刻的文化内涵。为了避免复杂立体的研究对象被简单化为文本研究，有必要借助哲学、美学、心理学理论及现代发生学的研究方法，从更广阔的文化视角来考察处于学科交叉点上的文艺范畴，更加准确地理解这些概念的真正含义，从而取得突破性的进展。

三是采取综合研究与个案研究相结合的模式。中国古代与水有关的著作浩如烟海，研究中不可能面面俱到，故在采取断代综述的基础上，选取具有代表性的"文人个案"，研究水在其精神人格、生活态度形成过程中所起的关键性作用，以及这些作用是如何外化成文艺作品的，其创作理念、艺术风格与水又有着什么样复杂的互动关系，使个案研究成为生动立体的系统研究。

第一章

人水结缘：水与文学艺术的关系

《玄中记》云:"天下之多者水也,浮天载地,高下无所不至,万物无所不润。及其气流届石,精薄肤寸,不崇朝而泽合灵宇者,神莫与并矣。是以达者不能恻其渊冲而尽其鸿深也。"[1]世间万物的生长须臾都离不开水。水是孕育生命的源泉,也是产生文明的摇篮,它所承载着的丰富精神内涵与文化底蕴,不仅深刻影响着人们的思想行为,也催生出了无比灿烂的文学艺术之花。

第一节　人水情缘对文学艺术创作的深远影响

自然之水经过创作主体的陶铸营造,已经升华为一种情感寄托,而这种情感寄托,则是源自人们对安全、舒适的生活、生产环境的天生依赖。人类从最初的崇拜水、敬畏水,到后来的利用水、改造水,再到师法水、效仿水,最终在精神上同化水、内化水,在文艺创作中再塑水、再绘水,从而使水兼有道德教化和艺术审美的双重功能,成为了一种具有多元意蕴的文化符号。

一、水生人与万物:文艺创作中的母体文化意识

水是生命之源,它滋润万物,哺育生灵。缘水而居、依水而生、伴水而长是人类及其他生物的生存本能,"水鼎之汨也,人聚之"(《管子·侈靡篇》[2])。古希腊历史学家希罗多德罗曾说"埃及是尼罗河的女儿",我们也把长江、黄河称为"母亲河",形成了一种恒久而稳定的母体文化——水原文化。美国学者威尔赖特在《原型性的象征》一文中说:"水这个原型性象征,其普遍性来自于它的复合的特性:水既是洁净的媒介,又是生命的维持者。因而水既象征着纯净,又象征着新生命。"[3]因此水是象征着圣洁生命的原始意象。

汉译佛经《外道小乘涅槃论》第十八水师论说:"水是万物之根本,水生天地,生有命、无命一切物,下至阿鼻地狱,上至阿迦尼喧天,皆水为主。"[4]从世界各国的宇宙起源神话中可以看出,

---

[1] 北魏·郦道元著,陈桥驿校证:《水经注校证》,中华书局2007年版,第1页。

[2] 戴望:《管子校正》卷十四,上海古籍出版社1995年版,第203页。

[3] [美]P.E.威尔赖特:《原型性的象征》,《神话——原型批评》,叶舒宪选编,陕西师范大学出版社1987年版,第228页。

[4] 黄心川:《印度哲学史》,商务印书馆1989年版,第63页。

人们普遍认为水才是世界的本原，万物皆由水中生成。正如《圣经》之"创世记"说："最初，上帝创造了天地。大地混沌苍茫，深渊的表面一片黑暗。上帝发出的动力运行在水面上。"又说："水和水之间要有天空，把水上下分开。于是上帝造出天空把水分开，天空以下有水，天空以上也有水。……上帝说：'天下的水要聚在一处，让陆地露出来。……水里要涌现成群的活物……要繁衍增多，充满海洋。'"①《古兰经》第二十一章也说："天地原是闭塞的，而我开天辟地，我用水创造一切生物。"②意思是说世间万物及人类都藉由水得以生存繁衍。古埃及神话则把这"水"具体为海洋："世界之初，是一片茫茫的瀛海，叫'努恩'。他后来生下了太阳神拉。太阳神拉起初是一枚发光的卵，浮在水面上。……他创造了天地，创造了人类，创造了一切生灵，创造了众神祇。他首先创造出的二神是风神舒和他的妻子苔芙努特。苔芙努特是一位狮头女神，她送雨下来，因此又被称为雨神。接着生下地神盖驳和苍穹之神努特。后来他又生下奥西里斯和他的妻子爱茜丝，还生下赛特和他的妻子奈弗提丝，共四对儿女。"③海洋是生命诞生的摇篮，它也是风雨的发源地，瀛海生了太阳神，太阳神创造了世间生灵与众神仙。苏美尔神话《恩利尔开天辟地》也持有相同的观点："很早很早以前，宇宙间没有天，也没有地，只有浩瀚无边的海洋。在创世之初，水是最早出现的东西，她是宇宙万物之母。在浩瀚无边的海洋里，山慢慢长大，浮出水面后，成为一片陆地，山体里又萌生出了天和地。天是男的，名叫安，地是女的，名叫启。安和启结合在一起，生下了空气之神恩利尔。恩利尔在安和启的怀抱里渐渐长大，他力大无穷。不久，他将安高高地托起，和启分开，于是，天与地分开了，恩利尔夹在了父亲安和母亲启之间。"④印度哲学认为地、水、火、风是构成万物的四大物质要素。古印度神话也说："这个宇宙最初是个黑暗的东西，不可感觉，没有特征，不可认识，完全处于一种昏睡状态。后来，这个宇宙的最高灵魂出现了。他驱除了黑暗，使宇宙显现出来。他具有创造一切的力量，但他却不显现自身。他是不可感觉不可想象，但又是确实存在的。他怀着创造世界万物的愿望，通过禅思，首先从自身创造出水。他又把自己的种子投入到水中，使种子变成一枚金卵。他自己作为宇宙之主——梵天，出生于金卵之中。梵天在金卵中住满一年时间，他又通过禅思的力量把金卵分为两半。他用一半造成天，一半

---

① 《圣经》，中文版新世界译本1984年版，第9页。
② 《古兰经》，马坚译，中国社会科学出版社1996年版，第241页。
③ 王海利：《古埃及神话故事》，吉林人民出版社2001年版，第1页。
④ 国洪更：《古巴比伦神话故事》，吉林人民出版社2001年版，第1页。

造成地,并造出天地间的空界,造出八个方位和水的永恒所在地海洋,又造出宇宙间的万物。"①古印度典籍《梨俱吠陀》中的《创世颂》则唱道:"太初之时,黑暗由黑暗深邃掩藏,无辨无识,茫茫全是水。"②《水胎歌》也说:"在天、地、神和阿修罗之前,水最初怀着什么样的胎,在那胎中可以看到宇宙间的一切诸神。水最初确实怀着胚胎,其中集聚着宇宙间的一切天神。这胎安放在无生的肚脐上,其中存在着一切,其间存在着一切东西。"③这些说法几乎如出一辙,都认为是水中孕育了生命与万物,人类亦产生于水。这种水生思想在中国也有着许多神奇的传说,而且对文学艺术创作产生了深远的影响。

早在远古时代,华夏先民也把自己对水的崇拜和幻想写进了文学作品里,我国古代典籍中至今仍保留着许多有关人类先祖诞生于水的神话故事。例如哈尼族的《哈尼阿培聪坡坡》记载:"大水里有七十七种动物生长;先祖的诞生也经过七十七万年。"又说:"先祖的人种种在大水里,天晴的日子,他们骑着水波到处漂荡。"④彝族典籍《六祖史诗》也说:"人祖来自水,我祖水中生""水生天地万物、水生人"⑤。汉族的传说就更多了。如《史记·殷本纪》载:"殷契,母曰简狄,有娀氏之女,为帝喾次妃。三人行浴,见玄鸟堕其卵,简狄取吞之,因孕生契。契长而佐禹治水有功。"⑥《太平御览》卷四引《〈遁甲开山图〉荣氏解》亦曰:"女狄暮汲石纽山下大祠前,水中得月精如鸡子,爱而含之,不觉而吞,遂有身,十四月而生夏禹。"⑦在这些水生天地万物、水生人类先祖的神话传说中,水被赋予了孕育生命与繁衍后代的重要使命,是永恒生命力的象征,因此,对水的崇拜实质上就是对生命的尊重与敬畏,故有"天地之大德曰生"⑧的说法。

因为水在人类生命中扮演了如此重要的角色,它关系着人类的兴亡成败,故由此而产生的崇拜心理往往与生殖崇拜紧密相连。向柏松在《中国水崇拜》中说:"水崇拜的原始内涵是与早期人

---

① 薛克翘:《印度古代神话传说》,北京大学出版社1999年版,第1页。

② 林太:《梨俱吠陀精读》,复旦大学出版社2008年版,第213页。

③ 黄心川,前引书,第44页。

④ 朱小和演唱,卢朝贵翻译,史军超、杨树孔、卢朝贵搜集整理《哈尼阿培聪坡坡》,《山茶》1983年第4期。

⑤ 刘尧汉:《中国文明源头初探》,云南人民出版社1985年版,第37页。

⑥ 汉·司马迁:《史记》,南朝宋裴骃集解,唐司马贞索隐,唐张守节正义,中华书局1959年版,第91页。

⑦ 宋·李昉:《太平御览》第四册,夏剑钦、张意民校点,河北教育出版社2000年版,第7页。

⑧ 黄寿祺、张善文:《周易译注》,上海古籍出版社2007年版,第400页。

类求生存、求繁衍的基本要求分不开的。"①《周易·乾卦·彖》云："云行雨施，品物流形。"②《管子·水地篇》云："水者，地之血气，如筋脉之通流者也，故曰：水，具材也。……人，水也。男女精气合，而水流形。……是故具者何也？水是也。万物莫不以生，唯知其托者能为之正。具者，水是也，故曰：水者何也？万物之本原也，诸生之宗室也，美恶、贤不肖、愚俊之所产也。"③《太平御览》卷二引杨泉的《物理论》曰："所以立天地者，水也；成天地者，气也。水土之气升而为天。"④所以，在中国人的观念里，"水"与人的性、情便有了天然的联系，甚至成了女性的象征。西汉董仲舒《春秋繁露·止雨》曰："凡止雨之大体，女子欲其藏而匿也，丈夫欲其和而乐也。开阳而闭阴，阖水而开火。"⑤意思是说男为阳，为火，女为阴，为水，止雨要闭阴开阳，而求雨则要闭阳开阴。《春秋繁露·求雨》曰："四时皆以庚子之日，命吏民夫妇皆偶处。凡求雨之大体，丈夫欲藏匿，女子欲和而乐。"⑥

水能生民、养民，亦能疗疾祛病。古代人们以水洗涤身体，濯于水滨，以求除灾求福、驱晦避凶，称为"祓禊"。《艺文类聚》第四卷"岁时中·三月三"⑦条摘录了唐以前诗文中对"祓禊"的描写，现略选几条如下：

应劭《风俗通》曰：按周礼，女巫掌岁时以祓除疾病，禊者洁也，故于水上盥洁之也，巳者祉也，邪疾已去，祈介祉也。

韩诗曰：三月桃花水之时，郑国之俗，三月上巳，于溱洧两水之上，执兰招魂续魄，祓除不祥。

《汉书》曰：太后春幸蚕馆，率皇后列侯夫人桑，遵灞水而祓除。

晋庾阐《三月三日临曲水诗》曰：暮春濯清巳，游鳞泳一壑，高泉吐东岑，洄澜自净荥，临川叠曲流，丰林映绿薄，轻舟沉飞觞，鼓枻观鱼跃。

后汉杜笃《祓禊赋》曰：王侯公主，暨乎富商，用事伊雒，帷幔玄黄。于是旨酒

---

① 向柏松，前引书，第21页。

② 黄寿祺、张善文，前引书，第4页。

③ 戴望，前引书，卷十四，第236页。

④ 宋·李昉，前引书，第一册，夏剑钦、王巽斋校点，河北教育出版社1994年版，第18页。

⑤⑥ 苏舆：《春秋繁露义证》，西汉董仲舒撰，钟哲点校，中华书局1992年版，第437-438页。

⑦ 唐·欧阳询：《艺文类聚》，汪绍盈校，上海古籍出版社1982年版，第62-74页。

佳肴，方丈盈前，浮枣绛水，酹酒醴川。若乃窈窕淑女美媵艳姝，戴翡翠，珥明珠，曳离辕立水涯，微风掩剩纤愕突兀兰苏慢慢感动情魂。若乃隐逸未用，鸿生俊儒，冠高冕，曳长裾，坐沙渚，谈《诗》《书》，咏伊、吕，歌唐、虞。

晋王羲之《三日兰亭诗序》曰：永和九年，岁在癸丑，暮春之初，会于会稽山阴之兰亭，修禊事也，群贤毕至，少长咸集，此地有崇山峻岭，茂林修竹。又有清流激湍，映带左右，引以为流，流觞曲水，列坐其次，虽无丝竹管弦之盛，一觞一咏，亦足以畅叙幽情，是日也，天朗气清，惠风和畅，仰观宇宙之大，俯察品类之盛，所以游目骋怀，足以极视听之娱，信足乐也。

晋孙绰《三日兰亭诗序》曰：古人以水喻性，有旨哉斯谈，非以停之则清，混之则浊耶，情因所习而迁移，物触所遇而兴感，故振辔於朝市，则充屈之心生，闲步于林野，则辽落之志兴，仰瞻羲唐，邈已远矣，近咏台尚，顾深增怀，为复于暧昧之中，思萦拂之道，屡借山水，以化其郁结，永一日之足，当百年之溢，以暮春之始，禊于南涧之滨，高岭千寻，长湖万顷，隆屈澄汪之势，可为壮矣，乃席芳草，镜清流，览卉木，观鱼鸟，具物同荣，资生咸畅，于是和以醇醪，齐以达观，泱然兀矣，焉复觉鹏鹢之二物哉。

春三月，阳气上升，万物生发，溪泉潭瀑令人精神爽发，心旷神怡，以之洗去一年的疲乏，开启新春气象，的确是很能振奋心神的。

二、水使人性回归与张扬：文学艺术中的人水情感交融

古人以水喻性，是取水性之淡然无求的品格，且不因环境的改变而易其清浊，所以能够借水来化解心中郁结。如东晋王羲之《兰亭诗》云："散怀山水，萧然忘羁。"[①] 有了烦恼欲向亲人倾诉，受了挫折打击就想回到母亲的怀抱。同样，在俗世红尘蒙污受诟，就想要回归溪山林泉、山水田园，以洗涤心灵、治疗创伤。诗人以细腻的心灵感知自然，倾听流水，过着清闲安逸的诗意生活，山水相助、自然为师，有了取之不尽、用之不竭的创作源泉，山水诗的蔚为大观便是顺理成章的事了。谢灵运说："山水含清晖，清晖能娱人。"（《石壁精舍还湖中作》[②]）这是最朴实直接的情感表达。谢朓说："余霞散成绮，澄江静如练。"（《晚登三山还望京邑》[③]）水天辉映、澄澈空明，情景交

---

①～③ 逯钦立：《先秦汉魏晋南北朝诗》，中华书局1983年版，第914、1165、1430页。

融。王维说："江流天地外，山色有无中。"（《汉江临眺》①）王维又说："行到水穷处，坐看云起时。"（《终南别业》②）以禅入诗，云淡风轻，蕴含着深刻的人生体验与智慧心境。陆游说："山重水复疑无路，柳暗花明又一村。"（《游山西村》③）在山岭重叠、溪河交错中体会生活的欣喜与愉悦，如此旷达的心胸，明快的诗句，只有真正与山水融为一体才能体会。像这样既可启迪心智，又婉转流美如弹丸的山水清诗，还有很多。例如王湾的《次北固山下》："潮平两岸阔，风正一帆悬。"④又如王维的《山居秋暝》："明月松间照，清泉石上流。"⑤再如李白的《渡荆门送别》："山随平野尽，江入大荒流。"⑥这些诗句中充满了对自然山水的热爱，表现了淡泊宁静的情怀，从而带给读者高雅的精神享受。

　　水带给人们的除了直接的生理感受，更多的是深刻的心理体验与智慧启迪。创作者在文艺作品中对江河湖海、雨露冰雪的刻画描绘，并不是停留在对客观物象的描摹上，而是借以表达一种强烈的精神诉求，以期抒发性灵，安抚内心："白毛浮绿水，红掌拨清波"（骆宾王《咏鹅》⑦），表达了最简单的快乐；"泉眼无声惜细流，树阴照水爱晴柔"（杨万里《小池》⑧），体现了心底的爱怜；"青山遮不住，毕竟东流去"（辛弃疾《菩萨蛮·书江西造口壁》⑨），抒发了最苍凉的悲情。唐符载《江陵陆侍御宅宴集观张员外画松石序》云："投笔而起，为之四顾，若雷雨之澄霁，见万物之情性。观夫张公之艺，非画也，真道也。"⑩以纯真无碍之心流连山水、亲近自然，从而达到物我一体、天人合一的境界，故而能够准确真实地把水之灵魂表现出来。咫尺之间展现万里之势的中国山水画的妙处正在于此，画家将青山绿水艺术地呈现给观者，给人以视觉上的快感、精神上的抚慰。如下面这幅明代戴进（1388—1462）的《溪堂诗思图》。

---

① 唐·王维：《王维集校注》卷二，陈铁民校注，中华书局1997年版，第168页。

② 唐·王维，前引书，卷三，第191页。

③ 傅璇琮等主编：《全宋诗》卷二一六〇，北京大学出版社1995年版，第24392页。

④ 清·彭定求等编：《全唐诗》卷一百一十五，中华书局1999年版，第1170页。

⑤ 唐·王维，前引书，卷五，第451页。

⑥ 唐·李白：《李太白全集》卷之十五，清王琦注，中华书局1999年版，第739页。

⑦ 清·彭定求等编，前引书，卷七十九，第864页。

⑧ 傅璇琮等主编，前引书，卷二二九〇，第26301页。

⑨ 唐圭璋编：《全宋词》第三册，中华书局1965年版，第1880页。

⑩ 清·董诰等编：《全唐文》卷六百九十，中华书局影印嘉庆本1983年版，第706页。

戴进一生坎坷，宣德年间曾为宫廷画家，但因遭忌被诬去职，困居京城多年，心中的愤懑之情可想而知，创作山水画则能很好地消解这种积郁不快。图中山岭高入云天，苍松林立，草堂前临清溪，背倚飞瀑，小桥流水，童子抱琴，如此仙境又岂能不令人心醉神迷、尘虑尽洗。

无论是自然之水，还是神话传说、诗文绘画中的水，都是人类认识自身的一面镜子，我们是谁，我们的先祖从哪里来，"遂古之初，谁传道之"①（屈原《天问》）中水给出了答案，它是生命的开始，也是生命的归宿，更是生命的向往和希望，是超越凡尘、成仙得道的阶梯，一如陶渊明《桃花源记》里那个"芳草鲜美，落英缤纷"的溪水仙境。人们对水的喜爱与亲近，其实就是一种生理和心理的生存本能，它不仅是人类赖以生存的物质基础，更是人们内心深处的情感归依和自我省察。

明·戴进《溪堂诗思图》
辽宁博物馆藏

三、人驭水功高无量：文艺创作中对治水英雄的颂扬

如果说人们对水的依赖是出于生存本能和情感需要的话，那么，当洪水袭来、灾害频发时，治水英雄运用自己的智慧，勇敢地向肆虐的大自然发出挑战，在治水实践中逐渐形成了无私、献身、奋斗、求实的水利精神，才是真正的中华水文化之魂。

《淮南子·本经训》云：

> 昔容成氏之时，道路雁行列处，托婴儿于巢上，置余粮于畮首，虎豹可尾，虺蛇可蹍，而不知其所由然。逮至尧之时，十日并出，焦禾稼，杀草木，而民无所食。猰貐、凿齿、九婴、大风、封豨、修蛇皆为民害。尧乃使羿诛凿齿于畴华之野，杀九婴于凶水之上，缴大风于青丘之泽，上射十日而下杀猰貐，断修蛇于洞庭，禽封

---

① 宋·洪兴祖：《楚辞补注》，白化文、许德楠、李如鸾、方进点校，中华书局1983年版，第85页。

豨于桑林，万民皆喜，置尧以为天子。于是天下广狭、险易、远近，始有道里。舜之时，共工振滔洪水，以薄空桑，龙门未开，吕梁未发，江、淮通流，四海溟涬，民皆上丘陵，赴树木。舜乃使禹疏三江五湖，开伊阙，导廛、涧，平通沟陆，流注东海，鸿水漏，九州干，万民皆宁其性，是以称尧舜以为圣。①

这段话告诉我们，在远古容成氏时代，华夏先民生活得很平静，日出而作、日落而息，社会安定有序，婴孩可以独自留在家里，余粮放在地头也无人来偷，虎豹、毒蛇也不出来伤人，真可谓太平盛世。但到了尧帝时代，天上出现了十个太阳，烤得禾焦木枯，猰貐、凿齿、九婴、大风、封豨、修蛇等猛兽也趁机出来残害苍生，以致民不聊生。于是尧帝命羿射下九个太阳，杀死各种猛兽，百姓们便推举尧为天子，并修建了道路，建起了村落。到了舜帝时代，共工兴起洪水，大水逼近空桑，这时龙门尚未凿开，吕梁还没挖通，长江、淮河合流泛滥，天下四海一片汪洋，百姓都逃到山上，爬上大树。于是舜便让禹疏通三江五湖，开辟伊阙，疏导廛水和涧水，整治疏通大小沟渠，使水流入东海。从中可以看出，尧时的旱灾和舜时的洪灾，都是由于疏于防范或措施不力造成了，大禹之所以能够成功，主要在于他吸取了前人的经验教训，因地制宜地采取了疏导的方法。

前面提到的"共工"，又称共工氏，中国古代神话传说中的水神。从现存史料来看，可知共工氏是炎帝后裔。《山海经·海内经》载："炎帝之妻，赤水之子，听沃生炎居，炎居生节并，节并生戏器，戏器生祝融，祝融降处于江水，生共工。"②《左传·昭公十七年》曰："共工氏以水纪，故为水师而水名。"③《管子·揆度》云："共工之王，水处什之七，陆处什之三，乘天势以隘制夫下。"④《史记·律书》亦云："颛顼有共工之阵以平水害。"⑤可见共工氏是掌管水利的水神。这一点可以从《国语·周语下·太子晋谏灵王壅谷水》中找到佐证：

> 灵王二十二年，谷、洛斗，将毁王宫。王欲壅之，太子晋谏曰："不可。晋闻古之长民者，不堕山，不崇薮，不防川，不窦泽。夫山，土之聚也，薮，物之归也，

---

① 张双棣:《淮南子校释》卷八，北京大学出版社1997年版，第828-838页。

② 袁珂:《山海经校注》，上海古籍出版社1980年版，第471页。

③ 杨伯峻:《春秋左传注》，中华书局1981年版，第1386页。

④ 戴望，前引书，卷二十三，第384页。

⑤ 汉·司马迁，前引书，卷二十五，第1239页。

川,气之导也,泽,水之钟也。夫天地成而聚于高,归物于下。疏为川谷以导其气;陂塘汙庳以钟其美。是故聚不阤崩而物有所归,气不沉滞而亦不散越,是以民生有财用而死有所葬。然则无夭、昏、札、瘥之忧,而无饥、寒、乏、匮之患,故上下能相固,以待不虞,古之圣王唯此之慎。"

"昔共工弃此道也,虞于湛乐,淫失其身,欲壅防百川,堕高堙庳,以害天下。皇天弗福,庶民弗助,祸乱并兴,共工用灭。其在有虞,有崇伯鲧播其淫心。称遂共工之过,尧用殛之于羽山。其后伯禹念前之非度,厘改制量,象物天地,比类百则,仪之于民而度之于群生。共之从孙四岳佐之,高高下下,疏川导滞,钟水丰物,封崇九山,决汨九川,陂鄣九泽,丰殖九薮,汨越九原,宅居九隩,合通四海。故天无伏阴,地无散阳,水无沉气,火无灾燀,神无间行,民无淫心,时无逆数,物无害生。帅象禹之功,度之于轨仪,莫非嘉绩,克厌帝心。皇天嘉之,祚以天下,赐姓曰姒,氏曰有夏,谓其能以嘉祉殷富生物也。祚四岳国,命以侯伯,赐姓曰,氏曰有吕,谓其能为禹股肱心膂,以养物丰民人也。"①

周灵王(名泄心,公元前571—前545年在位)二十二年(前550年),在今河南境内的两条河流谷水和洛水争流,水位暴涨,眼看就要淹毁王宫。灵王打算堵截水流,太子晋认为这个办法不可行,他用历史上共工、鲧(禹的父亲)的错误做法所导致的灾难性后果来劝阻灵王。文中说共工违背了自然规律,破坏了古代执政者不毁坏山丘、不填平沼泽、不堵塞江河、不决开湖泊的传统,筑堤堵塞百川,削平高山来填平低谷,以致治水失败,不仅贻害天下,还害了自身。接替共工的鲧并没有吸取教训,继续筑堤堵水,结果重蹈了共工覆辙。大禹看到了这一点,他改弦易辙,"象物天地,比类百则,仪之于民而度之于群生",遵循天地的法度,取法生物的规则,向老百姓请教,考虑他们的需求,采用"疏川导滞"的方法,不但治住了肆虐的洪水,还因势利导,让大水给天下苍生带来了福泽:蓄积流水繁殖生物,保全九州沼泽和原野,使民众安居,沟通了四海使交通便利。大禹治水的成功,其重大意义主要在于变害为利,让水造福于民,使物尽其用、民安于时,为百姓的生产、生活提供了良好的环境:"故天无伏阴,地无散阳,水无沉气,火无灾燀,神无间行,民无淫心,时无逆数,物无害生。"

共工、鲧、禹,这些在人类与洪水的对抗中做出杰出贡献的治水英雄,不论成败与否,都受

---

① 邬国义、胡果文、李晓路:《国语译注》,上海古籍出版社1994年版,第79页。

到了人们的尊敬，并在口耳相传中赋予了他们许多神力。《山海经·大荒北经》载："有系昆之山者，有共工之台，射者不敢北乡（向）。"①射箭的人不敢向北方射，因为敬畏共工威灵所在的共工台。《山海经·海内经》载："洪水滔天。鲧窃帝息壤以堙洪水，不待帝命。帝令祝融杀鲧于羽郊。"②《拾遗记》卷二"夏禹"曰："尧命夏鲧治水，九载无绩。鲧自沉于羽渊，化为玄鱼，时扬须振鳞，横修波之上，见者谓为'河精'。羽渊与河海通源也。海民于羽山之中，修立鲧庙，四时以致祭祀，常见玄鱼与蛟龙跳跃而出，观者惊而畏矣。"③但由于共工、鲧在治水时没有根据环境的变化而改变旧有的做法，以致延误了时机，造成了更大的损失，因而在后世传说中他们的形象受到了一定的歪曲，尤其是共工，他完全成了造成洪灾的罪魁祸首。《淮南子·天文训》载："昔者共工与颛顼争为帝，怒而触不周之山，天柱折，地维绝，天倾西北，故日月星辰移焉；地不满东南，故水潦尘埃归焉。"④《兵略训》又云："共工为水害，故颛顼诛之。"⑤《史记·补三皇本纪》载："诸侯有共工氏，任智刑，以强霸而不王；以水承木，乃与祝融战。不胜而怒，乃头触不周山，崩，天柱折，地维缺。"（《史记会注考证》引司马贞《补〈史记·三皇本纪〉》⑥）因此，工共与鲧成了危害人间的"四罪"而受到惩处。据《淮南子·原道训》记载，共工被灭族："昔共工之力，触不周之山，使地东南倾。与高辛争为帝，遂潜于渊，宗族残灭，继嗣绝祀。"⑦《尚书·舜典》说共工被流放，而鲧被杀："流共工于幽州，放驩兜于崇山，窜三苗于三危，殛鲧于羽山，四罪而天下咸服。"⑧《尚书·洪范》也记载了鲧因堵塞洪水不力，致使天下大乱而被杀之事："我闻在昔鲧陻洪水，汩陈其五行。帝乃震怒，不畀洪范九畴，彝伦攸斁。鲧则殛死，禹乃嗣兴。天乃锡禹洪范九畴，彝伦攸叙。"⑨《国语·晋语八》则说鲧被诛后化作了一头黄熊，跃入了潭水里："昔者鲧违帝命，殛之于羽山，化为黄熊以入于羽渊，实为夏郊，三代举之。"⑩《左传·昭公七年》也说："昔尧殛鲧于

---

① ② 袁珂，前引书，卷十三，第472页。

③ 晋·王嘉：《拾遗记》卷二，梁萧绮录，齐治平校注，中华书局1981年版，第33页。

④ 张双棣，前引书，卷三，第245页。

⑤ 张双棣，前引书，卷十五，第1544页。

⑥ 日·泷川资言：《史记会注考证》，新世界出版社2009年版，第2-3页。

⑦ 张双棣，前引书，卷一，第59页。

⑧⑨ 王世舜：《尚书译注》，四川人民出版社1982年版，第13、116页。

⑩ 乌国义、胡果文、李晓路，前引书，第451页。

羽山，其神化为黄熊，以入于羽渊，实为夏郊，三代祀之。"①《楚辞·天问》中则对此提出了疑问，难道鲧的罪过真的这么大吗，要受到如此严苛的惩罚："化为黄熊，巫何活焉？咸播秬黍，莆雚是营。何由并投，而鲧疾修盈？"②

与共工、鲧相比，禹则受到了人们的极大推崇与爱戴。为了彰显他的功德，人们尊称他为"大禹"，意谓功劳之高，难以形容。翻检卷帙浩繁的史书典籍，无论是《史记》《尚书》《水经注》《山海经》《淮南子》等，还是《诗经》《楚辞》，诗词曲赋，对大禹的称颂与赞美比比皆是，人们熟悉的"三过家门而不入""鲤鱼跃龙门""化身为熊"等故事，并未只停留在对个人的歌功颂德层面上，"大禹治水"已经升华为一种民族精神，成了中华文明的重要组成部分。《诗经》中提到大禹的地方共有6处：

《小雅·信南山》：信彼南山，维禹甸之。③

《大雅·文王有声》：丰水东注，维禹之绩。④

《大雅·韩奕》：奕奕梁山，维禹甸之。⑤

《鲁颂·閟宫》：奄有下土，缵禹之绪。⑥

《商颂·长发》：洪水茫茫，禹敷下土方，外大国是疆，幅陨既长。⑦

《商颂·殷武》：天命多辟，设都于禹之绩。⑧

从诗中可以看出大禹的故事在春秋时期已经广为流传，这时候他还不是作为"神"而存在，只是一位功勋卓著的英雄人物，在《楚辞·天问》中已经开始被神化了：

顺欲成功，帝何刑焉？永遏在羽山，夫何三年不施？伯禹愎鲧，夫何吕变化？纂就前绪，遂成考功。何续初继业，而厥谋不同？洪泉极深，何以窴之？地方九则，何以坟之？河海应龙？何尽何历？鲧何所营？禹何所成？……禹之力献功，降省下土四方。焉得彼嵞山女，而通之於台桑？闵妃匹合，厥身是继。胡为嗜不同味，而快朝饱？⑨

除了歌颂大禹治水之功外，这里主要传达出三点信息：一是鲧剖腹生禹；二是大禹与涂山女

---

① 杨伯峻：《春秋左传注》，第1289页。

② 宋·洪兴祖，前引书，第90-97页。

③~⑧ 程俊英、蒋见元：《诗经注析》，中华书局1991年版，第664、794、902、1010、1033、1040页。

⑨ 宋·洪兴祖，前引书，第90-97页。

是私订终身;三是大禹具有超自然的神力,能化身为龙。在《国语·鲁语下·孔子论大骨》中禹已经是众神之首了,并拥有生杀大权:"仲尼曰:丘闻之:昔禹致群神于会稽之山,防风氏后至,禹杀而戮之,其骨节专车。此为大矣。"①

在诸子百家的著作里,则又是另一番情形,"其时的禹已神性基本被删除,而是竭力将大禹的德性提升,使其成为一个勤于民事、公而忘家、爱民、向善、尚德、行义,几乎集中了人间一切美德的良臣、明君形象"②。姑举几例如下:

《论语·泰伯》:子曰:"巍巍乎,舜禹之有天下也而不与焉!"③

《论语·泰伯》:子曰:"禹,吾无间然矣。菲饮食而致孝乎鬼神,恶衣服而致美乎黻冕,卑宫室而尽力乎沟洫。禹,吾无间然矣。"④

《论语·宪问》:南宫适问于孔子曰:"羿善射,奡荡舟,俱不得其死然。禹、稷躬稼而有天下。"夫子不答。⑤

《庄子·天下》:昔禹之湮洪水,决江河而通四夷九州也。名山三百,支川三千,小者无数。禹亲自操橐耜而九杂天下之川。腓无胈,胫无毛,沐甚雨,栉疾风,置万国。禹大圣也,而形劳天下也如此。⑥

《孟子·滕文公上》:禹疏九河,瀹济、漯而注诸海;决汝、汉,排淮、泗而注之江。然后中国可得而食也。当是时也,禹八年于外,三过其门而不入,虽欲耕,得乎?⑦

《荀子·成相篇》:禹有功,抑下鸿,辟除民逐共工,北决九河,通十二渚疏三江。⑧

《吕氏春秋·古乐》:禹立,勤劳天下,日夜不懈。通大川,决壅塞,凿龙,降通。⑨

《吕氏春秋·听言》:昔者禹一沐而三捉发,一食而三起,以礼有道之士,通乎

---

① 乌国义、胡果文、李晓路,前引书,第174页。

② 顾晔峰:《先秦典籍中的大禹形象》,《江苏教育学院学报》(社会科学),2011年第2期。

③~⑤ 杨伯峻:《论语译注》,中华书局1980年版,第83、84、145页。

⑥ 陈鼓应:《庄子今注今译》,中华书局1983年版,第863页。

⑦ 杨伯峻:《孟子译注》卷五,中华书局1960年版,第112页。

⑧ 清·王先谦:《荀子集解》卷十八,沈啸寰、王星贤点校,中华书局1988年版,第463页。

⑨ 汉·高诱注:《吕氏春秋》卷五,上海书店1986年版,第53页。

己之不足也。①

《韩非子·五蠹》：禹之王天下也，身执耒臿，以为民先，股无胈，胫不生毛，虽臣虏之劳，不苦于此矣。②

文学作品中的大禹形象经历了从人到神、再从神到人的转变过程，到了汉魏以后逐渐固定了下来，成为中华民族精神的象征，被广为传颂：

李白《相和歌辞·公无渡河》：黄河西来决昆仑，咆哮万里触龙门。波滔天，尧咨嗟，大禹理百川，儿啼不窥家。杀湍湮洪水，九州始蚕麻。其害乃去。③

徐浩《谒禹庙》：亩浍敷四海，川源涤九州。既膺九命锡，乃建洪范畴。鼎革固天启，运兴匪人谋。肇开宅土业，永庇昏垫忧。山足灵庙在，门前清镜流。象筵陈玉帛，容卫俨戈矛。探穴图书朽，卑宫堂殿修。梅梁今不坏，松柘古仍留。负责故乡近，竭来申俎羞。为鱼知造化，叹凤仰徽猷。不复闻夏乐，唯馀奏楚幽。婆娑非舞羽，镗鞳异鸣球。盛德吾无间，高功谁与俦。灾淫破凶愿，祚圣拥神休。出谷莺初语，空山猿独愁。春晖生草树，柳色暖汀州。恩贲题舆重，荣殊衣锦游。宦情同械系，生理任桴浮。地极临沧海，天遥过斗牛。精诚如可谅，他日寄冥搜。④

杜甫《禹庙》：禹庙空山里，秋风落日斜。荒庭垂橘柚，古屋画龙蛇。云气生虚壁，江声走白沙。早知乘四载，疏凿控三巴。⑤

宋无《大禹祠》：力平水土势回天，功业三千五百年。四海九州皆禹足，独留陵寐越山边。⑥

从共工、鲧"雍防百川"到大禹"疏川导滞"，再到后来的郑国开凿郑国渠、李冰父子修建都江堰、潘季驯治理黄河"束水攻沙"，这些中国历史上抗击洪水的代表人物，在救民于倒悬的同时

---

① 汉·高诱注，前引书，卷十三，第131页。
② 清·王先慎：《韩非子集解》卷十九，钟哲点校，中华书局2003年版，第442页。
③ 唐·李白，前引书，卷一，第160页。
④ 清·彭定求等编，前引书，卷二百一十五，第2247页。
⑤ 唐·杜甫，清仇兆鳌注：《杜诗详注》卷十四，中华书局1979年版，第1125页。
⑥ 傅璇琮等主编，前引书，卷三七二三，第44771页。

也在丰富了中华水文化的精神内涵，是中华民族伟大民族精神的重要组成部分。

四、水使人文思泉涌：人水文艺创作中对山水风景的向往

翻阅浩如烟海的中国古代诗文与艺术作品，可以发现有几处自然山水风景是最受创作者青睐的，在他们的笔下出现频次之高，难以尽数。一是潇湘，二是洞庭，三是西湖。

（一）潇湘水云

"潇湘"一词最早出现在《山海经·中山经》里：

> 又东南一百二十里，曰洞庭之山，其上多黄金，其下多银铁，其木多柤梨橘櫾，其草多葌蘪芍药芎藭。帝之二女居之，是常游于江渊。澧、沅之风，交潇湘之渊，是在九江之间，出入必以飘风暴雨。是多怪神，状如人而载蛇，左右手操蛇。多怪鸟。①

可见，潇湘的景色特点是多飘风暴雨、烟云缭绕，充满神秘。"帝之二女"即指舜帝二妃娥皇、女英，帝尧之女。汉刘向《列女传·有虞二妃》曰："有虞二妃者，帝尧二女也：长娥皇、次女英。"② 湘江是长江支流，湖南省最大的河流。潇，指湖南省境内的潇水河，湘江支流，因其中上游两岸树木葱绿，水流清澈幽深，故名"潇水"。南宋诗人赵师秀《送徐道晖游湘水》诗云："潇水添湘阔，唐碑入宋稀。"③ 形象地写出了潇水流入湘江的情形。《水经注·湘水》云："言大舜之陟方也，二妃从征，溺湘江。神游洞庭之渊，出入潇湘之浦。潇者，水清深也。"④ 晋张华《博物志·史补》载："尧之二女，舜之二妃，曰湘夫人。帝崩，二妃啼，以泪挥竹，竹尽斑。"⑤ 人们对这些有关"潇湘神女"的传说深信不疑，写下许多优美诗句以纪其事。如谢朓《新亭渚别范零陵》诗云："洞庭张乐池，潇湘帝子游。"⑥ 又如李白《远别离》诗云："古有皇英之二女，乃在洞庭之南，潇湘之

---

① 袁珂，前引书，第176页。
② 张敬：《列女传今注今译》卷一，汉刘向撰，台湾商务印书馆1994年版，第1页。
③ 傅璇琮等主编，前引书，卷二八四一，第33834页。
④ 北魏·郦道元著，陈桥驿校证：前引书，卷三十八，第888页。
⑤ 晋·张华撰，范宁校证：《博物志校证》卷八，中华书局1980年版，第93页。
⑥ 逯钦立，前引书，第1428页。

浦。"① 元再如耶律楚材《用薛正之韵》诗云:"凤池分付夔龙去,万顷潇湘属湛然。"②

北宋·米友仁《潇湘奇观图》局部
北京故宫博物院藏

旖旎的风光和神奇的传说赋予了"潇湘"丰富的人文内涵,吸引着文人墨客前来欣赏潇湘美景,聆听潇湘夜雨。如唐代诗人柳宗元《湘口馆潇湘二水所会》诗云:

> 九疑浚倾奔,临源委萦回。会合属空旷,泓澄停风雷。高馆轩霞表,危楼临山隈。兹辰始敬霁,纤云尽褰开。天秋日正中,水碧无尘埃。杳杳渔父吟,叫叫羁鸿哀。境胜岂不豫,虑分固难裁。升高欲自舒,弥使远念来。归流驶且广,汛舟绝沿洄。③

诗心与水色交会,流溢出优美的诗句,描绘出二水合流之胜景,江水泓深澄碧,波澜不惊,水天一色无纤尘,宛然一幅绝佳的潇湘江流图。又如齐己的《潇湘》诗云:

> 寒清健碧远相寒,珠媚根源在极南。流古滞今空作岛,逗山冲壁自为潭。迁来贾

---

① 唐·李白,前引书,第157页。
② 元·耶律楚材:《湛然居士文集》卷五,商务印书馆1937年版,第70页。
③ 唐·柳宗元:《柳宗元集》卷四十三,中华书局1979年版,第1190页。

谊愁无限，谪过灵均憾不堪。毕竟输他老渔叟，绿蓑清竹钓绿蓝。①

他把潇湘之水比作"珠媚"，晶莹明澈，清丽脱俗。再如清代经学大家阮元（1764—1849）《过潇湘合流处》一诗，写了自己乘船过潇湘合流处时所见到的潇湘秀丽风光，是描写潇湘景色的佳作：

零陵城边黄叶渡，柳侯祠前多竹树。布帆无恙挂西风，正是潇湘合流处。潇湘秋水澈底清，碧山如带照波明。随波转望忘世情，翠鸟趁鱼时一鸣。②

水清、山碧，使人荡涤胸怀，忘却世情。

虽不能亲临潇湘，但可借观画以娱心志。葛郛《跋李公麟潇湘卧游图》说："昔东坡题宋复古《潇湘晚景图》，有'照眼云山出，浮天野水长'等句。余观此笔，虽不置身岩谷中，而心固与景俱会矣。"③宋复古即画家宋迪，其所绘《潇湘晚景图》虽已不可见，但我们仍能从苏轼的题画诗中一窥其貌，其《宋复古画〈潇湘晚景图〉三首》诗云：

西征忆南国，堂上画潇湘。照眼云山出，浮天野水长。旧游心自省，信手笔都忘。会有衡阳客，来看意渺茫。

落落君怀抱，山川自屈蟠。经营自有适，挥洒不应难。江市人家少，烟村古木攒。知君有幽意，细细为寻看。

咫尺殊非少，阴晴自不齐。径蟠趋后崦，水会赴前溪。自说非人意，曾经入马蹄。他年宦游处，应指剑山西。④

沈括《梦溪笔谈·书画》则提到宋迪亦绘有"潇湘八景"图：

度支员外郎宋迪工画，尤善为平远山水。其得意者，有《平沙雁落》《远浦帆归》《山市晴岚》《江天暮雪》《洞庭秋月》《潇湘夜雨》《烟寺晚钟》《渔村落照》，谓之"八

---

① 清·彭定求等编，前引书，卷八百四十五，第9552页。
② 转引自《永州府志》。
③ 曾枣庄、刘琳主编：《全宋文》卷五四二一，上海辞书出版社、安徽教育出版社2006年版，第330页。
④ 宋·苏轼：《苏轼诗集》卷十七，清王文诰辑注，孔凡礼点校，中华书局1982年版，第900页。

景",好事者多传之。①

与宋迪同时或稍后的宋代诗人对"潇湘八景"多有题咏,如释德洪(1071—1128)《宋迪作八景绝妙,人谓之无声诗,演上人戏余,道人能作有声画乎? 因为之各赋一首》②诗云:

平沙落雁
湖容秋色磨青铜,夕阳沙白光蒙蒙。翩翩欲下更呕轧,十十五五依芦丛。西兴未归愁欲老,日暮无云天似扫。一声渔笛忽惊飞,羲之书空作行草。

远浦归帆
东风忽作羊角转,坐看波面纤罗卷。日角明边白鸟飞,江势吞空客帆远。凭栏心绪风丝乱,苍茫初见疑凫雁。渐见桅樯隐映来,此时增损凭诗眼。

山市清岚
宿雨初收山气重,炊烟日影林光动。蚕市才休人已希,野桥柳色金丝弄。隔溪谁家花满畦,滑唇黄鸟春风啼。酒旗依约望可见,知在柘冈村路西。

江天暮雪
泼墨云浓归鸟灭,魂清忽作江天雪。一川秀色浩零乱,万树无声寒妥贴。孤舟卧听打窗扉,起看宵晴月正晖。忽惊尽卷青山去,更觉重携春色归。

洞庭秋月
橘香浦浦青黄出,维舟日暮柴荆侧。勇波好月如佳人,矜夸似弄婵娟色。夜深河汉正无云,风高掠水白纷纷,五更何处吹画角,披衣起看低金盆。

潇湘夜雨
岳麓轩窗方在目,云生忽收画图轴。逆风为作白头波,倒帆断岸渔村宿。灯火荻丛营夜炊,波心应作出鱼儿。绝怜清境平生事,篷漏孤吟晓不知。

烟寺晚钟
十年车马黄尘路,岁晚客心纷万绪。猛省一声何处钟,寺在烟村最深处。乱溪水急风更清,扁舟欲唤无人渡。倚筇无语立西风,归僧自入烟萝去。

---

① 宋·沈括:《梦溪笔谈校证》,胡道静校证,上海古籍出版社1987年版,第565页。
② 傅璇琮等主编:前引书,卷一三三四,第15162页。

渔村落照

　　碧苇萧萧风淅沥，村巷秋光泼残日。屋头炊黍香浮浮，门前登网银刀戢。筠篮满盛柳条串，隔岸人家酒醇酽。移舟尽倾博一醉，卧看山川红绿眩。

　　从诗题来看，释德洪是看到过"潇湘八景"图的，与沈括所记完全一致。还有许多诗人写过《潇湘八景》诗，只是诗题略有不同。元代杂剧家马致远作有小令《寿阳曲》[①]八首，所写景色与宋迪之画相吻合：

山市晴岚
　　花村外，草店西，晚霞明雨收天霁。四围山一竿残照里，锦屏风又添铺翠。
远浦帆归
　　夕阳下，酒旆闲，两三航未曾着岸。落花水香茅舍晚，断桥头卖鱼人散。
平沙落雁
　　南传信，北寄书，半栖近岸花汀树。似鸳鸯失群迷伴侣，两三行海门斜去。
潇湘夜雨
　　渔灯暗，客梦回，一声声滴人心碎。孤舟五更家万里，是离人几行情泪。
烟寺晚钟
　　寒烟细，古寺清，近黄昏礼佛人静。顺西风晚钟三四声，怎生教老僧禅定？
渔村夕照
　　鸣榔罢，闪暮光，绿杨堤数声渔唱。挂柴门几家闲晒网，都撮在捕鱼图上。
江天暮雪
　　天将暮，雪乱舞，半梅花半飘柳絮。江上晚来堪画处，钓鱼人一蓑归去。
洞庭秋月
　　芦花谢，客乍别，泛蟾光小舟一叶。豫章城故人来也，结末了洞庭秋月。

　　从中可以看出，渲染景色之美，实则是为了表达林泉之思与山水向往。

（二）洞庭秋色

　　"洞庭"，曾经是山名，如前文所引《山海经·中山经》载"又东南一百二十里，曰洞庭之

[①] 傅丽英、马恒君校注：《马致远全集校注》，语文出版社2002年版，第215-216页。

山";又曾经是平原之名,如《庄子·天运》说"帝张《咸池》之乐于洞庭之野"①,称洞庭为"野";湘江流经洞庭湖后汇入长江,屈原《哀郢》云:"将运舟而下浮兮,上洞庭而下江。"②李白《陪族叔刑部侍郎晔及中书贾舍人至游洞庭五首》(其一)诗亦云:"洞庭西望楚江分,水尽南天不见云。"③洞庭又被称为"云梦",如唐代诗人孟浩然《临洞庭》诗云:"八月湖水平,涵虚混太清。气蒸云梦泽,波撼岳阳城。"④据考证,"潇湘八景"中的"洞庭秋月""远浦归帆""平沙落雁""渔村夕照""江天暮雪"等,都是洞庭湖的写照。张孝祥(1132—1169)《浣溪沙·洞庭》词曰:"行尽潇湘到洞庭。楚天阔处数峰青。旗梢不动晚波平。红蓼一湾纹缬乱,白鱼双尾玉刀明。夜凉船影浸疏星。"⑤他从长沙出发,行至洞庭湖,泊舟湖上,看到傍晚的洞庭湖波平浪静,偶有游鱼跃出,惊起道道縠纹,美景如诗亦如画。

洞庭湖水碧于天,沧溟空阔,自古以来,历朝历代对洞庭湖奇丽风光的记载与吟诵可谓不计其数。屈原《湘夫人》中"袅袅兮秋风,洞庭波兮木叶下"⑥,为千古写洞庭美景之佳句。杜甫的名篇《登岳阳楼》云:"昔闻洞庭水,今上岳阳楼。吴楚东南坼,乾坤日夜浮。"⑦写景壮阔,境界宏大,把洞庭湖的浩瀚苍茫描写得淋漓尽致,真可谓雄跨今古。刘禹锡《望洞庭》诗云:"湖光秋月两相和,潭面无风镜未磨。遥望洞庭山水翠,白银盘里一青螺。"⑧秋夜月光下的洞庭湖水澄澈空明,山水浑然一体。唐末诗僧可朋《赋洞庭》诗云:

  周极八百里,凝眸望则劳。水涵天影阔,山拔地形高。
  贾客停非久,渔翁转几遭。飒然风起处,又是鼓波涛。⑨

古时有"八百里洞庭"之说,这首诗写出了洞庭一望无际、水接天流、波涛汹涌的壮观景象。

---

① 陈鼓应,前引书,第426页。

② 宋·洪兴祖,前引书,第132页。

③ 唐·李白,前引书,卷之二十,第954页。

④ 唐·孟浩然,徐鹏校注:《孟浩然集校注》卷三,人民文学出版社1989年版,第146页。

⑤ 唐圭璋编,前引书第三册,第1701页。

⑥ 宋·洪兴祖,前引书,第64页。

⑦ 唐·杜甫,清仇兆鳌注,前引书,卷二十二,第1946页。

⑧ 唐·刘禹锡:《刘禹锡集》卷三十八,卞孝萱校订,中华书局1990年版,第576页。

⑨ 清·彭定求等编,前引书,卷八百四十九,第962页。

范仲淹在《岳阳楼记》中的描绘最为精彩：

> 予观夫巴陵胜状，在洞庭一湖。衔远山，吞长江，浩浩汤汤，横无际涯；朝晖夕阴，气象万千。此则岳阳楼之大观也。前人之述备矣。然则北通巫峡，南极潇湘，迁客骚人，多会于此，览物之情，得无异乎？
>
> 若夫霪雨霏霏，连月不开，阴风怒号，浊浪排空；日星隐耀，山岳潜形；商旅不行，樯倾楫摧；薄暮冥冥，虎啸猿啼。登斯楼也，则有去国怀乡，忧谗畏讥，满目萧然，感极而悲者矣。
>
> 至若春和景明，波澜不惊，上下天光，一碧万顷；沙鸥翔集，锦鳞游泳；岸芷汀兰，郁郁青青。而或长烟一空，皓月千里，浮光跃金，静影沉璧，渔歌互答，此乐何极！登斯楼也，则有心旷神怡，宠辱偕忘，把酒临风，其喜洋洋者矣。①

情景交融、动静结合，文辞简约、优美流畅，写出了洞庭湖浩瀚的气势与晴雨两季的景色变化，令人心旷神怡。

秋日的洞庭景色怡人，但也令游子思妇、羁旅贬谪之人有断肠之思，"然则北通巫峡，南极潇湘，迁客骚人，多会于此，览物之情，得无异乎"？因此，"洞庭秋"也成了"愁思"的象征。李白《秋登巴陵望洞庭》诗云：

> 清晨登巴陵，周览无不极。明湖映天光，彻底见秋色。秋色何苍然，际海俱澄鲜。山青灭远树，水绿无寒烟。来帆出江中，去鸟向日边。风清长沙浦，山空云梦田。瞻光惜颓发，阅水悲徂年。北渚既荡漾，东流自潺湲。郢人唱白雪，越女歌采莲。听此更肠断，凭崖泪如泉。②

秋风萧瑟的季节本就令人伤感，更何况李白在唐肃宗乾元二年（759年）因依附永王李璘而被流放夜郎，虽然不久后获释，但心中愤郁之情可想而知，他在秋天重游洞庭、潇湘，清晨登上巴丘山，极目远望，洞庭湖水澄鲜明净，物色苍茫，远帆归鸟，还有渔歌声声，使人肠断，诗人不由得悲从中来，泪如泉涌。再如张谓（？—777）的《同王徵君湘中有怀》诗云：

---

① 北宋·范仲淹：《岳阳楼记》，《范仲淹全集》卷八，李勇先、王蓉贵校点，四川大学出版社2002年版，第195页。

② 唐·李白，前引书，卷之二十一，第995页。

八月洞庭秋，潇湘水北流。还家万里梦，为客五更愁。

不用开书帙，偏宜上酒楼。故人京洛满，何日复同游。①

八月洞庭，潇湘北去，让羁留南方的北客更加思念家乡，恨不能随江水归去。正因为"洞庭秋"代表了离愁别恨、多愁善感，屡被文人用来自伤身世、感怀世事，成为文艺创作中的一道别样景观。如南宋画家夏圭的《洞庭秋月图》：

图上题诗云："洞庭秋月。橘香浦浦青黄出，维舟日暮柴荆侧，涌波好月如佳人，争夸似弄婵娟色。夜深河汉正无云，风高掠水白纷纷，五更何处吹画角，披衣起看低金盆。"还有元代吴镇的名作《洞庭渔隐图》：

南宋·夏圭《洞庭秋月图》　　　　元·吴镇《洞庭渔隐图》
费利尔美术馆藏　　　　　　　　台北故宫博物院藏

图上有画家自题诗曰："洞庭湖上晚风生，风揽湖心一叶横。兰棹稳，草花新。只钓鲈鱼不钓名。"湖水平静，渔舟轻摇，一派江南水乡景色。

---

① 清·彭定求等编，前引书，卷一百九十七，第2019页。

(三) 西湖烟雨

唐以前的文献中并没有出现"西湖"的名字,只有"钱塘"。《汉书·地理志》中记载:"钱唐,西部都尉治。武林山,武林水所出,东入海,行八百三十里。"① 如白居易写有《钱塘湖春行》。张说(667—730)《赠赵侍御》一诗第一次提到了"西湖":"险式压西湖,侨庐对南岘。夜楼江月入,朝幌山云卷。"② 但他所说的"西湖"何指已不可知。白居易有七首诗明确提到"西湖",如《西湖晚归回望孤山寺赠诸客》诗云:"柳湖松岛莲花寺,晚动归桡出道场。卢橘子低山雨重,棕榈叶战水风凉。烟波澹荡摇空碧,楼殿参差倚夕阳。到岸请君回首望,蓬莱宫在海中央。"③《杭州回舫》诗云:"自别钱塘山水后,不多饮酒懒吟诗。欲将此意凭回棹,报与西湖风月知。"④ 此外还有《寄题余杭郡楼兼呈裴使君》《西湖留别》《湖上醉中代诸妓寄严郎中》等。据《全唐诗》来看,唐诗中提到杭州西湖的并不多,真正让它闻名遐迩的是在宋代。

苏轼的《杭州乞度牒开西湖状》⑤是官方第一次正式使用"杭州西湖"这个名称,而他那首《饮湖上初晴后雨》(其二)"水光潋滟晴方好,山色空蒙雨亦奇。欲把西湖比西子,淡妆浓抹总相宜"⑥的诗句,更是让西湖千古流芳。苏轼在《再次韵德麟新开西湖》诗中亦云:"西湖虽小亦西子,萦流作态清而丰。"他把西湖比作美女西施,形象而生动。苏轼还作有《夜泛西湖五绝》:

> 新月生魄迹未安,才破五六渐盘桓。今夜吐艳如半璧,游人得向三更看。
> 三更向阑月渐垂,欲落未落景特奇。明朝人事谁料得,看到苍龙西没时。
> 苍龙已没牛斗横,东方芒角升长庚。渔人收筒及未晓,船过惟有菰蒲声。
> 菰蒲无边水茫茫,荷花夜开风露香。渐见灯明出远寺,更待月黑看湖光。
> 湖光非鬼亦非仙,风恬浪静光满川。须臾两两入寺去,就视不见空茫然。⑦

夜色下的西湖美景怡人,大雨中的西湖则更是别有一番风景:"黑云翻墨未遮山,白雨跳珠乱

---

① 汉·班固:《汉书》,唐颜师古注,中华书局1962年版,第1609页。
② 清·彭定求等编,前引书,卷八十六,第928页。
③ 唐·白居易:《白居易诗集校注》卷二十,谢思炜撰,中华书局2006年版,第1621页。
④ 唐·白居易,前引书,卷二十三,第1833页。
⑤ 宋·苏轼:《苏轼文集》卷三十,孔凡礼点校,中华书局1986年版,第863页。
⑥ 宋·苏轼,前引书,卷九,第430页。
⑦ 宋·苏轼,前引书,卷七,第752页。

入船。卷地风来忽吹散,望湖楼下水如天。"(《六月二十七日望湖楼醉书》)①"白堤""苏堤"和白娘子的传说及"西湖十景"(平湖秋月、苏堤春晓、断桥残雪、雷峰夕照、南屏晚钟、曲苑风荷、花港观鱼、柳浪闻莺、三潭印月、双峰插云),使杭州西湖逐渐成为一道亮丽的人文景观。南宋吴自牧在《梦粱录》中写道:"临安风俗,四时奢侈,赏玩殆无虚日。西有湖光可爱,东有江潮堪观,皆绝景也。"②如下面夏圭的《西湖柳艇图》:

宋·夏圭《西湖柳艇图》
台北故宫博物院藏

从画中可以看出西湖烟雾迷蒙,清丽雅淡,确如一位江南少女,娟秀美丽。北宋诗人武衍的《正元二日与菊庄汤伯起归隐陈鸿甫泛舟湖上二》诗云:"春雨漠漠雨疏疏,小艇冲烟入画图。除却淡妆浓抹句,更将何语比西湖。"③对雨中西湖不可言喻的美大加赞赏。南宋诗人杨万里《晓出净慈寺送林子方》则道出了夏天西湖的另一种美:"毕竟西湖六月中,风光不与四时同。接天莲叶无穷碧,映日荷花别样红。"④章甫的《张使君以画屏求题》诗云:

西湖景物天与奇,岁晚春风常探支。水边竹外更幽绝,一夜花开南北枝。何处飞来两鹥鹅,影碎晴波荡春碧。荷盖凋零荇带寒,徘徊如与花相识。短屏画手岂无心,待公归赴西湖春。年年春色花照席,应念挥毫老宾客。⑤

真山民《西湖图》诗云:

---

① 宋·苏轼,前引书,卷七,第339页。
② 宋·吴自牧:《梦粱录》卷四,中国商业出版社1982年版,第25页。
③ 傅璇琮等主编,前引书,卷三二六九,第38978页。
④ 傅璇琮等主编,前引书,卷二二九〇,第26288页。
⑤ 傅璇琮等主编,前引书,卷二五一三,第29046页。

两袖春风一丈池，等闲踏破柳桥西。云开远嶂碧千叠，雨过落花红半溪。青旆有情邀我醉，黄莺无恨为谁啼。东城正在桃林外，多少游人逐马蹄。①

晚明作家张岱（1597—1679）的小品文《西湖七月半》描写了达官贵人、名娃闺秀、名妓闲僧以及高情雅士游西湖的热闹情景；《湖心亭看雪》则写出了雪中西湖的清绝丽景：

崇祯五年十二月，余住西湖。大雪三日，湖中人鸟声俱绝。是日更定矣，余挐一小舟，拥毳衣炉火，独往湖心亭看雪。雾凇沆砀，天与云与山与水，上下一白。湖上影子，惟长堤一痕、湖心亭一点、与余舟一芥，舟中人两三粒而已。

到亭上，有两人铺毡对坐，一童子烧酒，炉正沸。见余，大喜曰："湖中焉得更有此人！"拉余同饮。余强饮三大白而别。问其姓氏，是金陵人，客此。

及下船，舟子喃喃曰："莫说相公痴，更有痴似相公者！"②

到了《儒林外史》里"马二先生游西湖"（第十四回 "蘧公孙书坊送良友 马秀才山洞遇神仙"）时，则又是另一番情形：

这西湖乃是天下第一个真山真水的景致！且不说那灵隐的幽深，天竺的清雅，只这出了钱塘门，过圣因寺，上了苏堤，中间是金沙港，转过去就望见雷峰塔，到了净慈寺，有十多里路，真乃五步一楼，十步一阁。一处是金粉楼台，一处是竹篱茅舍，一处是桃柳争妍，一处是桑麻遍野。那些卖酒的青帘高扬，卖茶的红炭满炉，士女游人，络绎不绝，真不数"三十六家花酒店，七十二座营弦楼"。③

马二先生本来想借用西湖的山光水色"添些文思"，但真到了西湖，他却视而不见，接下来的一连串表现令人忍俊不禁，虽然煞风景，倒也为西湖增添了一种别样的情趣。

五、人水精神同化：文艺创作中的人水万象灵通

人作为欣赏主体，在与自然山水的接触过程中，经历了山水比德、山水移情、物我同化等阶

---

① 傅璇琮等主编，前引书，卷三四三四，第40876页。
② 明·张岱：《陶庵梦忆》卷三，淮茗评注，中华书局2008年，第60页。
③ 清·吴敬梓：《儒林外史》，李汉秋点校，上海古籍出版社2010年版，第185页。

段，人与水之间变得心有灵犀、莫逆于心，从而达到精神上的同化，成为了文艺创作中的审美意象和独特意境。

"山水比德"始于《论语·雍也》："子曰：'知者乐水，仁者乐山。知者动，仁者静。知者乐，仁者寿。'"① 孔子还说："不观于高岸，何以知颠坠之患？不临于深渊，何以知没溺之患？不观于海上，何以知风波之患？失之者其不在此乎？士慎三者，无累于人。"② 把山、水作为人的对象物，赋予人性的理想美德，期望在与山水的精神交流中领悟到修身养性、为人处世之道，"船非水不可行。水入船中，则其没也。故曰：君子不可不严也，小人不可不闲也！"③ 董仲舒在《春秋繁露·山川颂》中对这个说法进行了具体阐释：

水则源泉混混沄沄，昼夜不竭，既似力者；盈科后行，既似持平者；循微赴下，不遗小间，既似察者；循溪谷不迷，或奏万里而必至，既似知者；障防山而能清净，既似知命者；不清而入，洁清而出，既似善化者；赴千仞之壑，入而不疑，既似勇者。物皆困于火，而水独胜之，既似武者。咸得之而生，失之而死，既似有德者。孔子在川上曰："逝者如斯夫，不舍昼夜。"此之谓也。④

文章用山水来比喻人之品德，说水"似力者""似持平者""似察者""似知者""似知命者""似善化者""似勇者""似武者""似有德者"，完全是用圣人的标准和眼光来看待自然山水，没有审美，只有"比德"。刘向在《说苑·杂言》中从"似有礼者""似有德者""似圣者"等对"乐水"做了更进一步的解释：

子贡问曰："君子见大水必观焉，何也？"孔子曰："夫水者君子比德焉：遍与而无私，似德；所及者生，似仁；其流卑下句倨，皆循其理，似义；浅者流行，深者不测，似智；其赴百仞之谷不疑，似勇；绰弱而微达，似察；受恶不让，似贞；包蒙不清以入，鲜洁以出，似善化；主量必平，似正；盈不求概，似度；其万折必东，似意；是以君子见大水观焉尔也。"

"夫智者何以乐水也？"曰："泉源溃溃，不释昼夜，其似力者。循理而行，不遗小间，其似持平者；动而之下，其似有礼者。赴千仞之壑而不疑，其似勇者。障防

---

① 杨伯峻：《论语译注》，第 62 页。

②③ 汉·刘向：《说苑校证》卷十七，向宗鲁校证，中华书局 1987 年版，第 424、433 页。

④ 苏舆：《春秋繁露义证》，第 424 页。

而清，其似知命者。不清以入，鲜洁以出，其似善化者。众人取乎品类，以正万物，得之则生，失之则死，其似有德者。淑淑渊渊，深不可测，其似圣者。通润天地之间，国家以成。是知之所以乐水也。《诗》云：'思乐泮水，薄采其茆。鲁侯戾止，在泮饮酒。'乐水之谓也。"①

文中所说的水的所有品德，完全是在迎合儒家理想君子人格的塑造。这种看似合理的比附和寄托，这种伦理道德教化忽略了水本身的自然美，只有可取与不可取，而且完全由它所比附的道德主体所决定。

到了魏晋时期，欣赏者开始用艺术的眼光审美山水，并把自己的情感移入到山水之中，寻找思想共鸣和精神安慰，这使得山水与人达到了高度同化，山水也从高高在上的道德君子转变成自然可亲的心灵伴侣，《世说新语·言语》云：

顾长康从会稽还，人问山川之美，顾云："千岩竞秀，万壑争流，草木蒙笼其上，若云霞兴蔚。"②

王子敬云："从阴道上行，山川自相映发，使人应接不暇。若秋冬之际，尤难为怀。"③

简文帝入华林园，顾谓左右曰："会心处不必在远，翳然林水，便自有濠、濮间想也，觉鸟兽禽鱼自来亲人。"④

卫洗马初欲渡江，神形惨悴，语左右曰："见此茫茫，不觉百感交集。苟未免有情，亦复所能遣此！"⑤

魏晋士人不仅发现了自然山水之美，抛却了之前的情操人格比附，还把山水人性化，怡情山水的同时还能与山水进行精神情感交流。西晋文学家左思（250—305）《招隐诗》云："非必丝与竹，山水有清音。"⑥这种审美体验被称之为"通物情"，"当人之情转换成物之情时，人就有了超越，就有了一个超越自得的精神境界，这时人就会不计功利，不矜情尚，入世而出于世，这自然就有了精神上的自由和个体人格上的独立了，这就叫不违乎'道'。"⑦而这个"道"，就是物我交融时双方

---

① 汉·刘向，向宗鲁校证，前引书，卷十七，第435页。

②～⑤ 徐震堮：《世说新语校笺》卷上，南朝宋刘义庆撰，中华书局1984年版，第81、82、67、51页。

⑥ 逯钦立，前引书，第734页。

⑦ 康中乾：《有无之辨：魏晋玄学本体思想再解读》，人民出版社2003年版，第503页。

所共同拥有的真性情。

与山水从疏离到亲近，再到将自己的生命与天地同化，万物并生，物情即我情，这种精神上的同化，我们可以从山水诗（词）的创作中很清楚地看到这一演变过程。春秋《诗经·蒹葭》云："所谓伊人，在水一方。"①人与水是疏离而陌生的。东汉曹操《观沧海》诗云："水何澹澹，山岛竦峙。"②水波微微荡漾，水已有了形貌。南北朝齐谢朓《暂使下都夜发新林至京邑赠西府同僚》诗亦云："大江流日夜，客心悲未央。"③人与水情感相通。盛唐李白《宣州谢朓楼饯别校书叔云》云："抽刀断水水更流，举杯消愁愁更愁。"④南唐李煜《虞美人·春花秋月何时了》曰："问君能有几多愁，恰似一江春水向东流。"⑤江水已经化作了无尽愁思的象征。北宋苏轼的"欲把西湖比西子，淡妆浓抹总相宜"，则完全把水人化了，如果不是拥有泯灭了物我之别的胸襟和胆识，是不可能有如此超凡脱俗的审美眼光的。

同样地，从山水画的发展历程也能看出人与水之间是如何进行精神同化的。在魏晋南北朝，山水是作为人物画的背景出现的，"水不容泛，人大于山"⑥。如东晋顾恺之（348—409）的《洛神赋图》，格调高逸，笔法成熟，但却缺少了一些山水景物的生气与活性。到了唐五代时期，山水画进入了大发展时期，画中的人物越来越小，山水景物越来越大。如五代董源的《夏景山口待渡图卷》，画中山水、树木占据了大部分空间，人小如豆，几不可见，但人的气息却无处不在。这说明原本作为画面主体的人已经虚化了，完全融入自然之中，已经达到了物我同化、万象灵通的艺术境界。

老子曰："上善若水。水善利万物而不争，处众人之所恶，故几于道。"⑦庄子曰："君子之交淡若水，小人之交甘若醴。"（《庄子·山木》）⑧又说："故海不辞东流，大之至也。圣人并包天下，泽及天下，而不知其谁氏。"（《庄子·徐无鬼》）⑨《慎子·逸文》云："古之全大体者，望天地，观江海，因山谷。日月所照，四时所行，云布风动。不以智累心，不以私累己。"⑩水被赋予了圣人般高尚的德性内涵，人们在营造安心适意的山水风景、歌颂水所代表的价值情操时，不可避免地要受

---

① 程俊英、蒋见元，前引书，第344页。

②③ 逯钦立，前引书，第353、1426页。

④ 唐·李白，前引书，卷十八，第861页。

⑤ 吴家荣选编：《唐五代词》，珠海出版社2002年版，第138页。

⑥ 唐·张彦远，俞剑华注释：《历代名画记》卷一，上海人民美术出版社1964年版，第26页。

⑦~⑨ 陈鼓应：《老子今注今译》，商务印书馆2006年版，第102、512、648页。

⑩ 高流水、林恒森：《慎子全译》，贵州人民出版社1996年版，第75页。

到民族或传统观念的影响，有着深刻的母体文化印迹。同样，创作者"观物取象"，在用山水作为创作素材或是激发灵感时，也会不自觉地融入自身的生命体验、情感寄托和审美标准，从而形成了独具一格的山水文学与山水艺术。因此，人与水的天生情缘，以及由此而产生的丰富面貌和多元文化特色，是文艺创作的不竭源泉和动力。

五代董源《夏景山口待渡图卷》
辽宁省博物馆藏

第二节　水与文学艺术创作相生相长

在众多构成自然风景的元素之中，水与人类的关系和联系，无疑是最为密切和繁复的。人们通过水来关注自我内心，感悟人生哲理，养成君子人格。本节将在文艺创作的视野下来考察人们对水的接受程度和欣赏角度，并进一步考察寄托于水的审美旨趣和文化思潮，以及形成这些现象的思想根源，深层次探讨创作主体如何在创作中以水为师、以水为鉴、借水抒情，最终达到"透彻玲珑""不可凑泊"的空明艺术境界。

一、恶缘与善缘——文艺创作中的人水关系

《礼记·表记》曰："水之于民也，亲而不尊，火尊而不亲。"[①] 在中国人看来，自然是依附于人

---

① 杨天宇：《礼记译注》，上海古籍出版社 2004 年版，第 723 页。

的，它既是人类生活资料的来源，也是人类精神情感的寄托。因此，在人与自然的对抗中，人们一直认为自己是处于主动地位的，坚信"人强胜天"（《逸周书·文传解》[①]），可以指挥万物各安其位："土反其宅，水归其壑，昆虫毋作，草木归其泽。"（《礼记·郊特牲·蜡辞》[②]）因此，当自然灾害来袭或自然环境妨碍了人的生活与生产时，人们是敢于反抗和改造的，如《夸父追日》《精卫填海》《后羿射日》《愚公移山》等神话传说就是明证。在这些想象大胆、瑰丽多彩的神话传说中，弱小人类以血肉之躯对抗法力无边的天神，把人的坚强意志与雄伟气魄表现得淋漓尽致。

《逸周书·文传解》曰："天有四殃，水、旱、饥、荒，其至无时，非务积聚，何以备之？"[③]水供给人们生存、生产之资的同时，也会带来严重恶果。在远古时代，先民遭受着洪荒之苦、旱灾之害，水仿佛在游戏人间，使人们在对大水的恐惧与焦渴期盼中饱受煎熬，爱恨交加中承受着痛苦折磨。面对水的反复无常和对生命的无情吞噬，人们痛恨它、诅咒它，渴望出现具有超自然力的神人来扭转乾坤、救世济民，这是意识到自身力量有限之后自然而然产生的一种幻想，也可以说是一种心理平衡和精神安慰，后来逐渐演变成鼓舞人心的巨大力量和民族气节的象征。《述异记》曰：

> 昔炎帝女溺死东海中，化为精卫。其鸣自呼。每衔西山木石，以填东海，怨溺死故也。海畔俗说：精卫无雄，耦海燕而生，生雌状如精卫，生雄状如海燕。今东海畔精卫誓水处犹存，溺死此川，誓不饮其水。一名誓鸟，一名怨禽，又名志鸟，俗名为帝女雀。[④]

正因为人们面对大海的肆虐却又无能为力，精卫不屈不挠的斗争精神才更具有典型性和精神补偿性。东晋陶渊明《读〈山海经〉十三首》（其十）云："精卫衔微木，将以填沧海。刑天舞干戚，猛志固常在。同物既无虑，化去不复悔。徒没在昔心，良辰讵可待！"[⑤]清代顾炎武《精卫》云："我愿平东海，身沉心不改。大海无平期，我心无绝时。"[⑥]精卫精神已化作了民族之魂并得到传

[①] 黄怀信、张懋镕、田旭东：《逸周书汇校集注》卷三，李学勤审定，上海古籍出版社1995年版，第263页。
[②] 杨天宇，前引书，第316页。
[③] 黄怀信、张懋镕、田旭东，前引书，卷三，第259页。
[④] 宋·李昉：前引书，第八册，孙雍长、熊毓兰、雷方之校点，第427页。
[⑤] 晋·陶渊明：《陶渊明集》卷四，逯钦立校注，中华书局1979年版，第138页。
[⑥] 清·顾炎武：《顾亭林诗文集》卷一，华忱之点校，中华书局1983年版，第278页。

承与发扬。

除了歌颂具有牺牲精神的神仙英雄,人们更渴望能够出现真正战胜洪水的勇士,而对不把百姓疾苦放在心上、消极怠工的治水之神进行了无情的鞭挞。《太平御览》卷三百七十七"人事部十八·长绝域人"条引《神异经》曰:

> 东南隅大荒之中有朴父焉。夫妇并高千里,腹围百辅,天初立时,使夫妻导开百川,懒不用意,谪其夫妻并立东南,男露其势,女彰其杀,气息如人,不畏寒暑,不饮不食。须黄河清,当复更使其夫妻导百川。①

故事杜撰出一对治水懒惰不用心的巨人夫妻,被天帝惩罚永远立于黄河边,以儆效尤。从中亦间接反映出人们对水患的恐惧。

人对洪水灾害的反抗斗争并不意味着人与水的关系就是敌对的,毕竟水之恶不是它与人之间关系的主流,那些充满浪漫主义乐观幻想的神话故事,其实是人类对自身能力的一种挑战,希望能在这种挑战中找到与大自然和谐共处的方法。因此,除了对抗,人们更多时候是渴望能够利用水的自然力来提升、完善自己。古代传奇、志怪小说中就有许多与水相关的修仙故事。《水经注·获水》中记载:

> 赵人有琴高者,以善鼓琴为康王舍人,行鼓涓之术,游浮砀郡间,二百余年后入砀水取龙子,与弟子期,期日皆洁斋待於水傍,果乘赤鲤出入砀中,有万人观之,留月余复入水也。②

"琴高乘鲤"的故事在托名西汉刘向撰《列仙传》中也有记述,是为世人所津津乐道的神仙典故。明代画家李在绘有《琴高乘鲤图》:

水波浩渺中琴高乘鲤而去,人们对神秘莫测的水世界

明·李在《琴高乘鲤图》
上海博物馆藏

---

① 宋·李昉:前引书,第三册,夏剑钦、劳柏林校点,第156页。
② 北魏·郦道元著,陈桥驿校证,前引书,卷二十三,第891页。

充满幻想，故有海天相连之说。晋张华《博物志》卷十"杂说"载："旧说云：天河与海通，近世有人居海渚者，年年八月，有浮槎去来，不失期。"①

在古人的观念里，水的变化还象征着世之盛衰，如《国语·周语上》云：

> 幽王二年，西周三川皆震。伯阳父曰："周将亡矣！夫天地之气，不失其序，若过其序，民乱之也。阳伏而不能出，阴迫而不能，于是有地震，今三川实震，是阳失其所而镇阴也。阳失而在阴，川源必塞，源塞，国必亡。夫水土演而民用也。水土无所演，民乏财用，不亡何待？昔伊、洛竭而夏亡，河竭而商亡。今周德若二代之季矣，其川源又塞，塞必竭。夫国必依山川，山崩川竭，亡之徵也。川竭，山必崩。若国亡不过十年，数之纪也。夫天之所弃，不过其纪。"是岁也，三川竭，岐山崩。十一年，幽王乃灭，周乃东迁。②

再如《述征记》曰："临淄牛山下有女水，齐人谚曰：世治则女水流，世乱则女水竭。慕容超时，干涸弥载，及宋武北征而激洪流。"③河水见证着世间的风雨沧桑、人事更迭，也在拷问着人性的善与恶。

在人们的想象中，水还有着灵异的功能，现存古籍中就记载着不少女子通过与水的接触而怀孕生子的故事。如《山海经·海外西经》载："女子国在巫咸北，两女子居，水周之。"④ 郭璞注曰："有黄池，妇人入浴，出即怀妊矣。若生男，三岁辄死。"《吕氏春秋·孝行览》载："有侁氏女子采桑，得婴儿于空桑之中，献之其君。其君令烰人养之，察其所以然。曰：其母居伊水之上，孕，梦有神告之曰：'臼出水而东走，毋顾！'明日，视臼出水，告其邻，东走十里而顾，其邑尽为水，身因化为空桑。故命之曰伊尹。"⑤《史记·殷本纪》载简狄"为帝喾次妃，三人行浴，见玄鸟堕其卵，简狄取而吞之，因孕生契"⑥。《梁书·东夷传》载："扶桑东千余里有女国，容貌端正，色甚洁白，身体有毛，长发委地。至二三月，竞入水则妊娠，六七月产子。"⑦《华阳国志·南中志》说：

---

① 晋·张华撰，范宁校证，前引书，第111页。

② 邬国义、胡果文、李晓路，前引书，卷一，第21页。

③ 宋·李昉，前引书，第一册，夏剑钦，劳柏林校点，第525页。

④ 袁珂，前引书，第320页。

⑤ 汉·高诱注，前引书，第137页。

⑥ 汉·司马迁，前引书，第91页。

⑦ 唐·姚思廉：《梁书》卷五十四，中华书局1973年版，第809页。

"有竹王者，兴于遯水。有一女子浣于水滨，有三节大竹流入女子足间，推之不肯云。闻有儿声，取持归破之，得一男儿。"①从上述记载可以看出，无论是浴水有身或是饮水而孕，女人所生之子均为具有某种神力的人类。《搜神记》还讲述了一个"儿化水"的故事：

> 汉末零郡太守有女，悦门下书佐，使婢取盥手水饮之，而有娠，而生子，至能行，太守抱儿使求其父，儿直上书佐膝，书佐推之，儿仆地为水。②

水化作人，人是水做的，这种"天人合一"的自然观，已经消弭了物我之别。《管子·水地篇》明确提出了"水本原论"："水凝塞而为人，而九窍五虑出焉"③。在这种集体无意识的思想推动下，抛开物质需求与生存本能不谈，水已经成为了中华民族的精神家园。

中国人在与水相处时，心态是平和的，随遇而安，不占有、不强求。《诗经·邶风·匏有苦叶》曰："济有深涉，深则厉，浅则揭。有弥济盈，济盈不濡轨。"④水深就游过去，水浅就提起衣角蹚过去。这种"默契相安的态度"⑤，形成了中国文艺作品与西方完全不同的风格："西方诗人所爱好的自然是大海，是狂风暴雨，是峭崖荒谷，是日景；中国诗人所爱好的自然是明溪疏柳，是微风细雨，是湖光山色，是月景"⑥。以明溪疏柳、微风细雨、湖光山色、花前月下的诗文与绘画，在中国人的笔下比比皆是，但以大江大海、狂风暴雨、峭崖荒谷为题材的作品却屈指可数。因为中国人在创作中所追求的是淡泊明志、宁静致远，努力去表现自然中美的一面，借以抒发内心情感，给人造成强烈感官刺激的作品是不受欢迎的，这也是人与自然和谐相处、水乳交融的一个证明。但也因此使得"中国诗达到幽美的境界而没有达到伟大的境界"⑦，根源在于中国人抑恶扬善的和谐思想与价值取向。

二、造化与心源——以水为师的创作理念

在与水的关系中，中国人最看重的是统一、和谐而非对立、对抗，是因为人们认识到水对于人心、人性和道德的培养有着很大助益，它所蕴含的某种精神能够给人以智慧的启迪。在中国人

---

① 晋·常璩，刘琳校注：《华阳国志校注》卷四，巴蜀书社1984年版，第339页。
② 晋·干宝：《搜神记》，影印文渊阁《四库全书》本。
③ 戴望，前引书，卷十四，第235页。
④ 程俊英、蒋见元，前引书，第86页。
⑤~⑦ 朱光潜：《中西诗在情趣上的比较》，载《诗论》，北京出版社2011年版，第91、89、101页。

的观念里，水的教化功能远远大于它的破坏性，水的自然美与内在精神是无可替代的。因此，以水为师、取法于水、借水表情言志成为文艺创作中的常式。当然，在进行文艺创作时，水单独出现的时候很少，它往往与山联系在一起，如山水、江山等，是一个无法截然分开的概念组合。

作为自然界的原生物质，水本身并不具备教化功能和文化内涵，但作为人类真正的母亲与亲密伙伴，当人们需要抒情言志时，它无疑是一个最好的介质与载体。《史记·屈原列传》曰："人穷则反本，故劳苦倦极；未尝不呼天也。"① 人类遇到挫折时总需要寻找可以振作精神的力量源泉，水被赋予了许多美好品德以与君子人格相对应，藉此形成恒定有则的精神传统。《韩诗外传》曰：

> 夫水者，缘理而行，不遗大小，似有智者；重而之下，似有礼者；踏深不疑，似有勇者；障防而清，似知命者；历险致远，似有德者。天地以成，群物以生，国家以宁，万事所平，此智者所以乐于水也。②

在以儒家为代表的传统文化里，水是知、礼、勇、德的化身，对维护国家安定起着至关重要的政治教化作用。老子从社会民生的角度看到了"上善若水"，"天下莫柔弱于水，而攻坚强者莫之能胜，以其无以易之。弱之胜强，柔之胜刚，天下莫不知，莫能行"。（《老子·七十八章》③）但要想达到这种境界，他强调要保真，不能受世情所染。庄子则说："相濡以沫，不如相忘于江湖。"④ 他从水中得到的启示是"忘我"与"忘情"，适时放手与不执着。

从先秦到两汉时期，人们对水的审美一直停留在道德层面，只对水所代表的情操品格感兴趣，而对水本身所蕴含的自然美视而不见，水只是引发人生思考的起兴手段，很少对水的形貌作具体描绘，更谈不上如《周南·关雎》："关关雎鸠，在河之洲。窈窕淑女，君子好逑。"⑤《小雅·四月》曰："相彼泉水，载清载浊。我日构祸，曷云能穀？"⑥《卫风·氓》："淇水汤汤，渐车帷裳。"⑦ 东汉张衡《四愁诗》其二："我所思兮在桂林，欲往从之湘水深。"⑧ 赵壹《疾邪诗》其一："河清不可恃，人命不可延。顺风激靡草，富贵者称贤。"⑨ 从这些诗中看不到对水的文艺审美与情感，更感受不到由此而反映出的人之情志与气象。直到魏晋南北朝时期，这种局面才被打破。士大夫们在动荡

---

① 汉·司马迁，前引书，卷八十四，第2841页。

② 汉·韩婴，许维遹集释：《韩诗外传集释》卷三，中华书局1980年版，第110页。

③④ 陈鼓应，前引书，第339、178页。

⑤~⑦ 程俊英、蒋见元，前引书，第2、636、169页。

⑧⑨ 逯钦立，前引书，第177、189页。

的社会中为求自保,把关注的目光从政治民生转移到内心世界,"超名教而任自然"。朱光潜先生认为,"六朝是中国自然诗发轫的时期,也是中国诗脱离音乐而在文字本身求音乐的时期。从六朝起,中国诗才有音律的专门研究,才创新形式,才寻新情趣,才有较精妍的意象,才吸哲理来扩大诗的内容。"① 魏晋诗坛的主流是"玄言诗",钟嵘《诗品》云:"永嘉时,贵黄老,稍尚虚谈。于时篇什,理过其辞,淡乎寡味。爰及江表,微波尚传。孙绰、许询、桓、庾诸公诗,皆平典似道德论,建安风力尽矣。"② 玄学对诗歌的渗透,虽然使其失去了建安风骨的刚劲苍凉,但也扩大了诗的内容,使得山水诗的出现成为了必然。《文心雕龙·明诗》中道:"宋初文咏,体有因革,庄老告退,而山水方滋。俪采百字之偶,争价一句之奇,情必极貌以写物,辞必穷力而追新,此近世之所竞也。"③ 山水诗延续了玄言诗的审美观照方法,摒弃了它"淡乎寡味"的玄理,而把山水作为独立审美对象引入诗中,表现手法与艺术技巧也随之改变,虽然还不可避免地带有"玄言的尾巴",但对水的描摹开始"水润鲜活"了起来。如晋孝武帝时苏彦的《西陵观涛诗》:"洪涛奔逸势,骇浪驾丘山。訇隐振宇宙,崩磕津云连。"④ 该诗比起之前对水的泛化描写,显然有了很大改变。到了谢灵运时,诗中"水"的种类与形状就更多了,如其《从斤竹涧越岭溪行》诗云:

> 猿鸣诚知曙,谷幽光未显。岩下云方合,花上露犹泫。
> 逶迤傍隈隩,迢递陟陉岘。过涧既厉急,登栈亦陵缅。
> 川渚屡径复,乘流玩回转。苹萍泛沉深,菰蒲冒清浅。
> 企石挹飞泉,攀林摘叶卷。想见山阿人,薜萝若在眼。
> 握兰勤徒结,折麻心莫展。情用赏为美,事昧竟谁辨?
> 观此遗物虑,一悟得所遣。⑤

诗人提衣过涧,缘溪水曲折前行,听猿鸣、赏飞泉、看浮萍、观薜萝,在移步换景中体味山水之美,化解世俗烦恼。再如《登永嘉绿嶂山》诗云:

> 裹粮杖轻策,怀迟上幽室。行源径转远,距陆情未毕。
> 澹潋结寒姿,团栾润霜质。涧委水屡迷,林迥岩逾密。

---

① 朱光潜,前引书,第88页。
② 清·何文焕:《历代诗话》,中华书局1981年版,第2页。
③ 南朝梁·刘勰,范文澜注:《文心雕龙注》卷六,人民文学出版社1962年版,第67页。
④⑤ 逯钦立,前引书,第924、1167页。

眷西谓初月，顾东疑落日。践夕奄昏曙，蔽翳皆周悉。
盅上贵不事，履二美贞吉。幽人常坦步，高尚邈难匹。
颐阿竟何端，寂寂寄抱一。恬如既已交，缮性自此出。①

诗人杖策沿溪畔步游，溪水荡漾，汇集成碧潭，潭上烟雾弥漫，使人顿觉寒气逼人。溪岸上修竹摇曳，涧流弯弯曲曲，像蛇一样蜿蜒远去，只见林深岩密，令人目动神摇。这首诗不仅写出了溪水的色、形、貌，还写出了它给人的感觉——寒，令水有了温度与动人神采。

山水作为独立审美对象入诗后，如何巧妙地表现出其情貌，并传达出自己的情感，成了令创作者伤脑筋的事情。因此，他们常常感觉到语言表达的困难，"此中有真意，欲辨已忘言。"（陶渊明《饮酒诗》其五②）"所至得其妙，心知口难传"（苏轼《怀西湖寄晁美叔》③）为了达到"情必极貌以写物"的目的，以为求得"江山之助"是最好的途径。《文心雕龙·物色》云："然则屈平所以能洞监《风》《骚》之情者，抑亦江山之助乎？"④杜荀鹤《冬末同友人泛潇湘》诗云："残腊泛舟何处好？最多吟兴是潇湘。"⑤陆游《偶读旧稿有感》亦云："文字尘埃我自知，向来诸老误相期。挥毫当得江山助，不到潇湘岂有诗。"⑥周必大《绍兴三年十月丙辰长沙郡贡士三十人于公堂太守周某赋诗一篇代鹿鸣之歌》诗云："风雅因遗楚，离骚遂变湘。江山清得助，日月烂争光。"⑦需要指出的是，这里的"江山"，并不只是单纯地指山水，而是一个与世俗相对的自然环境，它能使人放松心神，深切体会山水精神，将之内化为诗人的创作个性和审美情趣，并外化为作品的风格。如果仅仅为逃避现实而流连山水，做不到真正的通物情，那只能是令人生厌的模山范水，不会产生打动人心的艺术力量，更不会引起读者的共鸣。骆宾王《初秋登王司马楼宴赋得同字》序言说："物色相召，江山助人。请振翰林，用濡笔海云尔。"⑧王勃《越州秋日宴山亭序》说："是以东山可望，林泉生

---

① 逯钦立，前引书，第1162页。

② 晋·陶渊明，前引书，第89页。

③ 宋·苏轼，前引书，卷十三，第586页。

④ 南朝梁·刘勰，前引书，卷十，第693页。

⑤ 清·彭定求等编，前引书，卷六百九十二，第7950页。

⑥ 傅璇琮等主编，前引书，卷二一六一，第24412页。

⑦ 傅璇琮等主编，前引书，卷二三二四，第26733页。

⑧ 清·彭定求等编，前引书，卷七十八，第845页。

谢公之文；南国多才，江山助屈平之气。"①只有创作主体的心灵与山水精神相契合，才能真正得到"江山之助"。

由客观事物激发创作灵感，还需要创作主体通过艺术思维对其进行形象再造。会于心的同时还要有创作主体格调修养的陶铸，这样的观点运用到绘画上，就是张璪所说的"外师造化，中得心源"。唐张彦远《历代名画记》载：

> 初，毕庶子宏擅名于代，一见惊叹之，异其唯副县长秃笔，或以手摸绢素，因问璪所受。璪曰：'外师造化，中得心源。'毕宏于是阁笔。②

所谓"造化"即是指自然万物，"心源"即是指创作者的艺术创造。"操千曲而后晓声，观千剑而后识器"（《文心雕龙·知音》③），画家必须认真观察、反复研究他所描绘的对象，以领悟其内在气质与神韵，并能够忠实而艺术地再现出来，可以有取舍，有想象、夸张，但不能主观臆造，否则就会成为无源之水、无本之木。同样，音乐也是如此：想要听者知音晓意，创作者与演奏者必须首先准确传达出物之情貌，才能藉此表达内心情感，从而引起听者的共鸣。如《列子·汤问》所载"高山流水"的故事，伯牙琴艺高超，能够生动准确地传达出高山流水的意蕴，如果不是长期与山水为伴并用心体悟山水精神的话，是不能先感染物情，做到情景交融，也是不可能达到感染人心的境界的。

三、抒情与造境——创作者眼中的水意象

《周易·系辞上》云："子曰：'书不尽言，言不尽意。'然则圣人之意，其不可见乎？子曰：'圣人立象以尽意，设卦以尽情伪，系辞焉以尽其言。变而通之以尽利，鼓之舞之以尽神。'……圣人有以见天下之赜，而拟诸其形容，象其物宜，是故谓之象。"④《周易·系辞下》云："古者包牺氏之王天下也，仰者观象于天，俯者观法于地，观鸟兽之文与地之宜，近取诸身，远取诸物，于是始作八卦，以通神明之德，以类万物之情。"⑤这里的"言不尽意""立象尽意""观物取象"，意思

---

① 清·董诰等编，前引书，卷一百八十一，第1842页。

② 唐·张彦远，俞剑华注释，前引书，卷十，第201页。

③ 南朝梁·刘勰，前引书，卷十，第713页。

④⑤ 黄寿祺、张善文，前引书，第374、400页。

是说文字不能尽言、言不能尽意，但是"象"可以尽意。"象"从何来？从"观物"中来。自此，"意"与"象"的关系问题便成为了一个颇受关注的哲学命题。庄子说"得鱼忘筌""得意忘言"，王弼《周易略例·明象》说"得意忘象""得象忘言"①，《文心雕龙·神思》说"窥意象而运斤"②，《文心雕龙·物色》中又说"是以诗人感物，联类不穷，流连万象之际，沉吟视听之区；写气图貌，既随物以宛转，属采附声，亦与心而徘徊"③。创作者在与外物接触的过程中，感化于心、情景交融、物我一体，眼中之象化与心中之意巧妙契合，这是"意象"的最佳诠释，也是中国文学艺术理论最重要的审美范畴和文化背景。

既然创作者"立象"是为了"尽意"，其目的就不是为了摹拟"象"，而是想，以象揭示其所象征的深刻意义，并借以抒情言志。中国文艺创作强调"借景抒情""托物言志"，借助所绘之象、所感之物来含蓄曲折地表达情感，很少直抒胸臆，认为直白刻露的表述有失温柔敦厚之旨，要做到"初如食橄榄，真味久愈在"（欧阳修《水谷夜行寄圣俞子美》）④，意在言外，耐人寻味。因此，有着多重意蕴的"水意象"，颇受创作者青睐。

以诗心观之，水是"无尽的愁思"。水的流动性让许多诗人借以写愁。如对唐代诗人李颀的"远客坐长夜，雨声孤寺秋。请量东海水，看取浅深愁"⑤，洪迈有评论说："且作客涉远，适当穷秋，暮投孤村古寺中，夜不能寐，起坐凄恻，而闻檐外雨声，其为一时襟抱，不言可知，而此两句十字中，尽其意态，海水喻愁，非过语也。"再如"候馆梅残，溪桥柳细，离愁渐远渐无穷，迢迢不断如春水"（欧阳修的《踏莎行》⑥），借溪水写离愁，感情虽不强烈汹涌却很绵柔，语淡而情长；时间的流逝，生命的无常，离别的痛苦，物是人非的伤感，全都化作了绵绵长长的春水，既甜蜜又苦涩。南宋《桐江诗话》云：

> 许浑集中佳句甚多，然多用"水"字，故国初人士云"许浑千首湿"是也。谓如《洛中怀古》诗云："水声东去市朝变，山势北来宫殿高。"若其它诗无"水"字，

---

① 晋·王弼：《周易略例》，影印文渊阁《四库全书》本。
② 南朝梁·刘勰，前引书，卷四，第493页。
③ 南朝梁·刘勰，前引书，卷十，第693页。
④ 傅璇琮等主编，前引书，卷二八三，第3596页。
⑤ 宋·洪迈：《容斋随笔》卷四，上海古籍出版社1978年版，第46页。
⑥ 唐圭璋编，前引书，第一册，第154页。

则此句当无愧于作者。罗隐诗,篇篇皆有喜怒哀乐心志去就之语,而卒不离乎一身。故"许浑千首湿",人以"罗隐一生身"为对。又云:"杜甫一生愁",似优于前矣。①

出生在水乡泽国——江苏丹阳的许浑以水入诗并不奇怪,他非常善于用水来表达思乡、感伤的情绪,基本上每首诗里都会体现"水",如"故里千帆外,深春一燕飞"(《深春》)②、"溪云初起日沉阁,山雨欲来风满楼"(《咸阳城东楼》)③、"楚水西来天际流,感时伤别思悠悠"(《郊园秋日寄洛中友人》)④)等。再如《陪王尚书泛舟莲池》诗云:

莲塘移画舸,泛泛日华清。水暖鱼频跃,烟秋雁早鸣。舞疑回雪态,歌转遏云声。客散山公醉,风高月满城。⑤

《咸阳城东楼》(一作《咸阳城西楼晚眺》,一作《西门》)诗云:

一上高城万里愁,蒹葭杨柳似汀洲。溪云初起日沉阁,山雨欲来风满楼。鸟下绿芜秦苑夕,蝉鸣黄叶汉宫秋。行人莫问当年事,故国东来渭水流。⑥

虽然只借水来传情达意,有意境浅狭、气格卑弱之病,一致有余而韵味稍嫌不足,但其诗的艺术特色还是非常鲜明的,温婉清丽,有着如水般的清新雅致,形成了其诗歌湿润氤氲的情调。虽然愁思满怀,但既没有强烈的感情起伏,也没有形于色的喜怒哀乐,只有安之若素的淡然与从容,"千首湿"形象地指出了这个特点。相较之下,"一生愁"的杜甫借水喻愁的功力就更深厚了。他的《愁》诗云:

江草日日唤愁生,巫峡泠泠非世情。盘涡鹭浴底心性,独树花发自分明。十年戎马暗南国,异域宾客老孤城。渭水秦山得见否,人今疲病虎纵横。⑦

---

① 宋·胡仔:《苕溪渔隐丛话》前集卷第二十四,廖德明点校,人民文学出版社1962年版,第164页。
② 清·彭定求等编,前引书,卷五百三十二,第6077页。
③ 清·彭定求等编,前引书,卷五百三十三,第6085页。
④ 清·彭定求等编,前引书,卷五百三十六,第6121页。
⑤ 清·彭定求等编,前引书,卷五百二十八,第6036页。
⑥ 清·彭定求等编,前引书,卷五百三十三,第6085页。
⑦ 唐·杜甫,前引书,卷十七,第1599页。

对客居异乡、疾病缠身的诗人来说,触目皆成愁:江边的绿草天天都在唤起愁绪,巫峡中的泠泠流水多么冷漠无情,白鹭在水边洗浴,一株孤树开了花,你们也就自己高兴吧,"我"是无论如何都快乐不起来的。在这里,巫峡水既象征着时光的流逝,又象征着世情,营造出一个令人心碎的悲凉、愁苦意境,与"星垂平野阔,月涌大江流"的雄浑苍茫相比,同样是借江水表达羁旅愁思、老病孤舟、漂泊无依之感,却有着不一样的艺术效果。

以禅心观之,水是"空明之境"。以"般若"与"涅槃"思想为内核的禅宗,主张消除物我之别、破除执念,与万物"打成一片"(《碧岩种电抄》卷一),以使心神清净,如明镜初拭,清莹可鉴,具有清、静特质的水也便成了"清净身""出尘姿"的象征。唐代青原惟信禅师说:"老僧三十年前未参禅时,见山是山,见水是水。及至后来,亲见知识,有个入处。见山不是山,见水不是水。而今得个休歇处,依前见山只是山,见水只是水。大众,这三般见解,是同是别?有人缁素得出,许汝亲见老僧。"(《五灯会元》)形象地说明了从与山水相隔、相融,再到物化的过程。托名苏轼所作的《观潮》诗亦云:"庐山烟雨浙江潮,未到千般恨不消。到得还来无别事,庐山烟雨浙江潮。"也就是说,以禅眼观之,水即我心之表象,我心即水之本象,二者乃是一体,故师诸水也即是师诸心。这样一种艺术上的化境,正是山水画的最高境界。北宋画家范宽(?—1031)说:"前人之法,未尝不近取诸物。吾与其师于人者,未若师诸物也;吾与其师于物者,未若师诸心。"(《宣和画谱》)[①]如他的《溪山行旅图》,气象开阔、浑厚温润。画中峰峦如聚,茂林乔木,飞瀑自涧中奔泻而下,山脚下老树横生,溪水潺潺。行旅之人赶着载满货物的骡马车队有序前行,使人仿佛身临其境。瀑布、溪水,皆如细线,但却生动逼真,显然这是师于造化、师于心的结果。

引禅入诗、入画,人们的审美眼光从质实变得空明,追求"言外之意""象外之象",创作主题逐渐由人过渡到山水,艺术手法也由写实转变成写意,水意象变得更加空灵,常被用来表现空寂、超然之态。如王维的《青溪》:"言入黄花川,每逐青溪水。随山将万转,趣途无百里。声喧乱石中,色静深松里。漾漾泛菱荇,澄澄映葭苇。我心素已闲,清川澹如此。请留磐石上,垂钓将已矣。"[②]《鸟鸣涧》:"人闲桂花落,夜静春山空。月出惊山鸟,时鸣春涧中。"[③]虚静灵动,物我神和,水润心灵,"一切都是动的。非常平凡,非常写实,非常自然,但它所传达出来的意味,却是永恒的静,本体的静……自然是多么美啊,它似乎与人世毫不相干,花开花落,鸟鸣春涧,然而

---

① 宋·佚名:《宣和画谱》,影印文渊阁《四库全书》本。

② 唐·王维,前引书,卷一,第90页。

③ 唐·王维,前引书,卷七《皇甫岳云溪杂题五首》其一,第637页。

就在这对自然的片刻顿悟中,你却感到了那不朽的存在"①。再如《山中》:"荆溪白石出,天寒红叶稀。山路元无雨,空翠湿人衣。"②天寒溪清,红叶烂漫,涓涓细流中露出嶙嶙白石,宛如一幅画。郑振铎先生说:"王维的诗,写自然者,往往是纯客观的,差不多看不见诗人他自己的影子,或连诗人他也都成了静物之一,而被写入画幅之中去了。"③物我已是一体,一切都极为生动鲜活。

  在对水的冥想观照中领悟人生真谛,"万物无足以铙心者,故静也。水静则明烛须眉,平中准,大匠取法焉。水静犹明,而况精神!"(《庄子·天道》④)水之"静""空"并不是一种无,它是摒弃了浮躁、杂念的虚极、静笃状态,不染不着,心念不生,玲珑澄澈,不可凑泊。如在苏轼《次韵僧潜见赠》诗云:"道人胸中水镜清,万象起灭无形。"⑤《赠袁陟》诗中又说:"是身如虚空,万物皆我储。"⑥将之提升到艺术审美层面,水又具有了另一番风貌,"人生态度经历了禅悟变成了自然景色,自然景色所指向的是心灵的境界,这是'自然的人化'(儒)和'人化的自然'(庄)的进一步展开,它已不是人际(儒),不是人格(庄),不是情感(屈)而只是心境"⑦。如苏轼的《江上看山》:"船上看山如走马,倏乎过去数百群。前山槎牙忽变态,后岭杂沓如惊奔。仰看微径斜缭绕,上有行人高缥缈。舟中举手欲与言,孤帆南去如飞鸟。"⑧在一般人的观念里,习惯性地以不动的山为参照物,在这里诗人创造性地以船为参照物,让群山如奔马般飞驰,化静为动,使读者能够真切感受到水流之疾、船行之速。山岭移动之快,恰如岁月流逝之急,一个"孤"字道出了心中的无奈与惆怅,这种跳脱于物外的出世观,这是一种"以我观物"之心境。《新城道中》(其一)一诗则是另外一种"以物观物"之心境:"东风知我欲山行,吹断檐间积雨声。岭上晴云披絮帽,树头初日挂铜钲。野桃含笑竹篱短,溪柳自摇沙水清。西崦人家应最乐,煮芹烧笋饷春耕。"⑨溪柳摇摆、沙水清澈,正是诗人明静心态的传神写照。

---

① 李泽厚:《美学三书·华夏美学》,天津社会科学院出版社2003年版,第341页。

② 唐·王维,前引书,卷五,第463页。

③ 郑振铎:《中国文学史(插图本)》,当代世界出版社2009年版,第244页。

④ 陈鼓应,前引书,第15页。

⑤ 宋·苏轼,前引书,卷十七,第879页。

⑥ 宋·苏轼,前引书,卷二十四,第1264页。

⑦ 李泽厚,前引书,第349、350页。

⑧ 宋·苏轼,前引书,卷一,第16页。

⑨ 宋·苏轼,前引书,卷九,第436页。

作为人类生产、生活不可替代的物质元素，水本身并不能永久地提供给人亲近它的激情，在人与自然水或对抗或和谐的相处中，感性认识逐渐上升到理性认识，水也就化成一个具有原始意味的意象，并在集体无意识中积淀传承下来。虽然水意象被每一位使用者带着自己的主观意旨反复使用了无数次，但呈现在文艺作品里的水，已经脱去了稚拙的本形，而保留着朴实的本真。因为人们用水意象"尽意"时，并不是随心所欲的，而是以自然之水为师，在水固有特质的基础上进行了多元化解读，理性思考与运用，并对水进行了人格化的观照，从哲学、宗教层面对它的品格进行提升，不断地为它增添人文内涵。因此，进入文学家、艺术家与读者视野中的水已经不再是原生态的水，也不是肉眼所见到的水，而是特定情境下的水意象、水文化。在社会生活领域，水是完美人格的体现；在文艺创作领域，无论山水诗还是山水画，水所体现的是审美主体与审美对象之间的和谐关系，以及自然与心灵的完美契合。

第二章

恩怨肇始：水情水事在上古神话中的记忆

传说上古时代中原大地曾经遭受过一场持续数年之久的洪涝灾害，黄河不时泛滥、猛兽肆意横行，这在我国古代许多典籍中都能找到相关记载。洪水带来重大灾难的同时也促使人们去寻找解困办法，于是治水之神、救世英雄开始出现，他们都有着通天彻地的本领和无比坚强的精神意志，运用神力向大自然发起挑战，上演了一幕幕辉耀千古的传奇故事。

第一节　上古神话传说中的洪水灾害

关于上古洪水的传说和记载有很多，众说纷纭，莫衷一是，争论的焦点主要集中在两个方面：一是究竟有没有这场旷日持久的洪水；二是大洪水肆虐的根本原因是什么。下面我们就抽丝剥茧，从现存古代典籍文献和史书的片段描述中，寻绎出那场洪水灾害留在人们记忆中的深刻印迹。

一、现存古代典籍中的上古洪水记载

英国人类学家、历史学家、宗教学家詹姆斯·乔治·弗雷泽在《〈旧约〉中的民间传说——宗教、律法与神话的比较研究》一书的第四章"大洪水"[1]中对世界上许多国家和地区的大洪水神话作了详尽论述，包括巴比伦、希伯来、古希腊、古印度、现代印度、东亚、印度群岛、澳大利亚、新几内亚和美拉尼西亚、波利尼西亚与密克罗尼西亚、南美洲、中美洲及墨西哥、北美洲、非洲等，却对中国的大洪水神话只字未提。他说："据我目前所知，在他们卷帙浩繁和古老的文献里，没有发现我们这里讨论的大部分人类被淹死的世界性洪水泛滥的传说。"[2]这里弗雷泽强调的重点是"大部分人类被淹死"和"世界性"，可能是他所看到的现存文献中没有对这两点进行浓墨重彩的描述，有的只是神话传说中的轻描淡写，以及典籍文献、史书里的只言片语。再加上儒家的传统是"不语怪力乱神"，"孔子出，以修身齐家治国平天下等实用为教，不欲言鬼神，太古荒唐之说，俱为儒者所不道，故其后不特无所光大，而又有散亡。"[3]因此，关于中国上古大洪水的波及范围和

---

① ［英］詹姆斯·乔治·弗雷泽：《〈旧约〉中的民间传说——宗教、律法与神话的比较研究》，叶舒宪、户晓辉译，陕西师范大学出版社 2012 年版。
② 陈建宪：《神祇与英雄：中国古代神话的母题》，北京三联书店 1994 年版，第 101 页。
③ 鲁迅：《中国小说史略》，人民文学出版社 1973 年版，第 12、13 页。

巨大影响也就无从考证。

真相到底如何，让我们先来看一下现存古代典籍文献和史书中的记载。作为中国最古老的历史文献，《尚书·尧典》中有这样的话："上天降灾，下昏民垫。"又曰："汤汤洪水方割。荡荡怀山襄陵，浩浩滔天。"《传》曰："凡平原出水为大水。"①今本《尚书·皋陶谟》亦载：

> 帝曰："来！禹，汝亦昌言。"禹拜曰："都！帝，予何言？予思日孜孜。"皋陶曰："吁！如何？"禹曰："洪水滔天，浩浩怀山襄陵，下民昏垫。予乘四载，随山刊木，暨益奏庶鲜食。予决九川距四海，浚畎浍距川；暨稷播，奏庶艰食鲜食。懋迁有无化居。烝民乃粒，万邦作乂。"皋陶曰："俞！师汝昌言。"②

这是我国关于上古洪水泛滥的最早记载，从中我们可以清楚地看到洪水的气势非常之凶猛，"怀山襄陵、浩浩滔天"，来势汹汹的大水包围了山岳，漫过了丘陵，中原大地一片汪洋。从《慎子·外篇》中也能找到佐证："尧让天下于许由，许由曰：'洪水滔天，下民昏垫，由不能栉奔风，沐骤雨，愁其五脏，以为天下役。'"③足见尧时确实有洪水之灾。《孟子·滕文公上》曰："当尧之时，天下犹未平，洪水横流，泛滥于天下，草木畅茂，禽兽繁殖，五谷不登，禽兽逼人。兽蹄鸟迹之道交于中国。"④《孟子·滕文公下》又说："当尧之时，水逆行，泛滥于中国，蛇龙居之，民无所定，下者为巢，上者为营窟。"从"横流""逆行""泛滥"等词语可知洪水波及的范围之广，而且持续时间很长。《吕氏春秋·季夏纪》曰："水潦盛昌，命神农将巡功，举大事则有天殃。"⑤《吕氏春秋·恃君览》则对黄河水灾有着较为详细的记载：

> 昔上古龙门未开，吕梁未发，河出孟门，大溢逆流，无有丘陵沃衍、平原高阜，尽皆灭之，名曰"鸿水"。禹於是疏河决江，为彭蠡之障，干东土，所活者千八百国。此禹之功也。⑥

大水几乎淹没了整个中原地区。《管子·揆度》云："共工之王，水处什之七，陆处什之三，乘

---

① 宋·李昉，前引书，第一册，孙雍长，熊毓兰，雷方之校点，第529页。

② 王世舜，前引书，第31页。

③ 高流水、林恒森，前引书，第46页。

④ 杨伯峻：《孟子译注》卷五，第112页。

⑤⑥ 汉·高诱注，前引书，卷二十，第54、282页。

天势以隘制天下。"① 共工氏当政的时候，天下水域占十分之七，陆地占十分之三，正是尧禹洪荒时期。虞世南《北堂书钞》转引《尸子》曰："燧人氏时，天下多水。"② 《荀子·富国篇》云："故禹十年水，汤七年旱，而天下无菜色者，十年之后，年谷复熟，而陈积有余。"③ 《韩非子·饰邪》："昔者舜使吏决鸿水，先令有功而舜杀之；禹朝诸侯之君于会稽之上，防风之君后至而禹斩之。"④ 《韩非子·五蠹》："中古之世，天下大水，而鲧、禹决渎。"⑤ 《国语·鲁语上》云："帝喾能序三辰以固民，尧能单均刑法以仪民，舜勤民事而野死，鲧障洪水而殛死，禹能以德修鲧之功，契为司徒而民辑，冥勤其官而水死。"⑥ 韦昭《国语注》引《毛诗传》曰："冥，契六世孙也，为夏水官，勤於其职而死於水。稷、周弃也，勤播百谷，死於黑水之山。"⑦ 冥治理黄河亡于水，可见夏朝建立百多年后黄河水患仍旧很严重。《楚辞·天问》在说到鲧禹治水时，有"不任汩鸿，师何吕尚之"⑧ 之句。

关于这场洪水，《淮南子》提供了更多的证据：

> 往古之时，四极废，九州裂，天不兼覆，地不周载，火爁炎而不灭，水浩洋而不息，猛兽食颛民，鸷鸟攫老弱。⑨（《淮南子·览冥训》）
>
> 禹遭洪水之患，陂塘之事。⑩（《淮南子·齐俗训》）
>
> 中央之极，自昆仑东绝两恒山，日月之所道，江汉之所出，众民之野，五谷之所宜，龙门、河、济相贯，以息壤埋洪水之州，东至碣石，黄帝、后土之所司者，万二千里。⑪（《淮南子·时则训》）

---

① 戴望，前引书，卷二十三，第384页。

② 唐·虞世南《北堂书钞》，影印文渊阁《四库全书》本。

③ 清·王先谦，前引书，卷六，第195页。

④ 清·王先慎，前引书，卷五，第126页。

⑤ 清·王先慎，前引书，卷十九，第442页。

⑥ 邬国义、胡果文、李晓路，前引书，第126页。

⑦ 三国·吴·韦昭：《国语注》，影印文渊阁《四库全书》本。

⑧ 宋·洪兴祖，前引书，第89页。

⑨ 张双棣，前引书，卷六，第678页。

⑩ 张双棣，前引书，卷十，第1157页。

⑪ 张双棣，前引书，卷五，第515页。

禹凿龙门，辟伊阙，平治水土，使民得陆处。①（《淮南子·人间训》）

禹之时，天下大水，禹身执虆垂，以为民先，剔河而道九岐，凿江而通九路，辟五湖而定东海。②（《淮南子·要略》）

《书》曰："'洚水警余。'洚水者，洪水也。使禹治之。禹掘地而注之海，驱蛇龙而放之菹。水由地中行，江、淮、河、汉是也。险阻既远，鸟兽之害人者消，然后人得平土而居之。"③这些叙述虽角度、用语不同，但传达出的信息是一致的：舜时洪水浩洋不息，人们被迫生活在水里，大禹治理后河水退去才得以重返陆地。

综合上述诸多文献资料，我们可以大致理出一些脉络：上古时洪水频发，女娲氏、燧人氏、共工氏时代都有发生，共工氏并因此得到了政权。尧时则有大旱，舜时洪水卷土重来，较之前更加迅猛宏大，负责治水的诸侯共工氏、鲧投入了大量人力物力和时间精力，却以失败告终。舜命禹子承父职，禹开九州，疏通河道，过了十几年后洪水才得到了基本控制，但到了夏中叶时黄河仍大面积泛滥，水官冥也因此亡于大水之中。

虽然这些神话传说与文学家的敷衍说理未必尽然可信，创作者们在叙述中加入了自己的想象和揣度，再经过人们的口耳相传，一些出入是极有可能的。由此，我们完全可以断定尧、舜、禹时期中国确实发生过大洪水，这一点，从汉字的写法上也可以看出来，如"昔"字的古体写法：

"昔"与"今"相对，表示很早的过去，无论甲骨文、金文，还是大篆、小篆，只有天上的太阳和地上的洪水，足于证明上古时期洪水的存在。袁珂先生说："画一个太阳，下面或上面画作水

---

① 张双棣，前引书，卷十八，第1831页。
② 张双棣，前引书，卷二十一，第2123页。
③ 杨伯峻：《孟子译注》卷六，第154页。

波汹涌的光景，意思是说：从前曾经有过可怕的洪水泛滥的日子，大家不要忘了。"①

二、中国上古洪水神话中的洪水起因

谢选骏先生在谈到中国的上古洪水神话时说："各种洪水传说和治水故事实际上是孤立的，各个故事片断并没有组成一个大致完整的故事序列，因而无法显示整个故事的前因后果。"②这个特点与当时的生产力水平、社会的文明程度有着密切关联，从这些零散的记录中，我们可以试着找出尧舜时期大洪水暴发的原因。

对于这个问题，古今中外的研究者的观点虽不尽相同，说法也各异，但归纳起来有以下四种相对比较合理的说法：

一是由共工所致。《淮南子·原道训》曰："昔共工之力，触不周之山，使地东南倾。"③《淮南子·天文训》亦曰："昔者共工与颛顼争为帝，怒而触不周之山。天柱折，地维绝。天倾西北，故日月星辰移焉；地不满东南，故水潦尘埃归焉。"④《列子·汤问》曰："共工氏与颛顼争为帝，怒而触不周之山，折天柱，绝地维。"⑤这些说法比较一致，都认为是共工与颛顼争帝，失败之后怒撞不周山，使得天柱折断，天向西北倾，地向东南倾，星辰全移到了天之西北，大水汇集到了地之东南。这里共工和颛顼都是具有神性的氏族首领，因为权力争斗引发了洪水。但《淮南子·本经训》与《淮南子·兵略训》两部书中又有着不同的说法。《淮南子·本经训》曰："共工振滔洪水，以薄空桑，龙门未开，吕梁未发，江、淮通流，四海溟涬，民皆上丘陵，赴树木。"⑥《淮南子·兵略训》曰："炎帝为火灾，故黄帝禽之；共工为水害，故颛顼诛之。"⑦共工制造了大洪水，被颛顼诛杀。《列子·汤问》亦曰："昔者女娲氏炼五色石以补其阙；断鳌之足以立四极。其后共工氏与颛顼争为帝，怒而触不周之山，折天柱，绝地维，故天倾西北，日月星辰就焉；地不满东南，故百川水潦

---

① 袁珂：《中国神话传说——从盘古到秦始皇》，人民文学出版社1998年版，第330页。
② 谢选骏：《神话与民族精神》，山东文艺出版社1986年版，第79页。
③ 张双棣，前引书，卷一，第59页。
④ 张双棣，前引书，卷三，第245页。
⑤ 杨伯峻：《列子集释》卷五，中华书局1979年版，第150页。
⑥ 张双棣，前引书，卷八，第801页。
⑦ 张双棣，前引书，卷十五，第1541页。

归焉。"① 女娲补天在共工撞不周山之前，这说明洪水早就已经存在了，只不过共工的任性而为加重了水势，使局面变得更危急。

二是共工之臣相柳氏作乱所致。《山海经》中没有关于共工触山的记载，《大荒西经》说西北海之外有"禹攻共工国山"，说明禹与共工氏之间发生过战争。禹是管理水务的司空，他们之间战争的起因是因为共工之臣相柳氏发动了洪水。《海外北经》曰：

> 共工之臣曰相柳氏，九首，以食于九山。相柳之所抵，厥为泽溪。禹杀相柳，其血腥，不可以树五谷种。禹厥之，三仞三沮，乃以为众帝之台。在昆仑之北，柔利之东。相柳者，九首人面，蛇身而青。②

相柳，一名相繇，是个九头蛇身的人面怪物，所到之处一片汪洋。禹诛杀相柳氏之后，相柳之血腥臭，所流之地草木不生，足见其毒。《大荒北经》亦有同样的记载："共工臣名曰相繇，九首蛇身，自环，食于九土。其所歍所尼，即为源泽，不辛乃苦，百兽莫能处。禹湮洪水，杀相繇，其血腥臭，不可生谷，其地多水，不可居也。禹湮之，三仞三沮，乃以为池，群帝因是以为台，在昆仑之北。"③ 共工氏掌管水务是在尧及尧之前，舜执政后因其治水不力被流放，由禹的父亲鲧接任，据此不难推测，禹攻打共工氏，主要战争对象是"相柳氏"，因为此时用《淮南子》里的说法，共工氏已经后嗣无人。

三是持续降雨所致。《淮南子·览冥训》曰："于是女娲炼五色石以补苍天，断鳌足以立四极。杀黑龙以济冀州，积芦灰以止淫水。苍天补，四极正，淫水涸，冀州平，狡虫死，颛民生。"④ 淫水即指长时间不止的大雨。《淮南子·齐俗训》也说："禹之时，天下大雨。禹令人民聚土积薪，择丘陵而处之。"⑤

在黄帝时也曾经发生过洪水之患，兴风作浪、引起大降雨的罪魁祸首是蚩尤：

> 有系昆之山者，有共工之台，射者不敢北乡。有人衣青衣，名曰黄帝女魃。蚩尤作兵伐黄帝，黄帝乃令应龙攻之冀州之野。应龙蓄水，蚩尤请风伯雨师，纵大风雨。

---

① 杨伯峻，前引书，卷五，第 150 页。

②③ 袁珂，前引书，第 233、428 页。

④ 张双棣，前引书，卷六，第 678 页。

⑤ 张双棣，前引书，卷十一，第 1157 页。

黄帝乃下天女曰妭，雨止，遂杀蚩尤。妭不得复上，所居不雨。叔均言之帝，后置之赤水之北。叔均乃为田祖。妭时亡之，所欲逐之者，令曰："神北行！"先除水道，决通沟渎。①（《山海经·大荒北经》）

黄帝与蚩尤大战时，黄帝之臣应龙和蚩尤对峙于冀州平原。应龙是水神，《山海经·大荒东经》载："大荒东北隅中，有山名曰凶犁土丘。应龙处南极，杀蚩尤与夸父，不得复上，故下数旱。旱而为应龙之状，乃得大雨。"②《山海经·大荒北经》载："应龙已杀蚩尤，又杀夸父，乃去南方处之，故南方多雨。"③双方都使用水攻，应龙畜水，蚩尤请来风伯、雨师助阵。一时间天上风雨大作，地上大水横流。黄帝派青衣天女妭帮助应龙，才止住了大雨，杀了蚩尤。女妭因神力耗尽而不能再回到天上，造成人间大旱。妭，又写作"魃"，即是旱神，人多称为旱魃，如《诗经·大雅·云汉》："旱魃为虐，如惔如焚。"④《说文》曰："魃，旱鬼也。"因为妭所经之地皆大旱，被黄帝派田神叔均置于赤水之北，永世不得南行。女妭常常逃亡，她所到之地便会出现旱情，人们要想驱逐她，便祷告说："神啊，请向北去吧！"还事先清除水道，疏通沟渠。因妭在北方，应龙居南方，故北方少水，而南方多雨。

四是环境破坏所致。《孟子·滕文公上》记载，为了治理洪水，"舜使益掌火，益烈山泽而焚之，禽兽逃匿。"⑤《管子·国准》曰：

> 桓公问于管子曰："国准可得闻乎？"管子对曰，"国准者，视时而立仪。"桓公曰："何谓视时而立仪？"对曰："黄帝之王，谨逃其爪牙。有虞之王，枯泽童山。夏后之王，烧增薮，焚沛泽，不益民之利。殷人之王，诸侯无牛马之牢，不利其器。周人之王，官能以备物。五家之数殊而用一也。"⑥

虞舜采取的安民措施是断竭水泽，伐尽山林，这样的做法显然会造成水土流失，土地荒漠化，是很不明智的。因此《管子》批评说："烧山林，破增薮，焚沛泽，猛兽众也。童山竭泽者，君智不足也。烧增薮，焚沛泽，不益民利。"（《管子·国准》⑦）《吕氏春秋·仲夏纪》也说："昔陶唐氏

---

① ~ ③ 袁珂，前引书，第430、359、427 页。

④ 程俊英、蒋见元，前引书，第880 页。

⑤ 杨伯峻，前引书，卷五，第112 页。

⑥⑦ 戴望，前引书，卷二十三，第388 页。

之始，阴多，滞伏而湛积，水道壅塞，不行其原，民气郁阏而滞著，筋骨瑟缩不达，故作为舞以宣导之。"①

如果把以上四种观点联系起来看，它们之间是有着因果关系的。尧在位时遇到了连续数年的大旱，水竭民困，到了舜执政时，他采取了筑坝堵水的办法来缓解旱情，再加上疏于防范，连续不断的大雨使得黄河决口，造成了洪水之灾，也为治水埋下了隐患，数十年洪水不退，各种蛇虫禽兽与民争食，致使国力衰弱、民生疲弊。

三、中国上古洪水神话中的民本思想

面对滔天洪水、家园破败和生命危机，华夏先民所表现出来的勇敢态度和坚强意志是世界其他国家神话故事里所没有的。在中国上古神话传说里，人与神共同协作，对抗洪水，尤其是尧舜时期的大禹治水神话，更是形成了被后世人所称颂并传承至今的民族精神。

通过洪水神话，我们可以看出其中有着浓郁的民本精神。当人间灾难爆发之后，天帝屡次派神仙帮助治理，如《山海经·海内经》曰："帝俊赐羿彤弓素矰，以扶下国，羿是始去恤下地之百艰。"②天帝赐给羿天弓神箭，让他到凡间为民除害。羿到民间后除四凶、射九日，可谓功勋卓著，可他却射伤了水神河伯，抢走了河伯的妻子。《楚辞·天问》记载了这件事：

帝降夷羿，革孽夏民。胡射夫河伯，而妻彼洛嫔？
冯珧利玦，封豨是射。何献蒸肉之膏，而后帝不若？③

天帝不肯享用羿的祭祀，因为羿的一些所作所为已经偏离了他的初衷。但天帝并没有因此惩罚他。王逸《楚辞章句》在注"胡射夫河伯，而妻彼洛嫔"一句时有这样的记载："传曰：河伯化为白龙，游于水旁，羿见而射之，眇其左目。河伯上诉天帝，曰：'为我杀羿。'天帝曰：'尔何故得见射？'河伯曰：'我化为白龙出游。'帝曰：'使汝深守神灵，羿何从得犯？'汝今为虫兽，当为人所射，固其宜也。羿何罪欤？"④河伯被羿射瞎了左眼，就找到天帝告状，请求杀掉羿以解心

---

① 汉·高诱注，前引书，卷五，第51页。
② 袁珂，前引书，第466页。
③ 宋·洪兴祖，前引书，第99页。
④ 汉·王逸：《楚辞章句》，影印文渊阁《四库全书》本。

头之恨，天帝不但没有同意，还为羿开脱。由此可见，天帝所关心的是民生疾苦，对羿表现出了很大的宽容。当鲧窃息壤治理人间水灾时，天帝开始表现的态度是忍耐，直到久治无果，眼见百姓遭受的苦难更加深重，才杀了鲧，接着任命鲧的儿子禹继续使用息壤治水。《淮南子·地形训》曰："禹乃以息壤填洪水以为名山，掘昆仑虚以下地。"① 可见，天帝处罚鲧并不是因为不想用息壤治水，而是因为鲧不但"窃"，还不能真正发挥息壤的作用。《尚书·洪范》曰："昔鲧堙洪不，汩陈其五行，帝乃震怒。不畀洪范九畴，彝伦攸斁。鲧则殛死，禹乃嗣兴。"② 由此可以看出，天帝其实是先民心目中的明君形象的化身，是后世"君以民为本"思想的滥觞。与古希腊神话中的众神之王宙斯相比，中国人心目中的天帝更加仁慈、爱民、无私，他关心百姓疾苦，一切行为都是为了使宇宙间的秩序更加稳定，万物更加和谐。

天帝公正严明，有着人的情感。因为"神力"归根结底要靠人为来实现，人间的帝王被称为天子，意即天帝的儿子，是天帝意旨的执行者。《尚书·皋陶谟》："无旷庶官，天工人其代之。"③ 意谓天不自下治民，故人代天设官行其事。如扬雄《百官箴·大鸿胪箴》云："荡荡唐虞，经通垓极。陶陶百王，天工人力。画为上下，罗条百职。"④《尚书·尧典》曰：

舜曰："咨，四岳！有能奋庸熙帝之载，使宅百揆亮采，惠畴？"佥曰："伯禹作司空。"帝曰："俞，咨！禹，汝平水土，惟时懋哉！"禹拜稽首，让于稷、契暨皋陶。帝曰："俞，汝往哉！"

帝曰："弃，黎民阻饥，汝后稷，播时百谷。"帝曰："契，百姓不亲，五品不逊。汝作司徒，敬敷五教，在宽。"⑤

舜任命禹为司空、弃为后稷、契为司徒，并指出为政之道在"宽"。

禹接受治水任务后，一心为民、心无旁骛。《淮南子·精神训》曰：

禹南省，方济于江，黄龙负舟。舟中之人，五色无主。禹乃熙笑而称曰："我受命于天，竭力而劳万民。生，寄也；死，归也。何足以滑和！"视龙犹蝘蜓，颜色

---

① 张双棣，前引书，卷四，第431页。
②③ 王世舜，前引书，第116、26页。
④ 汉·扬雄，张震泽校注：《扬雄集校注》，上海古籍出版社1993年版，第360页。
⑤ 王世舜，前引书，第17页。

不变。龙乃弭耳掉尾而逃。禹之视物亦细矣。"①

他早就把个人利益与生死置之度外，天大的困难都不怕，所以凶恶的黄龙在他眼中不过如蝾蜓一样渺小，根本不足以撼动他的精神意志。《淮南子·修务训》亦云："且夫圣人者，不耻身之贱，而愧道之不行；不忧命之短，而忧百姓之穷。是故禹之为水，以身解于阳盱之河。汤旱，以身祷于桑山之林。"②正是这样的民本思想与牺牲精神，使得禹在治水时不遗余力，轻身忘家、公而忘私。《尚书·皋陶谟》大禹自述曰："予创若时，娶于涂山，辛壬癸甲，启呱呱而泣。予弗子，惟荒度土功。"③《列子·杨朱》云："鲧治水土，绩用不就，殛诸羽山。禹纂业事雠，惟荒土功，子产不字，过门不入；身体偏枯，手足胼胝。"④《吕氏春秋·仲夏纪》曰："禹立，勤劳天下，日夜不懈。通大川，决壅塞，凿龙门，降通漻水以导河，疏三江五湖，注之东海，以利黔首。"⑤《史记·夏本纪》曰："禹伤先人父鲧功之不成受诛，乃劳身焦思，居外十三年，过家门不敢入。"⑥又说："禹为人敏给克勤；其思不违，其仁可亲，其言可信；声为律，身为度，称以出，亹亹穆穆，为纲为纪。"⑦在这种强大意志力的支配下，大禹跋山涉水，几乎踏遍了中国的大小山川。《吕氏春秋·慎行论》曰：

> 禹东至榑木之地，日出九津，青羌之野，攒树之所，携天之山，鸟谷、青丘之乡，黑齿之国；南至交阯、孙朴续樠之国，丹粟漆树沸水漂漂九阳之山，羽人、裸民之处，不死之乡；西至三危之国，巫山之下，饮露吸气之民，积金之山，其肱、一臂、三面之乡；北至人正之国，夏海之穷，衡山之上，太戎之国，夸父之野，禺强之所，积水、积石之山。不有懈堕，忧其黔首，颜色黎黑，窍藏不通，步不相过，以求贤人，欲尽地利：至劳也。得陶、化益、真窥、横革、之交五人佐禹，故功绩铭乎金石，着于盘盂。⑧

《吕氏春秋·孝行览》亦曰："夫禹遇舜，天也。禹周于天下，以求贤者，事利黔首，水潦川泽

---

① 张双棣，前引书，卷七，第763页。
② 张双棣，前引书，卷十九，第1939页。
③ 王世舜，前引书，第97页。
④ 杨伯峻：《列子集释》卷七，第231页。
⑤ 汉·高诱注，前引书，卷六，第53页。
⑥⑦ 汉·司马迁，前引书，卷二，第51页。
⑧ 汉·高诱注，前引书，卷二十二，第292页。

之湛滞壅塞可通者，禹尽为之，人也。"① 大禹并不是只凭一己之力，而是招揽贤才，依靠民众，最终在皋陶、化益等人的协助下，万众一心、众志成城，战胜了滔天的洪水。白居易《自蜀江至洞庭湖口有感而作》诗云："江从西南来，浩浩无旦夕。长波逐若泻，连山凿如劈。千年不壅溃，万里无垫溺。不尔民为鱼，大哉禹之绩！导岷既艰远，距海无咫尺。胡为不讫功？湖水斯委积。洞庭与青草，大小两相敌。混合万丈深，森茫千里白。每岁秋夏时，浩大吞七泽。水族窟穴多，农人土地窄。我今尚嗟叹，禹岂不爱惜。邈未究其由，想古观遗迹。疑自苗人顽，恃险不终役。帝亦无奈何，留患与今昔。水流天地内，如身有血脉。滞则为疽疣，治之在针石。安得禹复生？为唐水官伯。手提倚天剑，重来亲指画。疏河似剪纸，决壅如裂帛。渗作膏腴田，踢平鱼鳖宅。龙宫变闾里，水府生禾麦。坐添百万户，书我司徒籍。"② 这首诗是我国历史上对洞庭湖水患的最早记述。诗人写了洞庭水灾的危害，希望大禹能够重生，手提倚天剑，疏河决壅以解民生疾苦，反映出了大禹治水及其表现出的民本思想对后世的巨大影响。

大禹治水时虽然强调以民为本，但他更注重人与自然之间的和谐。他不妄为，不强为，而是根据实际情况因势利导，制定切实可行的治水方案。这是他留给后代最重要的治水经验。《孟子·告子下》载："白圭曰：'丹之治水也愈于禹。'孟子曰：'子过矣。禹之治水，水之道也，是故禹以四海为壑。今吾子以邻国为壑。水逆付谓之洚水——降水者，洪水也——仁人之所恶也。吾子过矣。"③ 白圭认为自己治水的本领比大禹还要高强，孟不以为然。孟认为大禹治水顺应水性，重在疏导；白圭治水却高筑堤防，重在堵塞；大禹将水导入四海，利在天下而无贻害；而白圭却把水引向邻国，是损人利己的行为，只能为仁者所厌弃。《吕氏春秋·慎大览》曰："禹通三江五湖，决伊阙，沟回陆，注之东海，因水之力也。"④《慎子》亦曰："法非从天下，非从地出，发于人间，合乎人心而已。治水者茨防决塞，九州四海，相似如一。学之于水，不学之于禹也。"⑤《淮南子·原道训》亦曰："修道理之数，因天地之自然，则六合不足均也。是故禹之决渎也，因水以为师；神农之播谷也，因苗以为教。"⑥ 禹治洪水以拯黎民，他的精神泽被后世。他以水为师的科学

---

① 汉·高诱注，前引书，卷十四，第150页。
② 唐·白居易，前引书，卷八，第676页。
③ 杨伯峻：《孟子译注》卷十二，第295页。
④ 汉·高诱注，前引书，卷十五，第174页。
⑤ 高流水，林恒森，前引书，第73页。
⑥ 张双棣，前引书，卷一，第47页。

精神，也启示人们在面对自然灾难时应该既合乎民心，又顺乎民意，要有自觉遵循规律、甘于吃苦奉献、实地调查研究的求真务实精神。如果一味照搬大禹治水的做法，不知依照水情适时变通，违背自然规律，不但劳而无功、劳民伤财，还会招致更大的灾祸。

中国上古神话传说是最生动又具原生貌的文学作品，它不仅是中国文学创作的源泉，而且有着不可忽视的文献价值。华夏先民穴居巢处、茹毛饮血、结绳而治，他们面对自然灾害时的大无畏的牺牲精神与不屈不挠的斗争精神是我们民族中最宝贵的财富，而这种精神得以传承，《山海经》《楚辞》《淮南子》《列子》等典籍的作者们可谓功不可没，许多史实依靠这些神话才能保留至今。这些书中关于洪水神话的记载各具特色，但却有着明显的趋同性，使它们能够互相印证与补充，从而为我们还原了尧舜禹时期那场世界性特大洪水的部分真相，使我们能够更加准确而深刻地理解洪水的起因，体会以大禹为代表的治水英雄的无穷智慧与强大能力，学习他们百折不挠的奋斗精神、务实精神和敬业奉献精神，在见证昨天的同时也给我们的今天和明天提供更好的借鉴，以防患于未然。

第二节　中国上古洪水神话的文化内涵

陈建宪先生在《神祇与英雄：中国古代神话的母题》一书中说："人类之所以时常清点祖先们留下的神话遗产，因为那里面埋藏着与自己生存和发展密切相关的文化信息。"① 作为影响最大、流行最广的神话，洪水神话一直是世界性研究对象，因为从中可以寻找出中华民族文化与精神的根源所在。

一、从洪水神话看上古时代女性地位

从原始社会到封建时代，女性一直处于男性的从属地位，甚至只是用来繁衍后代的工具。曾经有研究者指出在母系氏族社会时代，女性是具有绝对权威的。事实是否真的如此，今天已经不得而知，但从现存的上古神话传说中似乎可以窥见一些端倪。

就像关心天地是如何产生的一样，人类对自己从哪里来也非常感兴趣。前引《太平御览》卷

---

① 陈建宪：《神祇与英雄：中国古代神话的母题》，北京三联书店1994年版，第2页。

七十八引《风俗通》云："俗说天地开辟，未有人民，女娲抟黄土作人，剧务，力不暇供，乃引绳絚于泥中，举以为人。故富贵者，黄土人也；贫贱凡庸者，絚人也。"① 由此女娲被认为是人类的始祖。但这种说法也有着令人费解的地方，为什么女娲不是生人，而是造人，也就是说人类认为自己并不是由女性孕育出来的。我们所熟知的女娲传说就是她炼石补天，但在《山海经》中提到女娲的只有一处，并没有女娲补天的说法："有神十人，名曰女娲之肠，化为神，处栗广之野，横道而处。"②（《山海经·大荒西经》）这十个神人是女娲的肠子所化，也不是女娲所孕育生产的，换句话说，女娲是没有子嗣的。

在大禹治水故事中，关于他的出生有不同的说法，最早也是流行最广的说法便是鲧剖腹生了禹。这件明显不可能的事情却被当作真实的事情记录了下来，可见原因只能是因为禹是个伟大的英雄，英雄只能是父亲生育的，母亲作为女性是没有地位的。禹年近30岁的时候娶了涂山氏，原因很有意思。《太平御览》卷八十二"皇王部七·夏帝禹"条引《吕氏春秋》曰："禹年三十未娶，行涂山。恐时暮失制，乃娶涂山女。"③《吕氏春秋·季夏纪》写得更详细些："禹行水，窃见涂山之女，禹未之遇，而巡省南土。涂山氏之女乃令其妾候禹于涂山之阳。女乃作歌，歌曰：候人兮猗！实始作为南音。"④禹因为自己年龄大了才娶的涂山氏，而且成亲四天就离开家了，十三年中三过家门而不入，涂山氏在其心目中的地位可想而知。《太平御览》卷一百三十五"皇亲部一·总序后妃"条引《帝王世纪》曰："禹始纳涂山氏女，曰女娲，合婚於台桑，有白狐九尾之瑞，到至是为攸女。故《连山易》曰：'禹娶涂山之子，名曰攸女，生启是也。'"⑤这里认为涂山氏就是女娲，上古女性没有名字，重名的机会不多，看来这个"女娲"与补天的"女娲"应该是同一个人。《太平御览》卷五百七十一"乐部九·歌二"条引《家语》曰："禹年三十未娶。有行涂山，恐时日暮。吾娶必有应也。乃有白狐九尾而造禹，禹曰：'白者，吾服也；九尾，其证也。'涂山人歌曰：'绥绥白狐，九尾庞庞；成家成室，我都彼昌。'禹因娶涂山女。"更指出涂山氏是条九尾白狐，主动奔禹。《淮南子》曰："禹娶涂山化为石，在嵩山下方生启，曰，归我子，石破北方而生启。"⑥《太平御览》卷

---

① 宋·李昉，前引书，第一册，孙雍长，熊毓兰，雷方之校点，第671页。
② 袁珂，前引书，第389页。
③ 宋·李昉，前引书，第一册，引古本《吕氏春秋》，第703页。
④ 汉·高诱注，前引书，卷六，第58页。
⑤ 宋·李昉，前引书，第二册，第300页。
⑥ 宋·李昉，前引书，第五册，第508页。

五十一"地部十六·石上"条引《淮南子》曰:"禹娶涂山化为石,在嵩山下方生启,曰,归我子,石破北方而生启。"① 涂山氏化作石而生启,还有种说法是生启后母即化为石,其实本书以为这是在说涂山氏因难产而亡,被葬于石山下。把以上各种说法联系起来看,可知涂山氏的一生从女性角度来看是很悲惨的。

二、从洪水神话看上古先民的"天人合一"思想

为了治理洪水,各路神祇都来帮忙,可最终力克洪水、解民之困的却是大禹这个有着血肉之躯的人,他被赋予的那些超自然的能力,很好地体现了中国人的"天人合一"思想。

自古以来,人们对"天"总是充满敬畏,认为天是宇宙万物的主宰,是造化之主,天命是不可违的,如果不顺天意,就要受到天罚。《尚书·汤誓》曰:"有夏多罪,天命殛之。""夏氏有罪,予畏上帝,不敢不正。""尔尚辅予一人,致天之罚。"②《尚书·盘庚》曰:"先王有服,恪谨天命。""予迓续乃命于天。""故有爽德,自上其罚汝。""迪高后丕乃崇降弗祥。"③ 虽然统治者这样说是为了神化自己的政权,以利于驭民,但也说明人们是相信神力存在的。恩格斯说:"一切宗教,不是别的,正是日常生活中支配着人们的那种外界力量在人们头脑中的幻想的反映,在这反映中,人间的力量,采取了非人间力量的形式。"④ 这种君权神授的思想反映在神话传说里,就是人间的帝王拥有至高无上的权力,天地间的人、神、妖、魔都要听其号令,因为他代行的是天帝意旨。值得注意的是在上古先民的意识里,"天"也代表着自然法则,世间万物都是"天"安排好了的,一切秩序都不能打乱。同样,人也是天神女娲抟土而造的,是水凝成的,属于自然的一部分。人与自然之间的关系就这样被确定下来了。因此,在上古神话传说中,无论天神、神化的英雄,还是为害人间的怪物,几乎都是人首兽身,如女娲是人首蛇身。南宋罗泌《路史·后纪二》注引《归藏·启筮》:"共工人首蛇身朱发。"⑤《山海经》载共工之臣相柳氏是九头人首、青蛇之身,鲧被杀后化作黄熊,禹治水时也曾化作熊以开山。这些动物形象是氏族部落的图腾,可见在远古人看来族人与图腾是一体的,图腾被赋予了人的含义或人被赋予了图腾的特点,两者交融,使人具有了

---

① 宋·李昉,前引书,第一册,第468页。
②③ 王世舜,前引书,第77、80页。
④ [德]恩格斯:《反杜林论》,人民出版社1956年版,第333页。
⑤ 宋·罗泌:《路史》,影印文渊阁《四库全书》本。

某些动物的本领,弥补了人类自身的不足。

在人神关系上,人民对于神也不是绝对服从的。《尚书·微子》云:"小民方兴,相为敌仇。……今殷民乃攘窃神祇之牺牷牲用以容,将食无灾。"①小民联合起来与天廷作对,还盗取祭祀天地神灵的贡物。《山海经·海外西经》记载:"形天与帝争神,帝断其首,葬之常羊之山,乃以乳为目,以脐为口,操干戚以舞。"②巨人形天敢与天帝争夺神位,虽被断首仍战斗不息。《海外北经》载:"夸父与日逐走,入日,渴欲得饮,饮于河、渭;河渭不足,北饮大泽。未至,道渴而死。弃其杖,化为邓林。"③《列子·汤问》亦云:"夸父不量力,欲追日影,逐之於隅谷之际。渴欲得饮,赴饮河渭。河渭不足,将走北饮大泽。未至道,渴而死。弃其杖,尸膏肉所浸,生邓林。邓林弥广数千里焉。"④这种敢于与天斗的大无畏精神,说明在听天命的同时,人们更相信人力,始终怀有人定胜天的坚定信念。因此,面对自然的一切,非常注重人为的治理,正如《淮南子·修务训》所言:"夫地势,水东流,人必事焉,然后水潦得谷行。禾稼春生,人必加功焉,故五谷得遂长。听其自流,待其自生,则鲧、禹之功不立,而后稷之智不用。"⑤要让万物在人的管理下有序、和谐地生长,而不能放任自流。

在人民心目中,人类与自然万物相处的最好方式是互通有无,和平共处,没有绝对的对立关系。例如,人与神是可以相互来往的。《山海经·大荒西经》载:"西南海之外,赤水之南,流沙之西,有人珥两青蛇,乘两龙,名曰夏后开。工上三嫔于天,得《九辩》与《九歌》以下。此天穆之野,高二千仞,开焉得始歌《九招》。"⑥夏后开即夏启,他曾经三次受邀天庭做客,得到了天帝的乐曲《九辩》《九歌》,他还在高达两千仞的天穆野演奏乐歌《九招》。《大荒西经》又曰:"炎帝之孙名曰灵恝,灵恝生互人,是能上下于天。"⑦天帝也经常下凡到人间,如《大荒东经》载:"有五采之鸟,相乡弃沙。惟帝俊下友,帝下两坛,采鸟是司"。⑧这些记载说明了人们最早的"天人合一"思想,也就是在相互尊重的基础上和谐相处,如果有为害人间的事情发生,人神会共同努力消除祸患。

---

① 王世舜,前引书,第106页。

②③ 袁珂,前引书,第214、238页。

④ 杨伯峻:《列子集释》卷五,第161-162页。

⑤ 张双棣,前引书,卷十九,第1950页。

⑥~⑧ 袁珂,前引书,第414、415、355页。

三、从洪水神话看先民的生态保护意识

上古时代人少兽多,物产也丰富,按常论似乎应该没有生态保护的意识,但其实不然。《山海经·海外东经》中记载:"帝命竖亥,自东极至于西极,五亿十选九千八百步。竖亥右手把算,左手指青丘北。一曰禹令竖亥。一曰五亿十万九千八百步。"① 这应该是人类历史上有记载的最早的地理测量。测量的目的是为了治水,这种有全局规划的治水方法,就是一种生态保护意识。

前文所引《国语·周语下·太子晋谏灵王壅谷水》亦曰:"灵王二十二年,谷、洛斗,将毁王宫。王欲壅之,太子晋谏曰:'不可。晋闻古之长民者,不堕山,不崇薮,不防川,不窦泽。夫山,土之聚也,薮,物之归也,川,气之导也,泽,水之钟也。夫天地成而聚于高,归物于下。疏为川谷以导其气;陂塘汙庳以钟其美。是故聚不陁崩而物有所归,气不沈滞而亦不散越,是以民生有财用而死有所葬。然则无夭、昏、札、瘥之忧,而无饥、寒、乏、匮之患,故上下能相固,以待不虞,古之圣王唯此之慎。'"② 这里所说的上古时代人们的做法,亦即是不毁坏山丘、不填平沼泽、不堵塞江河、不决开湖泊,保护好自然山水,不因一己之私或眼前利益而贸然行动。共工、鲧没有遵守自然规律,破坏了因袭已久的自然法则,所以才酿成了大祸。大禹在治水的过程中,没有像共工和鲧一样高高在上,而是亲自跋山涉水,实地考察,在减轻了洪涝灾害的同时,又解决了民众干旱缺水的问题,从而保护了良好的水生态环境。《淮南子·泰族训》亦云:"禹凿龙门,辟伊阙,决江濬河,东注之海,因水之流也。后稷垦草发菑,粪土树谷,使五种各得其宜,因地之势也。"③

水害之惨烈使得人们闻之色变,被称为"五害"之首,也成为了治理、保护环境的重要目标。《管子·度地》记载了桓公与管仲的一段对话,对"水害"作了详细解释:"水,一害也;旱,一害也;风雾雹霜,一害也;厉,一害也;虫,一害也。此谓五害。五害之属,水最为大。五害已除,人乃可治……水有大小,又有远近。水之出于山,而流入于海者,命曰经水;水别于他水,入于大水及海者,命曰枝水;山之沟,一有水一毋水者,命曰谷水;水之出于他水沟,流于大水及海者,命曰川水;出地而不流者,命曰渊水。此五水者,因其利而往之可也,因而扼之可也,而不久常有危殆矣。……夫水之性,以高走下则疾,至于漂石;而下向高,即留而不行,故高其上。

---

① 袁珂,前引书,第258页。

② 乌国义、胡果文、李晓路,前引书,第79页。

③ 张双棣,前引书,卷二十,第2052页。

领軨之,尺有十分之三,里满四十九者,水可走也。乃迁其道而远之,以势行之。水之性,行至曲必留退,满则后推前,地下则平行,地高即控,杜曲则捣毁。杜曲激则跃,跃则倚,倚则环,环则中,中则涵,涵则塞,塞则移,移则控,控则水妄行;水妄行则伤人,伤人则困,困则轻法,轻法则难治,难治则不孝,不孝则不臣矣。故五害之属,伤杀之类,祸福同矣。知备此五者,人君天地矣。"① 管仲认为:水力之猛可以冲石倒山,如果不善于治理,则后患无穷。然而,在治水时要有一定策略。《淮南子·主术训》曰:"禹决江疏河,以为天下兴利,而不能使水西流;稷辟土垦草,以为百姓力农,然不能使禾冬生。岂其人事不至哉?其势不可也。夫推而不可为之势,而不修道理之数,虽神圣人不能以成其功,而况当世之主乎!"又说:"食者,民之本也;民者,国之本也;国者,君之本也。是故人君者,上因天时,下尽地财,中用人力,是以群生遂长,五谷蕃殖。……故尧为善而众善至矣,桀为非而众非来矣。善积则功成,非积则祸极。"② 自然万物自有其性、有其势,是不可人为强力改变的,因此,人们扮演的角色只是管理、治理,而不是改造。尤其是水性可疏不可堵,要顺势而为,不可逆转。《尚书·禹贡》曰:"禹别九州,随山浚川,任土作贡。禹敷土,随山刊木,奠高山大川。"③ 大禹治理洪水时左准绳、右规矩,细致勘测山水地理,因势利导,注重生态环境的保护,以利万民。如《山海经·海外北经》载禹诛杀相柳氏后,血流遍野,腥臭不可闻,草木不生,开始他采用以土覆盖的方法,但仍然对环境造成很大破坏,便掘地为池以改善状况,这正是他着眼长远的一种表现。

荣格说:"原始氏族失去了它的神话遗产,即会像一个失去了灵魂的人那样立即粉碎死亡。一个民族的神话集是这个民族的活的宗教。失掉了神话,不论在哪里,即使在文明社会,也总是一场道德灾难。"④ 无论盘古开天辟地、女娲补天、精卫填海、后羿射日、大禹治水等这些上古神话传说中有多少夸张、演绎的成分,这些勇敢优秀的华夏先民们与洪涝灾害作斗争的事迹都已经深深地印在了中华民族历史的记忆里。尤其是大禹治水,它是中华民族传统文化的重要承载,是中华民族精神和价值的重要组成部分,它将被人们永远铭记并传承下去。

---

① 戴望,前引书,卷十八,第303-304页。
② 张双棣,前引书,卷九,第931、1002页。
③ 王世舜,前引书,第44页。
④ 纪晓建《〈楚辞〉〈山海经〉神话比较研究》,南京师范大学2005年硕士论文。

第三章

字源水法：水与汉字起源及书法艺术

如果我们认可许多专家学者所说的"有文字记载的历史才可以称之为文明史"的话，那么，毫无疑问，创造文字的过程一定是文明史的肇始。同样，如果我们想让世界认同中华五千年的历史文化，那么，毋庸置疑，就必须用文字来说话，包括从中国文字的创造创新说起。中华民族对人类文明的最伟大贡献之一，就是我们先哲所创造的汉字。汉字是世界目前唯一仍在使用的象形字系，它以其特有的六书造字方法及方块形象成为中华文明的代表性视觉符号。在某种意义上说，文字符号是承载文化的重要凭借。经过数千年的发展，汉字也成为中华文化的重要载体，其中凝聚了历史上各族人民的文化传承与创造的结晶。甚至可以说，文字就是历史、文字就是文化，同时，文字也是一个民族的生活史、文化史、思想史。

水不仅是构成自然界最重要的宏大无边的元素，而且还呈现出了极其丰富的多样性。因此，古人在造字时，水自然是首选的取法对象。在汉字构成和语言文化学或文化语言学的领域中，"水"与"人""金""木""火""土"等部首一样，具有多种组合与聚合的关系，勾勒出了一系列的语族，通过它们折射中国古代人与自然的关系，以及中华文明的发展进程，反映其多样性与独特性。

本章根据汉字结构总结出来的六种造字、用字方法，即象形、指事、会意、形声、转注和假借，选取与水相关的文字予以阐释，即将"水"类字突显出来，分析先哲以水造字及其系列字族所赋予的文化内涵和精神奥秘。这不仅有助于生动地展示中华造字文化的衍生历程与构成谱系，而且更能展示出中华水文化浓郁的人文气息，加深对文字世界里的水文化现象的认识。

第一节 "水"字的形成与"源头活水"

汉字是世界硕果仅存的象形文字。汉字如画如象，形神兼备，具有形象美、结构美、意蕴美、规模美以及音韵美。汉字并不是简简单单的笔画随随便便构成的。世界上许多民族的文字，早期都经历过象形阶段，但是后来由于诸种历史原因都不幸中断或终结了。到现在仍然使用象形文字的，就只有我们中国了。汉字作为当今唯一活着的象形文字，表达的是一种生活方式与传统观念，其中既包括智慧的内涵，还带有相当丰富的感情色彩。

据统计，带水的成语就有370多个，其中，81个在第一位，例如水到渠成、水滴石穿、水底捞月等。

就拿"水"字来说。"水",在六书中属象形字。"水"的古文字形,一期甲骨文有两种写法,四期甲骨有两种写法,金文和篆文又有两种写法。如果对这六种字形作认真考察,就会发现其字形从古至今变化不大,均为中间一条连贯婉转线条像水流之形,左右两旁之点像水滴。由此可见,"水"字的本义是指一条弯曲而水花四溅的水流,特指河流,或为江、河、湖、泊、海、洋、泉、溪的通称。《说文·水部》:"水,准也。""准"即平,水为趋平之物,故以"准"作为"水"的突出特征。从甲骨文可知,作左偏旁时写作"氵",由篆体水字横形简化而成。

甲骨文

说文解字

六书通

金文编

古代中国以五行解释世界,五行即"金""木""水""火""土",说明古人深刻认识到水对于人类以至整个世界的重要性。地球上先有水,后有生命和人,人类的生存与发展时刻离不开水,水是人类生存的首要条件。古今中外,水在天地间,都处于极其崇高的地位。如果在宇宙间某一个星球上发现了"水",它就可能有生物的存在,甚至有被称之为"外星人"的存在;若没有水,那就是另一回事了。远古人类常以在水中捕捞鱼虾、采食莲藕为生。冬天草木皆枯,无粮可食,凿开坚冰即可捕鱼果腹。人类繁衍生息离不开水。上天普降甘霖，万物就会欣欣向荣；大旱三年，卖儿救命、易子而食的惨剧都会发生。

水，其样式林林总总，性情变化多端，温柔之态何等可人，汹涌如兽又何其可怕。如果不知道对水心存敬畏，不懂得有所防备，水或许会成为杀人利器。中国的历史同时也是一部与水患灾害抗争史。精卫填海、大禹治水、李冰修堰等，集中体现了人类生存和发展的艰难；大自然倾天而降的水灾也给人类带来了严峻的考验。水宜疏不宜堵，这是古人治水获得的智慧；而江海的包容平和，更给中国文化带来深远的影响。

如今，我们从水字的形体结构来看，象形"水"字与象形"川"字相同，这是因为大川大河乃是水的聚汇；象形"水"字与"流"字相通，这是因为流水指水的动态，止水指水的静态，"水利万物"乃言其动也；象形"水"字与"滴"字相合，这是因为水由一滴一滴合成；大海与大洋言水之态，象形"水"字可直可曲，曲为常态，弯为常形，水生态由此可见。

从汉字的角度认识"水"，不仅使我们认识到，汉字是有道理的，更能加深对水文化的理解。"水"字的创造有文化内涵，是水文化的活化石，这就是水和中华"水"字赐予我们的智慧。

第二节 与"水"有关的汉字及造字法

六书说是最早的关于汉字构造的系统理论。汉代学者把汉字的构成与使用方式归纳成六种类型，总称六书。东汉许慎给"六书"下的定义是："象形者，画成其物，随体诘诎，日月是也；指事者，视而可识，察而见意，上下是也；会意者，比类合谊，以见指撝，武信是也；形声者，以事为名，取譬相成，江河是也；转注者，建类一首，同意相受，考老是也；假借者，本无其字，依声托事，令长是也。"本节选取了与"水"密切相关的文字，分别加以详解，尝试从不同角度来赏析文字世界里的"水"，探究古人造字时的巧妙构思与良苦用心，发掘与水字有关的汉字的文化特征和水文化意蕴，以展示水与汉字的密切关系和水字之文化的丰赡广博。

一、画成其物，随体诘诎——象形类"水"字

象形造字法是一种最简单的造字法。"象形"字的结构特点是依样画葫芦，所表示的意义对象一定是看得见、有一定外型的具体名物，所用字形与意义对象在形体上具有同一性。例如"日"

古文字像太阳形,"月"古文字像月牙形。其本义就表示太阳、月亮。即必须是有形可象的。即许慎所谓的"画成其物,随体诘诎"。意思是说,画成那事物的样子,笔画随着所表事物的外形特征弯弯曲曲。如"泊"字就有丰富的水文化元素。

"泊"字,在六书中属象形字。一说属形声字,从水,白声。

"水"指江河湖泊井泉等水域。"白",是"黑白分明"的"白"字,本义为"白色"。为什么这个字表示白色呢?

"白"的甲骨文字形,上面三角形表示火苗燃烧的形象,上面上尖下圆的圆圈则是光环。金文则把圈内的火苗简化为一小横。小篆又把一小横中间朝上冒个尖,表示火苗上升的样子。从"白"字的形体演变情况看,确属象形字,像火苗向上燃烧之形。由燃烧表示光亮、明亮、白亮,故"白"字本义为"白色"。"水""白"为"泊",泊者,白色之水也。见《集韵·铎韵》:"泊,水白貌。"对于"白"字的甲骨文字形还有两说:一说像大米的颜色,一说像植物将发芽的种子的颜色。两说俱通。

"水""白"为"泊",是停船靠岸、停留、栖止之义。船为什么要在白色水域停泊呢?大凡舵手、船员都有一个常识:海上水深之处呈深蓝色,水浅之处变白色。泊船之处,大都选择在海湾或海边水浅之处,这样才能保证船只安全。《说文·水部》:"泊,浅水也。""泊"可表示浅水貌,水浅即显现水面白色之状。

《玉篇·水部》:"泊,止舟也。"很多古代文人常以"泊船"入诗。《元稹酬乐天舟泊夜读微之诗》:"知君暗泊西江岸,读我闲诗欲到明。"陆游《夜泊水村》:"记取江湖泊船处,卧闻新雁落寒汀。"孟浩然《晚泊浔阳望香炉峰》："泊舟浔阳郭，始见香炉峰。"王安石有一首诗，题目即为《泊船瓜州》。这里的"泊"字，都是停船靠岸的意思。还有李白《夜泊牛渚怀古》中的"泊"字也是此意。此外，宋代苏舜钦《淮中晚泊犊头》："晚泊孤舟古祠下，满川风雨看潮生。"孙逖《夜宿浙江》："扁舟夜入江潭泊，露白风高气萧索。"这里的"泊"字也都有暂息停留之意。

"泊"由水白之貌，产生"淡泊"一词（即恬静无为），又由之引申出安静之意，如"非淡泊无以明志，非宁静无以致远"。这是诸葛亮《出师表》中的名句，意思是不追求名利才能志趣高洁。成语"淡泊明志"即由此而来。"水"，是大自然的产物，清澈透明，不掺杂质；"白"，有清白、纯洁之意，代表清明明净。二者合而为"泊"，表示水般清澈、自然宁静、清清白白、心地安然，显示出清白、无争、平淡、高雅的生活态度。因此，人们喜欢用"淡泊"一词形容恬淡寡欲之人。

二、视而可识，察而见意——指事类"水"字

《说文》："指事者，视而可识，察而见意，上下是也。"指事字依赖具体的形，再加上指事符号表义，因具有很大的局限性，在汉字里数量最少。"视而可识"是说一眼看上去就可以认识大体，"察而见意"是说仔细观察就能发现意义所在。指事字就其特点来说，通常表示某种局部的或相对的概念，方法是在象形字的相应部位加上抽象的标志符号，以指示所表示的局部范围。如"上""下"就是分别在参照物的上、下部加上一点（或一短横）来表示意义。

"井"字在甲骨文中字形就像一个方口的水井，故为象形字，其本义为水井。金文和小篆，在井中加了一个小点，表示这是水的存在，因此"井"变为指事字，指示井中之水，或指井口位置，或指吊桶汲水。《说文》："井，凿地取水也。"可见，井是掘地出水而成的深洞或深穴。"井"字的甲骨字形，金文、小篆的外形，均像井口的四角木栏或用石头围筑的方形井口和防护。楷书为了书写方便，则将其中的"小点儿"去掉，成为今天的"井"字。因为"井"字包括井口、防护，大多是方方正正的，所以直到现在还有"秩序井然"的说法，有时还成为重叠词，如"井井有条""井井有序""井井有方""井井有法""井井有理"。此后，凡物体的形状与"井"字相似者，大都可冠配以"井"，如井田、井架或油井、天井等。

甲骨文

说文解字

六书通

金文编

在中华民族灿烂悠久的伟大文明发展过程中,"井"与文字几乎是同时出现的。我国水井的发明,史称"黄帝穿井",又说是夏时的"伯益作井"。水井的出现,是人类文明史上的一件大事,更是中华水文化史上的大事。相传舜时有位大臣叫伯益,后佐禹治水有功,他是中国最早造井的人。在上古神话中,井的发明者其地位虽然没有与火的发明者相提并论,但井的发明仍然被认为是一件惊天动地的事。《淮南子·本经训》曰:"伯益作井,而龙登玄云,神栖昆仑。"井的出现,龙与众神深感震撼、惊奇、畏惧,一个个都不敢近前。

据文献记载:中国最早的水井是浙江余姚河姆渡村发现的木结构井,距今5500多年。水井的出现具有重要历史意义。除满足人类饮用外,还可灌溉,同时也使人类结束了漂泊不定的生活。后来,人们又发明了水车,据说从唐代开始应用水车提取井水。明代徐光启在《农政全书》的《旱田用水疏》中,根据不同的砌护材料将水井分为石井、砖井、苇井、竹井和木井等,并明确提出井以深、大为佳。20世纪50年代初期研制成功的解放式水车,在华北平原广为普及,推动了井灌事业的发展。60年代大锅锥的研制成功,为在砂类地层进行人工快速打井提供了工具。70年代,又根据转盘钻机冲洗原理发展而成的水冲钻,提高了钻进速度,降低了劳动强度。深井灌区还广泛采用各种钻机如冲击式钻机、回转式钻机、转盘回转式钻机和立轴回转式钻机等。现代化探测技术,如电测井、钻孔照相及井下电视等在钻孔中也已开始应用,以获取重要的水文地质资料。辐射井成井工艺的研究与推广,为在含水层水平导水性差的黄土或其他类型地层地区开采地下水创造了条件。

徐光启在《农政全书》中曾专门论井:"井,池穴出水也。《说文》曰:清也。故《易》曰:井洌寒泉,食。甃之以石,则洁而不泥。汲之以器,则养而不穷,井之功大矣。"按《周书》云:黄帝穿井。又《世本》云:伯益作井。尧民凿井而饮。汤旱,伊尹教民田头凿井以溉田。今之桔槔是也。此皆人力之井也。若夫岩穴泉窦,流而不穷,汲而不竭,此天然之井也。皆可灌溉田亩,水利之中所不可阙者。玄扈先生曰:井以深大为佳。如南方小井,则用未博。大而敞口,则汲者惧险,须如北方三四眼者。以容辘轳,即大善也。其盖则须极厚,上施石栏焉。即言井,曷不具汲法也。汲有三法:汲未上,辘轳次之,挈绠缶为下。"①

徐光启在《农政全书》中把"井"的发明与井的功能作了如实描述。以上文字,从井形到水质,从井的发明到农田水利,大井浅井、井盖井栏、南方小井、北方深井,以及凿井而饮的社会理想、桔槔辘轳的汲水之利等,皆涵盖其中。最引人注目的是文中的一句话:"井之功大矣。"

古代的水井,规定八户人家共用一口,一般都设在村落中央。后来井引申为乡里家宅。人们聚井而居,共井为邻,井便成了村庄的代名词。河南禹州有一个村庄叫前井,古时这个村庄可能是在井的前边,故而名之。古人离家远游、从商、仕进称之为"背井离乡"。人们都到水井汲水,于是水井周围便成了信息沟通、人际交往的公共空间,"市井"也由此产生了。古人汲水相聚,有买有卖,市井便成了最早的贸易场所。

井田制是古代的土地制度。"井田"以方九百亩为一里,划为阡陌纵横的九区,形如"井"字而得名。"井田"中间为公田,外八区为私田。分得私田的农奴或野人要无偿地耕种公田,养活土地所有者。《孟子·滕文公上》说:"方里而井,井九百亩,其中为公田。八家皆百亩,同养公田。"这样,在井田制度的基础上,便产生了由八户人家组成的生产组织"井"。同一井中的居民"乡田同井,出入相友,守望相助,疾病相扶持"。

---

① 明·徐光启:《农政全书》,中华书局1956年版,第356页。

"井",也有贬义之用,即陷阱。古无"阱"字,只作"井"。成语"落井下石",原意是讲一种捕获野兽的方法。当野兽落入陷阱后,人们往井中扔大石头,将野兽砸死。后来比喻乘人之危,加以陷害。

"井"又指古代的监狱。古人挖地为穴,把犯罪的奴隶关进"地穴",上面有天窗,既能作出入口,又能通气和传递食物。《广雅·释诂》:"井,法也。"王念孙疏证:"井训为法,故作事有法谓之井井。"成语"井井有法"是也。

此外,"水井"在几千年的中国文学艺术史上形成了几种稳定而恒久的意象内涵:"背井离乡","井"是家国故园的象征;"坐井观天","井"成了狭隘的思维方式;"深井通幽","井"成了通往另一世界的通道。

水是生命之源、文明之母。中华先民逐水而居、凿井而饮,繁衍生息,"井之功大矣",其功在于其浇灌了几千年的华夏文明史,养育了世世代代的中华儿女,象征着中华民族古老的文化之根,并使其在历史与时空的变换中,代代相传。

三、比类合谊,以见指㧑——会意类"水"字

按东汉许慎的说法,"会意者,比类合谊,以见指㧑,武信是也"。"比类合谊"即合并两个以上的字,将字义会聚成新的字;"以见指㧑"即字造成后让人知到它的字义所在。

"流"字,在六书中属会意兼形声。

先说"会意"。"流"字,从水,从云,从川。"水",是江河湖海的统称;"云",为云朵、云彩,在空中飘动,行走;"川",为水流河川。水、云、川,三根会意为:水蒸发后变成气,气聚汇在一起变成云,云遇冷变成雨,雨落地聚汇变成川。"川"即流水,流动之水也。许慎《说文解字·水部》:"流,水行也。"故"流"之本义为水如云般行走,或曰水之流动。"流"字中的"㐬",何以视为"川"?我们从"巟""㰟"两字中,可以得到佐证。《说文》:"巟(huāng),水广也,从川,亡声。"《说文》:"㰟(下半部分为川)(huò),水流(也)。从川,或声。"可见"㐬""心"即为"川"。另据《中华字海》:"心,同'川'。"[①]再说"形声"。"流"字,从水,"㐬"声。从水,表明"流"本义与水有关,有水才会流动。"㐬"声,表明"流"字的读音为"㐬","㐬""流"古为一音之转。"㐬"字在"流"字中除标音外,还有表意作用。"㐬"字甲骨文字形像刚生下来的

---

① 《中华字海》(上卷),上海古籍出版社2008年版,第715页。

婴儿头朝下，产液也随之向下流的样子，故"流"字取"㐬"顺而向下流之意，合于水之流动的本义。

金文编

六书通

说文解字

"流"表水之流动，在古典文学中随处可见。《诗经》有"如川之流"，是说像河水一样流动。李白《忆旧游书怀赠江夏韦太守良宰》诗云："江带峨眉雪，川横三峡流。"意为"峨眉积雪夏天融化，流入长江三峡"。当今，许多词语用到这个本义的流，例如成语有"沧海横流""细水长流""不塞不流""对答如流""倒背如流""川流不息"等。合成词则有流动、流泻、流转、流畅、流荡、流毒、流芳、流光、流连、流落、流淌、流行等。"流水对"是古典文学中对偶形式之一，多见于唐诗，被视为对句珍品。如"山中一夜雨，树林百重泉。""春前有雨花开早，秋后无霜叶落迟。"这种对偶上下两联顺接成句，内容紧相衔接，犹如行云流水。

"流"还扩大用于水以外液体之移动，如流泪、流汗、流血、流鼻涕等。诗词里喜用"流翠欲滴"，写山林青蔚，翠润欲流。流动的沙，称"流沙"；流水之年华，称"流年"；似流水般过去之光阴称"流光"；转瞬即逝的星星称"流星"；飘落水上的花称"流花"；液体食物如牛奶、汤饭称"流食"。其他还有流云、流石、流萤、流弹、流矢等。

"流"还指江河之流水，如上流、下流、支流、主流、逆流、暗流等。有时也比喻像河流、江河的事物，如人流、客流、电流、暖流、寒流、气流、热流。

"流"还可以表示品类、等级，如"社会名流"、花中第一流、"三教九流"。三国时，魏按官员地位高低，分为九品，九品内之官员叫做"流内"，未入九品者称为"流外"。

"流"还有流传、传播的意思。"流芳百世"，就是指好名声流（留）传百代。

"流"由奔流之意引申指放纵、无节制。"风流"指放荡不羁，也形容风采特异，业绩突出。

古时把犯人放逐到边远之地也称"流"。《诗·周南·关雎》："参差荇菜，左右流之。"此处

"流"作动词，是采摘、择取之意。

"流"水有时还作为时间的象征，积淀于人们的心理之中。"流"作为名词可以指河流，作为动词指水的运动。但在汉语中，"流"却还能很有意味地用来表达时间。如殷尧藩的《江行》："年光流不尽，东去水声长"。又如韩琮的《暮春水送别》："行人莫听宫前水，流尽年光是此声。"看来，一个汉字的背后往往也潜藏着丰富的文化心理内容。

四、以事为名，取譬相成——形声类"水"字

许慎说："形声者，以事为名，取譬相成，江河是也。"形声字由两个文或字复合成体，是利用"形符"加上有注音作用的"声符"配合起来的一种造字方法。形声字是其中的一个文或字表示事物的类别而另一个表示事物的读音。所谓以事为名（即依事类而定其名字），是说在经某个事物定名而造字时，先确定它在万事万物中的属类。如许慎所举的江河二字，原本是为专指长江黄河而造的字，由于江河均属水类，所以都用"水"来作这两个字的主义部分，属类确定后就用表示这属类的文（或字）来作新造字的主义部分。所谓取譬相成，就是根据口语取一个读音相同或相近的文或字来作新造字的标声部分。如根据口语中称谓江河的发音分别选取了读音相当的"工""可"来作标声的部分，于是就构成了江河两个形声字。这样，主义与标声的两个部分相辅相成而构成新造的字。

"泾"，繁体为"涇"。在六书中属形声字，从水，坙声。

"泾"字，从水，表明"泾"字的意思与水有关，指水流、河水。坙声，既标声，又表意。标声，表明"泾"字读音为坙（jīng）。表意较为复杂。

涇 金文　　涇涇涇 六书通　　涇 说文解字

"坙"字，繁体为"巠"。"巠"字的甲骨文，像一台古代织布机的形状。上部的两根横棍上绷撑着三条曲线，为纺织机上纵向的经线之形；下部的"工"字，是织布时撑线用的工具，它是一个象形字。郭沫若先生在其《金文丛考》（金文"巠"字同甲骨文"巠"字——作者注）一书中说："'巠'盖'经'之初字也。观其字形，……均像织机之纵线形。"古人以南为尊，以经为先，故在纺织中，"经线"为主，"纬线"为辅。"经"亦可代称为"经纬"，指织布机织出的经纬交织的布匹。"水""坙"为"泾"，意为纵横交织的河水支流。"泾"为水名，指泾水，为渭河较大支

流。于此，可以看出"巠"字在"泾"字中的表意作用。一说"巠"可视为"茎"者，指植物的枝干。"水""巠"为"泾"，意为河水的支流。当代著名文字学家李土生先生在《土生说字》一书中即持此论，是为高见。

"泾"为水名，指两条河流。其一为泾水，是渭河支流。《说文》："泾，水。出安定泾阳开头山，东南入渭，雝州之川也。"泾水有南、北二源：北源出宁夏回族自治区南部固原县；南源出甘肃省华亭县，至平凉县境合流后，又东南流入陕西省，经长武、彬县、泾阳等县，至高陵县入渭河。《书·禹贡》："泾属渭汭。"孔安国传："言治泾水入于渭。"《汉书·地理志上》："（右扶风）芮水出西北，东入泾。"《魏书·萧宝夤传》："泾、渭同波，薰犹共器。"唐孟郊《答昼上人止馋作》："渭水不可浑，径流徒相侵。"其二为安徽省南部青弋江上流的泾水，又名赏溪，至泾县西，与藤溪（徽水）合，东北流为青弋江。《汉书·地理志上》："（丹阳郡）县十七……泾。"唐颜师古注："韦昭曰：'泾水出芜湖。'"清顾祖禹《读史方舆纪要·江南十·宁国府》："赏溪，在（泾）县治西，一名泾溪，县以此名。"

"泾"亦为古州名。故地在今甘肃省泾川县。泾州，春秋时秦地，始皇时置北地郡，汉属安定郡，后汉因之，魏晋亦曰安定郡，后魏改置泾州，取泾水为名。

"泾"亦为县名。泾县在安徽省东南部。

"泾"又通"经"。《管子·轻重戊》："道四泾之水，（以）商九州之高。"郭沫若等集校："（闻）一多案：'《地度篇》：水之出于山而流入于海者，命曰经水。别于他水、入于大水及海者命曰枝水。一有水一毋水者，命曰谷水；水之出于他水，沟流于大水及海者，命曰川水。出地而不流者，命曰渊水。四泾之水，即四经水，亦即四渎也。'"又特指妇女月经。《素问·调经论》："形有余则腹胀泾溲不利，不足则四支不用。"高保衡等新校正引杨上善云："泾（有本）作经，妇人月经也。"

"泾"又为方言。沟渠之意。叶圣陶《一课》："一条小船，在泾上慢慢地划着，这是神仙的乐趣。"

我们从"泾"字上述一系列含义和指谓可以看出，任何一个字义的演变过程，都包含着极其丰富的民族历史与文化传统。

五、本无其字，依声托事——假借类"水"字

许慎给假借字下的定义为："假借者，本无其字，依声托事令长是也。""假"字就是"借"的意思。例如"狐假虎威""君子生非异也，善假于物也"（荀子《劝学》），其中的"假"字，就是"借"的意思。再如"假名"就是"借名"。日本文字所用的字母，多借用汉字的偏旁。日文楷书

就叫"片假名"。草书就叫"并假名"。此外"假座""假乎于人"中的"假"字都是"借"的意思。"假借"就是"借用"之意。假借字的意思，就是本来还没有这个字，就依照已有的一个字的读音，接过来代替这个字使用。这种方法，简言之就是"借字音代替字音"的造字方法。许慎还给我们举了两个例子，这两个字就是"令""长"。

古代的县级长官称"令""长"（zhǎng）。万户以上的大县长官称"令"，即"县令"；不足万户的小县长官称为"长"（zhǎng），即"县长"。这两个字原来尚未造出文字来表示，于是就借用音同音近的号令的"令"，年长、长辈的"长"字来代替、记录，这里的县令的"令"字、县长的"长"字皆是"假借字"。此外，上面提到的这个"长"字又读 cháng，"长"（cháng）是"长寿"的。"长寿"就是年龄很大的老人。既然年龄很大，当领导是比较老练的，故借用作县长的"长"、部长的"长"，也是顺理成章的。

本节的重点是假借"水"字，现在我们选择一个与"水"字关系密切的"州"字作以详细的论述。

"州"，在六书中属会意字。

"州"字的甲骨文与金文均为水中一小块陆地，篆文演变成了三小块陆地。故"州"的本义为水中之陆地。《说文》："水中可居曰州。"水中陆地，由小变大，由一块变为三块、多块，建上房屋，当然可以居住了。

甲骨文

金文编

六书通

说文解字

"州"字，旧时是一种行政区划，所辖地区的大小历代不同。夏代，一州大于今之一省。汉、晋、六朝均设州以统郡县。隋开皇初罢郡俱置州。大业初罢州俱设郡。唐武德改州为郡，天宝又改郡为州。明清有州无郡。现代，这种名称还保留在地名里，如郑州、苏州、德州。现今还有自治州，大小介于自治区与自治县之间的民族自治地方，如湖南省的湘西土家族苗族自治州。

这里的"州"字，从文字学的角度看是假借字，而这个假借字，其本字与"水"有着千丝万缕的联系。

"州"从川，从三点（、）。川，是一个象形字，古人认为"川"是从江河湖泊中流出来的小溪水。从甲骨文的字形来看，这个字两边是河岸，中间是弯曲的河流。"川"字的第一笔不为竖却为丿（piě，撇）三点中的第一点，点在撇的半围状中间，表明这一点与陆地毗邻，周围一侧有河流环抱。点（、），为陆地之象形，指河水中的小块陆地，可以建筑居住。川点（三点）为"州"，构成了一个与水密切相关的会意字，会意为水中之陆地。后来，由此意延伸，"州"也作为环水地域的称谓。在这个意义上，"州"字后来被"洲"字逐渐取代，变成一块大陆与附近岛屿的美称，如亚洲、欧洲、非洲、南美洲等，其中也包括河流中由沙石、泥土淤积而成的陆地，如沙洲、三角洲等。"州"字则被借用作为古代行政区划名或地名。正如上文所说，这时的"州"字已演变成了一个假借字。

海中突出的陆地称为"岛"，而江河湖泊中的陆地则称为"州"。"州"字又被假借为地名或区划。传说上古尧帝在位时，天下分为冀、兖、青、徐、扬、荆、豫、梁、雍九州，至舜时分青州为营州，分冀州为幽州、并州，即十二州。禹曾铸九鼎以象征九州，从此九州成为中国的代称，直至民国时期。

古代户籍编制因地区划分而异，故"州"在古代也是户籍编制单位。后"州"渐渐成为行政地名，一直沿用至今。贾谊《过秦论》曰："然秦以区区之地，致万乘之势，序八州而朝同列，百有余年矣。"古时秦居雍州，六国分别居于其他八州，到了秦、汉，中国成为了统一的多民族国家，疆土更大了。西汉增加了一个交州，一个朔方。东汉共分十三州。西晋又分十九州。从西汉到南北朝，州基本上为监察区，有时也是行政区，设刺史或州牧，掌管军政大权。东汉以后，州成为郡以上的行政实体。自此，中国的行政区划进入州制时期，直至隋朝，延续了400年左右。宋代的州，与唐代大致相同。"只许州官放火，不许百姓点灯"的典故，就发生在宋代。某州州牧叫田登，因讳"灯"与"登"同音，不许百姓说"点灯"，就把"点灯"说成"放火"。元宵节放灯告示："本州依例放火三日"，百姓议论纷纷："只许州官放火，不许百姓点灯。"此后传为天下笑柄。

六、建类一首,同意相受——转注类"水"字

"建类一首,同意相受",这是东汉文字学家许慎给转注字下的定义。"类"即类旁,类别、偏旁的意思。"建类",指建立、区分类别、偏旁。"首",即部首。"一首"即同一部首。"建类一首",指两个汉字。如果建立、区分其类别,它们是同一个部首。例如"桥梁"二字,同属一个部首,皆为"木"部。"同意相受":指两个汉字具有同一意义,可以相互注释、相互受意,有的两个字读音也相同或相近,这两个字就成了转注字。如"桥""梁"二字:桥,指水上的通道;梁,古指用木搭成的跨水通道。二字具有同一意义,可以互相注释,互相受意,故"桥梁"二字即为转注字,可以解作:"桥"即梁也;"梁"即桥也。这两个字的本意都与"水"有关,我们姑且把它们在文题里列为"转注'水'字"。

(一)"桥"字

"桥"(qiáo)在六书中属形声字,从木,乔声。繁体为"橋"。《说文解字》:"橋,水梁也。从木,喬声。"《说文》又说:"梁,水橋也。从木,从水,刅(chuàng)声。""橋""梁"互训,可见二字同义。"橋""梁"连用构成双音节合成词"橋梁",就是架在水上或空中以便跨越河流、山谷、道路的通行建筑物。

橋 篆文一

橋 橋 橋 橋 橋 橋
橋 橋 橋 篆文二

橋 橋 橋 橋 橋 橋
橋 橋 橋 金文编

甲骨文

在古代，"桥"的意义皆曰"梁"。段玉裁《说文解字注》中说："梁之字用木跨水，则今之桥也。"过去"见于经传者，言梁不言桥也"。例如《诗经·大雅·大明》"造舟为梁"，"梁"即是桥。不过，因为"梁"和"桥"都是两边支撑，中间架空的，因此以后"梁"由"桥梁"的意义又引申为"栋梁"之意。又因为古时独木为"杠"，骈木或大而陂陀者为"桥"，因此后来"梁"的本意才被后起的"桥"字所代替。

由此可知，"桥"的本义即是今之"桥梁"，现代的桥梁一般由桥身、桥墩、桥台组成。按用途又可把桥梁分为铁路桥（如郑州黄河铁路大桥）、公路桥（如开封黄河公路大桥）、铁路与公路两用桥（如南京长江大桥）、城市道路桥、农村道路桥、人行桥、管线桥、渡槽等。现代又有立交桥、高架桥。中国的桥梁建筑史与桥梁建筑水平都是举世闻名的。由于"桥"的本义是江河或山谷两岸架起的横梁，因此，后来的物体上凡有桥梁状的东西都称为"桥"。例如，马鞍又称为"鞍桥"或"马鞍桥"；牙科医生给患者镶牙时，金属套固定在两边的真牙上的假牙称为"固定桥"，用钢丝夹在两边的真牙上可随时取动的假牙称为"活动桥"。

（二）"梁"字

"梁"在六书中属形声字，从水，从木，办声。梁，金文 ≈ （河）（办，创，砍斫），表示用木材建造的水上过道。篆文 ≈ （河）＋（许多木头相连），表示用许多木头连接架起的桥。有的篆文 将金文字形 与篆文字形 相结合，表示砍伐树林，拼木架桥。古人称凿壁架木的悬空仄道为"栈"；称凌空跨沟的横木为"桥"；称作为水上过道的木制建筑为"梁"。

《说文》："梁，水桥也。"《庄子·秋水》："梁丽可以冲城。"司马注："小船也。"《左传·庄公四年》："除道梁溠，谨关梁。"《礼记·月令》："十一月舆梁成。"《国语·周语》："十月成梁。"《国语·晋语》："津梁之上。"《诗·大雅·大明》："造桥为梁，不显其光。"《韩非子·外储说右下》："兹郑子引辇上高梁而不能支。"也就是说，"梁"的本义是水上的桥，表示用木料在水上造桥。从水，水是形符表意。人们为了跨过江河，就在水上架起木梁，以便通行。从木也是形符表意，就是指架梁用的木料。办声，就是说"办"是"梁"的声符，表示"梁"字读音为"办"。"梁""办"

古为一音之转。"刅"字读音为 chuāng，是创伤的"创"的古字。"刅"是"创"的初文，"创"是"刅"的后起字。"刃"字就是"刀"上加一点，指示"刀刃"之意；"刅"字再加一点，指示人碰到刀刃上了，就是"受创"，也就是受伤了。这个意思与"梁"字没有任何关系，只表示"刅"是"梁"的古音。不过，现在随着语音的变迁，"刅"与"梁"的读音早已相去甚远了。"梁"字现在只有 liáng 一个读音了。

前面已经说过，"梁"的基本意义就是"桥"。《诗经》中所说的"造舟为梁"，就是造出大船，船之相连，并船为桥，可以通过的意思。以船代桥，毕竟不便，后来人们使用高大的树木做木桩，再用高大的树木做横板，筑成高大的桥梁，这样人们跨越江河时就可以畅通无阻了。"桥"字从木，乔声，"乔"即高大的意思。"桥"字与"梁"了，同义相受，是一组典型的转注字。

此外，"冎"与"渊"字、"屚"与"漏"字都属于转注字。这两组转注字，都离不开一个"水"字。"冎"为深水潭的象形描摹。初文增加一个"水"旁，转注为"渊"，接替"冎"的深潭义。"冎"则成为汉字形声系统的声义偏旁。"屚"字从尸从雨，本义为人的腹泻不止。后增添"水"旁，转注为"漏"，表示"屚"的本义，即腹泻时拉稀止不住的意思。"冎"者"渊"也，"渊"者"冎"也；"屚"者"漏"也，"漏"者"屚"也。这两组都是可以互训的转注字，于此可见转注字不仅履行其用字方法，也理所当然地成其为造字方法。

第三节　从《说文》"水部"看水的文化观照

《说文·叙》指出："初作书，盖依类象形，故谓之文。其后形声相益，即谓之字，字者言孳乳而浸多也。"《说文》创制的 540 个部首，就是依照许慎认定的自然、人事、观念的 540 个类别而归类统率的，目的在于"以理群类""引而申之，以究万原""知化穷冥"。因为段玉裁称其"谓天地鬼神、山川草木、鸟兽昆虫、杂物奇怪、王制礼仪、世间人事，莫不毕举。"[①] 中华民族自古以农业文明著称于世，中国农业文明的发生、发展在很大程度上得益于其得天独厚的水资源。中华大地水资源的丰富，于《说文·水部》可见一斑。中国是一个多河流的国家，其江河之多、流域面积之大，在世界各国中可算首屈一指。在我国江河中，流域面积在 100 平方公里以上的河流有 5000 多条，流域面积在 1000 平方公里以上的有 1500 多条，且每条河流都有名字。从《说文》中

---

① 段玉裁：《说文解字注》，上海古籍出版社 1981 年版。

140多条水名可以看出中国水文化的丰富，这说明到了许慎的时代，国内几乎所有重要的水系都有了自己独立的且吻合山水自然地理的专名。先民赋予河流以名字，其实就体现出人类的一种人文情怀和自然旨趣，也反映出人类文化与水的亲密关系。①"《说文·水部》共有468字，重文22，新附字23，是《说文解字》收字最多的部，其所携带的文化信息无疑也是十分丰富的。所录水名达148个，占1/4多，诸如江、河、淮、汾、渭等都已在《说文》中出现。"②这些中国大大小小的水系不仅养育了中华民族，滋养了中国古老的农业，而且也酝育出了博大的中华文化，滋养了独具特色的中华水文化。本节试图通过对《说文·水部》的文化观照，探讨"水部"诸字所反映出的文化现象。

一、"江"字

对字词的语义考辨，是知识界、学术界通常运用的一种溯本求源的研究方法。汉字的博大精深，是国人乃至外国朋友久所共识的。一个汉字，虽为单文独字，小小个体，但却植根于渊博的文化整体。对于多数汉字，如果我们运用语义考辨的方法，对汉字三要素——形、音、义——进行一番源头性、学统性考察，那么我们就可以获得更为深刻的认识与理解。

金文编

六书通

说文解字

江，《说文》："水。出蜀湔氐徼外崏山，入海。""江"的本义是水名，是长江的专称。张舜徽《说文解字约注》："江源出青海省西南境巴颜喀喇山，流经西藏、云南、四川、湖北、湖南、江西、

---

① 张昭：《从〈说文〉"水部"看水的文化母题》，《长沙大学学报》2007年第4期。
② 熊露露：《〈说文〉"水"部字的文化观照》，《现代语文》2007年第9期。

安徽、江苏、上海，出吴淞口入海。江本此水专名，因引申为凡水之通称。""江"中之工，既表"江"之读音，又作形符表意，故"江"字形声兼会意。"江"，古音工。从工得声的汉字较多，例如红、讧、虹、鸿等。"工"之表意为"工"像水道纵横。"工"也为工程、工作。"水""工"为"江"，说明"江"是一种需要进行人工治理的水流。事实上，中国古人一直对包括长江在内的众多江河进行了一系列的人工治理，对水流的方向、大小、宽窄等进行改造，使之为人类造福。"工"还指人手拿着的器物、工具，由工具引申为使用工具的人，由人使用工具会意为水能做工。水千年万载，做工不止，可以凿透山岭，穿出干道，奔腾直下，形成"江"。"工"字还应理解为上下两横象征天、地，工人是世间万物的创造者，巧思的实现者，巧力的应用者，他们的智慧与双手成为人类文明发展的源头，故"工"字以"I"上顶天、下立地造之。"江"专指长江。"长江"是中国的第一长河，是中华民族的发祥地，故中国南方的河流，多以"江"称谓，如珠江、沅江、瓯江、钱塘江等。黄河，是中国的第二长河，是中华民族的母亲河，故中国北方的河流，多以"河"称谓，如洛河、渭河、漳河、延河等。

二、"河"字

《说文解字》："河，水。出敦煌塞外昆仑山，发源注海。人人水可声。""河"字，马如森的《殷墟甲骨文实用字典》说："从水、从丂，丂，标声。"先说"从水"。"氵"，同"水"，用作偏旁，俗称"三点水"。

𝒓 𝒓 𝒓 𝒓　甲骨文

通过对水字甲骨文、金文、篆文六个字形的考察，可以认定"水"是指一条弯曲而水花四溅的水流。"水"是一个象形字，象水流动之形，本义指水流。古人对水流视其大小、长短、远近不同而给予不同的称谓。北魏郦道元《水经注·河水》说："水有大小，有远近。水出山而流入海者，命曰经水；引它水入于大水及海者，命曰枝水；出于地沟流于大水及海者，命曰川水。"例如，湘水即是经水，汉水即是枝水，沔水即是川水。诸水流于其中谓之大川，大川之总称即为江。《说文解字》说："水，准也。北方之形，象众水并流，中有微阳之气也。"《金水诂林》卷十一载高鸿缙对这句话的解释："准也，为音训。北方之行，乃战国以后五行学说之遗。东汉纬学家宗之，非文字构造之朔也。"① 这里把水解释为"众水并流"，与郦道元的解释有异曲同工之妙。可见，水即指水流，水流即为河流。

再说"从丂"。"丂"字，古音为苦浩切，今音为 kǎo。丂在河字中，既标声，又表意。丂，又是柯（kē）的初文，是斧柄的象形字，代表古人开山治水的工具。

参照"河"字甲骨文的四种字形，结合丂字甲骨文、金文、小篆的七种字形，可以认定，"河"字右边原本是丂，而不是"可"，字形中没有一个"口"字。那么，河字中为何又出现一个口字呢？李考定《甲骨文字集释》说："丂为何之初字，象枝柯之形，增口作可，乃求字体整齐。"

再考察一个"可"字。"可"字，林义光编辑的《常用古文字字典》说："当为诃之古文，大言而怒也。是为本义。"那么，可字在河字中起什么作用？一是表音，表示河字的读音。河可古为一音之转。二者表意，表示河水的流向。水的流动是有规律的。萧启宏在《汉字通易经》一书中说："水冲击出可去的小道从而形成河。"

随着汉字的演变，"水"与"可"两个象形字组合成"河"字。

今体"河"从水，从"可"。"水"是无色无味透明的液体；"可"表示可以、能够。"河"字从"水"，从"可"，表示可以流动的水才称之为"河"。"河"的字形表明，生活在水边的人们依赖着水资源养育着他们，使他们在辛勤劳作之余有水喝、有饭吃。"河"是指像母亲一样养育人们，伴随着人类文明不断进步与发展的水流。

"河"字，在古代还另有所指。最早的甲骨卜辞中有"王泛舟河"，这"河"指的是殷商民族

---

① 高鸿缙：《金文诂林》卷十一，第 6286 页。

的母亲河——洹河，也就是现在的安阳河。史书上记载的盘庚渡河迁殷实际上就是渡洹河，后来周朝灭商并不断地扩充版图，由此黄河才取代了洹河的地位，成为"河"字的专指。

《说文》说："水出燉（敦）煌塞外昆仑山，发源注海。"周朝之后人们把黄河专称为大河。大河源头出自青海省巴颜喀拉山脉各姿各雅山麓，向东流经四川、甘肃、宁夏、内蒙古、陕西、山西、河南等省（自治区），至山东北部入渤海。河水本为白色，后变黄色。《尔雅·释水》说："河出昆仑虚，色白。"张舜徽《说文解字约注》："徒以上游穿行黄土高原，挟泥沙以至平原，故水性重浊，终年浑黄，因又名曰黄河。河，本此水专名，后引申为凡水之通称。"从古到今，黄河灾害时有发生，治黄成了国家、民族的一件大事。研究"河"文化，或许会给人们带来一条重大信息：治理黄河，兴修水利，是千载不变的水务国事。

三、"淮"字

淮，《说文》："水。出南阳平氏桐柏大复山，东南入海。"

"淮"，在六书中属形声字，从水，隹声。《说文》："淮，水。出南阳平氏桐柏大复山，东南入海。从水，隹声。"

"淮"，从"水"，表明"淮"字的意思与水有关，在这里表示水流，河流。"淮"从水，代表三条河的名字，即淮河、淮水、秦淮河。淮河为古代四渎之一。《尔雅》："江（长江）、河（黄河）、淮、济为四渎。四渎者，发源注海者也。"淮河发源于河南省桐柏山，东流经安徽省，入江苏省，本东流入海，后因黄河南窜，淮河入海之道被夺。当黄河又北徙以后，淮河入海故道亦不复存在，遂流入洪泽湖，又由洪泽湖出三河，经高邮湖、邵伯湖，到江苏省江都县三江营入长江。淮水在安徽省南陵县。《汉书·地理志》："（丹阳郡）陵阳，桑钦言淮水出东南，北入大江。"秦淮河为长江下游支流，东源出自句容县大茅山，南源出自栗水县东芦山，在秣陵关附近汇合北流，经南京入长江。此水横贯江宁县城，有的部分为秦时改凿，故称秦淮河。

甲骨文

金文编

六书通

说文解字

"隹声"，既标声，又表意。标声，表明"淮"字的读音为"隹"。隹、淮古为一音之转。表意较为复杂。这个"隹"字，甲骨文字形像一只头、身、尾、爪俱全的鸟之形状，歪斜着头，站在树枝上。上部是鸟头，嘴向左方，向右的两笔是翅膀，向下的两笔像爪子，其特征是尾巴较短。《说文》："隹，鸟之短尾总名也。"许慎的解释是古代对短尾鸟的总称。在上古，"隹"与"鸟"实为一个字，两字同源，字形、字义也相同。所不同的是，"隹"是短尾鸟的总称，"鸟"是长尾鸟的总称，但都代表鸟类。"水""隹"为"淮"，代表着河畔栖息着各种水鸟。《诗经·关雎》："关关雎鸠，在河之洲。"河水之中有许多小小的沙洲，自然也成了各种水鸟的乐园。

"淮"字亦有"大"意。"淮雨"，即"淫雨"，也就是指大雨。《尚书大传》卷二："久矣天之无别风淮雨。"郑玄注："淮，暴雨之名也。"

四、"汾"字

汾，《说文》："水。出太原晋阳山，西南入河。"

"汾"，在六书中属形声字，从水，分声。"汾"，从"水"，表明与水有关，指水名，即汾水。"分声"，既标声，又表意。标声，表明"汾"的读音为分（fén）；表意较为复杂。"分"字是一个会意字。一说分字由八字和爪字组成，表示用手将两人分开。后来，爪字演变为刀字，表示用刀把物品分开。从甲骨文的字形看，上部是一个八字，左右两边结构相同，中下部是一把"刀"，以刀判物谓之"分"，也就是说，用刀把一个东西切成两半叫做"分"，即是将物体一分为二。这个含义从古一直沿用至今没有大的变化，故"分"字的本义为分开、分支。"水""分"为"汾"，指水的分流、分支，或者说是分流的河水。

汾 金文大篆　　　汾 六书通　　　汾 说文解字

"汾"，为水名，指汾水，又名汾河，是山西省最大的河流，也是黄河的第二大支流。源出山西省宁武县管涔山，南流至曲沃县境折向西，在万荣县西入黄河，全长716公里。《说文·水部》："汾，水。出太原晋阳山，西南入河……或曰：出汾阳北山，冀州浸。"王筠句读："汾出晋阳山无考。"《地理志》太原郡晋阳："晋水所出，（东）入汾。岂以互受得通称邪？"《山海经·北山经》："北次二经之首，在河东，其首枕汾，其名曰管涔之山……汾水出焉，而西流注于河。"清顾祖禹《读史方舆纪要·山西一·封域》："汾水源出太原府静乐县北百四十里管涔山，南流经府城西太原县城东……又南经曲沃县西境，折而西，迳绛州南，又西历稷山县、河津县南，至荣河县北而入于大河。"《诗·魏风·汾沮洳》："彼汾沮洳，言采其莫。"孔颖达疏："汾是水名。"

"汾"，亦为古州名，共有三地。其一为后魏置汾州，隋改为隰州，治所在今山西省隰县。其二为东魏置汾州，金改为吉州，治所在山西省吉县，其三为后魏置汾州，其后累经改易，明清升为汾州府，治所在山西省汾阳县。

"汾"，又是古地名。在今河南省襄城县境。《左传·襄公十八年》："子庚帅师治兵于汾。"杜预注："襄城县东北有汾丘城。"

"汾"读 pén 时通"湓"，水名；水漫溢。

"汾"读 fēn 时同"纷"，"汾沄"同"纷纭"。《康熙字典》："汾；与纷同。"《文选·杨雄〈长杨赋〉》："汾沄沸渭，云合电发。"李善注："汾沄沸渭，众盛貌也。汾音纷，沄音云。"

五、"渭"字

渭，《说文》："水。出陇西首阳渭首亭南谷，东入河。"

"渭"，在六书中属形声字，从水，胃声。"渭"，从"水"，表明"渭"字的意思与水有关，指水流，为古水名，即渭水。《说文·水部》："渭，水。出陇西首阳渭首亭南谷，东入河。"

渭 渭 渭 渭 六书通

 说文解字

"胃声",既标声,又表意。标声,表明"渭"字读音为"胃"(wèi)。表意较为复杂。在甲骨文里暂无查到胃字。金文的"胃"字,上部是胃的象形,外面的圆圈表示胃囊,其中像"米"字的部分即里面的四点,表示胃中的食物,故其本义是人和动物用来储藏和消化食物的器官。下部是月(肉),表示胃与"肉"有关,是肉体的一部分。所以,"胃"字既是一个象形字,又是一个会意字,义为胃脏。"水""胃"为"渭"。渭水是横贯关中平原的第一大河,秦中所有的水系都在关中汇于渭水,最后在今陕西、河南、山西三省交汇处归流黄河。渭水之于黄河有如胃脏之于人体一样。"胃"字在"渭"字中的表意作用,显而易见。楷书把上部像胃的部分简化为田,下部仍为月(肉)。此外,"胃"字下部的"月"字,在金文中真真切切是一块肉的象形,到楷书中才变成了一个"月"字形,俗称"月肉",以区别于月亮的月字。辞书里一般都把月肉和月亮的月字分列为两部,把与月肉有关的字、词和与月亮有关的字、词分得一清二楚。"胃"下为月,月为月肉,月肉之于整个肌体,如渭水之于黄河水系一样。于此,亦可见"胃"字在"渭"字中的表意作用。

"渭",本义为水名,指渭水。渭水源出甘肃省渭源县鸟鼠山,流经陕西省与泾河、北洛河汇合,至潼关县入黄河。《书·禹贡》:"导渭自鸟鼠同穴,东会于沣,又东会泾,又东过漆、沮,入于河。"《史记·封禅书》:"霸、产、长水、沣、涝、泾、渭皆非大川,以近咸阳,尽得比山川祠,而无诸加。"唐孟郊《罪松》:"泾流合渭流,清浊各自持。"泾、渭:泾水、渭水。古人认为,泾河水浊,渭河水清,两河合流,清浊不混。"泾渭分明"这一成语即比喻界限清楚,是非分明。语本《诗经·邶风·谷风》有"泾以渭浊"。朱熹注:"泾浊渭清,然泾未属渭之时,虽浊而未甚见,由二水既合,而清浊益分。"此成语也作"泾浊渭清""泾清渭浊""泾渭不分",还有"泾渭同流",比喻好坏不分,泥沙俱下。

"渭",亦为古州名。称为渭州者有三地。其一为北魏庄帝置。清代为巩昌府,在今甘肃省陇西县西南。其二为唐侨置渭州,治所在今甘肃省平凉县。其三为辽置,治所在今辽宁省黑山县境。

唐王维诗《送元二使安西》:"渭城朝雨浥轻尘,客舍青青柳色新。"诗中"渭城"为地名,秦置咸阳县,汉代改称渭城县,唐时属京兆府咸阳县所辖,在今陕西咸阳市东北。唐代从长安西去多在渭城送别。

六、"淇"字

"淇",在六书中为形声字,从水,其声。

金文大篆　　　小篆　　　说文解字

"淇"字,从水,表明淇字的意思与水有关,指水流,即为淇水。"其声",既标声,又表意。标声,表明"淇"字读音为"其"(qí)。表意较为复杂。"其"字的甲骨文、金文字形清清楚楚地看出是一个簸箕的形状,故"其"为象形字,像一个盛着东西的簸箕,字下部有一双手,捧着簸箕在扇动米麦之类的东西。箕内的几个小点代表米、麦或其他谷物,双手捧着簸箕上下颠动,扬去糠秕等杂物。"其"字是"箕"的本字;"箕"(jī)是"其"的后起字。许慎在《说文解字》里没有收"其"字,而是把它放在了"箕(jī)"字里,作为"箕(jī)"字的古文处理,许慎认为"其"是"箕(jī)"的古字,可见"其"作"簸箕"讲在汉代时候已经很少用了。那时,"其"字已被借作"其他"的"其"字使用,还变成了一个虚词。如"人尽其才"中的"其",表示指示代词。"其中""其人""其事"中的"其"皆如此。到此时,"其"字的本义已经消失,完全成为一个假借字,而且一借不还。至于"其"字被借走之后,当"簸箕"讲的"其"字怎么表示?古人就在"其"字上边加个"竹字头",用来表示"箕(jī)"是用"竹子"做成的,下面的"其"字表示它的读音。这样,"其"字就由一个"象形字"变成了一个上形下声的"形声字"了。直到今天,在现代汉语中"其"字已完全成为了一个虚词。从以上论述中可以看出"其"字在"淇"字中的表意作用就在于"簸箕"一义。"水""其"为"淇",意为淇水像一个簸箕。淇水又名淇河,发源于山西陵川县,流经河南省林州市,至鹤壁南汇入卫河,流经海河,经天津汇入渤海。当代著名文字学家李士生先生在《土生说字》一书中说,淇水在汇入卫河之前,恰好是一个半圆,形如簸箕,故以"水"旁有"其"为其名。

"淇",又为地名,即淇州,因淇水而得名。《元史·地理志一》:"(卫辉路)淇州,唐、宋、金并为卫县之域,曰鹿台乡。元宪宗五年,以大名、彰德、卫辉籍余之民,立为淇州。"《明史·地理志三》:"淇,(卫辉)府北,元淇州,后废。洪武元年九月复置,十二月降为县。"清以后沿明不废。今为河南淇县。

"淇",亦为山名。淇山又名北山、大号山、沮洳山等,皆以淇水而得名。《管子·轻重戊》:

"神农作树五谷淇山之阳。九州之民，乃知谷食。"郭沫若等集校："张佩纶云：淇山，《汉志》'河内郡，共故国北山，淇水所出，东至黎阳入河'。"

古人很喜欢以淇水入诗。如《诗·氓》中有三处写到淇水："送子涉淇，至于顿丘。""淇水汤汤，渐车帷裳。""淇则有岸，隰（xī）则有泮。"《诗·卫风·竹竿》："淇水悠悠，松楫松舟。"

淇水在内地河流中，水质极为清冽纯净，据说在淇水中养鸭，产的鸭蛋营养极为丰富，且无污染。故淇水鸭蛋是有名的特产。

七、"汴"字

"汴"字，在六书中属形声字。从水，卞声。

"汴"，从"水"，表明"汴"字的意思与水有关。"卞声"，既标声，又表意。标声，表明"汴"字的读音为卞。表意较为复杂。

"卞"字是个会意字，从"、"，从"下"。从"、"，表示占主导地位，起主导作用；从"下"，表示位置低，处于附属地位，起辅助作用。"卞"字，"、"在"下"上，表示上级领导下级，下级服从上级。"、"处高位，"下"在低位，尊贵之人发号施令，位卑之人迅速执行，故"汴"之本义为速度极快。"水""卞"为"汴"，表示水的流速极快。这就是"卞"在"汴"字中所起的表意作用。

六书通　　　说文解字

"汴"，为古水名，即汴水。《汉书·地理志》记载有汴水，指今河南省荥阳县（市）西南的索河。索河源于荥阳大周山洛口。在《后汉书》中作汴渠，为隋开通，中间自荥阳至开封一段，即为原来的汴水，还包括汴水下游的狼汤渠，即古鸿沟。《广韵·缐韵》："汴，水名，在陈留。"《水经注·河水》："汉平帝之世，河汴决坏，未及得修，汴渠东侵，日月弥光，门间故处皆在水中。"《明史·河渠志一》："塞决口三十六，使河流入汴，汴入睢，睢入泗，泗入淮，以达海。"汴渠由荥阳东循狼汤渠，流经开封市，东循汳水、获水至今江苏徐州市，最后与泗水、淮河汇集。古诗云："汴水流，泗水流，流到瓜州古渡头。"想来，这是对汴水的写照。北宋灭亡后，汴渠即不再为运道所经，不久即湮废。今仅残存江苏省泗洪县境内一段，俗称老汴河，上承濉河，东南流入洪泽湖。

　　历代诗人都喜欢借汴水咏怀。宋陆游《江上对酒作》："汴洛我旧都，燕赵我旧疆。请书一尺檄，为国平胡羌。"《新唐书·李勣传附李敬业》："郑、汴、徐、亳皆豪杰，不顾武后居上，蒸麦为饭，以待我师。"

　　"汴"亦为古州名，开封因汴水而被称为汴州、梁州、汴梁、汴京。开封在北周改置"梁州"。治所在浚仪，即现在的开封。后周改梁州为"汴州"。唐初又置汴州。天宝初改陈留郡，乾元初又为汴州。汴州、梁州合称"汴梁"。开封又是五代晋、梁、汉、周及北宋的都城，金代直呼汴京，故开封史称"汴京"。"汴"至今仍是开封的简称。汴绣与苏绣、蜀绣、湘绣、粤绣并称为"中国五大名绣"。

　　"汴"又为古今姓氏。《万姓同谱·霰韵》："汴，见《姓苑》。宋汴寿，明州同知。"

八、"汉"字

　　"汉"，繁体为"漢"。在六书中为形声字，从水，難省声。

六书通

金文编

说文解字

"難省声"是什么意思？这里想顺便说一下。在中国文字学里有两个术语"省文""某省声"。省文，是某个字省减笔画的写法，例如这里的"難"字，省去"隹"字，剩下"莫"字，"莫"就是"難"字的省文，也叫省写，简称为"省"。"声"字何意？"声"就是声符、读音，"某省声"，就是表示"某"是声符，笔画有所省减。例如这里的"難省声"，表示"難"是"漢"字的声符，而省写作"莫"。那么，当我们一看到"難省声"三个字时，就知道"漢"字的读音为"難"（"漢""難"古为同音），"漢"字的右边写法是"難"字省去"隹"字，剩下"莫"字，即为"漢"，简化为汉。

"汉"，从水，表示与水有关。《说文·水部》："漢，漾也，东为沧浪水。"《尚书·禹贡》记载："嶓冢导漾，东流为汉。"意思是由嶓冢山导源出的漾水，向东流后成沧浪水，也就是今天称之为的汉水或汉江。古文"汉"的本义为水名，即汉水。汉水是长江最大的支流，从嶓冢山发源后流经陕西的南部、湖北的北部和中部，到武汉市汉阳区进入长江。汉水流域很多地名都由"汉"得名，如汉中、汉川、汉阳、汉阴、汉口、武汉等。

"汉"由水名引申比喻为银河。天上的银河，长长地像一条河，所以古人就用"汉"或"河"来借指银河。《尔雅·释天》："箕、斗之间，汉津也。"箕斗皆为星宿，天河在箕斗之间，称为汉津。《诗·小雅·大东》："维天有汉，监亦有光。"这里的"汉"，皆为天河，即银河。河汉、云汉、星汉、天汉、银汉等词也都与"银河"同义，"河汉无极"意思是银河广阔，无边无际，比喻恩泽广大，使人难以报答。"气冲霄汉"中的"霄汉"指天空，形容人的气魄很大。

汉朝的命名也来源于汉水流域的"汉中"。在秦朝末年的农民大起义中，项羽、刘邦的两支军队最为强大。因刘邦起兵于汉中，被封为"汉王"。刘邦灭秦后又战胜了项羽，于公元202年称帝，国号就称为"汉"，占都长安，历史上称为"西汉"或"前汉"。

汉朝先后经历24个皇帝408年，在汉武帝时成为亚洲最繁荣昌盛的多民族国家，其名声、威望、影响都远播国外。当时外国人习惯上都把中国人称为"汉人"，中国人也以自称"汉人"为荣。直到经由东汉直至灭亡后各国仍沿用旧习，称中国人为"汉人"，称华夏氏族为"汉族"。此后"汉人""汉族"就成为了华夏氏族的同义词。汉语、汉文、汉字、汉学、汉话、汉服、汉风、汉俗、汉姓等名词也逐渐形成了。其他民族学习汉族的语言文化和风俗习惯，逐渐被汉族同化的过程称为"汉化"。南北朝时鲜卑族的魏孝文帝就主动实行过汉化政策，元朝的蒙古族、清朝的满族成为统治者后，也曾不自觉地经历过程度不同的汉化过程，而那些在外族入侵时投靠侵略者、出卖国家民族利益的汉族败类就被贬称为"汉奸"。

汉族的成年男子，常被专称为"汉子"。有的地方专指丈夫，也泛指一般男人。"汉子"的省略式为"汉"，所以又出现了大汉、老汉、好汉、硬汉、铁汉、强汉、男子汉、单身汉、门外汉、英雄汉。不过，这些名词，大都用在男人身上，女子和儿童就不能叫"汉"，比如单身女子，就不能叫"单身汉"。但是，有的词用得久了，界限也就模糊了，比如"门外汉""女汉子"，似乎已经无可厚非了。

前面提到的"汉族"，是中国的主体民族，由古代华夏民族和其他民族长期融合而成。"汉语"是汉民族的语言，也是中国各个民族的通用语言。"汉字"是指记录汉语的文字。现用汉字是从甲骨文、金文、篆文、隶书演变而来的；在形体上逐渐由图形变为笔画，象形变为象征，复杂变为简单；在选字原则上从表形、表意到形声，一个字一个音节，绝大多数是形声字。朝鲜、日本、越南曾使用汉字千余年。后世称研究经、史、名物、训诂、考据之学为汉学。对外国人来说，汉学是指研究中国的文化、历史、语言、文学等方面的学问。

九、"颍"字

《说文·水部》148个水名中，有的不仅是水名，而且也是地名或地名的来源，如"颍。"《说文》："水出颍川阳城少室山，东入颍。"段玉裁注："颍川，以水名郡。"即颍川因颍水而得名。

"颍"，繁体为"潁"。《正字通·水部》："潁，颍字之伪。"《正字通·页部》同。"颍"字，在六书中属形声字，从水，顷声。

颖 金文大篆　　颍 潁 六书通　　潁 说文解字

从"水"，指水流，水域。"顷声"，既标声，又表意。标声，表明"颍"字读音为"顷"（qǐng），"颍""顷"古为一音之转。表意较为复杂。"顷"字是一个量词，是土地面积单位之一，一百亩为一顷。《玉篇·页部》："顷，百亩田也。"《睡虎地秦墓竹简·秦律十八种·田律》："稼已生后而雨，亦辄言雨多少所利顷数。"《三国志·蜀志·诸葛亮传》："成都有桑八百株，薄田五十顷，子弟衣食，自有余饶。"宋朝苏轼《前赤壁赋》："纵一苇之所如，凌万顷之茫然。"这里的"顷"字，都是表示土地的数量，一顷等于一百亩，固有广阔之意。"水""顷"为"颍"，意指水域广阔。

"颍"，为古水名，即颍水，今称颍河，发源于河南省登封县嵩山西南，东南流至安徽省寿县西北正阳关入淮。清朝顾祖禹《读史方舆纪要·河南一·封域》："颍水源出河南省登封县东二十五里阳乾山,流经开封府禹州北,入许州界,经襄城县北,亦谓之诸河,又东经临颍县北,又东经西华县北、陈州之南,又东经项城县南、沈丘县北,接归德府鹿邑县南境,而合于蔡河……自鹿邑县东南,流入江南凤阳府街,经太和县及颍州之北、颍上县之东南,当寿州西北正阳镇而入淮。"

"颍"亦为古州名。称"颍州"之名者,有两个地方。其一为北魏孝昌四年置辖汝阳、弋阳、北陈留、颍川等二十郡。后废。治所约在今河南省长葛市境。《魏书·地形志中》:"颍州,孝昌四年置……领郡二十,县四十。"其二为唐武德四年置信州,六年改名颍州,州治即今安徽省阜阳市。《清史稿·地理志六》:"颍州府,顺治初,因明制,与颍上、太和二县俱属凤阳。"

"颍"还为姓。《古今姓氏书辩证·静韵》:"颍,郑地也,郑大夫考叔为颍谷封人,因以为氏。后汉陈留长安人颍容,字子严,撰《春秋释例》,至今望出陈留。宋著作佐郎颍贽,策中贤良方正科,迁太子中允。"

除此以外还有洭水、汝水、汶水等,不一而足。自古人们在选择定居地时,首先考虑的是接近水源。有很多城市以水命名。例如,沅江以沅水命名,泉州以泉水命名,等等。但就河南,据不完全统计,以水命名的县、市就多达27个,且呈现出一定的规律。一是因治所与河湖等水体的相对位置,依"水北为阳,水南为阴"的原则命名。例如,洛阳,在洛水(今洛河)之北;宜阳,在宜水之北;濮阳,在濮水之北;舞阳,在舞水(今三里河)北;汝阳,在北汝河之北;淮阳,在淮水(今淮河)之北;泌阳,在泌水(今泌阳河)之北。汤阴县得名于县城在汤水之南;沁阳得名于原县治(今武陟县沁阳村)在沁河北岸,今沁阳市区却在沁河之南;荥阳在秦代置县时,以县城(今郑州市邙山区古荥)在荥泽之北而得名。二是因位于河流发源地或滨临河川命名。例如,济源,以地处济水(今济河)之源命名;栾川县,以鸾水(今伊河)源于此,得名鸾川,后"鸾"演为"栾";伊川县,因县境地处伊河川地,故名;洛宁县,以地临洛水(今洛河)改称洛宁;临颍县,西汉因地临颍河设县取名;淮滨县,1952年得名于地处淮水之滨。三是因河流经县境命名。例如,浚县境内有浚水(卫河、淇水合流曰浚水);淇县境内有淇水(今淇河);范县境内古有范水;睢县境内有睢水;漯河市境内有漯河;淅川境内有淅水;唐河县境内唐河纵贯;扶沟县境内有洧水沟;潢川县境内有小潢河。

这些都说明,正是在汨汨滔滔的水源的滋养下,我们的祖先才能在这片土地上安养生息,继而创造出光辉灿烂的中华农业文明。

第四节 从"治"字看治水治国之原创理念

我国是农耕国家,水利对农业有着重大的意义。我国又是河湖众多的国家,所以治水在我们国家是至关重要的,也历来被认为是治国安邦的头等大事。汉字是中华民族的一个伟大创造,文字的创制承载了光辉灿烂的中华文化,也凝聚了我们祖先的心血与智慧。中国汉字也是世界上最古老的四大文字系统(包括汉字、古埃及的圣书字、苏美尔人的楔形文字和玛雅文字)中唯一沿用至今的文字。汉字不仅是承载文化的重要工具,还是永葆青春的文化精灵。一个"治"字,足以让我们惊叹于古人造字的玄妙,钦佩于古人造字思维及文化理念,震撼于古人先贤的造字智慧,体悟古代先贤治水治国的高尚情怀。

金文　　　小篆

六书通

说文解字

治,金文借用"辞"或"司",❏❏(乱,相互辩驳)❏("司"的省略,主持、主管),表示主持公道,拨乱反正。篆文另造会义字,❏(水,洪汛)❏(台,通"臺",土石堆筑的坝堤),其造字本义为开凿水道、修筑堤坝、引水防洪。隶书❏将篆文的"水"❏写成"三点水"❏。

"治",从水,台声。在六书中属形声字,为形符表意,表示"治"字的意思与水有关。"治"指两条古水名。其一即今山东半岛大沽河与支流小沽河。《说文·水部》:"治,水。出东莱曲城阳立山,南入海。"段玉裁注:"今治水名小沽河,自掖县马鞍山南流至平度州东南,与出登州府黄县之大沽河合流,迳即墨,至膠州之麻湾口入海。"《汉书·地理志上》:"东莱郡……县十七……

曲成……阳立山，治水所出，南至沂入海。"其二在今山东省境，沂河的支流，源出蒙阴县西冠石山，东南流经费县，至临沂注入沂河。这里要特别说明两点：一是作为这两条古水的名称"治"，读音为 chí；二是这两条古水名印证了"治"字从水的渊源关系。换句话说，"治"本指水名，所以从"水"。不过由于读音的演变，今天的"治"（zhì）与古代的"治"（chí）读音已经不一样了。

"治"是一个多音多义字。"治"读 yí 时，还代表古水名。治（yí）水的上游就是今山西省、河北省境内的桑干河和永定河。下游后淤，河道迁徙无定，故有无定河之称。清朝筑"永定大堤"以固河槽，改名永定河，治水故道在永定河北。清顾祖禹《读史方舆纪要·直隶一·封域》："桑干河，源出山西马邑县西北十五里洪涛山，一名累头山，灅水出焉，即桑干河上游也。《汉志》注谓之治水……至武清县小直沽达于海。"今永定河至天津汇入海河，至塘沽入海。

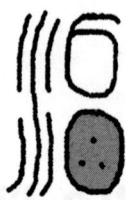

"治"，"台声"，既标声，又表意。标声，表明"治"字的读音为"台"。从小篆字中可以发现，右边部分神似胎儿。古人为什么这样造"治"？胎儿与水是什么关系？为什么"治"为"台（胎）"治，而非"刀"制？人们不难想象，"胎"治的目标肯定是追求"安生、顺产"，而刀制的意向则是"强制、管制"。老子《道德经》曾说，"治大国如烹小鲜"，而"治"字本义则蕴含着"治如怀胎"，这要比老子的话还要贴近生活之道、治国之道。倘若用于治水管水，用"治水如怀胎"就更深刻厚重了。从治水主体上看，亲水、爱水、治水与准父母等亲人（爱之深，亲之切）的情感是一致的；从治水目标上看，维护河流健康生命、人水和谐共生，与保胎过程中的保平安、祈康健、冀孝顺、盼有为的心情是一致的；从治水方式上看，治水与孕育生命一样，都要循其理、应其时、顺其向，也是一致的；从治水过程上看，安水、导水与孕育、呵护胎儿的过程也是一致的。对于今天的人们来说，应当自觉并永远秉持"治水如怀胎"之原创理念，须趋利避害，唯善是从；应深谋远虑，广结善缘；一定要高举"和谐为上，保育为宗，除险（人为之险与水为之险）为策，开发（水物质开发与水精神开发）为用"的旗帜，高举"人水和谐"之旗，明了"人水和谐"之理，遵循"人水和谐"之道，凝聚"人水和谐"之力，完善"人水和谐"之法，主动自觉地履行和谐主体之崇高使命及繁重义务，在治水管水的伟大实践中实现"人水和谐"的圆满境界。

"治""台",古为一音之转。也就是说,这两个字古代读音相同或相近,后来由于语音的演变,今天"台"与"治"的读音已经很不相同了。"治"字本读作"chí",前面说过,"治(chí)水"是我国古代两条河的名称,后来演变为治(zhì),其意也演变为治水、治理。"台"字在"治"中的表意作用较为复杂。当代著名文字学家李土生先生《土生说字》一书中指出:"台"可视为"怡"的省字,"怡"为喜悦、快乐之意。顾建平《汉字图解字典》也说:"台,从怡者,怡有愉快义,水得到治理令人愉快。本义是治理水。泛指治理、管理。"水是古今之患,历朝历代都要花费大量的人力、物力进行治理。"水""台"为"治",意为对水灾进行治理使人们得到平安、快乐。因此,"治"本义指治理水患,引申为管理、处理、整治、修治,又引申为对国家的治理和统治。治理国家就需要法律法规的制定与执行及政策措施的出台与应用。

人与水天然相干,人命在水,水运在人。人水情缘状态关乎地球生命安全,关乎人类发展永续。人水情缘的发展与深化,责任在人,人人有责;人水之缘源远流长,既求和谐共处,又生乖戾冲突,善缘多多,孽缘重重,实可谓善有恩报,孽有恶果。每一个中华儿女,都应深刻领悟中国先哲以水造"治"之智慧,永远秉持"治水如怀胎"之原创理念,亲水畏水、敬水爱水、科学治水、和谐利水。

第五节 从"法"字看"刑法"之起源

"法"字最原始的字形存在于西周青铜器铭文中。《金石大字典》中,共有法字61个。东汉许慎《说文解字》记其繁体,《现代汉语词典》及其他现代辞书记其简体。"法"字最古的写法是"灋"。"灋"字由三部分构成,《说文解字》:"水,准也,北方之行,象众水并流,中有微阳之气,凡水之属皆从水。""廌、解,兽也,似山牛一解,古者决讼令触不直。象形,从豸省。""去,人相违也,从大凵(qū)声。"

第一部分是水字旁,又称三点水,形符表意。按照许慎《说文解字》的注释为:法,刑也,刑平如水,从水。法,所以触不直者去之,从去。法今文省。法,古文方乏切。法字中加水,在功能上最能体现"平"之义项,表达了人们对法公平正义的确认,体现了远古人类对法制的向往,希望法制平等待人。中华民族对水的崇拜较其他民族更甚,于是有水神、水伯、水母等。水神:

"集于天地而产于万物,产于金石而集诸生,故曰水神。"(《管子·水地》)水母:"玄武步兮水母,与吾期兮南荣。"(王褒《九怀思忠》)水伯:"朝阳之谷,神曰天昊,是为水伯。"(《山海经·海外东经》)"由于水神有着超人的智慧和力量,当人们遇到难以决断的争执纠纷时,就求诸水神投诸水中,让神裁判。这也许是'水'与'法'建立起的最初最直接的联系。"① "法平如水",也成为了我们千百年来对法的基本理解,是具有重要文化含义的意向性比喻。因此,法与水结下不解之缘。② 之所以用水来形容法,一是其具有公平的特点。二是具有"包容万物"的特性。正如《道德经》所云:"江河之所以能为百谷王,因其能善下,以天下之至柔,驰骋天下之至坚。"正所谓"山不厌高,水不厌深"、"海纳百川,有容乃大"。三是"水是生命之源"的特征。水利万物而不争,水是自然的起始,乃生命之源、万物之本、文明之根,水象征着生命之道。

第二部分是"廌"。廌,音治 zhì,即解(xiè)廌,同"獬豸",古代传说中的一种异兽,似山牛,一角;又似鹿,一角;亦似神羊,独角。此兽本属罕见,古书解释诸多,字异而一物。远古神判时期,"廌"介入了裁判,是人们意识发展过程中异化的结果。其时,"廌"成了民间处理纠纷的重要裁判依据,人们将其记录下来,作为定分止争的符号并被广泛接受。传说,人君刑罚得中,廌生于朝廷,主触不直者。这种怪兽能辨是非曲直,能识邪恶善美。

第三部分是"去"字。义项"去"加入到法字中,大约是在西周时期,其意义在于从功能上对"廌"进一步确定。"去"古文字由大和凵两个象形字组成。大,本义为成年人;凵(qiǎn)音浅,代表地坎。先民大部分居住在地坎之中,去字是离开地坎的意思。因此,去义亦为离开、离去,见《诗经·卫风·硕鼠》:"逝将去汝,适彼乐土"。《说文解字》:"所以触不直者去之。""去",去掉邪恶,让有罪之人离开。

综上所述,人们从古至今,期待法律面前人人平等。恶有恶报,善有善终。

金文　　　　小篆　　　　小篆　　　　楷书

---

① 黄震、杨健康:《"法":一个字的文化解读》,《湖南大学学报(社会科学版)》2005年第4期。
② 王利明:《宪法的基本价值追求:法平如水》,《环球法律评论》2012年第6期。

"灋"字在明代以前已简写为"法",字见《正字通》,又简化为"法"。《书经》:"惟作五虐(毁耳、鼻、面、阴及四种同用。引者注)之刑曰法。"《易经》:制而用之谓"法"。圣人制裁其物而施用之曰"法"。荀子《不苟》:"愚则端悫(悫,音榷,朴实端正之意。引者注)而法。"

"法"字沿用至今,如何理解?"法"字是由两个象形字"水"和"去"组成一个会意字。所"会"何意?即"水去有法"。"水去"怎么"有法"?

法字,一是从水从去。古人云:宇宙万物,皆由"二五之精,妙合而凝"。二是指阴阳之道,五是指"金、木、水、火、土"五种物质属性。水在这五种物质属性中,是最易变化之物,它既可以是液态,又可以是固态,还可以是气态。

水要去,是最有办法的,因为它会变化。水的变化,是有规律的,规律就是法。有谚云:"人往高处走,水往洼处流。"哪里有坎,哪里低洼,它就可以去到哪里停留汇聚。"高峡出平湖""江水倒流",那是有条件的。温度在0℃以上,它是流动的水,其去的方法是向下流淌;温度在100℃以上,它变成飘浮的气,其去的方法是向上飞腾;温度在0℃以下,它变成固体的冰,不流不飞,停止不动了。

水的变化,自然界的变化,人类的变化,社会的变化,或者一个人、一件事的变化,都是有规律的。宇宙万物,人间万象,都遵循着其固有的法则发展变化。一切事物都在发展变化中达到平衡。人做事就是在自然的天平上加砝码,但过了分寸,立即就会出现倾斜,遭到报复。小倾斜,小报复;大倾斜,大报复。经过报复之后,又恢复平衡状态,这就是自然执法。所谓法律,就是由立法机关制定,国家政权保证执行的行为规则。这些行为规则,组成法律制度,形成法律体系,构成严密法网。任何社会形态都离不开法,从某种意义上讲,法是国之利器,民之权衡,行之准绳,定分止争。我们构建和谐社会,必须有完备的法律。法字,用水的变化不以人的意志为转移这个规律,启示人们认识法制尊严,提高法制观念,自觉学法、用法,遵纪守法,维护社会和谐。

法字,用"水去有法"表明了法的客观性、普遍性、规律性、权威性、严肃性、包容性。所谓不以人的意志为转移,谓其客观性;当今社会法无处不在、无时不在、谓其普遍性;无规矩不成其方圆,谓其规律性;"法网恢恢,疏而不漏",谓其权威性;罚当其罪,谓其严肃性;"坦白从宽,抗拒从严",谓其包容性。在法网之下干了非法的事,触犯刑律,就是犯罪。

我们还可以举几个以水为偏旁或以水表意的字例,来说明水流动的必然趋势和"水去有法"的道理。

"流"字,形声兼会意。形声,从水声。会意,这个字右下部是一个"川"字。我们在研究汉字时,金文和小篆最能体现古文字的字形,也比较接近现代写法,故应以金文小篆作依据。《说文解字·川部》:"川,贯穿通流水也。"像河川之形,中间像水流,两旁为岸。可知川即水道,"流"字的水旁,是说水蒸发后变成气,气聚汇在一起变成云。云遇冷变成雨落到地上成流水。水流久了又变成川。一个"流"字,把水的变化规律说得头头是道,清清楚楚。

"河"字,形声兼会意。形声,从水可声。在《说文》中,只讲形声。汉字中有许多形声字,声符兼有会意作用。"可"字,亦有会意的特点,"可"字"会"其何"意"?水,按照自然规律,流向可以流去的地方形成"河"。

"江"字,形声兼会意。形声,从水工声。江,古音工。表意,水力可以做工,"滴水穿石"就是这个意思。而且,水千年万载,做工不止,可以冲透山岭,穿出干道,奔腾而下,形成"江"。

"海"字,形声兼会意。形声,从水,每声。海、每古为一音之转。会意,每一条江河水溪到达之终点,形成"海"。

"湖"字,形声兼会意。形声,从水胡声。会意,江河水溪在其流淌之中,遇到低洼的地方,便停留下来,可以静静地映照古老的月亮,形成"湖"。

"顺"字,"页"字古文字是个头字,人们头朝着水去的方向走,称为"顺"。反之曰"逆"。

"巡"字,形声兼会意。形声,从辵(chuān)川声。会意,毁是个弯曲的川字,顺着弯曲的水流,沿途边走边察看,从而形成"巡"。

"永"字,甲骨文像人在水中游泳之形,即"泳"的初文。"永"也可以作会意字看待:山坡上,一眼泉水一直不停地往下流,流不完,淌不尽,曰"永"。

"汩"字,形声兼会意。形声,从水,曰(gū)声。会意,水,不仅变化无穷,千姿百态,而且还会说话。"曰"字口中一横,表示舌头,张口舌动,即为说话。汩汩,流水声;波浪声。晋·木华《海赋》:"崩云屑雨,浤浤汩汩。"这里汩汩,就是水流不止的声音。潺潺流水,咕咕噜噜,哗哗啦啦,滴滴答答,不是水在说话吗?

其他一些与水有关的汉字:舌之有水曰"活",目之有水曰"泪",徒步过水曰"涉",水满四流曰"益"("益"为"溢"的本字,皿为盛水的器皿,上边"兴"为侧倒的"水"字,水下皿表示水从器皿漫出),微风吹动曰"波",大波涌动曰"浪",等等,都说明水的变化是有规律的。

当"水""去"得无影无踪的时候,它会在田野里、自然界留下无水的痕迹和景象。"旱"字就是一个生动的印证。"旱"字,形声兼会意。形声,从日,干声。会意,这个字上边是一个日字,下边是一个干字,表示太阳把水晒干,土地就会"旱"得龟裂成块。

天气不会一直旱下去,天下定然会出现"水"。一个"雨"字说得很清楚。现在的雨字,由"一""冂"和四个"丶"组成。"一",为古文"下"字,强调其下落之势;"冂",表示范围,雨具有范围性、时间性、水量性;四个"丶",表示雨滴之形,甲骨文、金文"雨"字就像雨点纷落之状。《说文·雨》:"雨,水从云下也;一像天,几像云,水零其间也。""一"代表天,在天下,在云中,"水"来了,就是"雨"。

"水""去"得过于集中的时候,那会是另一种景象。沝(zhuí)、淼(miǎo)和㵘(mān)三个字,绘形绘声地说明了这一点。沝,两个水字,是说水大。淼,三个水字,是说水很大,水势辽远,烟波浩淼。㵘,四个水字,是说水特大。郑采《题复古秋山对月图》:"山 duō duō 兮水 mān mān。"[①] 从以上这几个字也可以看出,水的变化既是千差万别的,又是循规蹈矩的,从不违背其固有的规则。一言以蔽之曰:"水去有法,法平如水。"

第六节 行云流水的书法艺术

中国书法是中华民族的艺术瑰宝。它肇始于东汉,到魏晋时期成为了一种固定的艺术范式,之后各个朝代的文人雅士以写一手好字为荣,至今仍热情未减,其成就之高,为世界所瞩目。中国历史上书法名家辈出,他们的作品或如行云流水,或矫若游龙飞凤,有的以"水"为师,追求气韵生动的书法风格,还有的书写发生在水边的趣事妙语,这些都成为了后人津津乐道的书坛典故。

一、古代书法家常从"水"中汲取作品创作的灵感

例如东晋大书法家王羲之酷爱山水,在亲近山水的过程中也在汲取着创作灵感。他说:"每作一字,须用数种意,或横画似八分,而发如篆籀;……或转侧之势似飞鸟空坠,或棱侧之形如流水

---

① 王殿卿:《"法"字与水的文化探源》,《华北水利水电大学学报》2009年第1期。

激来。"① 其作品《兰亭序》中处处透露出如高山流水般的雍容娴雅和滔滔汩汩、一泻无阻的畅达大度。

　　和九年，岁在癸丑，暮春之初，会于会稽山阴之兰亭，修禊事也。群贤毕至，少长咸集。此地有崇山峻岭，茂林修竹，又有清流激湍，映带左右。引以为流觞曲水，列坐其次。虽无丝竹管弦之盛，一觞一咏，亦足以畅叙幽情。

　　是日也，天朗气清，惠风和畅。仰观宇宙之大，俯察品类之盛，所以游目骋怀，足以极视听之娱，信可乐也。

　　夫人之相与，俯仰一世。或取诸怀抱，悟言一室之内；或因寄所托，放浪形骸之外。虽趣舍万殊，静躁不同，当其欣于所遇，暂得于己，快然自足，不知老之将至。及其所之既倦，情随事迁，感慨系之矣。向之所欣，俯仰之间，已为陈迹，犹不能不以之兴怀。况修短随化，终期于尽。古人云："死生亦大矣！"岂不痛哉！

　　每览昔人兴感之由，若合一契，未尝不临文嗟悼，不能喻之于怀。固知一死生为虚诞，齐彭殇为妄作。后之视今，亦犹今之视昔，悲夫！故列叙时人，录其所述。虽世殊事异，所以兴怀，其致一也。后之览者，亦将有感于斯文。

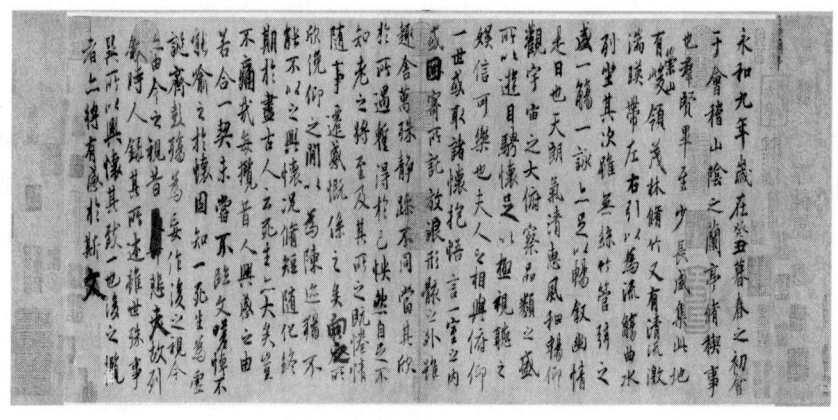

东晋·王羲之《兰亭序》

---

① 清·王原祁等编纂：《佩文斋书画谱》卷五《晋王羲之书论》，《历代书法论文选》，上海书画出版社1979年版，第28页。

王羲之所书《兰亭序》与文字内容水乳交融，写来从容不迫，顿挫有致，长短相济，摇曳生姿，"字势雄逸，如龙跳天门，虎卧凤阙"①，无一点俗气。文中虽有"俯仰之间，已为陈迹"的无奈与叹息，但丝毫不掩流淌在字里行间的高雅情趣，对后世文人的山水审美有着深远影响。

二、古代书法家常把"水"视为创作的素材

例如唐代著名诗人王勃所作《滕王阁序》，全称《秋日登洪府滕王阁饯别序》，也称《滕王阁诗序》，堪称骈文中的名篇。该文描述了滕王阁雄伟壮丽的景象，尤其是对湖光山色的形容刻画非常生动形象，风格明快爽利、清新流畅，情景交融、浑然天成，恰似行云流水，胸臆自然流出。如以下两段：

> 时维九月，序属三秋。潦水尽而寒潭清，烟光凝而暮山紫。俨骖騑于上路，访风景于崇阿。临帝子之长洲，得天人之旧馆。层峦耸翠，上出重霄；飞阁流丹，下临无地。鹤汀凫渚，穷岛屿之萦回；桂殿兰宫，即冈峦之体势。
>
> 披绣闼，俯雕甍，山原旷其盈视，川泽纡其骇瞩。闾阎扑地，钟鸣鼎食之家；舸舰弥津，青雀黄龙之轴。云销雨霁，彩彻区明。落霞与孤鹜齐飞，秋水共长天一色。渔舟唱晚，响穷彭蠡之滨，雁阵惊寒，声断衡阳之浦。
>
> 遥襟甫畅，逸兴遄飞。爽籁发而清风生，纤歌凝而白云遏。睢园绿竹，气凌彭泽之樽；邺水朱华，光照临川之笔。四美具，二难并。穷睇眄于中天，极娱游于暇日。天高地迥，觉宇宙之无穷；兴尽悲来，识盈虚之有数。望长安于日下，目吴会于云间。地势极而南溟深，天柱高而北辰远。关山难越，谁悲失路之人；萍水相逢，尽是他乡之客。怀帝阍而不见，奉宣室以何年？

王勃的才华横溢以及文中所抒发的对怀才不遇的悲愤与不平，引起了文人的强烈共鸣，他们不仅熟读成诵，而且多用来作为书法创作的素材。如：北宋苏轼的小楷、明代文徵明（1470—1559）的行书、明代王宠（1494—1533）的草书。

---

① 梁武帝：《古今书人优劣评》，《历代书法论文选》，上海书画出版社 1979 年版，第 81 页。

宋·苏轼小楷《滕王阁序》　　　明·文徵明行书《滕王阁序》

三、古代书法家多以水喻书法

与诗人创作师法自然一样，书法创作同样也要求助于山水。水具有灵动、飘逸、奔泻、狂野等多种姿态，这与追求灵活多变的书法艺术有着天然的契合。书法家在同真实山水的接触中涵养性情，领悟哲理，笔法上也在模仿自然形态与精神。因此，古人论书法时，多爱用水来形容，如秦代蒙恬《笔经》曰：

夫用笔之法，先急回，回疾下；如鹰望鹏逝，信之自然，不得重改。送脚，若游鱼得水；舞笔，如景山兴云。或卷或舒、乍轻乍重，善深思之，理当自见矣。①

西晋书法家卫恒（？—291）《四体书势·字势》云：

---

① 宋·陈思：《秦汉魏四朝用笔法》，《历代书法论文选》，上海书画出版社1979年版，第397页。

其曲如弓,其直如弦。矫然突出,若龙腾于川;渺尔一颓,若雨坠于天。……是故远而望之,若翔风厉水,清波漪涟;就而察之,有若自然。①

南朝梁武帝萧衍(464—549)《古今书人优劣评》云:

钟繇书如云鹤游天,群鸿戏海,行间茂密,实亦难过。

李镇东书如芙蓉之出水,文采之镂金。②

唐代张怀瓘《书断》评张芝草书:

若清涧长源,流而无限,萦回崖谷,任于造化,至于蛟龙骇兽奔腾拿攫之势,心手随变,窈冥而不知其所如,是谓达节也已。③

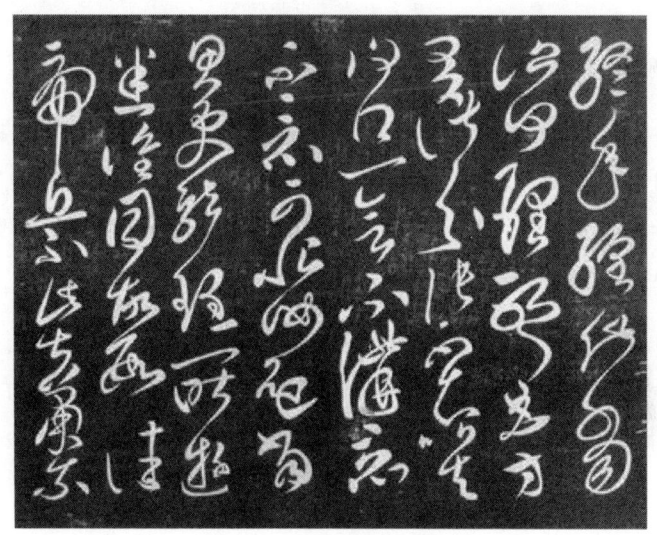

东汉·张芝《终年帖》

评索靖草书:

有若山形中裂,水势悬流,雪岭孤松,冰河危石,其坚劲则古今不逮。④

"游鱼得水""清波漪涟""群鸿戏海""清涧长源""水势悬流"……这些比喻形象生动地表达了书法艺术的审美追求,无不昭示出水与书法之间的密切关系。

---

①~④ 宋·陈思,前引书,第13、81、177、179页。

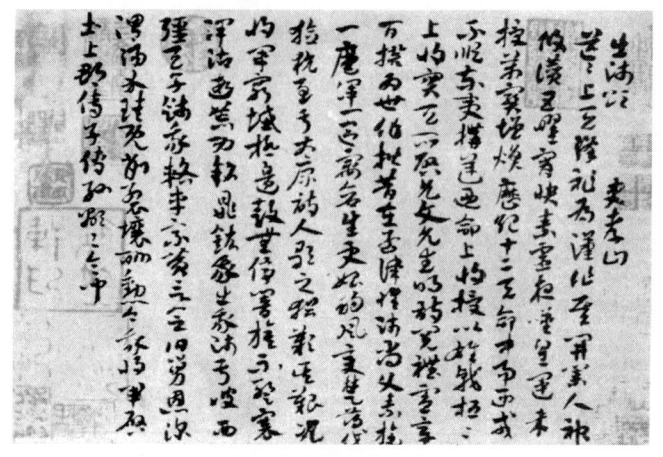

晋·索靖《出师颂》

在古代以水喻笔法的书论中，最著名的当数颜真卿的"屋漏痕"：

> 怀素与邬彤为兄弟，常从彤受笔法。彤曰："张长史私谓彤曰：'孤蓬自振，惊沙坐飞，余自是得奇怪。'草圣尽于此矣。"颜真卿曰："师亦有自得乎？"素曰："吾观夏云多奇峰，辄常师之，其痛快处如飞鸟出林、惊蛇入草。又遇坼壁之路，一一自然。"真卿曰："何如屋漏痕？"素起，握公手曰："得之矣。"①

这里颜真卿所说的"屋漏痕"，是书法用笔的一种方法。他以破屋墙壁上渗漏的雨水痕迹作比，说明运笔时不能一泻而下，这样会显得太过滑熟而没有力道，必须如屋漏痕般缓缓流下，看似不露锋芒、起止无迹，却能达到力透纸背而不涩滞的艺术效果，似乎道出了书法创作的真谛。

---

① 清·王原祁等编纂，前引书，卷五《释怀素与颜真卿论草书》，《历代书法论文选》，第283页。

第四章 水入诗海歌洋：水在诗词歌赋中的独特呈现

诗歌是中国古典文学史中最灿烂的一章。在中国文化中，自然之水天生具有一种亲切、温暖、宽大、包容的特性，沉浸在水的怀抱中，能够消释人生块垒，令人超然解脱。因此，古往今来，文人墨客在不同的时代背景下都曾不约而同地投身于大自然，在获取自身精神力量的同时，也成就了诗歌的蓬勃壮大，故水意象即大量出现在古代诗歌中，而且有着非常丰富的意蕴。本章重点探讨咏水诗这一独特的诗歌题材在历史上的发展演变、形成原因，探讨水意象及其所蕴含的多元文化象征。

第一节　追溯中国古代咏水诗的历史演进

王国维先生继茅一相、艾南英、焦循等人之后，在《宋元戏曲考序》中总结说："凡一代有一代之文学：楚之骚，汉之赋，六代之骈语，唐之诗，宋之词，元之曲，皆所谓一代之文学，而后世莫能继焉者也。"[①]咏水诗则是诗歌这一代文学中清新淡雅的恢宏华章。水是一切生命之源，也是人类文明之源，历来受到人们的重视和青睐。古代文人对自然之水都非常喜爱，诗人对水更是情有独钟。高适说"自言爱水石"（《赠别王十七管记》），李颀也说"我心爱流水"（《无尽上人东林禅居》），白居易自白"天与爱水人，终焉落吾手"（《泛春池》），苏轼曾说"我性喜临水，得颍意甚奇"（《泛颍》）。他们所说的水，与陆地相对，泛指江河湖海等水域。由于古代文人对水的喜爱，咏水诗作为文学史上一种重要的诗歌门类，其创作始于晋宋，经过唐宋，再到明清，一直是争奇斗艳、仪态万芳诗苑中的一道亮丽风景。

一、从《诗经》、《楚辞》、汉赋看咏水诗在秦汉时期的酝酿萌芽

刘勰在《文心雕龙·明诗》中说："宋初文咏，体有因革；庄、老告退，而山水方滋。俪采百字之偶，争价一句之奇；情必极貌以写物，词必穷力而追新。此近世之所竞也。"[②]虽说中国山水诗的正式产生是在魏、晋时代，然而在先秦作品中，如《诗经》《楚辞》、汉赋中已可初见其端倪。从先秦、两汉的文学作品中所呈现出的人与自然的关系以及水景观的描写里，已经可以探寻到咏水诗的源头。有学者指出，"将自然风景的描写，染上人的漂泊感受的诗，是从《诗经》《楚辞》

[①] 清·王国维：《宋元戏曲史》，上海古籍出版社1998年版，第2页。
[②] 王运熙、周锋：《文心雕龙译注》，上海古籍出版社1998年版，第43页。

开始的"①，从《诗经》中"水"作为诗歌的背景或比兴的媒介，到《楚辞》的"水"描写中初步体现作者的审美情趣，到汉赋中自然"水"成为创作的主要目的，再到山水诗的正式产生及繁荣，这是一个比较漫长的发展过程，然而正因为有了此过程，我们才能看到人与自然水不断亲近、喜爱的过程。通过初步探讨《诗经》《楚辞》、汉赋中的山水意识，分析其咏水观，追溯中国古代咏水诗的渊源、形成、发展、繁荣，有助于我们更好地把握咏水诗的底蕴及本质。

（一）美丽总是在水一方——《诗经》中的以水比兴

"鸟去鸟来山色里，人歌人哭水声中。"《诗经》作为我国的第一部诗歌总集，真实地记录了2000多年前我国上古先民们在水滨泽畔演绎的一场场悲欢离合的故事，是中国民俗风情和文化的起始源头。《诗经》中有相当一部分的诗涉及"水"，水与爱情的关系是相当密切的，其中许多篇目以水为起兴，或是将男女恋情置于水之背景上。据统计，《诗经·国风》中共有160首诗歌，其中有"水"的诗歌就有42首，占国风诗歌总数的26%，在这42首中，有30多首是婚恋类型的诗②，可谓"诗经水畔，爱情花开"。

刘勰在其《文心雕龙·比兴第三十六》中言："故'比'者，附也；'兴'者，起也。附理者切类以指事，起情者依微以拟议。"③《诗经》中以自然景物作为比兴。将"比"和"兴"视为诗人言志的两种手法，即"诗人之志有二也"。"水"景物在其中被用来起兴，用来作为传递某种情感的媒介。水之悠长，犹如爱情之地久天长；水之深广，犹如爱情的深沉广远；水之曲折，犹如爱情之好事多磨；水之汹涌，犹如爱情的波澜起伏。《诗经》中的情爱诗以其独特的魅力表现出了非同凡响的生命力，借助"比兴"的手法，开创了我国诗歌歌颂情爱内容的先河。如《汉广》《柏舟》《伐檀》等，尤其是人们所喜爱的"所谓伊人，在水一方。溯洄从之，道阻且长。溯游从之，宛在水中央"就是《蒹葭》中的名句。

美丽总是在水一方。在漫长的历史与文化进程中，水由简单的自然物像过渡到富有寓意的"水意象"，在经过多年积淀后，《诗经·国风》爱情诗中"水意象"便开始频繁地直接出现，以致影响到后世文学，从而形成了中国所特有的水文化现象，使得"水"成为了一种"有意味"的文化意象，形成了"水意象"的独特审美意蕴，在后世的文学作品特别是诗歌中屡屡呈现。

---

① 胡晓明：《万川之月——中国山水诗的心灵境界》，北京大学出版社2005年版。
② 崔风华：《〈诗经〉中"水"意象的审美意蕴探析》，辽宁师范大学硕士论文。
③ 周振甫：《文心雕龙注释》，人民文学出版社1981年版，第394页。

表 4-1　《诗经》山水总表[①]

水	黄河	国风·周南·关雎、国风·邶风·新台、国风·鄘风·柏舟、国风·卫风·硕人、国风·卫风·河广、国风·王风·葛藟、国风·郑风·清人、国风·魏风·伐檀、国风·秦风·蒹葭、小雅·节南山之什·小旻
	漆水	国风·唐风·山有枢
	洛水	小雅·甫田之什·瞻彼洛矣
	淮水	小雅·谷风之什·钟鼓
	济水	国风·邶风·匏有苦叶
	淇水	国风·邶风·泉水、国风·鄘风·桑中、国风·卫风·淇奥、国风·卫风·氓、国风·卫风·竹竿、国风·卫风·有狐
	江汉	国风·周南·汉广、国风·召南·江有汜、小雅·谷风之什·四月、大雅·荡之什·江汉、大雅·荡之什·常武
	溱水、洧水	国风·郑风·褰裳、国风·郑风·溱洧
	泮水	鲁颂
	泾水	国风·邶风·谷风、大雅·文王之什·棫朴
	汶水	国风·齐风·载驱
	汾水	国风·魏风·汾沮洳
	渭水	国风·秦风·渭阳、大雅·文王之什·皇矣
	泌水	国风·秦风·衡门

（二）临水高歌怀忧愤——《楚辞》中的悲情之"水"

《楚辞》作为先秦时期的诗歌代表，其中很多篇章都涉及水景观的描写，实在可以说是咏水诗的源头之一。据邓婷统计，以东汉王逸的《楚辞章句》为例（以下简称《楚辞》），虽然其中直接提到"水"字的情况只有47次，但是全书与"水"相关的，如"江""河""湖""泊""海""洲""潭""泉""波""潮""池""渚""湘""沅""洞庭""雨""露""滔滔""浩荡""潺湲""淫淫""浅浅""湛湛""淹""潆"等词却一共出现了294次之多。其中，仅提到的河流名称就有15种，描写水貌的词汇出现了30种43次。[②]

---

① 所依据版本为影印文渊阁本《四库全书》，台湾商务印书馆 1982-1986 年版。

② 邓婷：《江流浩荡兮跟跄以行——浅析楚辞水意象的悲情色彩》，《河北青年管理干部学院学报》，2011 年第 6 期。

表 4-2　　　　　　　　　　《楚辞》水名称简表①

水	江、河、沧浪、丹水、江夏、大河、黑水、白水、夏浦、赤水、回水、沅、湘、溺水、代水、汨水、流沙、洞庭、飞泉、九河、庐江、大江、汉、淮、醴、清江、溆浦、雷渊、大壑、洧盘、洪泉、河海、梦（云梦）、南浦、极浦、兰皋、泽、浒、潭、瀛、石泉

《楚辞》是南方长江流域文化的结晶，弥漫着浓厚的水文化氛围。楚辞的奠基人——屈原，其最负盛名、影响最大的《离骚》《天问》《九歌》和《九章》中的《抽思》《思美人》等亘古名篇都是汉水文化滋养的硕果，也都是屈原在北游"汉北"时期的呕心沥血之作。《楚辞》中众多泣血之作是在秦楚争夺汉水流域军事失利的跌宕起伏的政治军事风云影响下所创作，是屈原政治追求受挫后的折射，所描写的"水意象"多含悲情色彩。这与诗人"虽有奔向山水以求自我解脱的观念，却被济世救民的忠君思想牢牢牵绊住"的社会背景有很大关系，多有忠君爱国之情，以及忧国忧民的苦闷，不觉山水之秀美，却感浊世之悲。

《楚辞》中的水，既有别于《诗经》中人们对山水的敬畏，又与后世特别是盛唐时代山水诗中享受山水、寄心于自然，以观赏山水的美感经验为主题的山水诗相形甚远。

（三）"仙踪道影神异之水"——汉赋中的山水风光

到了汉代，山水文学随着赋体文学的发展而兴起，汉赋伴随着统一帝国的强大而兴盛，蔚然成为汉代文学的标志。其作家辈出，作品繁多，内容丰富，手法成熟，是旷代空前的。《诠赋》"相如《上林》繁类成艳"，《物色》"诡势瑰声，模山范水""品物图貌""夫京殿苑猎，述行序志，并体国经野，义尚光大"，《夸饰》"验理则理无可验，穷饰则犹未穷矣"，②汉赋多描写山水之貌，品自然万物之形，山水描写进一步得到发展。汉赋的一个重要特点是讲究铺陈，铺陈的一个重要表现方面便是"体物"的特征。所谓"体物"，就是说观察描摹事物的情状，力求用最真实、最细致的文字把它们再现出来，以达到"形似"的审美目的。③加之赋的功用不仅是出于对有兴趣的山水景物描绘和简单的个人情感抒发，而更要去赞扬圣明的统治者及他们的丰功伟绩，为那个伟大的时代大唱颂歌，因此鸿篇巨制、铺陈夸张就成为了赋的主要特色。据章沧授先生初步统计，描写

---

① 参照王逸《楚辞章句》、洪兴祖《楚辞补注》及姜亮夫《楚辞通故》综合制成。

② 梁·刘勰：《文心雕龙》，齐鲁书社 2001 年版，第 167 页。

③ 刘娟：《论六朝山水诗的演进》，河北师范大学硕士论文。

山水风光的赋就有30多篇（不包括建安时代的作品），占现存汉赋的1/4。可喜的是，汉赋中已出现了大量的比较完整的山水篇章，如孔臧的《杨柳赋》、刘彻的《秋风辞》、公孙乘的《月赋》、刘向的《请雨华山赋》、扬雄的《蜀都赋》和《河东赋》、淮南小山的《招隐士》、班固的《终南山赋》、杜笃的《首阳山赋》、张衡的《温泉赋》和《归田赋》。还有不少章节的描写，如枚乘《七发》的观涛一段、司马相如《上林》对上林水的描写，如此众多的山水篇，不仅此前所无，也是汉代诗文不可比拟的。①

总之，在我国文学发展史上，汉赋是山水文学的开端，是山水文学产生和形成的重要阶段，汉赋通过夸张的手法借助神灵传说，向我们展示了一个浪漫离奇的世界，强有力地表现了汉人对神仙世界的向往，反映了汉代文学浪漫的本质特征。试想：如果没有400年间的汉赋对山水景物的描写作为基础，就不可能有魏晋南北朝山水文学的勃兴和成熟，也不可能产生杰出的山水作家和大量的山水名作。可以说，汉赋作家的山水描写，特别是离奇夸张的神话象形，为后世山水文学开辟了广阔题材，铺垫了写景抒情的道路，开创了既写水又咏人物的新天地，积累了丰富的创作经验和技巧。在"写什么"和"怎么写"方面，对后世山水诗创造的影响应当说是巨大而深远的，其作用也是不能低估的，成为山水诗兴盛和发展的又一个重要因素。

二、魏晋南北朝时期山水诗的产生、形成和发展

一般认为，山水诗的形成是在魏晋六朝时期。文学和艺术逐渐与政治和学术脱离，确立了自己独立的价值和地位，使得魏晋南北朝成为我国文学史和艺术史上一个重要的变革时期。如鲁迅所说，这一时代是"文学的自觉时代"。由于文人们企慕隐逸、追仙访道，整天餐霞饮露、优游山林，与自然山水结下了不解之缘。魏晋时期是山水诗的酝酿阶段，这个时期的山水诗大都依附于招隐诗、游仙诗、田园诗、杂诗、行役诗等，因此，两晋时期产生的招隐诗、游仙诗等，与自然山水有着千丝万缕的联系。

（一）招隐诗族中的山水诗

西晋时期的招隐诗不仅对山水进行详细刻画，而且在这些山水刻画中更表现出诗人精神上的审美愉悦。左思《招隐诗二首》云："……山溜何泠泠，飞泉漱鸣玉。……岩穴无结构，丘中有

---

① 章沧授：《汉赋与山水文学》，《安庆师范学院学报》1987年第3期。

鸣琴。……石泉漱琼瑶，纤鳞或浮沉。非必丝与竹，山水有清音。……前有寒泉井，聊可莹心神。……"诗中呈现出的山水世界是一个清静平和的世界，山水描写中的草石水木都表现出相似的形态，体现出闲适疏远的特色，诗人在其中也蕴含着超越现实世界、实现自由人生的追求。

（二）游宴诗族中的山水诗

游宴诗以才思敏捷的汉魏之际曹氏父子为首的邺下文士集团的创作为主，所谓"人人自谓握灵蛇之珠，家家自谓抱荆山之玉"。因常游玩于城内的园林与近郊的山水，留下了大量游宴诗，诗中出现大量对山水的不避其烦的描写。例如，王粲《清河作》中"列车息众驾，相伴绿水涓。白日已西迈，欢乐忽忘归"，勾勒出傍晚的风景；陈琳《宴会诗》中"知风飘阴云，白日扬素晖。玄鹤浮清泉，绮树焕青荻"，写的是山水在阴天的形貌；刘桢《公宴诗》中"月出照园中，珍木郁苍苍。清川过石渠，流波为鱼防"，写夜晚看到一幅月亮初升时的山水形貌；曹丕《芙蓉池作诗》中"双渠相溉灌，嘉木绕通川……丹霞夹明月，华星出云间。上天垂光彩，五色一何鲜"，是黑夜已到尽头，清晨即将来临时的黎明山水图；曹植《公宴》中"清夜游西园，飞盖相追随。明月澄夜影，列宿正参差。秋兰被长坂，朱华冒绿池。潜鱼跃清波，好鸟鸣高枝"，描绘的则是一个清朗的月圆之夜时山水风景。从这些游宴诗对山水的描写中，可以看到山水在不同时间、不同季节、不同气候呈现出不同的形态。这类诗歌不仅以写景为主，且描摹细致入微，有声有色，新奇微妙，这些山水描写表现出邺下文人对不同季节不同时间的山水的精细把握，有着鲜明的空间实感，开南朝巧言切状山水诗之先河。

（三）行役诗族中的山水诗

行役诗中也大量使用山水表现自己对生命的体验，而且对山水描写明显表现出了对不同地域山水特色的详细观察。建安行役诗中写景最为壮观的要数著名的政治家、军事家、文学家曹操，他的《观沧海》被后人视为中国山水诗的开端："东临碣石，以观沧海。水何澹澹，山岛竦峙。树木丛生，百草丰茂。秋风萧瑟，洪波涌起。日月之行，若出其中；星汉灿烂，若出其里。幸甚至哉，歌以咏志。"作者登山望海，以碣石为观测点，由近而远、由静及动地描写了大海中的一些具体自然景物，用澹澹之海水、竦峙之岛屿作为主画面，融现实与想象于一体，并通过这些描写以及想象的大海包孕星辰的壮阔气势，表达了诗人的万丈豪情，寄托了诗人的宽广的胸襟和宏伟的气度。

（四）其他诗族（杂诗）中的山水诗

到了两晋时期，在杂诗中出现了新的内容，那就是隐逸之趣与山林之美。见于文字记载的人们"乐山水"的事迹逐渐多了起来，像阮籍"登临山水，经日忘归"（《晋书·阮籍传》），嵇康"游山泽，观鱼鸟，心甚乐之"（《与山巨源绝交书》），羊祜"乐山水，每风景必造岘山，置酒言咏，经日不倦"（《晋书·羊祜传》）等。"竹林邀戏""金谷游园"也都是著名的欣赏自然美的活动。这些活动开了文人以登高临水为乐事的风气，也促进了当时文学创作对自然山水的描写。[①]

总而言之，两晋时期山水文学便在相对独立的发展道路上前进了，中国的一大批山水诗作很快地接踵而至了。陶渊明是以玄对山水的典型，他深受老庄的影响，在诗文中有70篇用了《老》《庄》的典故，共77处之多；魏晋玄学对他也有影响。[②]陶渊明的《游斜川》《桃花源记并诗》都作了很好的后继，并在诗中开了寄意田园之先河。山水诗在魏晋南北朝时期盛行过并出现了众多描写山水的著名诗人，如鲍照、谢灵运、谢朓等。

魏末开始流行的玄学思想，在西晋已是"虚无放诞之论，盈于朝野"（《晋书·傅玄传》）。到了东晋，更是"中朝贵玄，江左愈盛，因谈余气，流成文体"（《文心雕龙·时序》）。山水描写在发展更为迅速的玄学思潮的巨大影响下改变了它的发展状态。玄言诗大兴并占据了文坛的统治地位。因而东晋的玄言诗经常是"以山水为理窟"，人们通过赏鉴它去体悟玄理，把山水作为触发玄机妙理的媒介，这样，山水描写与玄理关系之间就有了不解之缘。著名玄言诗人孙绰"居于会稽，游放山水，十有余年"（《晋书·孙绰传》）；许询"好游山水，体便登涉"（《世说新语·栖逸》）；王羲之、谢安等名士也都耽于山水，争向自然界求"道"的。还有东晋时的庾阐、谢混等玄言诗人，以及兰亭文士、庐山诸道人都作有山水诗。东晋初庾阐的《三月二日临曲水》："暮春濯清巳，游鳞泳一壑。高泉吐东岑，迥澜自净渌，临川叠曲流，丰林映绿薄。轻舟沉飞觞，鼓枻观鱼跃。"这首诗艺术上虽不够完美，但确实是一首独立成篇的山水诗。东晋后期谢混的《游西池》对山水景物也有较集中的描写，其中"惠风荡繁囿，白云屯曾阿。景昃鸣禽集，水木湛清华"写得清新醒目。尽管东晋山水大部分以占优势的玄言说理为主，在一定程度上使山水描写受到了压抑，但反过来看，也为山水诗的形成酝酿着条件，至晋末开始显现了山水描写在晋代所积蓄的力量。

---

① 张伯良：《魏晋南北朝山水诗的酝酿、形成和发展》，《江南大学学报》2002年第4期。

② 袁行霈主编：《中国文学史》第二卷，第73页。

（五）"山水诗的鼻祖"谢灵运

谢灵运是中国文学史上山水诗派的开创者，是古代第一位杰出的山水诗人。之所以被誉为"山水诗的鼻祖"，在于他的写景诗已经把山水作为独立的审美对象展现出来，更重要的是他不再吝啬笔墨、蜻蜓点水似的勾勒山水之貌，而是对眼中自然山水作全面细致的描摹，以精确的语言描绘大自然的形貌、声色、意蕴。以大量自然山水描写奠定了山水诗的基础，开创了山水诗的新局面。[①]

以谢灵运为代表的山水诗"情必极貌以写物，辞必穷力而追新""窥情风景之上，钻貌草木之中"（《文心雕龙》），开模山范水、雕缕字句的先河。如其代表作《从斤竹涧越岭溪行》："猿鸣诚知曙，谷幽光未显。岩下云方合，花上露犹泫。逶迤傍隈隩，迢递陟陉岘。过涧既厉急，登栈亦陵缅。川渚屡径复，乘流玩回转。苹萍泛沉深，菰蒲冒清浅。企石挹飞泉，攀林摘叶卷。想见山阿人，薛萝若在眼。握兰勤徒结，折麻心莫展。情用赏为美，事昧竟谁辨？观此遗物虑，一悟得所遣。"诗中将行迹、景观、想象、领悟全面展开，逐层递进，全方位的呈现给读者的是一个完整无缺的山水画面。再如《石壁精舍还湖中作》："昏旦变气候，山水含清晖。清晖能娱人，游子憺忘归。出谷日尚早，入舟阳已微。林壑敛暝色，云霞收夕霏。芰荷迭映蔚，蒲稗相因依。披拂趋南径，愉悦偃东扉。虑澹物自轻，意惬理无违。寄言摄生客，试用此道推。"这种灵秀丽典、新奇精美、真切自然的山水描写，对当时和后世的山水诗产生了极大的影响。

尽管谢诗尚未脱离"用形象说玄论道"的范畴，但由于他是中国诗歌史山水诗派的创始人，一生醉心于山水诗的创作，因此其山水诗在中国文学史上具有举足轻重的地位。他流传后世的山水诗作就有30余首之多，占了《文选》中"游览"一类的1/3。如谢灵运《过始宁墅》《富春渚》《七里濑》《登江中孤屿》《初去郡》《入彭蠡湖口》《入华子冈是麻源第三谷》等，都强化了水元素。其山水诗在当时就"每有一诗至都邑，贵贱莫不竞写，宿昔之间，士庶皆遍，远近钦慕，名动京师"（《宋书·谢灵运传》），扭转了玄言诗一统天下的形势，奠定了山水诗的基础。正如葛晓音先生所言："他第一个以成功的创作实践确立了山水题材的独立地位，在已有的对山水景色描写的基础上，为山水诗展示了无限的发展潜力。"[②]大量地创作山水诗，并在艺术上进行了创新尝试，终于使山水诗蔚为大观，确立了其在诗坛上的地位，从而使山水诗这一题材范围逐步走上了独立的发展道路。

---

① 李晶：《唐宋山水田园诗之比较》，西北大学硕士研究生论文。

② 葛晓音：《山水田园诗派研究》，辽宁大学出版社1993年版，第38页。

（六）山水诗发展史上的高潮

谢灵运之后，鲍照、谢朓等人继之而起，形成了山水诗发展史上的一次高潮：鲍照之诗"气派不凡，亢壮奇矫"，谢朓之诗"清丽可爱，圆满流转"，使得"窥情于风景之上，钻貌于草木之中"成为整个时代的审美风尚。①

当时与谢灵运齐名的诗人鲍照也有创作成就。鲍照出身寒微，却是一位极有抱负的才士，后人将他与谢灵运、颜延之并称为元嘉三大家。他虽不以山水诗闻名，风格也与谢灵运不同，但描写山水亦有自己的特色。他善于多层次的全面抒写山水：状貌错落有致，创作深秀幽奇，形象丰满完善。如《望水》："刷鬓垂秋日，登高观水长。千涧无别源，万壑共一广。流驶巨石转，湍回急沫上。苔苔岭岸高，照照寒洲爽。东归难忖恻，日逝谁与赏。临川忆古事，目孱千载想。河伯自矜大，海若沉渺莽。""鲍照显然是以淡墨绘出了山形地貌，用浓墨泼洒了长河流水，拿细笔描画出巨石飞沫。全诗一层层地点染出秋日寒洲，岸高水长的景象，但见江流湍急、浪击巨石、飞沫四溅，呈现出一幅如画般的江流不息的雄壮磅礴之景。"②他将羁旅行役融入山水，使山水诗真正摆脱了玄理的束缚，开始朝世俗性和抒情性方向发展。

谢朓是继谢灵运之后又一位重要的山水诗人。学术界公认的中国山水文学出现在晋宋时代，尤以谢灵运、谢朓为代表。谢朓提出，"好诗圆美流转如弹丸"，给后来的诗人无限启示。其代表作为《晚登三山还望京邑》："灞涘望长安，河阳视京县。白日丽飞甍，参差皆可见。余霞散成绮，澄江静如练。喧鸟覆春洲，杂英满芳甸。去矣方滞淫，怀哉罢欢宴。佳期怅何许，泪下如流霰。有情知望乡，谁能鬒不变？"从中可见，谢朓山水诗仍然沿袭谢灵运前半篇写景、后半篇抒情的程式。尽管如此，他对景物的剪裁功力以及诗风的清丽和情韵的自然等方面，却标志着山水诗在艺术上的成熟。以谢朓为代表的齐、梁诗人，不仅使山水诗摆脱了玄言（以及佛理）的影响，而且在情景关系方面，写景状物力求使客观物象与主观情趣相契合，实现了情景交融，使山水诗日益完善并逐渐趋向成熟。这山水诗在后来何逊、阴铿的诗作中得到了进一步发挥，并在南朝发展成为一个强大的诗派。到了南北朝末期，人与自然山水之间则不仅是完全明确地确定了审美关系，并且已经是"山水有灵，亦当惊知己于千古矣"（郦道元《水经注·江水注》）那样地亲密无间了。尽管从艺术上看，魏晋南北朝时期山水诗对山水景物描写追求形似，崇尚工巧、神韵，说明山水诗毕竟还处在初期阶段，但其继承与扬弃，为唐代山水诗奠定了一定的基础，使山水诗不断走向

---

① 孙明君：《中国古代山水诗的演进》，《陕西师范大学成人教育学院学报》1999年第1期。
② 王亚青：《鲍照山水诗研究》，西北师范大学硕士研究生论文。

成熟，也为后来唐代写景诗的高度成熟与繁荣打下了基础，从而对唐代山水诗又一个高峰的形成产生了重要的影响，为魏晋南北朝时期山水诗的发展画下了完整的句号。

三、唐朝各时期山水诗的兴盛、繁荣与拓展

山水诗自魏晋南北朝发展到唐代，开始步入黄金时期并达到了一个高峰，唐代的绝句与律诗之描写山水者，无疑有一个大的突破，达到了我国古典山水诗艺术的高峰，形成了云蒸霞蔚的高度繁荣局面，成为唐诗里最有光彩的篇章之一。

（一）宫廷文人和初唐四杰对山水诗的探索

在唐代山水诗发展的历程中，初唐（618—712）是一个重要的转折演变时期。初唐百年是山水诗关键的发展、过渡期，作为山水田园诗发展的传承桥梁，发挥着传承的重要作用。"据彭定求的《全唐诗》和陈尚君的《全唐诗补编》进行统计，初唐的山水田园诗大致有264首。"[①] 实际上，初唐诗坛的创作主体是宫廷文人。据清编《全唐诗》，初唐存有作品的220位诗人中，约有200位是宫廷文臣、帝王和后妃；个人名下的诗作2444首，属于宫廷范围的1520余首。[②] 诗中多写皇家的苑山池水，宫廷文人笔下的景物都如出一辙：富贵、华美。正如陆时雍在《诗镜总论》里说："调入初唐，时带六朝锦色。"

如上官仪《早春桂林殿应诏》云："步辇出披香，清歌临太液。晓树流莺满，春堤芳草积。风光翻露文，雪华上空碧。花蝶来未已，山光暖将夕。"这些写景状物、歌颂升平写景应制诗，大都沿袭了六朝山水诗开头说出进、中间写景物、辰后言归去的三部式结构，多写皇家山水，也可称之为宫廷山水写景诗。这一时期唐太宗李世民的一些山水诗出现了一种不同于宫廷诗人写景诗的气派，如《春日望海》："披襟眺沧海，凭轼玩春芳。积流横地纪，疏派引天潢。仙气凝三岭，和风扇八荒。拂潮云布色，穿浪日舒光。照岸花分彩，迷云雁断行。怀卑运深广，持满守灵长。有形非易测，无源讵可量。洪涛经变野，翠岛屡成桑。之罘思汉帝，碣石想秦皇。霓裳非本意，端拱且图王"。该诗取景壮阔，辞藻华美而不靡。有别于写景琐碎细巧、景繁情寡的齐梁诗风，抒发了唐太宗自己统一天下、建功立业的豪情壮志，表现了笼罩天下、涵盖六合的气度和个性，具有唐代风貌气象的山水诗这时已经初露端倪。

---

① 陈岚岚：《试论初唐的山水田园诗》，广西民族大学硕士研究生论文。

② 梁桂芳：《论初唐宫廷文人山水诗》，《云南师范大学学报》2004年第2期。

特别值得一提的是誉为"唐代第一位山水田园诗人"王绩。他追随陶潜，全身心地投进大自然的怀抱，把大自然作为一种生活的环境和氛围来表现，他的《夜还东溪》写道："石苔应可践，丛枝幸易攀。青澳归路直，乘月夜歌还"。诗人以自然朴素、疏宕率真的山水诗来表现他的生活态度和人格精神，其诗充满了一种浓郁的生活气息，明显有别于在珠光宝气的雕车彩舟中观赏风景，吟咏着朱紫青黄、绮错婉媚的宫廷文人的应制诗，让人感到大自然的可游可寓、可亲可歌。

初唐四杰在继承魏晋南北朝山水文学的基础上，在山水诗的发展过程中对山水诗歌的内容、意境和题材等方面进行了积极的探索和拓展，真正运用律诗写山水，使山水题材走向真正的自然山水。《旧唐书·杨炯传》说："炯与王勃、卢照邻、骆宾王以文诗齐名，海内称为王杨卢骆，亦号为四杰。"四杰把诗歌从狭隘的宫廷引到了广大的市井，"从台阁移至江山与塞漠"（闻一多语）。其山水诗或与人生结合，或与历史感结合，或与宇宙意识结合，极大地丰富了诗歌的感情和内容。葛晓音先生认为："四杰以来，表现由宇宙无穷、盈虚有数的思索而引起的淡漠感伤，成为初唐诗的一个重要特征。"[①]如王勃的《滕王阁诗》："滕王高阁临江渚，佩玉鸣鸾罢歌舞。画栋朝飞南浦云，珠帘暮卷西山雨。闲云潭影日悠悠，物换星移几度秋。阁中帝子今何在？槛外长江空自流。"诗人文末感叹："人物换，时光移，已过了几度春秋。楼阁中游乐的滕王如今又在哪里？栏杆外大江水却依然寂寞地奔流！"

如卢照邻的《江中望月》："江水向涔阳，澄澄写月光。镜圆珠溜彻，弦满箭波长。沉钩摇兔影，浮桂动丹芳。延照相思夕，千里共沾裳。"首联"向"与"写"两个字如此多情，江水身向涔阳、心向涔阳，月光澄澈，洒满江面，为江水照亮前路，极富动态美，为全诗叙写的相思之情，铺垫了缠绵浓郁的情感基调。

如杨炯《巫峡》："三峡七百里，惟言巫峡长。重岩窅不极，叠嶂凌苍苍。绝壁横天险，莓苔烂锦章。入夜分明见，无风波浪狂。忠信吾所蹈，泛舟亦何伤。可以涉砥柱，可以浮吕梁。美人今何在？灵芝徒自芳。山空夜猿啸，征客泪沾裳。"诗的前八句既是写景，又暗寄微意，写出了巫峡奇峻苍莽的壮丽风光，巫峡的明月只有在夜半时分才能看见，奔腾的长江，无风波浪狂！其诗《广陵峡》"乔林百尺堰，飞水千寻瀑。惊浪回高天，盘涡转深谷"也不乏写水名句。

如骆宾王《咏水》："列名通地纪，疏派合天津。波随月色净，态逐桃花春。照霞如隐石，映柳似沉鳞。终当挹上善，属意澹交人。""《咏水》整首诗没有一个'水'字，但水的地位，水的价值，水的意象，水的形态，水的品格，尽在其中，寓意深邃。《咏水》所写的水，是博大精深之水，是

[①] 李瑞军、闫续瑞：《论初唐四杰对山水诗的发展》，《作家》2009年第20期。

和谐永续之水,是君子人格之水。"①

元代方回早有真知灼见。他在《瀛奎律髓》卷一明确指出:"陈拾遗子昂,唐之诗祖也。"山水田园诗经过四杰和陈子昂等人的努力,审美范围进一步扩大,写景状物的技巧进一步提升,情景结合得更加完美。阵子昂的《度荆门望楚》写道:"遥遥去巫峡,望望下章台。巴国山川尽,荆门烟雾开。城分苍野外,树断白云隈。今日狂歌客,谁知入楚来。"自然朴实,琅琅上口,淡淡的几笔便勾勒出一个泓明澄澈的境界。如果说六朝的山水是纯粹的自然,唐人的山水是人化的自然,那么完成这种审美转型,陈子昂是有一定功劳的。

与陈子昂比肩,被誉为"初唐诗坛一代宗师"的沈佺期,在灿若繁星的唐代诗人群体中,是一颗不落的明星。其山水诗以雄奇为基调,显示出大气磅礴的诗风。诗人笔下的西岳华山:"磅礴压洪源,巍峨壮清昊。云泉纷乱瀑,天磴屹横抱。"(《辛丑岁十月上幸长安时扈从出西岳作》)诗人笔下的蜀龙门:"流水无昼夜,喷薄龙门中。潭河势不测,藻葩垂彩虹。"(《过蜀龙门》)奇山怪水,急流险滩,在诗人笔下都成为一幅幅雄伟壮观的山水图画,成为欣赏对象。"云卿之诗,实前接四杰,后开开元大历诸家"(《内黄县志》),从他诗集中,可以清楚地看到这一诗风的转变,看到他对诗风转变的贡献。无疑,他是初唐诗风向盛唐诗风转变的有力推动者。

初唐、盛唐之交的山水诗作者当首推张九龄。张九龄是唐代最早大量写作山水诗的,今存山水行旅诗40多首。其山水诗以"清淡"风格著称,大多笔致疏淡,形象鲜明,意境清远。《湖口望庐山瀑布水》无疑是张九龄山水诗中最负盛名的一首。"万丈红泉落,迢迢半紫氛。奔流下杂树,洒落出重云。日照虹霓似,天清风雨闻。灵山多秀色,空水共氤氲。"此诗八句,一句一景,气势飞动,景象恢宏。诗中所写瀑布水,来自高远,穿越障碍,摆脱迷雾,得到光照,更闻其声,积天地化成之功。胸襟开阔、风度豪放、豪情满怀的张九龄,不愧为秀中之杰,对扫除唐初所沿袭的六朝绮靡诗风,贡献尤大。

(二)儒释道思想观念对盛唐山水诗的浸染

盛唐(712—762)是唐代社会发展的顶峰时期,国力强盛,经济发达,社会高度繁荣。盛唐士人无一不为生在这个伟大的时代而骄傲自豪。盛唐诗人以恢宏开放、从容自豪的士人心态,吐纳乾坤,傲视今古。他们对人生普遍持有一种积极、进取的态度,他们成就功名的道路也更为广

---

① 朱海风:《水犹如此 吾当如何——试析陈雷部长选赠〈咏水〉之意旨》,《华北水利水电大学学报》2013年第2期。

阔。更多的士人有着高度的自信和强烈的建功立业的雄心。他们的山水诗有着"会当凌绝顶，一览众山小"（杜甫《望岳》）的雄伟气魄与高远情怀，有着"海日生残夜，江春入旧年"（王湾《次北固山下》）的乐观向上的勃勃生机。加之盛唐时期儒释道三教并存，影响所及，山水诗呈现出多元审美形态。虽然很多盛唐诗人都写过山水诗，但其中最能代表盛唐山水诗写作特点与成就的，恐怕还是李白、杜甫、王维与孟浩然。以这四大代表而言，杜甫待山水以仁心而尊儒，李白待山水以仙心而崇道，王维待山水以禅心而奉佛，孟浩然待山水则入于儒而出于禅道，可谓仁心、仙心与禅心三心备之而三教并重。他们的山水诗分别烙上了三家文化的印记，各有其独特的艺术魅力。中国的山水诗到了盛唐，在李白、杜甫、孟浩然、王维等诗人笔下臻于纯熟、完美。

诗仙李白受过道教的符箓，每以"谪仙"见称，无疑是盛唐浪漫主义诗歌的代表人物。在其现存的千余首诗歌中，山水诗的数量约占总数的1/5。李白诗中对各种水的描写更是丰富。据袁行霈《李白的宇宙境界》一文中的统计，李白诗中出现的关于海（沧海、沧溟）意象有64次，江水意象有60次，黄河意象41次，波（波涛、波澜等）意象74次，溟（溟渤、溟海等）意象20次。[1]其诗想象丰富，构思奇特，气势雄浑瑰丽，风格豪迈潇洒，在中国山水文学发展史上有着"奇峰突起，意境独辟"的特殊地位。

李白最初进出长安，交游干谒，怀揣"济苍生，安社稷"之梦想，然命运多舛，壮志难酬，功名难忘，于是吟啸纵酒，娱游山水，将政治失意后的目光转向山水，足迹遍及长江南北，大河上下，华夏大地的奇山秀水在李白笔下多有传神的描述，大量山水诗也随之产出。道教宣扬修道成仙，神仙居住修行的地方多是名山秀水，洞天福地，最早的昆仑和蓬莱两大名山更是道教文化与山水紧密联系的代表。李白秉承庄子"山林与，皋壤与，使我欣欣然而乐与"（《庄子·知北游》）的山水审美精神，因此在其笔下，自然山水充满灵性，而且个性鲜明，摇曳多姿，使得盛唐山水诗多有一种翩然出世、悠然如仙的意蕴和气质，闪烁着自由放逸、遗世独立的精神气质。例如《渡荆门送别》：

渡远荆门外，来从楚国游。山随平野尽，江入大荒流。
月下飞天镜，云生结海楼。仍怜故乡水，万里送行舟。

诗人忽而写地面上的山光水色，忽而写太空中的奇异景象，忽而写白天对山峦起伏、江流奔腾的大自然的欣赏，忽而又写夜晚对太空景象变幻的享受，其中"月影倒映江中像是飞来天镜，云层缔构城外幻出海市蜃楼"展现了江岸辽阔，天空高远，宛若仙境，充满了浪漫主义色彩。又

---

[1] 袁行霈：《中国诗歌艺术研究》，北京大学出版社1996年版，第205页。

如《梦游天姥吟留别》：

> 我欲因之梦吴越，一夜飞度镜湖月。湖月照我影，送我至剡溪。
> 谢公宿处今尚在，渌水荡漾清猿啼。

其意境可谓迷离惝恍。再如《望庐山瀑布》其二：

> 西登香炉峰，南见瀑布水。挂流三百丈，喷壑数十里。
> 欻如飞电来，隐若白虹起。初惊河汉落，半洒云天里。
> 仰观势转雄，壮哉造化功。海风吹不断，江月照还空。
> 空中乱潨射，左右洗青壁；飞珠散轻霞，流沫沸穹石……

诗中运用夸张比喻，逸想遄飞，境界不断升华，形象地勾画了庐山瀑布的壮观，创造了无比壮阔的艺术形象。当李白高歌"长风破浪会有时，直挂云帆济沧海"时，坚信理想彼岸指日可达；当他"仰天大笑出门去"，自信"我辈岂是蓬蒿人"时，更是踌躇满志。李白的诗飘逸隽永，气势豪迈，堪称盛唐气象的杰出代表，不愧为一位冠绝中国诗坛的千古奇才，他屹立于浪漫主义的艺术巅顶，对后世产生了极其深远的影响。

被李白称为"红颜弃轩冕，白首卧松云"（李白《赠孟浩然》）的孟浩然在盛唐诗人中可算是一位前辈，是唐代的山水田园诗最杰出的代表诗人。作为一代山水大师，孟浩然的思想颇为复杂，儒家的积极用世思想、禅宗的隐逸避世思想都在其生命的历程中有过反映，道家的超然世外的思想亦颇为鲜明。①

其诗《耶溪泛舟》：

> 落景余清辉，轻桡弄溪渚。澄明爱水物，临泛何容与。
> 白首垂钓翁，新妆浣纱女。相看似相识，脉脉不得语。

这首诗表现了黄昏时诗人划着小船泛舟溪水的散淡逸兴。诗人心志淡泊，情怀旷远，多次漫游，而且偏爱水行，诗人爱这澄明的"水物"也是他对这种闲适情怀和心境的热爱。诗中关于水意象的内容几乎随处可见，不仅描写了溪水的澄明清澈，并且也通过这种清明的水意象表达了他宁静淡泊的心境。

---

① 刘之杰：《儒道释视野下的盛唐山水诗》，《江西社会科学》2008 年第 8 期。

正如闻一多说："淡到看不见诗了，才是真正孟浩然的诗。"孟浩然的山水诗较多地带有隐士的恬淡与孤清，然而有时也能写出相当豪放的诗句，可见诗人的心情随着山水的变化而变化，足见其思想的复杂性。其最著名的一首诗《望洞庭湖赠张丞相》，前四句曰：

八月潮水平，涵虚浑太清。气蒸云梦泽，波撼岳阳城。

孟浩然怀有济时用世的强烈愿望，"临渊羡鱼"而坐观垂钓，把希望通过张九龄援引而一登仕途的心情表现得很迫切，有一种不甘寂寞的豪逸之气。该诗境界宏阔、气势壮大，诗人笔下的八月洞庭湖水暴涨几与岸平，水天一色，交相辉映，迷离难辨。云梦大泽水气蒸腾白白茫茫，波涛汹涌似乎把岳阳城撼动。对洞庭湖的描写，雄浑磅礴，颇有盛唐气象。尤其是"气蒸云梦泽，波撼岳阳城"一联，更是非同凡响的盛唐之音。可见，盛唐山水诗的审美形态实在难以摆脱儒家思想的影响，醉心山水的诗人孟浩然大多仍难以忘却世俗之心。孟浩然以其清淡的整体风格，为盛唐山水诗的清纯境界呈示出个性化的成功范例。

出身于官宦之家、自幼信佛、素服长斋的诗佛王维是孟浩然的好朋友，与孟浩然一样擅写山水诗，且以情韵见长，被誉为神韵派大师，是我国最负盛名的山水田园诗人。在唐代的佛教流派中，王维信仰的是南宗禅。他信奉禅理，后半生徘徊于仕隐之间。佛禅的教义建筑在空虚与无我的基础上，王维把自己对佛法的理解融汇到人生观中，把宗教情感化为诗思，诗禅一体。创造静谧的意境，表露恬静的心境，即是王维山水诗的重要特征，创造出"空""寂""闲"的山水诗意境，在诗歌中多有表现。王维的山水诗最多"空"的意象，如"空山新雨后""积雨空林烟火迟""空翠湿人衣""空堂欲二更"等。

其诗《积雨辋川庄作》："漠漠水田飞白鹭，阴阴夏木啭黄鹂。山中习静观朝槿，松下清斋折露葵。"此诗再现了他的幽雅恬淡闲适的禅寂生活。

其诗《终南别业》："中岁颇好道，晚家南山陲。兴来每独往，胜事空自知。行到水穷处，坐看云起时。偶然值林叟，谈笑无还期。"此诗表现了王维自己心境的悠闲自适。

其诗《鹿柴》："空山不见人，但闻人语响。返景入深林，复照青苔上。"此诗烘托了幽静的环境，清冷的氛围，也合乎禅宗以静心而达到彻悟人生要义的宗旨。

其咏水诗《汉江临眺》堪称经典："楚塞三湘接，荆门九派通。江流天地外，山色有无中。郡邑浮前浦，波澜动远空。襄阳好风日，留醉与山翁。"全诗犹如一巨幅水墨山水，意境开阔，境界阔大。在诗人笔下，汉江不是被肢解的，不是一个个细部的描摹，而是浑然一体的气象。

如苏轼所言："味摩诘之诗，诗中有画；观摩诘之画，画中有诗。"南国水乡空气的湿润和光线的柔和在诗人笔下被表现得淋漓尽致。"空""无"等意境所蕴含的禅味机锋，传达出令人玩味无穷的思致和哲理。对道教返璞归真的崇尚，再加上"明心见性""见性成佛"的禅宗的影响，使他的山水诗充满了清远淡穆的禅味。王维以多方面的艺术修养和深得禅机的思维智慧，将山水诗推向了高峰。

杜甫出身儒学世家，是以儒家仁政思想为核心的诗人，始终带有儒家学说中的仁政、爱民思想。杜甫在《江汉》一诗中也自称"乾坤一腐儒"。杜甫的一生，一直心向"葵藿倾太阳，物性固莫夺"，一直渴望"致君尧舜上，再使风俗淳"。杜诗不仅在思想上极富有儒家的民本思想和入世情怀，而且在艺术上也充分体现了儒家美学严谨整饬的形式特点和沉郁顿挫的忧患意识。他在《雨》中写道：

青山澹无姿，白露谁能数。
片片水上云，萧萧沙中雨。

云间的细雨融入了诗人的丰富情感，倾注了其礼赞生命、礼赞真善的情怀以及对自然水无言的爱。其诗《阆水歌》云：

嘉陵江色何所似？石黛碧玉相因依。
正怜日破浪花出，更复春从沙际归。
巴童荡桨歌侧过，水鸡衔鱼来去飞。
阆中胜事可肠断，阆州城南天下稀！

阆江水色黛碧相兼、清绿喜人。日出春回，水色更加鲜丽。在《长江二首》写道：

众水会涪万，瞿塘争一门。朝宗人共挹，盗贼尔谁尊。
孤石隐如马，高萝垂饮猿。归心异波浪，何事即飞翻。
浩浩终不息，乃知东极临。众流归海意，万国奉君心。
色借潇湘阔，声驱滟滪深。未辞添雾雨，接上遇衣襟。

前章言瞿塘以上之水，后章言瞿塘以下之水。其诗，不仅给人以美的享受，更能激发人们的进取之心和热爱祖国大好河山的思想感情。他的山水诗与他的富有人民性和现实主义的诗篇一样，把爱山川、爱国家、爱人民的思想感情融合在一起，成为祖国诗歌宝库中的珍贵遗产。

总之，经过了初唐百年的徘徊与摸索之后，在经济繁荣、政治昌明、儒释道三足鼎立、多元并存的盛唐时代，山水诗进入了从形似到神似的新阶段。盛唐山水诗人的胸襟、气度、抱负与六朝诗人不同，其山水诗的境界、气象也是六朝诗人难以比肩的。不论是"敏捷诗千首，飘零酒一杯"的旷世天才李白，还是"读书破万卷，下笔如有神"异常勤奋的杜甫，不论是"兴来每独往，胜事空自知"悟性极高的王维，还是"为多山水乐，频作泛舟行"刚正志高的孟浩然，在儒释道这三大文化资源的长期酝酿下，形成了三重旋律的"盛唐之音"，成就了李白、杜甫、王维、孟浩然各领风骚、各放异彩的盛况，成为古代诗歌艺术不可逾越的峰巅。

（三）中唐"三大诗派"对山水诗的开拓与创变

山水诗发展到中唐（762—827）时出现了新面貌，盛唐繁华的结束，大历诗人的凄寒都对中唐山水诗产生了巨大的影响。以韩愈、孟郊为代表的韩孟诗派，以元稹、白居易为代表的元白诗派，以韦应物、柳宗元为代表的韦柳诗派是中唐时期最主要的三大诗歌流派。其中，元白诗派，以平易通俗的语言为其艺术特征；韩孟诗派则在艺术上多追求新奇险怪；韦应物、柳宗元等风格各异，都有独到的成就。他们在继承前代诗歌成果的同时，致力于打破中唐诗歌那种"盛极难继"的状态，从创作理念与创作方法上寻找新的出路，实现了唐诗的第二次繁荣，为后代诗歌的写作奠定了基础。

自称"险语破鬼胆"的韩愈，其山水诗常运用奇字以达到奇险的艺术效果，在总体上显示出奇特、险峭的特点，在创作手法上追求以丑为美、赋法入诗、色泽浓郁和铺张刻镂。这是韩诗不同于传统山水诗的地方，终成为对传统山水诗的一大变革，成为山水诗坛的一朵奇葩。例如韩愈《岳阳楼别窦司直》：

洞庭九州间，厥大谁与让。南汇群崖水，北注何奔放。
潴为七百里，吞纳各殊状。自古澄不清，环混无归向。
炎风日搜搅，幽怪多冗长。轩然大波起，宇宙隘而妨。
巍峨拔嵩华，腾踔较健壮。声音一何宏，轰輵车万两……

诗人总是想运用这些漫无边际的夸张与漫天铺开的渲染来征服读者的感官，使人觉得笔下的洞庭湖已经不是一汪水，而是具有神奇力量、可翻天蹈海的怪物。又如《南山诗》：

……昆明大池北，去觌偶睛昼。绵联穷俯视，倒侧困清沤。
微澜动水面，踊跃躁猱狖。惊呼惜破碎，仰喜呀不仆……

昆明池小如"清沤",而倒影在清沤中的山影在风吹波动的情况下如同那躁动不安的猴子:想象奇特,造句瘦劲,实在是想落天外,笔下生花了。韩愈笔下的山水是奇峭的,不论是想象使之奇、力度使之奇还是篇幅使之奇,使山水跃出了清新明丽的范畴,走上一条大胆创新、崇尚雄奇怪异之美的山水诗歌创作之路。

韩孟诗派另一位成就较高的诗人就是孟郊了,他和韩愈一样秉承着"语不惊人死不休"的创作理念。孟郊诗留存下来的有近五百首,大体上多为写社会生活和自然山水两类。其山水诗总体上呈现出枯索衰飒的特点,且极具思想深度。

孟郊《峡哀》有云:

峡哀哭幽魂,嚼嚼风吹米……上天下天水,出地入地舟。
石剑相劈斫,石波怒蛟虬。花木叠宿春,风飙凝古秋。
幽怪窟穴语,飞闻胖蛮流。沉哀日已深,衔诉将何求。
……树根锁枯棺,孤骨表表悬。

《峡哀》给我们展开的是一幅阴森可怖的画卷。诗名本已足够哀怨,水底还有"幽怪窟穴语,待此不测灾",江面上则是"上天下天水,出地入地舟"。山水中枯索的意味扑面而来,更增添了萧索的气息。说其诗极具思想深度,在诗歌《寒江吟》中可见一斑:

冬至日光白,始知阴气凝。寒江波浪冻,千里无平冰。
飞鸟绝高羽,行人皆晏兴。荻洲素浩渺,碛岸渐崚嶒。
烟舟忽自阻,风帆不相乘。何况异形体,信任为股肱。
涉江莫涉凌,得意须得朋。结交非贤良,谁免生爱憎。
冻水有再浪,失飞有载腾。一言纵丑词,万响无善应。
取鉴谅不远,江水千万层。何当春风吹,利涉吾道弘。

诗人由寒江表面的冰冻,写到它底下的"潜浪"。诗人尖锐地指出:别看表面上"寒江波浪冻,千里无平冰",在平静的冰层底下,却"中有潜浪翻"。通过这些意境的营造向读者传递别样的山水之美。诗人并不满足于"冬至日光白,始知阴气凝。寒江波浪冻,千里无平冰"这样摹写寒江,诗人用自然环境的险恶,比喻社会环境和自己处境的险恶。他在诗的后半部分"忽然感世",告诫入世未深的年轻人"涉江莫涉凌,得意须得朋",不要为假象所蒙蔽。与那些怒峰张耸、江河翻涌、秋虫低吟、山花明艳的山水诗相比，孟郊有着他自己的独特味道。

以元稹、白居易为代表的元白诗派，一反韩孟诗的好难争险、普遍尚奇的特点，更多地追求通俗、清浅的形象，与其诗歌主张一致，代表了普通人对山水的欣赏。元稹《雨后》："倦寝数残更，孤灯暗又明。竹梢馀雨重，时复拂帘惊。"深夜仍是心事重重的诗人用尚实、尚俗、平易、晓畅的笔调，写出了诗人内心的孤寂，写活了竹梢停滞的雨水珠，突出了夜雨过后竹叶的青翠。元稹在《寻西明寺僧不在》中写道：

　　春来日日到西林，飞锡经行不可寻。
　　莲池旧是无波水，莫逐狂风起浪心。

时过境迁，西明寺高僧已遍寻不见，莲池之中的水仍然如往昔般平静，而诗人也像眼前的"水"一样，物我两忘，未因不得见僧友而心生波澜。诗人用佛理禅趣来浸润山水泉林，其笔下的山水呈现出充满佛理的意趣。

白居易从唐穆宗长庆二年（822年）十月到长庆四年（824年）五月任杭州刺史，时间虽短，不到两年，修堤蓄水，灌溉民田千余顷，疏浚城中井六口，以利饮用。白居易通过自身的经历，融合独特的感触，以家常般平浅的语言传达出一种新鲜贴切、平易近人的山水风貌。其诗语言浅切、平易，意绪淡泊，情调悠闲。诗人的另一首《钱塘湖春行》则极具诗情画意：

　　孤山寺北贾亭西，水面初平云脚低。
　　几处早莺争暖树，谁家新燕啄春泥。
　　乱花渐欲迷人眼，浅草才能没马蹄。
　　最爱湖东行不足，绿杨阴里白沙堤。

西湖春水漫溢，几与岸平，开阔明净。这首诗横开则为寺北亭西，竖展则为低云平水，浓点则为早莺新燕，轻烘则为暖树春泥。西湖在诗人笔下如少女般千娇百媚，风情万种。整首诗意境浓郁、色彩绚丽，读之令人心醉。白居易风景小诗也写得"称心而出，随笔抒写"（越翼《瓯北诗话》卷四），清新流利、可观可赏，如《暮江吟》：

　　一道残阳铺水中，半江瑟瑟半江红。
　　可怜九月初三夜，露似真珠月似弓。

全诗语言清丽流畅，格调清新，绘影绘色，在短小的篇幅中将夕阳落照中的江水描写得细致真切，蕴含着丰富的内容，体现了极高的艺术修养，表现出内心深处的情思及对大自然的热爱之情，其写景之微妙，历来备受称道。还有一首《江楼晚眺景物鲜奇吟玩成篇寄水部张员外》：

澹烟疏雨间斜阳，江色鲜明海气凉。
蜃散云收破楼阁，虹残水照断桥梁。
风翻白浪花千片，雁点青天字一行。
好著丹青图画取，题诗寄与水曹郎。

风吹江水，浪花喷涌，如片片白花。傍晚雨后的景物，新鲜而清新，如梦如幻。诗人手法运用娴熟精妙、注重技巧、形式不一，整首诗字句清秀、基调轻松，细腻清新、色彩绚烂地刻画出了江楼晚眺的秀美之水，洋溢着诗人在江水间流连的欣然快慰之情。

韦应物与柳宗元并称韦柳。韦应物是中唐时期致力于山水诗创作的主要诗人之一。在体味山水时，注意将清幽之景采入笔下，并通过自己心灵的过滤加以生发，在适当时机掺入淡淡的禅趣，形成了韦应物特有的清冷秀雅的山水诗风格。韦应物《滁州西涧》云：

独怜幽草涧边生，上有黄鹂深树鸣。
春潮带雨晚来急，野渡无人舟自横。

将春雨中荒山野渡的景色描绘得如同一幅优美的水墨画，但"春潮带雨晚来急，野渡无人舟自横"之句，分明又传达出一种淡淡的空寂、怅惘、孤独的情思。渡口边的小船无人引渡，静静地停在水塘边。这平静恬淡的气氛中渗透着作者安然恬淡的心绪，或者说这句中并无作者，有的只是那一叶小舟……不仅表现了整首诗清冷秀雅的特点，而且还体现着欲辩忘言、淡然恬静的禅趣。又如《游溪》一诗：

野水烟鹤唳，楚天云雨空。玩舟清景晚，垂钓绿蒲中。
落花飘旅衣，归流澹清风。缘源不可极，远树但青葱。

简洁明净的画面，清丽的氛围，却传神地反映了诗人寂寞冷落的心境，全诗意境浑然淡远，语言清丽朴实，情调宁静淡泊，表达了诗人内心深处所希望的、带着清寒色调的幽静境界。

柳宗元是中唐时期不可忽略的一位山水诗作家，他也由于改革的失败而被一贬再贬，仕途的失意形诸笔墨，投射到他的山水诗作中，"怨"与"愤"是柳宗元山水诗的基调，故其诗总给人清冷寒峭之感。柳宗元《夏初雨后寻愚溪》：

  悠悠雨初霁,独绕清溪曲。引杖试荒泉,解带围新竹。
  沉吟亦何事,寂寞固所欲。幸此息营营,啸歌静炎燠。

  诗歌前四句写景,后四句抒情,鲜明地表达出诗人寂寞的心灵世界。诗人说:"孤独与寂寞本来就是我的追求",要"大声唱着歌来缓解炎热的气候"。可见,诗人虽说醉心于山水,但他始终不能忘却自己的政治抱负,形成了在别有韵味的失意情绪牵引下的孤峭山水。再如其诗《入黄溪闻猿》:

  溪路千里曲,哀猿何处鸣。
  孤臣泪已尽,虚作断肠声。

  诗人笔下的黄溪是那么的空旷、荒芜、凄凉。诗作由境入情、情境交融、借境托情,更是把作者寄情山水、抑郁愤懑的感情抒发得淋漓尽致。诗人并不能"忘情"地去感受自然,而是心有所系。可见,世俗士子要逃也要逃向熙熙攘攘的尘世而不是与世隔绝的山林。山水美景是医治不了诗人精神的创伤的,重返政治舞台才是解除其苦闷的"灵丹妙药"。韦应物山水的幽静,柳宗元山水的孤峭,给中唐两大诗派之外带来了别样的山水情趣。

  总之,元白诗派的平易浅切,韩孟诗派的怒张怪奇,韦柳诗派的清冷幽深,成了中唐山水诗呈现出的三种主流特色,在给读者带来了不同审美享受的同时,对前代山水诗的创变而形成具有自身明显的写作特点,也为后代山水诗的创作提供了养分,在山水诗史上有着举足轻重的作用,成为山水诗发展史上一笔浓重的色彩。

(四)晚唐山水诗的继承和发展

  明代胡应麟说:"盛唐诗如海日生残夜,江春入旧年。中唐句如风兼残雪起、河带断水流。晚唐诗如鸡声茅店月,人迹板桥霜。皆形容景物,绝妙千古。而盛唐、中唐、晚唐界限斩然,故知文章关气运,非人力。"[①]晚唐(827—859)时期,是诗人杜牧活跃的时代。晚唐虽有林泉一派,但没有出现山水诗大家,然而杜牧、许浑、温庭筠、韩偓等在行旅游览中,还是留下了不少名句。"山雨欲来风满楼""南朝四百八十寺,多少楼台烟雨中"的晚唐被打上了风雨飘摇、好景不长的时代印记。"夕阳无限好,只是近黄昏",唐代山水诗歌的繁花行将凋落了。但晚唐山水诗在诗歌发展史上具有承前启后的重要作用,同样是山水诗中的重要组成部分。正如叶燮说"盛唐之诗春

---

① 高国庆:《试论晚唐山水诗》,内蒙古大学硕士论文。

花也;桃李之秾华,牡丹芍药之妍艳,其品华美贵重,略无寒瘦俭薄之态,固足美也。晚唐之诗,秋花也;江上之芙蓉,篱边之丛菊,极幽艳晚香之韵,可不为美乎?"(《原诗·外篇》)

杜牧继承了传统山水诗恬静淡雅的基本风格。他的不少山水诗,写得幽静而澹远,形成了"静""淡""闲""远"的基本诗风,常常饱含浓烈的感情。例如《秋晚与沈十七舍人期游樊川不至》:

邀侣以官解,泛然成独游。川光初媚日,山色正矜秋。
野竹疏还密,岩泉咽复流。杜村连漉水,晚步见垂钓。

杜牧笔下的河流在阳光的照耀下闪闪发光,阵阵西风给山野披上了秋装,时见路旁或疏或密的竹丛,细听传来的或紧或慢的水流声,寥寥几个渔夫在垂钓。不论是山、水,还是岩、竹,或是渔夫、游者,一切的一切,都显得那样的宁静,那样的幽远,那样的淡泊,那样的悠闲,简直一幅恬静、雅淡的风景画。俨然一个远离人间的世外桃源。杜牧是中国诗歌史上第一个大量地以七绝作诗的人。例如杜牧的《汉江》:

溶溶漾漾白鸥飞,绿净春深好染衣。
南去北来人自老,夕阳长送钓船归。

写诗人在一个暮春的傍晚经过汉江时的所见所感。汉江的江面上,水波摇曳,一群白鸥在水上飞舞。暮春,纯净碧绿的河水绿得仿佛可以染衣服了。在这首绝句中,水之美依靠绝句的凝练空间获得了充分的张力和严密的建构。

元代辛文房在《唐才子传》中曾这样称杜牧:"刚直有奇节,不为龊龊小谨,敢论列大事,直陈利弊。尤切兵法戎机,平昔尽意。"杜牧不但有经邦济世的远大抱负,而且有切实的才能,其诗常常蕴含着丰富而浓烈的感情。又如杜牧在黄州任上所写的《兰溪》:

兰溪春尽碧泱泱,映水兰花雨发香。
楚国大夫憔悴日,应寻此路去潇湘。

诗歌前两句泛写兰溪的清丽和香郁,表现兰溪的幽静和芬芳。春兰秋菊向来被认为是高洁君子风度的象征,杜牧由眼前的兰花联想到了屈原。于是由眼前景生发开去,发出了后两句的感慨。虽然字面上是说"楚国大夫",实则正是杜牧以屈原自况,抒发了诗人怀才不遇的愤懑感情和刚直不屈、不肯同流合污的气节,是杜牧感情的结晶。可以说,杜牧在我国古典山水诗的发展中有着重要的地位。因其山水诗既有对传统的继承,又有自己的发展创新,使得山水诗的内涵得到了极大地拓展。

明代高棅在《唐诗品汇总序》中说:"(唐诗)降而开成以后,则有杜牧之之豪纵,温飞卿之绮靡……此晚唐变态之极而遗风余韵犹有存者焉。"[1]殊不知,温庭筠山水田园诗则常抒写清拔旷远之怀,表现出"清"的美学特质,"绮靡"只是温诗风格的一面。例如《地肺山春日》:

> 冉冉花明岸,涓涓水绕山。
> 几时抛俗事,来共白云闲?

寥寥几笔,画出一幅清新明媚的山水图。温庭筠身在世途,对自然之美充满向往。世途之追求与乡野自然之美不可兼得,斯情斯景虽美,也只好期之于异日了。又如《利州南渡》:

> 澹然空水带斜晖,曲岛苍茫接翠微。
> 波上马嘶看棹去,柳边人歇待船归。
> 数丛沙草群鸥散,万顷江田一鹭飞。
> 谁解乘舟寻范蠡,五湖烟水独忘机?

诗人以朴实、清新的笔触描绘了一幅声色并茂、诗情画意的晚渡图,表现了青山绿水的和谐之美,抒发了诗人欲步范蠡后尘忘却俗念、没有心机、功成引退的归隐之情。清代金圣叹评:"'空水带斜晖'加'澹然'字妙,分明画出落日贴水之时,不知其是水澹然,或斜晖澹然也。再加'曲岛苍茫'字妙。曲岛相去甚近,而其苍茫之色,遂与翠微不分。"[2]全诗八句,无不与"水"相关,但清隽而不堆砌。

山水诗在许浑诗集中占有很大比例,我们观其山水诗,可以发现一个现象,那就是"水"字使用非常之多,可以说整个一部《丁卯集》就是诗人对山林的期待。从而形成了"许浑千首湿"[3]这一独特的文学现象。例如:

《送同年崔先辈》:"菊艳含秋水,荷花递雨声。"

《沧浪峡》:"一声溪鸟暗云散,万片野花流水香。"

《王居士》:"雨中耕白水,云外劚青山。"

---

[1] 明·高棅:《唐诗品汇》,上海古籍出版社1988年版,第9页。

[2] 清·金雍集:《金圣叹选批唐诗六百首》,北京出版社1989年版,第366页。

[3] 胡仔纂集,廖德明校点:《苕溪雨隐丛话》,人民文学出版社1962年版,第618页。

《故洛城》:"水声东去市朝变,山势北来宫殿高。"

《赠裴处士》:"门外沧浪水,知君欲濯缨。"

《寄契盈上人》:"雁来秋水阔,鸦尽夕阳沉。"

《寄天乡寺仲仪上人富春孙处士》:"云带雁门雪,水连鱼浦风。"

《将赴京留赠僧院》:"空悲浮世云无定,多感流年水不还。"

在他的诗中,一切都是淡泊漠然的,如水般自如流转,温润柔和,形成了一个诗的泽国。在许浑的山水诗中,"缘理而行""周流无滞""柔弱不争"的"水意象"无处不见。他的诗中不仅"水"字用得特别多,而且湿润的词语与意象也相当丰富,如雨露、霜雪、浪花、波涛、晚潮等,比比皆是。许浑山水诗在晚唐诗坛上是有很大影响的,正如张祜所云:"酒兴曾无敌,诗情旧逸群。"① 陆游把许浑誉为"江山风月主"② 就是对其山水诗创作的肯定。

总之,中国山水诗源远流长,而且极为丰赡广博。正如一代又一代之文学,晚唐山水诗虽然在中国文学史上没有引起人们的足够重视,但其具有中华民族特有的审美意识和趣味,同晚唐的咏史诗、怀古诗一样构筑了晚唐诗坛一道亮丽的风景线。晚唐山水诗为后来宋代山水诗把哲理和诗情、理趣和韵致融合在一起,明清山水诗减少画内实境而生发无限虚境等方面,提供了许多值得借鉴的宝贵经验,在中国诗歌发展史上有着特殊的贡献,也具有不可忽视的作用。

四、宋代山水诗词的文化解读

据《全宋诗》《宋诗纪事》等书统计,宋代诗人有 9800 余位,而且许多宋代诗人的创作数量更是多得惊人,动辄数千,甚至上万,整个宋代存诗总数估计在 25 万首以上;而康熙年间敕编的《全唐诗》所录唐代诗人为 2300 多位,存诗 900 卷,共计 48900 首。从以上数据可以看出,宋代无论是在作家人数上还是在作品数量上,都比唐代占有绝对的优势:宋代作家人数是唐代作家人数的 4 倍多,宋诗数量是唐诗数量的 5 倍多。

(一)宋代山水诗的代表作家与代表作品

较之唐代,宋代这种在诗人和诗歌数量上的优势在山水诗领域同样存在,宋代那些具有一定

---

① 严寿澄:《张祜诗集》,江西人民出版社 1983 年版,第 24 页。

② 陆游:《陆游集·剑南诗稿》,中华书局 1976 年版,第 1897 页。

成就的诗人几乎没有不写山水诗的,故宋诗中的山水诗数量自然也就远远超过唐代。在宋代的山水诗人中,成就最高、名声最大的应属于苏轼、陆游、杨万里,其中苏轼有山水诗 500 多首。其他写山水诗较多且有较高成就的诗人,有林逋、潘阆、梅尧臣、苏舜钦、欧阳修、曾巩、王安石、黄庭坚、秦观、张耒、晁补之、曾几、陈与义、范成大、刘子翚、朱熹、姜夔等大家和名家。

北宋前期,山水田园诗创作基本沿袭唐代风貌。其中著名的人物有徐铉和林逋。徐铉《登甘露寺北望》:"京口潮来曲岸平,海门风起浪花生。人行沙上见日影,舟过江中闻橹声。"在对山水风光的描摹下不露声色地表达了一种索寞中略带怅惘的情愫。林逋毕生致力于山水诗的创作,他的《西湖》《秋江写望》等作品体现了诗人恬淡的隐逸情致。

宋代山水诗到了苏舜钦、梅尧臣和欧阳修的手里,开始出现了质的飞跃。苏舜钦在优美的山水园林中,以诗文自娱,以泉石为乐,《沧浪亭》富于情趣,《淮中晚泊犊头》也让人耳目一新。梅尧臣在山水景物的描绘方面,以《东溪》最为著名。欧阳修的文学成就主要在散文,其诗也多抒发诗人的生活感受。其《黄溪夜泊》一诗云:"楚人自古登临恨,暂到愁肠已九回。万树苍烟三峡暗,满川明月一猿哀。非乡况复惊残岁,慰客偏宜把酒杯。行见江山且吟咏,不因迁谪岂能来?"他以发现山水之美、山水之乐来慰藉自己,填补坎坷失意感。

王安石后期罢相隐居,流连、陶醉于山水田园中,他的《江上》大量的山水田园诗取代了前期政治诗的位置,脍炙人口。历来为人们所传诵。其《书湖阴先生壁》中"一水护田将绿绕,两山排闼送青来","一水""两山"被转化为富于生命感情的亲切形象,在诗人眼里,山水对这位志趣高洁的主人也有情谊。山水本是无情之物,可诗人说水"护田",山"送青",水对田有一种护惜之情,山对人有一种友爱之情,这就使本来没有生命的山水具有了人的情思,山水之情溢于言表。①

苏轼满腹诗书,才华横溢,四十年宦游南北,所到之处"餐山色饮湖光"(《浣溪沙》),写下了成百上千的山水诗词与文赋。其代表作有《壕州七绝·彭祖庙》《过大庾岭》《题西林壁》《游金山寺》等,历久传诵不衰,也为宋诗增添了不少光彩,成为我国文学史上不以山水诗名世的山水诗大家。他的山水诗创作在山水诗创作史上应是相当浓重的一笔。

后有范成大将山水与田园完美的融为一体,代表作有《四时田园杂兴六十首》和《腊月村田乐府十首》等。

杨万里打破了传统山水诗的思维模式,呈现给人们的是"诚斋体"山水诗的新貌,实践其"作家各自一风流"的主张。他常于摹山绘水中将自然风物拟人化,如《小池》等,表现出强烈的

---

① 赵晓兰:《宋诗一代面目的成就者——王安石》,《四川社会大学学报(社会科学版)》1995 年第 2 期。

主体情感，表现了诗人对大自然景物的热爱之情，充满诗情画意。

陆游五律《剑门关》是一首饱含爱国激情的山水佳作。他的山水诗将爱国精神融入其中，用山水表达对时代的理解，唱出抗战救国的时代强音。

南宋后期未出现比较重要的山水田园诗人。先后活跃在诗坛上的"永嘉四灵"和"江湖诗派"都创作了许多自具特色的山水诗，也写出一些清新可读的作品，但总的来说，宋诗也如当时的政局，已是风雨飘摇，每况愈下。

（二）宋代山水词的四个创作阶段及其代表人物和代表诗篇

如果说唐代是诗的国度，那么宋代的主流文学形式便是词。词起于晚唐，但真正繁荣则在宋代，词入两宋，日臻完善。据《全宋词》记载：宋时作品有2万多首，词人有1400多位。水在宏观上孕育和生成着宋词，宋词的题目和词牌有一大批沐浴在灵动的水波中。如《水调歌头》《水龙吟》《浣溪沙》《浪淘沙》《临江仙》《鱼傲春水》《鹊桥仙》《暮山溪》《过涧歇近》《望海潮》《定风波》《满江红》《谢池春慢》《如鱼水》《渔家傲》《泛清苔》《西江月》《西湖念语》《雨中花令》《夜行船》《越溪春》《宴瑶池》《雨霖铃》《泛清波》《潇湘夜雨》……难以尽数。[①] 山水田园词在宋代的大量出现和发展，一方面是由词自身发展规律所致，另一方面与当时的社会时代背景密切相关。本章拟从宋代山水田园词的涌现、发展等角度，对之进行具体的探索和分析，拟将这个时期山水田园词的创作分为四个阶段：即以晏殊、欧阳修为代表的北宋前期的创作；以王安石、苏轼等为代表的北宋中后期的创作；以朱敦儒、辛弃疾等为代表的南宋时期的创作；以张炎等为代表的南宋遗民的创作。

北宋前期，"崇文抑武"的治国方略，极大地激励了文人的参政热情。盛世的景象、优渥的待遇使士人更加追求享乐、讲究生活品质，少数文人在词中对乐游山水、闲居避世的生活状态进行了细致地描写，抒发对自然的无比喜爱之情。北宋是山水词发展与成熟的时期，名家辈出，名作传世，因而山水词在当时成为词苑里的一朵奇葩，在艳丽香软的词坛上，它确有"新天下耳目"之感，词坛的主流倾向仍然沿袭晚唐五代以来绮艳婉丽的词风。

养尊处优的升平宰相晏殊一生富贵，没有经受过较大挫折和打击。他的词虽多表现士大夫的闲情逸致，却也在迁谪商丘时，创作了表现出对渔父生活追慕的《浣溪沙》：

红蓼花香夹岸稠。绿波春水向东流。

---

① 朱映兰：《宋词中的水意象》，《语文月刊》1999年第10期。

小船轻舫好追游。渔父酒醒重拨棹,

鸳鸯飞去却回头。一杯销尽两眉愁。

描写了词人于商丘南湖游玩时所见山水的秀丽风光,表达向往渔父生活之意。在《清平乐》"人面不知何处,绿波依旧东流"中抒发时光易逝、生命无常的感慨。

欧阳修晚年居于颍州,常去颍州西北处的西湖游玩,并写下了《采桑子》十首,例如:

春深雨过西湖好,百卉争妍。蝶乱蜂喧。晴日催花暖欲然。
兰桡画舸悠悠去,疑是神仙。返照波间。水阔风高飏管弦。(其一)

画船载酒西湖好,急管繁弦。玉盏催传。稳泛平波任醉眠。
行云却在行舟下,空水澄鲜。俯仰留连。疑是湖中别有天。(其三)

群芳过后西湖好,狼藉残红。飞絮蒙蒙。垂柳阑干尽日风。
笙歌散尽游人去,始觉春空。垂下帘栊。双燕归来细雨中。(其四)

荷花开后西湖好,载酒来时。不用旌旗。前后红幢绿盖随。
画船撑入花深处,香泛金卮。烟雨微微。一片笙歌醉里归。(其七)

天容水色西湖好,云物俱鲜。鸥鹭闲眠,应惯寻常听管弦。
风清月白偏宜夜,一片琼田。谁羡骖鸾,人在舟中便是仙。(其八)

从"春深雨过西湖好""画船载酒西湖好""群芳过后西湖好""荷花开后西湖好""天容水色西湖好"等不同侧面来赞美西湖的秀美,描绘了西湖各种形态的美,堪称宋词中山水词的精品。

总体上说,这一时期的山水田园词的作品数量较少,语言多用白描,内容和形式还较为单一,艺术上还不太成熟。

北宋中后期,诗的创作大大减少,词的数量大幅攀升,大量的山水田园词在士人贬谪隐居时被创作出来。王安石二度受挫后居于江宁钟山,结束政治生涯在此度过晚年。他的词大部分作于此时,多描写自己安逸闲适的晚年生活并沉醉于自然的恬淡心态。例如《菩萨蛮》:

数间茅屋闲临水。窄衫短帽垂杨里。
今日是何朝。看予度石桥。

梢梢新月偃。

> 午醉醒来晚。何物最关情。黄鹂三两声。

诗中描绘了风景秀丽的湖光山色，抒发了自己洒脱放达的情怀。又如《渔家傲》："平岸小桥千嶂抱。柔蓝一水萦花草。茅屋数间窗窈窕。尘不到。时时自有春风扫。 午枕觉来闻语鸟。欹眠似听朝鸡早。忽忆故人今总老。贪梦好。茫然忘了邯郸道。"诗人笔下有花草环绕的碧水，有千嶂抱的小桥，有"茅屋数间窗窈窕"，抒发了词人退隐之后对官场仕途的厌倦，对大自然的向往及对隐居生活的眷恋。较之北宋前期山水田园词的创作，其技巧更加娴熟，语言更加清新，艺术锤炼更加精炼。

"子瞻性好山水"，恰如苏轼《再跋醉道士图》之自称，确实山水是他一生所钟爱。苏轼山水词的数量，超过了他之前的宋代山水词的总和。苏轼一生历经宦海沉浮，在贬谪时，也始终保持着超脱、旷达、乐观的心态，例如《行香子·过七里滩》：

> 一叶舟轻。双桨鸿惊。水天清、影湛波平。
> 鱼翻藻鉴，鹭点烟汀。过沙溪急，霜溪冷，月溪明。
> 重重似画，曲曲如屏。算当年、虚老严陵。
> 君臣一梦，今古虚名。但远山长，云山乱，晓山青。

富春江山水以清绝著称，此词从水清波平、鱼鹭翻飞等侧面展现江上水景之美，展示出七里滩山水之美、江水之丽，流露出词人超脱旷放的心态，借"水"抒发了浮生若梦的感慨，表达了对大自然美景的赞叹。

为官一方，治事有为。对湖山的喜爱，使他着意打扮西湖。因地制宜，兴"陂湖河渠之利"，开渠引水，疏浚西湖。例如《南歌子·湖景》：

> 古岸开青葑，新渠走碧流。会看光满万家楼。记取他年扶路、入西州。
> 佳节连梅雨，馀生寄叶舟。只将菱角与鸡头。更有月明千顷、一时留。

词写了西湖治理后之美景，凸显词人乐山乐水的情怀。

"君子见大水必观焉"，除了上述湖山景物审美之外，苏轼还热衷于描写惊心动魄的江海洪涛。例如《南歌子·八月十八日观潮》之作：

> 海上乘槎侣，仙人萼绿华。飞升元不用丹砂。
> 住在潮头来处、渺天涯。雷辊夫差国，云翻海若家。

坐中安得弄琴牙。写取余声归向、水仙夸。

词人奇思妙想，诗兴盎然。此词充分调动想象，运用神话与传说，描写潮水之势和声音，写潮势通天，潮头邈远，潮声如雷，潮涌如云，极富浪漫色彩。

此外，李之仪、黄庭坚、贺铸、晁补之、周邦彦、米友仁、惠洪等人也创作了不少描写山水风光的词作，成就虽不及苏轼，但他们和欧阳修、王安石、苏轼等一同推动了宋代山水田园词的发展，成为山水词创作系统中不可或缺的重要组成部分。

（三）以朱敦儒、辛弃疾等为代表的南宋时期的创作

宋朝南渡后的150多年间，内忧外患一直纷扰不息，抗击外族侵略、恢复河山的爱国主义始终是贯穿整个时代的主旋律，不少士大夫在统治阶级奉行消极的妥协政策中远离政坛，在寄情山水、归隐田园的生活中寻求心灵的慰藉，悲痛愤懑的情绪在所难免。

朱敦儒，早年隐居洛川，后被弹劾罢官，遂有看破红尘之意，心境日渐颓废、消极，过起了避世隐居的闲适生活，六首均用《好事近》调的渔父词可谓是其代表作。例如：

> 摇首出红尘，醒醉更无时节。活计绿蓑青笠，惯披霜冲雪。
> 晚来风定钓丝闲，上下是新月。千里水天一色，看孤鸿明灭。（其一）
>
> 拨转钓鱼船，江海尽为吾宅。恰向洞庭沽酒，却钱塘横笛。
> 醉颜禁冷更添红，潮落下前碛。经过子陵滩畔，得梅花消息。（其三）
>
> 短棹钓船轻，江上晚烟笼碧。塞雁海鸥分路，占江天秋色。
> 锦鳞拨剌满篮鱼，取酒价相敌。风顺片帆归去，有何人留得。（其四）[①]

这三首中，特别是其四描写了江水晚景之美，点点鸥雁飞过江面，江水在烟雾的笼罩下愈发碧绿，渔父以鱼换酒自得其乐的生活画面。词人借"江水"表达了他淡泊超脱、知足旷达的人生态度，表现了一种闲雅疏狂的情致，全词充满了山林气息、隐逸之趣，尘外之音甚浓。难怪梁启超先生评之曰："五词飘飘有出尘想，读之令人意境修远。"[②]

民族英雄、词坛英杰辛弃疾一生历经三度出仕、三度罢官，不仅是主张积极抗战复国的民族英雄，还是南宋爱国词人的代表人物，苦于报国无门，不得不隐于山林、归向田园。在《稼轩词》

[①] 唐圭璋编：《全宋词》，中华书局1965年版，第854页。

[②] 唐圭璋编：《词话丛编》，中华书局1934年版，第4307页。

中，描写山水的共有60多首，约占他全部词作的1/10，多为罢官之后居于江西上饶时寄情山水所写。其词不仅艺术性强，而且思想意义深远，脍炙人口，为人民所喜闻乐见。例如《丑奴儿·博山道中效李易安体》：

千峰云起，骤雨一霎儿价。更远树斜阳，风景怎生图画。
青旗卖酒，山那畔、别有人家，只消山水光中，无事过这一夏。
午醉醒时，松窗竹户，万千潇洒。野鸟飞来，又是一般闲暇。
却怪白鸥，觑着人、欲下未下。旧盟都在，新来莫是，别有说话？

诗人寄情雨后，表面上写自己生活的闲适，实际上却隐隐含着无聊寂寞的情绪，流露着渴望被起用的希冀。

辛弃疾于绍熙四年被诬以"奸贪凶暴"罪名再度被劾，内心激愤，可想而知。但他却写了一首《沁园春》，词云：

一水西来，千丈晴红，十里翠屏。
喜草堂经岁，重来杜老，斜川好景，不负渊明。
老鹤高飞，一枝投宿，长笑蜗牛戴屋行。
平章了，待十分佳处，著个茅亭。

青山意气峥嵘。似为我，归来妩媚生。
解须教花鸟，前歌后舞；更催云水，暮送朝迎。
酒圣诗豪，可能无势，我乃而今笃驭仰。
清溪上，被山灵却笑：白发归耕。

这种洋溢着喜悦气氛的描写，丝毫不见失意归来之感，从反面衬托出宦海风波、仕途险恶的心情。词人眼前的山水花鸟，对诗人表示热烈欢迎，而他自己点烟霞，安排泉石，把自己的退隐生活描绘得琳琅满目，美不胜收，乐意盎然。以乐景写哀，乃是文学作品中一种难于着笔的高超的艺术手法。

还有一些词人的个别作品，在描写田园生活闲适的作品中是十分难得的。例如王炎描写农民生产劳作的《南柯子》：

山冥云阴重，天寒雨意浓。数枝幽艳湿啼红。

莫为惜花惆怅，对东风。 蓑笠朝朝出，沟塍处处通。

人间辛苦是三农。要得一犁水足，望年丰。

这首词虽用语浅显、缺乏意蕴，却朴实自然、分外动人，描写了农民生产劳作的场面，特别是"人间辛苦是三农。要得一犁水足，望年丰"一句展现了农民生活艰难辛苦的一面，表达了对农民辛苦生活的同情，也说明了"水"之于农业生产的重要性。

（四）以张炎、蒋捷、王沂孙、周密等为代表的南宋遗民的创作

宋元易代，民族的苦难与个人的不幸两相交织，给南宋遗民的命运带来了巨大的转变。他们饱受国破家亡之痛、漂泊流离之苦，承受着异族统治的歧视，南宋遗民词人为寻求精神解脱而走向自然，寄情田园，在畅游山林、回归田园的生活中抒发他们的亡国之思、歌咏自然山水的美好景色、展示隐居生活的闲适安逸，以辞不就诏、隐而不仕的不合作方式来反抗元朝的统治。

张炎写道："漂流最苦。况如此江山，此时情绪。"（《满江红·送周方山游吴》）宋亡后，身为功臣贵族之后，家族的观念与民族的自尊，让张炎不可能出仕元朝，他带着一颗沧桑破碎的心四处漂泊，归去成为他奢侈的渴望和必然的选择。例如《摸鱼子·高爱山隐居》：

爱吾庐、傍湖千顷，苍茫一片清润。

晴岚暖翠融融处，花影倒窥天镜。

沙浦迥。看野水涵波，隔柳横孤艇。眠鸥未醒。

甚占得莼乡，都无人见，斜照起春暝。还重省。

岂料山中秦晋，桃源今度难认。

林间即是长生路，一笑元非捷径。

深更静。待散发吹箫，跨鹤天风冷。凭高露饮。

正碧落尘空，光摇半壁，月在万松顶。①

诗人笔下波光粼粼的湖光、绿树花红的山色、沉睡的鸥鹭，描绘了一幅静谧平和的春景图。借"湖水"抒发了无处安身的黍离之悲，表达了其希望脱离尘世却又不得的无奈。

宋末进士蒋捷，他像其他遗民词人一样采取不合作的态度，隐居太湖竹山。别人荐他为官，

---

① 唐圭璋编，前引书，第3469页。

他辞而不受。他享受的是"流水青山屋上下，束书壶酒船头尾"这种虽清贫却清白的生活。例如他的《一剪梅·舟过吴江》：

> 一片春愁待酒浇。江上舟摇，楼上帘招。
> 秋娘渡与泰娘桥。风又飘飘，雨又潇潇。
> 何日归家洗客袍？银字笙调，心字香烧。
> 流光容易把人抛。红了樱桃，绿了芭蕉。

词人目睹吴江山水，有对自我生命价值的思考，也有对现实悲凉的无奈，还有倦游思归的迷茫。

以咏物词闻名的王沂孙，在咏物词里多有借助自然界的山水景物寄托对历史变迁的感叹与反思。例如他的《长亭怨慢·重过中庵故园》：

> 泛孤艇，东皋过遍。尚记当日，绿阴门掩。
> 屐齿莓苔，酒痕罗袖事何限。
> 欲寻前迹，空惆怅，成秋苑。
> 自约赏花人，别后总，风流云散。
> 水远。怎知流水外，却是乱山尤远。
> 天涯梦短，想忘了，绮疏雕槛。
> 望不尽，冉冉斜阳，抚乔木，年华将晚。
> 但数点红英，犹识西园凄婉。

今昔非比、盛衰非比、哀乐非比，触发词人心灵，寄托自己对自然人世、古往今来盛衰兴亡之律沉痛参悟的依旧是这自然界中的"山水"。

周密在《探芳讯·西泠春感》中也同样抒发了今昔对比之悲：

> 步晴昼。向水院维舟，津亭唤酒。叹刘郎重到，依依谩怀旧。
> 东风空结丁香怨，花与人俱瘦。甚凄凉，暗草沿池，冷苔侵甃……

如今的西湖在词人笔下毫无昔日的繁华，徒留"废苑尘梁"，"如此江山，依然风月，月底人非昔"（周密《醉江月·中秋对月》）。

综上可见，南宋遗民词人将自我感伤、归去渴望与历史慨叹融于自然山水描写中，已经不再局限于对山水景物的直接叙写，更加注重对自我心灵世界的审视，无疑开拓了语境，也大大增强了山水词作的表现功能。

总之，宋代山水田园诗和山水田园词继承和发扬了我国古代山水文学的优良传统，创造性地把"水"运用到词这个新的文学形式中来，从而扩展了诗词的领域，深化了诗词的意境，对之后有着重大的影响。

五、元代山水散曲与元人的山水情怀

元曲，与唐诗、宋词一起并称为我国古代文学艺术发展史上的三座高峰，被誉为元代最佳之文学。元曲的组成，包括散曲和杂剧两类文体。元散曲为元代的代表性文学艺术门类，其作品多揭示深刻的社会现实，以其广阔的题材，通俗的语言，活泼的形式，清新的风格，生动的描绘，多样的手法，书写了中国古代诗歌最后的辉煌。到了元朝，异族入主中原，在重武轻文的强权统治下，文人遭受了无尽的苦痛，他们在叹息和讽刺散曲中泄尽怨愤之后，转而醉于山水、恋于河川，依然临写出如诗如画、灵秀清幽的山山水水。元曲的发展，可以划分为初期、中期、末期三个时期。

（一）山水散曲的初期发展

初期是蒙古太宗入主中原到南宋灭亡时期，作者多为北方人，但笔下之景也多是江南风物。如马致远［双调］《寿阳曲·渔村夕照》：

鸣榔罢，闪暮光，绿杨堤数声渔唱。
挂柴门几家闲晒网，都撮在捕鱼图上。

又如卢挚［双调］《蟾宫曲》：

碧波中范蠡乘舟，醉酒簪花，乐以忘忧。
荡荡悠悠，点秋江白鹭沙鸥。
急棹不过黄芦岸白蘋渡口，且湾在绿杨堤红蓼滩头。
醉时方休，醒时扶头。傲煞人间，伯子公侯。

曲中通过"渔唱""长江""山水相连""白鹭沙鸥""绿杨堤""黄芦岸"等充满江南气息的字眼描摹，可以明显看出这些曲子所描写的都是诗情画意的江南景致。

除此之外，这一时期元人还多描写隐逸生活，追求大自然的清幽宁静，追求脱离官场生活的

闲逸和精神的自由。如马致远[双调]《寿阳曲·山市晴岚》：

花村外，草店西，晚霞明雨收天霁。
四围山一竿残照里，锦屏山又添铺翠。

散曲作家笔下的山水之景，蕴含着清幽、寂寥、宁静的独特气韵。

关汉卿不仅是杂剧大家，还是散曲创作的"一代巨手"（清焦循语），今存套曲 13 篇，小令 57 支。数量虽不多，却不乏出色的篇章。且看一首明显体现画面布局的山水散曲[双调]《大德歌·无题》：

雪粉华，舞梨花，再不见烟村四五家。
密洒堪图画，看疏林噪晚鸦。
黄芦掩映清江下，斜揽着钓鱼艖。

曲中有一条清江，江边有黄芦，江岸有渔船，清晰可见。天高、江低、村远、水近，打破了诗词情景浑凝的特点，更强调布局，创造出一种全新的意境。"曲中有画"的特点与诗词强调以景衬情显然不同。他的散曲，在艺术风格上带有浓厚的民间文学气息，朴素清新。如[南吕]《四块玉·别情》：

自送别，心难舍，一点相思几时绝？
凭阑袖拂杨花雪。溪又斜，山又遮，人去也！

全曲形象鲜明，感情真挚，接近口语，体现了元代前期散曲的特征。

马致远是元初期自成一派、最负盛名的散曲家。《天净沙·秋思》可谓流传千古：

枯藤老树昏鸦，小桥流水人家，古道西风瘦马。
夕阳西下，断肠人在天涯。

此曲正是以"散点"的意象分布，"透视"出孤寂苍凉之意，曲画相融，相得益彰。全曲有枯藤、老树、昏鸦、小桥、流水等 12 个意象，三个为一组，天涯漂泊的悲思在一组组意象中逐层渗透，最终在天涯断肠人身上浓得再难化开，其萧瑟凄凉的意境因此而得到很好的展现，只余"念天地之悠悠，独怆然而泣下"的落寞情怀。取景入曲，纯出自然，在不经意中，丰富了山水散曲的意境，萧疏、苍茫而寥远。

元初期山水散曲还十分讲究"曲画相融",凸现画面布局,重视画境之美。如白朴的[越调]《天净沙》组曲:

春山暖日和风,阑干楼阁帘栊。
杨柳秋千院中,啼莺舞燕,小桥流水飞红。(《春》)

云收雨过波添,楼高水冷瓜甜。
绿树阴垂画檐,纱橱藤簟,玉人罗扇轻缣。(《夏》)

孤村落日残霞,轻烟老树寒鸦。
一点飞鸿影下,青山绿水,白草红叶黄花。(《秋》)

一声画角樵门,半庭新月黄昏。
雪里山前水滨,竹篱茅舍,淡烟衰草孤村。(《冬》)

全曲借鉴山水画"散点透视"的技巧,以多重意象组构意境,每一曲都是一幅布局精巧、境界分明的山水画。

(二)山水散曲的中期发展

这一时期是指从元世祖至元年间到元顺帝后至元年间,比较有名的散曲作家有乔吉、张养浩等。

乔吉,山西太原人,后移居浙江,元散曲大家,在创作和理论上颇有贡献。其代表作有描绘乐清瀑布形象的[双调]《水仙子·重观瀑布》:

天机织罢月梭闲,石壁高垂雪练寒。
冰丝带雨悬霄汉,几千年晒未干。
露华凉人怯衣单。似白虹饮涧,玉龙下山,晴雪飞滩。

全曲意境宏大,比喻奇特,有气象万千之势。还有游乐清时所作的[双调]《水仙子·乐清箫台》:

枕苍龙云卧品清箫,跨白鹿春酣醉碧桃,唤青猿夜拆烧丹灶。
二千年琼树老,飞来海上仙鹤。
纱巾岸天风细,玉笙吹山月高,谁识王乔?

全曲颇有神仙道化的色彩，展示了作者超然脱俗的内心境界。这一时期的散曲，内容驳杂，笔调丰富，然其总体创作基调奇巧俊丽，俗少雅多。这在乔吉身上得到了很好的体现。

张养浩是元代第一个大力创作山水散曲的人，自云"余性雅嗜山水""久塞清泉白石之思"。他的山水散曲，是其山水情怀的结晶，山水乃其"一生雅志"。其曲［双调］《殿前欢·登会波楼》云：

四围山，会波楼上倚阑干。
大明湖铺翠描金间，华鹊中间，爱江心六月寒。
荷花绽，十里香风散。被沙头啼鸟，唤醒这梦里微官。

面对山水美景，再高的官位在张养浩眼里也一文不值。再如［中吕］《普天乐·大明湖泛舟》云：

画船开，红尘外。人从天上，载得春来。
烟水闲，乾坤大。四面云山无遮碍，影摇动城郭楼台。
杯斟的金波滟滟，诗吟的青霄惨惨，人惊的白鸟皑皑。

他反复表白自己从此安居在乡间山林，在山林泉石中避俗怡情。张养浩行旅于外时，还写过一些歌咏外地山水的散曲。［双调］《水仙子·咏江南》：

一江烟水照晴岚，两岸人家接画檐，芰荷丛一段秋光淡。
看沙鸥舞再三，卷香风十里珠帘。
画船儿天边至，酒旗儿风外飐。爱杀江南。

又［双调］《折桂令·过金山寺》：

长江浩浩西来，水面云山，山上楼台。
山水相连，楼台相对，天与安排。
诗句成风烟动色，酒杯倾天地忘怀。
醉眼睁开，遥望蓬莱，一半儿云遮，一半儿烟霾。

曲中多种审美形态的山水景物，都生动地展示于他的笔下。张养浩不愧是用散曲描绘山水的大家，也体现了这一时期元山水散曲发展的水平。

（三）山水散曲的末期发展

元曲发展的末期，就是元顺帝时期，即王国维所说的"至正年代"。这是元顺帝的最后一个年号，共计28年。这一时期的重要作家有张可久、杨维桢、倪瓒等。这一时期元散曲的作风已失去了质朴本色，趋于柔靡小巧。

张可久是元代大量创作山水散曲的作家。其山水散曲精妙地展示了各种山水景物之美。如写雪，［双调］《殿前欢·苕溪遇雪》："水晶宫，四围添上玉屏风。姮娥碎翦银河冻，揍尽春红。梅花纸帐中，香浮动，一片梨云梦。晓来诗句，画出渔翁。"曲中选用一些纯净、洁白、清凉的意象写雪，造就了一个冰清玉洁的意境。张可久又擅写瀑布，如［双调］《折桂令·金华山看瀑布》：

碧桃花流出人间，一派冰泉，飞下仙山。

银阙峨峨，琼田漠漠，玉佩珊珊。

朝素月鸾鹤夜阑，拱香云龙虎秋坛。

人倚高寒，字字珠玑，点点琅玕。

曲中把瀑泉如此生动传神地展示在我们面前，使人仿佛身临其境。张可久山水散曲极富于画意、画境。如［正宫·小梁州］《春游晚归》：

玉壶春水浸晴霞，景物奢华，彩船歌管间琵琶。

青旗挂，沽酒是谁家？

［么］夕阳一带山如画，数授林万点寒鸦。

曲水边，孤山下，游人归去，明月管梅花。

曲中"湖面、岸上、远山、天空、水边、山下，位置都是确定的；景物的大小、点面、多寡、虚实、疏密以及色彩等，也是分明的，能给读者留下图画的美感。"[①] 散曲艺术表现充分、得宜。

终身未仕，为追求仕进而辗转江湖之间的徐再思也是这一时期的代表人物。长期的漂泊生活，使其作品中充斥着一种深沉的伤感与哀愁。例如［双调］《水仙子·夜雨》：

一声梧叶一声秋，

一点芭蕉一点愁，

[①] 李亮伟：《论张可久山水散曲的审美特征》，《宁波大学学报》2006年7月第4期。

> 三更归梦三更后。
> 落灯花棋未收,
> 叹新丰孤馆人留。
> 枕上十年事,
> 江南二老忧,
> 都到心头。

"雨"在这里是一种漂泊,是一种乡愁,是阻隔,也是迷离与无望。这就更添作者之寥落与惆怅。当无法"兼济天下"的时候,文人常常选择"独善其身",如 [中吕]《朝天子·常山江行》:

> 远山,近山,一片青无间。
> 逆流沂上乱石滩,险似连云栈。
> 落日昏鸦,西风归雁。叹崎岖途路难。
> 得闲,且闲。何处无鱼羹饭。

在其雅致的词句之中,所体味到的是作者内心理想与现实的矛盾与痛苦,对生命的强烈困惑以及困惑后的突围与消解。①

综上所述,散曲尤其是山水散曲题材丰富多样,创作视野阔大宽广,语言通俗易懂,体现了当时的时代性;所蕴含的感情是深厚的,抒发是淋漓尽致的;其艺术手法具有鲜明的特色,体现了这种新的诗歌体式的"新"的特点。除此,少数民族诗人的大量涌现、题画山水诗的兴盛也是元代山水诗发展的显著特点。正如赵朴初先生所说:"曲作为我国一种传统诗歌形式,对于创立我国的新诗歌,还是可以起帮助作用的。"(《〈片石集〉前言》)作者以为,这种评价是科学的、恰当的、中肯的。元山水散曲在我国文学史上具有一定高度的文学价值,是我国古代文化宝库中不可缺少的宝贵遗产。

六、明清山水诗的发展

"骚坛之士,试为拍弄。才为句掩,趣因理湮。体段虽存,鲜能当行。"(明钱允治《国朝诗余序》)诗歌发展到明代,似乎黯然了许多,但这仅是对总体而论。具体到各个诗人,尤其是具体到

---

① 黄玥明:《徐再思散曲研究》,广西师范大学硕士研究生论文。

山水诗领域，则又不尽然。因为"江山代有才人出，各领风骚数百年"。（清赵翼《论诗》）明代山水诗在艺术风格、艺术技巧上虽没有脱出唐宋的窠臼，是唐宋山水诗的余绪，但仍产生了不少名家名篇。

初明的诗作者大都是由元入明的东南文人。胡应麟的《诗薮》曾把他们按照地域的不同分成五大创作群体：一是以高启为首的吴派，二是以刘基为首的越派，三是以林鸿为首的闽派，四是以孙蕡为首的岭南派，五是以刘崧为首的江右派。

江右派的山水诗较少，风格一般以平易朴素见长，如刘崧的《水口田家》，取材趋向与元季山水诗相同，而笔法却朴素很多。闽派山水诗比江右派稍多，又标法盛唐，故构境较为阔大，其中高棅的《峤屿春潮》堪称代表：

瀛洲见海色，潮来如风雨。
初日照寒涛，春声在孤屿。
飞帆落镜中，望入桃花去。

岭南派的山水诗更多一些，孙蕡长于用歌行体表现山水题材，成就较为突出，其《湖州乐》描绘"四月五月南风来，出门处处芰荷开""鲤鱼风起燕子斜，菱歌声入鸳鸯渚"的湖州水乡风情，笔致秀丽流转，颇有民间竹枝词之活泼情趣。①

越派与吴派的山水诗成就高于以上三派。如"我性好游观，夙负云水债"的高启，自称为诗"兼师众长，随事摹拟，待其时至心融，浑然自成。"是吴派的代表人物。在其山水诗的代表作《登金陵雨花台望大江》：

大江来从万山中，山势尽与江流东。
钟山如龙独西上，欲破巨浪乘长风。
江山相雄不相让，形胜争夸天下壮……
石头城下涛声怒，武骑千群谁敢渡？……
从今四海永为家，不用长江限南北。②

诗人以沉雄的笔调描绘祖国河山的壮丽，诗人笔下的长江，浩浩荡荡，从万山千壑中奔流向

---

① 王琳：《明代山水诗概论》，《阴山学刊》1999年第1期。

② 于非：《中国古代文学作品选（三）》，高等教育出版社2002年版，第106-109页。

东。这一时期的山水诗作,大都气魄宏大,反映了明代开国初年那种蓬勃向上的景象,是明初国家统一、经济发展的象征。诗末"从今四海永为家,不用长江限南北"体现了诗人在深沉的怀古中自然倾吐出对祖国山河统一的由衷喜悦。

吴派的另一健将杨基,山水诗也有一些佳作。他的诗虽没有高启那样众体纷纭,但多神韵天然,他尤长于江南湖光山色、烟树芳华之旖旎景色的描绘,例如《天平山中》:

> 细雨茸茸湿楝花,南风树树熟枇杷。
> 徐行不记山深浅,一路莺啼送到家。

又如《岳阳楼》:

> 春色醉巴陵,阑干落洞庭。
> 水吞三楚白,山接九疑青。
> 空阔鱼龙气,婵娟帝子灵。
> 何人夜吹笛,风急雨冥冥。

明成祖永乐至宪宗成化数十年间,三杨(杨士奇、杨荣、杨溥)等台阁大臣主盟文坛,以讴歌太平、粉饰现实为旨趣,诗文"大都词气安闲、首尾停稳","典质和平",朝中文士相率仿效,沿为流派,号"台阁体"。其山水诗以冲澹闲雅为宗。

明代中叶是复古主义文学思潮昌盛的时期。作为先驱人物的李东阳正式提出"文必秦汉,诗必盛唐"的口号,并大力进行实践,复古从此成为风起云涌的文学主潮,文坛几是复古派的天下。复古派也不乏好的山水作品。如李梦阳的《秋望》描写边塞景象,风格雄浑苍凉;何景明的《秋江词》描写江左秋江,意境杳渺;李攀龙的《杪秋登太华山绝顶》刻画华山风光,壮阔沉着;王世懋的《庐山寻》描绘庐山雪景,空灵雅秀。

遗憾的是,晚明文人山水纪游创作的成就主要体现在散文方面。徐霞客的《徐霞客游记》无愧为空前绝后之作,自不必说;"公安三袁"及其同僚,竟陵诸家以及张岱,也大都以游记著称;诗歌的成就却小得多,没有堪称大家者。至此,明代山水诗几经嬗变,终于走完了它的漫漫旅程。

历史发展到清代,封建王朝已步入黄昏,古典诗亦已起起伏伏地走过了漫漫长路,却在"只是近黄昏"的时刻,回光返照般地焕发出了最后的灿烂光芒:诗人辈出,群星丽天;诗作卷帙浩繁,异彩纷呈。至康乾时期,清诗可追步盛唐,但使整个诗坛生机弥足的,还属山水诗。

清初的诗坛盟主王士禛,瞩意"神韵",推崇盛唐的王孟。然而他也不是亦步亦趋,刻意模仿。他的许多山水诗清新自然,富有乡土韵味,例如《真州绝句》:"江干多是钓人居,柳陌菱塘一带疏。好是日斜风定后,半江红树卖鲈鱼"。又如他的多种竹枝词民歌。

与明代"公安三袁"遥相呼应的是清代以袁枚为首的"性灵派"。山水诗亦体现其抒写"性灵"的理论,山水画面中处处"着我",笔下山水众象飞腾,生机勃发,语言则清新通俗,自成一格。代表作有七古《同金十一沛恩游栖霞寺望桂林诸山》,它以夸张拟人的手法,生动形象地写出了桂林诸山的千姿百态,创造了一个瑰伟奇丽的境界。[①]

清人每游山水,辄有登临送目,骋怀放歌之作,这些作品境界开阔,感情奔放,写景细致,想象奇特。例如顾炎武的《崂山歌》、赵执信的《太行绝巅望黄河歌》、沈德潜的《登光明顶放歌》、黄仲则的《前观潮行》《游九华山放歌》、姚燮的《登干山绝顶俯眺二百八十峰浩然作歌》等。从清代山水诗歌的创作中,足可看出歌行体的引入已成大观,比起前代精致纤巧的诗歌体制,这种歌行体无疑大大提高了山水诗摹形写意、抒情言志的表现能力。[②]此外,清初的吴伟业、施闰章、查慎行、王士禛和清中期的除"性灵派"之外的格调派山水诗创作以及鸦片战争时期的龚自珍和郑珍的山水诗创作都十分具有代表性。

总之,山川之美,古来共谈。山水诗篇,辉灿朗映,在明清诗声誉江河日下之际,力挽颓风。明清的山水诗题材大大扩展,从域内到域外,到处都留下了诗人们的足迹,以其秀色慧质成就了明清山水诗,然而随着最后一个封建王朝的覆灭,古典诗词主宰诗坛的地位已是风光不再。犹如无边黑夜走至尽头时的启明星,它没有日月的华彩,却有着质朴的温柔和亲切,而且因为它的出现,向黑暗昭示了明日世界的辉煌。明清的山水诗坛,至此完成了它最后的辉煌。

第二节　山水诗产生的原因及发展演变探究

任何文学样式的发展既有其内部的演进规律,同时又在很大程度上受到各种外部因素的影响。内因自不必多言,外因则包括了社会意识、文化思潮、经济基础、文学发展甚至地理环境等诸多

[①] 范能船、徐闽:《江山成就四朝诗——浅论金元明清山水诗的创作成就》,《上海大学学报(社会科学版)》1996年第6期。

[②] 时志明:《清代山水诗的因变创新论略》,《苏州大学学报(哲学社会科学版)》1992年第1期。

因素。山水诗的产生离不开意识发动,山水诗的形成离不开风尚带动,山水诗的兴盛离不开经济推动,山水诗的发展离不开文化促动,山水诗得以创新离不开文学驱动。山水诗自酝酿、产生、发展至走向繁荣,自然也是内部因素与外部因素共同作用的结果。

一、意识发动:审美意识与山水意识的交互影响是山水诗产生的发动机

马克思、恩格斯在《德意志意识形态》一书中指出:"思想、观念、意识的生产最初是直接与人们的物质活动,与人们的物质交往,与现实生活的语言交织在一起的。人们的想象、思维、精神交往在这里还是人们物质行动的直接产物。"又说:"意识在任何时候都只能是被意识到了的存在,而人们的存在就是他们的实际生活过程。"[①] 意识(包括文学)是人们物质关系的直接产物,是人们社会存在的反映,社会生活是文学艺术的源泉。这是我们论证一切文学现象(包括山水诗)时必须遵循的原则。

审美意识和山水意识影响着山水诗人对山水的观照和创作,诗人对待自然的观点及对山水的新理解往往取决于其审美意识和山水意识。当人的审美意识还没有萌发之前,任何"江山"对人都是没意义的。先秦时代,人们对自然山水还存有一种敬畏和恐惧的心理,至两汉,还盛行"天人感应""灾异谴告"等迷信思想;上古的先民只是把山水当作劳动和生活的背景来描写,或者把山水当作比兴的媒介。诸如《诗经·秦风·蒹葭》中的"蒹葭苍苍,白露为霜",《小雅·采薇》中的"昔我往矣,杨柳依依;今我来思,雨雪霏霏"等描写,往往还不具备独立的审美价值。

到了《楚辞》的时代,山水描写进一步细腻明晰,抒情的色彩更为浓郁,如《九歌·湘夫人》中的"袅袅兮秋风,洞庭波兮木叶下",《九歌·山鬼》中的"石磊磊兮葛蔓蔓",甚至出现了游山玩水以"愉乐""娱忧"的句子,如"开春发岁兮,白日出之悠悠。吾将荡志而愉乐兮,遵江夏以娱忧。"(《九章·思美人》)在这种情况下,人们不可能对自然山水开展有意义的审美活动。反映在诗歌创作上,很难把山水作为审美主体来加以表现,山水依然不是诗人完整的审美对象。

到了两汉,山水意识和审美意识在人们的头脑里得到极大地发展和提高,欣赏美与实用美相比,已取得分庭抗礼的地位。如董仲舒的《山川颂》、刘向的《杂言》等,都是十分重要的依据。

晋代玄学继承老庄的泛神思想,提出以"无"为本的宇宙观,认为万物自生、自造、自灭,强调万物的独立性,即不受"天""神"支配。这种自然观驱散了人对自然的敬畏心理,还大自然

---

① 《马克思恩格斯选集》,第1卷,人民出版社1995年版,第72页。

以本来面目,并为正常的山水审美活动提供了广阔的空间。可见,玄学对待自然的观点及对山水的新理解又赋予人们新的山水意识。直到魏晋以后,特别是永嘉南渡后,人才能够怀着欣喜的心情去亲近自然,欣赏自然,开展对大自然的正常审美活动。王微的《叙画》用人体形状比喻山水,而与东晋时代用山水之态比喻人物丰神大异其趣,说明山水审美主体地位是在晋宋之际确立的。晋宋之际,自然山水审美观最伟大的创见,就是有史以来第一次明确指出具有魅力的感性形态是山水美的本质特征。直到东晋,诗人直面山水,摹写山水,并着意追求山水之美,山水诗才正式形成。此时,对自然景物的审美意识已完全觉醒,山水逐渐成为诗歌中的独立审美对象,从而正式确立了山水美的独立地位,不再依附于东晋的玄学山水观上;士人们对山水的审美水平达到了一个新的层次,山水诗才能得"江山之助"而修成正果。

二、经济推动:物质基础、自然地理因素、生存环境、园林赏游是山水诗兴盛的助推器

马克思早就说过,"处于困境之中的忧虑不堪的穷人,甚至对最美的景色也没有感觉","贩卖矿物的商人只能看到矿物的商业价值,而对矿物的美丽特征则无动于衷"。[①]诗歌创作与山水景物之间有密切的联系,故刘勰曰:"春秋代序,阴阳惨舒,物色之动,心亦摇焉。"(《文心雕龙·物色》)钟嵘曰:"气之动物,物之感人,故摇荡性情,形诸舞咏。"(《〈诗品〉序》)。地理因素、生存环境、园林赏游都与山水诗发展不无关系。

首先,高的经济地位和好的经济基础是山水诗形成和发展的又一重要原因。纵观魏晋南北朝到唐朝的历史及文学发展史不难看出,哪个朝代经济繁荣了,哪个时期的文学就得到长足发展,山水诗作为一种文学样式也同样得到发展。南朝虽然政治比较黑暗,形势很不稳定,但由于三国时期孙吴建都建业,对南朝经济影响很大,加上改进农业生产工具,兴修水利,冶炼技术、商业发展促进了南朝经济的繁荣。同时,庄园经济也有了进一步的发展。汉晋之际是我国历史上庄园经济产生和发展的重要时期,这种庄园经济促使地主们游山玩水的风气日盛。有了这样的经济基础,南朝的山水诗才兴盛起来,出现了像"春风动春心,流目瞩山林。山林多奇采,阳鸟吐清音"(吴声歌曲《子夜四时歌·春歌二十首》之一)这样的诗句。

历代统治者在战争结束之后,一般都会迅速采取措施恢复生产、稳定民生、促进经济发展。

---

① 马克思:《1844年经济学——哲学手稿》,人民出版社1985年版,第83页。

当社会步入了比较稳定的阶段之后,诗人们才有了遍游各地的便利条件。西晋的大贵族、大官僚石崇曾经就修了一座金谷园。他是这样描写金谷园的:"却阻长堤,前临清渠,柏木几于万株,流水周于舍下,有观阁池沼,多养鱼鸟。"① 几乎包括了当时所有著名诗人的"二十四友"曾同他一起畅游金谷园,石崇就成了这些诗人的东道主。北魏河间王元琛曾以他为榜样,在当时居于豪首。元琛曾对人说:"晋室石崇乃是庶姓,犹能雉头狐腋,画卵雕薪,况我大魏天王,不为华侈?"(《洛阳伽蓝记》《王子坊》篇) 东晋的王羲之在生活条件上与石崇相似。谢灵运也是如此,十分豪奢,他们的游山玩水与营造庄园分不开。相反,那些较下层的知识分子由于条件限制,如家境贫寒的陶渊明很难享受到游山玩水的乐趣,只能到田舍里游观,所以他的作品对山水景物的描写就微不足道。当然,低阶层的人也有写山好山水诗的,如梁代吴均的诗写得就很好,但那毕竟是凤毛麟角。由此可见,处在大官僚地主阶层的诗人是山水诗歌的主力军,其阶层的高下足以影响甚至左右文学的发展方向,良好的经济基础和社会地位无疑是推动山水诗形成和发展的重要原因之一。

其次,客观自然地理条件制约山水诗的形成。国学大师钱穆认为中国疆域四周的天然屏障,内部广大而复杂的地面,复杂的水系分布,诸区域相互间隔离独立,造成中国文化不仅比较孤立,而且比较特殊。② 哲学家冯友兰认为西方大多是海洋国家,中国则是大陆国家。从人文地理学的角度分析,中国位居欧亚大陆的东部、太平洋的西岸、深入大陆腹地背山而又面海,既是大陆国家,又是海洋国家,位置十分理想,具有优越的客观自然条件。例如,黄河流域适于农耕文明发展,孕育催生了以《诗经》为代表的中原文学;江汉平原山林川泽广布,草木丛生,孕育催生了以《楚辞》为代表的南方文学。③ 特别是江南山水明朗温秀的情韵意态,正是孕育山水文化的温暖土壤。

再次,特定的生存环境影响山水诗兴起。刘勰提出著名的"江山之助"命题:"若乃山林皋壤,实文思之奥府。"(《文心雕龙·物色》)他明确指出江山风物与文学创作的关系,"山水风云,逸韵生于江左"(卢照邻《乐府杂诗序》)。西晋灭亡之际,大批北方士族大家南迁避祸。以会稽为中心的浙东地区多名山名水,美丽的自然风光令人目不暇接,引起士人的情绪波动,对大自然的审美要求亦油然而生。许多身居高位的文人如谢安、王羲之等在闲暇之余即游山玩水,他们借山水怡养情宴饮于青峰之巅,作诗赋寄托玄思于绿水之上。

---

① 《全晋文》卷三十三《思归叹序》。
② 钱穆:《中国文化史导论》,商务印书馆1994年版,第81页。
③ 张继娥:《晋宋山水诗兴起的成因探究》,《丽水学院学报》2006年第4期。

最后，园林赏游的勃兴是山水诗兴起的动力。中国古典园林与古代文学盘根错节，难分难离，相互影响，相互作用，在我国具有悠久的历史。我国园林史上，分皇家苑囿和私家园林两大类。汉代的皇家苑囿，开始模仿自然山水，反映人们对自然山水的欣赏。自汉代以后，私家园林逐渐发展起来，从此彼此参照，相互渗透，至明清发展到高峰。

唐代李咸用所谓"满亭山色借吟诗"、北宋欧阳修所谓"清风明月本无价，远山近水皆有情"、明代董其昌所谓"诗以山川为境，山川亦以诗为境"，说明园林与诗文的关系如松风比籁，水月齐晖。

游园赏景是一件极潇洒风雅的快事，王羲之游兰亭，石崇携绿珠游金谷园，唐明皇并杨玉环游华清宫，王维与裴迪游辋川，古来盛谈，令人神往。构园、造园、题园、咏园，均离不开诗文，且园因文传。园林可居可游，可培养诗心，孕育诗情，是诞生名篇佳作的摇篮。例如王维的《渭川田家》：

　　斜阳照墟落，穷巷牛羊归。
　　野老念牧童，倚杖候荆扉。

又如陶渊明的《归园田居》：

　　种豆南山下，草盛豆苗稀。
　　晨兴理荒秽，带月荷锄归。

像王维《山居秋暝》：

　　空山新雨后，天气晚来秋。
　　明月松间照，清泉石上流。

无不充满了清丽幽远的诗情画意。

可以说，没有好的经济基础、优越的客观自然地理条件，没有江南地域自然环境，没有园林赏游的勃兴，便没有中国的山水诗。中国的山水诗，也只能产生于江南山川秀色中。

三、文化促动：老庄思想玄言、佛学是山水诗发展的催化剂

中国文人向来以"贫"为"清贫"，藉以表示对高门大户"富贵"的貌视。相对于下层村野民夫来说，他们不是忧患物质上的困顿，而主要是苦于精神上的压抑和郁闷。儒家的中庸使得他们

懂得"得意之时不自喜,失意之时善自慰"。道家也好,佛家也罢,其基本精神有一个共同点——消极出世,"自然""无为""虚空""超脱"是其主旋律。于是,择一小块宅园,便成精神沙漠中的一片绿洲,觅得园林、山水,便有"诗情""画意",成为精神的逃避处。

(一)老庄思想的盛行

"自然"一词在老庄著作中被当作哲学概念使用,大约是"无为""本真"的意思,"自然"就是"道"。东晋人们在与山水的接触中发现,认为山水是"自然"的具象化。独立于世俗社会之外的山水胜境,最能体现天道自然的真谛,为人们具体理解抽象的"自然"提供了物质的形象依据。阮籍说,"山静而谷深者,自然之道也。"陶渊明《归田园居》曰"久在樊笼里,复得返自然。"这里的"自然",即指"人的本性"。因此,投入山水怀抱是领略"道"的最便捷之径。

庄子对自然表现出更浓厚的兴趣。在与惠施著名的濠梁之辩中,庄子说:"倏鱼出游从容,是鱼之乐也。"(《庄子·秋水》)庄子还曾这样赞美自然景物带给自己的精神享受:"山林与,皋壤与,使我欣欣然而乐与!"(《庄子·知北游》)《庄子》中有不少篇章提出适应自然,清心寡欲是养生缮性的良方,讲究"养生之道"。[①]嵇康写出了《养生论》,孙绰有《天台赋》,石崇的《思归叹序》,从老庄哲学的信徒们的作品中,游山玩水与讲究养生之道的密切关系即可见一斑。

(二)玄言和玄言诗的影响

玄学的处世哲学是调和名教与自然、仕与隐的关系。随着魏晋时期以老庄哲学为基础的玄学兴起,汉以来儒家思想一统天下的局面被打破,魏晋士人首先认同山水本身即是"道"的体现。宗炳在《画山水序》中说:"山水以形媚道,而仁者乐。"王羲之云:"从山阴道上行,山川自然映发,使人应接不暇,若秋冬之际,尤难为怀。"顾恺之称会稽一带林壑之美为"千岩竞秀,万壑争流,草木蒙茏其上,若云兴霞蔚"。避走江南的士大夫把清谈之风带至江南并加以发展,以掩饰其空虚的生活,导致了玄言诗的风行。玄学思想崇尚自然,倡导走入山水,与自然相冥合,山水也就势必成为人们谈论的重要对象以及玄言诗中吟咏的对象和解说玄理的工具。如孙绰的《秋日诗》、庚阐的《三月三日临曲水诗》等。

(三)佛学与佛诗的影响

东晋时佛教广泛流行,对山水诗的形成也起了推波助澜的作用。佛教主张超凡脱俗,在思想

[①] 薛燕:《东晋的山水意识和山水诗》,《时代教育》2007年第6期。

上与自然山水有着亲密的联系。加之，佛教寺庙常建于青山绿水处。例如，东林寺建在庐山之侧，风景秀丽，景色宜人，在现实生活中与大自然融为一体。此外，佛理常借用山水作为其传达的载体。诗人们总是通过对佛山净水、红林清泉的吟唱来表达悟道的机趣，将冥冥神思与山水融合，以景透理。例如慧远的《庐山东林杂诗》：

崇岩吐清气，幽岫栖神迹。希声奏群籁，响出山溜滴。
有客独冥游，径然忘所适。挥手抚云门，灵关安足辟。
流心叩玄扃，感至理弗隔，孰是腾九霄，不奋冲天翮。
妙同趣自均。一悟超三益。

又如慧标的《咏水》：

骊泉紫阙映，珠浦碧沙沉。岸阔莲香远，流清云影深。
风潭如拂境，山溜似调琴。请君看皎洁，知有澹然心。

再如释行海的《山窗即景》：

阴阴苔坎乱鸣蛙，光射林扉落月斜。
池面绿铺蕉叶影，露阶红遍凤儿花。

此处，声色相映，环境清幽，正是体道悟理的最佳场所。又有以江居、水居为题者，如邹登龙的《江居》：

独作幽居计，江边屋数间。水流天自在，心远地宽闲。
锄月栽梅树，移云叠石山。白鸥盟欲结，倚杖看潺湲。

筑屋江边，结盟白鸥，看水流潺湲，人的心境亦宽闲起来。另有王镃的《水居》：

飞鸥贴水水连天，一半青山一半烟。
日暮潮回渔父醉，不知船阁浅沙边。

水畔超尘忘机的白鸥与日暮醉归的渔父两相映衬，倍显环境的清幽。

总之，道家自隐无名、返璞归真的哲学，虚静恬淡、寂寞无为的生活方式，禅宗于一切法不取不舍、随缘任运的惮悟理论，以及哲学思辨的相互渗透，都为山水诗歌提供了思想基础，而山水诗的兴起也正是这种空灵淡泊、超然世态文化心态与多元文化思潮的黏合推波助澜的一种结果。

四、风尚带动：隐逸之风是山水诗形成的润滑剂

（一）隐逸之风让诗人走进山水

士大夫们多向往隐逸生活，源于玄学地认为"圣人虽居庙堂之上，而其心无异于山林之中"，仕与隐是殊途同归的，在这种观念影响下隐逸之风盛行，大批有高度文化素养的人被吸引到山水中来。隐士及隐逸现象的产生在中国历史上的几度兴盛，是中国历史和中国文化史上特有的现象。我国古代诗人在宦海沉浮与洁身自好发生冲突的情况下，常把山水田园作为赖以栖息的精神家园，从而消解心灵的苦闷，获得超脱与自由。

我国封建社会中的文人作家，不论其所处的环境和思想意识有着怎样的差别，他们的身上总是存在着一些共同的东西，即他们的经济地位至少是中小地主，生活上可以维持温饱，总在仕途上寻求发展。因而，他们的生活道路无非是"用之则行，舍之则藏"，正所谓"身在江湖，心在魏阙"。如孔子虽主张积极入世，却一样推崇隐逸，秉持"天下有道则见，无道则隐"（《论语·泰伯》）的处世准则。他同时强调："智者乐水，仁者乐山。"（《论语·雍也》）中国古代文人在人生的价值取向上，常把回归自然、归隐山水田园作为追求理想人格、高扬个体精神的归宿与极境（返归自然）。这引发了东晋南朝士人名流对文学艺术的迷醉和对山水自然的流连，而其外在的表现就是游山玩水，游山玩水成了诗人生活中的重要环节。

（二）隐逸之风让诗人寄情山水

事实上，封建社会存在着这样的弊病：江湖之中的隐士，曾先在社会上享有声誉，而后被统治者征聘，因此使得隐逸有多种类型。例如，有"朝隐"与"野隐"，还有"真隐"与"假隐"。所谓的"朝隐"，即身在仕途，而胸中充满归隐之气。如晋代的石崇是做官的，但他却有向往山林的诗。也有人看到官场的险恶，但由于种种原因不能退隐或不愿退隐，就一面做官，一面游山玩水，以求明哲保身，唐代王维就属于此类，官至丞相，依然寄情山水之间。"真隐"往往抱有进步的政治理想，但看不惯现实，所以不做官了，如嵇康。"假隐"如同近、现代的机会主义者。若感觉暂时仕途不顺，则选择暂时隐居，以待征辟；或者故意隐居一下，借以抬高身价，企图再次借势登山再起。加之，南朝历代统治者大都作出崇隐的姿态，或者关照其日常生活，如宋太祖之于沈道虔（见《宋书·隐逸·沈道虔传》）；或者尊重其归隐志趣，如齐太祖之于褚伯玉（见《南齐书·高逸·褚伯玉传》）。这种风气流行久了，人们就把隐居视为清高的举动。因此，就连已经做了官的人也要尝尝隐居的滋味。一方面为了享受，另一方面也是自命清高。诗人也就有了充分的

理由和动力徜徉在山水之间，寄情于祖国大地的灵山秀水。

（三）隐逸之风让诗人大量描写山水

特别是在唐代，当时社会重视隐逸，隐逸之士遂成了社会上的高贵阶级。聪明的人不去应科第，却去隐居山林，做个隐士。隐士的名气大了，自然有州郡的推荐，朝廷的征辟；即使不得征召，隐士的地位也很高，仍不失社会的崇敬。从魏晋南北朝到唐代，逐渐形成习业山林的风气，故深山幽谷出现了一些私人隐居读书治学之处。

宋初，经连年战乱之后，官办的学校遭到了破坏，学者们择名山胜地建立书院，作为聚徒讲学和研究学术的场所。思想所趋，社会所重，自然产生了这种隐逸的文学，他们在大自然中，假江山之助，以自然景物为材，讴歌山水生活，赞美山水的可爱，鼓吹乐天知命、适性自然的人生观，创造出风格自然平淡的山水佳作，反映诗人的人生价值取向与审美境界。就连不是隐士的诗人，一旦徜徉于山水胜景，也都有隐逸的倾向。例如王籍笔下的："蝉噪林愈静，鸟鸣山更幽。此地动归念，长年悲倦游。"又如陆游笔下的："不饥不寒万事足，有山有水一生闲。"他们大都抒发了归返自然、高蹈出世的情怀和对隐逸生活的向往。反映在文学作品中，对山水的描写也就日益增多了。例如刘叔骥《吾庐》：

竹树深藏远市哗，吾庐真似野人家。
幽禽就浴阶前水，游蝶来寻几上花。

诗作描写居所周围竹树掩映，禽鸟与己相伴，生趣盎然。又如戴复古的《见山居可喜》：

一溪盘曲到阶除，四面青山画不如。
修竹罩门梅夹路，诗人居处野人居。

此处的依山傍水而居，入目可见的绿水青山，正是诗人的诗情诗兴之所由来。

总之，隐逸之风在我国历史上可谓源远流长，隐逸之风的驱动使大量贤达名士醉情山水之间。伴随审美意识进一步苏醒，山水也日益成为审美、描写、讴歌的主要对象之一，使得山水诗在隐士的带动下蓬勃发展并呈现出独特的风貌。

五、文学驱动：文学自身发展的规律是山水诗得以创新的动力源

（一）文学发展本身的因素

任何一种新事物的产生，都不是偶然的。从文学自身发展来看，山水诗的出现也一样。《诗

经》《楚辞》、乐府诗等都有描写山水的好诗。那些描写山水的诗句,为晋、宋之际山水诗派的诞生奠定了基石。加之东晋政治黑暗,不能使文学很好地表现客观的现实社会生活,因此文学的发展受到了阻碍。但文学客观上是要不断发展前进的。文学表现现实生活受到了阻碍,势必要寻求新的出路,这样,文学自然走向了表现和描写山水领域。盛唐时代崇尚"清水出芙蓉,天然去雕饰"的美学思想,形成了山水诗淡雅恬静风格的内在审美需求。"清初民族矛盾空前激化,思想领域深受钳制,唯有山水诗的创作比较自由。促使诗人将更多的创作热情投入到自然山水中,将所见之山水名胜形诸笔墨。"[①] 唐人在多方面吸取六朝文学成果的同时,上承庄子"既雕且琢,复归于朴"的论旨,下开宋人"绚烂之极,乃造平淡"的法门,扬弃了六朝人专以"沉思""翰藻"为美(萧统《文选序》)的指导思想,一力归宗自然。在推动文学发展的同时,也有力地促进了山水诗的发展。

(二)多种文学形式的交互影响

山水诗在形成发展中受到了绘画、散文、书法与音乐等其他文学样式的影响,并相互促进。如晋宋之际的顾恺之、宗炳等,把山水作为绘画艺术的审美对象,进一步提升了山水题材的艺术地位;王羲之等书法大师在书法创作上,也同样以其超俊逸拔的审美观增加了人们对山水的欣赏角度;魏晋音乐又拓宽了人们对山水审美的境界;晋宋文人士大夫游览山水写下了许多描写景物的山水散文和山水游记,故对山水诗的形成不能说没有影响。王逸少《三月三日兰亭诗序》中就有很多描绘山水的精彩文字:"此地有崇山峻岭,茂林修竹,又有清流激湍,映带左右。引以为流觞曲水,列坐其次。"中国山水诗歌以山水的面貌出现,呈现出不同形态的美。它是美丽的山水景观与辉煌的文化的结晶,与哲学、宗教、美学、文学、建筑、雕塑、绘画、书法、音乐以及科学技术等都有密切关系,且使多种文化现象融为一体。可见,一种文学体裁的出现,往往不是孤立偶然的现象,它与多种文学样式的发展有着互相促进的影响。[②]

(三)得益于山水文学批评

清人沈德潜的《说诗晬语》中说:"诗至于宋,性情渐隐,声色大开,诗运转关也。"即指绘声绘色的山水文学的兴起是中国古代诗歌史的一大转折点。宋元嘉以后山水诗之所以会兴盛起来,与当时和其前刘勰提出的"文贵形似"论、钟嵘提出的"贵尚巧似"论的文学批评是不无关系的。"文贵形似"论的提出,表明对诗歌功能的评论,已由此前的重在抒情言志的社会作用方面,转

---

① 程晨:《清初山水诗研究》,华侨大学硕士论文。

② 张伟清:《镇江师专学报》,《浅论中国山水诗的形式》1988年第1期。

向了"贵尚巧似"——即描写物象、刻画艺术形象方面。刘勰对当时风头正健的山水文学又有诸多不满,故在肯定的同时又有冷峻的批评;钟嵘等人对谢灵运等山水诗人的或褒或贬,也大抵着眼于语言风格的华美繁复,其在《诗品》中称张协"巧构形似之言"、谢灵运"尚巧似";裴子野从经世致用的文学观念出发,对山水文学持笼统否定的态度;颜之推在《颜氏家训·文章》中称"何逊诗实为清巧,多形似之言";等等。① 由此引发了对诗歌性质的新的认识及对诗歌艺术表现手法的新的探讨,并促进了诗歌审美鉴赏理论和意境理论的形成。

总之,山水诗在魏晋以后的产生、形成、兴盛、发展、创新,究其原因是多方面的:从意识层面上讲,审美意识与山水意识的产生是山水诗产生的发动机;从社会经济生活层面上讲,物质基础、自然地理因素、生存环境、园林赏游是山水诗兴盛的助推器;从社会风尚层面上讲,隐逸之风是促进山水诗形成的润滑剂;从文化层面上讲,老庄思想玄言、佛学是促进山水诗发展的催化剂;从文学本身的发展规律层面上讲,文学自身发展的规律是山水诗得以创新的动力源。兼容并蓄,不辞细流,历代山水诗人把自然山水当成痴恋的对象,一曲曲凝聚了历代诗人心血的赞辞颂歌被汇入到山水诗大合唱的声部中去,在不断的发展创新开拓中,使得历代山水诗以其独特的气势和神韵,奏响了独具中国特色的山水诗大型组曲的最强音。

第三节 "水意象"在中国古代诗歌中的精彩呈现

意象是中国文艺理论的一个重要概念,也是诗歌理论中一个极其重要的基本概念,更是传统诗歌审美中十分熟悉的审美观照对象。中华民族流传下来的璀璨瑰丽、丰富多彩的古典诗歌就是由无数的意象构成的。"水"是人的精神的重要寄托,承载着人的喜怒哀乐,是人的思想情感的载体。作为诗歌中最为显著的意象之一——"水意象"——更是异彩纷呈,特别是在古代咏水诗中对各种水的原生态的描写极为丰富,它不仅出现的数量众多,而且形态多样、内涵丰富,展现出了多姿多彩的"水意象",伴随着千百年的中国诗歌潺潺流过,生生不息,万千气象,涵养了独具中国特色的水文化。

一、爱情恋歌——诗经中的"水意象"

《诗经》中就有大量与"水"相关的描写,可见,人类最初的活动是与"水"紧密地联系在一

---

① 王春冰:《论〈文心雕龙〉对文学中自然描写的态度》,《江西社会科学》2003 年第 11 期。

起的。"水意象"大量参入《诗经》情爱诗歌中,在这些伸手可触缠绵悱恻的爱情里,水成为了一种包涵着浓浓审美意蕴的意象,它们或者用水之悠悠来表达爱慕,或者用水之广阔来表达求之不得的惆怅,或者在水边追忆昔日的恩爱、沉思今日的痛苦。这使得"水"成为《诗经》中出现率很高的意象,"水"这一意象在《诗经》中得到了充分的体现,这些"水意象",或呈"窈窕淑女,君子好逑"的爱慕表达,或现"所谓伊人,在水一方"的隔水求索,或示"淇水汤汤,渐车帷裳"的被弃之痛,或表"期我桑中,送我淇上"的男女幽会,以"集体无意识"的水文化意义影响着后人对水的认识情感以及在文学特别是"咏水诗"中对水的运用。

水中有"窈窕淑女,君子好逑"的爱慕表达。《诗经》中有很多篇诗歌是以水起兴,原始先民中的青年男女将热烈的恋情置于悠悠流水的背景中,或表达一种刻骨铭心的思慕,或倾吐一种温柔缠绵的眷恋,它们往往都是以河水、露水或者雨水直接起兴,抒发对心上人的浓浓思慕之情。这里面具有代表性的作品之一便是开篇的《关雎》:"关关雎鸠,在河之洲。窈窕淑女,君子好逑。参差荇菜,左右流之。窈窕淑女,寤寐求之。求之不得,寤寐思服。悠哉悠哉,辗转反侧。参差荇菜,左右采之。窈窕淑女,琴瑟友之。参差荇菜,左右芼之。窈窕淑女,钟鼓乐之。"《关雎》从头至尾都笼罩在一片浓浓的水边情思之中,成双成对的水鸟在流水环绕的沙洲上嬉戏喧闹,一个男子心中对爱慕之人的澎湃之情被那清脆悦耳的欢叫声所激发,男子对水边心上人的深深的爱慕之情也通过水之悠长婉转表达了出来。全诗如此让人叹为观止的"以水边景物为背景,以岸边水鸟和鸣起兴"的比兴手法和诗意的含蓄表达与抒情,不仅让悠悠的流水将青年的悠悠愁思与焦虑表达得淋漓尽致,也让男女之间的相互吸引、相互爱慕显得无比形象,而"关关雎鸠,在河之洲。窈窕淑女,君子好逑"亦成为后世人人知晓、人人传诵的千古名句,深深地烙在中华民族的灵魂里。

在《诗经》里众多的情爱诗中,表达对心上女子爱慕与缠绵的诗歌还有很多,像《关雎》这样以水起兴的,还有如《陈风·东门之池》也非常具有代表性。"东门之池,可以沤麻。彼美淑姬,可与晤歌。东门之池,可以沤纻。彼美淑姬,可与晤语。东门之池,可以沤菅。彼美淑姬,可与晤言。"全诗以"东门之池,可以沤麻"起兴,交代了情感发生的地点,描写了主人公对淑姬的爱慕,抒发了两人情投意合的愉悦,暗示了两个人的情感在交流中逐渐加深,可以相"晤",有相互对话的情感基础。在这过程中两人这样的起兴,用池水浸泡麻,麻可泡软,情意可逐渐深厚,借助于眼前的水,将对心上女子的爱慕与缠绵巧妙表达了出来。

当然,不只限于男子对女子的爱慕。上古时期的青年女子似乎更加活泼大胆直接,还有女子借助与水的起兴,表达对情人或者丈夫的爱慕与思念并引以为趣的例子也有很多。例如《鄘风·柏舟》:"泛彼柏舟,在彼中河。髧彼两髦,实维我仪。之死矢靡它。母也天只!不谅人只!泛彼柏舟,在彼河侧。髧彼两髦,实维我特。之死矢靡慝。母也天只!不谅人只!"动荡的流水晃动着孤单的柏舟,这首诗,以"泛彼柏舟,在彼中河"起兴,女子面对家人的阻挠,把自己比喻成在水中漂流的小舟,大胆地表露自己内心世界,"柏木小船飘荡荡,一漂漂到河中央,额前垂发年少郎,是我追求的好对象,誓死不会变心肠,叫声苍天叫声娘!为何对我不体谅。"[1]女子心有不甘却又无可奈何,将孤独委屈的内心世界,以及渴求恋爱自由、要求婚姻自主、至死不改初衷的抗争精神,连同心中的强烈爱慕酣畅淋漓地表达出来。

又如《魏风·汾且洳》侧重于描写心上男子的美,更值得品味。"彼汾沮洳,言采其莫。彼其之子,美无度。美无度,殊异乎公路。彼汾一方,言采其桑。彼其之子,美如英。美如英,殊异乎公行。彼汾一曲,言采其藚。彼其之子,美如玉。美如玉,殊异乎公族。"从全文来看,少女通过"汾水"起兴,看中了汾水边的一个小伙,她毫不遮掩的一连用三章(美无度,美如英,美如玉)来表达对心上人的爱慕赞美之情。女子直抒心意,毫不吝啬自己心中的感情,用美艳的鲜花比喻心上人的仪表之美,用无瑕的美玉比喻心上人的品质之美,少女直呼心上人的美"美无度",认为自己的意中人即使跟贵族官吏相比较也毫不逊色,甚至更胜一筹,美得简直无法形容,对心上人的赞美溢于言表。

此外,以水起兴,表达对情人的爱慕,除了河水一类可以起兴的对象,还有雨雪露雾、江河湖泊等。如《野有蔓草》是《诗经》中以露水起兴的例子。

"野有蔓草,零露漙兮。有美一人,清扬婉兮。邂逅相遇,适我愿兮。野有蔓草,零露瀼瀼。有美一人,婉如清扬。邂逅相遇,与子偕臧。"田野郊外,草蔓露浓。人不期而遇,情不期而至。一对情窦初开的青年男女在田野间邂逅,少女的清秀妩媚的形象,如同点缀露珠的青草那样动人。以"野有蔓草,零露漙兮"起兴,点出了男女相会示爱的地点,表现出彼此内心的无限喜悦和欢快之情。

总之,水流唯美,悠长深远,百转千回,爱慕心情,缠绵悱恻,绵延不绝。从《关雎》《东门之池》《野有蔓草》中男子对心上人的思慕,到《魏风·汾且洳》女子对心上人的爱恋,都是以水起兴,歌者将自己心中的爱慕之情与悠悠的流水、纯洁的露水结合在一起,一唱三叹,感人肺腑。

水中有"所谓伊人,在水一方"的隔水求索。除了上一类大胆热切地表达心中的爱慕之外,

---

[1] 程俊英:《诗经注释》,上海古籍出版社1985年版,第79页。

还有一类诗所表达的略有不同：他们心有所属的往往有一水之隔，心有所仪而又悦之无因，思慕不已却又求之不得，近之无途而深感无限惆怅，这让隔水相望的恋人们慨叹不已，也最能打动人。这样的意境在《秦风·蒹葭》中得到了完美的表现，成为诗经中最具水文化元素的经典。"蒹葭苍苍，白露为霜。所谓伊人，在水一方，溯洄从之，道阻且长。溯游从之，宛在水中央。蒹葭萋萋，白露未晞。所谓伊人，在水之湄。溯洄从之，道阻且跻。溯游从之，宛在水中坻。蒹葭采采，白露未已。所谓伊人，在水之涘。溯洄从之，道阻且右。溯游从之，宛在水中沚。"在满布蒹葭的河边上，诗歌的主人公隔水求索，追求意中人而不得，只有长久的伫立在草木凋零的深秋中，望着秋天的蒹葭苍苍与冷然霜露，在河水阻隔的意象中，娓娓地诉说着他满腔的失意，任凭主人公多么努力地上下求索，都无法见到"伊人"，浓浓相爱而不能相见的凄婉之情跃然纸上，让人千回百转欲断肠。还有一首诗《周南·汉广》，水也成了爱情的阻碍："南有乔木，不可休思。汉有游女，不可求思。汉之广矣，不可泳思。江之永矣，不可方思。翘翘错薪，言刈其楚。之子于归，言秣其马。汉之广矣，不可泳思。江之永矣，不可方思。"在诗中，浩渺的汉水与痴情男子对美丽女子的一往情深和缠绵爱慕巧妙的融为了一体，宽阔无边的滚滚汉水阻隔着主人公与对岸的美貌女子，不能如愿相伴的惆怅与渴望、无奈与失落如同眼前的汉水不可逾越，营造了一种感伤与凄美的意境。古代先民生存条件恶劣，交通工具落后，客观条件有限，涉水过河艰难惊险，山长水阔更容易成为难以跨越的障碍。被水相隔的不止是爱人，还有亲人，《卫风·竹竿》便是代表作："籊籊竹竿，以钓于淇。岂不尔思？远莫致之。泉源在左，淇水在右。女子有行，远兄弟父母。淇水在右，泉源在左。巧笑之瑳，佩玉之傩。淇水滺滺，桧楫松舟。驾言出游，以写我忧。"《卫风·竹竿》中有大量对卫国淇水的描述，全诗融淇水、故乡、亲情三者为一体，描述了一位远嫁他乡的女子因水之阻隔对家乡亲人的强烈思念。淇水水波荡漾，她曾经是卫国青年男女游玩嬉闹的场所，承载了游子太多的感情和思念，有对往日美好生活的追忆和难以忘记的回忆，也凝聚着无数青年男女无法言表的情思与希冀。

水中有"淇水汤汤，渐车帷裳"的被弃之痛。如同水有善恶两面一样，《诗经》里的爱情也并非都是美好，如《邶风·柏舟》中描述的则是女子因婚姻变异被离弃，以泪洗面，临水自责："泛彼柏舟，亦泛其流。耿耿不寐，如有隐忧。微我无酒，以敖以游。我心匪鉴，不可以茹。亦有兄弟，不可以据。薄言往诉，逢彼之怒。我心匪石，不可转也。我心匪席，不可卷也。威仪棣棣，不可选也。忧心悄悄，愠于群小。觏闵既多，受侮不少。静言思之，寤辟有摽。日居月诸，胡迭而微？心之忧矣，如匪浣衣。静言思之，不能奋飞。"诗中主人公遭受嫌弃，又被群小所欺，而自己却坚持理想，不被人看低。诗中的弃妇面对着滔滔的江河没有强烈谴责他人，反而深深的自我觉醒。广阔无边的汤汤之水，用无比宽广的胸怀包容了这位柔弱女子的眼泪与悲哀。

水中有"期我桑中，送我淇上"的男欢女爱。我国民间社会早期有着水崇拜的信仰崇拜，并有相关的祭祀活动，慢慢地这些祭求拜就演变成民俗，这些与水有关的民俗在《诗经》中的情爱诗也有不少的体现，像《郑风·溱洧》《鄘风·桑中》《周南·汝坟》等都是在这种民俗背景下的情爱咏唱。"溱与洧，方涣涣兮。士与女，方秉蕑兮。女曰观乎？士曰既且，且往观乎？洧之外，洵訏且乐。维士与女，伊其相谑，赠之以勺药。

溱与洧，浏其清矣。士与女，殷其盈矣。女曰观乎？士曰既且，且往观乎？洧之外，洵訏且乐。维士与女，伊其将谑，赠之以勺药。"① 诗中表达了春意无限，情深意长。《郑风·溱洧》传神地再现了一群青年男女趁三月上巳节的机会在溱水、洧水两旁游春，相聚相乐，互表衷情的热闹场面。因为他们相信，水是至洁之物，因此可以祓除不祥，又由于水能孕育生命，女人临水或与水接触，便能获取极强的生殖繁衍能力，多子多孙。按照当时的风俗，三月三日要会合男女、祭祀高禖、临水祓禊求子。一幅"河水涣涣，游人如织，男女相邀，嬉戏调笑，互赠芍药"的温馨美丽画面，一个上古时代青年男女从恋爱相会到自由定情的轻松场景，让爱情在春天的美景里萌发，让爱情之花在水中尽情绽放！

此外，《诗经》中还有许多恋歌，如《郑风·褰裳》《周南·汝坟》《王风·竹竿》等与"水意象"相关的诗篇都反映了类似的情景，并开始将纯洁之水与甜蜜的爱情交织在一起。

二、凄美幽怨——《楚辞》中的"水意象"

通观《楚辞》，不难发现，其中的水意象整体呈以下几方面特点。

（一）《楚辞》里不乏"以水喻志"的理想

比如《云中君》："览冀州兮有余，横四海兮焉穷。"洪兴祖的《楚辞补注》云："此章以云神喻君，言君德与日月共明，故能周览天下，横被六合。"② 可见，这里是用水的极广大貌而言希望楚国以横天下的心愿，而后来东方朔又在《七谏·谬谏》中以水的极广大状（"悲太山之为隍兮，孰江河之可涸"）中而言志，以江河的极广大状而叹想有一番作为，却苦于君主被惑若江河决口而不可

---

① 程俊英，前引书，第154页。

② 洪兴祖，前引书，第57页。

塞的浩荡悲伤。刘向的《九叹·远游》也有"周流览于四海兮,志升降以高驰",用水以喻想上下求索而遇贤的情感和理想。《楚辞》中还有用水的清澈圣洁状而喻志。如《离骚》有言:"朝吾将济于白水兮,登阆风而绁马。"《远游》:"吸飞泉之微液兮,怀琬琰之华英。"据洪兴祖的《楚辞补注》,这里的"白水""飞泉"均是神话中的神泉,作者在此把水作为纯净、圣洁、清洁的象征。而后来东方朔的《七谏·哀命》有"含素水而蒙深兮,日眇眇而既远",即是以素水(即白水)的洁貌而喻自己的清洁高远之志。再如《九歌·湘君》:"采芳洲兮杜若,将以遗兮下女。""香草美人"象征诗人纯洁美好的政治理想的意象,一方水土养一方人,故而培育芳草的水土和美人所居之处也便顺理成章成了作者用以表达清廉之志的手段。再如严忌《哀时命》中所述:"凿山楹而为室兮,下被衣于水渚。"水清可洗浊身,"清水"在此成为作者以喻芳洁之志的载体。

(二)《楚辞》里有"临水叹命"的绝望与期盼

望着江河奔涌,屈原问:"春秋忽其不淹兮,奚久留此故居?"①"登高临水",宋玉言:"岁忽忽而遒尽兮,恐余寿之弗将。"(《九辩》)对此,《楚辞补注》:"忽忽,若水貌。"②而刘向叹曰:"河水淫淫,情所愿兮。"③屈原和宋玉面对幽深广袤的江水,临水兴叹,表达了愿生命如流水一样永恒不息的殷殷盼望。而在《七谏·初放》中,面对着浩荡江水,东方朔又产生了一种对于命运的绝望:"高山崔巍兮,水流汤汤。死日将至兮,与麋鹿同坑。"屈原的《九章·惜往日》说:"临沅湘之玄渊兮,遂自忍而沉流。"东方朔《七谏·怨世》言:"愿自沉于江流兮,绝横流而径逝。"在作者眼中,楚地那浩荡奔涌而清净圣洁的"水"(江河湖海)便成为了自己在"谗臣当道、昏者当朝、举世皆浊、万人独醉、万般无奈"局面之下唯一能选择的人生归途。

(三)《楚辞》里有"借水喻阻"的无助

《九章·悲回风》在描写江水时写道:"惮涌湍之礚礚兮,听波声之汹汹。……悲霜雪之俱下兮,听潮水之相击。"过于浩荡、汹涌的流动,让水失去流动的优美意象,而且成为渡河者的困难和阻力。诚如屈原在《卜居》中的思考:"将泛泛若水之凫乎?与之上下,偷以全吾躯乎?"屈原不随波逐流的气节对后来的文人产生了极深的影响。这一点,从严忌、刘向的诗中可以看出。严忌《哀时命》:"道壅塞而不通兮,江河广而无梁。……若水泊其为难兮,路中断而不通。……势不能凌波以径度兮,又无羽翼而高翔。……知贪饵而近死兮,不如下游乎清波。"刘向在《九叹·远怨思》中说:"顾屈节以从流兮,心鞏鞏而不夷。"即使偏听偏信的朝廷像河水没有了桥梁,同流合

---

①~③ 洪兴祖,前引书,第166、182、288页。

污、随波逐流、屈众随俗也是不可取的。

（四）《楚辞》里有"逢水思乡"的游子情怀

《九章·抽思》谓："有鸟自南兮，来集汉北。……望北山而流涕兮，临流水而太息。"经历了两次流放的屈原很难未有不逢水怀乡的深切感伤。诚如其在《九章·哀郢》里所言："去故乡而就远兮，遵江夏以流亡。背夏浦而西思兮，哀故都之日远。……哀州土之平乐兮，悲江介之遗风。"

综上，《楚辞》的水意象里渗透着欲报国却无门而只能以水托志的志向、欲扫除奸佞而不能故只有借水喻阻的无助、欲掌控命运而不得惟有临水伤时叹命的无奈以及欲回乡却无路只能逢水以寄思乡之苦的幽怨。尽管如此，却为后来水意象创作提供了范式，成为咏水诗歌文化不可磨灭的痕迹，留下了浓墨重彩的一笔。

三、铺陈神异——《汉赋》中的"水意象"

汉赋中的自然审美塑造了奇特的山水自然审美内涵，也形成了中国传统山水自然审美的独特视角，特别是其夸张、神奇的描写对后世的自然审美方式产生了极大的影响。

有状描江涛的汹涌诡观。如枚乘的名作《七发·观涛》对曲江潮水的刻画也非常的生动传神："疾雷闻百里；江水逆流，海水上潮；山出云内，日夜不止。衍溢漂疾，波涌而涛起。其始起也，洪淋淋焉，若白鹭之下翔。其少进也，浩浩澄澄，如素车白马帷盖之张。其波涌而云乱，扰扰焉如三军之腾装。其旁作而奔起者，飘飘焉如轻车之勒兵。六驾蛟龙，附从太白，纯驰皓蜺，前后络绎。颙颙昂昂，椐椐彊彊，莘莘将将。壁垒重坚，沓杂似军行。訇隐匈磕，轧盘涌裔，原不可当。观其两旁，则滂渤怫郁，闇漠感突，上击下律，有似勇壮之卒，突怒而无畏。蹈壁冲津，穷曲随隈，逾岸出追。遇者死，当者坏。初发乎或围之津涯，荄轸谷分。回翔青篾，衔枚檀桓。弭节伍子之山，通厉骨母之场，凌赤岸，篲扶桑，横奔似雷行。诚奋厥武，如振如怒。沌沌浑浑，状如奔马。混混庉庉，声如雷鼓。发怒庢沓，清升逾跇，侯波奋振，合战于藉藉之口。鸟不及飞，鱼不及回，兽不及走。纷纷翼翼，波涌云乱，荡取南山，背击北岸，覆亏丘陵，平夷西畔。险险戏戏，崩坏陂池，决胜乃罢。汩潺湲，披扬流洒。横暴之极，鱼鳖失势，颠倒偃侧，沈沈湲湲，蒲伏连延。神物怪疑，不可胜言，直使人踏焉，洄闇凄怆焉。"①

本文乘连用四个比喻写出江涛在不同阶段"奇观满目，音声盈耳"的形态。作者极尽艺术之能

---

① 萧统：《文选》，上海书店1988年版，第479页。

事，翻空出奇，搜词穷句地竭力形容，虽有夸张但底蕴是客观写物，写出了水势的波澜壮阔，浪涛的千形万态，使读者心神震荡，有身临其境之感。枚乘《七发》中对水的描写虽然未借神灵传说以助其势，但江涛的形象本身就具有神异色彩："秉意乎南山，通望乎东海。虹洞兮苍天，极虑乎崖溰。"① 此处虽有鼓动太子振奋精神的夸张因素，在中国山水文学史上，不失为第一次明确地提出了山水之美具有陶冶人性情的作用。

有叙汩汩幽清的温泉。如张衡的《温泉赋》写出了骊山温泉天下无双之奇特："余适骊山，观温泉，浴神井，美洪泽之普施，乃为赋云：阳春之月，百草萋萋。余在远行，顾望有怀，遂适骊山。观温泉，浴神井，风中峦。壮厥之独美，思在化之所原。览中域之珍怪，无斯水之神灵。控汤谷干碱洲，灌日月乎中营。荫高山之北延，处幽屏以闲清。于是殊方跋步，骏奔米臻。士女哗其鳞苹，纷杂逻其如烟。乱曰：天地之德，莫若生兮；帝育蒸民，懿厥成兮。六气淫错，有疾疠兮；温泉汩焉，以流秽兮、镯除苛思，服中正兮。熙哉帝载，保性命兮。"

相传秦始皇游骊山触怒了神女，被唾一脸，面即发疮。始皇求恕，神女使用温泉水给他洗疗，故又名神女汤。自此秦始皇砌石筑"骊山汤"，汉武帝时扩为离宫，唐代在骊山下。温泉"神灵"的品味价值引发了人们神往之情。"游于三辅，因入京师"（《后汉书·张衡传》），一生酷爱山水自然，迷恋游览生活，17岁时便远离家乡的张衡，在《温泉赋》中，用"适""观""浴""风""壮""思"六个动词，构成短语排比，介绍了游览观赏的过程，写出了竭尽观览温泉的激动心情，渲染了温泉之美魅力，抒发了作者对温泉的颂美，体现了作者山水自然审美观的深化，揭示了审美山水的认识过程，从而把我国古代山水审美认识推向一个新的阶段。

有壮描浩渺博大的海洋。例如班彪的《览海赋》："余有事于淮浦，览沧海之茫茫。悟仲尼之乘桴，聊从容而遂行。驰鸿懒以漂鹜，翼飞风而回翔。顾百川之分流，焕烂漫以成章。风波薄其裔裔，邈浩浩以汤汤。指日月以为表，索方瀛与壶梁。耀金谬以为阀，次玉石而为堂。莫芝列于阶路，涌醴渐以中唐。朱紫彩烂，明珠夜光。松乔坐于东序，王母处于西箱，命韩众与岐伯，讲神篇而校灵章。愿结旅而自托，因离世而高游。骋飞龙之骏驾，历八极而回周。遂竦节而响应，勿轻举以神浮。遵霓雾之掩荡，登云涂以凌厉。乘虚风而体景，超太清以增逝。麾天阖以启路，辟阊阖而望余。通王谒于紫宫，拜太一而受符。"

《览海赋》是我国文学史上第一篇以大海为题材的作品，比第一首山水诗（曹操的《观沧海》）要早170年。诗人先以目览、心悟、身驰的亲身感受来展现大海雄伟博大、神奇壮丽形象的无穷魅

---

① 费振刚等辑校：《全汉赋》，北京大学出版社1993年版，第19页。

力,描写了沧海"风波薄其裔裔,邈浩浩以汤汤"的壮观景色之后;接着写了升仙的赤松、王乔、西王母,表达了"愿结旅而自托,因离世而高游"的愿望,进而产生了"乘虚风而体累,超太清而增逝""通王谒于紫宫,拜太一而受符"的游仙幻想。《览海赋》不仅是对状描大海题材的开拓,在古代山水作品中又是第一个借助游仙以寄托情志的,这在山水文学创作史上确是一个开创。

有写横奔东注的江河。例如司马相如的《上林赋》:"丹水更其南,紫渊径其北。终始灞浐,出入泾渭;酆镐潦潏,纡馀委蛇,经营乎其内。荡荡乎八川分流,相背而异态。东西南北,驰骛往来,出乎椒丘之阙,行乎洲淤之浦,经乎桂林之中,过乎泱漭之野。汩乎混流,顺阿而下,赴隘狭之口,触穹石,激堆埼,沸乎暴怒,汹涌澎湃。滭弗宓汩,逼侧泌瀄。横流逆折,转腾潎洌,滂濞沆溉。穿隆云桡,宛潬胶戾,逾波趋浥,涖涖下濑。批岩冲拥,奔扬滞沛。临坻注壑,瀺灂霣坠,沈沈隐隐,砰磅訇礚,滴滴㴱㴱,潺湲鼎沸。驰波跳沫,汩濦漂疾。悠远长怀,寂漻无声,肆乎永归。然后灏溔潢漾,安翔徐回,翯乎滈滈,东注太湖,衍溢陂池。"周旋往来于"上林苑"的河水,四通八达、浩荡曲折。"水流迅疾,水势高耸,水流涌起,水流激荡,水流急转,水波急驰,水势渐缓,水声渐细,水面平静"描写了河流奔泻冲击的声势和纠缠萦绕的状态。《上林赋》中,不仅直接描写了水的声色形态,而且还描写了水底的石头、水中的游鱼和水面的浮禽,采用直接描写与间接烘托相结合的手法,更见细致生动。加之"蛟龙""赤螭"等神物的出现更是惊人耳目,特别是"汩乎混流,顺阿而下,赴隘狭之口,触穹石,激堆埼,沸乎暴怒,汹涌澎湃""沈沈隐隐,砰磅訇礚"诗句在描写八川会合东注太湖的景状时,有声有色,气势磅礴,读之更是令人惊心动魄。特别值得一提的是,西汉司马相如的《上林赋》中有"灵图燕于闲馆"的描写,开启了赋作描写景物引入神话传说来烘托的先例。

还有很多写水的赋文。例如班固的《终南山赋》由终南山上"碧玉挺其阿,蜜房溜其巅"这些美丽景观生发,以"彭祖宅以蝉蜕,安期飨以延年"使清水沁流的终南山显得古老悠久。既有对神仙世界的向往,也有借神仙传说来夸饰描写终南山环境优美。又如,张衡的《南都赋》写水有"混混庉庉,声如雷鼓。发怒庢沓,清升逾跇,侯波奋振,合战于藉藉之口";班固的《西都赋》中有描述宫苑仿神异山水而建造的蓬莱、方丈、瀛洲等海上仙山景象:"前唐中而后太液,览沧海之汤汤。扬波涛于碣石,激神岳之嶈嶈。滥瀛洲与方壶,蓬莱起乎中央。于是灵草冬荣,神木丛生,岩峻崔崒,金石峥嵘。"再如,扬雄的《蜀都赋》在写山川汇合江州的势态时,极尽排比铺述之功:"漆水荐其匈,都江漂其胫。乃溢乎通沟,洪涛溶洗。千湲万谷,合流逆折。泌瀄乎争降,湖漎排碣,反波逆濞,磷石冽巇,纷茇周薄,旋溺冤绥,龙历丰隆,潜潜延延,雷挟电击。鸿……康陮速,远乎长喻,驰山下卒,湍降疾流,分川并注,合乎江州。"作者以炽热的乡土之情,描绘了蜀都水流之富,其川谷之多,势态之奇,威力之猛,声势之大,令人赏心悦目,叹为观止。

"可以说山川的神异性是汉代人对山水报以热情的源泉之一。因为相信山水有神灵,而人又对神仙世界有着热切的追慕,登临神异山水就可能与仙人接近,故而才会对山水尤其是神话传说较多的山水产生无限的热情。不管哪种情况,其所描写的山水都充满了神异色彩。"[①] 这都表明,汉代人对于山川自然神异性质的重视以及对长生不老、神仙生活的追慕,使得赋家在直接描写高山大海的神异性质时,多将山水作为神仙居所来加以表现。

四、题材多样:唐朝咏水诗中的"水意象"

唐朝时期国力强盛,南北统一,版图辽阔。神州的山川壮美、气象万千,为诗人们提供了丰富而广阔的审美天地和取之不尽的创作源泉。同时,经济的繁荣、物质生活的富裕形成了良好的社会秩序。例如郑綮《开天传信记》中记载:"四方丰稔,百姓殷富,米一斗三四文,路不拾遗,行者不赍粮……人情欣欣然。"[②] 这种社会背景下,漫游之风盛行,许多唐代士人在入仕之前都有过漫游的经历,水也始终是诗人静心凝神、借以抒情的观照对象。

(一)山水田园诗中的水意象

此类的代表诗人有王维和孟浩然,他们同时也是唐代山水田园诗人的杰出代表。王维《青溪》诗云:"言入黄花川,每逐青溪水。随山将万转,趣途无百里。声喧乱石中,色静深松里。漾漾泛菱荇,澄澄映葭苇。我心素已闲,清川澹如此。请留盘石上,垂钓将已矣。"青溪在王维的笔下充满了动人的魅力,尤其是"漾漾"和"澄澄",将青溪天然素淡景致的动态美与静态美描绘得栩栩如生,呈现出既活泼又沉静、既幽深又清雅的"水意象"。孟浩然诗毫不逊色,其《耶溪泛舟》诗云:"落景余清辉,轻桡弄溪渚。泓澄爱水物,临泛何容与。白首垂钓翁,新妆浣纱女。相看似相识,脉脉不得语。"诗中描绘了耶溪清丽多情的景象,特别是"澄明爱水物,临泛何容与"一句表达了诗人对澄明溪水的欣赏和赞美,以及此时纵情山水宁静愉悦的心情,可见,诗人在澄澈的水

---

① 贡小妹、武茂彩:《仙踪道影神异山水——试论汉赋中山水形象及其审美特征》,《中国海洋大学学报》2003年第5期。

② 乔象钟、陈铁民主编:《唐代文学史》,人民文学出版社1995年版,第211页。

意象中获得了宁静澄明的心境，一如他一心归隐、自甘淡泊的心情。

（二）离别羁旅诗中的水意象

唐代士人有漫游之风，离别羁旅便成为他们生活中常有之事。《楚辞·九歌·少司命》中说："悲莫悲兮生别离，乐莫乐兮新相知。"离别羁旅带给诗人们的种种情感成为他们笔下常写常新的主题。诗人多借水抒发对朋友、亲人的深情厚谊与浓浓的离别之情。水意象便成为离别羁旅诗中最常见的意象之一。

这种情感内涵的水意象最有代表性的作品就是李白那首脍炙人口的《赠汪伦》："李白乘舟将欲行，忽闻岸上踏歌声。桃花潭水深千尺，不及汪伦送我情。"眼前这深湛的桃花潭水，触动了李白对在自己将行之时汪伦赶来踏歌相送的情思。朋友汪伦的一片深情厚谊自然地与眼前深深的桃花潭水联系在一起，于是便有了这一千古名句。"桃花潭水"也因这首小诗成为后人离别抒怀的常用语。

与此诗有异曲同工之妙的是李白的另一首《金陵酒肆留别》："风吹柳花满店香，吴姬压酒唤客尝。金陵子弟来相送，欲行不行各尽觞。请君试问东流水，别意与之谁短长？"诗人即将离开杨花满天的江南金陵，话别热情的江南姑娘和好客的金陵子弟，将满怀的殷殷别意与滔滔江水相比：请君看这悠悠江水，我们的深情厚意与之相比究竟谁更长？在反问中答案不言而喻，千言万语、离情别意都在眼前的水中，使全诗更显含蓄委婉、富有情致，给人以不尽之思。

李白还有许多家喻户晓的以水比喻别离之情的诗句，如"孤帆远影碧空尽，唯见长江天际流"（《黄鹤楼送孟浩然之广陵》）、"黄鹤西楼月，长江万里情"（《送储邕之武昌》）、"寄情与流水，但有长相思"（《泾川送族弟錞》）等。

（三）闺怨爱情诗中的水意象

爱情是人类永恒的话题，也是诗歌吟诵的不朽主题。用诗歌描写闺怨、抒发爱情便是十分自然和普遍的事情了。这些爱情诗中大多都与水有关，都有对水的描写。如崔颢《长干曲四首》："君家住何处，妾住在横塘。停船暂借问，或恐是同乡。"（《长干曲》其一）；"家临九江水，来去九江侧。同是长干人，生小不相识。"（《长干曲》其二）诗人把一对青年男女爱情的萌发放在泛舟的水上，绵绵流水也给一对对正当妙龄的青年男女营造了爱情的暖色背景，天真可爱的女子看到一位同样泛舟的男子，主动停船大胆地向他发问，忽然觉得羞怯，为了掩饰自己的唐突，她又赶紧自报家门解释原委——我之所以停船借问，是怕同乡相遇当面错过。而男子的回答则更为憨厚直率，"家临九江水，来去九江侧"是告诉女子他们同是建康长干人，只是以前竟从未相识，大有相见恨晚之意，流露出此时萍水相逢之珍贵。水流悠悠情亦悠悠，在诗人笔下这长江之水竟成了他们相识、相知的姻缘红线。当然，这是对甜蜜温馨的爱情描写，但实际上多非尽如人意。以水意象作为触发爱情、相思的背景和媒介的诗歌为数众多。如张九龄"海上生明月，天涯共此时"（《望月怀远》）、王建"望夫处，江悠悠。化为石，不回头。山头日日风复雨，行人归来石应语"（《望夫石》）、岑参"洞房昨夜春风起，遥忆美人湘江水"（《春梦》）、张籍"吴姬采莲自唱曲，君王昨夜船中宿"（《乌栖曲》）等。或写夫妻水边分别，或言闺中人深秋江边砧上捣衣寄远，或道情人水边相会，凡此种种与爱情、相思有关的题材总是与水有着密不可分的联系。

（四）感怀咏史诗中的水意象

在感怀咏史诗中，诗人大都是在与某位历史名人或事件有关的历史古迹前发出感慨、讽颂历史的。水意象被运用最多的一种情感内涵就是以水流的不断喻时光的流逝。如张九龄因李林甫进谗而被贬，左迁荆州大都督府长史之时，在其诗《登荆州城望江》感叹道："滔滔大江水，天地终始。经阅几世人，复叹谁家子？东望何悠悠，西来昼夜流。岁月既如此，为心那不愁？"诗人登高望远，不见故乡只见滔滔江水。人世变迁无数代，只有它总是这样无声地昼夜东流。看到这些，诗人自然地想起年华岁月也如水般悄然流逝，转眼即将白头，而自己却无法实现政治抱负，心中忧愤可见一斑。

除了时间流逝的蕴含，被置于《三国演义》卷首的《临江仙》开篇云："滚滚长江东逝水，浪花淘尽英雄"，其中的水意象则是对朝代更替、人事变迁的感慨。借滚滚东流的长江这一意象的观照和品味，感叹历史风云人物的浮生短暂。除此，还有许多借小桥流水抒发怀古思今之情的诗句，如"年代凄凉不可问，往来唯见水东流"（高适《古大梁行》）、"人生有情泪沾臆，江水江花岂终极"（杜甫《哀江头》）等。

五、形态各异：宋词中的"水意象"

由于宋代词人对水的喜爱，"水"依旧是宋词中一种使用率很高的经典意象，水意象大量出现在宋词中，在长期反复的使用中，某些涵义经过传承演变，逐渐稳定下来。水意象的一个约定性含义在山水田园词中得到更有力的凸显，即"作为悠闲、淡泊、自由，与大自然亲和的心境的对应体"[①]。它千姿百态，或以摇曳的波的动态形式出现，或以亲切可感的水的自然形式出现，或以壮

---

① 严云受：《诗词意象的魅力》，安徽教育出版社2003年版，第141页。

美的浪、涛等形态出现，有着非常丰富的意蕴，装点着宋词的意境。

一是以波本身及其动态形式出现。如寇准《江南春》："波渺渺，柳依依。孤村芳草远，斜日杏花飞。"黄庭坚《诉衷情》："一波才动万波随，蓑笠一钩丝。"范仲淹《苏幕遮》："碧云天，黄叶地，秋色连波，波上寒烟翠。山映斜阳天接水，芳草无情，更在斜阳外。"晏殊《清平乐》："人面不知何处，绿波依旧东流。"此外，还有周邦彦《菩萨蛮》"银河宛转三千曲，浴凫飞鹭澄波绿。何处是归舟"中的"绿波"；晏殊《踏莎行》"居人匹马映林嘶，行人去棹依波转。画阁魂消，高楼目断。斜阳只送平波远。无穷无尽是离愁，天涯地角寻思遍"中的"平波"；陆游《谢池春》"漫悲歌、伤怀吊古。烟波无际，望秦关何处？叹流年、又成虚度"中的"烟波"；高观国《菩萨蛮》"红云半压秋波碧，艳妆泣露娇啼色"中的"秋波"；杨万里《昭君怨》"却是池荷跳雨，散了真珠还聚。聚作水银窝，泛清波"中的"清波"等。

二是以水自身及其原生态形式出现。如晏殊《清平乐》："鸿雁在云鱼在水，惆怅此情难寄。"欧阳修《采桑子》："轻舟短棹西湖好，绿水逶迤，芳草长堤，无风水面琉璃滑，不觉船移，微动涟漪，惊起沙禽掠岸飞。"此外，还有阮阅《眼儿媚》"绮窗人在东风里，无语对春闲。也应似旧，盈盈秋水，淡淡春山"中的"秋水"；欧阳修《浣溪沙》"湖上朱桥响画轮，溶溶春水浸春云，碧琉璃滑净无尘"中的"春水"；张舜民《卖花声》"木叶下君山，空水漫漫"中的"空水"；苏轼《浣溪沙》"谁道人生无再少？门前流水尚能西"中的"流水"；陆游《恋绣衾》"幽栖莫笑蜗庐小，有云山、烟水万重"中的"烟水"；辛弃疾《生查子》"高歌谁和余？空谷清音起。非鬼亦非仙，一曲桃花水"中的"桃花水"；张炎《清平乐》"茸茸春草天涯，涓涓野水晴沙"中的"野水"；等等。

三是以浪涛潮海等形态出现。如林逋《长相思》"君泪盈，妾泪盈。罗带同心结未成。江头潮已平"、潘阆《酒泉子》"长忆观潮，满郭人争江上望。来疑沧海尽成空，万面鼓声中。弄潮儿向潮头立，手把红旗旗不湿"中的"潮"；苏轼《念奴娇》"大江东去，浪淘尽，千古风流人物。故垒西边，人道是，三国周郎赤壁。乱石穿空，惊涛拍岸，卷起千堆雪"中的"惊涛"；李清照《渔家傲》"天接云涛连晓雾，星河欲转千帆舞"中的"云涛"；辛弃疾《生查子》"红日又西沉，白浪长东去"中的"白浪"；赵长卿《临江仙》"见说江头春浪渺，殷勤欲送归船。别来此处最萦牵"中的"春浪"；等等。

总之，古代诗歌中的水意象对后代文学的影响极其深远，以上梳理不过冰山一角，但仅从这些事实就可以看出，咏水诗所创造的水意象具有永恒的魅力，将永放异彩。

第四节　古代咏水诗中"水意象"的文化内涵

长江黄河孕育了古老而清纯的中华文明。中华民族是一个对水情有独钟，与水结下不解之缘的民族。水，在中华民族的观念中，往往代表着一种文明，一种文化，在中华民族传统心理中占有重要地位。水，作为一种自然物质进入人们的文化视野，经历了漫长的民族文化积淀成为一种独立意象存在于中国文学之中。在中国古代诗歌中，写水、颂水的作品浩若烟海，不胜枚举，"水意象"无处不在、俯拾皆是，"水意象"在诗歌中的显现也是形态万千，意蕴丰沛，成为中国古代诗文中出现最频繁、最具有活力、最有表现力的物象之一。深入分析"水意象"丰富深厚的文化象征内蕴，对于提高水文化素养、把握诗的文学品味、提高诗歌鉴赏水平具有十分重要的意义。

一、比德与喻道的象征意蕴

汤汤流水，载丰沛意蕴，诗人多以水喻德。刘禹锡《叹水别白二十二》："水，至清，尽美。从一勺，至千里。利人利物，时行时止。道性净皆然，交情淡若此。"写出了水给人的道德启示。杜甫诗作也常以水来比喻自己高尚的道德情操，从中折射出了诗人的博大胸怀。如"大儿九龄色清澈，秋水为神玉为骨"（《徐卿二子歌》）。孟浩然《赠萧少府》："上德如流水，安仁道若山。闻君秉高节，而得奉清颜。"用流水来比喻萧少府的"上德"。在古人眼里，水"似有德者"，故有"德水"之称："四海皇风被，千年德水清。戎衣更不著，今日告功成。"（佚名《舞曲歌辞·凯乐歌辞·贺圣欢》）"德水千年变，荣光五色通。若披兰叶检，还沐土皇风。"（李峤《河》）

古人还常以水之清浊比喻道德的高下。东晋玄学家孙绰说："古人以水喻性，有旨哉斯谈！非以停之则清，混之则浊耶？情因所习而迁移，物触所遇而兴感。"（《三月三日兰亭诗序》）水有清有浊，古人以之比喻人的道德之高尚与低下。岑参《太白胡僧歌》中"心将流水同清净，身与浮云无是非"就是以流水的清净比喻胡僧洁身自好，与世无争。杜甫《佳人》："在山泉水清，出山泉水浊。"仇兆鳌注："此谓守贞清而改节浊也。"（《杜诗详注》卷七）储光羲《采菱曲》曰："浊水菱叶肥，清水菱叶鲜。义不游浊水，志士多苦言。"浊水可使菱叶肥大，清水却能使菱叶新鲜。前者比喻为获富贵不择手段，后者比喻品行高洁不慕荣华。"义不游浊水"，意即不愿同流合污。

水除了可以比德之外，还可喻道。儒、道、禅三家都有以水喻道的言论。早在百家争鸣的春秋战国时期，对水性与水德的认识，就常常被自觉地引入思想文化领域。孔子对水德有很深刻的认识。《荀子·宥坐》载孔子观水事。"孔子观于东流之水。子贡问于孔子曰：'君子之所以见大水必观焉者，是何？'孔子曰：'夫水大，遍与诸生而无为也，似德；其流也埤下，裾拘必循其理，似义；其洸洸乎不淈尽，似道；若有决行之，其应佚若声响，其赴百仞之谷不惧，似勇；主量必平，似法；盈不求概，似正；淖约微达，似察；以出以入，以就鲜絜，似善化；其万折也必东，似志。是故君子见大水必观焉。'"在孔子眼里，大水包含了人应该拥有的道德品质，用孔子的原话总结就是：似德，似义，似道，似勇，似法，似正，似察，似善化，似志。《孟子·尽心上》曰："……观于海者难为水，……观水有术，必观其澜。日月有明，容光必照焉。流水之为物也，不盈科不行；君子之志于道也，不成章不达。"大意为："……观看过大海的人，便难以被其他水所吸引了；……观看水有一定的方法，一定要观看它壮阔的波澜。太阳月亮有光辉，不放过每条小缝隙；流水有规律，不把坑坑洼洼填满不向前流；君子立志于道，不到一定的程度不能通达。"

"水"的不争之争、似柔实刚的特性，使老子从中找到了喻道的对应物。老子对水德的认识，也颇具影响力。《老子》第八章说："上善若水。水善利万物而不争，处众人之所恶，故几于道。居善地，心善渊，与善人，言善信，政善治，事善能，动善时。夫唯不争，故无尤。"这里根据水润泽向下的性质而悟出的水德："善利万物而不争，处众人之所恶。"这种水德在上善人身上的具体表现则是"居善地，心善渊，与善人，言善信，政善治，事善能，动善时"。

在佛教文化中，"水"是参悟佛理禅机的一种背景条件的象征。唐朝末期隐居于浙东天台山的寒山子（约680—810）志在山水，以其《水清》一诗为例："水清澄澄莹，彻底自然见。心中无一事，水清众兽现。心若不妄起，永劫无改变。若能如是知，是知无背面。""水清"比喻心源空寂澄明，清澈见底，无染无著，解脱了任何知见束缚，悟到了无形无相的清静本性，体会到了不可用语言和声音表达的玄妙禅境。在诗人眼里，"水"晶莹透明，洁净淡雅，正是喻禅妙体。只有心境静如水，方可悟得禅境，呈现佛性。《大般若波罗蜜多经》言："又如水大性本清洁无垢无浊，甚深般若波罗蜜多亦复如是。"佛家甚至有观水而得正定的修行方法，称为"水观"，又曰"水定"。《楞严经》说："有佛出世，名为水天，教诸菩萨，修习水观，入三摩地。"

二、阻隔与沟通的象征意蕴

在交通工具落后的古代，辽阔宽广的水面阻碍着人们的自由行动。因此，古代诗歌中的水意象往往象征着某种障碍，用以表达主人公面对可望而不可及之事物时的惆怅、痛苦心理，当然诗人也还常常借水沟通，水还是诗人沟通情感的最佳媒介。

水难以跨越，水是阻隔。宋代词人晏殊"欲寄彩笺兼尺素，山长水阔知何处"（《蝶恋花》），就是对这种阻隔的感叹。水意象的阻隔意义在后代诗歌中反复出现，如"送君此去令人愁，风帆茫茫隔河洲"（李白《同王昌龄送族弟襄归桂阳》）、"由来浙水偏堪恨，截断千山作两乡"（方干《别孙蜀》）、"念去去，千里烟波，暮霭沉沉楚天阔"（柳永《雨霖铃》），茫茫烟波，隔断望眼，隔断离情，却让离情更加深沉。禅宗诗歌中有一首《还乡曲》唱道："勿于中路事空王，策杖还须归本乡。云水隔时君莫住，雪山深处我非忘。寻思去日颜如玉，嗟叹回来鬓似霜。撒手到家人不识，更无一物献尊堂。"（《景德传灯录》卷29）云水在这里成为一种阻碍之物，阻碍了本心回归到精神的家园，以至于精神的流浪者迷失在"雪山深处"。

水可以流动，水可沟通。杜甫《所思》云："苦忆荆州醉司马，谪官樽酒定常开。九江日落醒何处？一柱观头眠几回。可怜怀抱向人尽，欲问平安无使来。故凭锦水将双泪，好过瞿塘滟滪堆。"寓居蜀地的杜甫思念荆州友人，想要问一声平安，却找不到可以寄信的使者，倒是门前锦水辗转汇入长江，流经三峡，就可以到达荆州。诗人想象自己思念友人的泪水滴入锦水，就可以随水东流，直到友人所在之地。在这里，水又具有沟通的意义。万里长江不再是阻隔，反倒成了诗人传达情感的媒介。这种把水意象作为沟通情感之媒介的用法在诗歌中亦是多见，如耳熟能详的"孤帆远影碧空尽，唯见长江天际流"（李白《送孟浩然之广陵》），友人所乘之舟已从视线中消失，眼前的长江却流向天际，那正是孤帆远去的方向，茫茫江水，不正像诗人牵连不断的离别之情吗？"去年下扬州，相送黄鹤楼。眼看帆去远，心逐江水流"（李白《江夏行》）、"酒杯深浅去年同。试浇桥下水，今夕到湘中"（陈与义《临江仙》），是水意象沟通意义更为直接的表现。

三、时间与历史的象征意蕴

"流水"是古代诗歌常见的意象之一，它往往象征流逝的时光。水可喻时间。水这一物象作为审美象征，强烈地触发着人们产生感叹光阴流逝的时间意识，于是成了中外共通的"喻时"象征意象。"子在川上曰：逝者如斯夫，不舍昼夜。"（《论语·子罕》）孔子面对奔流不息、一去不复返的江水，感悟到时间的流逝。济慈墓碑上著名的铭文是"声名水上书"。[①] 这个流水的意象表达了济慈感叹生命之短暂并一直担心身后声名如何的思想。李煜《浪淘沙》："流水落花春去也，天上人间。""流水""落花"都是"春去"的形象写照。杜甫《哭长孙侍御》中"流水生涯尽，浮云世

---

① 俞晓红：《悲歌一曲水国吟——〈红楼梦〉水意象探幽》，《红楼梦学刊》1997年第2期。

事空",则是以"流水"比喻长孙侍御已走完的人生旅程。韦应物《淮上喜会梁州故人》中"浮云一别后,流水十年间",以"流水"比喻与友人别后的十年光阴。隋朝葛玄《空中歌三首》其一中"停驾虚元中,人生若流水",也是直接以"流水"比喻人生。

水流无限,在历史的兴衰更替中,水寄寓了家愁国恨、人生多舛的悲凉之情,水还是历史最好的见证人。至于以"水"来传递亡国之痛的则非李煜莫属,无论是"流水落花春去也,天上人间"(《浪淘沙》),还是"自是人生长恨水长东"(《相见欢》),都是直悟人生苦难无常的悲哀,把自身所经历的一段破家亡的惨痛遭遇泛化,最终把亡国之痛和人事无常的悲慨融合在一起,汇聚成"问君能有几多愁,恰似一江春水向东流"(《虞美人》)那样的景象气势,让我们感受到了词人因历史变迁、故国湮灭而衍生的愁思如春水般汪洋恣肆,奔腾倾泻,充满了悲恨凄楚的感情色彩,具有强大的感染力。辛弃疾的《南乡子·登京口北固亭有怀》一词中写道:"千古兴亡多少事?悠悠!不尽长江滚滚流。"词人登上长江之滨的北固楼上,翘首遥望江北金兵占领区,想当年,这里曾上演过多少轰轰烈烈的历史活剧。可是,往事悠悠,英雄往矣,徒留惆怅,只有亘古不变的江水滚滚东流。欲了君王天下事的一代英雄,面对这历史的变迁,那种收复失地中兴大业却无法实现的落寞悲凉情怀随水流泻。除此,李白《〈古风〉其三十九》中"荣华东流水,万事皆波澜"、张若虚《春江花月夜》中"但见长江送流水,不知江月待何人"、黄庭坚《光山道中》中"梦幻百年随逝水,芳歌一曲对青山"等诗句,也都道出了面对一去不复返的流水,中国古人在怀古自伤中发出的永久历史长叹。

四、失意与哀怨的象征意蕴

水,漫染诗人们的忧伤。失意与哀怨是人生常见的情感。中国文人在哀伤袭上心头时,总会自然而然地想到"水"。孔夫子就说过"道不行,乘桴浮于海",想在仕途失意时乘着木筏进入大海,弃绝尘世。将忧伤寄于水,这几乎也成为后世文人赋诗作文的"通例"。最为洒脱、最为浪漫的大诗人李白,仕途失意之时,也未能摆脱它的束缚与羁绊,不禁发出了"抽刀断水水更流,举杯消愁愁更愁"的喟叹。柳宗元政治上失意,其《再上湘江》云:"好在湘江水,今朝又上来。不知从此去,更遣几年回。"湘江的水还是那样,年复一年,可是诗人呢?此去蛮夷之地,何时才能够回来?或许不可能再回来了吧?这种骚怨思想、悲剧心理让柳宗元顿感生命的苍凉。辛弃疾登上长江支流赣江边上那高高的郁孤台,眼望滔滔江水,想起中原还在敌手,收复失地遥遥无期,人民流离失所,情不自禁抛洒出一腔悲愤:"郁孤台下清江水,中间多少行人泪。……青山遮不住,毕竟东流去……"（《菩萨蛮·书江西造口壁》）。陈亮的《水调歌头·送章德茂大卿使虏》云："不见南师久，谩说北群空。当场只手，毕竟还我万夫雄。自笑堂堂汉使，得似洋洋河水，依旧只东流。"陈亮在宋孝宗北伐失败、订立了屈辱的"隆兴和议"之后，痛心疾首，借"水"这一意象悲愤地自嘲：可笑我堂堂的大宋使臣，岂能长久地向金人屈辱求和、拱手称臣，像河水一样永远的向东面呢？

除此，欧阳修《踏莎行》中的"离愁渐远渐无穷，迢迢不断如春水"，秦观《江城子》里的"便做春江都是泪，流不尽，许多愁"，李清照《武陵春》中的"只恐双溪舴艋舟，载不动许多愁"，也无一不是用流水来承载愁怨的。水，显然已成为诗人失意之时的精神寄托与心灵慰藉。

五、漂泊与离愁的象征意蕴

水是无依的，漂泊也是无依的；水是凄柔的，漂泊也是凄柔的；水是悠长的，漂泊也是悠长的。漂泊，是人生中常有的境遇；离愁，是常常伴随别离的情愫。漂泊与离愁的抒发常常与流水联系起来，诗人们既寄情于远逝的流水，又以流水的种种形貌质性来比喻或暗示自己的感情特征，仿佛眼前具象的清清水流，正是自己心中抽象愁情的幻化，因此，古代文人常借"水"寄托漂泊与离愁之情。严仁在《鹧鸪天·惜别》中写道："请君看取东流水，方识人间别意长。"白居易《长相思》云："汴水流，泗水流，流到瓜洲古渡头，吴山点点愁。思悠悠，恨悠悠，恨到归时方始休，月明人倚楼。"诗中"汴水流，泗水流"与"思悠悠，恨悠悠"对举，水有长度，愁情也有了长度。崔颢伫立黄鹤楼上，望着眼前的水，有感于晴川历历的汉阳树、仙鹤逝去的黄鹤楼、芳草萋萋的鹦鹉洲、渐渐西沉的夕阳，他想起了自己的家乡，想起了自己多年在外漂泊的经历，几多伤感，几许艰辛，涌上心头，浓缩于一句"日暮乡关何处是？烟波江上使人愁"之中。宋代词人、风流才子柳永《八声甘州》词云："对潇潇暮雨洒江天，一番洗清秋。渐霜风凄紧，关河冷落，残照当楼。是处红衰翠减，苒苒物华休。唯有长江水，无语东流。不忍登高临远，望故乡渺邈，归思难收。叹年来踪迹，何事苦淹留？"词人以秋日黄昏的长江为背景，抒写他的登高临远之思，旅人望远之怀，行役羁旅之愁，客子思乡之念，从头到尾，长江的波浪拍湿了他的诗行，也拍痛了他的乡愁。南宋末年的蒋捷在《一剪梅·舟过吴江》中写水，写漂泊与离愁，也是千寻万选之作："一片春愁待酒浇。江上舟摇，楼上帘招。秋娘渡与泰娘桥，风又飘飘，雨又萧萧。何日归家洗客袍？银字笙调，心字香烧。流光容易把人抛，红了樱桃，绿了芭蕉。"词人在东漂西泊的旅途中，船过离家乡不远的吴江，又逢春日，自然怀念起家乡和家中亲情的温馨，自然发出"年华如逝水、有家终难归"的人生感慨。真是客行（或"羁旅"）江中，令人愁；风雨交加，令人愁；想念家人，令人愁；流光易逝，令人愁！杜甫许多描写羁旅行役的诗都写到了流水，如"清渭无情极，愁时独向东。"（《秦州杂诗二十首》其二）更为可歌可泣的是伟大的爱国诗人杜甫暮年在动荡不安的乱世辗转迁徙，经历了"漂泊西南天地间"（《咏怀古迹五首》其一）的苦难之旅。唐代宗大历五年（770年）冬天，诗人在随着风浪漂泊的小舟中，饱含着无限深长的家国之忧，写下绝笔之作《风疾舟中伏枕书怀三十六韵奉呈湖南亲友》，结束了惨淡而又悲壮的一生，从此伟大的诗魂便与悠悠湘水为伴。

六、友情与爱情的象征意蕴

水性阴柔，常被看作人间友情、爱情的象征。友情如水，淡而长远。友情是人类感情的重要组成部分之一，水，蕴含友人们的真情。取江水之悠长，象征友情之持久；取溪水之曲折，象征友情之跌宕；取潭水之深碧，象征友情之厚笃。这些均是中国文人常用的手法。从"青莲居士"李白送别孟浩然的"孤帆远影碧空尽，惟见长江天际流"、赠汪伦的"桃花潭水深千尺，不及汪伦送我情"，到桐城派祖师姚鼐的"草色独行孤掉远，淮阴春尽水茫茫"，水，唱尽了友人们的真情。王观《卜算子·送鲍浩然之浙东》词云："水是眼波横，山是眉峰聚。欲问行人去哪边？眉眼盈盈处。才始送春归，又送君归去。若到江南赶上春，千万和春住。"诗中以横流的眼波比水，以蹙皱的眉峰喻山，以眉眼盈盈象征浙东山水清嘉，并寄寓自己对友人的惜别与祝福。试想：如果没有对水的别开生面的奇想，这首生花之词必然会花叶飘零，那妙曼的琴弦也势必会喑哑。苏轼的《虞美人》词云："波声拍枕长淮晓，隙月窥人小。无情汴水自东流，只载一船离恨向西州。竹溪花浦曾同醉，酒味多于泪。谁教风鉴在尘埃？酝造一场烦恼送人来！"词中既有刚刚分袂之后的别绪离愁，又有追忆往年同游之乐，又以不得长相聚而徒增烦恼的反语作结，表现了他们的"友谊地久天长"，足见诗人是一个重情重义之人。

水与爱情的关系，似乎比水与友情更为密切。水边的恋情是中国传统文化中常见的母题。例如，屈原《楚辞》中的湘水神女、曹植笔下的洛水神女、刘向《列仙传》中所记的江汉游女等，与她们有关的爱情故事都是以某条江河为背景展开的。因此，水还寄托着恋人的情思，水意象的另一种象征意蕴是触发爱情、相思的背景和媒介。从"风乍起，吹皱一池春水"的一见钟情到"关关雎鸠，在河之洲。窈窕淑女，君子好逑"的心向往之，从"我住长江头，君住长江尾。日日思君不见君，共饮长江水"的苦恋情思到"念去去千里烟波，暮霭沉沉楚天阔"的伤心无奈，从

"思悠悠，恨悠悠，恨到归时方始休，月明人倚楼"的痴情等待到"曾经沧海难为水，除却巫山不是云"的千古绝唱，水，总是古代文人描写柔情蜜意、悠悠无尽的爱情的最好意象，也是古代情人依依惜别时不可或缺的见证。人称"梅妻鹤子"、隐居杭州西湖孤山20余年的林逋在《长相思》中写道："吴山青，越山青。两岸青山相送迎，谁知离别情？君泪盈，妾泪盈。罗带同心结未成，江头潮已平。"滔滔钱塘江水，成了这首词抒情主人公离合悲欢的见证。情动于中而形于泪，在潮水已平船帆欲发之时，这一对即将分离的恋人双双止不住热泪盈眶，泪水与潮水一起早已不分彼此，互涌互息。谢逸在其《鹧鸪天》中就曾写道："愁满眼，水连天，香笺小字请谁传？梅黄楚岸垂垂雨，草碧吴江淡淡烟。"如果说他写的是地上之水与爱情，那么秦观的名作《鹊桥仙》中的"纤云弄巧，飞星传恨，银汉迢迢暗度。金风玉露一相逢，便胜却人间无数。"咏唱的则是天上之水与爱情了。在宋词中，从天上到人间，水与爱情可谓一水牵情万里长。

除此之外，杜甫《秋兴》中有"昆明池水汉时功，武帝旌旗在眼中"，借"水"以感时事，浸透了其关注民生、心忧天下的价值追求与高尚情，也寄托了他对家国民族命运的深切关注的象征意蕴；源远流长的中国"太极拳"以及六合八法"水浪拳"就是道家思想象形取意的"水性"拳，"水"还体现着顺应自然、无为而治的养身哲学的象征意蕴；荀子给了政权与人民之间的关系最精辟的比喻，在历史上留下了发人警醒的"载舟覆舟"的成语；老子既感到"天下莫柔弱于水"，又看到水的"莫之能御"的力量……"水"在哲人眼中还具有治国理政、表达哲理的象征意蕴；"水"还有隐逸与心境的象征意蕴、生命与智慧的象征意蕴等。

综上可见，中国的水文化源远流长，博大精深。"水"在我国古代诗人笔下，句句表露情意，字字蕴含情愫，成为中国古典诗词里极具活力的一个传统意象。"水意象"在中国古典诗词中有着丰富的文化内涵，如此多的关于"水"的古典诗词逾越数千年，弥久不衰，以至于今天读来，仍觉余韵袅袅，令人荡气回肠，遐思万千，这也正是水文化独特魅力之所在。

第五章 水润华章：水在散文中的浅吟高唱

人们常用"行云流水"来形容好的散文,言其文理自然,姿态横生,如水般天然生成,毫无矫揉造作之迹。这大概是因为,水是文人最常见到的自然元素,又被赋予了许多美好的人格情愫,所以文人总是喜爱以水入文,或在明溪翠柳旁,或于微风细雨中,或在湖光山色里,流连忘返,藉水以发思古之幽情,寄托高雅脱俗之志。古往今来,写水的散文名篇不胜枚举,山水散文,滥觞于《尚书·禹贡》,漫衍于《山海经》和汉赋、《楚辞》,蔚然于南北朝的《水经注》,形成于唐,发展于宋,繁盛于明清。本章我们甄选了一些千古名文,以期从中领略古代山水的无尽魅力,探究散文中蕴含的水文化内涵之广博丰赡。

第一节　东晋陶渊明《桃花源记》中的"水"

　　晋太元中,武陵人捕鱼为业。缘溪行,忘路之远近。忽逢桃花林,夹岸数百步,中无杂树,芳草鲜美,落英缤纷。渔人甚异之。复前行,欲穷其林。

　　林尽水源,便得一山,山有小口,仿佛若有光。便舍船,从口入。初极狭,才通人。复行数十步,豁然开朗。土地平旷,屋舍俨然,有良田美池桑竹之属。阡陌交通,鸡犬相闻。其中往来种作,男女衣着,悉如外人。黄发垂髫,并怡然自乐。

见渔人，乃大惊，问所从来，具答之。便要还家，设酒杀鸡作食。村中闻有此人，咸来问讯。自云先世避秦时乱，率妻子邑人来此绝境，不复出焉，遂与外人间隔。问今是何世，乃不知有汉，无论魏晋。此人一一为具言所闻，皆叹惋。余人各复延至其家，皆出酒食。停数日，辞去。此中人语云："不足为外人道也。"

　　既出，得其船，便扶向路，处处志之。及郡下，诣太守，说如此。太守即遣人随其往，寻向所志，遂迷，不复得路。

　　南阳刘子骥，高尚士也，闻之，欣然规往。未果，寻病终。后遂无问津者。①

陶渊明（约365—427），字元亮，又名潜，世称靖节先生，浔阳柴桑（今江西省九江市）人，东晋末至南朝宋初期伟大的诗人、辞赋家。曾任江州祭酒、建威参军、镇军参军、彭泽县令等，最末一次出仕为彭泽县令，80多天便弃职而去，从此归隐田园。他是中国第一位田园诗人，被称为"古今隐逸诗人之宗"，著有《陶渊明集》。②

流水意象是陶渊明创造桃花源世界的一个不可或缺的因素。之所以称桃源世界为桃花源，说明所叙述故事与"水"有关。陶渊明在《桃花源记》中也写到了流水意象。苏轼已对《桃花源记》中写流水意象引起重视："旧说南阳有菊水，水甘而芳，民居三十余家，饮其水皆寿，或至百二三岁，蜀青城山老人村，有见五世孙者，道极险远，生不识盐醯，而溪中多枸杞，根如龙蛇，饮其水故寿，近岁道稍通，渐能致五味，而寿益衰，桃源盖此比也欤！使武陵太守得此至焉，则已化为争夺之场久矣，尝意天壤之间若此者甚众，不独桃源……工部侍郎王钦臣仲至，谓余曰，吾尝奉使过仇池，有九十九泉，万山环之，可以避世如桃源也。"③《桃花源记》中对溪水的描写在整个桃花源世界的构成中具备何种作用、何种功能，这不仅是一个文学的问题，更是一个文化的问题。在中国文化长河中，水与中国文化的复杂因素相融合，已经构成了非常丰富而复杂的文化意蕴。应该说，《桃花源记》中的溪水同样具有一种原型意义。

一、水是桃花源世界之"源"

"晋太元中，武陵人捕鱼为业。缘溪行，忘路之远近。忽逢桃花林，夹岸数百步，中无杂树，

---

① 陶渊明：《陶渊明集》，中华书局1979年版，第163-166页。
② 袁行霈：《陶渊明研究（修订版）》，中华书局2009年版，第205页。
③ 北京大学、北京师范大学中文系等编：《陶渊明资料汇编》，中华书局1962年版。

芳草鲜美，落英缤纷。渔人甚异之。复前行，欲穷其林。"在《桃花源记》开篇这段经典的景物描写中，陶渊明用流水桃花的意象，将承载着他的理想荡舟而去的武陵渔人和读者带进美丽的人间乐土，这是他精心构织的被后人称为"桃花源"的地方。陶渊明的《桃花源记》生动地描写了桃花流水意象。文章最早写到的是流水意象，尽管着墨不多，仅"缘溪行"一句，但其文化意蕴却相当丰富。我们知道，中国古人以水为生，对水的重要性的认识远较其他非农业民族更为突出。同时，水是生命的源泉，它包孕一切，生成万物，周遍圆润，是宇宙万物的生命本原。正是这条溪水的润泽，才灌溉了溪水两侧的桃花，水的滋润使桃花源世界充满了生机和活力，其象征意义正是借"水"的原型意义隐喻了桃花源世界的充沛活力。"林尽水源，便得一山，山有小口，仿佛若有光。便舍船，从口入。初极狭，才通人。""源"乃水之初起之处也，在这里，水还是一种导引，直通"山有小口"的桃花源世界之门。因此，溪水其实就是水路，不由溪水，则无以探索桃花源世界。换句话说，没有溪水的存在，也就不会有桃花源世界的存在。其意在隐喻溪水乃是桃花源世界的发源之动力。在中国文化的发展历程中，水被赋予了丰富的原型意义。无论是《管子·水地》的"水者何也？万物之本原也，诸生之宗室也"，还是《太平御览》卷五十九杨泉《物理论》的"所以立天地者，水也。夫水，地之本也，吐元气，发日月，经星辰，皆由水而兴"，都说明了在中国文化中，水意象早已构成了具有多重功能的价值体系，是中国文化的根脉。《桃花源记》的描写，正是印证了《桃花源记》所蕴涵的这种原型意义。再试想，不由水源，何以"捕鱼为业"，何以"缘溪行"，何以"芳草鲜美，落英缤纷"，又何以达到桃花源世界。此外，桃花源世界本身也有其象征意义，但其象征的意义也发源于"水意象"。

二、水是桃花源中人们人格的象征

《桃花源记》为人们描绘了一个美好的世外桃源："土地平旷，屋舍俨然，有良田美池桑竹之属。阡陌交通，鸡犬相闻。其中来往种作，男女衣着悉如外人。黄发垂髫，并怡然自乐。""土地平旷，屋舍俨然"写出了桃花源里人们生活的富足；"鸡犬相闻"既反衬了桃花源的静谧，又表达了作者对于小国寡民的向往；"黄发垂髫"点缀出了桃花源的悠然与闲定。桃林深处，清溪尽头，住着一群不知世事变迁、与世无争的村民，"其中往来种作，男女衣着，悉如外人。黄发垂髫，并怡然自乐"，安享着太平，令人神往。李白《山中问答》诗云："桃花流水窅然去，别有天地非人间。"正可做此文的注脚。这与陶渊明所处的时代形成了明显差异。陶渊明生活在晋宋易代之际，军阀连年混战，统治者骄纵奢华，政治腐败黑暗，苛捐杂税名目繁多，民众苦不堪言。陶渊明青年时代也曾有过大济苍生的雄心壮志，但经过几番仕隐波折终究心灰意冷，无奈回归田园。本应比普通百姓生活优越的他，也难免忍饥挨饿，甚至还要上门乞讨。"夏日长抱饥，寒夜无被眠。造夕思鸡鸣，及晨愿乌迁。"(《示庞主簿邓治中》)"饥来驱我去，不知竟何之。行行至斯里，叩门拙言辞。"(《乞食》)陶渊明在痛苦中思考着这种社会状况，探寻着幸福和乐的生命之源，在探寻中，他寄情于这里的人，也寄情于这里的自然环境，自然不能不包括这里的"水"。因为，水还是桃花源中人们人格的象征。桃花源中的人们也具有水一般的品格。

水，不慕富贵，不弃贫贱，化做万种情态，公平地让每个人赏读品味，公平地让万物休养生息。水，无论你是把它放在糙杯歪器中，还是把它置于宝鼎斜皿中，它都能以一样平常的心态找到"水平"点，正是器歪水不歪，皿斜水不斜，是谓"水平"。这里洗去了尘世的黑暗与污浊，没有战乱纷争，没有改朝易代，这里没有君臣之分，没有苛捐杂税，没有剥削压榨，人人自食其力，人人平等友爱，生活安乐，幸福安宁。

水至柔，却信念坚定，执著不懈。有"滴水穿石"之韧，有"百川东到海"之志，不怕"九曲黄河"之阻隔，任水击礁石浪涛尽，纵然粉身碎骨变为"千堆雪"也决不退缩，后浪推前浪，奋勇搏击，克服重重险阻，以"天下之至柔，驰骋天下之至坚"，经千磨万砺，千回百转，终于完成"奔流到海"的志向。"黄发垂髫，并怡然自乐"。

水是生命之源，可谓功勋卓著。颂辞千篇不足以表其功，丰碑万座不足以张其德。"水善利万物而不争"，水永远保持低调，"润物无声""静水流深""心静如水"，深邃而宁静，毫不张扬。犹如这里的人仁爱谦和，热情好客，对于外来的渔人，"村中闻有此人，咸来问讯"，"余人各复延至其家，皆出酒食"，招待得殷勤周到，完全没有世间尔虞我诈的情形。

哪儿的地势低洼水就往哪儿流，关注最低层的需要，毫不势力。水以不争之态，大巧若拙之中，育万物葱茏，生机无限，似无为却有为。犹如这里的人笃志不渝，谨慎处事，"自云先世避秦时乱，率妻子邑人来此绝境，不复出焉，遂与外人间隔。问今是何世，乃不知有汉，无论魏晋"，"此中人语云：'不足为外人道也。'"

诗人如此幻想出了一个安宁、和谐的人间仙境，通过对桃花源的安宁和乐、自由平等生活的描绘，借被"水"滋润的桃花源胜景，以表达对黑暗现实的强烈不满和尖锐批判，也表现了作者对美好生活的理想追求。

三、水是桃花源世界的庇佑者

篇末陶渊明写道："既出，得其船，便扶向路，处处志之。及郡下，诣太守，说如此。太守即遣人随其往，寻向所志，遂迷，不复得路。"渔人于水道入，复于水道出，虽"处处志之"，却再无复得路。深层的文化意蕴正是隐喻水所蕴涵的一种庇佑功能。不正是由于水的庇佑，阻绝了世人的骚扰，庇佑了这片乐土的自由幸福和安宁吗？水是生命的源头，正因为水是生命生生不息、大化流行的发动者，因此，水对于桃花源世界又是保护者。水使桃花源世界充满了生机和活力，具有生机活力的事物又往往是具有自我保护功能的事物。水纯净清澈，是至洁之物，可以祛除疾病灾难，有庇佑功能。古代不少地域都风行着婴儿出生后的洗礼习俗，胡朴安《中华风物志》记载，安徽"婴儿三日后，必为之净洗，谓之洗三朝"。由于对水功能的崇拜，祈福免灾的修禊活动也很盛行。因此，毫无疑问，对于桃花源世界来说，水具有一种强大的生命力量，也隐喻为一种庇佑的力量。正是由于"水"的庇佑，才使这里"土地平旷，屋舍俨然"，使得这里的人们能"怡然自乐"。正是由于水的庇佑，才使得桃花源世界能够遗世独立，成为福地洞天，不致遭受世人的骚扰。即使"高尚之士""南阳刘子骥"，"闻之，欣然规往"也同样"未果"，直到"寻病终"，以至于"后遂无问津者"。在那个战乱频仍、黑暗腐败的时代，那一方乐土只能来去无踪，渔人也再寻觅不到。流水桃花，清纯而美丽，承载着陶渊明的理想；桃花流水，落寞而无奈，传达出陶渊明深深的叹息。应该说，在桃花源世界中，不能没有流水，在《桃花源记》中，也不能没有流水意象。流水意象不是一般的文学模写性意象，而是具有深厚的文化原型意义的文学意象，这种原型意象的使用，使《桃花源记》具有更为深隐隽永的艺术韵味。在一定程度上说，魏晋南北朝的山水观是审美性的山水观，正是因为这个时期文学艺术作品中出现并开始描写具体的、全景式的、主客观结合的山水之美。这也是魏晋南北朝时期山水散文能得以产生并发展成熟，在中国山水文学发展史上创造了一个辉煌开端的原因所在。

此外，《桃花源记》对风景引人入胜的描绘，长期以来都被人们传诵、赞誉。作者成功地运用了虚景实写的手法，使人感受到桃源仙境是一个真实的存在，达到了景中含情、情景交融、相生相融的艺术境界，显示出高超的叙事写景的艺术手法。可以说，《桃花源记》中所描写的山水田园之美，与魏晋南北朝时期任何一篇山水文相比，都丝毫不逊色。陶渊明生活的时代已经一去不返，但陶渊明的《桃花源记》契合了人性中对自由和美好的向往与追求，他笔下的桃源社会具有永恒的文化魅力。

第二节　南朝梁陶弘景《答谢中书书》中的"水"

　　山川之美，古来共谈。高峰入云，清流见底。两岸石壁，五色交辉。青林翠竹，四时俱备。晓雾将歇，猿鸟乱鸣；夕日欲颓，沉鳞竞跃。实是欲界之仙都。自康乐以来，未复有能与其奇者。①

　　陶弘景（456—536），字通明，南朝梁时丹阳秣陵（今江苏南京）人，号华阳隐居，著名的医药家、炼丹家、文学家，历经宋、齐、梁三代，精通阴阳五行、星算地理及医术等，齐时官至奉朝请，后隐居于句曲山，设帐授徒，采药炼丹，自号"华阳隐居"。梁武帝即位，屡加聘礼不出，帝有大事无不咨询，时人称为"山中宰相"，卒谥贞白先生，作品明人辑为《陶隐居集》。

　　《答谢中书书》是他写给朋友谢中书的一封书信。作者抓住江南山林的特征，用简洁空灵的笔墨来写江南水乡。文章前两句"山川之美，古来共谈"为第一层次，高屋建瓴地指出历代描摹山水的文章不胜枚举，表明自己的这一篇文章仍写山水之美。笔锋一转，接着进入第二层次，分别

---

① 唐·欧阳询，前引书，第669页。

从空间和时间上描绘江南山水之美。"高峰入云，清流见底"，在作者笔下，昂首是山，低眉是水，一高一低，俯仰生姿。高峰直插云霄，流水清澈见底，从高到低，依次写了高山流水。高山屹立，栖身一处，历千年不移；碧波荡漾，缠绵万里，经万年不息。对仗工整，朗读起来简洁有力。句式整齐典雅之美、角度变化之美、刚柔并济之美，巍巍高山肃穆之美，清清溪流的灵秀之美，被诗人描绘得淋漓尽致。

"两岸石壁，五色交辉"彰显的美更加夺目：作者的视角变化为平视和环视。看浮光跃金，嶙峋的怪石在阳光下显现出青、赤、白、黑、黄五种奇异的色彩，光怪陆离，绚丽耀眼。"交辉"既是色彩组合在一起的瑰丽丰富，又是色彩在阳光下的璀璨光泽。这种美，是光和影的舞蹈，是浓与淡的碰撞，是冷与暖的对比，是烈火烹油、鲜花着锦的浓烈之美！

紧接着，作者用两组并列对偶句写了一日之美："晓雾将歇，猿鸟乱鸣；夕阳欲颓，沉鳞竞跃。"作者笔下有"入云"的高峰、有"见底"的流水、有山上"乱鸣"的"猿鸟"、有水中"竞跃"的游鱼。猿的柔声啼唤，鸟的恣意鸣啭，鱼的欢腾，交织在一起，四周景物若隐若现，宛若仙境。到此处，作者已把江南山水之美描写地完美之至。作者充分调动视觉和听觉，视角俯平远，通过高峰、清流、石壁、翠竹等静物和猿鸟、沉鳞等动物的动静变化，与光景辉映，极力描写山之高、水之净、景色之奇，既有"高峰入云"的磅礴气势，又相伴"清澈见底"的澄澈之美，也许只在江南的水乡才能见到。此时此刻，大自然奥秘的生命之彩与竞跃腾欢的"五色交辉"组成了一幅迷人的画面。

"实是欲界之仙都"正是作者对江南这一人间天堂山水之美的高度赞扬和总结。作者笔下的山水充满了灵动、脱俗之美，传达出一种天人合一的生命愉悦感，读来令人尘垢顿消、心清神明。文末，作者仍不忘用一句"自康乐以来，未复有能与其奇者"结束全文。深感于"自谢灵运以来竟再也无人能妙赏此佳山佳水了"，一唱三叹，摇曳生姿。

全文短短六十八字，却胜过鸿篇巨制。全文笔调清新，写景传神，清丽明净而富于含蕴，与充斥在齐梁文坛上的那些繁缛浮艳、内容空虚的骈体文大异其趣，江南山水之美跃然纸上。陆机在《文赋》中提出作家应"笼天地于形内，挫万物于笔端"，即作家应把广阔的天地概括进形象描绘在笔下。陶弘景做到了，做得十分成功。

庄子在《知北游》中说："天地有大美而不言。"大自然有着无穷无尽的魅力，深藏着美丽和博大的精神。山水之美，并不只是美在貌，它所映照出来的是欣赏者的内心世界，只有情怀高雅、内心纯净的人才能真正品味与领悟它的美。陶弘景深谙老庄之道，他以道家的出世眼光看待山水，营造出与天地万物融为一体、独与天地精神往来的审美境界。而这一切，惟有抛却了世俗功利之心的人才能体会，却不能用言语来形容，他的《诏问山中何所有赋诗以答》所反映出的正是这样一种自娱自乐："山中何所有，岭上多白云。只可自怡悦，不堪持赠君。"魏晋南北朝时期，对于自然山水，人们既注意到了作为客体的山水本身的特征所具有的审美价值，也注意到了作为山水知己的人在山水审美关系中的重要作用。全文清丽明净而富于含蕴，与充斥在齐梁文坛上的那些繁缛浮艳、内容空虚的骈体文大异其趣。

第三节　南朝梁吴均《与朱元思书》中的"水"

　　风烟俱净，天山共色。从流飘荡，任意东西。自富阳至桐庐一百许里，奇山异水，天下独绝。
　　水皆缥碧，千丈见底。游鱼细石，直视无碍。急湍甚箭，猛浪若奔。
　　夹岸高山，皆生寒树，负势竞上，互相轩邈，争高直指，千百成峰。泉水激石，泠泠作响；好鸟相鸣，嘤嘤成韵。蝉则千转不穷，猿则百叫无绝。鸢飞戾天者，望峰息心；经纶世务者，窥谷忘反。横柯上蔽，在昼犹昏；疏条交映，有时见日。①

---

① 张圣洁、朱五书：《初中文言文全解一点通》，贵州教育出版社，河北教育出版社，2006年版，第161-164页。

吴均（469—520），字叔庠，吴兴故鄣（今浙江安吉）人。南朝梁时的文学家、史学家。好学有俊才，其诗文深受沈约称赞。其诗清新，且多为反映社会现实之作。其文工于写景，诗文自成一家，常描写山水景物，称为"吴均体"，开创一代诗风。受梁武帝欣赏，任为奉朝请。著有《齐春秋》三十卷、注范晔《后汉书》九十卷等；有《吴均集》二十卷，但很可惜并未流传下来。保留下来的作品收集在《全梁文》《艺文类聚》里。①

书信起源于战国，汉代已成为一种常见的文体。虽然汉代李陵给苏武的书信中已有对山水的描写，但是把山水景物描写当作书信的一个重要内容，却是魏晋及其以后的事。《与朱元思书》是吴均写给好友朱元思信中的一小段，是一篇文情并茂的山水小札，与陶弘景的《答谢中书书》堪称六朝书札的双璧。本文叙述作者乘船富春江上，通过简练传神、富有情韵的彩笔，仅用114字，便生动逼真地描绘了自桐庐至富阳途中的山光水色，读后令人悠然神往，仿佛亲临其境一般，迫不及待地与作者分享祖国河山的纯真之美，是古代散文中写景的名篇。

作者用丹青妙笔为我们绘制了一幅绚丽生动、充满诗情画意的百里山水画卷：风烟散尽，天山一色，水天一色；小船随波荡漾，山峰奇异、流水缥碧；江水清澈，游鱼、卵石尽收眼底；流水湍急似飞箭，猛浪汹涌如奔马；山耸千丈，林幽鸟鸣；泉水泠泠，清脆悦耳，好鸟相和，嘤嘤动听；蝉音千转，猿声长鸣。如此美景使人流连忘返，息去功名利禄之心，顿有出尘之思。这就是富春江所特有的景色，是秋天的富春江。它与别处之所以不同，就在于它美在山"奇"，丽在水"异"，奇山异水相互映衬，相互补充，才构置了诗一般的美的意境。在这里，有"异"水而没有"奇"山，景物就会黯然失色；有"奇"山而没有"异"水，景物也就失去了灵性，真所谓"奇山异水，天下独绝"。开头一段总叙自富阳至洞庐的景色，空灵清澄，境界开阔，并以"奇山异水，天下独绝"八个字总揽胜景，勾勒出这幅山水画卷的独有形象，特征鲜明，意境清新。下文紧承"异水""奇山"四字。

先写"异水"。先分两层对碧水奇峰进行生动传神的描绘。作者在这里抓住富春江水的特点来写。"水皆缥碧，千丈见底。游鱼细石，直视无碍"，因为作者是坐在船上，水是那么晶莹透彻，可以一眼望到底，写出了水的青绿澄清之色，生动传神地描绘出满江碧水澄净透明的特征，展现出富春江水的静态美。连那倏忽来往的游鱼，累累的细石，都看得一清二楚，以夸张的手法极力形容江水清澄明净之姿。可见富春江的水"异"就"异"在水的"清"了，这是第一层，是作者对水的静态描写。但在这一百余里中，水并不总是静止的，有时遇上急湍猛浪，那奔腾的气势又

---

① 唐孝麟：《中国古代散文选》，高等教育出版社1995年版，第109-110页。

会叫人惊心动魄。"急湍甚箭，猛浪若奔"，是第二层，则是动态的描写水。突出了"异水"湍急奔腾的气势：每到峡岸陡处，则急流快如飞箭，猛浪势如奔马。在对比中生动地写出了急流、猛浪的奔腾气势，从而传神地表现富春江水飞动雄奇的动态美，不愧为"天下独绝"。作者在这一段既写了动态的水，也写了静态的水。这动静的有机结合再现了水色，水的清，水的深度以及水奔腾之气势。富春江的水既清又急。作者写水是把动与静、声与色、光与影巧妙地结合在一起，为我们绘就了一幅充满生命力的大自然的秋景图，而在这图画中作者又轻淡而使人不觉地渲染了感情色彩，使整幅图画洋溢着诗情。作者以他高超的艺术手法培养了我们的美感，给我们以美的享受。

再写"奇山"。一是山势之奇："夹岸高山，皆生寒树，负势竞上，互相轩邈，争高直指，千百成峰。"不仅画出峰峦迭起、层出无穷的磅礴气势，而且运用拟人化的手法，化静为动，把无生命的群山写得生机勃勃、活跃飞动，极富生命力。二是山音之奇："泉水激石，泠泠作响。好鸟相鸣，嘤嘤成韵。蝉则千转不穷，猿则百叫无绝。"作者笔下有泉响、有鸟鸣、有蝉转、有猿啼，各音齐会，高低交替，长短错落，连绵不绝，融成一支悦耳怡神的山林交响曲。三是山意之奇："鸢飞戾天者，望峰息心；经纶世务者，窥谷忘反。"意思是说那些为名利极力攀高结贵的人，看到这些奇伟的山峰，就会平息追名逐利的欲念；那些终日碌碌、缠身政务的人，看到这些幽美的山谷，就会流连忘返。四是山林之奇："横柯上蔽，在昼犹昏；疏条交映，有时见日。"横柯掩映，明暗相间，写出了船穿行于丛林、雅致幽静的境界，更添迷人色彩，使结尾富有诗意。

当政治黑暗、社会动乱时，人们便会把目光投向山林，期望能够在山水间排解心中苦闷，吴均也是如此。吴均诗文清丽，写景自然，自成一家，号称"吴均体"。他最擅长书札，除了《与朱元思书》外，还有《与施从事书》："故鄣县东三十五里，有青山，绝壁干天，孤峰入汉；绿嶂百重，清川万转。归飞之鸟，千翼竞来；企水之猿，百臂相接。秋露为霜，春罗被径。风雨如晦，鸡鸣不已。信足荡累颐物，悟衷散赏。"雄伟的青山，万转的清流，景色之奇丽，令人神往，有着净化心灵的作用；《与顾章书》："仆去月谢病，还觅薜萝。梅溪之西，有石门山者，森壁争霞，孤峰限日；幽岫含云，深溪蓄翠；蝉吟鹤唳，水响猿啼，英英相杂，绵绵成韵。既素重幽居，遂葺宇其上。幸富菊花，偏饶竹实。山谷所资，于斯已办。仁智之乐，岂徒语哉！"仅用短短83个字就把石门山如诗如画、赏心悦目的美景展现给了读者。

山水的动人情韵吸引着作者回归自然，而作者高洁的志趣、无邪的主境，正与之相契合，从而能够用简洁优美的语言为我们描绘出一个无忧无虑、鸟语花香的世界。有山有水的地方,是最适合安顿疲惫心灵的,因为它远离功名利禄、纷纷扰扰,能够息去世俗之心。

山水佳作,骈体典范。此文虽用骈体,句式整饬,却不失疏朗之致,直叙白描写景手法中可以看出作者的体物入微。特别是山水分写,交互生辉。水有山相衬,使水更显其灵性;山有水相映,使山更增其生机。文中情感真切,作者托身峰谷之间,厌弃尘世之情与文中之景一样真切可见。既有对功名利禄的鄙弃,也有对官场政务的厌倦;既有对爱慕美好自然的含蓄表达,也有避世退隐的高洁志趣。《与朱元思书》这篇写景骈文所达到的较高的艺术水准,使其成为了南朝山水文的典型代表,并与魏晋南北朝其他书札类山水散文作品,如陆云的《与车茂安书》,陶弘景的《答谢中书书》,鲍照的《登大雷岸与妹书》,吴均的《与顾章书》《与施从事书》,祖鸿勋的《与阳休之书》等,一起构成了魏晋南北朝山水文的整体。

第四节　北朝魏郦道元《水经注·江水·三峡》中的"水"

自三峡七百里中,两岸连山,略无阙处;重岩叠嶂,隐天蔽日,自非亭午夜分,不见曦月。

至于夏水襄陵,沿溯阻绝,或王命急宣,有时朝发白帝,暮到江陵,其间千二百里,虽乘奔御风,不以疾也。

春冬之时,则素湍绿潭,回清倒影。绝𪩘多生怪柏,悬泉瀑布,飞漱其间。清荣峻茂,良多趣味。

每至晴初霜旦,林寒涧肃,常有高猿长啸,属引凄异,空谷传响,哀转久绝。故渔者歌曰:"巴东三峡巫峡长,猿鸣三声泪沾裳!"[①]

郦道元(约470—527),字善长,范阳涿州(今河北涿州)人,北魏地理学家,仕途坎坷,终未能尽其才。他博览奇书,幼时曾随父亲到山东访求水道,后又游历秦岭、淮河以北和长城以南广大地区,考察河道沟渠,搜集有关的风土民情、历史故事、神话传说,撰《水经注》四十卷。所撰《水经注》一书,文笔隽永,描写生动不仅为地理学家所重视,也为考古学家、历史学

---

① 北魏·郦道元:《水经注》。

家、农田水利学家所重视，既是一部具有重大科学价值的地理著作，也是一部颇具特色的山水散文集，其中有不少短小精练的游记小品，借鉴了前人的经验，囊括了当代山水散文的成就，是山水散文开始走向成熟的标志，也受到文学家的重视，对后世山水游记散文的写作产生了极为深远的影响。

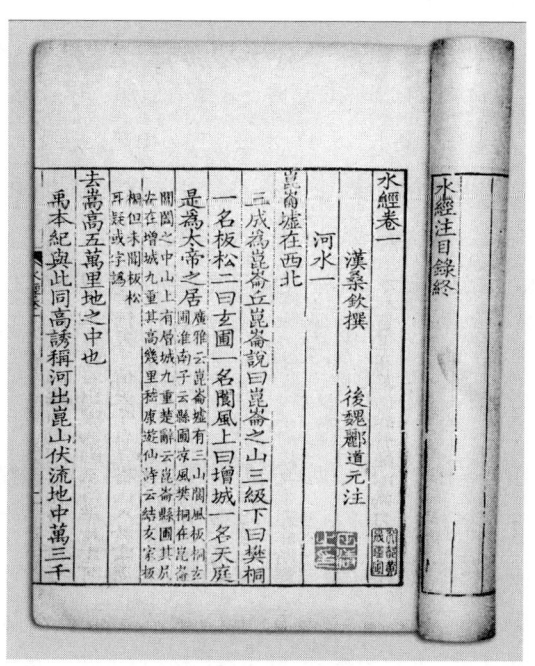

《水经注》里记述大小河流1252条，湖泊和沼泽500多处，泉水和井水等地下水200多处，伏流30余处，瀑布60多处，温泉31处。每记一条河或一处湖水，都能够认真记录各种现象，分类很细，如把湖泊分为湖、泽、海、坑、陂、浦、渊、潭、池、薮、渚、塘、淀、沼等，对温泉按温度分为"暖""热""炎热特甚""炎热倍甚"和"炎热奇毒"5个等级。郦道元还很注重文字的可读性，写景生动，如描写瀑布时，他没有泛泛地称之为瀑，而是把泷、洪、悬流、悬水、悬涛、悬泉、悬涧、悬波、颓波、飞清等瀑布的不同形态生动地展现了出来，还引经据典，记录下许多神话传说、人物典故、民俗物产、歌谣谚语等，堪称一部百科全书。

《水经注》所记载的三峡库区南北两岸的河流、溪水等水系达35条之多，虽历经1500年的沧桑变迁，其记载与现代的水系分布仍基本吻合。本文是《水经注·江水》中"（江水）又东过巫县南,盐水从县东南流注之"的一条注。《水经注·江水·三峡》本段主要描述三峡中的巫峡,记叙了长江三峡雄伟壮丽的奇景,写出了它四季不同的壮丽景色和雄峻风貌,能激发人们热爱祖国大好河山的感情,可以说是一篇优美的写景散文。

作者先总写三峡山高岭连、中间狭窄的总体特点:"自三峡七百里中,两岸连山,略无阙处。重岩叠嶂,隐天蔽日,自非亭午夜分,不见曦月。"接着写夏季三峡情景:水涨流速,交通阻断。夏季水涨,淹了山陵,上行和下航的船只都被阻绝了,写出了水势大、水流速情况下的通例。只有王朝的紧急命令要向各地传达时,才会有航船。作者是为江水作注,重点是写水,而水以夏季为盛,故先写"夏水"。为写水势,先写山势,这既能揭示水速的原因,又能使急流和峻岭相互映衬,形成一幅险峻壮奇的图画。然后写春冬时水退潭清、风景秀丽的三峡情景。作者笔下的水如白练,明净轻快,水光变幻。深水为潭,以"绿"饰"潭",益见深沉宁静。水中有影,则水平如镜,倒影入潭,更觉风光秀丽。此乃俯视江中所见。下文即写仰视所见,由峡底写到山上。以"绝"状山,以"怪"写柏,道出了当地的自然特征。冬季水竭,夏水急猛,春水潺;夏水多险,春水富趣,真可谓"良多趣味"。最后写秋天水枯气寒、猿鸣凄凉的三峡情景。

统揽全文,文中写山势连绵七百里,"两岸连山,略无阙处",又言其高峻,"重岩叠嶂,隐天蔽日,自非亭午夜分,不见曦月";写水势之疾,说可以朝发白帝、暮至千二百里外的江陵,"虽乘奔御风,不以疾也",虽不乏夸张之语,但很令人信服。可见,李白的诗句"朝辞白帝彩云间,千里江陵一日还。两岸猿声啼不住,轻舟已过万重山",正可印证此言不虚。对江水的描写尤其精彩:白色的激流,回旋着清波;碧绿的深水,映出奇松怪柏的倒影;高悬的清泉和瀑布,发出巨响,在林间奔流冲荡。山高水清,树荣叶茂,增添了许多趣味。本文虽属节选,但全文结构严谨,布局巧妙,浑然一体,特别是作者运笔富于变化,有正面落笔,有侧面烘托,有粗线勾勒,有工笔细描,有明言直写,有隐喻暗示,有全景鸟瞰,有特写镜头,有仰观远景,有俯察近物,有绘形写貌,有摹声录音,有自己立言,有由人代语,虽只几百字的短文,却概括千里,包容四季,收纳山水草木,罗入清猿怪柏,真可谓片言敌万语,尺素罗千里。作者在描山摹水上的功力可见一斑。作者记山水简练传神,风格清新,深得山水之神韵,在真正意义上昭示了山水文学这个全新领域所具有的万千气象及其不可遏阻的生命活力,标志着中古时期人们山水审美水平所能达到的高度,也直接导启了柳宗元和徐霞客的山水游记。

第五节 唐代柳宗元《小石潭记》中的"水"

从小丘西行百二十步,隔篁竹,闻水声,如鸣佩环,心乐之。伐竹取道,下见小潭,水尤清冽。全石以为底,近岸,卷石底以出,为坻,为屿,为嵁,为岩。青树翠蔓,蒙络摇缀,参差披拂。

潭中鱼可百许头,皆若空游无所依。日光下澈,影布石上,佁然不动,俶尔远逝,往来翕忽。似与游者相乐。

潭西南而望,斗折蛇行,明灭可见。其岸势犬牙差互,不可知其源。坐潭上,四面竹树环合,寂寥无人,凄神寒骨,悄怆幽邃。以其境过清,不可久居,乃记之而去。

同游者:吴武陵,龚古,余弟宗玄。隶而从者,崔氏二小生:曰恕己,曰奉壹。①

柳宗元(773—819),字子厚,唐代著名文学家、思想家。祖籍河东(今山西省芮城、运城一带),出身于官宦家庭,少有才名,早有大志,与韩愈共同倡导唐代古文运动,并称"韩柳"。刘禹锡与之并称"刘柳"。王维、孟浩然、韦应物与之并称"王孟韦柳"。柳宗元一生留下600多篇诗文作品,其哲学思想中具有朴素的唯物论成分,政治思想主要表现为重"势"的社会历史观和儒家的民本思想,文学作品语言朴素自然、风格淡雅而意味深长,代表作有《黔之驴》《捕蛇者说》《永州八记》及绝句《江雪》等。

---

① 唐孝麟:《中国古代散文选》,高等教育出版社1995年版,第378-379页。

柳宗元的山水游记，是他散文创作中具有高度艺术技巧和最富艺术独创性的一部分。而在他篇数不多的山水游记中，《小石潭记》可以说是一篇极具代表性的作品。《小石潭记》全名《至小丘西小石潭记》，是《永州八记》中的一篇，文中以生动凝练的语言描写了"小石潭"的优美景色，描写了小石潭环境景物的幽美和静穆，抒发了作者贬官失意的孤凄之情。语言简练、生动，景物刻画细腻、逼真，充满诗情画意。

柳宗元所处的时代，正是唐王朝经历了"安史之乱"摧残由盛世转向衰落的岁月。藩镇割据，宦官专权，灾荒四起，掠夺加剧，社会矛盾异常尖锐。就在柳宗元被贬为永州司马时，为了消解胸中积愤，以游览山水为乐，作有《永州八记》，包括《始得西山宴游记》《钴鉧潭记》《钴鉧潭西小丘记》《小石潭记》《袁家渴记》《石渠记》《石涧记》《小石城山记》。他在《始得西山宴游记》中说："自余为僇人，居是州，恒惴栗。其隟也，则施施而行，漫漫而游。日与其徒上高山，入深林，穷回溪，幽泉怪石，无远不到。到则披草而坐，倾壶而醉。醉则更相枕以卧，卧而梦。意有所极，梦亦同趣。"当遭遇人生挫折时，人们最渴望的便是回归山林，"悠悠乎与颢气俱，而莫得其涯；洋洋乎与造物者游，而不知其所穷"，达到物我两忘的境界，忘却世间烦忧，这也是天性使然。大自然收容了这位命运的弃儿，灵潭之水沐浴了他。《小石潭记》是柳宗元所写的《永州八记》中的第四篇，是一篇脍炙人口、千古流传的佳作。

《小石潭记》开篇，作者采用"移步换形"的写法，隔着竹林，先闻"水声"如佩环鸣响，使人顿生好奇与好感，故"心乐之"，直接抒发了自己快乐的心情。见到小潭，更为心旷神怡，因为"水尤清冽"，潭中露出的石头姿态奇特，周围环境清幽静美，接着，作者又写潭中游鱼，"似与游者相乐"，将喜悦之情寄寓于鱼。看似"以其境过清"而引起的，实则是作者借景抒情，含蓄地反映了他遭贬四年后的寂寞处境和凄怆、哀怨的心境。"青树翠蔓，蒙络摇缀，参差披拂"，再加上水至清、鱼至乐、境至清，给人带来一种灵魂的净化。

然后，文章从游鱼、阳光、影子等各个角度去点染潭水，潭中鱼"皆若空游无所依。日光下澈，影布石上"，或"怡然不动"，或"往来翕忽"，皆生动真切，侧面写出了潭水的清澈见底。而小溪"斗折蛇行""岸势犬牙差互"，视界异常鲜明。听觉、视觉结合，远近结合，动静结合，虚实结合，工笔白描，尽显其幽，令人拍案叫绝。[①]

接着作者用变焦的手法把镜头推向远方，探究小石潭的水源及潭上的景物。作者娴熟地使用比喻手法，用北斗七星的曲折和蛇的爬行比流动的溪水，喻静止的溪身，形容小溪的形状，用狗

[①] 沈永年：《〈小石潭记〉与〈醉翁亭记〉对比赏析》，《中学教学参考》2010年12月10日。

的牙齿来形容小溪的两岸,从两岸的参差交错写溪身的蜿蜒曲折。由远及近,从潭外到潭内,从潭中到潭边,一路写来,眉目清楚,严密自然。确切而又传神地写出了小溪流动的特征,渲染了小石潭幽深静谧的诗意之美,使人有身临其境之感。

作者接着写对小石潭总的印象和感受。先写外景环境,后写内心感受,写得情景交融,构成一种特异的境界。对小石潭总的印象和感受,作者突出了一个"静"字,有一种被贬后凄苦孤寂的心境,形成了感情从"乐"到"凄"的大幅度滑坡。一乐一忧,耐人寻味。这是由于柳宗元参与改革,失败被贬,心中愤懑难平,因此凄苦是他感情的基调,寄情山水正是为了摆脱这种抑郁的心境。他在《始得西山宴游记》中说:"自余为僇人,居是州,恒惴栗。其隙也,则施施而行,漫漫而游。日与其徒上高山,入深林,穷回溪,幽泉怪石,无远不到。到则披草而坐,倾壶而醉。醉则更相枕以卧,卧而梦。意有所极,梦亦同趣。"当遭遇人生挫折时,人们最渴望的便是回归山林,"悠悠乎与颢气俱,而莫得其涯;洋洋乎与造物者游,而不知其所穷",达到物我两忘的境界,忘却世间烦忧,这也是天性使然。作者最后记下与作者同游小石潭的人并就此止笔。

翻检《永州八记》中的其他几篇,其中描写水的句子还有很多。例如:"钴鉧潭,在西山西,其始盖冉水自南奔注,抵山石,屈折东流。其颠委势峻,荡击益暴,啮其涯,故旁广而中深,毕至乃止。流沫成轮,然后徐行,其清而平者,且十亩余,有树环焉,有泉悬焉。"(《钴鉧潭记》)"其中重洲小溪,澄潭浅渚,间厕曲折,平者深墨,峻者沸白,舟行若穷,忽又无际。"(《袁家渴记》)"其流抵大石,伏出其下。逾石而往,有石泓,菖蒲被之,青鲜环周。又折西行,旁陷岩石下,北堕小潭,潭幅员减百尺,清深多鯈鱼。"(《石渠记》)"水平布其上,流若织文,响若操琴。"(《石涧记》)。

《小石潭记》中的景物无疑于潭水着墨无多,粗看全文,以潭水为主,但细细品味,却无处不在写潭水之清。先以水声清冷引人入胜,进入画面的中心,"水尤清冽";接着写石、写鱼,之所以能见到"全石以为底""空游无所依"也正因为水清;最后,望水源,坐潭上,感觉到还是"其境过清"。柳宗元的独创性,在于不复写水,只写鱼游,而澄澈的潭水已粼粼映眼。但这还不够,于是他借助日光作进一步渲染,于岸上观鱼,很难看清潭心,所以借助日光透过蓝晶晶的潭水,直照白莹莹的石底,多么富于色彩!这色彩,又是用来烘托游鱼,以见潭水之"清"的。一泓清水衬以玲珑的石,青葱的树,轻灵的鱼,真将"清"字写到了极处。正如清代陈衍所说:"潭中鱼可百许头,皆若空游无所依。日光下澈,影布石上,怡然不动。俶尔远逝,往来翕忽……工于写鱼,工于写水之清也。"《小石潭记》中,第一段的景色是清冷、"清冽",再转为"过清""凄清"。

作者又回到愁苦之中将自己的感情淋漓尽致地表达出来，这真是作者色彩情感的价值所在。

《小石潭记》全文仅193个字，但作者却凭借其高超的语言功力，多侧面地刻画了小石潭的面貌，通过写景，将自己内心的真实感情融入了优美景物之中，状物生动，摹景真切，寓情于景，情景交融，深刻表达了作者当时的思想感情，是一篇"景美情美"的山水游记，成为中国游记文学的精品。

第六节　北宋欧阳修《醉翁亭记》中的"水"

环滁皆山也。其西南诸峰，林壑尤美，望之蔚然而深秀者，琅琊也。山行六七里，渐闻水声潺潺而泻出于两峰之间者，酿泉也。峰回路转，有亭翼然临于泉上者，醉翁亭也。作亭者谁？山之僧智仙也。名之者谁？太守自谓也。太守与客来饮于此，饮少辄醉，而年又最高，故自号曰醉翁也。醉翁之意不在酒，在乎山水之间也。山水之乐，得之心而寓之酒也。

若夫日出而林霏开，云归而岩穴暝，晦明变化者，山间之朝暮也。野芳发而幽香，佳木秀而繁阴，风霜高洁，水落而石出者，山间之四时也。朝而往，暮而归，四时之景不同，而乐亦无穷也。

至于负者歌于途，行者休于树，前者呼，后者应，伛偻提携，往来而不绝者，滁人游也。临溪而渔，溪深而鱼肥，酿泉为酒，泉香而酒洌，山肴野蔌，杂然而前陈者，太守宴也。宴酣之乐，非丝非竹，射者中，弈者胜，觥筹交错，起坐而喧哗者，众宾欢也。苍颜白发，颓然乎其间者，太守醉也。

已而夕阳在山，人影散乱，太守归而宾客从也。树林阴翳，鸣声上下，游人去而禽鸟乐也。然而禽鸟知山林之乐，而不知人之乐；人知从太守游而乐，而不知太守之乐其乐也。醉能同其乐，醒能述以文者，太守也。太守谓谁？庐陵欧阳修也。①

欧阳修（1007—1072），北宋文学家、史学家。字永叔，号醉翁，晚年号六一居士。庐陵（今江西吉安）人。北宋天圣八年（1030年）进士。累擢知制诰、翰林学士，历枢密副使、参知政事。宋神宗朝，迁兵部尚书，以太子少师致仕。卒谥文忠。政治上曾支持过范仲淹等的革新主张，文学上主张明道、致用，对宋初以来靡丽、险怪的文风表示不满，并积极培养后进，是北宋古文运动的领袖。散文说理畅达，抒情委婉，为"唐宋八大家"之一；诗风与其散文近似，语言流畅自然。其词婉丽，承袭南唐余风。曾与宋祁合修《新唐书》，并独撰《新五代史》。又喜收集金石文字，编为《集古录》，对宋代金石学颇有影响。有《欧阳文忠公集》。②

宋仁宗庆历五年春（1045年），参知政事范仲淹等人遭谗离职，欧阳修上书替他们分辩，再遭贬斥，出知滁州，做了两年知州。《醉翁亭记》就作于到滁州的第二年。本文以一个"乐"字贯穿全篇，并坦言"醉翁之意不在酒，在乎山水之间也"。把政治失意、仕途坎坷的内心抑郁和苦闷寄情于山水之间。全文共四段，条理清楚，构思极为精巧。

醉翁亭因"水"而秀。第一段先写醉翁亭之所在，并引出人和事。以"环滁皆山也"交待地理环境，点出醉翁亭坐落在群山之中。先写"西南诸峰，林壑尤美"，由山而峰，视野集中到最佳处。再写琅琊山"蔚然而深秀"，点山"秀"，照应上文的"美"。"行六七里，峰回路转，有亭翼然"，照应上文"蔚然而深秀"，可看出醉翁亭坐落在山清水秀的最佳位置上。此处，似乎依旧不能突出水在装点醉翁亭之作用。紧接着由峰而泉，"渐闻水声潺潺而泻出于两峰之间者，酿泉也"，酿泉的出现让醉翁亭顿时显得灵秀起来，真是山水相得益彰，山无水不美，山无水不秀。然后由泉而亭，"有亭翼然临于泉上者，醉翁亭也"。再由亭而人，"作亭者谁？山之僧智仙也"。接着由人而酒，"饮少辄醉"，再由酒而醉翁，再由"醉翁之意不在酒"引出"山水之乐"，得出"山水之乐，得之心而寓之酒也"。层层递进，过渡巧妙，给人完整的"山水之乐"印象。

醉翁亭因"水"而美。第二段，"若夫日出而林霏开，云归而岩穴暝，晦明变化者，山间之朝暮也"分述山间朝暮四季的不同景色，描绘了山间两幅对比鲜明的朝暮画面。"野芳发而幽香，佳木秀而繁阴，风霜高洁，水落而石出者，山间之四时也。朝而往，暮而归，四时之景不同，而乐亦无穷也"，概括了山间春、夏、秋、冬四季的不同风光，抒发了自己被美景陶醉的欢乐心情，得

---

① 上海辞书出版社文学鉴赏辞典编纂中心编著：《欧阳修诗文鉴赏辞典》，上海辞书出版社2013年版。

② 詹丹：《宋词三百首》，华东师范大学出版社2003年版，第313页。

出"山水之乐""四时之景不同,而乐亦无穷也"的结论。抑扬顿挫,音韵谐美。这里仍旧不得不提水之作用。"野芳"何以能"发而幽香"?"佳木"何以能"秀而繁阴"?毫无疑问,水之功也。

诗人因"水"而乐。第三段写滁人的游乐和太守的宴饮。既有太平祥和的百姓游乐图,又有太守设宴饮乐图。此醉是为山水之乐而醉,更为能与吏民同乐而醉。"政通人和"才能有这样的乐。无论是"临溪而渔,溪深而鱼肥",还是"酿泉为酒,泉香而酒洌",都离不开水。最后一段写宴会散、众人归的情景。突出太守之乐与众不同,不是众人所能理解的。与"醉翁之意不在酒,在乎山水之间"前后呼应,并与"滁人游""太守宴""众宾欢""太守醉"联成一条抒情的线索,曲折地表达了作者内心复杂的思想感情,含蓄委婉地表达了作者被贬官后寄情山水的特殊心理。在这里,"水"又是太守与民同乐的寄情载体。

在作者笔下,醉翁亭的远近左右都是一张山水画:有山,有泉、有林,有亭。他所写的"水",是活泼灵动,充满生命力的,"渐闻水声潺潺而泻出于两峰之间者,酿泉也",短短一句话,即可令人想到山间清泉潺潺流淌的情状。水的潺潺流动与蔚然深秀的琅琊山形成鲜明对比,再加上"临溪而渔,溪深而鱼肥,酿泉为酒,泉香而酒洌,山肴野蔌",有山,有水,太守当然是发自内心的快乐。作者精巧的构思布局使得写作技巧如此卓越,表现出很高的艺术美。

通览全文,《醉翁亭记》具有很高的艺术性和思想性,格调清丽,遣词凝练,音节铿锵,既有图画美,又有音乐美。最为人称道的是全文创造性地运用二十一个"也"字,具有一唱三叹的风韵。作者用一个"乐"字贯穿全文,以"酒"为媒介来观照,以"醉"的方式来反思,以"翁"的姿态来沉静,以文寓意,以酒寄情,对滁州四时的景物进行热情描画与赞美,山林中太守与民同乐,陶醉于如画般的美景之中,迎合了人们心理需求的乐民思想,是这篇文章千古流传的另一深层底蕴。作者是"醉翁之意乃在酒",非"醉翁之意不在酒,在乎山水之间"。这也是对"智者乐水,仁者乐山"的另一种诠释。欧阳修创作了这篇流传千古、脍炙人口的美文,并借此将北宋散文革新运动推到一个新的发展阶段。

第七节 北宋苏轼《前赤壁赋》中的"水"

壬戌之秋,七月既望,苏子与客泛舟游于赤壁之下。清风徐来,水波不兴。举酒属客,诵明月之诗,歌窈窕之章。少焉,月出于东山之上,徘徊于斗牛之间。白露横江，水光接天。纵一苇之所如，凌万顷之茫然。浩浩乎如冯虚御风，而不知其所止；飘飘乎如遗世独立，羽化而登仙。

于是饮酒乐甚，扣舷而歌之。歌曰："桂棹兮兰桨，击空明兮溯流光。渺渺兮予怀，望美人兮天一方。"客有吹洞箫者，倚歌而和之。其声呜呜然，如怨如慕，如泣如诉，余音袅袅，不绝如缕。舞幽壑之潜蛟，泣孤舟之嫠妇。

苏子愀然，正襟危坐而问客曰："何为其然也？"客曰："'月明星稀，乌鹊南飞。'此非曹孟德之诗乎？西望夏口，东望武昌。山川相缪，郁乎苍苍，此非孟德之困于周郎者乎？方其破荆州，下江陵，顺流而东也，舳舻千里，旌旗蔽空，酾酒临江，横槊赋诗，固一世之雄也，而今安在哉？况吾与子渔樵于江渚之上，侣鱼虾而友麋鹿，驾一叶之扁舟，举匏尊以相属。寄蜉蝣于天地，渺沧海之一粟。哀吾生之须臾，羡长江之无穷。挟飞仙以遨游，抱明月而长终。知不可乎骤得，托遗响于悲风。"

苏子曰："客亦知夫水与月乎？逝者如斯，而未尝往也；盈虚者如彼，而卒莫消长也。盖将自其变者而观之，则天地曾不能以一瞬；自其不变者而观之，则物与我皆无尽也，而又何羡乎！且夫天地之间，物各有主，苟非吾之所有，虽一毫而莫取。惟江上之清风，与山间之明月，耳得之而为声，目遇之而成色，取之无禁，用之不竭，是造物者之无尽藏也，而吾与子之所共适。"

客喜而笑，洗盏更酌。肴核既尽，杯盘狼藉。相与枕藉乎舟中，不知东方之既白。

苏轼（1037—1101），宋代文学家、书法家。字子瞻，又字和仲，号东坡居士。眉州眉山（今四川）人。嘉祐进士。曾上书力言王安石新法之弊，后因作诗讽刺新法而下御史狱，贬黄州。宋哲宗时任翰林学士,曾出知杭州、颍州,官至礼部尚书。后又贬谪惠州、儋州。与父苏洵、弟苏辙合称"三苏"。其文纵横恣肆,为"唐宋八大家"之一。苏轼在诗、文、词、书、画等方面,取得了登峰造极的成就。有《东坡七集》《东坡易传》《东坡乐府》等。苏轼曾自称:"子瞻性好山水。"(《再跋醉道士图》)这位才华横溢的诗人出生在山明水秀的四川眉山,川蜀之地自古以来即被认为是长江的发源地,川蜀山水,奇险壮丽,为天下人心之向往。灵气所钟,苏轼从小便受到大自然的陶冶,孕育了苏轼豪放的个性与气质。苏轼一生与水结下了深厚的情缘。每到一处他都喜好游水、善于治水、放情咏水。如《泛颍》诗写道:"我性喜临水,得颍意甚奇。到官十日来,九日河之湄。吏民笑相语,使君老而痴。使君实不痴,流水有令姿。绕郡十余里,不使亦不迟。上流直而清,下流曲而漪。画船俯明镜,笑问汝为谁?忽然生鳞甲,乱我须与眉。散为百东坡,顷刻复在兹。此岂水薄相,与我相娱嬉!"泛舟颍水契合了苏轼"性喜临水"的本性,苏轼愿与水为伴,爱水之清,乐水之姿,乘舟与水相戏。诗人俯船下望,见水中人影,生出不知是人是我的疑惑。转而水动波生,人影散乱,而少顷水波平息,聚为一影。影即人,人亦影,实乃水与人相戏耳。诗意虚中见虚,虚而求实,于常景中写出新意,可见苏轼对水的痴爱与怜惜之情。

苏轼一生坎坷,但始终保持着旷达乐观的心态,即使屡被贬谪,也从未消沉过。他是中国文学史上一位杰出的文学家,他的散文与诗、词并驾齐驱,以豪迈的气魄、丰富的思想内容和独特的艺术风格体现了北宋文学的最高成就。

(一)水之形彰显着天地之大美

月白风清的七月半,诗人与朋友驾一叶小舟,来到黄冈赤壁下的长江中赏月游玩,放松身心,作者笔下的水是七月长江之水,其时之水"清风徐来,水波不兴",有着"白露横江,水光接天"的壮丽。水状茫茫无际而雍容舒展。风非急非大而显水之清澈。陶醉于"清风徐来,水波不兴"的风景之中,顿觉心神舒畅,不一会儿,明月果然从东山而出,此时"白露横江,水光接天",水显现出了宁静、清澈、明亮的美。所以,苏子眼中的自然是纯粹的自然。因清风而轻灵,因明月而光亮,因白露而朦胧,因水光而壮丽。江上之清风,山间之明月,是天地之大美,乃人间之造化。这里的自然是灵性的自然,是充满着生气与灵性的自由空间。"清风""明月""白露""水光",哪一个不充满着灵性呢?人与物相对相立又相似相连,所谓万物有灵,欣于所遇,也正在心领神会间。水若无际,月若无际。作者面对赤壁的山水风月、主客的扁舟渔唱等可入诗境的各种物象,已不辨何处是水,何处是月,只觉得置身于一片无挂无碍的"空明"之中。万千毛孔,俱为舒展;

百端俗虑,一起抛撒。于是才引发了"浩浩乎如冯虚御风,而不知其所止;飘飘乎如遗世独立,羽化而登仙"的极度自由之感。

(二)水之情诉说着诗人纯粹的情感

中国文化中,水与月与爱情密切相关。爱情是水,是人之自然情性的体现,是来之于生命的真情性。《文心雕龙·情采》篇中说,"情者文之经,辞者理之纬"。这里的情感是生命的本真情性。面对如此灿烂的自然美景,苏子心会意喜,于是发出"纵一苇之所如,临万顷之茫然"的感叹,不由颂出《诗经·月出》中的优美诗句:"月出皎兮,佼人僚兮。舒窈纠兮,劳心悄兮。"诗人敲着船边,打着节拍,应声高歌。歌中唱道:"桂木船棹啊香兰船桨,迎击月光下的清波,逆流而上地泛光。我的心怀悠远,展望美好的理想,却在天的另一方。"这是自然的陶冶,是对人性情的净化。诗人的心性是何等的自由、旷达。于是,有会吹洞箫的客人,依着节奏为歌声伴和,洞箫"呜呜"作声:有如怨怼有如思慕,既像啜泣也像倾诉,余音在江上回荡,像细丝一样连续不断。能使深谷中的蛟龙为之起舞,能使孤舟上的寡妇为之饮泣。在这里,苏子歌,吹洞箫者和之,"如怨如慕,如泣如诉;余音袅袅,不绝如缕。舞幽壑之潜蛟,泣孤舟之嫠妇"。水之澄澈净化了人的情感,是何等深沉,何等缠绵,何等美丽,何等婉转。这是中国文学和中国文化的情性之美。

(三)水之神涤荡着澄澈的生命

中国文化中,水总是包含着人生的思考。有李白《将进酒》中"君不见黄河之水天上来,奔流到海不复回"的感叹,也有李煜"问君能有几多愁,恰似一江春水向东流"的人生喟叹。诗人也难免脱俗。《赤壁赋》作于宋神宗元丰五年(1082年)秋。元丰二年(1079年),他因"乌台诗案"被贬为黄州(今湖北黄冈)团练副使。这是苏轼政治上失意、行动上不自由、生活穷困、心情极其苦闷的时期,随着政治权利政治自由的丧失,戴上了"思过而自新"的帽子。作者由眼前美景先是联想到历史上叱咤风云的曹操,一代枭雄,率百万雄师南下,"舳舻千里,旌旗蔽空,酾酒临江,横槊赋诗",曾经发出人生苦短之叹:"对酒当歌,人生几何?譬如朝露,去日苦多。"如今这样的英雄人物不也消失在历史长河之中了吗?面对长江的浩瀚无穷,不禁感慨道:自己和朋友"如同蜉蝣置身于广阔的天地中,像沧海中的一粒粟米那样渺小。哀叹我们的一生只是短暂的片刻,不由羡慕长江的没有穷尽",继而感叹生命的短暂与永恒。"客亦知夫水与月乎?逝者如斯,而未尝往也;盈虚者如彼,而卒莫消长也。"诗人问道:"你可也知道这水与月?流逝得就像这水,其实并没有真正逝去；时圆时缺的就像这月，终究又何尝盈亏。"作者的低落情绪并没有持续多久，他以水月的消逝与盈虚作譬，把目光投向茫茫的宇宙，认为从不变的角度看，万物都是永恒的啊。于是转悲为喜，尽情享受游赏之乐，在开怀畅饮中超然物外，忘记时间的流逝。情感的承转起合，在"水"的陶冶中，化为美丽的音符。在水的净化中，真实的情感得以更加清新而自然地呈现。

文章抒写了赤壁秋夜江月的奇美和主客泛舟江面的乐趣。明月一轮映于波平浪静的江面，凉爽的清风徐徐吹来，茫茫白露布满大江，水光山色与中天夜月相辉映，主客对酌于舟中，酒酣耳热后和着凄怆的洞箫声扣舷而歌，然后又从如怨如慕、如泣如诉的箫声中引出客人思古之幽伤和对人生如寄的慨叹，文章也就此由情入理，由感情的抒发到哲理的畅达，进而以苏子的对答把全文的主旨表露出来，"变"与"不变"的理论和"物各有主"的观点好似一剂"愀然"的灵丹妙药，使客人终于"喜而笑"。难能可贵的是，遭遇人生重大变故之后，苏轼虽然也感叹人生短暂、无常，但他并不甘消沉，而是以开阔、豁达的胸襟来面对一切，最终战胜了遭贬谪后的苦闷抑郁。作者再次快乐起来，体现出苏轼乐观旷达的人生态度。这是散文自《庄子》以后久违了的精神逍遥游的再现。

文章语言优美，可谓"句句如画，字字似诗"，情景交融、境界高远。清代古文大家方苞评论说："所见无绝殊者，而文境邈不可攀，良由身闲地旷，胸无杂物，触处流露，斟酌饱满，不知其所以然而然。岂惟他人不能模仿，即使子瞻更为之，亦不能如此适调而畅遂也。"的确，只有忘怀得失，胸襟坦荡，才能撰写出"文境邈不可攀"的《赤壁赋》来。此情此景不再，事过境迁之后，纵使苏东坡复为之，恐怕也难重现。

第八节　南宋周密《观潮》中的"水"

浙江之潮，天下之伟观也。自既望以至十八日为盛。方其远出海门，仅如银线；既而渐近，则玉城雪岭际天而来，大声如雷霆，震撼激射，吞天沃日，势极雄豪。杨诚斋云"海涌银为郭，江横玉系腰"者是也。

每岁京尹出浙江亭教阅水军，艨艟数百，分列两岸；既而尽奔腾分合五阵之势，并有乘骑弄旗标枪舞刀于水面者，如履平地。倏尔黄烟四起，人物略不相睹，水爆轰震，声如崩山。烟消波静，则一舸无迹，仅有"敌船"为火所焚，随波而逝。

吴儿善泅者数百，皆披发文身，手持十幅大彩旗，争先鼓勇，溯迎而上，出没于鲸波万仞中，腾身百变，而旗尾略不沾湿，以此夸能。

江干上下十余里间，珠翠罗绮溢目，车马塞途，饮食百物皆倍穹常时，而僦赁看幕，虽席地不容间也。①

周密（1232—1298），南宋词人，字公谨，号草窗、苹洲、四水潜夫等，祖籍济南，他的曾祖随高宗南渡，后为湖州吴兴（今浙江吴兴）人。南宋末年，曾任义乌令等职，南宋灭亡后，不再做官。他填的词，讲求格律，风格与同时期的吴文英（梦窗）相近，两人并称"二窗"。周密能作诗，也善书法绘画，著作有《草窗韵语》《武林旧事》《齐东野语》等。此外，还编有《绝妙好词》。

此文选自《武林旧事》，是作者入元后所作。本文只有两百五十余字，却写出了钱塘江潮的雄伟壮观景象、水军演习的宏大场面、吴中健儿高超的弄潮技巧和观潮的盛况。

诗人先描绘钱塘江潮水雄伟壮美的景象。开篇用"浙江之潮，天下之伟观也"总领全文，先声夺人。接着交代海潮最盛的时间，然后对潮水从形、色、声、势四个方面进行正面描绘，由远及近地写出了海潮的雄奇壮观：当它远远地从海口那儿涨起来时，仅仅像一条银白色的横线。后来，越涌越近，像玉雕的城墙，雪堆的山岭，潮头之高能吞天沃日。"既而渐近，则玉城雪岭际天而来，大声如雷霆，震撼激射，吞天沃日，势极雄豪。"着重表现的是潮水的颜色、声音和气势：以"玉城雪岭"作比，写潮头的颜色，与上文的"银线"一词相呼应；用"雷霆"比况，写潮水的声音；用"震撼激射，吞天沃日"八个字，表现潮水的气势，准确地把握了潮水的特征，笔酣墨饱、畅快淋漓地再现了钱塘江潮的伟观。段后又引用了南宋诗人杨诚斋《浙江观潮》一诗中的句子，恰到好处地补证了文章的描述，不仅加强了作品的艺术表现力，还能给读者留下美好遐想的余地。

---

① 李玉安、黄正雨：《中国藏书家通典》，中国国际文化出版社2005年版。

接着写趁江潮最盛的时候水军演习的精彩场面：参加演习的船只众多，演习中阵势变化多样，文章连用"乘骑""弄旗""标枪""舞刀"四个结构相同、节奏明快的动宾词组列举水兵的多种动作，令人眼花缭乱，目不暇接。后面再跟上"如履平地"的比喻句，从中可见出他们武艺的高强。接下去写实战演习："倏尔黄烟四起，人物略不相睹，水爆轰震，声如崩山"，战斗气氛十分紧张，激战在火热地进行。整个演习过程，写得干净利落。这场战斗写得有动有静，有声有色，含蓄地表现出水兵健儿驶船的高超本领、作战的卓越技能和将领的指挥有度、操练得法。

最后又写吴地健儿精彩的水技表演。全段主要在"善泅"二字上做文章。"披发文身"，是写他们的外形打扮；"争先鼓勇，溯迎而上，出没于鲸波万仞中"，是写他们的矫健和勇敢；"腾身百变"，是写他们泅水技术的超绝；"而旗尾略不沾湿"，则是旁衬他们的善泅，寥寥数十字，对吴地这种民间习俗作了极为生动的描述。

文末写观潮的盛况。众多的吴地健儿在惊涛骇浪中作精彩表演，吸引了观潮的人群如织，以致"江干上下十余里间"，"车马塞途""席地不容间"。行文至此，作者意犹未尽，再侧面写物价的昂贵和看棚中的无一席之地。游人之众可想而知。而写游人之众正是为了表现江潮之盛，紧扣题意，不蔓不枝。

《观潮》这篇散文着眼点在"潮"上，立足点在"观"上，作者从潮来之状、演兵之威、弄潮之技、观潮之盛四个方面写观潮，作者写江潮涌动时，抓住了形、色、声、力四个特点，可谓是以奇取胜的经典散文。一是写水军演习则主要表现他们武艺高强和动作迅速，此乃形奇；二是写弄潮儿踏潮走浪彩旗不湿，奇在他们个个身怀绝技，此乃神奇；三是写观潮场面，侧重写观潮人多得出奇，此乃意思奇。作者用寥寥二百五十余字，善于抓住描写对象的主要特征，刻意渲染，因而能凭借极经济的笔墨勾勒出观潮的热闹场面，成为一篇短小精悍的速写小品，此乃文字也奇。

翻检古代诗文，写泛化之水的文章非常多，但写潮水的却很少。因为必须有非常高超的文字功底，才能真实地写出钱塘江大潮的波澜壮阔。周密这篇散文无论从布局谋篇还是遣词造句上都很见功力，如写钱塘来潮时的景象，"大声如雷霆，震撼激射，吞天沃日，势极雄豪"，以"观"为全文的意脉，又没有一处离开"潮"字。水军操练是选定潮盛的日期；吴地健儿泅水是"出没于鲸波万仞中"，"鲸波万仞"，当然潮水很大；游人之众也是意在衬托水势之盛。从这些地方都可见，作者构思的精巧和行文的缜密。作者用渲染、烘托和对比三种写作手法，不仅形象地写出了大潮的雄壮气势，连水军演习、吴地健儿弄潮及兵民、皇室观潮的情态状貌也都逼真地再现了出来，读来如在眼前。

第九节　清代袁枚《浙西三瀑布记》中的"水"

甚矣,造物之才也!同一自高而下之水,而浙西三瀑三异,卒无复笔。

壬寅岁,余游天台石梁,四面崒者屃屭,重者巇嶮,皆环梁遮迣。梁长二丈,宽三尺许,若鳌脊跨山腰,其下嵌空。水来自华顶,平叠四层,至此会合,如万马结队,穿梁狂奔。凡水被石挠必怒,怒必叫号。以崩落千尺之势,为群碖砢所挡拟,自然拗怒郁勃,喧声雷震,人相对不闻言语。余坐石梁,恍若身骑瀑布上。

走山脚仰观,则飞沫溅顶,目光炫乱,坐立俱不能牢,疑此身将与水俱去矣。瀑上寺曰上方广,下寺曰下方广。以爱瀑故,遂两宿焉。

后十日,至雁宕之大龙湫。未到三里外,一匹练从天下,恰无声响。及前谛视,则二十丈以上是瀑,二十丈以下非瀑也,尽化为烟,为雾,为轻绡,为玉尘,为珠屑,为琉璃丝,为杨白花。既坠矣,又似上升;既疏矣,又似密织。风来摇之,飘散无着;日光照之,五色映丽。或远立而濡其首,或逼视而衣无沾。其故由于落处太高,崖腹中洼,绝无凭籍,不得不随风作幻;又少所抵触,不能助威扬声,较石梁绝不相似。大抵石梁武,龙湫文;石梁喧,龙湫静;石梁急,龙湫缓;石梁冲荡无前,龙湫如往而复:此其所以异也。初观石梁时,以为瀑状不过尔尔,龙湫可以不到。及至此,而后知耳目所未及者,不可以臆测也。

后半月,过青田之石门洞,疑造物虽巧,不能再作狡狯矣。乃其瀑在石洞中,如巨蚌张口,可吞数百人。受瀑处池宽亩余,深百丈,疑蛟龙欲起,激荡之声,如考钟鼓于瓮内。此又石梁、龙湫所无也。

昔人有言曰："读《易》者如无《诗》，读《诗》者如无《书》，读《诗》《易》《书》者如无《礼记》《春秋》。"余观于浙西之三瀑也信。[①]

袁枚（1716—1797），清代诗人、散文家。字子才，号简斋，晚年自号仓山居士、随园主人、随园老人，汉族，钱塘（今浙江杭州）人，祖籍浙江慈溪。清乾隆四年（1739年）进士，选庶吉士，官江宁（今江苏南京）知县。清乾隆十四年（1749年）辞官隐居于南京小仓山随园，吟咏其中，广收弟子。袁枚以诗名闻于时，不以书名。而船山（指张问陶）盛称其书，以为雅淡如幽花，秀逸如美士。一点著纸，便有风趣，其妙在神骨间。曾为船山写诗一册。偶写墨梅，亦超群迈古，韵出天然。袁枚是乾隆、嘉庆时期代表诗人之一，与赵翼、蒋士铨合称"乾隆三大家""江右三大家"。著有《小仓山房诗文集》《随园诗话》《随园随笔》等。卒年82岁。

袁枚共写了十几篇游记文，主要收录在他自编的《小仓山房诗文集》卷二十九中。作者在清乾隆四十七年（1782年），用月余时间游览了浙江天台山石梁、雁荡山大龙湫、青田石门洞三处瀑布，写下了这篇《浙西三瀑布记》。作者通过比较描写，别开生面地展现了三处瀑布的奇异景色。

在作者的笔下，瀑布具有人一样的生命、情感，显示出活泼的灵性。写水"被石挠必怒，怒必叫号，以崩落千尺之势，为群磥砢所挡拒，自然拗怒郁勃，喧声雷震"，"怒""号""拗怒"皆是人的情状，自然山水在袁枚心目中是心灵的休息之所，山中的自然之物皆通灵性，富有浓厚的人情味，情感色彩强烈，以之写水，激流击石的雄壮气势毕现。它们与人心灵相通，可作情感交流。

袁枚的游记不独是对自然景物的客观描写，还有审美主体的介入。作者在对山水景观的描摹中，灌注着自身的主观感受，以此造成情景交融的艺术效果，使其所描摹的山水景观更具真切而富有感染力的特征。如作者在具体描摹天台石梁瀑布"如万马结队，穿梁狂奔""以崩落千尺之势……喧声雷震，人相对不闻言语"这些使人惊心骇胆的气势以后，又写了自己的主观感受："余坐石梁，恍若身骑瀑布上。走山脚仰观，则飞沫溅顶，目光炫乱，坐立俱不能牢，疑此身将与水俱去矣。"读者读到此处，就仿佛身临其境，也产生了"目光炫乱""此身将与水俱去"的感觉。

我国古代的山水游记一般都是一文写一景，极少有人把几处不同山水景色作有意识的比较描写。作者善于采用相互比较的手法来描摹山水景观，通过对比，写出了瀑布的形态之异，是这一典型之作的一大亮点。作者紧紧抓住三处瀑布形态上的特点，多侧面地加以描写。天台山石梁瀑

[①] 王克俭：《袁枚散文选》，海南国际新闻出版中心1997年版。

布具有雄武之气，如万马结队，穿梁狂奔，各处汇聚于此的水，从两丈宽的石梁洞中通过，如同打开栅栏门的马群争先恐后夺门而出，形象地表现石梁瀑布"蓄之既久，其发必速"的壮观气势。

雁荡山大龙湫瀑布却是恬静温柔的。远看如一匹练从天而降，恰无声响，洁白、柔美、飘逸、恬静。多侧面地展现大龙湫瀑布的不同姿质。用"为烟，为雾"绘其水气轻柔慢慢扩散的情状；用"为轻绡"突出其温柔朦胧的感觉；用"为玉尘，为珠屑"，状其飞沫似水珠的滑腻晶莹的颜色；用"琉璃丝"，表现水珠的激射状；用"杨白花"既状其色，又状其质地的轻柔。

写青田石门洞瀑布虽寥寥几笔，着墨虽然不多，因为是在跟石梁和龙湫的比较中写出，却点化了它奇巧的形态，仍能给人以明晰的印象。如巨蚌张口，可吞数百人，足见其形态之奇；受瀑处池宽亩余，足见池的面积之广；疑蛟龙欲起，足见池中水势汹涌翻腾之状；声如考钟鼓于瓮内，足见其声沉闷回响之奇。作者用富有变化的语言，从不同侧面穷形尽态地描写三处瀑布，表现了大自然的鬼斧神工，使人产生身临其境、目睹其景的感觉，具有强烈的艺术感染力量，显示了作者敏锐的艺术洞察力、捕捉力和塑造山水自然之美的艺术功力。

《浙西三瀑布记》揭示了大自然的意蕴，可谓山水多姿，神情各别，袁枚对"三瀑"能做如此成功的比较描写，是同他作文主张和游览山水的独具慧眼分不开的。他主张叙事写人"宁失诸全，勿失诸平"，要求抓住对象的特点，反对面面俱到、四平八稳地叙写事物。他笔下的《游桂林诸山记》主在写其"奇"，《游黄山记》主在写其"险"，《游庐山黄崖遇雨记》又主在写雨景的"奇幻"，而《游武夷山记》则主在突出其"曲"。这方面，袁枚继承了前人游记写作的经验并且胜过了前人。[1]

---

[1] 奚锦顺：《山水多姿 神情各别——析袁牧的〈浙西三瀑布记〉》，《语文学习》1985年第1期。

第六章

挥毫写水：水在绘画中的百变风情

在山水画中，自然之水经过艺术家的精心熔铸和陶冶，呈现在我们面前的已经不再是肉眼所看到的朴拙形态，水已经化作了千姿百态，代替创作者抒发性灵、表达情感。这也使得山水画成为了超越自我、超越现实的精神体验与心性修养的综合体，引领着人们回归生命本身，感悟自然天道，获得心灵的安宁与平和。

第一节　山水入画：论中国山水画中人与山水的关系

山水画以自然景观为创作对象，"山水以形媚道而仁者乐"①（宗炳《画山水序》），画家用艺术的形式表现山水，观者在山水画中体味乐之至境，其中所表现出的"天地与我并生，而万物与我为一"②（《庄子·齐物论》）的天人合一境界和自然回归意识，无一不折射出人与山水之间的和谐关系。

一、画中山水的"怡情"作用

南朝宋时的画家王微（415—443）在其画论《叙画》中这样写道：

> 望秋云，神飞扬，临春风，思浩荡。虽有金石之乐，玤璋之琛，岂能仿佛之哉！披图按牒，效异山海，绿林扬风，白水激涧。呼呼！岂独运诸指掌，亦以明神降之。此画之情也。③

在这里，王微提出了山水画的一个重要作用：怡情。也就是说山水画以其生动逼真的描绘使人的精神、情感得到极大程度的满足，心绪不由自主地随着秋云飞扬，感受春风浩荡，从而得到无边的快乐。而这种快乐，是财富换不来，金银买不到的④。而想达到这样的效果，画中所绘的山

---

① 俞剑华：《中国古代画论类编》，人民美术出版社2007年版，第583页。

② 陈鼓应，前引书，第32页。

③ 俞剑华，前引书，第585页。

④ 《大戴礼记·劝学》云："故天子藏珠玉，诸侯藏金石，大夫畜犬马，百姓藏布帛。"故笔者认为，这里"金石之乐，玤璋之琛"当借以指权势和财富。

水必须是画家艺术处理过的山水,不能"披图按牒",更不能绘成《山海经》一样的实用地图。

人们喜欢亲近山水,乃是天性所致,如北宋郭熙、郭思《林泉高致·山水训》一书中有云:

> 君子之所以爱夫山水者,其旨安在?丘园,养素所常处也;泉石,啸傲所常乐也;渔樵,隐逸所常适也;猿鹤,飞鸣所常亲也。尘嚣缰锁,此人情所常厌也。烟霞仙圣,此人情所常愿而不得见也。直以太平盛日,君亲之心两隆,苟洁一身,出、处、节、义、斯系,岂仁人高蹈远引为离世绝俗之行,而必与箕、颍、埓素、黄绮同芳哉!白驹之诗、紫芝之咏,皆不得已而长往者也。①

这段话的意思是说,君子之所以喜爱山水美景,是因为山丘园林是人为修养并保持其本性所常处的地方;泉水山石是人长啸寄傲时常喜欢的;捕鱼打柴,是隐士所感到适意的;猿鹤是显身扬名所常接近的。尘世中喧嚣如缰绳和枷锁一样束缚人,这是人之常情所厌恶的。云霞仙圣,这是人之常情所常希望见到却不能见到的。如今恰逢太平盛世,皇上和父母的恩德都很深厚,如果只为了保证个人在做官和隐退问题上的高洁,认为是人的品节所系,难道仁德之人都要隐居远游,做出超脱人世的行为,一定要与当年做隐士的许由同样质朴,与夏黄公、绮里季同留芳名吗?《诗经》和《淮南子》中所咏叹的那些白驹紫芝一般的贤士,都是因为不得已才去隐居的啊。

人都喜随性厌思虑,希望高洁无染的生活和思想境界。山水可以养志怡情,使人忘却世俗烦恼,但是长居山林、离世隐居却是不太容易做到的。因为生逢盛世,正是一展抱负的大好时机,这使得许多士人陷入了两难境地。于是,山水画的出现,就较好地缓和了这种矛盾:

> 然则林泉之志,烟霞之侣,梦寐在焉,耳目断绝。今得妙手,郁然出之,不下堂筵,坐穷泉壑。猿声鸟啼,依约在耳;山光水色,滉漾夺目,此岂不快人意,实获我心哉?此世之所以贵夫画山之本意也。不此之主而轻心临之,岂不芜杂神观,溷浊清风也哉!画山水有体,铺舒为宏图而无余,消缩为小景而不少。看山水亦有体,以林泉之心临之,则价高;以骄侈之目临之,则价低。②

为了生活奔波忙碌,虽然隐居林泉、与烟霞为侣的夙愿,常常出现在午夜梦回时,但是听不到更感受不到林泉之乐。现在梦中的山被画家用高妙的手法生动地描绘了出来,使人不出厅堂就

---

①② 宋·郭熙、郭思:《林泉高致·山水训》,影印文渊阁《四库全书》本。

能够坐看林泉丘壑美景,依稀仿佛间,猿啼、鸟鸣响在耳边,山光水色如在目前,这真是舒畅精神、抒发情感的绝佳方式呀。但是,山水画虽然可以使人闭门而隐,身在尘世却能享受出世之乐,不居山林却能有林泉之赏,但画中的山水毕竟是人造的自然,所以,能不能达到如临真山真水的观赏效果,要由画家与观赏者两方面来决定。首先,画山水要有一定的体制、规则,铺写长幅大轴使人一览无余,绘制短纸小轴要有尺幅万里之势。其次,观赏山水画不能存世俗功利之心,而要有不俗的审美心胸——"林泉之心"。只有观赏者心境空明虚静、纯真朴实,才能有真正意义上的审美鉴赏,否则"佳句好意亦看不出,幽情美趣亦想不成"①,从而降低画的品位与格调,并使自己精神错乱。所以,用童真、脱俗、无染之"心"去画中神游,才能真正达到怡情的作用。这正是宗炳在《画山水序》所说的"澄怀味象""神超理得""闲居理气",以虚静平和之心去体味山水之乐,从而在优游玩味中体会到一种超越功利的审美愉悦。如张镃(1153—?)《朱师关画梅溪春晓图》诗云:

梅溪之水何清哉,万顷玉碧天边来。两山拱把各异状,上有磅礴巨石散落生莓苔。松萝笼蒙共纠结,带映万蕊纷瑶瑰。香繁粉艳露凝湿,下视凡卉真舆台。露裾褊襈彼仙子,寒裳矫首遥相俟。心清悟物思相羊,指点八极供翱翔。胎仙舞空为前导,紫芝煜煜更芬芳。时当初霁放晓色,赫日滉漾咸池光。罗浮幽梦奚烦数,西湖漫赋横斜句。相逢弭棹定情亲,翠榴瑶罍恣倾举。东鸦西兔从飞驰,维北有斗南有箕。化工精妙得师旨,写入缣素不使捐毫厘。保当著身此溪上,溪清梅白森相向,吾与二子成三人,共看桑田乾海浪。②

于画幅之上看梅溪碧水漾漾,心清神和,这完全是高洁心灵与艺术山水相遇才会产生的审美效果。如吕本中(1084—1145)《次韵钱逊叔清江图后二首》诗云:

公但一室坚坐,我方万里生还。共作十年清梦,同寻五岭名山。
作清江三两曲,胜大厦千万间。若保此中安坐,不必中原遽还。③

居华厦高屋,不如清江一游,能让诗人生出如此感慨,可见画中景物带给了他多么大的心理

---

① 宋·郭熙、郭思:《林泉高致·画意》,影印文渊阁《四库全书》本。
② 傅璇琮等主编,前引书,卷二六八二,第31545页。
③ 傅璇琮等主编,前引书,卷一六一七,第18156页。

愉悦。再如苏辙（1039—1112）《吕希道少卿松局图》诗云：

> 溪回山石间，苍松立四五。水深不可涉，上有横桥渡。溪外无居人，磐石平可住。纵横远山出，隐见云日莫。下有四老人，对局不回顾。石泉杂松风，入耳如暴雨。不闻人世喧，自得山中趣。何人昔相遇，图画入纨素。尘埃依古壁，永日奉樽俎。隐居畏人知，好事竟相误。我来再三叹，空有飞鸿慕。逝将从徙游，不惜烂樵斧。①

诗人忠实地还原了画幅的内容，没有过多的溢美之辞，但字字含情，溪回水深处藏着作者的赞叹之意。

二、画中山水的"游心"作用

观赏山水画，要做到目随景移、心随水动，这种畅游心神的观赏方式，被古人形象地称之为"游心"。最早提出"游心"一词的，是庄子。庄子思想的核心便是"游"，他所极力鼓吹的"逍遥游"，不是身体的自由移动，而是指超越六合之表的精神旅行。庄子经常使用"游心"一词来形容这种特殊活动。如"乘物以游心"（《庄子·人间世》）、"游心乎德之和"（《庄子·德充符》）、"汝游心于无淡，合气于漠，顺物自然而无容私焉，而天下治"（《庄子·应帝王》）、"游心于坚白同异之间"（《庄子·骈拇》、"游心于物之初"（《庄子·田子方》）、"游心于无穷"（《庄子·则阳》）等，追求一种"不从事于务，不就利，不违害，不喜求，不缘道，无谓有谓，有谓无谓，而游乎尘垢之外"（《庄子·齐物论》）的精神自由。用庄子"游"的概念来观照孔子所说的"游于艺"（《论语·述而》），可知是要人们在文艺创作和文艺欣赏中，达到一种超越俗世的至高精神境界。这样的心理审美活动，可以使人在观赏山水画作时获得一定程度上的心理平衡，如赵蕃（1143—1229）《题毕叔文所藏赵祖文画》诗云："数月湖山路，未看湖上山。尘埃苦相败，疾病亦多关。见此微茫画，如行惨澹间。小舟帆正饱，何日载余还。"②世俗尘埃蒙蔽了心灵，只有山水可以清洗。再如李纲的《端礼知宗宠示水石六轴戏作此诗归之》云：

> 闽溪盘屈七百里，赣水湍泻十八滩。何人作此极变态，使我当暑毛骨寒。
> 小山屹立奔猛里，飞浪汹动巉岩间。喧豗似有雷电响，回薄乍疑霜雪翻。枯

---

① 宋·苏辙：《栾城集》卷七，上海古籍出版社 2009 年版，第 134 页。

② 傅璇琮等主编，前引书，卷二六三九，第 30876 页。

槎石上尽坚瘦，苍波喷浸尺度悭。画工不复画舟楫，意谓绝险无敢干。岂知操舟若神者，出没涛濑心甚闲。崎岖世路更巇恶，返视此画平而安。①

诗人极力渲染画中闽溪、赣水的浪高滩险，又说画很逼真，看了使人毛骨悚然，画工都没有画上一叶扁舟，隐含的意思是这么险峻的山水，是无人敢过的。诗人发议论说，纵使风浪再大，也会有高明的操舟人气定神闲、出没其间的，更何况想一下人世的险恶崎岖，画中所绘情景就显得微不足道了。《庄子·列御寇》云："凡人心险于山川，难于知天。天犹有春秋冬夏旦暮之期，人者厚貌深情。"② 北宋党争的激烈，使得士人们产生了危机感和畏祸心理，于是不少人选择了悠游山水的方式来使心情趋于平和冲淡。但身为朝廷命官，要生活在朝堂，亲近自然山水的机会是不多的，山水画就为他们弥补了这个缺憾。如司马光（1019—1086）《依韵和仲庶省壁画山水》诗云："画工执笔已心游，稍稍蘅皋引杜洲。堆案烦文犹倦暑，满轩新意忽惊秋。天生贤者非无为，官遇明时未易休。正恐怒飞朝暮事，丹青难得久淹留。"③ 再如秦观（1049—1100）的《题赵团练画江干晚景四绝》诗云：

本自江湖客，宦游常苦心。看君小平远，怀我旧登临。
鸟外云峰晚，沙头草树晴。想初挥洒就，侍女一齐惊。
公子歌钟里，何从识渺茫。惟应斗帐梦，曾到水云乡。
晓浦烟笼树，春江水拍空。烦君添小艇，画我作渔翁。④

长年累月的操心劳形，使人身心俱疲，于是诗人要求画家在画幅中添一艘小艇，把自己画作一位渔翁，以圆自己的江湖梦。陈造《张秀才枕屏》）诗云："寒风惨淡森木古，群鸦无人自翔舞。重山积水几里所，稍见孤舟渺烟雨。意吞洞庭卓天姥，短屏数幅渠能许。何时去作湖山主，还唤诗翁未着语。"⑤ 神游在湖光山色、绵绵烟雨中，令人欲去做个自在的湖山之主。又如释祖可《次吴伯江所藏文湖州山水韵》诗云：

---

① 傅璇琮等主编，前引书，卷一五六八，第17800页。
② 陈鼓应，前引书，第828页。
③ 傅璇琮等主编，前引书，卷五〇六，第6156页。
④ 傅璇琮等主编，前引书，卷一〇六二，第12116页。
⑤ 傅璇琮等主编，前引书，卷二四二九，第28065页。

乘空作山川，妙绝借墨色。曲折千里素幅间，来自吴兴白蘋客。乃知潇湘洞庭岸，平吞胸中寄笔力。清霜摇落江海空，如闻冥冥度惊鸿。重楼复阁底处所，使我绝欲空蒙中。吴侯吴侯安用许，浪迫归心赴儵渚。如何唤得江上船，一卧苍波占烟雨。①

诗人直看到吴兴的潇湘洞庭，直欲呼船载自己浮游于江水之上。

这种用欣赏山水画代替游览的畅神、游心之法，被古代文人们雅称为"卧游"。"卧游"一词最早出自《宋书·宗炳传》："(宗炳)好山水，爱远游，……有疾还江陵，叹曰：'老疾俱至，名山恐难遍睹，唯当澄怀观道，卧以游之。'凡所游履，皆图之于室，谓人曰：'抚琴动操，欲令众山皆响。'"②唐代朱景玄《唐朝名画录》亦云："宋宗炳，字少文，善书画，好山水。西涉荆巫，南登衡岳，因结宇衡山，以疾还江陵，叹曰：'老疾俱至，名山恐难遍游，当澄怀观道，卧以游之。'凡所游历，皆图于壁，坐卧向之。"③宗炳自己曾在《画山水序》中细致描绘过观山水画"卧游"的美妙境界：

夫以应目会心为理者，类之成巧，则目亦同应，心亦俱会。应会感神，神超理得。虽复虚求幽岩。诚能妙写，亦诚尽矣。于是闲居理气，拂觞鸣琴，披图幽对，坐究四荒，不违天励之藂，独应无人之野。峰岫峣嶷，云林森眇。圣贤映于绝代，万趣融其神思。余复何为哉，畅神而已。神之所畅，孰有先焉。④

这段话的意思是说，我们所看到的山水形象会应之于心，眼睛与心灵共同感受到的就是"理"，故如果画得巧妙，那么画家所想要表达的思想感情则一定会被观者所领会。我们眼睛所看到的和心中所悟到的，都是山水所显现出来的"神"，它使人的精神超脱于世俗之外，"理"也就自然而得了。即使再去游览真的山水幽岩，那种感受也未必能够胜过观赏画中的山水。山水的"神"是虚无缥缈的，如果能够巧妙地将"神"托之于有形的山水，再运用高超的技艺绘之于画，"理"和"道"也就能被表现和领悟了。于是，闲居理气，饮酒弹琴，展开画图，静静地观赏，坐在那里穷尽四荒之地，不仅可以看到天际丛林，也能到达无人旷野。所以，"我"的追求不过是使

---

① 傅璇琮等主编，前引书，卷一二八八，第14610页。

② 南朝梁·沈约：《宋书》卷九十三，中华书局1974年版，第2278页。

③ 唐·朱景玄：《唐朝名画录》，影印文渊阁《四库全书》本。

④ 俞剑华，前引书，第583页。

精神愉悦（"畅神"）罢了，而要使精神愉悦，没有什么能够比得上山水画了。在这里，宗炳提出了山水审美的三个精神层次："应目""会心"和"畅神"。应目是指感官的愉悦，会心是指观赏者与山水之间的心灵感应、物我相亲，"畅神"则超越了世俗名利，礼教束缚，也打破了儒家"山水比德"的功利和实用主义审美观，能够游心于物外，达到物我两忘的至高境界。而要在欣赏山水画时达到这种境界，须要观者能够"澄怀卧游"，虚静心灵，藻雪精神，排除一切俗事纷扰，卧榻远游。这也成了古代文人雅士借以"畅神"、销忧的最佳方式，如宋代徐积《上林殿院次公九首》（其五）云："闭门老子卧游山，心去穿云身自闲。"① 黄庭坚《题大年小景》（其二）云："轻鸥白鹭定吾友，翠柏幽篁是可人。海角逢春知几度，卧游到处总伤神。"② 李彭《读庐山记怀文若弟》云："昔在宗少文，壁间留画图。澄神可观道，卧游良不疏。"③

关于"卧游"，还有一段与秦观有关的佳话。秦观在《书辋川图后》一文中写道：

> 元祐丁卯，余为汝南郡学官，夏，得肠癖之疾，卧直舍中。所善高符仲携摩诘《辋川图》视余，曰："阅此可以愈疾。"余本江海人，得图喜甚，即使二儿从旁引之，阅于枕上，恍然若与摩诘入辋川，度华子冈，经孟城坳，憩辋口庄，泊文杏馆，上斤竹岭，并木兰柴，绝茱萸沜，蹑槐陌，窥鹿柴；返于南北垞，航欹湖，戏柳浪，灌栾家濑，酌金屑泉，过白石滩，停竹里馆，转辛夷坞，抵漆园，幅巾杖履，期弈茗饮，或赋诗自娱，忘其身之匏系于汝南也。数日疾良愈，而符仲亦为夏侯太冲来取图，遂题其末而归诸高氏。④

南宋施宜生（？—1160）曾将此事入诗："岩壑蟠胸秦太虚，辋川一见病全甦。可愁地僻无医药，绕屋营丘山水图。"⑤（《看李成画》）宋哲宗元祐二年（1087年），秦少游患了肠疾，以至卧床不起。好友高符仲携王维的《辋川图》来看望他，并告诉他说看过此画之后病就会好了。秦少游让两个儿子将画展开，他伏在枕上观赏。恍惚间好像与王摩诘一起到了辋川，度冈过坳，憩庄泊馆，越岭访柴，绝沜蹑陌，航湖戏浪，幅巾杖履，弈棋品茗，赋诗自娱，顿时忘记了世俗烦恼，精神

---

① 傅璇琮等主编，前引书，卷六五二，第7679页。
② 宋·黄庭坚：《黄庭坚全集·别集》卷一，第1473页。
③ 傅璇琮等主编，前引书，卷一三八二，第15868页。
④ 曾枣庄、刘琳主编，前引书，卷二五七八，第3页。
⑤ 傅璇琮等主编，前引书，卷三〇二六，第36057页。

大为舒畅，心情也随之大好，不几日病就痊愈了。文中所言之事虽稍显夸张，但也符合事实。秦观说自己"本江海人"，也就是喜爱放情江海、亲近自然山水，苏轼《送曹辅赴闽漕》诗云："我亦江海人，市朝非所安。"① 在市朝呆久了，难免郁闷积胸，身心疲惫，可因生活所迫，又不能亲到山林中去。王维的这幅《辋川图》是他晚年隐居辋川时所作，画中群山环伺，绿林掩映，河流缓缓，小舟轻摇，它所营造出的淡泊宁静、脱俗超尘的美妙意境，的确能给人带来精神上的愉悦和享受。

唐·王维《辋川图》
日本圣福寺藏

三、"人在山水画中游"的诗画意境

山水画所反映出来的意境美，是画家心境和学养的综合表现，他通过独特的体悟与审美来观照自然造化的神奇灵秀，从而使笔下的山水传达出自己的人生态度与人格气象。苏轼在《书摩诘蓝田烟雨图》中说："味摩诘之诗，诗中有画；观摩诘之画，画中有诗。"② 意思是说王维的诗如画般形象，使读者如身临其境；画如诗般隽永，使人观之忘俗。王维的画能够营造出如诗一样的意境，是他用诗人的眼光来看待山水，不只是如实地描摹眼前景，而是将他自身的诗情、诗性以及对生命的体悟和思考都融入了画中，他眼中的山水已是诗化了的山水，被赋予了某种人格化的精神和旨趣。

在文艺创作中，"既可赋予自然以人格化，亦可赋予人格以自然化"③，如李白的《独坐敬亭山》云："相看两不厌，只有敬亭山。"人与山可以两两相看而不生厌，这是把山人格化、个性化了。再如辛弃疾词《贺新郎》云："我见青山多妩媚，料青山见我应如是。情与貌，略相似。"正因为物与

---

① 宋·苏轼，前引书，卷三十，第1592页。
② 宋·苏轼，前引书，卷七十，第2209页。
③ 徐复观：《中国艺术精神》，广西师范大学出版社2007年版，第169页。

"我"的情、貌有相似的地方，故彼此之间可以相望相化，"你"之性情即是"我"之性情，"你"之精神正是"我"之精神，对自然山水的亲近与赞美，其实是对自我价值的一种肯定与升华。王微《叙画》亦云："图画非止艺行，成当与易象同体。"绘画并不只是技艺，而与《易·象》一样是"道"的体现，而这种"道"，既有自然山水的"天道"，又包含画家所欲表现的一己之"道"，甚至还有观者欣赏画作时根据自己的理解所体悟到的另一种"道"。

山水画中所体现出来的人与自然的关系，是平等、和谐的，是可以互为知音，互相欣赏的。因此，要想画好山水，便不能高高在上，必须要得"山水性情"：

> 凡画山水，最要得山水性情，得其性情：山便得环抱起伏之势，如跳如坐，如俯仰，如挂脚，自然山性即我性，山情即我情，而落笔不生软矣，水便得涛浪潆洄之势，如绮、如云、如奔、如怒，如鬼面，自然水性即我性，水情即我情，而落笔不板呆矣。或问山水何性情之有？不知山性即止而情态则面面生动，水性虽流而情状则浪浪具形。探讨之久，自有妙过古人者。古人亦不过于真山真水上探讨，若仿旧人，而只取旧本描画，那得一笔似古人乎？岂独山水，虽一草一木亦莫不有性情，若含蕊舒叶，若披枝行干，虽一花而含笑，或大放，或背面，或将谢，或未谢，俱在生化之意。画写意者，正在此著精神，亦在未举画之先，预有天巧耳。不然则画家六则首云气韵生动，何以得气韵耶？①

意谓创作山水画，最重要的是能够准确把握并表现出山水的性情与气韵。想要传神地写出山水神韵，一定要做到"自然山性即我性，山情即我情""自然水性即我性，水情即我情"，从而达到物我一体、相望相化的境界。在这种情形下，写山则"落笔不生软"，画水则"落笔不板呆"。除了山水，大自然中的一草一木、一花一草总关情，创作者要自觉地投身其中，与之亲近，从而寄情山水、超然物外，领略到的山水风物之美生于胸臆，流于笔下，如有神助，必然毫无涩滞之感，使观者望之如临真山水。相反地，如果画家把自己摆在山水的对立面，居高临下地图写山水形貌，完全没有情感投入，创作出来的作品也就会毫无生气和缺少美感，更谈不上让观者应目会心、神超理得了：

> 能以笔墨之灵，开拓胸次，而与造物争奇者，莫如山水。当烟雨灭没，泉石幽深，随所寓而发之，悠然会心，俱成天趣；非若体貌他物者，殚心毕智，以求形似，规规乎游方之内也。（清·徐沁：《明画录·山水》）

---

① 明·唐志契：《绘事微言》，人民美术出版社1984年版，第12页。

要想得山水性情，必须"于真山真水上探讨"。如果只是取古人旧本临摹，便与真实隔了一层，画中山水是不会有生气的，想入佳境更是不可能的，所以"要看真山水"：

> 凡学画山水者看真山水极长学问，便脱时人套子，便无作家俗气。古人云："墨汁留川影，笔花传石神"，此之谓也。盖山水所难在咫尺之间，有千里万里之势，不善者纵摹画前人粉本，其意原自远，到落笔反近矣。故画山水而不亲临极高极深，徒摹仿旧人栈道瀑布，终是模糊丘壑，未可便得佳境。①（明·唐志契：《绘事微言》）

画家只有亲近真山真水，对山水的真实风貌有深入解，才能长学问、脱俗套、去俗气。画山水最难的是在尺幅之间表现千里万里的磅礴气势，不亲临高山大河去观察体味山水精神，就达不到这种令人目驰神往的效果，如仇远（1247—？）《题赵千里溪山春游图》诗云：

> 一溪流水数家村，短栎长松映荜门。不是花通辋川口，只疑路隔武陵源。小桥瘦马行春色，远浦青山带雨痕。楼观玲珑云缥缈，须知画里别乾坤。

赵千里（1127—1162）是南宋画家，名伯驹，宋太祖七世孙，善画青绿山水，画风细腻传神。正如仇远诗中所言，赵千里的画作能够抓住山水特点，巧妙传达出自然的灵秀之气。

在与真山真水的心灵交融中，无论创作者还是欣赏者，都是忘"我"的，人虽在山水画中游，但自我意识已逐渐淡化，而与山水万物融为一体了。这从山水画中人物与山水的关系就可以看得出来。张彦远《历代名画记》云："魏晋以降，名迹在人间者，皆见之矣。其画山水，则群峰之势，若钿饰犀栉，或水不容泛，或人大于山，率皆附以树石，映带其地，列植之状，则若伸臂布指。"魏晋南北朝时期的山水画中，人物是主体，山水还只是作为背景出现，可见此时人的主体意识还很强烈，水是不流动的，人看上去比山还要大，显得僵硬而不自然，"人很少主动地去追寻自然，更不会要求在自然中求得人生的安顿。"②唐代画家张

宋·赵千里《灵山问道图》
北京故宫博物院藏

---

① 明·唐志契：《绘事微言》，人民美术出版社1984年版，第12页。

② 徐复观，前引书，第169页。

璪提出要"外师造化,中得心源"①,自然界的客观物象还要经过画家主观情思的陶铸与提炼,山水朴素的自然美要化作精心构思的艺术美,主客完全融为一体。朱景玄《唐朝名画录》谓张璪画山水:"高低秀丽,咫尺重深,石尖欲落,泉喷如吼;其近也,若逼人而寒,其远也,若极天之尽。"②一扫魏晋山水画的板滞与粗朴,充满着浓郁的生机与灵气,而这灵气,正是来自画家在真山真水中所体悟到的生命活力。到了宋元时期,山水画中的人物,如渔、樵、耕、读、隐、仙,已化作自然的一部分,物我完全为一,真正达到了天人合一的境界。因此,达到如此境界的山水画,会使欣赏者有代入感,如刘攽(1023—1089)的《山水屏》诗云:

吾家古屏来江南,白昼水墨渍烟岚。我行北方未尝见,众道巫峡仍湘潭。
山头老树长参天,水上衰公撑钓船。青蓑拥身稚子眠,得鱼不卖心悠然。
久嫌时世趣向狭,颇思种药依林泉。桃源仙家不可到,但愿屏上山水置眼前。

再如刘敞《画屏二首》诗云:

滔滔江湖万千顷,何为飞来入轩屏。大涝不增旱不减,静听无声视无影。
六月炎蒸百虑烦,举目一见心暂闲。市人悠悠那得识,此意高山流水间。

诗中对图画的赞誉之辞,实际上就是在说画家能把真实山水的灵秀精神传达给读者,使人们卧于一室却如临其境。如果画家不能够领会山水精神,是无法传达出如此神韵来。释祖可《书余逢时所作山水》诗云:

江势卷十万顷,村墅掩三四家。落雁惊横烟水,小舟欹著寒沙。折苇非关秋色,飞鸥元自斜行。坐上忽惊丘壑,窗间那有潇湘。江南江北岸,饱历此山川。谁信着笔力,尽驱来眼前。野桥分道路,古木薄风烟。我欲径归去,沙头人挽船。

诗人曾经游历潇湘,熟悉那里的一草一木,画中景色之逼真,使他惊叹,难道画家有着超人的笔力,把潇湘山水直接驱赶到"我"眼前来了。舒岳祥(1219—1298)《题零陵石屏》诗云:

大山插洪澜,定是关仝笔。缣素不能永,壁石写雄逸。青峰插天隅,淡月如可吸。江流疑有声,孤舟舞蓑笠。大山如大国,小山如小邦。低树无附丽,洪涛恣春

---

① 唐·张彦远:《历代名画记》卷十,第201页。
② 俞剑华:《中国古代画论类编》,第583页。

撞。大浪所簸摇，青山为俯仰。云何峰外雪，亦与相下上。

可见要想使观者有如在画中游之感，并不是只靠模山范水的写实就可以做到的，必须倾注心神画出"活"象来，这样才能画水水若有声，生动逼真，如司马光《观僧室画山水》诗云："画精禅室冷，方暑久徘徊。不尽林端雪，长青石上苔。心闲对岩岫，目净失尘埃。坐久清风至，疑从翠涧来。"这样的画作，才会有感人肺腑的力量，如宋无（1260—?）《岳阳夜泊图》诗云："长忆巴陵山水秋，老来看画却成愁。个中无听猿啼处，若听猿啼更泪流。"思乡情切，看画中山水不由得更添愁思。

山水入画，画绘山水，画家在创作山水画的过程中体味到山水之乐，观者在欣赏山水画时应目会心、怡情畅神，其中所展现出来的是人与自然万物的包容、融合与同化，人们"用俯仰自得的精神来欣赏宇宙，而跃入大自然的节奏里去游心太玄"①，如此通达的眼光与胸襟，正是中国山水画的魅力所在。作为欣赏者，如果没有同样的高情雅志与艺术审美眼光，也是无法体会到目与物遇、神与物游的畅神乐趣的。曾有光《赠画山水陈兄》诗云："眼前画士蚕样密，有如陈君万才一。少年识高画愈精，胸蟠物象妙通神。描尽江山归指点，寒林古嶂烟云敛。若悬瀑布飞潺湲，樵入向晚归山巅。幻出楼台景一簇，松钗堕落鸿金屋。苔封石径绿茸茸，深藏古寺无声钟。花落啼鸟四时好，绿杨系马迷芳草。溪上桃花三月春，渔翁垂钓理丝纶。夏日池亭避炎暑，荷花落岸香风度。秋声飒飒芦苇寒，惊飞白鹭起前滩。野梅冬杪香飘路，忽惊四面全云布。展开一轴指顾间，始知妙画归毫端。谁云不复见摩诘，陈君自得如神笔。石台一去不复来，陈君继芳诚奇哉。形容聊述歌一首，行看声亚诸人石。"只有识见高妙，画作才会精妙绝伦，画中山水也才能真正水润起来。

第二节　诗传画意：论题山水画诗中展现的山水风貌

题画诗是中国古代诗歌题材中较为特殊的一类，也是诗画融合最典型的载体之一。关于"题画诗"的定义，从狭义的角度去看，就是题写在图画上的诗歌，它以所题之画的画面内涵为创作主题，或自画自题，或为他人画所题。从广义的角度来说，"题"字除了可以解释为"题写"外，

---

① 宗白华：《美学散步》，第97页。

还可以理解为"品题",有品评、鉴赏的意思在里面。故题画诗的创作,不必局限于所观画的本身,也不一定非要题在画上,正所谓"高情逸思,画之不足,题以发之"①(清·方薰《山静居画论》),所以画被称为"无声诗",题画诗被称为"有声画"。

中国画按题材可分为人物画、山水画、花鸟画,相应地题画诗也可分为题人物画诗、题山水画诗和题花鸟画诗。山水画萌芽于魏晋南北朝,到隋唐五代体制渐备,到宋元时期更是蔚为大观,题山水画诗也随之成为了题画诗的主流。诗人透过山水画来欣赏山水,自由挥洒、驰骋想象,尽情阐发因观画所引起的一切情绪波动,或以作者的身份谈创作感受,或以观赏者的身份对绘画作品进行品评,然后将这种品评所得的结果用诗歌的形式呈现出来,显示出成熟精到的艺术眼光与高雅脱俗的审美情趣。

作者以为,如果想要准确地把握山水画的精神情貌,最佳途径有二:一是观看原画,这需要具备较高的艺术修养和审美鉴别力;二是阅读时人的评价,山水画的诗画合璧,是最接近画家创作情境的一种方法。虽然中国古代许多优秀的山水画作品没能保存下来,但仍能透过当时诗人的题咏窥出其中端倪。下面我们就以唐宋题山水画诗为主要研究对象,试论一下题山水画诗中所展现的山水风貌。

一、云海仙源:唐代题画诗中的山水

中国山水画自南北朝时期发端后,到了唐代体制渐备,尤其是山水壁画和画障(画屏)的盛行,说明纯以山水为题材的画作已经开始逐渐受到重视,也是山水画开始独立的一个重要标志。这一点,从李白、杜甫等唐代诗人的诗作中可以得到很好的证明。

通过翻检《李太白全集》,找到李白创作的 7 首题山水画诗,诗题有:《同族弟金城尉叔卿烛照山水壁画歌》《观博平王志安少府山水粉图》《当涂赵炎少府粉图山水歌》《观元丹丘坐巫山屏风》《巫山枕障》《莹禅师房观山海图》《求崔山人瀑布图》。

《同族弟金城尉叔卿烛照山水壁画歌》诗云:

> 高堂粉壁图蓬瀛,烛前一见沧洲清。洪波汹涌山峥嵘,皎若丹丘隔海望赤城。光中乍喜岚气灭,谓逢山阴晴后雪。回溪碧流寂无喧,又如秦人月下窥花源。了然不觉清心魂,只将叠嶂鸣秋猿。与君对此欢未歇,放歌行吟达明发。却顾海客扬云帆,

---

① 俞剑华:《中国古代画论类编》,第 917 页。

便欲因之向溟渤。①

诗人同族弟金城尉李叔卿秉烛夜赏山水壁画,画中所绘蓬莱仙境,在烛光的映照下更显得气象非凡,海波汹涌、山势峥嵘,真实得好像丹丘在隔海遥望赤城山。山水间没有雾岚之气缭绕,一切都是那么清晰明亮,如雪后初晴的山阴。碧绿的溪水宛转回流却静寂无声,如同秦人在月下偷窥桃花源。看到此等美景,顿觉心神宁静安详,但又似乎能够听到崇山峻岭之中传出秋猿的阵阵哀鸣。因为看画之后感到极为欢娱,便放歌行吟直至清晨,更欲追随画中的海客扬帆远行,入海求仙而去。

《观博平王志安少府山水粉图》诗云:

> 粉壁为空天,丹青状江海。游云不知归,日见白鸥在。博平真人王志安,沉吟至此愿挂冠。松溪石磴带秋色,愁客思归坐晓寒。

"博平,县名,属河北道博州,故址在今山东聊城博平镇。王志安,事迹不详。粉图,此谓绘于粉壁之图。"②从李白这首诗的内容来看,这幅画的主体是大海,还有飘浮无定的游云和海鸥,诗人看到此图便想挂冠辞官,做个江湖散人。如果说在这里"诗歌对画没有进行正面称誉,只是由绘画的意趣引发观赏者的遐想幽思。画中的松溪秋色又触动了观画者淡淡的思乡情愫。"③那么,下面这首颇负盛名的《当涂赵炎少府粉图山水歌》则把这种情绪抒发到了极致:

> 峨眉高出西极天,罗浮直与南溟连。名公绎思挥彩笔,驱山走海置眼前。满堂空翠如可扫,赤城霞气苍梧烟。洞庭潇湘意渺绵,三江七泽情洄沿。惊涛汹涌向何处,孤舟一去迷归年。征帆不动亦不旋,飘如随风落天边。心摇目断兴难尽,几时可到三山巅,西峰峥嵘喷流泉,横石蹙水波潺湲。东崖合沓蔽轻雾,深林杂树空芊绵。此中冥昧失昼夜,隐几寂听无鸣蝉。长松之下列羽客,对坐不语南昌仙。南昌仙人赵夫子,妙年历落青云士。讼庭无事罗众宾,杳然如在丹青里。五色粉图安足珍,真仙可以全吾身。若待功成拂衣去,武陵桃花笑杀人。

---

① 唐·李白:《李太白全集》卷七,第387页。
② 安旗:《李白全集编年注释》,巴蜀书社1990年版,第688页。
③ 王定璋:《论李白题画诗文》,《西南师范大学学报》(哲学社会科学版)1996年第3期。

"这是一首气势流走,景象万千,想象奇兀,意绪缈绵的山水题咏杰构"①,"该诗弥足珍贵,通过对一幅山水壁画的传神描叙,再现了画工创造的奇迹,再现了观画者复杂的情感活动"②。从李白的诗中可知,在这幅画中峨眉高耸于西天,罗浮与南海相连,赤城、苍梧云蒸霞蔚、烟云缭绕,洞庭、潇湘浩淼绵远,三江七泽洄波荡漾,还有惊涛中的孤舟、征帆、轻雾、深林、长松下的羽客仙人。仿佛画家手中的彩笔有着"驱山走海"的魔力,把天下的名山佳水全都汇集到一起来了,气魄宏大而又和谐有致,这是画家经过苦心"绎思"的结果。这首诗从"惊涛汹涌向何处"到"几时可到三山巅",重点写水:波涛汹涌的江海中有一叶孤舟,虽然"不动亦不旋",却身不由己地随风浪漂泊,迷失在这茫茫的波涛之中,不知几时才能找到正确的方向,到达三山巅啊。如此生动的画面,怎么能让人不看得"心摇目断兴难尽"呢?由此可见,该诗已经将画境与诗人之心境巧妙地融为了一体。

《观元丹丘坐巫山屏风》诗云:

昔游三峡见巫山,见画巫山宛相似。疑是天边十二峰,飞入君家彩屏里。寒松萧瑟如有声,阳台微茫如有情。锦衾瑶席何寂寂,楚王神女徒盈盈。高咫尺,如千里,翠屏丹崖粲如绮。苍苍远树围荆门,历历行舟泛巴水。水石潺湲万壑分,烟光草色俱氤氲。溪花笑日何年发,江客听猿几岁闻。使人对此心缅邈,疑入嵩丘梦彩云。

李白联系生活经验,运用想落天外的艺术想象,声情并茂地再现了画中山水的美妙意境。起首便指出画中的巫山与自己游过的巫山极其相似,怀疑是不是天边的十二峰飞到了屏风上。寒松萧瑟有声,阳台微茫有情,盈盈一水隔开了楚王神女,咫尺之间饱含千里之势,巴水潺湲、烟光氤氲,万壑间水漫石滩,烟光里草色新鲜。日光下溪畔的山花是何年盛开,江客听猿始自哪年?令人在画前心胸高远,我真疑心自己是在梦中遇到了神仙。

《巫山枕障》诗云:

巫山枕障画高丘,白帝城边树色秋。

朝云夜入无行处,巴水横天更不流。

"这是一幅三峡山水的写生,上面有夔州白帝城的山色树影,有巫山神女峰的朝云暮雨,有三

---

① 王定璋:《论李白题画诗文》。

② 周啸天:《〈当涂赵炎少府粉图山水歌〉鉴赏》,《唐诗鉴赏辞典》,上海辞书出版社1991年版,第272页。

峡中横天的巴水。但无论是巫山云雨飘忽的云影,或是巴水在三峰中奔涌的雄姿,都被永久地凝固在了屏风上的画中。"① 诗中"巴水横天更不流"一句,不仅写出了巴水的滔天波浪,更巧妙地抓住了绘画的静态特点表现,用简洁明快的语言生动地表达了出来。

《莹禅师房观山海图》诗云:

> 真僧闭精宇,灭迹含达观。列嶂图云山,攒峰入霄汉。丹崖森在目,清昼疑卷幔。蓬壶来轩窗,瀛海入几案。烟涛争喷薄,岛屿相凌乱。征帆飘空中,瀑水洒天半。峥嵘若可陟,想像徒盈叹。杳与真心冥,遂谐静者玩。如登赤城里,揭步沧洲畔。即事能娱人,从兹得消散。

高僧房里的屏风上绘着一幅山海图,云山叠嶂、直插霄汉,森森然,丹崖映入眼目;清清然,白日风光一览无遗如卷幕帘。处轩窗之内而蓬莱三岛毕现,坐茶几之傍而东海波涛尽在眼前。云海烟涛喷薄涌起,海上岛屿参差凌乱不齐。航船的白帆在天空扬风,汹涌的瀑布从天而降。山川奇俊峥嵘如可登攀,想象之际不禁连声感叹。一看此画,即可清心寡欲,真心萌发,的确适合静者把玩。其感觉就像攀登赤城山,漫步仙境一般。对此美景,娱人娱心,心情自然闲逸。

《求崔山人瀑布图》诗云:

> 百丈素崖裂,四山丹壁开。龙潭中喷射,昼夜生风雷。但见瀑泉落,如潨云汉来。闻君写真图,岛屿备萦回。石黛刷幽草,曾青泽古苔。幽缄倘相传,何以向天台。

李白独特的审美能力和想象力,使得他的诗境界开阔,他笔下的瀑布一泻千丈,气势磅礴,正与其心境相合,如那首著名的《望庐山瀑布》。这首《求崔山人瀑布图》亦是如此,高达百丈的悬崖丹壁,怒吼喷射的龙潭池水,挟持风雷的飞瀑奔泉,如此壮丽的景色令人目动神摇。所以诗人最后对崔山人说,如果您能把这幅画送给我的话,我何苦还要去登真的天台山呢?话的意思很明白,一是赞美,二是表达归隐自然之愿,可见李白已经进入了画境,"以画为真"了。

由上可知,李白对山水画的题咏多是展现自己观画的主观感受,他沉浸在画中所描绘的理想世界中,抒发避世求仙之志。他对画中山水的情感来自对自然山水的热爱,追求"桃花流水窅然去,别有天地非人间"(李白《山中问答》)的山水境界。所以,李白所题咏的多是展现蓬莱、瀛海的全景山水画,借机将自己的狂放豪爽,对世间山水的无比喜爱尽情地挥洒出来。而杜甫眼中

---

① 葛景春:《李白诗歌与唐代绘画》,《殷都学刊》1995年第2期。

的山水画，则又是一番迥然不同的奇丽景象。

杜甫《奉观严郑公厅事岷山沱江画图十韵》一诗，被称为"宋人咏画之祖"，其"山水对言"的写作句式、"以画为真"的思维模式，亦成为了题咏山水画诗歌的创作范式。诗云：

> 沱水流中座，岷山到此堂。白波吹粉壁，青嶂插雕梁。直讶杉松冷，兼疑菱荇香。雪云虚点缀，沙草得微茫。岭雁随毫末，川蜓饮练光。霏红洲蕊乱，拂黛石萝长。暗谷非关雨，丹枫不为霜。秋成玄圃外，景物洞庭旁。绘事功殊绝，幽襟兴激昂。从来谢太傅，丘壑道难忘。

此诗开头，沱水、岷山并提，并点出画是挂在北堂之上的。接下来白波、青嶂、杉松、菱荇、雪云、沙草，句句山水对言，远近、高下、虚实相生，把画中景物刻画得淋漓尽致。与李白所做题山水画诗相比较，气势稍显内敛，少了旷达和英气，但艺术的想象更多了些，对画中山水的描绘也更多了些人间烟火气。

《奉先刘少府新画山水障歌》诗云：

> 堂上不合生枫树，怪底江山起烟雾。闻君扫却《赤县图》，乘兴遣画沧洲趣。画师亦无数，好手不可遇。对此融心神，知君重毫素。岂但祁岳与郑虔，笔迹远过杨契丹。得非玄圃裂，无乃潇湘翻？悄然坐我天姥下，耳边已似闻清猿。反思前夜风雨急，乃是蒲城鬼神入。元气淋漓障犹湿，真宰上诉天应泣。野亭春还杂花远，渔翁暝踏孤舟立。沧浪水深青溟阔，欹岸侧岛秋毫末。不见湘妃鼓瑟时，至今斑竹临江活。刘侯天机精，爱画入骨髓。处有两儿郎，挥洒亦莫比。大儿聪明到，能添老树巅崖里。小儿心孔开，貌得山僧及童子。若耶溪，云门寺。吾独胡为在泥滓？青鞋布袜从此始。

杜诗多议论。南宋杨万里评论说："诗有惊人句，如《山水障》云：'堂上不合生枫树，怪底江山起烟雾'是也。"（《仇注杜诗》引）杜甫笔下的山水画中景物，是经过诗心陶冶过的，他说"得非玄圃裂，无乃潇湘翻""元气淋漓障犹湿""沧浪水深青溟阔"，在这里"水"被赋予了一种艺术精神，其生动的气韵有着洗涤灵魂的作用，使人顿生脱离浊世、隐遁江湖之意。

《戏题画王宰山水图歌》诗云：

> 十日画一水，五日画一石。能事不受相促迫，王宰始肯留真迹。壮哉昆仑方壶图，挂君高堂之素壁。巴陵洞庭日本东，赤岸水与银河通，中有云气随飞龙。舟人

渔子入浦溆，山木尽亚洪涛风。尤工远势古莫比，咫尺应须论万里。焉得并州快剪刀，剪取吴淞半江水。

杜甫客居成都时结识了画家王宰，王宰善画山水树石，画艺精妙。杜甫这首诗作于唐肃宗上元元年（760年），是论画名作。王宰的创作态度非常严谨，十天画一水、五天画一石，从不仓促下笔，故他笔下的山水元气淋漓、生动逼真，仿佛拿了把锋利的并州剪，把吴淞水剪了一半放入了画中。

《观李固请司马弟山水图三首》诗云：

简易高人意，匡床竹火炉。寒天留远客，碧海挂新图。虽对连山好，贪看绝岛孤。群仙不愁思，冉冉下蓬壶。

方丈浑连水，天台总映云。人间长见画，老去恨空闻。范蠡舟偏小，王乔鹤不群。此生随万物，何路出尘氛。

高浪垂翻屋，崩崖欲压床。野桥分子细，沙岸绕微茫。红浸珊瑚短，青悬薜荔长。浮查并坐得，仙老暂相将。

这首诗是诗人应邀而作，这幅画所绘是常见的仙山云海，山是神山，水是灵水，只见"高浪垂翻屋，崩崖欲压床"，使人有脱俗仙游的想法也是情理之中。

人们所向往的仙境在蓬瀛之外，入画最多的当数"洞庭湖"，如顾况《稽山道芬上人画山水歌》云："墨汁平铺洞庭水，笔头点出苍梧云。且看八月十五夜，月下看山尽是画。"洞庭湖因传说中与黄帝、舜等上古帝王有着千丝万缕的联系而具有特殊寓意，和其旖旎的风光一起，对文人墨客有着强烈的吸引力。因此，"洞庭"入诗、入文早在先秦时期就已经开始了，但画家以"洞庭"为创作对象，却直到唐代才出现，这与绘画技艺的发展与成熟是有着密切关联的。

鲍溶写有一首《周先生画洞庭歌》：

江南客，水为乡，舟为宅，能以笔锋知地脉。闲分楚水入丹青，不下此堂临洞庭。水文不浪烟不动，木末棱棱山碧重。帝子应哀窈窕云，客人似得婵娟梦。六月火光衣上生，斋心寂听潺湲声。林冰摇镜水拂簟，尽日独卧秋风清。因游洞庭不出户，疑君如有长生路。玉壶先生在何处？

周先生是唐代画水名家，其真实名姓和生平事迹已不可考，他所画的洞庭湖，原图今虽不可见，读者仍能从鲍溶的诗句中领略到其炉火纯青的绘画技巧。诗人开头即指出周先生为江南人，熟知江南的一草一木，他画中的洞庭水"水文不浪烟不动"，风平浪静，能给人带来心灵的宁静，使人能够不下堂筵、不出户门而如亲临洞庭，如同听见了潺湲的流水声，在烈日炎炎的六月天里感受到了秋风拂面的清凉。

除了洞庭湖，还有"潇湘"是画家的最佳创作题材。岑参（715—770）的《刘相公中书江山画障》诗云：

> 相府征墨妙，挥毫天地穷。始知丹青笔，能夺造化功。潇湘在帘间，庐壑横座中。忽疑凤凰池，暗与江海通。粉白湖上云，黛青天际峰。昼日恒见月，孤帆如有风。岩花不飞落，涧草无春冬。担锡香炉缁，钓鱼沧浪翁。如何平津意，尚想尘外踪。富贵心独轻，山林兴弥浓。喧幽趣颇异，出处事不同。请君为苍生，未可追赤松。

诗人看过中书令刘晏家的山水画障后，不由得发出感叹：画家凭借一管灵毫，可以画尽天地万物，逼真到有巧夺造化之功，甚至比自然山水更能打动人心。岑参运用诗人的想象，使画中的山水意境与诗意巧妙贯通，通过色调的浓淡对比，写出了湖上云的"白"、天际峰的"黛"，还有日月、孤帆、岩花、涧草，内容丰富、和谐有致。读此诗，仿佛可以看见潇湘之水在眼前流动，无边美景如在座中，怎能不使人"富贵心独轻，山林兴弥浓"。所以，隐居潇湘，垂钓江上，是文人雅客的人生理想，如郎士元《题刘相公三湘图》诗云：

> 昔别醉衡霍，迩来忆南州。今朝平津邸，兼得潇湘游。稍辨郢门树，依然芳杜洲。微明三巴峡，咫尺万里流。飞鸟不知倦，远帆生暮愁。浐阳指天末，北渚空悠悠。枕上见渔父，坐中常狎鸥。谁言魏阙下，自有东山幽。

这样的山水画在屏风上，朝夕相对，使自己心神清明，烦乱的思绪得到安定，更何况这种生活更加真实，且有实现的可能，比起风起云涌、神秘莫测的神仙洞府更有吸引力。到了五代时期，越来越多的画家倾向于此类作品，如江为《题观山水障歌》云：

> 适来一观山水障，万里江山在其上。远近犹如二月春，咫尺分成百般像。一岩嵯峨入云际，七贤镇在青松里。潭水泓澄不见波，孤帆滉漾张风势。钓鱼老翁无伴侣，孑然此地经寒暑。滩头坐久鬓丝垂，手执渔竿不曾举。树婀娜山崔嵬，片云似去又不去，双鹤如飞又不飞。良工巧匠多分布，笔头写出江山路。垂柳风吹不动条，樵

人负重难移步。

诗歌不吝笔墨描绘画中山水之美，引发人的归隐之志。再如吴融（850—903）的《题观画山水障歌》云：

良工善得丹青理，独向荥茨画山水。地角移来方寸间，天涯写在笔锋里。日不落兮月长生，云片片兮水泠泠。经年蝴蝶不飞去，累岁桃花结不成。一片石，数株松，远又淡，近又浓，不出门庭三五步，观尽江山万万重。

萧冀《题山水障歌》云：

高僧空室画山水，描画江山千万里。青松郁郁镇含烟，瑞云片片联联起。万仞千浔注碧泉，落落不闻流水喧。洞里桃花秋不折，三冬红蕊色长鲜。白鹤滩头势欲飞，燕来旧处不曾移。借问岩前采樵客，共语无言知是谁。庭前日日花新好，今春不换去年草。适睹渔翁坐钓台，看来不改容颜老。

从以上诗例可以看出，诗人在描绘山水画时运用了多种艺术手法，如比喻、夸张、象征等，而且使用了"以假为真"的艺术想象，毫不吝啬地表达对画家精湛技艺的热情歌颂与赞美。这些赞颂之词的背后，隐藏着的是对山水的渴望、对林泉的向往。画中山水从仙山云海到溪山桃源，画中人物从神仙羽客到渔樵耕读，反映出创作者与观者的心态也逐渐变得闲适平和。到了宋代，这一现象更加突出，也标志着山水画的创作进入了一个崭新的时代。

二、烟江万里：宋代题画诗中的山水情结

有研究者认为唐代是中国题画诗的初创期，还未达到"诗画相容，相得益彰"的程度[①]，虽然王维在作《辋川图》二十景时自己题了诗[②]，但唐代的题画诗大都是写在另纸之上，诗与画是分开的[③]。到了宋代，诗与画已经有意识地结合成有机的整体[④]。"款题图画，始自苏米。"（方薰《山静居

---

① 邢军：《关于题画诗的初创时期》，《辽宁青年管理干部学院学报》2002年第1期。
② 顾平：《中国古代山水画的诗画合璧》，《南通师范学院学报（哲学社会科学版）》2002年第3期。
③ 韩晓光：《丹青题咏 妙处相资——题画诗艺术表现手法浅论》，《景德镇高专学报》2001年第1期。
④ 张宝石：《论苏轼的题画诗》，《北京教育学院学报》1999年第4期。

画论》）以苏轼为代表的宋代文人，大多能诗善画，自己的绘画多由自己题诗明意，加之又与其他诗人与画家交往密切，从而形成了诗人为画家及其作品题诗的艺坛盛况[①]。

北宋王诜（1048—1104）绘有《烟江叠嶂图》：

宋·王诜《烟江叠嶂图》
上海博物馆藏

王诜善画江上云山、幽谷寒林与平远风景，这幅画描绘了烟雾迷蒙的开阔江面和秀丽丰茂的溪山飞瀑，虚实相生，境界高远，引人入胜。苏轼在友人王定国处看到之后，写下了著名的《书王定国所藏〈烟江叠嶂图〉》一诗：

> 江上愁心千叠山，浮空积翠如云烟。山耶云耶远莫知，烟空云散山依然。但见两崖苍苍暗绝谷，中有百道飞来泉。萦林络石隐复见，下赴谷口为奔川。川平山开林麓断，小桥野店依山前。行人稍渡乔木外，渔舟一叶江吞天。使君何从得此本，点缀毫末分清妍。不知人间何处有此境，径欲往置二顷田。君不见武昌樊口幽绝处，东坡先生留五年。春风摇江天漠漠，暮云卷雨山娟娟。丹枫翻鸦伴水宿，长松落雪惊醉眠。桃花流水在人世，武陵岂必皆神仙。江山清空我尘土，虽有去路寻无缘。还君此画三叹息，山中故人应有招我归来篇。

苏轼才高思妙，他眼中的山水画已经与真实的自然景物重叠，情景交融，诗心与画境交融，写活了王诜《烟江叠嶂图》中的山水景物。诗人先从耸立的山峦入手，引领读者看那山翠烟浮、水色迷茫的江上美景，再随着苍崖绝谷中萦林绕石、时隐时现的百道飞泉，奔流到谷口汇聚成川，融入大江，视野也随之豁然开朗起来。只见"林麓断"处，"小桥野店依山前"，还有那"行

[①] 杨成虎、钱志富：《李白与华滋华斯的两首山水题画诗比较》，《宁波大学学报（人文科学版）》2006年第4期。

人""乔木",然后视线又投向万里无垠的烟江,"渔舟一叶吞江天"。如此美景使诗人顿生买田归隐之意,并联想到自己居住过五年的武昌樊口,那里山清水秀,春季"春风摇江天漠漠",夏天"暮云卷雨山娟娟",秋日"丹枫翻鸦伴水宿",冬夜"长松落雪惊醉眠",如世外桃源般美好,只可惜一直无缘再去。全诗写得荡气回肠、波澜起伏,正如这幅画般烟云舒卷,山水生色,真可谓得了画之三昧,既补足了画意,又提升了画境,使读者对烟江水乡的迷人风光充满向往。

王诜看到苏轼的这首诗后,也写下了一首《奉和子瞻内翰见赠长韵》,详细讲述了自己这幅画的创作因由,透露出被贬谪后内心的苦闷与伤痛,以及自己是如何借描绘江南山水来消忧解愁的:

帝子相从玉斗边,洞箫忽断散非烟。平生未省山水窟,一朝身到心茫然。长安日远那复见,掘地宁知能及泉。几年漂泊汉江上,东流不舍悲长川。山重水远景无尽,翠幕金屏开目前。晴云幕幕晓笼岫,碧嶂溶溶春接天。四时为我供画本,巧自增损媸与妍。心匠构尽远江意,笔锋耕偏西山田。苍颜华发何所遣,聊将戏墨忘余年。将军色山自金碧,萧郎翠竹夸婵娟。风流千载无虎头,於今妙绝推龙眠。岂图俗笔挂高咏,从此得名因谪仙。爱诗好画本天性,辋口先生疑宿缘。会当别写一匹烟霞境,更应消得玉堂醉笔挥长篇。

"山重水远"的幽绝胜景,是王诜创作的动力和源泉。苏轼再作《王晋卿作〈烟江叠嶂图〉,仆赋诗十四韵,晋卿和之,语特奇丽。因复次韵,不独纪其诗画之美,亦为道其出处契阔之故,而终之以不忘在莒之戒,亦朋友忠爱之义也》以回应王诜:

山中举头望日边,长安不见空云烟。归来长安望山上,时移事改应潸然。管弦去尽宾客散,惟有马埒编金泉。渥洼固自千里足,要饱风雪轻山川。屈居华屋啖枣脯,十年俯仰龙旗前。却因瘦病出奇骨,盐车之厄宁非天。风流文采磨不尽,水墨自与诗争妍。画山何必山中人,田歌自古非知田。郑虔三绝君有二,笔势挽回三百年。欲将岩谷乱窈窕,眉峰修嫮夸连娟。人间何有春一梦,此身将老蚕三眠。山中幽绝不可久,要作平地家居仙。能令水石长在眼,非君好我当谁缘。愿君终不忘在莒,乐时更赋《囚山篇》。

面对处在人生低谷、灰心丧气的王诜,苏轼说"画山何必山中人,田歌自古非知田",不一定非要居住在山林里,山水画才能画得生动逼真,就像白居易《玩新庭树,因咏所怀》诗中所写的那样:"偶得幽闲境,遂忘尘俗心。始知真隐者,不必在山林。"做个"平地家居仙"也是挺好的。

王诜又作了《子瞻再和前篇非惟格韵高绝而语意邓重相与甚厚因复用韵答谢之》：

忆从南涧北山边，惯见岭云和野烟。山深路僻空吊影，梦惊松竹风萧然。杖藜芒履谢尘境，已甘老去栖林泉。春篮彩术问康伯，夜灶养丹陪稚川。渔樵每笑坐争席，鸥鹭无机驯我前。一朝忽作长安梦，此生犹欲更问天。归来未央拜天子，枯荄敢自期春妍。造物潜移真幻影，感时未用惊桑田。醉来却画山中景，水墨想像追当年。玉堂故人相与厚，意使媒母齐联娟。岂知忧患耗心力，读书懒去但欲眠。屠龙学就本无用，只堪投老依金仙。更得新诗写珠玉，劝我不作区中缘。佩服忠言匪论报，短章重次木瓜篇。

王诜重申了自己决意归隐林泉、谢绝尘境的决心，虽然午夜梦回时仍会想到往日的富贵荣华，但这样渔樵争席、鸥鹭无机的田园生活使他觉得身心舒畅、闲适安逸，机心全无。

除了苏轼和王诜之外，还有不少诗人对《烟江叠嶂图》题了诗，如蔡肇（？—1119）的《烟江叠嶂图》诗云：

瓜州东望西津山，山平水阔生寒烟。海门日出江雾破，沿江山色寒苍然。五州京岘穹隆隐磷尚不见，况乃鹿跑马迹点滴之微泉。中泠之南古浮玉，钟鼓下震蛟龙川。楼台明灭彩翠合，海市仙山当目前。兴来赤脚踏鳌背，挥弄白日摩青天。原松芊芊雪欲尽，野气郁郁春逾妍。三更潮生月西落，寒金万斛流琼田。江山佳处心自省，画图忽见犹当年。有如远作美人别，耿耿独记长眉娟。双瓶买鱼晚渡立，孤蓬听雨春滩眠。翰林东坡知此乐，至今舟上渔子谈苏仙。玉堂橡蜡照清夜，苇间幽梦来延缘。山川信美归未得，送行看尽且作公子思归篇。

还有张九成（1092—1159）的《读东坡〈叠嶂图〉有感因次其韵》诗云：

虹须英武喧天渊，当时功臣画凌烟。汉家骁骑才三万，北攻稽落书燕然。勋名鼎鼎磨星斗，百年衰落归黄泉。人间万事都如梦，不如挂冠神武寻山川。我昔曾登会稽顶，超遥疑在羲皇前。下观涛江卷飞雪，旁看秦望森摩天。祖龙定是同鲍臭，鸥夷却得携妖妍。悠然会意不复出，倚锄便欲耕春田。君不见渊明归去传图画，伯时妙手垂千年。我藏东绢今拂拭，正欲写此春江浩渺山连娟。更要元龙湖海士，百尺楼中相对眠。玉京蓬岛置勿问，人间今是地行仙。岷江寥寥三峡远，此心欲往知何缘。烦君断取来方丈，径入东坡叠嶂篇。

从以上这些唱和之作可以看出，他们对王诜《烟江叠嶂图》的题咏，无论蔡肇"江山佳处心自省，画图忽见犹当年"的感叹也好，张九成"人间万事都如梦，不如挂冠神武寻山川"的无奈也罢，都是在借机抒发对溪山林泉的喜爱和向往。正是因为世俗生活使人们身心疲惫、不堪重负，做不到隐居山野、亲近林泉，这种情感逐渐转移到了绘画创作与艺术鉴赏上来，对画中烟雾迷蒙但视野开阔的"烟江万里"之景大加赞赏与推崇，在巨幅山水面前思索人生的要义，洗清尘氛与俗气。

宋·赵黻《江山万里图》
北京故宫博物院藏

宋朝统治者实行"重文抑武"的政策，虽然是为了江山永固，但客观上促进了思想文化的大发展。文人生活优裕，又有着深厚的文化功底，他们把眼光投向绘画中来，必然表现出与专业画家不一样的艺术审美。也正是由于文人的参与，使画中山水更多了许多文化气息。黄大受《江行万里图》诗云：

> 雪山西来接海白，天之所以限南北。谁人胸里着舆图，挥斥荆吴入绡墨。浓浓淡淡两岸山，烟波迷茫江面宽。水空漠漠鸟飞绝，渐看渐远天漫漫。客舟沂流先后去，风帆饱腹如飞舞。有时小艇绝波来，不知何处横江渡。钟山隐隐开金陵，雨花台前留玉京。汀洲尽处小孤出，垂杨绿引当阳城。蕲黄紫翠照卷雪，武昌楼台半明灭。周郎赤壁杳难凭，洞庭寒烟蒙孤月。西江耿耿沙籍清，三十六湾斜照明。黄陵

庙深楚山阔，九疑成削黏天青。我来展轴惊快睹，恍然对面水仙府。片时行尽江南天，吊古何劳出门去。南巡真人忘却归，轩辕龙去渺难追。咸池曲绝谁奏乐，风雨啼痕满竹枝。六朝虎士工设险，蹴踏沧波当挥剑。血流不惜惜江流，肯放飞埃过天堑。滥觞曾闻荡雍丘，楫声若为空悠悠。江声至今恨不尽，枉白万古英雄头。两阶干羽享波后，八公草木今健否。长安正在碧云边，斜日西风重回首。

画家未必有此意，可观者却从中看出了不一样的意味。画中浓浓淡淡的山色、烟波迷茫的江面，以及飞鸟、小艇、钟山、武昌楼等，虽然写实却又似幻，形成了假作真时真亦假的艺术境界。再如陈杰《题江山烟水图》诗云："叠叠云山过尽，茫茫烟水安归。还君此画三叹，闲杀江南钓矶。"《题李生烟江万里图》诗云："白鸥飞来类从汝，寒雁瞥起几导吾。未觉咫间能万里，曲肱残梦落东湖。"看到烟江万里，做的是江湖残梦，这种思绪也是历代文人之常态。

万里江山移至画幅之上，百年光阴凝成一瞬，观者因受自孔子以来"逝者如斯夫"的思想影响，感叹山水多娇的同时，油然而生的是时光如水流远的感伤，"惨淡何人画，飘飘万里心。云轻春树暗，日落暮江深"（陈克《题赵宜兴万里江山图》）。陈与义《题唐希雅画寒江图》亦云：

江头云黄天醖雪，树枝惨惨冻欲折。耐寒野鸭不知归，犹向沙边弄羽衣。黄茅母日不自力，影乱弱藻相因依。唯有苍石如卧虎，不受阴晴与寒暑。舟中过客莫敢侮，闲伴长江了今古。

诗人发自内心的羡慕不知归的野鸭、不自力的黄茅，赞美江边苍石，因为它们能够伴江而生、伴江而眠。

长江的浩渺无涯与苍茫辽远，使得画家所绘多是巨幅大轴，诗人吟咏亦多长篇歌行，这样的创作方法使得诗、画相宜，更能表现出长江的壮丽多姿。陈造（1133—1203）《题刘明府所藏秋江欲雨图》诗云：

墨云含雨江空濛，岛屿细琐连烟空。我家茆屋菰苇丛，卷蓑背笠随渔翁。展掩俻觉心神融，缅想惨淡经营中。王孙玉面食肉相，万里山川入遐想。当时官禁断过逢，可得如侬逞江望。江天漠漠那容画，渺莽风烟生笔下。凫鸿灭没波不摇，雾罯霜林共萧洒。乃知绝艺神与通，般薄傲睨窥化工。市师日日江湖上，几人擅价能无穷。君家双莲冰玉质，此画与人俱第一。固应缄镭付牢收，俗眼纷纷莫轻出。

画家笔下多烟雨笼寒江的空濛景色，诗人观画时融入了自己的身世之感，一时间思绪万千，故下笔不能休。这首诗议论颇多，反映出宋诗"以议论为诗"的典型特点。再如林希逸（1193—？）《题江贯道人山水四言》诗云：

  远山丛丛，远树蒙蒙。咫尺万里，江行其中。短长何岸，高低何峰。彼坻彼洔，彼瀑彼洪。靖岚乍豁，烟霭葱笼。或断或属，且淡且浓。尔峚奚寺，尔盘奚宫。或垣阴翳，或梁嵌空。有吠者厖，有樵者翁。危樯落矴，短棹掀蓬。往来异趣，寂动殊容。罨翠其庭，疊翠其庭。岂非卢鸿，略彴而渡。岂非龟蒙。昔我经行，云山万重。若淮南北，与江西东。亦蓑而雨，亦帽而风。乃今追惟，梦境相从。及此开卷，恍然昔同。谁居作者，造化论功。淹总其裔，熙成是宗。声闻九陛，既召而终。谓彼树白，谶其身穷。其然岂然，讯之天公。此名穹壤，畴日不逢。

这首四言诗读来宛如跟随作者到画中走了一遭，远山、远树、长江，两岸景色奇丽壮美，樵翁于其中隐现，这情景曾在梦中出现，今天开卷一观，正好契合梦境，画家圣手，直与造化争功。与别的诗作不同的是，诗人没有对江水作详尽描绘，却能使读者深切感受到长江的浩浩雄姿。

因为有着"江横万里长"的磅礴气势，长江即使是在三尺画卷之中，仍然有着一泻千里的姿态，诗人观画后不约而同地描写了长江的这个特点。如刘宰（1166—1239）《题解生山水图》诗云：

  长江之水西南来，江北江南图画开。君从何处得此景，锦帆似泛长江回。槎牙老树连荒岛，两两人家出林杪。鸥飞欲下洲渚宽，云横不断关山杳。图穷双屿金焦峙，仙宫缥缈浮寒水。柂楼掀转吴波平，阊阖中天日月明。

画中的长江从西南方向奔腾而至，巨大的水流使得江北、江南充满了勃勃生机，江岸上老树、荒岛、人家，观之恍若仙境。这种情景与三巴长江的景色有着天壤之别，如吕本中（1084—1145）《燕龙图画山水歌》曰：

  燕公画山水，名在能品中。至今笔墨欲飞动，妙处不与丹青同。巴陵六月风暴起，咫尺长江欲千里。鱼龙变怪鲛鱓怒，细草长林恣鞭箠。断云却挂悬石上，急雨正堕荒崖里。想见行人犯檐时，亦有野店临沙嘴。渔子回头叹失色，霜女无言欣一洗。问公何处得此妙，长剑出匣须天倚。公不见簿书丛中尘埃多，归思颇遭贫病魔。念今新凉江始波，如此万水千山何。为公试作吴兴歌，更觅神仙张志和。

暴雨狂风骤起于江面之上，鱼龙变怪、草木欲折，行人驰担、渔人失色，观之令人心惊胆寒。陆游（1125—1210）《题严州王秀才山水枕屏》也描写了长江的惊涛骇浪，但更多地融入了身世之感与人情之思：

> 我行天下路几何，三巴小益山最多。翠崖青嶂高嵯峨，红栈如带萦岩阿。下有骇浪千盘涡，一跌性命委蛟鼍。日驰三百一鸟骡，雪压披毡泥满靿。驿亭沃酒醉脸酡，长笛腰鼓杂巴歌。大散关上方横戈，岂料世变如翻波。东归轻舟下江沱，回首岁月悲蹉跎。壮君落笔写岷嶓，意匠自到非身过。伟哉千仞天相摩，谷里人家藏绿萝。使我恍然越关河，熟视粉墨频摩挲。

长江的风浪如世事一般瞬间百变，长江的奔流不息见证了几多朝代的兴亡，面对滔滔江水，忧国忧民的诗人自然而然地兴起忧时伤世之念，如王柏（1197—1274）的《题长江图三绝》诗云："一目长江万里长，几多兴废要商量。时人莫作画图看，说着源头正可伤。鱼腹江边八阵图，嶙峋于此岂良谟。后来浪道长蛇势，用势还须烈丈夫。瓜步洲前水最深，几人恃此纵荒淫。谁云天意分南北，自是人无混一心。"自古盛衰兴废如烛，诗人对南宋偏安江南、江北陷于异族的现状极为不满。长江是历史的见证，多少英雄人物泪洒长江，南宋士人被一江阻隔不能北向，心中沉痛之情可想而知。徐瑞（1255—1325）《题刘东仲所藏长江图》云："谁将刬素尺有咫，万里屈盘归笔底。江天漠漠水云宽，楼堞微茫烟树里。岷山滥觞东入海，自古兴亡难尽纪。诗人莫作画图看，中有英雄泪如洗。"徐瑞（1255—1325）《书芳洲题长江万里图诗后》亦云："万里朝宗势，其源可滥觞。从来不在险，画里论兴亡。"正如辛弃疾《南乡子·登京口北固亭有怀》词中所感慨的那样："千古兴亡多少事？悠悠，不尽长江滚滚流。"

状长江之貌最为人所称道的，还是苏轼的那首《李思训画〈长江绝岛图〉》：

> 山苍苍，水茫茫，大孤小孤江中央。崖崩路绝猿鸟去，惟有乔木搀天长。客舟何处来？棹歌中流声抑扬。沙平风软望不到，孤山久与船低昂。峨峨两烟鬟，晓镜开新妆。舟中贾客莫谩狂，小姑前年嫁彭郎。

四周是耸立的苍山，近处是茫茫的江水，大孤山、小孤山屹立在江心，山陡崖峭无路可至，只有啼猿和飞鸟，在参天的乔木间穿梭往来。一艘客船从远处驶来，使人仿佛听到了舸公悠扬的号子。船上的商客遥望着孤山，可是太远了看不分明，船儿一会高一会儿低，在江面上飘荡。在诗人的想象中，小孤山如一位晨起的美丽女子，正对着江水这面大镜子细细梳妆，而船上的商客则如觊觎其美貌的登徒子。诗人忍不住说道：你还是别痴心妄想了，小姑前年就嫁给彭郎（指孤山对面的澎浪矶）了呀。利用拟人、比喻，还有谐音法，把画家可能都不曾想到的意思表达了出来，读来意趣盎然。

三、溪山无尽：宋代题画诗中的溪山林泉

如果说"烟江万里"寓示着心中的迷茫与无助，欲求之而不得，那么"溪山林泉"所寄托的便是内心的安然与恬静之意。自古以来，无论是文人雅士，还是高僧大德，大都喜欢在山林里修行、习得和悟道。这是因为与溪山林泉为伴，人们可以远离尘世的纷纷扰扰，不为琐事烦心，不为外物累牵，不为人事催迫，充分地放松身心，享受浸润于山水的无边佳趣，正如陈著（1214—1297）《题画扇》所言："松下披衣坐着，飞瀑岩前洗脚。画向尘污人看，教知山林之乐。"这种惬意自在的生活虽不能真的实现，却可以在观画中得到心灵的抚慰。

王维悠游山水、亦官亦隐的生活方式颇受宋人推崇。王安中（1076—1134）《王摩诘钓鱼图》诗云："佳哉王摩诘，风味我所钦。自状钓鱼图，苇间相挐音。有如渼陂游，一杜挟两岑。坐令黄尘中，思落清江浔。"苏轼《王维画》诗云：

宋·释惠崇《溪山春晓图》
北京故宫博物院藏

摩诘本词客，亦自名画师。平生出入辋川上，鸟飞鱼泳嫌人知。山光盎盎着眉睫，水声活活流肝脾。行吟坐咏皆自见，飘然不作世俗辞。高情不尽落缣素，连山绝涧开重帷。百年流落存一二，锦囊玉轴酬不赀。谁令食肉贵公子，不觉祖父驱熊羆。细毡净几读文史，落笔璀璨传新诗。青山长江岂君事，一挥水墨光淋漓。手中五尺小横卷，天末万里分毫厘。谪官南出止均、颖，此心通达无不之。归来缠裹任纨绮，天马性在终难羁。人言摩诘是初世，欲从顾老痴不痴。桓公、崔公不可与，但可与我宽衰迟。

苏轼所羡慕的是王维能够自由出入山水之间，与飞鸟、游鱼为伴，清洁的泉水如同自肝脾

间流出,天机自生、物我两忘,世俗之心不生、高情远志自来。这种天人合一的境界,只有亲近山水才能达到。黄庭坚《答王道济寺丞观许道宁山水图》诗云:"数尺江山万里遥,满堂风物冷萧萧。山僧归寺童子后,渔伯欲渡行人招。先君笑指溪上宅,鸬鹚白鹭如相识。许生再拜谢不能,元是天机非笔力。"若非亲临其境,如何有如此的表现力,更不可能有山水鸟兽如同旧相识之感。郭祥正《和姜伯辉见赠醉吟画诗》诗亦云:"苍崖一万丈,中泻白玉泉。飞鸟度不得,而我长攀缘。洗尽心地垢,吟成元化篇。"清泉洗心、娱目开怀,正是世人喜观山水画的原因所在。

溪山林泉是士人们最渴望隐居的地方,"策蹇春风里,溪头问酒家"是士人们的理想生活,它也是山水画创作中表现最多的情景。冯信可(985—1075)《桃源图》诗云:

桃源东回溪转长,桃花开时春日光。幽禽出树乱红落,游鱼吹花流水香。山人正住溪之浒,屋角花开自成坞。寻源未许武陵人,隐者但作桃花主。拄杖穿花来水头。禽鱼亦解识风流。往来况有樵云叟,何惜衔杯同唱酬。一尊如出桃花色,花落尊中已无迹。醉乡泠泠白日闲,黄尘滚滚青山隔。明年此日桃花开,何人净扫溪阴苔。我亦天台约刘阮,春风一棹酒船来。

宋·无名氏《秋溪待渡图》
台北故宫博物院藏

陶渊明"不戚戚于贫贱,不汲汲于富贵"的人生态度和他毅然归隐田园的超然气度,受到了追求淡泊恬静生活的宋代士大夫的接受与推崇。翁森《题陶渊明临流赋诗图》诗云:"闲居淡无事,临流忽有得。平生诗外心,滩上一鸥白。"[①]他所描绘的世外桃源更成了入画的最好题材。从冯信可这首诗可以看出,此幅《桃源图》中,溪水宛转流长,桃花灼灼盛开,游鱼水中自在地吐着泡泡,似幻亦真,宁静安详,好一派仙乡佳境。还有李耕《题蔡润画》诗云:

雨过天如沐,回山浓翠侵。平桥带野水,涓涓绕竹林。茅屋阒无人,案上横素琴。

---

① 傅璇琮等主编:《全宋诗》卷三五九三,第42916页。

白鹭正熟睡，杳无羡鱼心。维舟欲渡谁，柳岸烟沉沉。长啸在何处，惆怅隔云岑。①

临流抚琴，山水皆知音。宋代山水大家夏圭，最擅画水，他的《临流赋琴图》巧妙地营造出清幽高洁的意境。虽然我们不能看到蔡润画的内容，但夏圭的画正好可以弥补这个遗憾。

《后汉书·严光传》载严子陵辞官归隐富春山耕读、渔樵为生，终老林泉，他也因此被时人及后世传颂为不慕权贵追求自适的榜样，"渔樵之乐"也成了令文人士大夫念念不忘的生活状态，因此，古代山水画中无论是仙山云海、烟江万里，或是溪山林泉之间，都不忘添一两个渔翁、樵夫。白珽（1248—1328）《题松雪临郭河阳溪山渔乐图》诗云："远山近山何历历，下有长溪横一碧。溪中亦有钓鳌手，此手不遮长安日。野桥烟树接草庐，飞流如练悬空虚。截山白云凝不去，要人写作岩居图。"碧溪野桥外，飞泉白云间，这般景象的确令人心折。白玉蟾（1094—？）《题欧阳氏山水后》诗云：

宋·夏圭《临流赋琴图》
纸本设色，北京故宫博物院藏

> 平沙断岸几千尺，树色烟光渺无极。一叶扁舟归去来，渔翁放棹倚芦荻。八九山家云水村，白苹红蓼数渔船。沙寒石瘦木叶落，一钩淡月照黄昏。小桥跨水碧溪浅，苍壁丹崖半苔藓。樵子归担竹两竿，落霞孤鹜天边远。千山万山风色清，四柱茅亭立晚汀。花红草绿山水静，独步亭前秋月明。山前一阵梧桐雨，落花惊断山禽语。谁家楼阁隐青林，老僧归寺立溪浒。一溪流水绕云根，草舍茅庵常闭门。客来倚棹一回顾，直疑此是真桃源。洞门紫翠交相映，林幄山屏更清胜。何人作此无声诗，展开如入溪山镜。

白玉蟾是道教金丹派南五祖之一，他以道家的眼光观照山水，处处透露出纯真自然、心澄味隽的蓬勃生机，真正好的绘画，正是要能够准确表现出山水的精神气象。陈师道《沈道院有水墨壁画奇笔也惜其穷年无赏之者贾明叔请余同赋》诗云："壁间水墨画，为尔拂尘埃。草树精神出，溪山气势回。路从沙嘴断，人自渡头来。莫怪知音少，牙弦匣不开。"山间花草充满朝气，溪涧宛转，人入此中确能荡涤胸怀。陈与义（1090—1138）《题江参山水横轴画俞秀才所藏二首》（其一）

---

① 傅璇琮等主编：《全宋诗》卷一九二七，第21524页。

云:"卷中衮衮溪山去,笔下明明开辟初。不肯一禅为妇计,余郎作意未全疏。"戴复古(1167—?)《题侄岜潜家平远图》亦云:"好山横远碧,平野带林塘。四望耕桑地,几年云水乡。海天龙上下,秋日鹤翱翔。睹物忽有感,无心住草堂。"

能够安然于林泉之间、溪山之中满帽秋风信马行,不仅是一种生活情趣,更表现出一种积极乐观的生活态度。范成大(1126—1193)《李次山自画两图其一泛舟湖山之下小女奴坐船头吹笛其一跨驴渡小桥入深谷各题一绝》(其一)云:"船头月午坐忘归,不管风鬟露满衣。横玉三声湖起浪,前山应有鹊惊飞。"泛舟湖山下,骑驴过小桥,笛声落花惊鹊,境由心生,反映出极为平和淡然的心态。再如方岳(1199—1262)《记画》:"闲云古木山藏寺,野渡孤舟水落矶。秋色无人空黯澹,竹门未掩待僧归。"心境亦如野水,空漠凄清。胡仔《题苕溪渔隐图》诗云:

溪边短短长长柳,波上来来去去船。鸥鸟近人浑不畏,一双飞下镜中天。秋云漠漠烟苍苍,芦花初白莲叶黄。钓船尽日来往处,南村北村秔稻香。卷起纶竿撇櫂归,短篷斜掩宿渔矶。日高春睡无人唤,撩乱杨花绕梦飞。

写景如画、落笔洒脱,心中的快乐可想而知。李弥逊(1089—1153)《和董端明大野渔父图》诗云:

一叶扁舟漾广津,无心鸥鸟远亲人。苹蓼岸,静投纶。危坐初无一点尘。钓艇夷犹一苇横,烟波万顷寄余生。春雨歇,暮霞明。零乱溪花堕玉英。撇櫂归来起暮凉,乐哉谁复慕轩裳。横短笛,罢鸣榔。红藕花繁作阵香。木落渔村载酒过,绿波萍藻鳜鱼多。拼醉饮,尽颜酡。不负平生笠与簑。玉树琼田莹骨清,短篷飘洒动吟情。鱼换酒,乐升平。闻道君王日圣明。卧月眠风乐有余,蒹葭处处钓重湖。斟鲁酒,鲙鲈鱼。一片家风入画图。

山水之美与观者心灵相通,虽身居一隅不能亲至,却陶醉于画中景色,仿佛目接烟霞,悠游山水,与画中人一起饮酒、食鲈鱼,此乐何极。

除了以上所述泛化意义上的溪山林泉,有几处名溪佳境在中国古代山水画中出现得颇多,几乎成了一种绘画常态。它们分别是"武夷九曲溪""浯溪"和"清溪"。

(一)武夷九曲溪

武夷山位于福建与江西的交界处,因有三十六峰,九十九岩,峰岩交错,溪流于其中曲折流淌；因弯道众多，山挟水转，水绕山行，每一曲、折都风光无限，九曲溪贯穿其中，蜿蜒十五华里。又因它有三弯九曲之胜，被称为九曲溪，每一曲都有不同景致的山水画意，"武夷九曲"也成了画家青睐的胜景。下面我们选取几首罗列于下，从中感受武夷九曲的秀丽风光，感受画家笔下九曲溪的秀丽轮廓。

山上风吹笙鹤声，山前人望翠云屏。蓬莱枉觅瑶池路，不道人间有幔亭。玉女峰前一棹歌，烟鬟云髻动清波。游人去后枫林夜，月满空山可奈何。闻道仙人旧避秦，爱随流水一溪云。千崖万壑无寻处，时有渔樵却见君。千丈（阙）天翠壁高。定谁狡狯插遗樵，神仙万里北风去，更渡槎枒个样桥。巨石亭亭缺啮多，悬知千载也消磨。人间正觅擎天柱，无奈风吹雨打何。自有山来几许年，千奇万怪只依然。试从精舍先生问，定在包牺八卦前。山中有客帝王师，日月吟诗在钓矶。费得烟霞供不足，几时西伯载将归。行尽桑麻九曲天，更寻佳处可留连。如今归棹疾如箭，不似来时上水船。（辛弃疾《题武夷九曲棹歌图》）

一曲初篙上水船，翠岚苍壁挟泂川。彩幢幔屋今何在，空有丹炉石鼎烟。二曲峻增三石峰，当时秦女采芙蓉。至今汤沐临清沚，不作巫山十二重。三曲悬崖插虹船，春秋八百又千年。不知天地黄心木，控鹤仙人肯汝怜。五曲云厓有许深，石门书屋着修林。堂堂不泯清风在，一片寒潭印我心。七曲催船快上滩，好山留与漫郎看。经行雪瀑仙屏下，恍记斋堂夜帐寒。八曲云山敛复开，长年倚棹立裴徊。俄然听得林间语，知道新村贳酒来。九曲遥岑更郁然，板桥渔市引长川。唤回白马宾云梦，来看桑麻万里天。（留元刚《武夷九曲棹歌图》）

紫缦红裯事有根，绿函金锁蜕犹存。无缘得到千岩顶，试问而今几代孙。汉祀昔陈

玉脯，晋人方始识桃源。不因大隐屏中老，未易抽簪扣洞门。（蒲寿宬《游武夷九曲》）

　　听取渔歌说武夷，武夷九曲水涟漪。放舟理櫂从头去，三十六峰天下奇。一曲回看天鉴池，一边草木与云齐。金龙玉简无寻处，花自春风鸟自啼。玉女峰临二曲流，刳心学道几春秋。东风不信心如铁，却放石楠花满头。仙人驾船朝上真，三曲溪流日浅清。读书岩前闻鹤唳，恐是旧时弦诵声。日日金鸡啁哳鸣，仙机岩前冬复春。系舟四曲看题石，诗与人存今几人。五曲溪回屋数椽，上依翠壁下流泉。幽居不用立名字，大隐一峰高插天。仙掌峰边仙浴堂，泉声戛戛漱琳琅。流从六曲滩头去，犹带落花风里香。七曲溪边古寺墓，石塘春水绿漪漪。澄波不见招提影，只有山光似旧时。神仙蜕骨鼓楼山，一去丹霄更不还。停舟八曲访遗迹，风雨萧萧生暮寒。游遍丹山与翠崖，新村渡口日西颓。神仙有无不可问，欸乃数声归去来。（欧阳光祖《和朱元晦九曲櫂歌》）

　　兴穷九折更悠然，棹转船头障去川。留取洞中无尽意，桃花水暖鳜鱼天。（叶梦鼎《武夷九曲》）

（二）浯溪

　　浯溪，是发源于湖南省双牌县阳明山的一条小溪，流经祁阳盆地后，在县城南郊两公里处的古渡口流入湘江。溪水清幽明净，是游赏佳处。公元763年，唐代著名散文家、诗人元结出任道州刺史时，乘舟逆湘江而上，路过此地，爱其胜异，自造"浯"字，命名为"浯溪"，撰《浯溪铭》，浯溪从此得名。

　　夷途勿抛控，抛控马多失。把水勿极量，极量器多溢。安史起天宝，转战竟奔

北。辞臣献颂诗，要垂万世则。一字堪白首，大书仍深刻。谁作浯溪图，千里在咫尺。飞湍如有声，旁汇浸层碧。巉绝半岩间，仿佛见鸟迹。不觉加手磨，真恐苔藓没。国姓前后异，天运古今一。向来文武才，坐筹或操笔。种种皆可称，俯仰重叹息。愿君宝此图，置之丹粉壁。昔人如可作，想像壮胸臆。（释德止《浯溪图》）

成子写浯溪，下笔便造极。空蒙得真趣，肤寸已千尺。只今中宫寺，在昔漫郎宅。更作老夫船，樯竿插苍石。（黄庭坚《浯溪图》）

去年过浯溪，王事有期程。夜半度湘水，但见天上星。平生中兴碑，梦入紫翠屏。已办北归时，十日穷攀登。今朝复何朝，忽此短轴横。历历眼中见，湘山无数青。白云著山腰，楼阁秋气明。便欲扶短策，下濯沧浪缨。主人山水仙，妙处心自评。元顺骨已冷，千载交盖倾。赏音寄幅纸，益见忠孝情。题诗疥公画，讬我不朽名。（张孝祥《题朱元顺浯溪图》）

浯溪未到已登临，笔力能穷造化心。我是零陵新逐客，披图一一可追寻。（折彦质《跋浯溪造极图》）

少文阅世老不出，自画云山满墙壁。澄怀观道追所历，坐觉琴声隐金石。我变七年湖外客，梦中犹泛湘江碧。浯溪之图喜新得，身卧岭南心岭北。忆尝留语浯溪边，异时人读唐中兴。说与此乃秦典型，三句八韵之罘铭。今欲复作谁可令，似有元结无真卿。风烟惨淡万古情，不如且寻画隐成。（王安中《祁阳成逸画浯溪图相示为作长句》）

（三）清溪

中国古代以"清溪"命名的溪流有很多，四川、安徽、广东都有：

清溪之水清无泥，兔飞燕下太平池。昔人尝比翠绡舞，安得卷之必自随。画师摹写多巧思，只用乌田数张纸。戏拈秃笔扫成图，浓淡邅回真得意。江矶钓浦远更深，昔时行处皆可寻。张公好雅心不俗，眉山先生为楚吟。公今奉使庾岭南，峡中乔林与天参。白云摇曳入船户，清猿呼啸窥江潭。天霾不开地多热，佛桑山丹赤如血。此时一展清溪图，洒若胸中贮冰雪。南方不可以久留，祝公归来此中州。枕白石兮漱清流，芦声战雨鬯若飚风之拔木，渔烟凝晚鬯若海雾之横秋。我已卜居在九江，九华庐阜郁相望。千里思公如咫尺，扁舟棹月到池阳。（孔平仲《题清溪图》）

舟在此溪滨，披图看愈亲。须知堂上客，便是画中人。潇洒苍葭映，春容碧浪春。秀山帝发派，秋浦净为邻。飞鹭来窥影，游鱼可数鳞。饮兰须卷去，聊以辟京

尘。（孔武仲《王文玉出清溪图以示坐客》）

　　清溪萦洄流碧玉，散入缘冈万竿竹。照春四合锦绣林，干云直上风霜木。主人吾宗行珪璧，解组归来粪犹绿。只知林下酒盈樽，不忧门外车推轂。灵心内守消冰炭，洗眼旁观看荣辱。造物乘除真有理，却将康健还无欲。嗟予放浪已半世，近逐不去缘微禄。六年一梦百忧患，踏雨褰裳过林麓。杀鸡为黍固留我，我自奔忙不皇宿。乃知风月为君好，颇觉禽鱼憎我俗。楚鱼楚稻贱如土，老去容身一茅屋。他年杖履请卜邻，与君静话烹粱粥。（张耒《题安州张全翁大夫溪图》）

　　九华郁兮江南山，清溪下兮贯山间。江北鹜兮溪东旋，浊汤汤兮清漫漫。山几转兮水几盘，近交臂兮远连环。决天末兮浮云端，齐之山兮秋之浦。景晦明兮气吞吐，草木蓊兮媚林莽。绣屏张兮翠绡舞，深窈窕兮掩幽坞。雨吟猿兮风啸虎，下凫雁兮泳鲂鳜。商之樯兮渔之罟，互出没兮更散聚。樵有舍兮梵有宇，云岩阿兮棘樊圃。挛连蕙兮岸之浒，弄潺潺兮棹容与。中横绝兮梁为渡，隐孤城兮其西去。春之朝兮秋之夕，风既清兮月又白。退矫首兮俯陈迹，携佳人兮不可得。空远望兮中感百，思悠悠兮情恻恻。怅兴亡兮怀今昔，独兹溪兮无终极。嗟夫人兮摆尘滓，遥徜徉兮玩山水。移山川兮置窗几，手舒卷兮千万里。鞘余车兮秣余马，往从兮山之下。枻吾舟兮泛清泻，乐鱼鸟兮放林野。愿未适兮胡为者，聊寓言兮公墨画。（张励《题张公翊清溪图》）

　　溪水之外，山水画中最重要的点缀还有瀑布，也有画家专门以瀑布为表现对象。如张元干（1091—1161）《跋米元晖瀑布横轴》诗云："老懒天教脱世纷，山川到眼失尘昏。绝怜千仞鸣飞瀑，一洒风中八表云。"瀑布又称跌水、流泉，它从高处飞泻而下的姿态极具震撼力，刘宰（1166—1239）《题瀑布画》诗云："泄云鸿洞遮山腹，古木槎牙缭山足。举头百丈泻寒泉。知有高峰插天绿。"飞流百丈的寒泉更衬托出山峰的高峻，"飞流三百丈，日射碧琉璃。一气何终极，淋漓自不知。"（蒲寿宬《书香炉瀑布图后》）刘宰和蒲寿宬还各有一首题写瀑布画的长诗，从中我们可以窥见画家高明的表现力：

　　仰观山模糊，俯视山历历。见卑不见高，此恨通今昔。观者笑且言，画手非用力。安知画工心独苦，世上悠悠几人识。君看白练飞，杳不见来迹。疑从九霄中，直下姿喷激。六月天无风，大暑铄金石。此景独清凉，飞雪洒石壁。此岂银河翻，馀派堕空碧。抑岂龙门决，洪波注八极。方知画者心，不止存目击。山上更有山，去天不盈尺。丹崖与翠巘，群仙所游息。烟云不可到。日星在几席。甘露被草木，醴泉出岩隙。流落人间者，万派祗馀沥。知画岂予能，因画重凄恻。圣贤言外意，未可纸上得。所以说诗者，要在以意逆。安得画外观山人，共向书中探端的。（刘宰《观瀑布图》）

  平生托游从，林野乃其趣。出处偶不同，清浊良已忏。解组浣我尘，叩门为君诉。方殷岐黄事，何日当展晤。欲漱岩下泉，蛩驢念同路。默携照胆镜，历历见情愫。韦韝谁为驱，千林泻悬布。初挂冰一帘，晶晶滴珠露。弄电不辍笑，轰谷激电怒。玉虬擘重崖，白昼云雪互。震掉若弗容，俄然脱沉痼。寂寂霜林钟，茫茫虎溪渡。草堂香山基，兴废今几度。诛茅诘为晚，千古一旦暮。与君共兹图，湜湜如振鹭。登眺晨百回，畴能局高步。（蒲寿宬《题瀑布图后》）

水本不易画，瀑布的动势更不易把握，方幅之中意蕴无穷，使观者仿佛来到山林之中，能够感受树暗水冷，观白练摇曳，聆听神仙话语。"瀑驶惊风雨，危悬峭壁前。临流清客耳，入夜搅幽眠。旁是龙为庙，高疑山有仙。一尘飞不到，长似九秋天。"（胡仲参《和林梅矓西淙瀑布图韵》）

四、寒汀远渚：宋代小景山水题画诗

"小景"是山水画的流派之一，在宋代颇为流行，出现了许多专画小景的画家。其实，所谓"小景"并不是单从画幅大小来说的，主要是指所画内容多为池塘、水鸟、寒汀、远渚之类的细小景物，风格也以简约清旷为主，与全景山水画中的崇山峻岭、飞瀑湍流有着较大区别。小景画具有笔简意足、意趣盎然的特点，令人流连赞叹的同时常常会心一笑。

小景山水画的兴起，始于北宋初年"九僧"之一的惠崇（965—1017）。他擅诗、画，作诗师法晚唐的贾岛、姚合，精五言律，多写生活琐事与自然小景，语言精致工巧、平熟圆润，意象清新空灵，但诗意稍嫌晦涩；其画风与诗风相似，郭若虚言其"工画鹅、雁、鹭鸶，尤工小景。善为寒汀远渚，潇洒虚旷之象，人所难到也"[①]。沈括《图画歌》亦云："小景惠崇烟漠漠。"王安石对惠崇画最为推许，他在《纯甫出释惠崇画，要予作诗》中写道："画史纷纷何足数，惠崇晚出吾最许。旱云六月涨林莽，移我倏然堕洲渚。"苏轼名作《惠崇〈春江晚景〉》一诗："竹外桃花三两枝，春江水暖鸭先知。蒌蒿满地芦芽短，正是河豚欲上时。"黄庭坚《题惠崇九鹿图》说："惠崇与宝觉同出于长沙，而觉妙于生物之情态，优于崇。至崇得意于荒寒平远，亦翰墨之秀也。"从这些

[①] 宋·郭若虚：《图画见闻志》卷四"纪艺下"，黄苗子点校，人民美术出版社1963年版，第112页。

评论可以看出惠崇小景画的特点是：善用逸想巧思，运用工笔白描，写活了潇洒平远的江南山水，充满野趣。

特别需要注意的是，把自然山水浓缩成小景，画家笔下的山水从写实变成了写意，相比于能让人产生巨大情绪波动的仙山云海图、溪山林泉画，小景画给人视觉上的寂寞、荒凉而感觉上的安宁、平静。如晁补之（1053—1110）《题惠崇画四首》诗云：

> 东风回，江上渚，何处来，双白鹭。灼灼岸间桃，依稀兰杜苗。一衔湍濑鳞，一下青林梢。潇湘绿水春迢迢。自注：春。

> 老柳无嘉色，红蕖羞脉脉。宛在水中洲，双鹅羽苍白。何须玩引颈，颠到写经墨。惟应一临流，当暑袗绤绤。自注：夏。

> 一雁孤风乍临渚，两雁将飞未合举，三雁群行依宿莽，芦花已倒江上风，云间分飞那可同。自注：秋。

> 天高霭霭云昏，江阔霏霏雪繁。渚下鸭方远泛，枝间雀不闻喧。鄙夫此志相依，生涯稊稗同微。欲具沙边短艇，波涛岁晚人稀。自注：冬。

烟波浩淼的潇湘景色在惠崇的画笔下变得很有生气，他选取的风景一角颇具特色：春天的双白鹭、兰杜苗和迢迢绿水；夏天的老柳、红蕖；秋天的大雁、芦花；冬天的云霭、雪霏、渚鸭、鸟雀。如此细碎的景物，显然是那些巨幅大轴中所没有的。贺铸《题惠崇画扇六言二首》其二《秋水芦雁》亦云："塞南秋水陂塘，芦叶萧萧半黄。直北飞来鸿雁，端疑个是潇湘。"正因为如此，黄庭坚赞美道："惠崇笔下开生面，万里晴波向落晖。梅影横斜人不见，鸳鸯相对浴红衣。"（《题惠崇画扇》）又说："惠崇烟雨归雁，坐我潇湘洞庭。欲唤扁舟归去，故人言是丹青。"（《题郑防画夹五首》其一）黄庭坚观看了郑防画册中的五幅画作，便题诗五首，这是第一首。六言诗较之五言、七言，不太容易写作，故诗人多不为之，黄庭坚虽然也作的不多，但大多能写出别样的意趣，颇为人所称道。诗人题咏僧人惠崇的山水小景，却没有对画面进行细致描摹，仅以"烟雨归雁"一笔带过，而是重点写了画面带给观画者的幻觉，大意是说：惠崇的画仿佛使"我"置身于潇湘江畔、洞庭湖边，正想呼唤船夫让他带"我"去到这个人间仙境，朋友提醒我说，这只是一幅画啊！语言简洁自然，章法安排却出人意表，利用与友人的一唱一和，巧妙地写出了惠崇画的妙处，从而收到了极佳的艺术效果。

黄庭坚把画境看作真境，并非故意穿凿附会。以假当真，真亦作假，正是其"若以法眼观，无俗不真;若以世眼观,无真不俗"(《题意可诗后》)思想的体现,他这想的思想,正与惠崇画的境界相契合。楼钥(1137—1213)《题惠崇着色四时景物》诗云:

旧说惠崇真画师,生绡四幅见天机。鹭翻桃岸韶光妩,鹅漾莲塘暑气微。风劲宾鸿霜始肃,寒欺花鸭雪初飞。分明知是丹青卷,仍欲沙头唤渡归。

惠崇把光与色有机地调和在一起,给人以清新脱俗之感。如他的《沙汀烟树图》,画中春光明媚,春水潺潺,水鸟嬉戏,水草摇曳,两三点绿树,淡雅的色调使整个画面充满了生机。释居简(1164—1246)《题惠崇柳塘春水》评价说:"鸳鸯容与于老柳暖烟春涨中,便觉潇水湘波,回塘曲渚,欸乃一声,悠然到耳,而忘其为画也。"如吴则礼(?—1121)《题惠崇小景扇二首》诗云:

宋·释惠崇《沙汀烟树图》
辽宁博物馆藏

惠崇桃坞鹅鸭,春老不画风烟。看取团团璧月,中吞万里江天。

绿鸭白鹅并戏,桃花不隔苍烟。乌去自羃孤影,断魂春水连天。

惠崇是僧人,禅学修养深厚,他眼中的山水无疑有着别样的特色,潇湘、洞庭、沙汀、沧洲,全都不再是具象的,而是变成了可以"断取"来入画的。王庭珪(1080—1172)《题惠崇画秋江凫雁》诗亦云:

老崇学画如学禅,中年悟入理或然。长江未落凫雁下,舒卷忽若无丹铅。定自维摩三昧里,半幅生绢开万里。不用并州快剪刀,断取铁围山下水。

王庭珪在诗序中说:"往年见赵德麟,说惠崇尝自言:'我画中年后有悟入处。'岂非慧力中所得圆熟故耶。今观此短轴,定非少年时笔也,故诗中云尔。"肯定了惠崇画中所充满的禅意。也正因如此,惠崇的小景画有着空静之美,且大部分意境是枯澹寒寂的,以秋景为最多。如曾几(1085—1166)《题黄嗣深家所蓄惠崇秋晚画》诗云:

丛芦受风低,积潦得霜浅。沙匀洲渚净,水澹凫鸭远。禅扉掩昼夜,短纸开秋晚。欲问此间诗,半山呼不返。

宋·释惠崇《秋浦双鸳图》
台北故宫博物院藏

参看惠崇的《秋浦双鸳图》,可知曾几的描述还是很准确的。画中芦苇荷叶,水寒沙冷,虽然有一对鸳鸯栖于其中,依然充满虚旷之象。再如许及之(?—1209)《题惠崇小景》诗云:

寒林几吹折,冻柳不胜垂。老去机心熟,惊鸥莫浪疑。

崔嵬吾肺腑,面目似庐山。江上风涛稳,扁舟得往还。

舒徐春昼永,取次小桃红。独爵把枝稳,矜呼立晚风。

两蛙随步武,先后得位置。不作渴雨鸣,岂不贤鼓吹。

由于画幅短小,境界也随之变小,诗人所题之画也多为短篇。由于惠崇的画笔法简洁洒脱,往往三两笔勾勒出景物形象,情景交融,具有诗的意境,因此受到了不少文人的青睐。刘克庄说:"王介甫于声色货利淡如也,独喜观画,如惠崇者尤为称奖。"(《跋惠崇小景》)王安石《惠崇画》诗云:"断取沧洲趣,移来六月天。道人三昧力,变化只和铅。"但也有人尖锐地指出了惠崇画的不足之处,张元干在(1091—1161)《题范叔仪所藏侄智夫山水短轴》中写道:

西北山川,峻极雄壮,良由土厚水深,以故风俗醇古。自昔贤贾森其地者,得所钟禀,浑全质直,忠信严重宜乎功名节义代不乏人。此语可为知者道。洛阳范恬智夫尝与乃叔戏作短轴,盖取范宽笔法,展卷便觉关陕气象历历在眼。向来惠崇辈爱写江南黄落村,平远弥望,数峰隐约,虽曰造化融结有殊,然而秀发可喜,终近轻浮,何能起予滞思?吾叔仪读之,当亦怃然。芦川老隐跋。

宋室南迁后,文化重心也随之从中原移至江南,这里的烟雨暖风、迷蒙氤氲,与北方的景色截然不同,宏大雄伟的气象、峻极雄壮的山川都已成为故土,环境的改变所引发的抑郁、伤感之情,化作了抒发主观情思的江南水云,而不再是自然山水的真实再现。张元干显然对这种转变感到不满,他充分肯定范宽笔法,觉得惠崇这样的小景画很轻浮,这也间接反映出南宋时小景画的盛行。

惠崇之外，还有一位颇受推崇的小景画画家，他就是赵令穰，字大年。与惠崇的僧人身份不同，赵大年是宋太祖赵匡胤五世孙，官至光州防御使、崇信军观察留后。身为皇家宗室，他不能远游，只在近郊游历，所见多京、洛风景，故他擅画平远山水小景，如陂湖、水村、烟林、凫雁等，雅致清丽，意境荒远，富有诗意。如下面这幅《湖庄清夏图》：

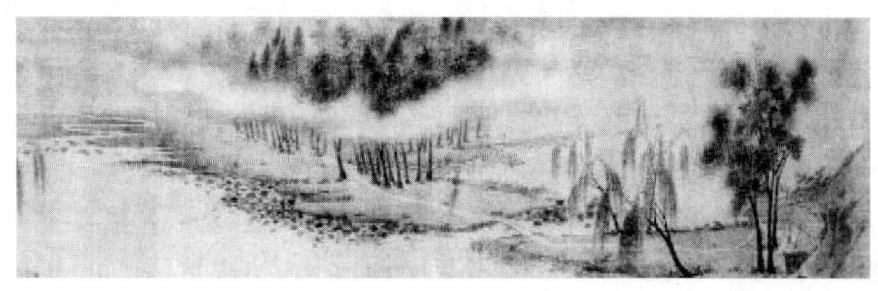

宋·赵令穰《湖庄清夏图》
美国波士顿美术馆藏

设色淡雅，湖水、荷叶、烟树，迷离的烟雾，一派祥和静谧的乡村景色。《宣和画谱》（卷二十）说：

> 宗室令穰，字大年，艺祖五世孙也。令穰生长宫邸，处富贵绮纨间，而能游心经史，戏弄翰墨，尤得意于丹青之妙。喜藏晋宋以来法书名画，每一过目，辄得其妙，虽艺成而下，得不愈于博奕狗马者乎？至于画陂湖林樾、烟云凫雁之趣，荒远闲暇，亦自有得意处，雅为流辈之所贵重。然所写特于京城外坡坂汀渚之景耳，使周览江浙荆湘、崇山峻岭、江湖溪涧之胜丽，以为笔端之助，则亦不减晋宋流辈。

对赵大年所写"京城外坡坂汀渚之景"虽有微词，但对其画艺还是赞誉有加的，并指出如果他能走出狭小的生活空间，周览江浙荆湘的名山大川，艺术成就定能够与晋宋大家比肩。张邦基《墨庄漫录》亦云：

> 宗室令穰大年善丹青，清润有奇趣。少年读书，以唐王维、李思训、毕宏、韦偃皆以画得名，乃刻意学之，下笔便有自得。一时贤士大夫喜与之游，皆求其笔。亦颇厌其诛求，慨然叹曰：'怀素有云：无学书，终为人所使。'欲绝笔不为，但名已

著,终不得已。又善作小草书,小字如蝇蚊,笔道而法具,谛观之,目力茫然,皆合羲、献之体,是又所难也。米元章谓大年作画清丽,雪景类王维,汀渚水鸟有江湖意。予在京师时,尝偶得大年所作横卷《归田图》,竹篱茅舍,烟林蔽亏,遥岑远水,咫尺千里,葭芦鸥鹭,宛若江乡。盖大年得意画也。表舅唐端仲题诗云:'闻君新得小山川,画手从来郜雍贤。不学农夫焉用稼,若为王子岂知田。我真垄上躬耕客,亲见人间小隐天。始识何年京样熟,菊篱宁似景龙边。'菊篱,景龙门下景也。

从文中可知赵大年的画有清润有奇趣,以唐王维、李思训、毕宏、韦偃为师,所作多竹篱茅舍、烟林蔽亏、遥岑远水、葭芦鸥鹭。可见赵大年小景画以"陂湖林樾""烟云凫雁"为创作题材,自有"崇山峻岭""江湖溪涧"所不能及的趣处。也正因为此,恰好契合了士大夫的心灵需求,从而赢得了广泛赞誉与好评。

赵大年的画有着江南水乡风韵,意境又清丽可人,许多诗人写诗赞颂,如张耒(1054—1114)《题赵粲所收赵令穰大年烟林二绝》云:"江上孤烟蔽远林,秋原人静下鸣禽。水乡此景常经眼,谁信侯家画万金,枫林荻港白昼静,落雁飞鸥尽日闲。平远起君千里恨,清诗可要助江山。"烟江、远林、鸣禽、枫林、芦荻、鸥鸟,运思精妙,身居京城却能写出江南景色,所以张耒说不是江山助诗人,而是诗人可以助江山了。释道潜《次韵秦少游学士观宗室大年观察所画江干晚晴图四首》亦云:"数幅生绡上,形容万态心。坐窥天下胜,何用远登临。"言其运用巧思使山水景物形象生动,不用行万里路了。舒岳祥(1219—1298)《题赵大年小景》诗云:"三株五株依岸柳,一只两只钓鱼船。水天鸭鹅斜飞去,细草平沙兴渺然。"他指出了赵大年画的特点:简洁明丽,充满生趣。《题周梅所藏小景画卷》亦云:"小鸭鸦乌烟柳坡,鸂鶒属玉满晴莎。惠崇不作大年死,惆怅江湖春水多。"可见赵大年最擅画此类物象。

赵大年文学功底深厚,能够细致入微地感受自然物情,相较于惠崇画的枯寂,他的画作多了一些开阔的想象。张舜民《题赵大年小景》诗云:"生长深宫不识山,骚人一见便开颜。分明记得经行处,青草湖边第几湾。"意思是说赵大年虽然生活阅历浅,却能形象地画出山水之景,仿若亲临。晁补之认为这是画家善于构思的结果:"王孙蕴奇意,绕素淡云烟。借与王摩诘,含毫思邈然。"(《题宗室大年画扇四首》)艾性夫《题赵大年奉议小景》亦云:"江头古树片叶,无槎牙老龙爪角枯。风含雪意天欲晚,冻栖不动鸲鹆满。翩翩四翼来何迟,睥睨欲泊无空枝。写生贵活意独到,明朝嘈杂听渠噪。"指出赵大年画具有化平凡为生动的艺术效果,充满诗情画意。陈克《大年〈流水绕孤村图〉》:"少游一觉扬州梦,自作清歌自写成。流水寒鸦总堪画,细看疑有断肠声。"陈克《雪岸图》诗亦云:"大年貌得寒江雪,凫雁沙头野兮微。个里有诗谁会得,情知不道一蓑归。"

赵大年身为王孙公子,声色犬马是少不了的,这显然影响了他的品位与眼光,赵孟坚(1200—?)《题赵大年小景》诗云:"霜轻榆柳未全黄,两岸菰蒲洲渚长。鸥鸟背人飞扑漉,西风尝是入斜阳。一行白鹭过前山,飞去沙鸥半复还。更有精能君见否,黄鹂两两绿杨间。"赵大年画自出己意较多,对景物的细致观察较少,凄清之景多,亮丽之景少。邓椿《画继》亦云:

> 光州防御使令穰,字大年,雅有美才高行,读书能文。少年因诵杜甫诗,见唐人毕宏、韦偃,志求其迹,师而写之。不岁月间,便能逼真。时贤称叹,以谓贵人天资自异,意所专习,度越流俗也。其所作多小轴,甚清丽,雪景类世所收王维笔,汀渚水鸟,有江湖意。又学东坡作小山丛竹,思致殊佳,但觉笔意柔嫩,实年少好奇耳。若稍加豪壮,及有余味,当不立小李将军下也。每作一图,必出新意。人或戏之曰:"此必朝陵一番回也。"盖讥其不能远适,所见止京洛间景,不出五百里内故也。大年既得名,诛求克期,无少暇时。掷笔太慨曰:"艺之役人如此!"然业已得名,无可奈何。山谷尝咏其芦雁云:"挥毫不作小池塘,芦荻江村雁行。虽有珠帘巢翡翠,不忘烟雨罩鸳鸯。"然初跋其画,谓更屏声色裘马,使胸中有数百卷书,当不愧文与可,盖见其少作耳。自今观之,其亦有宋之江都王滕王耶!

赵大年少年得志,疲于酬州,早期画作清丽有余,豪壮不足,盖因仗恃天资,读书少,眼界亦窄狭,黄庭坚对他的批评正中肯綮。待年岁日长,才逐渐有了江海之心,黄庭坚《题大年小景》诗云:

> 水色烟光上下寒,忘机鸥鸟恣飞还。年来频作江湖梦,对此身疑在故山。

虽然仍是寒水烟光、湖上飞鸥,但在黄庭坚看来意境深远,富有诗意,能够引起观者的共鸣。汪藻(1079—1154)《题大年小景》诗亦云:

> 忽惊坐上江天渺,半幅鹅溪写霜晓。风低黄芦潮欲到,平沙无人喧宿鸟。向来著眼应万里,开卷尺馀那尽了。须知王孙寄笔力,平日气吞云梦小。故将点缀调儿辈,不待淋漓翻墨沼。滕王蛱蝶往谁并,曹霸骅骝今已少。坐令好事费百金,窗几短屏横轴绕。君家此本传几世,羁客见之先绝倒。江头历历旧行处,好在渔矶落寒潦。

浮家泛宅归去来,还看飞鸿卧林杪。

赵大年所画多是江天渺茫、鸥鹭往还、岸柳芦荻的平远之景,最易引起羁客愁思。

宋代小景画盛行,除了惠崇和赵大年外,还有许多画家擅长小景山水画,这些画作虽然大多没能流传下来,但他们笔底的湖光山色却被诗人们记录了下来。黄庭坚《题小景扇》云:"草色青青柳色黄,桃花零落杏花香。春风不解吹愁却,春日偏能惹恨长。"陈深《题秋塘小景》云:"寒溪上下碧,水鸟去来轻。衰柳伤秋色,应知画不成。"方回《王御史野塘图歌》云:"野塘之水兮其色油油,以畜以泄兮灌我良畴。弋有凫雁兮盟有鸥,我出而仕兮可则进,脱如不可兮还我锄耰。水之上兮山之

宋·赵大年《橙黄橘绿图》
台北故宫博物院藏

下,稷黍枣栗兮野塘之坞。"画写陂湖野塘、寒溪凫雁之趣,荒远之趣。如韩淲(1159—1224)《题赵希远小景》诗云:

春风吹绿树,占断江头路。水暖浴鸳鸯,汀沙澹吞吐。断取置转庵,又作笔下句。长安红尘中,相对得幽趣。

王沂孙《观周曾秋塘图有作》诗云:

秋,秋。萧洒,清幽。人静处,水边头。波细纹纹,风色飕飕。鸥鹭情相狎,凫鸳乐自由。疏苇败荷池沼,白苹红蓼汀洲。几竿渔钓去已尽,一段晚云寒不收。

这些小景画充满了生活情趣,自有得意处。另外还有一些图写"四时小景"的画作,断取一年四季中最具意趣的小景入画,亦颇有风味,陆游《题柴言山水四首》云:

阴阴山木合,幽处著柴荆。喧中有静意,水车终日鸣。
悬水三十仞,疾雷闻数里。正暑凛生秋,倚杖者谁子。
高秋风雨天,幽居诗酒地。君看此气象,其可折简致。
草亭临峭绝,霜嶂起嶙峋。危磴傥可上,老夫思卜邻。

春天山木阴阴，水车吱吱，万物葱茏；夏日飞瀑奔泻，声若雷霆，寒意凛凛；秋高气爽，风雨如晦，气象峥嵘；冬季霜嶂，山峭石危，惊心动魄。值得一提的是宋光宗赵惇（1147—1200）有两首题写小景画的残句，也颇具风味："晴野花侵路，春陂水上桥"（《题王诜幽谷春归图》）、"蓼岸飞寒蝶，汀沙戏水禽。"（《题崔子西秋塘双鹤图》）读诗如见画，小桥流水、汀沙水禽，构成了"诗中有画""画中有诗"的怡人意境。

元代汤采真说："山水之为物，禀造化之秀，阴阳晦冥，晴雨寒暑，朝昏昼夜，随形改步，有无穷之趣，自非胸中丘壑，汪汪洋洋，如万顷波，未易摹写。"宗白华先生说："艺术意境的创构，是使客观景物作我主观情思的象征。我人心中情思起伏，波澜变化，仪态万千，不是一个固定的物象轮廓能够如量表出，只有大自然的全幅生动的山川草木，云烟明晦，才足以表象我们胸襟里蓬勃无尽的灵感气韵。恽南田题画说：'写此云山绵邈，代致相思，笔端丝纷，皆情泪也。'山水成了诗人画家抒写情思的媒介，所以中国画和诗，都爱以山水境界做表现和咏味的中心。"[①]无论是仙山云海、烟江万里，还是溪山林泉、寒汀远渚，虽然山水形态不同，但其中所寄托着的都是创作者的情意、情思。画是无声诗，诗为有声画，借题山水画诗来表现画中山水形态及其所代表的深意，虽然可能有过度诠释之弊，但我们想要通过这一媒介传达出山水画给观者所带来的精神愉悦。因此，从题山水画诗的角度来观照中国山水画中的山水风貌，在许多画作散佚的情况下，无疑是一种很好的途径和手段。

第三节　天开图画：论水在山水画中的独特意韵

中国山水画数量之多、成就之高，自不待言，但以水为单独创作对象的却不是很多。我们从题山水画诗中也能清楚地看到这一点。晚唐诗人方干《卢卓山人画水》诗云："常闻画石不画水，画水至难君得名。"《陆山人画水》亦云："毫末用功成一水，水源山脉固难寻。逡巡便可兴波浪，咫尺不能见浅深。"他的意思是说，画水比画山、画石要难得多，所以专门画水的画家很少，而画得好的人更少。正因为如此，以画水名世的画家及其作品才更显得弥足珍贵。

[①]　宗白华：《中国艺术意境之诞生》，《美学散步》，人民出版社1981年版，第125页。

一、水之洋洋：山水画中的水色水韵

苏轼在《画水记》（又名《书蒲永升画后》）中说：

> 古今画水，多作平远细皱，其善者不过能为波头起伏。使人至以手扪之，谓有洼隆，以为至妙矣。然其品格，特与印板水纸争工拙于毫厘间耳。唐广明中，处士孙位始出新意，画奔湍巨浪，与山石曲折，随物赋形，尽水之变，号称神逸。其后蜀人黄筌、孙知微，皆得其笔法。始，知微欲于大慈寺寿宁院壁作湖滩水石四堵，营度经岁，终不肯下笔。一日，仓皇入寺，索笔墨甚急，奋袂如风，须臾而成。作输泻跳蹙之势，汹汹欲崩屋也。知微既死，笔法中绝五十余年。近岁成都人蒲永昇，嗜酒放浪，性与画会，始作活水，得二孙本意。自黄居寀兄弟、李怀衮之流，皆不及也。王公富人或以势力使之，永升辄嘻笑舍去。遇其欲画，不择贵贱，顷刻而成。尝与余临寿宁院水，作二十四幅，每夏日挂之高堂素壁，即阴风袭人，毛发为立。永昇今老矣，画亦难得，而世之识真者亦少。如往时董羽，近日常州戚氏画水，世或传宝之。如董、戚之流，可谓死水，未可与永昇同年而语也。

苏轼指出，通常画家画水，多半用细皱笔法把水画得平静旷远，画得好一点儿的，也只是画出波浪起伏的状态，用手触摸，有高低不平之感，便认为这是画得最好的了。但这种画法的风格，与印刷出来的画没有多大区别。这样的画法，苏轼称之为"死水"。孙位画的奔湍巨浪，能够随着山石形态的变化赋予水不同的形状，画出水的种种变化，号称"神逸"。孙知微得了孙位的笔法，画中的水奔腾跳跃，汹涌澎湃，好像山崖都要被崩塌了。直到蒲永升出现，才有"活水"画作。他画的水生动逼真，夏日挂到屋里，会让人感觉到阴风袭人，连毛发都会竖起来。

苏轼所谓的"死水"与"活水"，其实就是绘画理论中"形似"与"神似"的关系问题。如何能够画出形神兼备、气韵生动的"活水"，他在这篇文章中透露出了三点重要信息：一是"随物赋形"。李廌（1059—1109）《火佛像》亦云："世之画史，但能写物之定形，故水火之状，难尽其变。始，南本与孙位并学画水，皆得其法。南本以为同能不如独胜，遂专意画火，独得其妙。"首先孙位没有千篇一律地把水画成"平远细皱"，而是巧妙地抓住水因所处位置不同而表现出的不同形态，画出水的种种变化，所以才能有神采。二是"性与画会"。蒲永升放浪不羁，才情天纵，不被外物所扰，不因权贵易节，不为财货所动，纯真本性与画道天然契合，所以能够明白孙位、孙知微的本意,画出水的精神来。三是厚积薄发的艺术积累。孙知微经过一年的构思、谋划,迟迟不肯下笔,可一旦灵感所至,便会须臾而就。蒲永升也是笔随心走,顷刻而成。这些都是需要深厚的艺术功底与生活经验做基础的,只有胸有成竹才能达到如此高超的艺术效果。如陆游(1125—1209)《王仲信画水石赞》曰:"亡友王仲信为予作水石一壁,仲信下世二十年,乃为之赞,恨仲信之不及见也。其词曰:导江三峡,神禹之迹。王子写之,汹汹撼壁。后三十年,尘暗苔蚀。澹墨色之欲尽,尚观者之惨栗。或曰:是学蜀两孙者非耶?放翁曰:吾但见其有欧阳信本、柳诚悬之笔力也。"王仲信所画水有着澎湃的气势,即使经年之后墨淡色暗,仍使观者心惊,足见笔力之高超。究其原因,陆游认为不仅是师法两孙,更重要的是王仲信有着欧阳询、柳公权的刚劲笔法。释宝昙(1129—1197)亦曰:"腕中百斛力,屋底声潺潺。"(《谢陈思远画山水》)也从笔法修为角度写出了如何才能使画中之水具有生气和活力。

苏轼的这篇《画水记》作于宋元丰三年(1080年),对唐以来画水名家作了精到点评,充分肯定蒲永升的同时也打了一大片。他所不知道的是,蒲永升之后,又出现了不少能与蒲永升比肩的画水大师,如曹仁熙。华镇(1051—?)《水壁》诗云:

画手闻曹霸,伊人岂裔孙。穷神邈江海,遗迹在墙垣。发地惊涛起,扶橼迭浪翻。来非自胥怒,去不为鲸吞。咫尺重渊险,寻常万里奔。气疑蒸宇宙,势欲漫乾坤。但见挥长笔,谁能测巨源。汪洋须骇瞩,窊突几惊扪。湛湛将澄处,悠悠迭细痕。轻飔掠伊洛,阔岸漫湘沅。怒势功尤壮,飞澜地欲掀。沧溟拥神岛,穷发运游鹍。礜磷应无顾,安排自有门。凤成参造化,无用契胚浑。岁久人虽远,尘侵墨未昏。依稀逢海若,仿佛吊湘魂。倦客萦多累,乘桴恃未援。时来观浩荡,聊用涤尘烦。莫使蜗涎蠹,常令墨妙存。不劳浮渤澥,已似陟昆仑。

诗序曰:"江南曹生画壁,在高邮禅居寺,三壁为澄澜、轻波,二壁为惊骇之势。"从诗中看曹仁熙所画水壁应是海图,汪洋恣肆,波涛如怒,声势浩大,惊心动魄,有妙造自然之功,使人直欲浮槎而去。晁说之(1059—1129)在《曹仁熙画水壁》一诗中也对曹仁熙所画的水给予了高度评价:

夫子在川上,悠然叹所逝。见逝不见水,身与水不二。天维及地轴,去矣不可制。日月徒劳劳,出入丈赤地。莫言此身微,久围待经济。或指波涛观,姑在蹄涔内。后人不及门,有口安足议。妙得蒙庄周,动与吕梁会。肇公识前波,不共后波系。庞公桥柱流,奔湍是谁事。熟谙观涛者,八月吴侬戏。瞪目不敢瞬,睫软蛟鼍噬。多谢曹仁熙,笔端落妙意。欲采暨社珠,于此观粲翠。

诗人从孔子感叹河水流逝谈起,发出光阴苦短之叹,并说观涛当观大,不应如蹄涔般目光短浅,由此引出曹仁熙所画水,赞其宏大思远,笔有妙意,生动逼真地还原了潮水的雄壮之势。张表臣《题高邮寺壁曹仁熙画水》亦云:

曹生画手信有神,毫端风雨生薵沄。波涛不合来翻屋,鲛鳄何须欲噬人?汤汤此水势方割,阳侯郁怒冯夷搏。鼋掷鲸呿海岳惊,雾塞云昏光景薄。开元将军爱骅骝,拳奇灭没临九州。时危此物岂易得?写此尚可消人忧。末有乃孙工画水,逌客见之心欲死。雷奔电击走中原,鱼怖龙愁宁忍视?先生道眼高昆仑,聊将妙语破迷津。中流险绝待舟楫,四海浩荡须经纶。我衰甘作淮海客,身脱垂涎头雪白,惊心未定畏湔湍,欲觅平波泛家宅。此身端的老江湖,雨笠烟蓑是所图。他年但饱扬州米,今日宁论暨社珠。

诗人看到曹仁熙笔下的水同晁说之的感觉一样,被画中滔滔滚滚、雷奔电击、波澜壮阔的磅礴气势所震撼,心惊战生怕它真的湔湍而出。释德葵《题海慧寺画水壁》诗云:

君不见昔人十日画一水,摩挲洼窪随手起。若非胸次吞江湖,安得波澜来笔底。我来萧寺观奇踪,壁间隐隐腾蛟龙。初疑乘风驭弱水,恍然坐我蓬莱宫。又疑去年八月秋水溢,阴风袭人廊庑湿。谁知画者巧通神,董羽至今羞死笔。此水不是画,一水一水势相及。对此融神坐终日,后人虽画画不出。何如倒却毗陵华严壁,海慧北廊推第一。

这幅水壁不题何人所画,但从诗中所述来看,亦与曹仁熙画有着异曲同工之妙。画家心胸阔大高远,直可吞云梦,才画出如此摄人心魄的逼真之水。看那水一波接一波地涌过来,令人觉得这已经不是画了。

除了曹仁熙,还有几位没有留下姓名的画水大家,如前文引曾有光《赠画山水陈兄》陈氏所画四季之水各具特色,春天溪水桃花、夏天池塘荷花、秋天芦苇沙汀、冬天江天野梅,互相映发,点缀出水的不同风貌。徐俯(1075—1141)《成生山水画歌》诗云:

画水不画湿,画山不画坚。盈尺之纸数寸管,便有江湖万里天。成生貌古心亦古，造化为工笔端取。玄冬起雷夏造冰，翻手作云覆手雨。岭外荒山与野水，自昔不闻传画史。只画潇湘与洞庭，于今却在兵戈里。翠峰碧嶂郁然来，病眼愁心次第开。人家浦溆扁舟渡，何日真能到一回。

成生以寸管于尺幅之间图写江湖万里，观之如同冬日闻雷、夏日触冰，令人精神振奋。朱翌（1097—1167）《谢人惠浅滩一字水图》诗云：

风行水上初如织，任使荡云高活日，屏翳歇去冯夷归，本体湛然无损益。风本无形不可画，遇水方能显其质。画工画水不画风，水外见风称妙笔。清泉道人乃了此，笔下渊源心自得。斜斜一字浅可揭，渺渺横滩晚尤急。规模上继蜀两孙，妙处直度吴诸戚。老夫老矣不观澜，但爱潆涟才咫尺。面墙注目风萧萧，渔浦西兴待晚潮。纵贫那肯折波涛，还渠并州快剪刀。

《周易·涣》："象曰：风行水上，涣。"具有自然流畅、清新怡人之美，清泉道人不但善画水，还能够画出风的美妙姿态，别出心裁，堪称妙笔。杨万里（1127—1206）《太平寺水》诗云：

太平古寺劫灰余，夕阳惟照一塔孤。得得来看还不乐，竹茎荒处破殿虚。偶逢老僧听僧话，道是壁间留古画。徐先绝笔今百年，祖师相传妙天下。壁如雪色一丈许，徐生画水才盈堵。横看侧看只麽是，分明是画不是水。中有清济一线波，横贯万里浊浪之黄河。雷奔电卷尽渠猛，独清元自不随他。波痕尽处忽掀怒，搅动一河秋色暮。分明是水不是画，老眼向来元自误。佛庐化作金拖楼，银山雪堆风打头。是身飘然在中流，夺得太一莲叶舟。僧言此画难再觏，官归江西却相忆。并州剪刀剪不得，鹅溪疋绢官莫惜，貌取秋涛悬坐侧。

诗人开始看见太平寺中所画之水，先说是画不是水，仔细看来又说是水不是画，不希望能够临摹下来悬于坐侧。运用先抑后扬的笔法赞美了水画得精妙。戴复古（1167—？）《毗陵太平寺画水呈王君保使君》诗亦云：

何人笔端有许力，卷来一片潇湘碧。摩挲老眼看不真，怪见层波涌虚壁。天庆观中黑双龙，物色虽殊妙处同。能将此水畜彼龙，方知画手有神通。龙兮水兮终会遇，天下苍生待霖雨。

画家运用如椽之笔将潇湘绿水卷来壁上，诗人眼花看不真切，只感觉波涛汹涌、气势如虹。他想起天庆观中画有双龙，同样逼真生动，便打趣道：你画得真好呀，但如果能用此水畜双龙，我才真相信你有神通。换着法来说画水至妙，不由得令人喷饭。

　　南宋画家马远（1140—1225），出身绘画世家，南宋光宗、宁宗两朝画院待诏，擅画山水、人物、花鸟，喜作边角小景，世称"马一角"。人物勾描自然，花鸟常以山水为景，情意相交，生趣盎然。与李唐、刘松年、夏圭并称"南宋四家"。存世作品有《踏歌图》《水图》《梅石溪凫图》《西园雅集图》等。《水图》共有十二段，每段纵 26.8 厘米，横 41.6 厘米，北京故宫博物院收藏。这十二段作品从不同角度表现了水的千姿百态，风平浪静的湖水、波心微漾的溪流、波涛汹涌的大海，以及粗犷澎湃的黄河，波澜壮阔的长江，或温婉，或缠绵，或剔透，或翻腾咆哮、怒卷霜雪，营造出了气象万千、引人入胜的风韵与意境。《水图》也是中国古代绘画史上完全画水的唯一作品。《水图》共十二段合裱成一卷，每幅均有南宋宁宗皇后杨氏题写图名，首幅缺半，故称无名图。十二段图，十二种水，马远巧妙地图写出了水的各种风姿与意韵：

无名图

洞庭风细

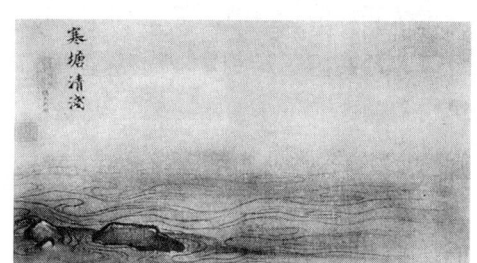

层波叠浪

寒塘清浅

长江万顷

黄河逆流

秋水回波

云生苍海

湖光潋滟

云舒浪卷

晓日烘山

细浪漂漂

第一段《无名图》，画中布满密密的细小波浪，水波舒缓，无风也无浪，湖面上一片静谧、安详。

第二段《洞庭风细》，微风细细，吹起了密密的波浪，湖面如镜，波光如鳞，无嗔无怒，远远望去，水天成一色，云影徘徊，洞庭浩渺，真令人心旷神怡，物我两忘。

第三段《层波叠浪》，汹涌澎湃的浪花卷起千堆雪，层层起落，奔腾呼啸，却并不使人心惊，反而给人一种神清气爽的感觉。

第四段《寒塘清浅》，秋日寒塘，三两湖石在起伏的波纹中隐现，萧瑟之气毕现。

第五段《长江万顷》，长江的万顷碧波如同柔顺温婉的女子，姿容沉静从容，在江风的吹拂下呈现出美丽的波纹，显得雍容大度。

第六段《黄河逆流》，黄河之水咆哮着奔涌向前，湍流急下，水花四溅，巨浪腾空，犹如万马奔腾，挟雷霆万钧之势，有一种"黄河之水天上来，奔流到海不复回"的雄壮气势，摄人心魄。

第七段《秋水回波》，秋风起兮云飞扬，静静湖面起轻波，秋水盈盈处，不知可有伊人在水一方？

第八段《云生苍海》，这幅《云生苍海》景色奇特，远处云雾弥漫，一浪接一浪，后浪推前浪，仿佛可以听见滔滔的江潮声，震耳欲聋。

第九段《湖光潋滟》，光影浮动间，柔波轻跳，湖水荡漾，似春风轻抚琴弦，如落花随波逐流。如此美景，不由使人想起"湖光潋滟晴方好"的诗句来。

第十段《云舒浪卷》，云雾之中，浪花翻腾，洪波涌起，奏出雄壮的乐章，有一种阳刚之美。

第十一段《晓日烘山》，湖面在初升的太阳照耀下，闪起一片金光，晨雾尚未散去，轻绕远山，朦朦胧胧，惹人怜爱。

第十二段《细浪漂漂》，悠悠细细的波纹，充满着无限的柔情蜜意，静流的湖水与低翔的海鸥，一静一动，互相映发，显现出自然造化的勃勃生机。完全可以说，马远的《水图》于水神水韵最为传神，宛然如真，画家的胸襟气度亦随画而显露无遗。

二、海河荡荡：山水画中的河海风情

单独以海、河为创作对象的画作有很多，但大多数已经散佚，只能从诗人的题画、论画之作中窥其一斑了。白居易的《题海图屏风（元和己丑年作）》诗云：

海水无风时，波涛安悠悠。鳞介无小大，遂性各沉浮。突兀海底鳌，首冠三神丘。钓网不能制，其来非一秋。或者不量力，谓兹鳌可求。赑屃牵不动，纶绝沉其钩。一鳌既顿领，诸鳌齐掉头。白涛与黑浪，呼吸绕咽喉。喷风激飞廉，鼓浪怒阳侯。鲸鲵得其便，张口欲吞舟。万里无活鳞，百川多倒流。遂使江汉水，朝宗意亦休。苍然屏风上，此画良有由。

这首诗描写了屏风上所绘的一幅海图，诗人运用直白浅近的语言，描绘出大海的波澜壮阔与海鱼的撕咬争斗：大鳌兴风作浪，鲸鲵趁火打劫，以致"万里无活鳞，百川多倒流"。白居易的这首诗，历来被认为是有政治含义的。宋魏泰《临汉隐居诗话》云："白乐天《海图诗》略曰：'或者不量力，谓兹鳌可求。赑屃牵不动，纶绝沉其钩。一鳌既顿领，诸鳌齐掉头。……喷风激飞廉，鼓波怒阳侯。……遂使江汉水，朝宗意亦休。'吾读此诗，感刘隗、李训、薛文通等事，为之太息。"（宋·魏泰：《临汉隐居诗话》）宋胡仔《苕溪渔隐丛话》也说："东坡云：吴元济以蔡叛，犯许、汝以惊东都，此岂可不讨者也。当时议者，欲置之，固为非策，然不得武裴二杰，事亦未易办也。乐天岂庸人哉，然其议论亦似欲置之者，其诗有《海图屏风》者，可见其意。且注云：'时方讨淮、蔡。'吾以是知仁人君子之于兵，盖不忍轻用如此，淮、蔡且欲以德怀，况欲獘所恃以勤无用乎！悲夫！此未易与世士谈也。"柳公权（778—865）《观李琼处士画海涛》诗云：

　　巨鳌转侧长鳍翻，狂涛颠浪高漫漫。李琼夺得造化本，都卢缩在秋毫端。一挥一画皆筋骨，滉漾崩腾大鲸枭。叶扑仙槎摆欲沉，下头应是骊龙窟。昔年曾要涉蓬瀛，唯闻撼动珊瑚声。今来正叹陆沉久，见君此画思前程。千寻万派功难测，海门山小涛头白。令人错认钱塘城，罗刹石底奔雷霆。

海中巨鳌掀起巨浪，奔腾跳跃，全赖画家妙笔得以传神。郭祥正《魏中舍家藏王摩诘海风图》诗云：

　　只闻王公画山水，未识王公沧海图。魏侯矜夸我家有，取出十幅堂中铺。谁知东海群能力，神妙能以一笔驱。洪涛翻天雪成陇，黑分云雾藏空虚。高低数寸折万丈，势以意会无差铢。却嗟流传数百载，绢素何以当涵濡。王公之心壮莫比，其工欲出造化初。惜哉已死不复得，怅望尽日将何如。魏侯魏侯重藏秘，直恐变化成江湖，我歌不足徒呜呼。

这是一幅王维所画海风图,一反其《辋川图》的雅致清新,写出了大海洪涛汹涌之态。惜其图不传,但从此诗中可知王维画作的另一种风格。方一夔《观兼山黄公河海图二首》诗云:

  黄河从天落,北来受降城。划至韩城县,喷薄万雷霆。何处杂泥滓,浊浊不复清。奔迫梁楚间,赤子如浮萍。近来到淮泗,烟波鼓长鲸。无人起堤障,何时返沧溟。惜哉神禹疏,高下昧地形。胡中倘可注,曷不施经营。
  逝川走东海,日夜无休歇。咄此盘中涡,不长亦不竭。日月走中天,于焉双出没。骇浪掀扶骨,高于朔山雪。蜃蜃吐楼台,蛟鼍护窟穴。海若不徒夸,冯夷甘受屈。吾闻三神山,恍恍银宫阙。便随长风去,发轫首溟渤。倘逢方平生,海底探明月。坐待清浅时,归来未华发。

黄河咆哮奔腾,夹杂着泥沙从上游倾泻而去,仿佛从天而降,声若雷霆,气势恢宏;东海日夜奔流不息,掀起惊涛骇浪,神秘莫测。

三、潮水滔滔:山水画中的潮涨潮落

作为一种雄伟壮观的自然现象,潮水的每次涨落都能给人强烈的感官刺激,人们既畏惧它,又喜欢它追逐它,享受紧张而又惊心动魄的快感,尤其是钱塘大潮,让无数人趋之若鹜,画家也喜以之为创作对象。

南宋画家赵千里曾绘有《夜潮图》,原画今虽不可见,但诗人题咏颇多,可以从中看到原画的部分面貌。笃世南《题赵千里夜潮图卷》诗云:"风涛汹涌千堆雪,拍岸翻空倒银阙。雁声惊起一江秋,万里无云挂明月。"江潮怒卷如霜雪,惊涛拍岸,惊飞的大雁与高天里的皓月,组成了一个奇妙的画面。名山樵子《题赵千里夜潮图》却对之有着不一样的描述:

  八月钱塘江上水,风静浪平清澈底。夜半潮声带月来,沙头眠雁还惊起。何人一幅鹅溪绢,画出长江千万里。莫道波声静不闻,请君默坐聊倾耳。

这首诗原注曰:"嘉定三禩首夏望后三日,名山樵子书。"可见此诗所写是八月十八钱塘大潮。诗人化动为静,以周围的景物衬托潮水的忽然而至,"莫道波声静不闻,请君默坐聊倾耳"更是充满理趣。周假庵《题赵千里夜潮图》诗云:

宋·夏圭《钱塘秋潮图》
苏州市博物馆藏

宋·李嵩《月夜看潮图》
台北故宫博物院藏

烟苍苍,江茫茫,明月夜挂天中央。奔潮不尽当日恨,金波怒,卷虬龙。长浦口,秋飞扬,鸥雁不眠声周间。风高沙涨望难到,羽翰但逐潮低昂。窗闲帘炷香,开卷有素商。何须八月上钱塘,对此秋涛生锦囊。原注:嘉定庚午仲夏一日假庵书。

这首诗对画面的描述较为详尽,烟江苍茫,明月高挂,潮如金波,又似虬龙,鸥雁仓皇失措,在潮水中奋力展翅飞翔。元代诗人王冕《赵千里夜潮图》云:"去年夜渡西陵关,待渡兀立江上滩。滩头潮水倒雪屋,海面月出行金盘。水花著人如撒霰,过耳斜风快如箭。叫霜鸿雁零乱飞,政似今年画中见。寒烟漠漠天冥冥,展阮陡觉心神情。便欲吹箫骑大鲸,去看海上三山青。"诗人将亲身观潮经历与画中景观作了对比,充分肯定了画家对潮水的极高表现力。

不能真的去观潮,也能从画中得到感官上的满足。梅尧臣《王平甫惠画水卧屏》诗云:

临流别君时,羡君观吴潮。君行识我意,遣画一幅绡。画作绕床屏,滔滔随惊飚,前浪雪花卷,后浪白马跳。宛然千万重,不似笔墨描。窅亚乱我目,坐卧疑动摇。夜灯照河汉,如有织女招。朝日下天窗,东海无秦桥。秦桥不可度,织女不可邀。但慕乘桴公,空能诵唐尧。尝闻挟柘弹,意必在食鸮。终当五湖上,归去学渔樵。

梅尧臣作诗擅白描,他活化了画中潮水的形态,如雪花般洁白、白马般跳跃,有着千钧雷霆之势,看得人目动神摇,以为到了仙境。曹勋(1098—1174)《题榆撑画八景》之一《浙江观潮》诗云:"吴越山高紫翠重,浙江东下竦双峰。峰前忽涌东西白,飞舞潮头万玉龙。"此诗突出了潮水的飞舞之态。宋理宗赵昀(1205—1264)《题夏珪夜潮风景图》诗则把目光投向了潮水之上的夜空:

"定知玉兔十分圆,已作霜风九月寒。寄语重门休上钥,夜潮留向月中看。"释智愚(1185—1269)《浙江潮图》以释家的眼光观潮:"怒势自惊殊莫拟,静心人见骨毛寒。平生一对风波眼,今日晴窗不忍看。"此诗读来令人忍俊不禁。

在诗人眼中,画家笔下的潮水是对真实山水的完美展现,有着很强的艺术表现力。楼钥(1137—1213)《海潮图》诗云:

> 钱塘佳月照青霄,壮观仍看半夜潮。每恨形容无健笔,谁知收拾在生绡。荡摇直恐三山没,咫尺真成万里遥。金阙岧峣天尺五,海王自合日来朝。

"心手相应"一直是衡量画家的艺术标准,能够把人人都看得到、想得出的情景恰如其分地表达出来,能把壮观的钱塘大潮完美呈现在三尺生绡上,这是经过画家艺术处理的结果。王炎(1138—1218)《题潮山海门图》诗云:"潮来溅雪欲浮天,潮去奔雷又寂然。海上两山元不动,更添此意画中传。"陈造《题潮出海门图二首》亦云:

> 绝岛平冈卷欲空,两崖相对屹穹崇。即今画手兼诗笔,更与江山角长雄。
> 卷里涛波快一披,苍山踊起雪山驰。浮天沃日无穷意,到我春窗病酒时。

诗笔与画意的巧妙融合,才使得潮水有了生命力。曾丰(1142—?)《题潮出海门图》诗云:

> 海涨为潮在在均,浙江别有主潮神。声摇地脉雷霆怒,风擘崖根贔屭嗔。
> 鲛鳄乘风喷立雪,虹蜺挟雨涌横银。吾诗渠画俱摹写,试鉴工夫孰逼真。

诗与画都是在摹写真实的潮水,二者能达到逼真生动的艺术效果。

四、风雨如晦:山水画中的八方风雨

相较水的其他形态而言,雨是最不好把握的,它变幻莫测,有骤雨、豪雨、大雨、小雨、牛毛细雨之别,又有朝雨、暮雨之分,还有春雨、夏雨、秋雨、冬雨之别,以及烟雨、云雨等虚无之形,最难图写,但仍不妨碍画家们运用巧思妙笔将雨之姿态展现得淋漓尽致。

刘克庄(1187—1269)《关仝骤雨图》诗云:

> 四山昏昏如泼墨,行人对面不相觌。凄乎太阴布肃杀,暗然混沌未开辟。千丈拏空蛰龙起,一声破柱春雷疾。我疑人间瓠子决,或是天上银河溢。异哉烟霏变态中,

山川墟市明历历。茅寮竹寺互掩映，疏春残磬渺愁寂。叟提鱼出寒裂面，童叱牛归泥没膝。羊肠峻坂去天尺，驴饥仆瘦行安适。林僧卸笠窘回步，海商抛矴忧形色。纵览鲲鹏信奇伟，戏看凫雁亦萧瑟。乃知画妙与天通，模写万殊由寸笔。大而海岳既尽包，细如针粟皆可识。向来关生何似人，想见丘壑横胸臆。呜呼使移此手为文章，岂不擅场称巨擘。

四周群山暗如墨色，行人面对面都看不清彼此，仿佛又回到了天地未开的远古时代。大雨滂沱好像蛰龙在天，春雷阵阵如破柱，使人怀疑是不是天河倾泻到了人间。在这漫天大雨中，山川墟市历历可见，茅屋竹寺相互掩映，似乎能够听见几声舂米和击磬声。老叟急忙提鱼掩面归家，牧童吆喝着牛回家去，谁知牛却陷入没膝的泥水中动弹不得。羊肠小路上仆瘦驴饥，僧人取下斗笠往回走，海上抛碇避雨的商人忧形于色，只有鲲鹏飞上高天，看着凫雁在水边瑟瑟发抖。诗人看罢不由得感慨万千，凭借手中三寸之管，写景纤细如发，状景如在目前，可见画家已经深谙画之三昧了。能够把骤雨写得如此生动，可见关仝极具布局构思能力与艺术表现能力。

一般画雨，画家多加上风以助其势。潘大临《吴熙老所藏风雨图》诗云：

我游匡山夏将杪，赤日青天万山绕。忽然风雨动地来，震气果雷离电绕。一川烟霭失东西，万里乾坤错昏晓。香炉高峰危欲堕，石门细路人心剿。江翻那闻得计鱼，木拔岂有安巢鸟。须臾云过雨脚收，依旧晴晖著丛篠。群山历历在眼前，恰似凭高日方晓。谁将此景入画图，数幅生绡盘礴了。吴丞此画绝代无，张公此诗古来少。读诗观画兴未穷，北窗风凉退自公。使君意消三伏中，未可鞭箠催青铜。

诗人曾亲身经历过夏天突至的狂风骤雨，风驰电掣、电闪雷鸣，天地瞬间变得如同黑夜，高山摇摇欲坠，行路之人看不清道路心急如焚，一时间鱼鸟不安，万物失色。可是忽然之间雨住云收，一切依旧，仿佛没有下过雨一样，山清日高、清明如太阳初升。如此情景被收入了画图，可谓功力非凡。释居简（1164—1246）《云天瑞所藏李唐风雨图》诗云：

砲车卷东南，白昼沙石昏。悠然临西北，顷刻潭湫翻。晴窗展李画，嫒禭迷江村。乃知笔有神，巧剔造物根。信意泼浓墨，了不见墨痕。但见平林黯黯木欲折，辊底怒浪掀天浑。平地十步九蹉跌，奈此倚岸舟如盆。得非折天柱，恐是颠昆仑。不然於菟髑髅下，巨浸潜蛟勇斗涛山崩。空江冥冥不知晓，更无一个闲鸥鸟。断岸微茫水亭小，三两重茅都卷了。漓洒云阴阴，翻然如惜金。西子宜浅妆，浓抹尤清深。於戏此妙不可寻，百金一笔不足临，掩卷袖手空沉吟。

从诗的内容上来看，所画应是西湖风雨之景。南宋画家李唐（1066—1150）画水尤得其势，从诗中可以看出他所绘风雨图笔法纯熟，巧妙地把风雨骤至、横卷万物之势写得动荡有趣。骤雨袭来时常有席卷天地的庞大气势，如胡寅（1098—1156）《题四画·清湖骤雨》诗云："银竹森空映，湖光莽苍中。不因风卷去，那得见冲融。"

山水画中还多图写天色将暮之时的雨景，以明江湖多风雨的寓意。如苏过（1072—1123）《题李微叔所藏戴嵩暮雨图》诗云："春云漠漠雨垂垂，水满平畴秧稻时。青蒻绿蓑晚归去，为问市朝侬不知。"描写于一幅春雨绵绵的隐居图。张元干（1091—1161）《跋江天暮雨图》诗云："千山忽暗雨来时，天末浓云送晚晖。老眼平生饱风浪，犹怜别捕钓船归。"诗人对画中之景莫逆于心。

蔡肇（？—1119）绘有《听雨图》，许及之（？—1209）题蔡画诗云："拂拭沧波远接天，摩挲乔木老生烟。题诗作画人何在，万古蓬窗一觉眠。常日京华数泽思，六年身悟画中诗。须知妙处无今古，得画还如听雨时。"（《王晦叔惠听雨图次蔡韵奉寄》）俞德邻（1232—1293）《题寒江听雨图》诗亦云："江风渺云鸿，江雨湿烟树。扁舟出波涛，悠然于此住。掩蓬卧看书，不受蛟龙怖。焉知临流人，扰扰需翁渡。"这种江海小舟听雨眠的淡定、淡然，显然是已经把听雨当作一种人生境界了。

苏轼《如梦令·有寄》词曰："为向东坡传语，人在玉堂深处。别后有谁来，雪压小桥无路。归去，归去。江上一犁春雨。"后来画家多以"一犁春雨"表现农耕之乐，现选几首列于下：

> 阿耘无田食破砚，奉亲日籴供朝饭。有田正恐拙把犁。何更受为图画看。汝父名汝汝当知，有田无田未可期。有田不耕汝懒病，无田画田真画饼。画田之外乃画牛，捉捕风影何时休。头上安头入诗轴，全家不应犹食粥。（刘过《题一犁春雨图后》）

> 谢家风流绝代无，底事要作耕田夫。一犁春雨开新图，此图之作胡为乎。莫是天民先觉者，小试经纶起莘野。复将斯道觉斯民，千载精神入模写。不然渊明赋归后，荷锄去种南山豆。晚风新霁擢良苗，一段风光相授受。扣之辄笑横点头，老农老圃吾何求。六经芜翳力穮蔉，百王理乱深锄耰。剪剪茆茨出林罅，菽水清欢在其下。圣贤所乐属吾庐，当观吾庐莫观图。（释居简《一犁春雨图》）

> 床头夜雨滴到明，村南村北春水生。老妇携儿出门去，老翁赤脚呵牛耕。一双不借挂木杪，半破夫须冲晓行。耕罢洗泥枕挟鼻，卧看人间蛮触争。（魏了翁《题谢耕

道耘一犁春雨图》）

久客长安思野人，今年籴贵更愁新。江芜漠漠春多少，展卷聊寻梦里身。（赵汝谈《题谢一犁春雨图》）

春雨年年有，良田岁岁无。何因将此事，须要画为图。野水寒初退，平林绿半数。长谣谢沮溺，未必子知吾。（赵师秀《谢耕道犁春图》）

一场绵绵的春雨后，人们要开始辛勤的耕作了，诗人洋溢着满满的喜悦和对未来的憧憬。

五、寒江钓雪：山水画中的江天雪景

柳宗元《江雪》诗云："千山鸟飞绝，万径人踪灭。孤舟蓑笠翁，独钓寒江雪。"诗中描述了一幅江乡雪景图，意境清幽，格调寒寂，塑造了一位卓尔不群的渔翁形象。这首诗画面感十足，境界深远，引得许多画家将此意援入画图，描绘出不少动人的寒江钓雪图。

五代·赵干《江行初雪图》
台北故宫博物院藏

江水的渺茫无尽，白雪的高洁无染，渔翁的与世无争，这些也都是吸引画家题写的重要因素，人们从中可以聊解烦忧，以抒江湖之志，如安熹《重题江干初雪图》诗云："曾游沧海困惊澜，晚步风波路更难。从此江湖无限兴，不如只向画图看。"陈克《跋赵朝议江行初雪图》诗亦云："我本孤舟蓑笠翁，雪崖烟树一生中。如今不向江湖去，斗舰旌旗照水红。"《雪岸图》诗又云："大年貌得寒江雪，凫雁沙头野钓微。个里有诗谁会得，情知不道一蓑归。"正因为心态的平和，虽然寒天雪地，表达出来的却是胸襟的旷达。如李弥逊（1089—1153）《题赵干江行初雪图》诗云："瓜步西头水拍天，白鸥波上寄长年。个中认得江南手，十里黄芦雪打船。"章惇（1035—1105）《李邦直蒙江初雪图》诗亦云:"江头微雪北风急,忆泊武昌舟尾时。潮来浪打船欲破,拥被醉眠人不知。"豪气干云的气概并未因雪紧路远而有所消减,如朱松(1097—1143)《题赵守中江行初雪图》:"江阔云垂满袖风,急须下马一尊同。正应无奈催诗雪,句在渠侬拥鼻中。"戴表元《题江干初雪图》:"断树寒云古岸隈,渔翁初拨小船开。看渠风雪忙如许,还有鱼儿上钓来。"诗中呈现出一派任你风雪交加,我自怡然自得的乐观之态。

宋·郭忠恕《雪霁江行图》
台北故宫博物院藏

北宋画家郭忠恕(?—977)绘有《雪霁江行图》,江上雪霁之后,两艘大船行驶在宽阔的江面上。楼钥(1137—1213)《题郭恕先雪霁江行图》诗云:

妙绝丹青郭恕先,幻成雪霁大江船。沿流更饱轻帆举,上水仍劳百丈牵。掀柂长年浑欲动,褰帷佳客若将仙。侍亲曾泛沧浪月,犹记兰成射策年。自注:十八岁时,侍先太师行大江。

此诗正可补足画意。画家、诗人画中看江山,别有一番意趣。

活跃在北宋神宗年间的画家崔白也善画江天雪景。崔白喜画沙汀芦雁、秋冬萧疏淡远之景,画风清澹,他所绘的雪景多以翎毛点缀。李纲对崔白颇为推崇,写有两首题崔白雪景诗:

朔风飞花落暮滩,潇然幽致满江干。天边白鹭轻轻下,风里黄芦索索干。水淡沙平鹨鹕侣,云深烟暝鹈鸰寒。江南岁晚多风景,崔氏齐驱入笔端。(李纲《题崔白画江天雪景》)

我昔曾为阳羡游,正值雪花大如掌。开门恍讶天地白,云涌群山入书幌。铜宫远并玉峰寒,罨画暗流冰片响。千岩万壑争出奇,应接高低迷俯仰。十年不到浙江西,寤寐胜游劳梦想。大梁崔白岂善幻,断取山川移异壤。当时眼界无尽观,都在一幅生绡上。南山炎热瘴疠地,使我倏然毛骨爽。天光惨淡阴气浓,片片飞来散苍莽。毫端造化成六出,不比余工得其仿。连峰合沓波涛翻,负雪崔嵬几千丈。幽谷草木枝干老,岩曲楼台檐角敞。溪头水落正日出,暮霭沉舟暗渔网。山墙野壁茅屋深，风扬青帘如五两。买鱼酾酒有谁子，应有幽人坐同缭。平生爱雪喜山水，对此乍觉神情恍。明窗静看久愈妍，似倩麻姑为爬痒。一时名手真绝艺，妙处工夫谁与赏。生前裘马颇萧条，身后丹青空倜傥。惠崇声价亦相先，滕薛未知当孰长。我家梁溪富溪山，雪里寒光含万象。每同子猷乘小艇，不数王恭披素氅。故山猿鹤会相思，感物兴怀增勇往。时平事定归去来，安得飞翰出尘鞅。（李纲《题唐氏所藏崔白画雪中山水》）

第一幅画中所绘是江南冬季雪花飘舞之景：北风吹动雪花飘落江面，瞬间消融，天边白鹭掠过，风里黄芦瑟瑟，沙头的一对鸂鶒交颈而眠，云烟深处鹡鸰在寒风中小憩。第二幅则写天色阴暗惨淡，一片片鹅毛大雪从空中飘落，使爱雪喜山水的诗人觉得如临画境。

黄庭坚《王厚颂二首》（其二）诗云："夕阳尽处望清闲，想见千岩细菊斑。人得交游是风月，天开图画即江山。"上天妙造的山水胜景，吸引着创作者将其摄入笔下，并巧妙运用意匠熔铸陶冶，逼真再现自然之趣。如上面所列水的各种形态与画家艺术心灵相结合，使水的精神气质得以升华，也达到了"天开图画"一样的艺术高境。

第七章

以水为魂：水与其他艺术形式的相生相长

水泽被万物而不争,它纯洁明净,无形无相,随方就圆,有所为有所不为,可以说水中蕴含着人生大智慧。艺术是人类对美好和自由无限追求和向往的表达方式。不论是绘画、音乐、书法还是舞蹈,都具有净化心灵的神奇作用。从这个意义上来说,水与艺术有着天然的联系,二者合二为一、相互交融的时候,可以产生伟大的艺术作品,闪耀出无比美妙的艺术之光。

第一节 流水淙淙——水与中国古典音乐

水,时而静谧祥和,时而灵动跳脱;时而叮咚悦耳,时而咆哮狂躁,而音乐的张力和流动,正好能把这种静与动,波澜不惊与波涛万丈完美地再现出来。完全可以这样说,音乐与水的结合,是人们抒发性情、表达心志的最好形式。水与中国古典音乐关系密切,二者相辅相成,乐曲写意、水润心灵,体现出深刻的人生意蕴和生命精神,饱含着博大精深的人文关怀和宇宙意识,能够引发人们无尽的思考,从中获取积极向上的精神力量。

一、水与中国古典音乐关系探源

中国的古典音乐历史悠久,古人把演奏乐器分为金、石、土、革、丝、木、匏、竹八类(称八音),包括钟、笙、磬、埙、缶、鼓、琴、瑟、筑、筝、竽、笙、簧、箫、龠、笛、篪等。在古代典籍中,琴、瑟、筝、笛、箫最为常见,其中尤以琴最受推崇。《山海经·大荒东经》载:"东海之外大壑,少昊之国。少昊孺帝颛顼于此,弃其琴瑟。"[①]《诗经·周南·关雎》曰:"窈窕淑女,琴瑟友之。"[②]《诗经·郑风·女曰鸡鸣》曰:"琴瑟在御,莫不静好。"[③]因此,琴瑟也便成了夫妇和乐、和谐的象征。古琴,又称瑶琴、玉琴、丝桐和七弦琴,是古代人们常用的乐器。孔子就擅操琴,《列子·天瑞》记载:"孔子游于太山,见荣启期行乎郕之野,鹿裘带索,鼓琴而歌。"[④]琴与古代文人的生活密切相关,蔡邕、嵇康、苏轼等皆通此道,用它来抒发情感,寄托理想,它也成为了中国文化和理想人格的象征,被视为高雅艺术的代表,位列中国传统文人四艺"琴、棋、书、画"

---

① 袁珂,前引书,第338页。

②③ 程俊英、蒋见元,前引书,第2、235页。

④ 杨伯峻:《列子集释》卷一,第22页。

之首。下面我们主要以古琴曲和古代琴歌为依托，探讨一下水与中国古典音乐的关系。

《吕氏春秋·仲夏纪》曰："惟天之合，正风乃行，其音若熙熙凄凄锵锵。帝颛顼好其音，乃令飞龙作，效八风之音，命之曰承云，以祭上帝。……帝尧立，乃命质为乐。质乃效山林溪谷之音以歌，乃以麋鞈各置缶而鼓之，乃拊石击石，以象上帝玉磬之音，以致舞百兽。"[①] 音乐是对山林溪谷、金石之音的模仿，高山、流水、鸟鸣、风响都化作了音乐之声，传达出生命的活力与激情。因此，古人评价琴声优劣的标准便是能否得到自然万物的共鸣，能否表现出自然风光。《列子·汤问》曰：

> 匏巴鼓琴，而鸟舞鱼跃，郑师文闻之，弃家从师襄游。柱指钩弦，三年不成章。师襄曰："子可以归矣。"师文舍其琴，叹曰："文非弦之不能钩，非章之不能成。文所存者不在弦，所志者不在声。内不得于心，外不应于器，故不敢发手而动弦。且小假之，以观其所。"无几何，复见师襄。师襄曰："子之琴何如？"师文曰："得之矣。请尝试之。"于是当春而叩商弦以召南吕，凉风忽至，草木成实。及秋而叩角弦以激夹钟，温风徐回，草木发荣。当夏而叩羽弦以召黄钟，霜雪交下，川池暴冱。及冬而叩徵弦以激蕤宾，阳光炽烈，坚冰立散。将终，命宫而总四弦。则景风翔，庆云浮，甘露降，澧泉涌。师襄乃抚心高蹈曰："微矣子之弹也！虽师旷之清角，邹衍之吹律，亡以加之。彼将挟琴执管而从子之后耳。"[②]

郑师文拜师襄为师，三年学琴不成，原因是他觉得自己所向往的是用琴声表达复杂丰富的内心情感，故心思没有放在弹奏技巧上，在对外界事物的精神气质尚未充分领会前，是弹奏不出曲调来的。过了一段时间，师文再次拜见师襄，这次他的演奏如有神助，首先奏响代表金音的"商弦"，弹出八月的南吕乐律，仿佛有秋风拂面，草木也都果实累累；接着叩响代表木音的"角弦"，弹出二月的夹钟乐律，好像温暖的春风吹拂，草木都欣欣向荣；他又奏响代表水音的"羽弦"，弹出十一月的黄钟乐律，忽然间霜雪俱下，江河冰封；然后他叩响代表火音的"徵弦"，弹出五月的旋律，一时间骄阳似火，坚冰消融。在乐曲将终之际，师文又奏响了五音之首的"宫弦"，使之与商、角、徵、羽四弦产生和鸣，顿时暖风袭来，好像天降甘露、地涌澧泉。郑师文高超的琴艺使得一夕之间转换四时，很好地说明了"得心应手"的道理，要想技巧高妙，必先求之于心，而心

---

① 汉·高诱注，前引书，卷五，第52页。

② 杨伯峻：《列子集释》卷五，第175页。

中所有，则来自对天地万物、四时节气的细心观察与揣摩。

据汉蔡邕《琴操》记载，古琴的发明本身就是伏羲"观物取象"的产物："首昔伏羲氏作琴，所以御邪僻，防心淫，以修身理性，反其天真也。琴长三尺六寸六分，象三百六十日也；广六寸，象六合也。文上曰池，下曰岩。池，水也，言其平。下曰滨，滨，宾也，言其服也。前广后狭，象尊卑也。上圆下方，法天地也。五弦宫也，象五行也。大弦者，君也，宽和而温。小弦者，臣也，清廉而不乱。"① 传说舜耕于历山时因思念父母，见到小斑鸠与母斑鸠一起飞鸣，心中益加感动，便作《思亲操》曰："陟彼历山兮崔嵬，有鸟翔兮高飞，瞻彼鸠兮徘徊。河水洋洋兮青泠，深谷鸟鸣兮嘤嘤，设罝张兮，思我父母力耕。日与月兮往如驰，父母远兮，吾将安归？"② 鸟飞水流，一切皆有依归，独己远离双亲，心中之悲痛可想而知。《琴操》中记载孔子作有《将归操》③。《水经注·河水》载："孔子临狄水而歌矣，曰：'狄水衍兮风扬沙，船楫颠倒更相加。'"④ 说明此曲与孔子观狄水有关系。《琴操》中还记载着荆轲的《易水曲》："风萧萧兮易水寒，壮士一去兮不复还。"⑤ 风声萧萧、易水寒冷，渲染出内心的悲壮和离别时的惨烈。由上可知，古人看到水时往往将之与自己的身世遭遇相连，赋予水浓重的主观情绪。《琴操》载："《辟历引》者，楚商梁子所作也。商梁子出游九皋之泽，览渐水之台，张置罟，周于荆山，临曲池而渔。疾风陨雹，雷电奄冥，天火四起，辟历下臻，玄鹤翔其前，白虎吟其后，瞿然而惊，谓其仆曰：'今日出游，岂非常之行耶？何其灾变之甚也？其仆曰：'孤虚设张，八宿相望，荧惑于角，五星失行，此国之大变也，君其返国矣！'于是商梁子归其室，乃援琴而歌叹，韵声激发，象辟历之声，故曰《辟历引》。云：'疾雨盈河，辟历下臻，洪水浩浩滔厥天。鉴隆愧，隐隐阗阗，国将亡兮丧厥年。'"⑥ 商梁子认为物象之征即是事情之兆，所以他眼中的水是狂暴无情的。在卞和眼中，水里盛满的则是深深的怨气：

　　卞和者，楚野民，得玉献怀王。怀王使乐正子占之，言玉乃石也，王以为欺谩，斩其一足。怀王死，子平王立。和复献之。平王又以为欺，斩其一足。平王死，子立为荆王。和复欲献之，恐复见害，乃抱其玉而哭，昼夜不止，涕尽继之以血。荆王遣问之，于是和随使献王。王使刻之，中果有玉，乃封和为陵阳侯。卞和辞不就

---

① 汉·蔡邕，吉联抗辑：《琴操》，人民音乐出版社1990年版，第1页。

②③ 汉·蔡邕，吉联抗辑，前引书，第10、17页。

④ 北魏·郦道元，前引书，卷五，第143页。

⑤⑥ 汉·蔡邕，吉联抗辑，前引书，第19、34页。

而去。作退怨之歌曰："悠悠沂水经荆山，精气郁泱谷岩中分。中有神宝灼明明。穴山采玉难为功。于何献之楚先王。遇王闇昧，信谗言。断截两足离余身。仰嗟叹心摧伤，紫之乱朱粉墨同。空山歔欷涕龙钟。天鉴孔明竟以彰。沂水滂沛流于汶。进宝得刑足离分。断者不续岂不怨。"①

沂水见证了卞和的无尽冤屈，从"悠悠"到"滂沛"，卞和的泪水似乎全都化作了河水，令人不由得掬一把同情之泪。

河水还会无情地吞噬人的生命。《琴操·箜篌引》载："《箜篌引》者，朝鲜津卒霍里子高所作也。子高晨刺船而濯，有一狂夫，被发提壶，涉河而渡。其妻追止之，不及，堕河而死。乃号天嘘唏，鼓箜篌而歌曰：'公无渡河，公竟渡河！公堕河死，当奈公何！'曲终，自投河而死。子高闻而悲之，乃援琴而鼓之，作《箜篌引》以象其声，所谓《公无渡河》曲也。"②狂夫不知天高地厚，横渡急流而亡，其妻歌之凄怆。还有人自沉于河以全名节："《崔子渡河操》，闵子骞所作也。崔子蚤失母，后母常以其死母名呼之，不应辄笞之。崔子乃以渡河为辞，系石于腰，自沉而死。闵子大其能，为文隐伤痛之，故援琴而鼓之，以美其意，故曰《崔子渡河》。"③崔子孝行感天动地，河水为之痛惜，后世所传《箜篌引》也多作悲声，抒发怨愤之情。唐代李贺《李凭箜篌引》诗云："吴丝蜀桐张高秋，空山凝云颓不流。江娥啼竹素女愁，李凭中国弹箜篌。昆山玉碎凤凰叫，芙蓉泣露香兰笑。十二门前融冷光，二十三丝动紫皇。女娲炼石补天处，石破天惊逗秋雨。梦入神山教神妪，老鱼跳波瘦蛟舞。吴质不眠倚桂树，露脚斜飞湿寒兔。"④诗人驰骋想象，运用奇幻的比喻形容李凭琴声的奇妙，天空中的白云，湫湫的秋雨，潭中的老鱼、瘦蛟，神话传说中的湘娥、素女，紫皇、神妪、吴刚、玉兔等，这些充满哀怨的声音与形象，正表明了乐声之悲凉。

水除了给人带来情绪、情感上的波动以外，还承担着教育的功能。《水仙操》据说是俞伯牙所作，《琴操》曰：

《水仙操》者，伯牙之所作也。伯牙学琴于成连先生，先生曰："吾能传曲，而不能移情。吾师有方子春者，善于琴，能作人之情，今在东海上。子能与我同事之乎？"伯牙曰："夫子有命，敢不敬从。"乃与伯牙俱往，至蓬莱山，留宿伯牙曰："子居习之，吾将迎师。"刺船而去。旬时不返，伯牙近望无人，但闻海水洞滑崩澌之声，山林寂寞

---

① ~ ③ 汉·蔡邕，吉联抗辑，前引书，第45、36、44页。

④ 清·彭定求等编，前引书，卷三百九十，第4392页。

群鸟悲号,怆然而叹曰:"先生将移我情。"乃援琴而歌,作《水仙》之操云。①

伯牙学琴于成连先生,成连先生却说自己仅能授艺,不能移情,他把伯牙一个人留在荒无人烟的蓬莱海岛之上。伯牙认真领略海水翻涌、山林杳冥这些充满自然妙趣的奇特景象与声响,心旷神怡,体悟到了成连先生让他取法山水林泉的苦心,创作出了声情并茂的乐曲——《水仙操》。这个故事真实与否姑且不论,但从中可以看出,我国古代音乐创作者已经认识到了自然山水的"移情"作用。创作者细致观察自然山水,将体悟到的自然山水之情移至琴弦之上,自然能够奏出打动人心的乐章。《荀子·劝学篇》曰:"昔者瓠巴鼓瑟而流鱼出听,伯牙鼓琴而六马仰秣。故声无小而不闻,行无隐而不形。"②此处说的就是这个道理。

二、以水为表现对象的古典乐曲

作为大自然最重要的组成部分,水对中国古典音乐的创作和发展起着至关重要的作用,它的声响、形态是音乐模仿的对象,如东汉文学家崔骃有琴即名之曰"卧水"。以水入乐的古典音乐有很多,下面我们就选取具有代表性的传世名曲加以阐释,看看在这些曲子里,"水"又化作了哪些不同的形态,抒发了什么样的心声情志。

与水有关的中国古典音乐,知名度最高的当数古琴曲《高山流水》了,其在《吕氏春秋》《列子》中都有记载:

> 伯牙鼓琴,钟子期听之。方鼓琴而志在高山,钟子期曰:"善哉乎鼓琴!巍巍乎若泰山。"少选之间,而志在流水,钟子期曰:"善哉乎鼓琴!洋洋乎若江河。"钟子期死,伯牙破琴绝弦,终身不复鼓琴,以为世无足复为鼓琴者。(《吕氏春秋·孝行览》)

> 伯牙善鼓琴,钟子期善听。伯牙鼓琴,志在高山。钟子期曰:"善哉,峨峨兮若泰山!"志在流水,钟子期曰:"善哉,洋洋兮若江河!"伯牙所念,钟子期必得之。伯牙游于泰山之阴,卒逢暴雨,止于岩下,心悲,乃援琴而鼓之。初为霖雨之操,更造崩山之音。曲每奏,钟子期辄穷其趣。伯牙乃舍琴而叹曰:"善哉,善哉!子之听夫志,想象犹吾心也。吾于何逃声哉?"(《列子·汤问》)

---

① 汉·蔡邕,吉联抗辑,前引书,第31页。
② 清·王先谦,前引书,卷一,第10页。

这两段鲜明生动的故事连起来便成为了被后世津津乐道的"知音"典故。古琴曲《高山流水》悠扬宛转,深情绵邈,主要是以描绘流水的各种动态,抒发志在流水、智者乐水的高雅情怀。乐曲开始是高低间交错的轻重颤音,使人仿佛见到了巍峨的高山,接着是自然而然地转为清澈明晰的泛音,仿佛是山间幽涧,潺潺流淌,微冷清寒。然后水声越来越响,曲调也更加悠扬,若行云流水。忽然之间琴声高扬,恍若浪涛拍岸、蛟龙怒吼,令人心动神摇。不一会儿水声渐小,浩浩洋洋,翻山越岭而去,渐渐地听不到了。整首曲子并不是激情澎湃的感情抒发,而是把强烈的情感倾注在淙淙流水中,感情随着水的流动而起伏,淡淡的忧伤充溢其中,却并不使人觉得伤感。

呜呜咽咽、欲诉还休的流水之声最能触动人心灵深处隐藏的悲伤情绪,令人不由得悲从中来,如《淮南子·泰族训》曰:

> 赵王迁流于房陵,思故乡,作《山水》之讴,闻者莫不殒涕。荆轲西刺秦王,高渐离、宋意为击筑而歌于易水之上,闻者莫不瞋目裂眦,发植穿冠。

《史记·赵世家》载:"悼襄王卒,子幽缪王迁立。"赵王迁昏庸无能,听信谗言,杀了大将李牧,秦灭赵国后,赵王迁被流放到房陵(今湖北少房县)。赵王思乡所歌的《山水》,具体内容是什么,正史无载,想来定是抒写亡国之痛,歌声凄恻,故闻者为之落泪。小说《东周列国志》言赵王居石室中听屋外流水,凄然叹曰:"水乃无情之物,尚能自达于汉江,寡人羁囚在此,望故乡千里,岂能至哉!"乃作山水之讴云:"房山为宫兮,沮水为浆;不闻调琴奏瑟兮,惟闻流水之汤汤!水之无情兮,犹能自致于汉江;嗟余万乘之主兮,徒梦怀乎故乡!夫谁使余及此兮?乃谗言之孔张!良臣淹没兮,社稷沦亡;余听不聪兮!敢怨秦王?"此可备一说。唐代诗人岑参在任四川嘉州刺史时,听到一位姓罗的山林隐士弹奏了一曲《三峡流泉》,亦是楚国曲调,他觉得琴声异常美妙,便写下一首《秋夕听罗山人弹三峡流泉》诗:

> 皤皤岷山老,抱琴宺苍然。衫袖拂玉徽,为弹三峡泉。此曲弹未半,高堂如空山。石林何飕飗,忽在窗户间。绕指弄呜咽,青丝激潺湲。演漾怨楚云,虚徐韵秋烟。疑兼阳台雨,似杂巫山猿。幽引鬼神听,净令耳目便。楚客肠欲断,湘妃泪斑斑。谁栽青桐枝,绚以朱丝弦。能含古人曲,递与今人传。知音难再逢,惜君方老年。曲终月已落,惆怅东斋眠。[①]

---

① 清·彭定求等编,前引书,卷一百九十八,第2048页。

从诗中可以看出琴曲《三峡流泉》给人一种身临其境的感受，听者好像置身三峡之中，水声凄楚哀怨，令人肠断。唐代女道士李冶（？—784）亦赋有《从萧子听弹琴赋得三峡流泉歌》一首云："妾家本住巫山云，巫山流水常自闻。玉琴弹出转寥夐，直似当时梦中听。三峡流泉几千里，一时流入深闺里。巨石奔崖指下生，飞波走浪弦中起。初疑喷涌含雷风，又似呜咽流不通。回湍曲濑势将尽，时复滴沥平沙中。忆昔阮公为此曲，能使仲容听不足。一弹既罢复一弹，愿似流泉镇相续。"①她以亲身经历对照曲中所奏三峡流泉忽而几千里的雄壮气势，忽而又呜咽不通的伤感情绪，表达自己听到曲子后的激动心情。《三峡流泉》据传是三国时阮咸所作，今已不可考。《太平广记》卷第三百一十一"神二十一"条记载了一个传奇故事，讲太和处士萧旷从洛阳出发东游，夜晚休息时弹琴自娱，琴声凄苦，听到洛水之上有人叹息，询问之下，才知道是洛神甄后。女子对萧旷说："妾为袁家新妇时，性好鼓琴。每弹至《悲风》及《三峡流泉》，未尝不尽夕而止。适闻君琴韵清雅，愿一听之。"②这里也提到了《三峡流泉》，与凄楚的《悲风》同列，可见曲调同样凄苦哀怨。

《礼记·乐记》曰："音之起，由人心生也。人心之动，物使之然也。感于物而动，故形于声。声相应，故生变。变成方，谓之音。"③又曰："乐者，音之所由生也，其本在人心之感于物也。是故，其哀心感者，其声噍以杀；其乐心感者，其声啴以缓；其喜心感者，其声发以散；其怒心感者，其声粗以厉；其敬心感者，其声直以廉；其爱心感者，其声和以柔。六者非性也，感于物而后动。"④当水的某些物质或表征触动了人们内心的情绪，便成了心声的象征，如水在古典音乐中多以凄清迷茫之态出现，以表现内心的彷徨与无助，寄托漂泊无依的孤寂情怀，《潇湘水云》便是这样一首古琴曲。它的创作者是南宋时古琴浙派鼻祖郭沔（1190—1260），字楚望，浙江永嘉（今温州）人。他一生布衣，中年时曾在韩侂胄僚属张岩的门下做清客，整理韩侂胄祖传的古琴谱以及民间流传琴曲。后韩侂胄被杀，张岩被贬，元兵南侵入浙，临安失守，郭沔便移居湖南衡山，常在潇、湘二水合流处游航。每当远望九嶷山（潇水自九嶷山流过）为云水所蔽，见到云水奔腾的景象，便激起他对山河破碎、时势飘零的无限感慨，顿生满眼风雨、国家将亡之感，于是创作了《潇湘水云》，寄托他对现实黑暗与贤者不逢时的义愤和对祖国美好山河的热爱。这首曲子充满爱

---

① 清·彭定求等编，前引书，卷八百五，第9058页。

② 宋·李昉：《太平广记》第七册，中华书局1961年版，第2459页。

③④ 杨天宇，前引书，第463、464页。

国思想，艺术性和技巧性都达到了很高的境界。曲谱最早见于明代朱权的《臞仙神奇秘谱》[①]，共分为十段：洞庭烟雨、江汉舒清、天光云影、水接天隅、浪卷云飞、风起云涌、水天一碧、寒江月冷、万里澄波、影涵万象。从这些曲名即可看出，所要表现的皆是烟江缥缈的虚无之境，全曲情景交融，寓意深刻，余音袅袅的颤音使人回味无穷，飘逸的泛音使人如同进入碧波荡漾、烟雾缭绕的意境，犹如一幅意境清幽的远景山水画。《潇湘水云》还有一首序曲名曰《泛沧浪》，着力表现烟江之上云水浪涌的壮阔景象。

与《潇湘水云》意境相似的还有《洞庭秋思》与《平沙落雁》。《洞庭秋思》是一首创作于明代的琴曲，作者无考，初见于明嘉靖二十八年（1549年）汪芝辑的《西麓堂琴统》[②]。曲调雅致古典，舒缓沉静，意味深长。洞庭景色奇丽，有着许多美丽的传说，当秋色连波，波上烟波浩渺，羁旅愁思使人肠断，但无边美景又令人心旷神怡，不由得神思飞动、心潮起伏，正如宋代诗人黎廷瑞在《听琴》诗中所写的那样："虚籁起还休，轻丝断复抽。鬼啼湘竹雨，木落洞庭秋。因子作浙操，令人悲楚囚。苍梧不可叫，杳杳暮云愁。"这首曲子正是以"洞庭秋色"为创作背景，用悠远的琴声表达思绪的流转，使人仿佛能够看到一碧天光、波平浪静的洞庭湖在秋夜皎洁的月光下如诗如画，从而涤去尘垢，净化心灵。《平沙落雁》最早刊于明代朱常淓于明崇祯七年（1634年）编纂的《古音正宗》[③]，又名《雁落平沙》。该曲描写秋高气爽、风静沙平的江边，雁群或在天际盘旋鸣唱，或在沙滩上歇息，形成平沙落雁的奇观。意在借大雁的远大志向，抒写高人逸士的宽广心胸。此曲旋律起伏有致，绵延不绝；流畅静美，清新雅致；形象鲜明生动，别具一格。正如《古音正宗》所说："通体节奏凡三起三落。初弹似鸿雁来宾，极云霄之缥缈，序雁行以和鸣，倏隐倏显，若往若来。其欲落也，回环顾盼，空际盘旋；其将落也。息声斜掠，绕洲三匝，其既落也，此呼彼应，三五成群，飞鸣宿食，得所适情：子母随而雌雄让，亦能品焉。"碧天云净，长空一色，江水微茫，鸿雁低徊，此情此景，让隐居于此胸怀大志而不得申的观者，获得了精神慰藉和超脱世俗的真正宁静。

毕竟水给人的感觉最多的还是它的静谧祥和，因此，溪清泉润的渔樵之乐也是古典音乐的常见题材。如《渔樵问答》，反映了隐逸之士对渔樵生活的向往，希望能够脱去尘俗羁绊，摒弃名利得失之心，悠游林下，在青山绿水间寻求人生的真谛。乐声清逸洒脱，节奏舒缓，创造性地采用

---

① 明·朱权：《臞仙神奇秘谱》，影印《续修四库全书》本，上海古籍出版社1995年版。

② 明·汪芝：《西麓堂琴统》，影印《续修四库全书》本，上海古籍出版社1995年版。

③ 明·朱常淓：《古音正宗》，影印文渊阁《四库全书》本。

了一问一答的方式,有着别样的情趣。明代萧鸾《杏庄太音续谱》评价说:"唐人云:'汉家事业空流水,魏国山河半夕阳。'古今兴废有若反掌,青山绿水则固无恙。千载得失是非,尽付渔樵一话而已。"清代陈世骥《琴学初津》也说:"曲意深长,神情洒脱,而山之巍巍,水之洋洋,斧伐之丁丁,橹声之欸乃,隐隐现于指下。至问答之段,令人有山林之想。"山水苍茫,渔樵来往其间,其乐与不乐,自非外人可知,古人对这种生活的向往,大多是一种无奈的选择。明代杨慎的《临江仙》:"滚滚长江东逝水,浪花淘尽英雄。是非成败转头空,青山依旧在,几度夕阳红。白发渔樵江渚上,惯看秋月春风。一壶浊酒喜相逢,古今多少事,都付笑谈中。"(《廿一史弹词》第三段"说秦汉"开场词)这种万般皆过往的释然,可谓《渔樵问答》的最好诠释。还有《醉渔唱晚》,曲谱保存在《西麓堂琴统》中,相传是晚唐诗人皮日休、陆龟蒙泛舟松江,见渔人醉歌所作,但《五知斋琴谱》认为是后人所作。自古以来,文人雅士对渔人自由自在的生活总是充满向往,渴望像他们一样随波逐流,不为俗事烦忧。《醉渔唱晚》形象地表现出了渔夫醉酒放歌的惬意与轻松状态。南宋张元干《渔家傲·题玄真子图》一词曰:"钓笠披云青嶂绕,绿蓑细雨春江渺。白鸟飞来满棹。收纶了,渔童拍手樵青笑。明月太虚同一照,浮家泛宅忘昏晓。醉眼冷看城市闹。烟波老,谁能惹得闲烦恼。"①可与《醉渔唱晚》互为表里。古琴曲《碧涧流泉》相传为宋代朱紫阳所作,是岭南琴派重要的传统曲目之一,一名《石上流泉》。一开始琴声低沉,然后突然变得激越起来,很好地表现了清幽的山间碧泉涌流的情景。涓涓细流在山石之上跳跃,时而急急流淌,时而缓缓前行,有"嘈嘈切切错杂弹,大珠小珠落玉盘"之感(白居易《琵琶行》),使人仿佛随涧水前行,游赏山水胜景,顿觉心神舒畅。

值得一提的还有《春江花月夜》,它所营造的春水荡漾、时空交错的意境,给江水增添了更加优美的审美内涵。这首曲子原名《夕阳箫鼓》,意境深远,乐音悠长,后取意诗人王若虚《春江花月夜》更名。它以抒情写意见长,旋律雅致优美。夕阳西照下的江南水乡,鼓声轻奏,箫声呜咽,使人不由得联想起北宋词人柳永的名作《望海潮》:"重湖叠巘清嘉。有三秋桂子,十里荷花。羌管弄晴,菱歌泛夜,嬉嬉钓叟莲娃。千骑拥高牙。乘醉听箫鼓,吟赏烟霞。异日图将好景,归去凤池夸。"②乐曲用温婉的旋律,雅致的情调,在听众眼前展开了一幅山水画:暮鼓送走斜阳,箫声唤出明月,一叶叶小舟荡漾在春江之上,人们吟风赏月,看水天一色、花移影动、烛影摇红,令人陶醉,真可谓"此曲只应天上有,人间哪得几回闻"。

---

① 唐圭璋编,前引书,第三册,第1090页。
② 唐圭璋编,前引书,第一册,第39页。

《礼记·乐记》云:"凡音者,生人心者也。情动于中,故形于声。声成文,谓之音。"① 又说:"大乐与天地同和。"② 音乐是人们表达情感的方式,同时也是自然之声的代言者,只有合乎自然物理、自由抒发性情的"天籁"之音才是音乐的最高境界。这种崇尚自然的音乐观一直是中国古典音乐创作的理论支柱,人们与山川河流、宇宙万物的感应,形之于乐,不但使之具有了永恒的文化归属,更重要的是人本身从这个过程中获得了审美能力的提升与心灵情操的净化。在这个过程中,与人类关系密切的水,也因为本身所具有的特殊形态与被赋予的特殊含义,成为了音乐的最佳寄情对象,它或洒脱飘逸、奔放豪迈,或深沉悲凉、萧瑟苍茫,或活泼跳动、清新自然,给音乐增添了无穷的韵味。

第二节 水袖翩翩——水与中国古代戏曲

戏曲也称戏剧,综合了对白、音乐、歌唱、舞蹈、武术、杂技以及艺术表演等多种表演方式,包括宋元南戏、元杂剧、明清传奇、近现代京剧和豫剧、越剧等各种地方戏,是中华民族传统文化中的艺术瑰宝。戏曲是生活的镜子,是浓缩的人生。欣赏戏曲可以使我们见识人生百态,品尝生活滋味,从中洞悉人性的纯朴善良及阴险丑陋,捕捉至真至纯的人情心态。水作为生命之源和构成生活环境的重要因素,不可避免地要在戏曲中有所体现,有时甚至起着推动情节发展的关键作用。本节我们将通过中国古代戏曲中的"水景""水情",试着寻绎出水与戏曲之间千丝万缕的联系。

一、中国古代戏曲中的"水景"

王国维先生在《宋元戏曲史》中把明朝以前的中国古代戏曲分为九个部分:上古至五代、宋之滑稽戏、宋之小说杂戏、宋之乐曲、宋官本杂剧段数、金院本名目、元杂剧、元院本和元南戏。他说:"古之俳优,但以歌舞及戏谑为事。自汉以后,则间演故事;而合歌舞以演一事者,实始于北齐。顾其事至简,与其谓之戏,不若谓之舞之为当也。然后世戏剧之源,实自此始。"③ 也就是

---

①② 杨天宇,前引书,第464、174页。

③ 王国维:《宋元戏曲史》,上海古籍出版社1998年版,第6、7页。

说，中国戏曲的源头在北齐，这时候戏曲故事内容还很简单，表演形式以舞蹈为主。这种情况到隋朝有了极大改观。《隋书·音乐志》记载："刘武平中，有鱼龙烂漫，俳优侏儒，……奇怪异端，百有余物，名为百戏。周明帝武成间，朔旦会群臣，亦用百戏。及宣帝时，征齐散乐人并会京师为之。至隋炀帝大业二年，突厥染干来朝，炀帝欲夸之，总追四方散乐，大集东都。自是每感情脆弱正月，万国来朝，留至十五日，于端门外建国门内，绵亘八里，列为戏场。百官起棚夹路，从昏至旦，以纵观，至晦而罢。伎人皆衣锦绣缯彩，其歌舞者多为妇人服，鸣环珮，饰以花毦者，殆三万人。"①百戏的表演形式多样，内容亦很丰富。初唐诗人杨炯《奉和上元酺宴应诏》诗亦云："百戏骋鱼龙，千门壮宫殿。"②

到了宋代，开始出现一种滑稽戏，也被称为杂剧，用以戏谑嘲弄。《资治通鉴》卷二百十二载："侍中宋璟，疾负罪而妄诉不已者，悉付御史台治之，谓中丞李谨度曰：'服不更诉者，出之，尚斥未已者，且系。'由是人多怨者。会天旱，优人作魃状，戏于上前。问：'魃何为出？'对曰：'奉相公处分。'又问：'何故？'对曰：'负罪者三百余人，相公悉以系狱抑之，故魃不得不出。'上心以为然。"③优伶扮作旱魃，人物对话鲜明生动。孙光宪《北梦琐言》卷十四载："刘仁恭……于时军败于内黄，尔后汴帅攻燕，亦败于唐河。他日命使骋汴，汴帅开宴，俳优戏医病人以讥之。且问病状：'内黄，以何药可瘥？'其聘使谓汴帅曰：'内黄可以唐河水浸之必愈。'宾主大笑。"④这应该是戏文中第一次出现具体的河水名字，虽然戏中用来讽刺，但仍不失为开创之举。郑文宝《江南余载》卷上云："张崇帅庐州，人苦其不法。因其入觐，相谓曰：'渠伊必不来矣。'崇闻之，计口征渠伊钱。明年又入觐，人不敢交语，唯道路相目，捋须为庆而已。崇归，又征捋须钱。其在建康，伶人戏为死而获谴者曰：'焦湖百里，一任作獭。'"这里出现的"焦湖"，在今湖北省孝感市。还有戏文中提到了兴修水利之事，《续墨客挥犀》卷五记载："熙宁九年，太皇生辰，教坊例有献香杂剧。时判都水监侯叔献新卒，伶人丁仙现假为一道士善出神，僧善入定。或诘其出神何所见。道士云：'近曾出神至大罗，见玉皇殿上有一人披金紫，孰视之，乃本朝韩侍郎也，手捧一物。窃问旁立者。云：韩侍中献国家金枝玉叶万世不绝图。'僧曰：'近入定到地狱，见阎罗殿侧，有一人衣绯垂鱼。细视之，乃判都水监侯工部也，手中亦擎一物。窃问左右。云：为奈何水浅献

---

① 唐·魏征：《隋书》卷十三，中华书局1973年版，第285页。
② 清·彭定求等编，前引书，卷五十，第610页。
③ 宋·司马光：《资治通鉴》卷二百十二，影印文渊阁《四库全书》本。
④ 五代·孙光宪：《北梦琐言》卷十四，贾二强点校，中华书局2002年版，第288-289页。

图,欲别开河道耳.'时叔献兴水利以图恩赏,百姓苦之,故伶人有此语。"① 虽然从以上几则记录中看不出水的影子,但都与水事有关。

宋代戏文中也不完全只是些调笑之辞,受宋词影响,一些诸宫调的用词极为雅致,如曾慥《乐府雅词》卷上所收郑仅(1047—1113)的《调笑转踏》:

  石城女子名莫愁,家住石城西渡头,拾翠每寻芳草路,采莲时过绿苹洲。五陵豪客青楼上,醉倒金壶待清唱,风高江阔白浪飞,争催艇子操双桨。双桨,小舟荡,唤取莫愁迎叠浪,五陵豪客青楼上,不道风高江广。千金难买倾城样,那听绕梁清唱。②

以风高江阔的自然环境烘托气氛,韵味十足。到了南宋末年,吴自牧在《梦粱录》(卷二十)中记载:"绍兴年间,有张五牛大夫,因听动鼓板中有[太平令]或赚鼓板,即今拍板大节抑扬处是也,遂撰为赚。赚者,误赚之之义,正堪美听中,不觉已至尾声,是不宜为片序也。又有覆赚,其中变花前月下之情,及铁骑之类。"③ 这里所说的"赚词",就是把同一宫调中的若干乐曲联成一套,形成一个完整的结构,既有引子,又有尾声。如《事林广记》中所记的"赚词":

  [赚]春游禁陌,流莺往来穿梭戏,紫燕归巢,叶底桃花绽蕊。赏芳菲,蹴秋千高而不远,似踏火不沾地,见小池,风摆荷叶戏水。素秋天气,正玩月斜插花枝,赏登高佐料沙羔美,最好当场落帽,陶潜菊绕篱。仲冬时,那孩儿忌酒怕风,帐幕中缠脚忒稔腻。讲论处,下梢团圆到底,怎不则剧。④

写景如画,流莺穿梭、紫燕归巢、桃花烂漫、风摆荷叶、登高赏菊、冬季帐中安坐,唱出了一年四季的风物人情。

到了元代,随着体制的完善,戏曲中写景的成分也随之大大增加了。这一点,从元杂剧的一些曲牌名就可以看得出来,如[粉蝶儿]、[醉春风]、[骤雨打新荷]、[鱼游春水]等。如马致远的[天净沙·秋思]:"枯藤老树昏鸦,小桥流水人家,古道西风瘦马,夕阳西下,断肠人在天涯。"⑤

---

① 宋·彭□:《续墨客挥犀》卷五,孔凡礼点校,中华书局2002年版,第470页。
② 宋·曾慥:《乐府雅词》,影印文渊阁《四库全书》本。
③ 宋·吴自牧,前引书,第120页。
④ 宋·陈元:《事林广记》,影印文渊阁《四库全书》本。
⑤ 解玉峰编注:《元曲三百首》,中华书局2009年版,第37页。

这段情景交融的极致文字,使得冷冷清清的小桥流水,一直渗透进读者心里,凄凉无依的漂泊愁思挥之不去。再如王伯成的《天宝遗事诸宫调》,文辞典雅流畅,写景细腻:

〔风吹荷叶〕忆得枕鸳衾凤,今宵管半壁儿没用。触目凄凉千万种:见滴流流的红叶,渐零零的微雨,率剌剌的西风。

〔仙吕调·赏花时〕落日平林噪晚鸦,风袖翩翩吹瘦马,一径入天涯,荒凉古岸,衰草带霜。瞥见个孤林端入画,篱落萧疏带浅沙,一个老大伯捕鱼虾,横桥流水,茅舍映荻花。

〔尾〕驼腰的柳树上有鱼槎,一竿风旆茅檐上挂。澹烟潇洒,横锁着两三家。(生投宿于村落。)

〔风吹荷叶〕用红叶、微雨、西风之景衬相思苦痛之心情。〔仙吕调·赏花时〕写夕阳下的渔村晚景,如诗如画,虽有小桥流水、茅舍荻花,却透露出无尽的凄凉之情。还有无名氏的《货郎旦》第三折用叠字写大雨倾盆之景:

〔货郎儿六转〕我则见黯黯惨惨天涯云布,万万点点潇湘夜雨;正值着窄窄狭狭沟沟堑堑路崎岖,黑黑黯黯彤云布,赤留赤律潇潇洒洒断断续续,出出律律忽忽鲁鲁阴云开处,霍霍闪闪电光星注;正值着飔飔摔摔风,淋淋渌渌雨,高高下下凹凹答答一水模糊,扑扑簌簌湿湿渌渌疏林人物,却便似一幅惨惨昏昏潇湘水墨图。①

一连串的叠字使得音韵铿锵,有力地渲染出风狂雨暴的天气环境,形成了一种急管繁弦的艺术效果,使读者如临其境、心弦紧扣,不由得为货郎提心吊胆。

元杂剧中像这样叠字的运用,一般是为了表现人物复杂的思想感情或描摹自然风光。如乔吉的小令《天净沙》:"莺莺燕燕春春,花花柳柳真真。事事风风韵韵,娇娇嫩嫩,停停当当人人。"张养浩的《普天乐·大明湖泛舟》:"杯斟的金波滟滟,诗吟的青霄惨惨,人惊的白鸟皑皑。"刘庭信的《水仙子·相思》:"秋风飒飒撼梧桐,秋雨潇潇响翠竹,秋云黯黯迷烟树。"王实甫《十二月尧民歌·别情》尤为出色:"自别后遥山隐隐,更那堪远水粼粼。见杨柳飞绵滚滚,对桃花醉脸醺醺,透内阁香风阵阵,掩重门暮雨纷纷。"六对叠字加上三句对句,写得情意绵绵、情调悱恻。王实甫深谙自然景观对烘托故事情节的重要性,如《崔莺莺待月西厢记》(简称《西厢记》)第一本

---

① 明·臧晋叔:《元曲选》,中华书局1958年版,第1639页。

第一折中对黄河的描写：

〔油葫芦〕九曲风涛何处显，则除是此地偏。这河带齐梁，分秦晋，隘幽燕；雪浪拍长空，天际秋云卷；竹索缆浮桥，水上苍龙偃；东西溃九州岛，南北串百川。归舟紧不紧如何见？却便似弩箭乍离弦。

〔天下乐〕只疑是银河落九天；渊泉、云外悬，入东洋不离此径穿。滋洛阳千种花，润梁园万顷田，也曾泛浮槎到日月边。①

九曲黄河波涛汹涌，有卷起千堆雪、直上云天之势，气象雄浑，也很好地衬托出张生进京赶考既期望宏图大展、又不知前路如何的矛盾心情。白朴的杂剧《唐明皇秋夜梧桐雨》第四折描写唐明皇对杨贵妃的刻骨相思，用秋夜梧桐雨来衬托主人公的悲凉心境："〔三煞〕润蒙蒙杨柳雨，凄凄院宇侵帘幕；细丝丝梅子雨，装点江干满楼阁；杏花雨红湿阑，梨花雨玉容寂寞；荷花雨翠盖翩翩，豆花雨绿叶萧条。都不似你惊魂破梦，助恨添愁，彻夜连宵。莫不是水仙弄娇，蘸杨柳洒风飘。"通过与四时之雨的对比，更加突出此时肝肠寸断的悲痛之情，营造出凄风苦雨的典型意境。

元杂剧通过写水景所营造的独特意境，也为戏曲创作增添了不少风味。如杨显之的《临江驿潇湘秋夜雨》，全剧以潇湘的凄风苦雨作为渲染氛围的重要环境因素，突出描写张翠鸾被丈夫崔通无情陷害后带枷冒雨赴沙门岛的情景，潇湘的迷茫水色和凄迷风雨不仅折磨着她的身体，更象征着她满腹的委屈和无处可诉的冤屈。关汉卿的《关大王单刀会》第四折中则以大江来衬托关公的豪气干云：

〔双调新水令〕大江东去浪千叠，引着这数十人驾着这小舟一叶。又不比九重龙凤阙，可正是千丈虎狼穴。丈夫心别，我觑这单刀会似赛村社。

（云）好一派江景也呵！

〔驻马听〕水涌山叠，年少周郎何处也？不觉的灰飞烟灭。可怜黄盖转伤嗟。破曹的樯橹一时绝，鏖兵的江水犹然热，好教我情惨切！（带云）这也不是江水，（唱）二十年流不尽的英雄血。②

---

① 元·王实甫：《西厢记》，王季思校注，上海古籍出版社1978年版，第6页。
② 元·关汉卿：《汇校详注关汉卿集》，蓝立蓂汇注，中华书局2006年版，第380页。

波涛汹涌的大江见证着英雄人物的悲壮与豪情，关公的英勇盖世正堪比江水的浩瀚大气。因此，王国维先生说:"然元剧最佳之处，不在其思想结构，而在其文章。其文章之妙，亦一言以蔽之，曰:有意境而已矣。何以谓之有意境？曰:写情则沁人心脾，写景则在人耳目，述事则如口出是也。古诗词之佳者无不如是，元曲亦然。明以后，其思想结构尽有胜于前人者，唯意境则为元人所独擅。"①

到了明清时期，杂剧逐渐衰落，取而代之的是另一种戏曲形式——明清传奇。从明初期开始，在中国舞台上活跃了近400年，涌现出许多影响巨大的名剧，如李渔的《鸣凤记》、汤显祖的《牡丹亭》、沈璟的《义侠记》、李玉的《清忠谱》、洪昇的《长生殿》、孔尚任的《桃花扇》等，打破了元杂剧"四折一楔子"的结构模式，音乐更加格律化，体制也更规范，剧情也变得更加复杂，环境描写也更细致。如明代张瑀的《还金记》、明清之际无名氏的《四奇观》，全都以漫天大雪来象征人生的困境。无名氏的《烂柯山》叙述汉朝朱买臣被妻子崔氏离弃后遇上大雪天，心中无限悲凉，这也在他心中留下了无法抹去的痛楚，所以当他官任会稽太守后，崔氏恳求破镜重圆，他却把一盆水泼于当街，以覆水难收来泄愤，以致崔氏羞愧自尽，这是比大雪还冰冷无情的心肠。无名氏的《绣襦记》第三十一出"襦护郎寒"之〔沽美酒〕唱道:

（生）鹅毛雪满空飞。破草荐盖着羊皮。残羹剩饭口中吃。李亚仙你怎知。破帽子在头上搭。破布衫露出肩甲。腰间系一条烂丝麻。脚下穿一双歪乌辣。上长街又丢抹。咱便是郑元和。家业使尽待如何。劝郎君休似我。〔众合〕小乞儿捧定一个瓢。自不曾有顿饱。肚皮中捱饥饿。头顶上瑞雪飘。最苦冷难熬。正遇着严冬严冬天道。凛凛的似水浇。冻得咱来曲折了腰。呀。有那个官人每穿破了的棉袄。戴破了的旧帽。残羹剩饭舍些与小乞儿嚼。因此打上一回哩哩莲花哩哩莲花落也。②

这部戏曲取材于唐代白行简的传奇《李娃传》，写豪门公子因迷恋名妓亚仙被父亲殴打断气，被救后沦落成为乞丐，冒着大雪唱《莲花落》乞食，世态炎凉如此。

中国古代戏曲是人们演绎世间百态、人生遭际的最佳形式之一。从自然物象中获取生命的共感，是人类的天性，水以不同形态出现在戏曲当中，对于表现人物性格、烘托气氛都起着很关键

---

① 王国维：《宋元戏曲史》，第99页。

② 明·毛晋辑：《六十种曲》第七册，中华书局1958年版，第84页。

的作用。

二、中国古代戏曲中的"水情"

中国古代戏曲运用不同的语言与表现方式，讲述人世间一个个悲欢离合的感人故事，水在其中扮演了感情"催化剂"的角色，是整出戏曲中不可或缺的部分。下面我们选取几出与水有关的戏曲作品，在欣赏其跌宕起伏的情节的同时，详细探讨水在其中被赋予的深刻寓意。

中国古代戏曲中多以象征险恶势力的江河湖海做故事背景，以加强矛盾冲突，同时突出人物性格，表现人物精神。元代杂剧作家李好古的《沙门岛张生煮海》一剧，与尚仲贤的《柳毅传书》被誉为元代神话剧的"双璧"。其中所描写的人神恋爱故事，充满浪漫主义色彩，为世代所传诵，并被改编成各种地方戏，历久不衰。《沙门岛张生煮海》写潮州儒生张羽寓居东海石佛寺，闲来无事，清夜抚琴，琴声悠扬，引得东海龙王的三女儿琼莲闻声而来。张羽、琼莲二人相见，顿生爱慕，便定下终身，约好于中秋之夜再次相会。但到了中秋月圆之夜，因为龙王的阻挠，琼莲无法前来赴约。张羽久候佳人不来，难耐思念之情，便到海边寻找，结果仍不见琼莲的踪影。正在张羽焦急万分之时，东华仙姑从天而降，送给他银锅、金钱和铁勺，并传授法术，让他煮沸海水，逼龙王招亲。于是张羽便在沙门岛上架锅扇火，一时间，煮得大海沸腾，水族不安，"锦鳞鱼活泼刺心跳，银脚蟹乱扒沙在岸上藏！"最后，凶恶的龙王也无法忍受这样的煎熬，只好乖乖投降，请石佛寺长老做媒，让琼莲与张羽结为夫妇，"火中生比目鱼，石内长荆山玉，天边有比翼鸟，地上长出连枝树"，有情人终成眷属。此时，东华仙姑再次出现，道出张羽、琼莲乃是天上的金童玉女，因思凡被贬下界，今已得偿所愿，理应回归天庭。于是，张羽、琼莲重返瑶池。这出戏表现了青年男女对爱情和幸福的大胆追求，全剧语言华丽，文采斑斓，特别是第二折写海景的句子，向来为人所称道：

> 你看那缥缈间十洲三岛，微茫处阆苑蓬莱，望黄河一股儿浑流派。高冲九曜，远映三台，上连银汉，下接黄埃。势汪洋无岸无涯，出许多异宝奇哉。看、看、看，波涛涌，光隐隐元价珠玑；是、是、是，草木长，香喷喷长生药材；有、有、有，蛟龙偃，郁沉沉精怪灵胎。常则是云昏气霭，碧油油隔断红尘界，恍疑在九天外。平吞了八九区云梦泽，问甚么翠岛苍崖。①

---

① 明·臧晋叔：《元曲选》，第1703页。

面对着汹涌澎湃、神秘莫测的大海，古人一直心存敬畏之心，而《张生煮海》的作者别具异想，没有让书生中状元，而是为了私情放下诗书簪缨之途，并且敢于向大海龙王挑战。虽然张生一开始见到茫茫大海，又听说龙王凶恶，曾经悲观失望，如曲曰："[采茶歌]他兴云雾，片时来，动风雨，满尘埃，则怕惊急烈一命丧尸骸。休为那约雨期云龙氏女，送了你个攀蟾折桂俊多才。（张生云）小生才省悟了也。他是龙宫之女，他父亲十分狠恶，怎肯与我为妻？这婚姻之事，一定无成了。只是小娘子，谁着你听琴来？（做悲科）"（《张生煮海》第二折）但是在东华仙姑的帮助下，张生还是勇敢地煮水逼婚，降服龙王，取得了斗争的胜利。这也反映出了古代劳动人民渴望征服大自然的美好愿望。

在戏曲中扮演着强势力量的还有洞庭湖。尚仲贤的《洞庭湖柳毅传书》，改编自唐代李朝威的《柳毅传》，也是一个爱情神话故事。唐代仪凤年间，秀才柳毅赴京应试，落第后在回乡途中路过泾河畔，见一牧羊女在不住悲啼，一问之下得知其为洞庭龙女三娘，嫁给泾河小龙之后，饱受丈夫和公婆虐待，想托柳毅带信给她的父亲洞庭君。柳毅听了义愤填膺，入海会见洞庭龙王，诉说龙女遭遇，请龙王救女。龙女叔父钱塘君恰好在座，闻知此事勃然大怒，飞奔泾河，杀掉并吞下泾河小龙，救回了龙女，并令柳毅与之成婚。柳毅传书乃激于一时义愤，对龙女并无私心，再加上不满钱塘君的蛮横无理，遂严辞拒婚，归家而去。柳毅的义举与不求回报，使得三娘对他的爱慕之心更添三分，于是发誓非柳毅不嫁，并与父亲洞庭龙王化身渔家父女，自称范阳卢氏，在柳毅邻里居住，几番波折之后，二人结为伉俪，成就了一段佳话。后人为纪念这段美好的爱情故事，在洞庭湖畔修了一口井，取名"柳毅井"。站在这里，可以看见洞庭湖面浩渺的烟波，以及嬉嬉钓叟、渔歌唱晚的美丽风景。与《张生煮海》不同，《洞庭湖柳毅传书》的情节更加曲折，男主人公人物形象也高大丰满了许多，道德标准也更高。如果说大海代表着冲动的激情，洞庭湖则是深思熟虑的爱情。张生为一己之私，面对困难曾想过打退堂鼓，柳毅则不然，他富有同情心、重承诺、讲义气，听完龙女的遭遇后，并没有被龙女丈夫的凶恶吓住，勇敢地替龙女传递家书。此时他对龙女也并无男女之意，只说："既如此，我与你做个传书使者。但你异日归于洞庭，是必休避我也。"（《洞庭湖柳毅传书》第一折）并没有乘人之危，是一个理想的道德君子形象。

水是爱情坚贞的见证，也是毁灭爱情的凶手。元杂剧家李直夫写过《尾生期女淹蓝桥》一剧，可惜原剧已经失传，但从曲目名称可以看出是一个哀怨凄婉的爱情故事。《庄子·盗跖》载："尾生与女子期于梁下，女子不来，水至不去，抱梁柱而死。"剧里说的是一个叫尾生的青年男子与心爱的姑娘相约在蓝桥下会面，尾生早早地等在那里，他的心上人不知何故迟迟未到，不幸的是河水却突然暴涨，痴心的尾生怕女子来后找不到自己，不肯离去，竟然抱着桥柱溺水而亡。清代戏曲家方成培的《雷峰塔》①传奇则改编自民间传说，也就是我们今天所熟知的《白蛇传》或《白娘子传奇》。传说南宋高宗绍兴（1131—1162）年间，有一条修炼千年的白蛇化作一位美貌女子，取名白素贞，与青蛇化作的丫环小青在杭州西湖游玩。"柳开青眼，桃舒笑面"，西湖美景吸引了许多人前来踏青，"风流俊雅，道骨非凡"的公子许仙也在其中。白娘子对其一见钟情，便施以"顿摄骤雨"之法，借许仙小舟避雨，并以伞为媒与许仙结为夫妻。婚后，夫妻二人共同经营一家医馆，济世救人，非常恩爱。镇江金山寺高僧法海告诉许仙其妻乃是蛇妖，并度许仙出家。白娘子寻至金山寺，要求法海放许仙回家，法海不允。白娘子一怒之下，不顾双方力量的悬殊，"为了俺意中人将你命轻抛"，冒着生命危险与法海决一死斗。她命令众水族："与我把水势大作，漫过金山，救俺官人便了。"但白娘子水漫金山也没能救出许仙，反被法海收于钵盂之中，永镇于雷峰塔下。"水斗"这场戏，让白娘子这个多情、勇敢、善良、可爱、坚贞的女性形象更加突出，她为了爱情不屈不挠的顽强斗争精神深深地感染了观众。这段发生在西湖上的浪漫故事，使杭州和西湖都具有了丰厚的文化内涵，形成了断桥、雷峰塔等自然文化景观。剧中《借伞》《断桥》等名段，多次被搬上戏曲舞台，盛演不绝。

如果说美丽的西湖见证了白娘子与许仙的爱情悲剧，那么浩浩荡荡的长江所见证的则是英雄末路的悲壮与凄凉。《庆顶珠》是清代花部乱弹作品，作者已不可考，又名《打渔杀家》《萧恩杀江》《讨渔税》，取《水浒后传》中李俊故事改编而成。故事的主角是梁山好汉阮小七，梁山众弟兄随宋江归顺朝廷后，他不愿意被招安，便改名萧恩，与女儿桂英以打渔为生。萧桂英与花荣之子花逢春订了亲，花家送聘礼庆顶珠一颗（顶在头上入水，可以避水开路）。后因"天旱水浅，鱼不上网"，萧恩欠下了恶霸丁自燮的渔税。一日，故友李俊、倪荣来访。三人在舟中饮酒时，丁府派人前来催讨渔税，李、倪二人抱打不平，出言顶撞了丁府恶奴。丁自燮闻报大怒，便派打手到萧恩家强索渔税。萧恩忍无可忍，一怒之下动起武来，把恶奴们打跑了。但萧恩知道丁府必定不会善罢甘休，就抢先一步到官府状告渔霸丁自燮。但丁府与官府沆瀣一气，县官吕子秋不问是非曲直，反将萧恩杖责四十，并命他连夜过江到丁府赔罪。萧恩一世英雄，哪肯受这种屈辱，既然祸事临头已经避无可避，便一不做二不休，带着女儿以献庆顶珠为名，夜入丁府，杀了丁自燮全家后远走他乡。全剧深刻揭露了封建统治的黑暗现实，歌颂了被压迫人民的反抗精神与不屈斗志。渔民靠水吃饭，风里来雨里去，在浪涛里讨生活，靠着微薄的收入勉强糊口。萧恩年迈，女儿桂

---

① 清·黄图珌:《看山阁乐府·雷峰塔》，傅惜华《白蛇传集》，上海出版公司1955年版。

英劝道："这河下生意不做也罢。"萧恩无奈又辛酸地说："本当不做这河下的生意，怎奈囊中无钞，怎生度日呀。"凄苦之语说得桂英落下泪来。可这样穷苦的日子也过不下去了，萧恩父女只好铤而走险，踏上了逃亡之路。

以上这些中国古代戏曲中的代表作，都有一个共同点，那就是人们对生活的热爱，不管生活如何艰难，前路如何曲折，主人公们都没有退缩，甚至愿意以付出生命为代价。人们依水而生，也被水限制，在激烈的矛盾冲突中产出无穷的生活智慧。

戏曲是社会道德风化的集中反映，生活的复杂性决定了剧情的曲折性，戏曲中对水的运用，无论是利用它的善良，还是它的凶恶，被用来抒情也好，泄愤也罢，都是人间世情的一种真实折射。这些或催人泪下、或激人振奋的动人故事，正如同水的光怪陆离、神秘莫测又让人难以割舍一样，早已经成为了人们生活的一部分，永远闪耀着精彩的艺术之光，给人们以积极向上的精神力量。

第八章 水美文美：水在美学视阈下的价值体现

朱德发先生说:"人类是地球生态系统的组成部分,他们本身也是构成地球生态环境的重要因素,因而无论人类是否意识到其思维和行为都要受生态规律的支配和环境要素的制约,而山水自然和生态环境则是通过特质、能量和信息与人类紧紧联系在一起的,这种联系主要表现为人类对大自然的物质需求和精神需求;虽然这两种需求是互相并存又相互促进的,物质需求是基础,精神需求随着物质需求的发展而发展,然而精神的需求却是人类区别于动物的根本标志。山水审美是人与大自然复杂交往过程中所形成的精神文化需求,是人类社会发展到一定阶段的一种较高层次的精神文化生活。山水审美是人与大自然复杂交往过程中所形成的精神文化需求,是人类社会发展到一定阶段的一种较高层次的精神文化生活。"又说:"这个对人类来说不存在的自然界当然不能构成人的审美对象,而可以构成审美对象的则是人类生活其中的'人化了的自然界。'"①从这个观点出发,无论是山水诗、山水画,还是其他文学艺术形式中所呈现的"水",都是一种人化了的"水意象",我们对"水"的理解,其实都是对"水意象"的一种审美观照,不自觉地把水归入到了美学范畴。因此,在美学视阈下对水进行审视,或许能够更准确地把握其本质特征与审美意蕴。

一、先秦时代的神秘审美意识

从上古神话传说中可以看出,先民对水的崇拜、畏惧远大于好感,虽然水是人类赖以生存的重要物质基础,但它变幻莫测的巨大破坏力让人望而却步,于是神秘感便产生了。人们看到河水翻涌、山洪暴发,便想象是有神灵在控制。《山海经·南山经》云:"东南四百五十里曰长右之山。无草木,多水。有兽焉,其状如禺而四耳,其名长右,其音如吟,见则郡县大水。"②《海外东经》曰:"朝阳之谷,神曰天吴,是为水伯。"③《中山经》曰:"神计蒙处之,其状人身而龙首,恒游于漳渊,出入必有飘风暴雨。"④《礼记·祭法》曰:"山林川谷丘陵能出云、为风雨、见怪物,皆曰神,有天下者祭百神。"⑤对水性的不可捉摸使人们把河海湖泊、狂风暴雨这些自然现象演绎成一个个惊心动魄的神怪故事,如《山海经·大荒东经》载:"东海中有流波山,入海七千里。其上有兽,其状如牛,苍身而无角一足,出入水则必风雨,其光如日月,其声如雷,其名曰夔。黄帝得之,以

---

① 朱德发:《山水美学与山水诗》,《安徽教育学院学报》1993年第4期。

②~④ 袁珂:《山海经校注》,第10、256、160页。

⑤ 杨天宇:《礼记译注》,上海古籍出版社2004年版,第600页。

其皮为鼓，橛以雷兽之骨，声闻五百里，以威天下。"① 如此绘声绘色的生动描述，换个角度看，其实就是一种朴素的审美意识。人们从滔天洪水中获得的不仅是恐惧，还有生活的智慧，比如汉字。"水"字就像一条蜿蜒流动的小河，起伏波动之中有着难以言喻的美感。"川"字就像众水同流，《说文》曰："川，贯川通流水也。"《管子·度地》曰："水之出于他水，沟流于大水及海者，命曰川水。"② 这些都是人们观水取象的成果，而"伏羲画八卦"的传说，则表明人们已经从单纯的感性模仿上升到理性的创造了。《周易·说卦传》云：

> 昔者圣人之作《易》也，幽赞于神明而生蓍，参天两地而倚数，观变于阴阳而立卦，发挥于刚柔而生爻，和顺于道德而理于义，穷理尽性，以至于命。昔者圣人之作《易》也，将以顺性命之理。是以立天之道曰阴与阳，立地之道曰柔与刚，立人之道曰仁与义。兼三才而两之，故《易》六画而成卦。分阴分阳，迭用柔刚，故《易》六位而成章。天地定位，山泽通气，雷风相薄，水火不相射，八卦相错。数往者顺，知来者逆，是故《易》逆数也。雷以动之，风以散之，雨以润之，日以烜之，艮以止之，兑以说之，乾以君之，坤以藏之。③

八卦之中乾卦象征着天，坤卦象征着地，巽象征着风，震象征着雷，坎卦象征着水，离卦象征着火，艮卦象征着山，兑卦象征着泽。其中"坎卦"显然是人们从大洪水中得到的启示，它的六爻由两个水卦组成，代表着水势的凶猛。《象》曰："水洊至，习坎。"《说文》曰："坎，陷也。"大水汹涌而至，造成了地面的塌陷，也给人们带来了重重的艰险，"坎者水也，正北方之卦也，劳卦也，万物之所归也，故曰：劳乎坎。"（《周易·说卦传》）"兑卦"也代表着水，由两个泽卦组成，好像两条小河汇流，使人观之欢欣喜悦，"兑，正秋也，万物之所说也，故曰：说言乎兑。"（《周易·说卦传》）从这两个卦象的对比中可以看出，在与水的接触中，人类已经意识到了水所具有的两面性和它的自然美感："神也者，妙万物而为言者也。动万物者莫疾乎雷，挠万物者莫疾乎风，躁万物者莫熯乎火，说万物者莫说乎泽，润万物者莫润乎水，终万物始万物者莫盛乎艮。故水火相逮，雷风不相悖，山泽通气，然后能变化，既成万物也。"（《周易·说卦传》）因此"坎卦"和"兑卦"分别代表着不同的审美标准：

---

① 袁珂：《山海经校注》，第261页。
② 戴望：《管子校正》，第303页。
③ 黄寿祺、张善文：《周易译注》，第427页。

坎为水，为沟渎，为隐伏，为矫揉，为弓轮。其于人也，为加忧，为心痛，为耳痛，为血卦，为床。其于马也，为美脊，为函心，为下首，为薄蹄，为曳。其于舆也，为通，为月，为盗。其于木也，为坚多心。

　　兑为泽，为少女，为巫，为口舌，为毁折，为附决。其于地也，为刚卤。为妾，为羊。(《周易·说卦传》)

水可以是雄浑激越、波涛汹涌的，也可以是空灵恬淡、清新柔美的，能给人间造成灾患，也能带来精神的愉悦。

水的刚柔相济也形成了人们对待它的两种态度，一种是将水奉若神明的祭祀，如《史记·封禅书》引《周官》语："天子祭天下名山大川，五岳视三公，四渎视诸侯，诸侯祭其疆内名山大川。四渎者，江、河、淮、济。"[1]与此同时，与水相伴而生的是另一种欣赏态度，这也是人们亲近生存环境的本能。所以，虽然还没有出现真正意义上的山水诗、山水画，但人们已经认识到了水的审美特质，《诗经》当中就有许多诗歌写到了水，《郑风·溱洧》曰：

　　溱与洧，方涣涣兮。士与女，方秉蕳兮。女曰观乎？士曰既且，且往观乎？洧之外，洵訏且乐。维士与女，伊其相谑，赠之以勺药。

　　溱与洧，浏其清矣。士与女，殷其盈兮。女曰观乎？士曰既且，且往观乎？洧之外，洵訏且乐。维士与女，伊其将谑，赠之以勺药。[2]

虽然诗中对河水的审美只是爱情的附丽，并没有意识到水是一个独立的审美对象，但却表明人们开始对水的自然美有了兴趣。再如《周南·汉广》曰："南有乔木，不可休思；汉有游女，不可求思。汉之广矣，不可泳思；江之永矣，不可方思。"[3]用浩渺的江水来象征爱情的不可得，在对水的审美上又往前迈了一大步。屈原《九章·涉江》曰："船容与而不进兮，淹回水而凝滞。"[4]《九章·抽思》曰："望北山而流涕兮，临流水而太息。望孟夏之短夜兮，何晦明之若岁！"[5]从中可见，水所蕴含的思想感情更加深厚。

前面说过，"坎卦"是代表遭遇大水困境的卦，"兑卦"是让人心生愉悦的卦，两卦合在一起，

---

[1] 汉·司马迁:《史记》卷二十八，第1355页。

[2][3] 程俊英、蒋见元:《诗经注析》，第260、22页。

[4][5] 宋·洪兴祖:《楚辞补注》，第128、137页。

坎下兑上，就组成了"困卦"：

困：亨，贞，大人吉，无咎；有言不信。

初六，臀困于株木，入于幽谷，三岁不觌。

九二，困于酒食，朱绂方来，利用享祀；征凶，无咎。

六三，困于石，据于蒺藜，入于其宫，不见其妻，凶。

九四，来徐徐，困于金车，吝；有终。

九五，劓刖，困于赤绂；乃徐有说，利用祭祀。

上六，困于葛藟，于臲卼，曰动悔有悔；征吉。①

分明是难以解脱的困境，却说"亨，贞，大人吉，无咎"，也就是说要学会如何在困境中学习，最终达到亨通。王弼曰："泽无水，则水在泽下也。水在泽下，困之象也。处困而屈其志者，小人也。君子固穷，道可忘乎？"这正是水的两面性所带给人们的启示。因此，先秦诸子百家的著作中多次提到水，或以水性作譬，或以水德为喻，几乎都是从水的价值论方面着眼的，既没有了上古时代的神秘意识，也还没有后世对水的独立审美意识。如《孟子·尽心上》曰："孔子登东山而小鲁，登泰山而小天下，故观于海者难为水，游于圣人之门者难为言。观水有术，必观其澜。日月有明，容光必照焉。流水之为物也，不盈科不行；君子之志于道也，不成章不达。"②《孟子·告子上》亦曰："水信无分于东西，无分于下下乎？人性之善也，犹水之就下也。人无有不善，水无有不下。今夫水，搏而跃之，可使过颡；激而行之，可使在山。是岂水之性哉？其势则然也。人之可使为不善，其性亦犹是也。"③《荀子·劝学篇》曰："君子曰：学不可以已。青，取之于蓝，而青于蓝；冰、水为之，而寒于水。"④《荀子·王制篇》亦曰："君者，舟也，庶人者，水也；水则载舟，水则覆舟。"⑤《韩非子·解老》云："道譬诸若水，溺者多饮之即死，渴者适饮之即生。"⑥《韩

---

① 黄寿祺、张善文：《周易译注》，第273页。
② 杨伯峻：《孟子译注》卷十三，第311-312页。
③ 杨伯峻：《孟子译注》卷十一，第254页。
④ 清·王先谦：《荀子集解》卷一，第1页。
⑤ 清·王先谦：《荀子集解》卷五，第152页。
⑥ 清·王先慎：《韩非子集解》卷六，第148页。

非子·说林上》曰:"失火而取水于海,海水虽多,火必不灭矣,远水不救近火也。"①在这些著作中,无一例外对水之德、水之性大加赞赏,而目的皆是为了譬喻人之德、人之性。而《庄子》则突破了儒家传统道德的限制,以奇特的想象、精美的语言赋予了水不一样的生命情怀,如《大宗师》曰:"泉涸,鱼相与处于陆,相呴以湿,相濡以沫,不如相忘于江湖""鱼相造乎水,人相造乎道。相造乎水者,穿池而养给;相造乎道者,无事而生定。故曰:鱼相忘乎江湖,人相忘乎道术。"②虽然他又转入了以水喻道的窠臼,但显然境界、眼光都开阔多了,如《达生》云:"颜渊问仲尼曰:吾尝济乎觞深之渊,津人操舟若神。吾问焉,曰:操舟可学邪?曰:可。善游者数能,忘水也。若乃夫没人之未尝见舟而便操之,彼视渊若陵,视舟之覆犹其车却也。"③这种物我两忘的"齐物""适志"精神,模糊了水与人的界限与区别,使水具有了人一样的活力与精神,如《秋水》中河伯的"望洋向若"之叹,《天道》《刻意》与《德充符》中的"水静养神"之论,以水之浩淼来喻道之无涯,惝恍迷离、虚幻相生,赋予了水以道家的审美内核,对中国山水美学思想有着深远影响。

二、两汉时期的娱乐审美意识

到西汉时期,汉武帝刘邦统一了天下,经过"文景之治"的休养生息,再到汉武帝时的大倡文治武功,"皇皇大汉"成为了封建时代经济、政治的一座高峰。人们处在这样一个社会相对安定的时代,便不再囿于一隅,开始把眼光投向大好河山,正如司马迁说自己"二十而南游江、淮,上会稽,探禹穴,窥九嶷,浮于沅、湘,北涉汶、泗,讲业齐、鲁之都,观孔子之遗风,乡射邹、峄,鄗(厄)困鄱、彭城,过梁、楚以归"④。这种胸怀天下、志在四海的豪情壮志与慷慨大气,也催生了一个新的文体——汉赋。朱光潜先生说:"赋偏重铺陈景物,把诗人的注意渐渐从内心变化引到自然界变化方面去。从赋的兴起,中国才有大规模的描写诗;也从赋的兴起,中国诗才渐由情趣富于意象的《国风》转变到六朝人意象富于情趣的艳丽之作。"⑤正如李泽厚所说的那样:"汉赋正是这样。……江山的宏伟、城市的繁盛、商业的发达、物产的丰饶、宫殿的巍峨、服饰的奢侈、

---

① 清·王先慎:《韩非子集解》卷七,第177页。

②③ 陈鼓应:《庄子今注今译》,第178、194、473页。

④ 汉·司马迁:《太史公自序》,《史记》卷一百三十,第3285页。

⑤ 朱光潜:《诗论》,北京出版社2009年版,第62页。

鸟兽的奇异、人物的气派、狩猎的惊险、歌舞的欢快……在赋中无不刻意描写，着意夸扬。……它们所力图展示的不仍然是这样一个繁荣富强、充满活力、自信和对现实具有浓厚兴趣、关注和爱好的世界图景么？"① 没有了朝不保夕、动荡不安的忧惧，作家们可以尽情地描绘河山之壮丽、风光之奇伟，故对自然风光的细致刻画自然是少不了的。

原始朴素的山水审美观念进入赋文体后，表现为铺采摛文、穷极声貌，把先秦时一笔带过的水之风景写得风光无限。如汉大赋的发端之作，枚乘（？—前140）的《七发》中写"观涛"就极为精彩：

> 将以八月之望，与诸侯远方交游兄弟，并往观涛乎广陵之曲江。至则未见涛之形也，徒观水力之所到，则恈然足以骇矣。观其所驾轶者，所擢拔者，所扬汩者，所温汾者，所涤汔者，虽有心略辞给，固未能缕形其所由然也。恍兮忽兮，聊兮慄兮，混汩汩兮，忽兮慌兮，俶兮傥兮，浩瀁瀁兮，慌旷旷兮。秉意乎南山，通望乎东海。虹洞兮苍天，极虑乎崖涘。流揽无穷，归神日母。汩乘流而下降兮，或不知其所止。或纷纭其流折兮，忽缪往而不来。临朱汜而远逝兮，中虚烦而益怠。莫离散而发曙兮，内存心而自持。于是澡概胸中，洒练五藏，澹澉手足，颓濯发齿。揄弃恬怠，输写淟浊，分决狐疑，发皇耳目。当是之时，虽有淹病滞疾，犹将伸伛起躄，发瞽披聋而观望之也，况直眇小烦懑、酲醲病酒之徒哉！故曰：发蒙解惑，不足以言也。

> 不记也，然闻于师曰，似神而非者三：疾雷闻百里；江水逆流，海水上潮；山出云内，日夜不止。衍溢漂疾，波涌而涛起。其始起也，洪淋淋焉，若白鹭之下翔。其少进也，浩浩皑皑，如素车白马帷盖之张。其波涌而云乱，扰扰焉如三军之腾装。其旁作而奔起者，飘飘焉如轻车之勒兵。六驾蛟龙，附从太白，纯驰皓蜺，前后络绎。颙颙卬卬，椐椐彊彊，莘莘将将。壁垒重坚，沓杂似军行。訇隐匈礚，轧盘涌裔，原不可当。观其两旁。则滂渤怫郁，闇漠感突，上击下律，有似勇壮之卒，突怒而无畏。蹈壁冲津，穷曲随隈，逾岸出追。遇者死，当者坏。初发乎或围之津涯，荄轸谷分。回翔青篾，衔枚檀桓。弭节伍子之山，通厉骨母之场，凌赤岸，篲扶桑，横奔似雷行。诚奋厥武，如振如怒。沌沌浑浑，状如奔马。混混庉庉，声如雷鼓。发怒庢沓，清升踰跇，侯波奋振，合战于藉藉之口。鸟不及飞，鱼不及回，兽不及

---

① 李泽厚：《美的历程》，文物出版社1989年版，第80页。

走。纷纷翼翼,波涌云乱,荡取南山,背击北岸,覆亏丘陵,平夷西畔。险险戏戏,崩坏陂池,决胜乃罢。汩潺湲,披扬流洒。横暴之极,鱼鳖失势,颠倒偃侧,沈沈湲湲,蒲伏连延。神物怪疑,不可胜言,直使人踣焉,洄闇凄怆焉。此天下怪异诡观也,太子能强起观之乎?①

此赋把江涛写得出神入化,浩瀚清壮,不可捉摸,运用华丽的辞藻进行了穷形尽相的描写,使人觉得仿佛滔滔江水扑面而来。刘勰《文心雕龙·杂文》曰:"枚乘摛艳,首制《七发》,腴辞云构,夸丽风骇。盖七窍所发,发乎嗜欲,始邪末正,所以戒膏粱之子也。"②司马相如(约前179—前118)在《子虚赋》③中对"云梦泽"也有着极为夸张的描述:

臣闻楚有七泽,尝见其一,未睹其余也。臣之所见,盖特其小小者耳,名曰云梦。云梦者,方九百里,其中有山焉。其山则盘纡岪郁,隆崇嵂崒,岑崟参差,日月蔽亏。交错纠纷,上干青云。罢池陂陀,下属江河。其土则丹青赭垩,雌黄白坿,锡碧金银。众色炫耀,照烂龙鳞。其石则赤玉玫瑰,琳珉昆吾,瑊玏玄厉,硬石碱砆。其东则有蕙圃:蘅兰芷若,芎藭菖蒲,江蓠蘪芜,诸柘巴苴。其南侧有平原广泽:登降陁靡,案衍坛曼,缘似大江,限以巫山;其高燥则生葴菥苞荔,薛莎青薠;其埤湿则生藏莨蒹葭,东蘠雕胡,莲藕觚卢,菴闾轩芋。众物居之,不可胜图。其西则有涌泉清池:激水推移,外发芙蓉菱华,内隐钜石白沙;其中则有神龟蛟鼍,玳瑁鳖鼋。其北则有阴林:其树楩柟豫章,桂椒木兰,檗离朱杨,樝梨梬栗,橘柚芬芬;其上则有鹓鶵孔鸾,腾远射干;其下则有白虎玄豹,蟃蜒貙犴。

此赋丰辞缛藻、结构工丽,从不同的方位角度大肆渲染云梦景物之奇丽:高耸险峻的山势,琳琅满目的物产,还有奔涌不息的泉水、清澈如镜的水池,水波激荡,后浪拍打着前浪,滚滚向前;水面上开放着荷花与菱花,水面下隐现着巨石和白沙,水中还有神龟、蛟蛇、猪婆龙、玳瑁、鳖和鼋,令人目不暇接。

如果想要达到像枚乘、司马相如等汉大赋作家这样纵横上下、游刃有余的艺术功力,必须有着极强的文字驾驭能力。东晋葛洪(284—364)说:"司马相如为《上林》《子虚》赋,意思萧散,

---

① 费振刚、仇仲谦、刘南平:《全汉赋校注》,广东教育出版社2005年版,第32页。

② 南朝梁·刘勰:《文心雕龙注》卷三,范文澜注,人民文学出版社1962年版,第154页。

③ 费振刚、仇仲谦、刘南平:《全汉赋校注》,第69页。

不复与外事相关，控引天地，错综古今；忽然如睡，涣然而兴，几百日而后成。"① 足不出户而能思接八荒，是因为有着丰富的知识储备。明代谢榛也说道："汉人作赋，必读万卷书，以养胸次。《离骚》为主，《山海经》《舆地志》《尔雅》诸书为辅。又必精于六书，识所从来，自能作用。"② 只有博览群书，有着渊博的学识，才有可能做到体物写貌、至纤至微。从文学艺术角度来看，汉赋作家苦心孤诣经营文字、精雕细琢，其目的无非是夸耀江山秀丽，以娱人耳目，为大汉帝国高唱赞歌，但客观上却把山水审美引向了一个更加广阔的空间，正如朱光潜先生所说："赋则较近于图画，有在时间上绵延的语言表现在空间上并存的物态。诗本身是'时间艺术'，赋则有几分是'空间艺术'。"③ 汉赋这种带有娱乐性质的空间审美意识，是把"自然"作为了一个独立的审美对象，五彩斑斓，充满了蓬勃生机，如此集体的、大规模的描绘自然山水，是以前所没有的。汉赋使山川景物由背景进入到人们的心灵，由单纯的娱目变为娱情，为深切体悟自然山水之美打开了方便之门。东汉末年辞赋家张衡（78—139）的抒情小赋《归田赋》正是这种审美意识下的佳作：

> 游都邑以永久，无明略以佐时；徒临川以美鱼，俟河清乎未期。感蔡子之慷慨，从唐生以决疑。谅天道之微昧，追渔父以同嬉；超埃尘以遐逝，与世事乎长辞。
>
> 于是仲春令月，时和气清。原隰郁茂，百草滋荣。王雎鼓翼，鸧鹒哀鸣；交颈颉颃，关关嘤嘤。于焉逍遥，聊以娱情。
>
> 尔乃龙吟方泽，虎啸山丘。仰飞纤缴，俯钓长流；触矢而毙，贪饵吞钩。落云间之逸禽，悬渊沉之鲨鰡。
>
> 于时曜灵俄景，继以望舒。极般游之至乐，虽日夕而忘劬。感老氏之遗诫，将回驾乎蓬庐。弹五弦之妙指，咏周、孔之图书；挥翰墨以奋藻，陈三皇之轨模。苟纵心于物外，安知荣辱之所如。④

洗去了大赋的浓重粉饰，仿佛清水出芙蓉，文辞清丽，结构灵活；没有了歌功颂德的伪饰之辞，却多了许多娱情雅思。可见，此时人们对山水之美的怡情作用已经有所察觉。如荀爽（128—

---

① 晋·葛洪：《西京杂记》，清嘉靖孔天屹胤刊本，台湾广文出版社1981年版，第356页。
② 明·谢榛：《四溟诗话》，宛平校点，人民文学出版社1961年版，第62页。
③ 朱光潜：《诗论》，第174页。
④ 费振刚、仇仲谦、刘南平：《全汉赋校注》，第468页。

190)《贻李膺书》曰:"知以直道不容于时,悦山乐水,家于阳域。"① 仲长统(179—220)《昌言下·乐志》曰:"使居有良田广宅,背山临流,沟池环匝,竹木周布,场圃筑前,果园树后。蹰躇畦苑,游戏谷仓,濯清木,追凉风,钓流鲤,弋高鸿。"② 人与物之间开始了情感交流,或者说已经彼此有意,只是深层次的情感交换还没有到来。

三、魏晋六朝的心灵审美意识

宗白华先生说:"汉末魏晋六朝是中国政治上最混乱、社会上最苦痛的时代,然而却是精神史上极自由、极解放,最富于智慧、最浓于热情的一个时代。因此也就是最富有艺术精神的一个时代。……这是中国人生活史里点缀着最多悲剧、富于命运罗曼司的一个时期,八王之乱、五胡乱华、南北朝分裂酿成社会秩序大解体,旧礼教的总崩溃、思想和信仰的自由、艺术创造精神的勃发,使我们联想到西欧16世纪的'文艺复兴'。这是强烈、矛盾、热情、浓于生命彩色的一个时代。"③ 魏晋六朝士人在乱世之中找到了心灵的栖息地——自然山水。嵇康在《与山巨源绝交书》中说自己"荣进之心日颓,任实之情转笃",不愿为吏作官,只想"游山泽,观鱼鸟",享受山水之乐。"王右军既去官,与东土人士营山水弋钓之乐。游名山,泛沧海,叹曰:'我卒当以乐死!'"④ 可见晋人对自然山水的热爱,已经深入骨髓,无法自拔。

用冲破了礼教束缚的澄澈心灵去感受山水的生命精神,自然能与之心神交会。西晋张华(232—300)《归田赋》云:"瞻高鸟之陵风,临倏鱼于清濑。眇万物之远观,修自然之通会。"⑤ 这已经不只是领会山水之乐,而是从中发现了生命精神,如画家宗炳《画山水序》曰:"山水质有而趣灵。"⑥ 谢灵运《游赤石进帆海》诗云:"溟涨无端倪,虚舟有超越。"⑦ 山水有了精神,说明人的审美心灵洗去了凡尘之垢,开始以纯粹、明净的艺术心灵体贴自然生命,与之进行思想交流,寻找共

---

① 清·严可均辑:《全后汉文》卷六七,商务印书馆1999年版,第685页。
② 清·严可均辑:《全后汉文》卷八九,第885页。
③ 宗白华:《论〈世说新语〉和晋人的美》,《美学散步》,第356页。
④ 转引自宗白华:《论〈世说新语〉和晋人的美》,《美学散步》,第356页。
⑤ 清·严可均辑:《全晋文》卷五十八,第599页。
⑥ 俞剑华:《中国古代画论类编》下卷,第583页。
⑦ 逯钦立:《先秦汉魏晋南北朝诗》,第1162页。

鸣和同感。《世说新语·文学》载："郭景纯诗云：'林无静树，川无停流。'阮孚云：'泓峥萧瑟，实不可言。每读此文，辄觉神超形越。'"① 郭璞（276—324）化静为动，写出了山水树木的蓬勃生命力，寄寓着时光流逝的人生感慨。晋人在观物中体味出了生命之象，如《世说新语·言语》载：

桓公入峡，绝壁天悬，腾波迅急，乃叹曰："既为忠臣，不得为孝子，如何？"

谢中郎经曲阿后湖，问左右："此是何水？"答曰："曲阿湖。"谢曰："故当渊注渟著，纳而不流。"

王司州至吴兴印渚中看，叹曰："非唯使人情开涤，亦觉日月清朗。"

士人们关注自然山水，返身求诚，体悟出超越生命的山水之境，因此，"晋宋人欣赏山水，由实入虚，即实即虚，超入玄境"。如王羲之《兰亭》诗云："仰视碧天际，俯瞰渌水滨。寥阒无涯观，寓目理自陈。大哉造化工，万殊莫不均。群籁虽参差，适我无非新。"以婴孩般天真纯净的心灵观天地万物，一切都是新奇明艳、充满勃勃生机的。拥有明镜般的心境，正是被唐代司空图所称道的艺术心灵："空潭泻春，古镜照神。体素储洁，乘月反真。"（《二十四诗品·洗炼》）追求澄净无染的思想境界，不希望为杂念所污染。如卫伯玉称赞乐广说："此人，人之水镜也，见之若披云雾睹青天。"（《世说新语·赏誉》）再如《世说新语·言语》载："司马太傅（道子）斋中夜坐，于时天月明净，都无纤翳，太傅叹以为佳。谢景重在坐，答曰：'意谓乃不如微云点缀。'太傅因戏谢曰：'卿居心不净，乃复强欲滓秽太清邪？'"因此，只有心中如水镜般清明，才能体悟自然真精神。

晋人还把体悟到的自然品质运用到对人物言行的品藻上来，显然已经把自身与自然万物等量齐观。《世说新语·言语》载："顾长康拜桓宣武墓，作诗云：'山崩溟海竭，鱼鸟将何依！'人问之曰：'卿凭重桓乃尔，哭之状其可见乎？'顾曰：'鼻如广莫长风，眼如悬河决溜。'或曰：'声如震雷破山，泪如倾河注海。'"又载："王武子、孙子荆各言其土地之美。王云：'其地坦而平，其水淡而清，其人廉且贞。'孙云：'其山嶵巍以嵯峨，其水㳌渫而扬波，其人磊砢而英多。'"一方水土一方人，可谓形容贴切。《世说新语·赏誉》载："王太尉云：'郭子玄语议如悬河泄水，注而不竭。'"此外把郭子滔滔不绝之神态刻画得入木三分。那些不观赏山水的名士，则会被人嘲笑讥讽："孙兴公为庾公参军，共游白石山，卫君长在坐。孙曰：'此子神情都不关山水，而能作文。'"（《世说新语·赏誉》）孙绰（314—371）认为卫君长没有山水般的高雅情怀，所作文章自然俗陋。

---

① 徐震堮：《世说新语校笺》卷上，第140页。

孙绰《游天台山赋》云:"于是游览既周,体静心闲。害马既去,世事多捐。投刃皆虚,目牛无全。凝思幽岩,朗咏长川。尔乃羲和亭午,游气高褰,法鼓琅以振响,众香馥以杨烟。肆觐天宗,爰集通仙。挹以玄玉之膏,漱以华池之泉;散以象外之说,畅以无生之篇。悟遗有之不尽,觉涉无之有间;泯色空以合迹,忽即有而得玄;释二名之同出,消一无于三幡。恣语乐以终日,等寂默于不言。浑万象以冥观,兀同体于自然。"①因此观照山水可散怀澄志、历练情操。

正是因为认识到了山水之美与创作主体的人格修养相连,晋宋间人最喜流连山水。《宋书·孔淳之传》云:"居会稽剡县,性好山水,每有所游,必穷其幽峻,或旬日忘归。"《宋书·谢灵运传》亦载:"出为永嘉太守,郡有名山水,素所爱好,遂肆意游遨;遍历诸县,动逾旬朔。民间听讼,不复关怀。所至辄为诗咏,以致其意焉。"对山水之美的发现与追求,形之于歌咏,使"山水诗"的创作蔚然成风。同时,还有许多描写山水风光的骈文,亦是流光溢彩、声情并茂,如王羲之的《兰亭集序》、鲍照的《登大雷岸与妹书》、吴均的《与宋元思书》、陶弘景的《答谢中书书》、郦道元的《水经注》等,皆是情景交融的佳作名篇。

山水不仅影响魏晋六朝的诗文创作,也同样影响了山水画的创作,促进了山水画论的发展。徐复观先生说:"我可以这样说,因为有了玄学中的庄学向魏晋人士生活中的渗透,除了人的自身成为美的对象以外,更使山水松竹等自然景物,都成为美的对象。因此,不妨作这样的结论,中国以山水为中心的自然画,乃是玄学中的庄学的产物。"(《魏晋玄学与山水画的兴起》)② 用道家的眼光看山水,使之从自然山水抽象成为内在的山水意象,从而达到怡情畅神的目的。宗炳的《画山水序》就明确提出了山水审美的目的在于使身心舒畅,因此画家要能够恰如其分地表现出山水之美。

左思诗云:"振衣千仞岗,濯足万里流。"(《咏史》其五③)对山水生命精神的体认使魏晋六朝文人士大夫的风度气质潇洒飘逸、气朗神清,"晋人向外发现了自然,向内发现了自己的深情。山水虚灵化了,也情致化了。陶渊明、谢灵运这般人的山水诗那样的好,是由于他们对于自然有那一股新鲜发现时身入化境浓酣忘我的趣味;他们随手写来,都成妙谛,境与神会,真气扑人。"④

---

① 清·严可均辑:《全晋文》卷六十一,第633页。
② 徐复观:《中国艺术精神》,第201、202页。
③ 逯钦立:《先秦汉魏晋南北朝诗》,第733页。
④ 宗白华:《论〈世说新语〉和晋人的美》,《美学散步》,第368页。

四、唐宋以降的和谐审美意识

如果说魏晋六朝时诗文、绘画中的山水还有一点自然的朴拙的话，到了唐宋时期，随着诗文体制完备、绘画技巧的成熟，山水则已经完全被抽象成了固定的意象，并成为范式为后世所承继。

"唐宋时代是我国山水审美活动大发展时期，亦是古人山水审美意识进入了一个全新的时代，即本体论时代。盛唐时期的经济繁荣文化发达为山水审美提供了物质基础和文化条件。……所谓山水审美意识的本体论，就是人的本体与山水本体的相融合，就是审美主体与审美客体的合二为一，也就是物我同化、物我合一，这既是山水审美意识的成熟完美，也是审美体验的理想境界。"[①]唐宋文士大多喜爱游览名山大川。孟浩然《与诸子登岘山》诗云："江山留胜迹，我辈复登临。"李白《庐山谣寄卢侍御虚舟》诗云："五岳寻仙不辞远，一生好入名山游。"南宋叶适（1150—1223）《徐道辉墓志铭》曰："上下山水，穿幽透深，弃日留夜，拾其胜会，向人铺说，无异好美色也。"当对山水的迷恋与胸中远大理想抱负相遇，便产生了许多富有艺术审美的高境之作。

山水诗是唐代诗歌创作的主流之一，诗人们拥抱大自然，热情歌颂大好河山，并通过自己的丰富修养使之呈出不同特点：

一是雄浑激越。张说（667—730）的《和尹从事懋泛洞庭》诗云："平湖一望水连天，林景千寻下洞泉。忽惊水上江华满，疑是乘舟到日边。"水天相连、波光粼粼，状洞庭之景如在目前。张九龄（678—740）的《湖口望庐山瀑布水》诗云："万丈红泉落，迢迢半紫氛。奔流下杂树，洒落出云天。日照虹霓似，天清风雨闻。灵山多秀色，空水共氤氲。"此诗写得气魄宏大、庄严神俊。李白的"飞流直下三千尺，疑是银河落九天"（《望庐山瀑布》）、"君不见黄河之水天上来，奔流到海不复回"（《将进酒》）、"孤帆远影碧空尽，惟见长江天际流"（《黄鹤楼送孟浩然》）、"楼观岳阳尽，川迥洞庭开"（《与夏十二登岳阳楼》）等诗句，意境开阔、潇洒大气，一扫魏晋六朝诗歌中山水的纤小细微，用如椽之笔描绘了富有盛世气象的山水美景，开拓了山水审美的新境界。如其《西岳云台歌送丹丘子》诗云：

西岳峥嵘何壮哉！黄河如丝天际来。黄河万里触山动，盘涡毂转秦地雷。荣光休气纷五彩，千年一清圣人在。巨灵咆哮擘两山，洪波喷箭射东海。三峰却立如欲摧，翠崖丹谷高掌开。白帝金精运元气，石作莲花云作台。云台阁道连窈冥，中有不死丹丘生。明星玉女备洒扫，麻姑搔背指爪轻。我皇手把天地户，丹丘谈天与天语。

---

① 朱德发：《山水美学与山水诗》。

九重出入生光辉，东来蓬莱复西归。玉浆倘惠故人饮，骑二茅龙上天飞。

黄河的万千气象、雄伟壮丽、奔腾不息，被李白描绘得淋漓尽致。再如其《荆门浮舟望蜀江》一诗："春水月峡来，浮舟望安极？正是桃花流，依然锦江色。江色绿且明，茫茫与天平。逶迤巴山尽，摇曳楚云行。雪照聚沙雁，花飞出谷莺。芳洲却已转，碧树森森迎。流目浦烟夕，扬帆海月生。江陵识遥火，应到渚宫城。"此诗使人仿佛跟随诗人一起浮舟江上，欣赏蜀江春水秀丽如画的景色，茫茫的江水不再汹涌澎湃，而是充满了无尽的柔情。

二是自然清新。孟浩然《登江中孤屿赠白云先生望迥》诗云："悠悠清江水，水落沙屿出。回潭石下深，绿筱岸傍密。鲛人潜不见，渔父歌自逸。忆与君别时，泛舟如昨日。夕阳开晚照，中坐兴非一。南望鹿门山，归来恨相失。"诗中笔调清新、心静、江清、境清，有一种自然之美。再如其《与颜钱塘登樟亭望潮作》诗云："百里闻雷震，鸣弦暂辍弹。府中连骑出，江上待潮观。照日秋云迥，浮天渤澥宽。惊涛来似雪，一坐凛生寒。"先闻其声已让人心惊，待见到怒涛如雪，恰好似江潮裹挟着寒气扑面而来。与孟浩然相比，王维的山水诗在自然清新之外还多了一些画意，把自己的绘画技巧运用到诗歌创作中，着力营造出气韵生动、空灵幽雅的山水意境，如其代表作《终南山》《山居即事》《山居秋暝》《山中》《汉江临眺》等，情、景、理交融，展出一幅幅清新淡雅的山水画卷。

三是衰飒冷寂。"安史之乱"后大唐国势转衰，人们的精神气质也随之内敛，相应地，诗人笔下的山水景物也处处透露出一种衰飒冷寂之气。韦应物《滁州西涧》诗云："独怜幽草涧边生，上有黄鹂深树鸣。春潮带雨晚来急，野渡无人舟自横。"诗的意境虽然清幽，却掩盖不住心中的不平与无奈，连潮水都带了些急躁与烦闷。自诩为"五言长城"的刘长卿，写景也很衰飒冷漠，其《入百丈涧见桃花晚开》诗云："百丈深涧里，过时花欲妍。应缘地势下，遂使春风偏。"《馀干旅舍》诗云："摇落暮天迥，青枫霜叶稀。孤城向水闭，独鸟背人飞。渡口月初上，邻家渔未归。乡心正欲绝，何处捣寒衣。"显然，诗中没有一样景物是让人欣喜的。白居易《湖亭晚望残水》诗云：

湖上秋沈寥，湖边晚萧瑟。登亭望湖水，水缩湖底出。清泞得早霜，明灭浮残日。流注随地势，洼坳无定质。泓澄白龙卧，宛转青蛇屈。破镜折剑头，光芒又非一。久为山水客，见尽幽奇物。及来湖亭望，此状难谈悉。乃知天地间，胜事殊未毕。

诗中呈现了触目可及的景色一片萧瑟，虽然强打精神，但诗人笔下的残水依然无精打采。这种情形在"诗僧"皎然诗中更加明显："春生若邪水，雨后漫流通。芳草行无尽，清源去不穷。野烟迷极浦,斜日起微风。数处乘流望,依稀似剡中。"(《若邪春兴》)雨后春水漫流,应是令人欣喜的,但诗中却是一种冷寂的色调。

唐诗中山水审美意象的不同呈现,是审美主体对客观山水产生了移情作用,把自己的身世遇际融入了景物描写之中,因而也形成了不同的山水意境。这也是文人们热衷山水的重要原因,因为可以让他们忘却烦恼,真正获得心灵的安宁。如柳宗元遭贬后悠游山水,全身心投入到大自然之中,"投迹山水地,放情咏离骚"(《游南亭夜还叙志七十韵》)。此外,观其《与崔策登西山》《永州八记》等诗文,虽然也还是有怨、有愤,但显然并没有意志消沉。再如他的《再上湘江》诗云:"好在湘江水,今朝又上来,不知从此去,更遣几年回。"诗中以湘水寄托情怀,抒发情感。正如乔治·桑塔耶纳所说:"自然的景象是神奇而且迷人的,它充满了沉重的悲哀和巨大的慰藉,它交还我们身为大地之子与生俱有的权利,它使我们归化于人间。"① 在山水之间柳宗元尽力想要自己做到"心凝形释,与万化冥合"(《始得西山宴游记》),然而他还是无法忘怀所遭受的伤痛,如其《愚溪诗序》,虽然故作旷达,却无论如何也掩饰不住自怨自艾、满腹不平之气。真正达到物我交融、物我同化的山水审美境界的是苏轼。

有宋一代,苏轼的山水审美意识堪称独步。他发自内心的热爱山水,无关乎顺境逆境,也不存在寄不寄情、言不言志,而是神与物游。苏辙的《武昌九曲亭记》一文载:

> 昔余少年,从子瞻游。有山可登,有水可浮,子瞻未始不褰裳先之。有不得至,为之怅然移日。至其翩然独往,逍遥泉石之上,撷林卉,拾涧实,酌水而饮之,见者以为仙也。盖天下之乐无穷,而以适意为悦。方其得意,万物无以易之。及其既厌,未有不洒然自笑者也。譬之饮食,杂陈于前,要之一饱,而同委于臭腐。夫孰知得失之所在?惟其无愧于中,无责于外,而姑寓焉。此子瞻之所以有乐于是也。

正是因为苏轼有着"并生天地宇,同阅古今宙"(《次韵答章傅见赠》)②的豁达胸襟,他认为"欢游胜如名利"(《无愁可解》)③,虽一生坎坷,屡遭贬谪,不仅不以为意,还借机"餐山色,饮湖光"(《浣溪沙·九月九日二首》其一)④,以山水之美佐餐,以山水之乐为乐。他高度的审美自觉与独特的审美理念使山水生辉,同样,山水也在向他传递着生命精神,故其诗文、书画作品能够

---

① [美]乔治·桑塔亚纳:《美感》,缪灵珠译,中国社会科学出版社1982年版,第15-16页。

② 宋·苏轼:《苏轼诗集》卷九,第424页。

③④ 宋·苏轼:《苏轼词编年校注》,邹同庆、王宗堂校注,中华书局2002年版,第501、605页。

达到神与物游、思与境偕的化境。如他在《与司马温公》中写道:"寓居去江干无十步,风涛烟雨,晓夕百变,江南诸山,在几席,此幸未始有也。虽有窘乏之忧,顾亦布褐藜藿而已。"① 诗中向司马温夸耀江景之美足以忘忧。在《与上官彝》中又说:"所居临大江,望武昌诸山如咫尺,时复叶舟纵游其间,风雨云月,阴晴蚤暮,态状千万,恨无一语略写其仿佛耳。"②《答毛泽民书》亦曰:"新居在大江上,风云百变,足娱老人也。有一书斋名思无邪斋,闲知之。"③ 苏轼从大江中了悟人生真谛,涵养积极向上的乐观心境,如其《水调歌头·黄州快哉亭赠张偓佺》词曰:

  落日绣帘卷,亭下水连空。知君为我新作,窗户湿青红。长记平山堂上,欹枕江南烟雨,杳杳没孤鸿。认得醉翁语,山色有无中。一千顷,都镜净,倒碧峰。忽然浪起,掀舞一叶白头翁。堪笑兰台公子,未解庄生天籁,刚道有雌雄。一点浩然气,千里快哉风。④

  这首词作于宋神宗元丰六年(1083年),苏轼贬居黄州,身处人生逆境,面对接天的江水,他没有自伤身世,反而表现出了超然物外、浩气凛然的精神风貌。

  唐宋时期山水画开始大发展以至臻于成熟,艺术美学思想也与之相伴相生,体现出深厚的文化积淀与审美内涵。有唐一代、五代及北宋山水画,主要以全景式的高山险水入画,巨幅大轴之作是主流,如荆浩的《匡庐图》、李成的《晴峦萧寺图》、郭熙的《早春图》、范宽的《溪山行旅图》等,画中多雄浑苍劲的北方山水,而且山是画面主体,水只是细如丝带的点缀。南宋山水画则开始把焦点转移到水上来。李唐的《万壑松风图》,虽然还是全景构图,但不再以山为主体,而是细致描绘了烟岚缭绕、清泉奔涌、云雾迷蒙、瀑布成溪、溪上木桥等近景,充满了生活气息。还有马远的《山径春行图》、夏圭的《溪山清园图》等,都追步李唐,重视细节与边角近景,被称为"马一角"和"夏半边",可以看作是巨幅山水与小景画的结合。需要说明的是,无论画作的体制与技法如何转变,唯一不变的是画家"外师造化、中得心源"的创作理念,自然山水经过画家的提炼,成为山水意象,再以艺术山水的形式呈现在观者面前。这个看似简单的过程,其实需要画家长达数十年的审美经验积淀,以及得心应手的技法,才能使蕴含着深情与意趣的山水风貌得

---

① 宋·苏轼:《苏轼文集》卷五十,第1442页。
② 宋·苏轼:《苏轼文集》卷五十七,第1713页。
③ 宋·苏轼:《苏轼文集》卷五十三,第1572页。
④ 宋·苏轼,前引书,第483页。

到最大程度的展现。

元、明、清的山水审美意识是在唐宋基础上的深化，兹不再展开论述。需要指出的是明末徐弘祖（1587—1641）的《徐霞客游记》，它把山水美学与科学地理结合了起来，开辟了山水审美的新天地，例如徐霞客的《游天台山记》中写观珠帘瀑布、断桥，刻画极细，生动有趣："仍下华顶庵，过池边小桥，越三岭。溪回山合，木石森丽，一转一奇，殊慊所望。二十里，过上方广，至石梁，礼佛昙花亭，不暇细观飞瀑。下至下方广，仰视石梁飞瀑，忽在天际。闻断桥、珠帘尤胜，僧言饭后行犹及往返，遂由仙筏桥向山后。越一岭，沿涧八九里，水瀑从石门泻下，旋转三曲。上层为断桥，两石斜合，水碎迸石间，汇转入潭；中层两石对峙如门，水为门束，势甚怒；下层潭口颇阔，泻处如臧，水从坳中斜下。三级俱高数丈，各级神奇，但循级而下，宛转处为曲所遮，不能一望尽收，又里许，为珠帘水，水倾下处甚平阔，其势散缓，滔滔汨汨。余赤足跳草莽中，揉木缘崖意指攀住树枝爬上高岩，莲舟不能从。暝色夜色四下，始返。停足仙筏桥，观石梁卧虹，飞瀑喷雪，几不欲卧。"①又如《游庐山记》云："二十二日出寺，南渡溪，抵犁头尖之阳。东转下山，十里，至楞伽院侧。遥望山左胁，一瀑从空飞坠，环映青紫，夭矫屈曲漾漾水势大而飞溅，亦一雄观。五里，过栖贤寺，山势至此始就平。以急于三峡涧，未之入。里许，至三峡涧。涧石夹立成峡，怒流冲激而来，为峡所束，回奔倒涌，轰振山谷。桥悬两岩石上，俯瞰深峡中，进珠戛玉形如珠溅，声如击玉。"②游记文从字顺，语言清新优美，写瀑布、山涧有声有色。这种用科学眼光审视山水的做法，使得山水自然美、艺术美之外又多了科学美，山水之美变得更加多样化，人们的研究视野也更开放和深层次。还有晚明的写景小品文，简洁凝练，对山水的游览皆是出自真性情，有很浓的生活气息。如张岱的《白洋潮》一文就写得水花四溅，非常精彩：

故事，三江看潮，实无潮看。午后喧传曰："今年暗涨潮。"岁岁如之。

庚辰八月，吊朱恒岳少师至白洋，陈章侯、祁世培同席。海塘上呼看潮，余遄往，章侯、世培踵至。

立塘上，见潮头一线，从海宁而来，直奔塘上。稍近，则隐隐露白，如驱千百群小鹅，擘翼惊飞。渐近，喷沫溅花，蹴起如百万雪狮，蔽江而下，怒雷鞭之，万首镞镞，无敢后先。再近，则飓风逼之，势欲拍岸而上。看者辟易，走避塘下。潮到塘，尽力一礴，水击射，溅起数丈，著面皆湿。旋卷而右，龟山一挡，轰怒非常，

---

①② 明·徐弘祖：《徐霞客游记全译》，朱惠荣等译注，贵州人民出版社1997年版，第2、65页。

炮碎龙湫,半空雪舞。看之惊眩,坐半日,颜始定。

先辈言:浙江潮头自龛、赭两山漱激而起。白洋在两山外,潮头更大,何耶?①

描写潮水的文章有很多,如南宋周密的《观潮》,写浙江钱塘大潮,吞天沃日、声若雷霆。张岱的这篇也不遑多让,而且描写得更为细腻,更有层次感,从开始的潮头一线,到渐渐露白,再到如百万雪狮怒吼,把白洋潮的惊心动魄气势形象地展现了出来。此外,袁宏道的《西湖二》也是一篇写水美文,把春日西湖朝花夕岚的山光水色尽收眼底。小品文的短小精悍、神隽气秀,也让水色变得妩媚妖娆起来,处处显露出清雅闲适的动人韵致。

从上古先民的生存依赖,到春秋战国时期儒家的"比德说"与道家的"情感说",再到汉代的娱目夸饰,基本上山水审美被神秘主义和价值主义笼罩着。到了魏晋南北朝,文学艺术开始独立,作为重要创作素材的山水也开始成为了独立审美对象,审美意识的自觉时代开始到来,山水诗、山水画的创作初露端倪。经过唐和五代的大力发展,到宋代达到了巅峰,唐宋以降各朝虽偶有发覆,但大体是沿着旧有的轨迹前进,直到近代西方的美学概念传入,才有学者回过头来观照我们自己的山水审美。在这个缓慢发展的过程中,无论山水以什么样的姿态呈现,它的美都是无可争议的,只是需要发现美的心灵与眼睛罢了。

---

① 明·张岱:《陶庵梦忆》卷三,第49页。

结 语

罗宗强先生在《玄学与魏晋士人心态》一书中说:"山水的美,只有移入欣赏者的感情时,才能成为欣赏者眼中的美。山水审美在很大程度上是一种感情的流注。"①山水诗、山水画以及以水为创作对象的其他形式的文艺作品,都是作者绵绵情思的自然流露,杏花春雨、潮涨潮落,明静宁秀、温润怡人的溪泉大河,都是令人怦然心动的源泉。因此,水与文学艺术之间的关系其实就是艺术化了的水与作者、读者之间关系的反映,从上古神话、上古歌谣中的水崇拜,到后来用心灵体贴出的山水之美,都是这种关系的最佳证明。

人类的童年时代为了生存而依赖水,在禽兽众而人烟稀的生活环境里,先民忙于对抗洪水淫雨、旱灾水患,水在他们眼里是毫无美感可言的。进入文明时期之后,自然生活环境逐渐得以改善,社会环境却日趋严峻,人们的心理压力也越来越大,原始的道德价值体系变得无序和失衡,尤其是春秋战国时代,战乱频仍、朝不保夕,朝秦暮楚、背信弃义的人和事屡见不鲜,水又成了发动战争的利器。《韩非子》载:"夫六晋之时,知氏最强,灭范、中行而从韩、魏之兵以伐赵,灌以晋水,城之未沈者三板。……始吾不知水可以灭人之国,吾乃今知之。汾水可以灌安邑,绛水可以灌平阳。"②从诸子百家的著作中可以看出这类的水战争有很多,这也使得儒家开始思索如何利用水之善性来对人们的思想进行理性约束和纠正,不仅取得了极好的收效,并使这一思想在两汉时期被奉为官学、神学,因此水的德性价值变得熠熠生辉。但同时,水被用来作为政治、道德说教的工具,不可避免地要走向它的反面,温柔敦厚外表下的僵化与繁琐,让人们开始怀念自然山水,不想再被"教条化"的山水所束缚。到了魏晋南北朝,政局的动荡不安、政权的频繁更替,儒家"铁肩担道义"的价值观开始崩溃,道家"无为自我"的个性中心主义正好契合了士人的畏祸养晦心态,二者的交融随之产生了一种玄学思潮,"既贵心,又贵身,既重心灵的自由又重物质的满足"③,自然天性得到一定程度的解放。在这种生活闲适、清谈盛行的情况下,士人审视自然山水的眼光自然又是另一番情形。他们用"天真"的心灵感受山水之美,虽然这种"天真"多多少少有些故意的成分,但毕竟使山水与礼教、物欲分开了,"凡我仰希,期山期水"(孙统《兰亭诗》④)。魏晋士人虚静自适、与道冥一的审美心态,使灵秀的山水入诗、入画、入禅,以助士人消除心累、拭去尘纷,他们带有强烈主观情感的审美眼光,也使山水充满了鲜活的生命精神,表现

---

① 罗宗强:《玄学与魏晋士人心态》,天津教育出版社2005年版,第246页。

② 清·王先慎:《韩非子集解》卷第十六"难三",第370页。

③ 罗宗强,前引书,第289页。

④ 逯钦立:《先秦汉魏晋南北朝诗》,第907页。

出超脱雅趣的艺术旨趣。到了唐宋以后，中国古代的文人士大夫把这种心态与旨趣发挥到了极致，水与文学艺术的联系更加紧密与多元化，能够更好地传达幽情雅志、隐秘情怀与生活情趣。

不过，在中国传统文人心态关照下的山水，无论幻化出多少种姿态，它都是创作者个人的价值观与时代环境碰撞出的产物，亲近山水、依附山水的同时，也在同化山水、改造山水。作为欣赏文艺作品的我们，在隔之又隔的异代研究"水"与文学之关系，能够有多少触及本质的论断，是一个颇为值得思索的问题。本书撰写者深入到浩如烟海的典籍文本内部，尝试还原水之真精神、真性情，在广征博引的基础上得出结论，不敢妄加揣度，或有龃龉之处，难成一家之言，但或许能有抛砖引玉之功，还期求证于方家。

参考文献

说明：参考文献共 268 种，按内容分为基本典籍、研究专著、期刊文章、学位论文四类。

一、基本典籍

[1] 黄寿祺，张善文. 周易译注. 上海：上海古籍出版社，2007.

[2] 戴望. 管子校正. 上海：上海古籍出版社，1995.

[3] 高流水，林恒森. 慎子全译. 贵阳：贵州人民出版社，1996.

[4] 杨伯峻. 列子集释. 北京：中华书局，1979.

[5] 王世舜. 尚书译注. 成都：四川人民出版社，1982.

[6] 杨天宇. 礼记译注. 上海：上海古籍出版社，2004.

[7] 程俊英，蒋见元. 诗经注析. 北京：中华书局，1991.

[8] 陈鼓应. 老子今注今译. 北京：商务印书馆，2006.

[9] 杨伯峻. 论语译注. 北京：中华书局，1980.

[10] 杨伯峻. 孟子译注. 北京：中华书局，1960.

[11] 陈鼓应. 庄子今注今译. 北京：中华书局，1983.

[12] 袁珂. 山海经校注. 上海：上海古籍出版社，1980.

[13] 邬国义，胡果文，李晓路. 国语译注. 上海：上海古籍出版社，1994.

[14] 杨伯峻. 春秋左传注. 北京：中华书局，1981.

[15] 苏舆. 春秋繁露义证. 董仲舒撰, 钟哲点校. 北京: 中华书局, 1992.

[16] 张敬. 列女传今注今译. 汉刘向撰. 台北: 台湾商务印书馆, 1994.

[17] 徐震堮. 世说新语校笺. 刘义庆撰. 北京: 中华书局, 1984.

[18] 费振刚, 仇仲谦, 刘南平. 全汉赋校注. 广州: 广东教育出版社, 2005.

[19] 张双棣. 淮南子校释. 北京: 北京大学出版社, 1997.

[20] 司马迁. 史记. 裴骃集解, 司马贞索隐, 张守节正义. 北京: 中华书局, 1959.

[21] 吕不韦. 吕氏春秋. 高诱注. 上海: 上海书店, 1986.

[22] 杨雄. 杨雄集校注. 张震泽校注. 上海: 上海古籍出版社, 1993.

[23] 韩婴. 韩诗外传集释. 许维遹集释. 北京: 中华书局, 1980.

[24] 王逸. 楚辞章句. 影印本. 北京: 文渊阁《四库全书》, 1781（清乾隆四十六年）.

[25] 班固. 汉书. 唐颜师古注. 北京: 中华书局, 1962.

[26] 刘向. 说苑校证. 向宗鲁校证. 北京: 中华书局, 1987.

[27] 蔡邕. 琴操. 吉联抗辑. 北京: 人民音乐出版社, 1990.

[28] 韦昭. 国语注. 影印本. 北京: 文渊阁《四库全书》, 1781（清乾隆四十六年）.

[29] 葛洪. 西京杂记. 台北: 台湾广文出版社, 1981.

[30] 王弼. 周易略例. 影印本. 北京: 文渊阁《四库全书》, 1781（清乾隆四十六年）.

[31] 张华. 博物志校证. 范宁校证. 北京: 中华书局, 1980.

[32] 陶渊明. 陶渊明集. 逯钦立校注. 北京: 中华书局, 1979.

[33] 常璩. 华阳国志校注. 刘琳校注, 成都: 巴蜀书社, 1984.

[34] 干宝. 搜神记. 影印本. 北京: 文渊阁《四库全书》, 1781（清乾隆四十六年）.

[35] 王嘉. 拾遗记. 梁萧绮录, 齐治平校注. 北京: 中华书局, 1981.

[36] 萧衍. 古今书人优劣评. 历代书法论文选. 上海: 上海书画出版社, 1979.

[37] 刘勰. 文心雕龙注. 范文澜注, 北京: 人民文学出版社, 1962.

[38] 沈约. 宋书. 北京: 中华书局, 1974.

[39] 萧统. 文选, 上海: 上海古籍出版社, 1986.

[40] 郦道元. 水经注校证. 陈桥驿校证. 北京: 中华书局, 2007.

[41] 虞世南. 北堂书钞. 影印本. 北京: 文渊阁《四库全书》, 1781（清乾隆四十六年）.

[42] 姚思廉. 梁书. 北京: 中华书局, 1973.

[43] 魏征. 隋书. 北京：中华书局，1973.

[44] 欧阳询. 艺文类聚. 汪绍盈校. 上海：上海古籍出版社，1985.

[45] 孟浩然. 孟浩然集校注. 徐鹏校注. 北京：人民文学出版社，1989.

[46] 王维. 王维集校注. 陈铁民校注. 北京：中华书局，1997.

[47] 李白. 李太白全集. 王琦注. 北京：中华书局，1999.

[48] 杜甫. 杜诗详注. 仇兆鳌注. 北京：中华书局，1979.

[49] 柳宗元. 柳宗元集. 北京：中华书局，1979.

[50] 刘禹锡. 刘禹锡集. 卞孝萱校订. 北京：中华书局，1990.

[51] 白居易. 白居易诗集校注. 谢思炜撰. 北京：中华书局，2006.

[52] 张彦远. 历代名画记. 俞剑华注释. 上海：上海人民美术出版社，1964.

[53] 朱景玄. 唐朝名画录. 影印本. 北京：文渊阁《四库全书》，1781（清乾隆四十六年）.

[54] 张彦远. 历代名画记. 俞剑华注释. 上海：上海人民美术出版社，1964.

[55] 孙光宪. 北梦琐言. 贾二强点校. 北京：中华书局，2002.

[56] 司马光. 资治通鉴. 影印本. 北京：文渊阁《四库全书》，1781（清乾隆四十六年）.

[57] 黄庭坚. 黄庭坚全集. 刘琳，李勇先，王蓉贵校点. 成都：四川大学出版社，2001.

[58] 李昉. 太平御览：第四册. 夏剑钦，张意民校点. 石家庄：河北教育出版社，2000.

[59] 李昉. 太平广记：第七册. 北京：中华书局，1961.

[60] 洪迈. 容斋随笔. 上海：上海古籍出版社，1978.

[61] 郭若虚. 图画见闻志. 黄苗子点校. 北京：人民美术出版社，1963.

[62] 张邦基. 墨庄漫录. 孔凡礼点校. 北京：中华书局，2002.

[63] 贺铸. 庆湖遗老诗集校注. 王梦隐，张家顺校注. 开封：河南大学出版社，2008.

[64] 佚名. 宣和画谱. 影印本. 北京：文渊阁《四库全书》，1781（清乾隆四十六年）.

[65] 苏轼. 苏轼诗集. 王文诰辑注，孔凡礼点校. 北京：中华书局，1982.

[66] 沈括. 梦溪笔谈校证. 胡道静校证. 上海：上海古籍出版社，1987.

[67] 范仲淹. 范仲淹全集. 李勇先，王蓉贵校点. 成都：四川大学出版社，2002.

[68] 郭熙，郭思. 林泉高致. 影印本. 北京：文渊阁《四库全书》，1781（清乾隆四十六年）.

[69] 梅尧臣. 梅尧臣集编年校注. 朱东润编年校注. 上海：上海古籍出版社，2006.

[70] 苏轼. 苏轼文集. 孔凡礼点校. 北京：中华书局，1986.

[71] 苏轼. 苏轼词编年校注. 邹同庆，王宗堂校注. 北京：中华书局，2002.

[72] 苏辙. 苏辙集. 陈宏天，高秀芳点校. 北京：中华书局，1990.

[73] 陈与义. 陈与义集. 吴书荫，陈德厚点校. 北京：中华书局，1982.

[74] 孙绍远. 声画集. 影印本. 北京：文渊阁《四库全书》，1781（清乾隆四十六年）.

[75] 吴自牧. 梦粱录. 北京：中国商业出版社，1982.

[76] 叶适. 叶适集. 刘公纯，王孝鱼，李哲夫点校. 北京：中华书局，1961.

[77] 邓椿. 画继. 米田水译注. 长沙：湖南美术出版社，2000.

[78] 洪兴祖. 楚辞补注. 白化文，许德楠，李如鸾，方进点校. 北京：中华书局，1983.

[79] 胡仔. 苕溪渔隐丛话. 廖德明点校. 北京：人民文学出版社，1962.

[80] 陆游. 陆游集：剑南诗稿. 北京：中华书局，1976.

[81] 陈思. 秦汉魏四朝用笔法 // 历代书法论文选. 上海：上海书画出版社，1979.

[82] 陈元. 事林广记. 影印本. 北京：文渊阁《四库全书》，1781（清乾隆四十六年）.

[83] 曾慥. 乐府雅词. 影印本. 北京：文渊阁《四库全书》，1781（清乾隆四十六年）.

[84] 彭口. 续墨客挥犀. 孔凡礼点校. 北京：中华书局，2002.

[85] 耶律楚材. 湛然居士文集：卷三. 北京：商务印书馆，1937.

[86] 关汉卿. 汇校详注关汉卿集. 蓝立蓂汇注. 北京：中华书局，2006.

[87] 王实甫. 西厢记. 王季思校注. 上海：上海古籍出版社，1978.

[88] 马致远. 马致远全集校注. 傅丽英选注. 北京：语文出版社，2002.

[89] 王冕. 竹斋诗集. 影印本清嘉靖三年安雅堂旧抄本，1970.

[90] 唐志契. 绘事微言. 北京：人民美术出版社，1984.

[91] 朱常淓. 古音正宗. 影印本. 北京：文渊阁《四库全书》，1781（清乾隆四十六年）.

[92] 汪芝. 西麓堂琴统. 上海：上海古籍出版社，1995.

[93] 朱权. 臞仙神奇秘谱. 上海：上海古籍出版社，1995.

[94] 徐弘祖. 徐霞客游记全译. 朱惠荣，等译注. 贵阳：贵州人民出版社，1997.

[95] 张岱. 陶庵梦忆. 淮铭评注. 北京：中华书局，2008.

[96] 高棅. 唐诗品汇. 上海：上海古籍出版社，1988.

[97] 谢榛. 四溟诗话. 宛平校点. 北京：人民文学出版社，1961.

[98] 毛晋辑. 六十种曲. 北京：中华书局，1958.

[99] 臧晋叔. 元曲选. 北京：中华书局，1958.

[100] 徐光启. 农政全书. 北京：中华书局，1956.

[101] 王先谦. 荀子集解. 沈啸寰，王星贤点校. 北京：中华书局，1988.

[102] 王先慎. 韩非子集解. 钟哲点校. 北京：中华书局，2003.

[103] 阮元. 揅经室集. 邓经元点校. 北京：中华书局，1993.

[104] 吴敬梓. 儒林外史. 李汉秋点校. 上海：上海古籍出版社，2010.

[105] 顾炎武. 顾亭林诗文集. 华忱之点校. 北京：中华书局，1059.

[106] 何文焕. 历代诗话. 北京：中华书局，1981.

[107] 黄图珌. 看山阁乐府·雷峰塔//傅惜华. 白蛇传集. 上海：上海出版公司，1955.

[108] 黄怀信，张懋镕，田旭东. 逸周书汇校集注. 上海：上海古籍出版社，1995.

[109] 逯钦立. 先秦汉魏晋南北朝诗. 北京：中华书局，1983.

[110] 严可均. 全后汉文. 北京：商务印书馆，1999.

[111] 严可均. 全后晋文. 北京：商务印书馆，1999.

[112] 彭定求. 全唐诗. 增订本. 北京：中华书局，1999.

[113] 陈尚君. 全唐诗补编. 北京：中华书局，1992.

[114] 董诰，等. 全唐文. 北京：中华书局，1983.

[115] 王原祁，等. 佩文斋书画谱//历代书法论文选. 上海：上海书画出版社，1979.

[116] 梁启超. 饮冰室词评. 北京：中华书局，1934.

[117] 王国维. 宋元戏曲史. 上海：上海古籍出版社，1998.

[118] 金雍集. 金圣叹选批唐诗六百首. 北京：北京出版社，1989.

[119] 段玉裁. 说文解字注. 上海：上海古籍出版社，1981.

[120] 唐圭璋. 全宋词. 北京：中华书局，1965.

[121] 吴家荣. 唐五代词. 珠海：珠海出版社，2002.

[122] 傅璇琮，等. 全宋诗. 北京：北京大学出版社，1995.

[123] 曾枣庄，刘琳. 全宋文. 上海，合肥：上海辞书出版社，安徽教育出版社，2006.

二、研究专著

[1] 鲁迅. 中国小说史略. 北京：人民文学出版社，1973.

[2] 鲁迅. 鲁迅全集：第三卷. 北京：人民文学出版社，2005.

[3] 钱钟书. 管锥编. 北京：中华书局，1979.

[4] 圣经. 中文版. 新世界译本，1984.

[5] 刘尧汉. 中国文明源头初探. 昆明：云南人民出版社，1985.

[6] 谢选骏. 神话与民族精神. 济南：山东文艺出版社，1986.

[7] 黄心川. 印度哲学史. 北京：商务印书馆，1989.

[8] 李泽厚. 美的历程. 北京：文物出版社，1989.

[9] 李泽厚. 美学三书：华夏美学. 天津：天津社会科学院出版社，2003.

[10] 安旗. 李白全集编年注释. 成都：巴蜀书社，1990.

[11] 周啸天. 唐诗鉴赏辞典. 上海：上海辞书出版社，1991.

[12] 陈建宪. 神祇与英雄：中国古代神话的母题. 北京：三联书店，1994.

[13] 古兰经. 马坚，译. 北京：中国社会科学出版社，1996.

[14] 袁珂. 中国神话传说——从盘古到秦始皇. 北京：人民文学出版社，1998.

[15] 俞剑华. 中国古代画论类编. 北京：人民美术出版社，1998.

[16] 向柏松. 中国水崇拜. 上海：上海三联书店，1999.

[17] 薛克翘. 印度古代神话传说. 北京：北京大学出版社，1999.

[18] 范天平. 豫西水碑钩沉. 张宗子，杜建成同校. 西安：陕西人民出版社，2001.

[19] 国洪更. 古巴比伦神话故事. 长春：吉林人民出版社，2001.

[20] 王海利. 古埃及神话故事. 长春：吉林人民出版社，2001.

[21] 康中乾. 有无之辨：魏晋玄学本体思想再解读. 北京：人民出版社，2003.

[22] 罗宗强. 玄学与魏晋士人心态. 天津：天津教育出版社，2005.

[23] 徐复观. 中国艺术精神. 南宁：广西师范大学出版社，2007.

[24] 林太. 梨俱吠陀精读. 上海：复旦大学出版社，2008.

[25] 潘杰. 中国水文化研究. 武汉：长江出版社，2008.

[26] 解玉峰. 元曲三百首. 北京：中华书局，2009.

[27] 郑振铎. 中国文学史. 插图本. 北京：当代世界出版社，2009.

[28] 朱光潜. 诗论. 北京：北京出版社，2009.

[29] 首届中国水文化论坛组委会. 北京：中国水利水电出版社，2009.

[30] 尉天骄，郑大俊，鞠平. 100篇咏水诗文. 南京：河海大学出版社，2009.

[31] 李宗新，闫彦. 中华水文化文集. 北京：中国水利水电出版社，2013.

[32] 朱海风. 水文化研究①水文字研究. 北京：中国社会科学出版社，2014.

[33] 朱海风. 水文化研究②水诗歌研究. 北京：中国社会科学出版社，2014.

[34] 朱海风. 水文化研究③水典故研究. 北京：中国社会科学出版社，2014.

[35] 朱海风. 水文化研究④水志书研究. 北京：中国社会科学出版社，2014.

[36] 朱海风. 水文化研究⑤政治黄河研究. 北京：中国社会科学出版社，2014.

[37] 朱海风. 水文化研究⑥经济黄河研究. 北京：中国社会科学出版社，2014.

[38] 朱海风. 水文化研究⑦科技黄河研究. 北京：中国社会科学出版社，2014.

[39] 朱海风. 水文化研究⑧文化黄河研究. 北京：中国社会科学出版社，2014.

[40] 袁行霈. 中国诗歌艺术研究. 北京：北京大学出版社，1996.

[41] 华忱之，喻学才. 孟郊诗集校注. 北京：人民文学出版社，1995.

[42] 冀勤. 元稹集. 北京：中华书局出版社，2010.

[43] 胡仔纂集，廖德明校点. 苕溪雨隐丛话. 北京：人民文学出版社，1962.

[44] 严寿澄. 张祜诗集. 南昌：江西人民出版社，1983.

[45] 隋树森. 全元散曲. 北京：中华书局，1981.

[46] 于非. 中国古代文学作品选. 北京：高等教育出版社，2002.

[47] 钱穆. 中国文化史导论. 北京：商务印书馆，1994.

[48] 袁行霈. 陶渊明研究. 修订版. 北京：中华书局，2009.

[49] 唐孝麟. 中国古代散文选. 北京：高等教育出版社，1995.

[50] 詹丹. 宋词三百首. 上海：华东师范大学出版社，2003.

[51] 胡晓明. 万川之月——中国山水诗的心灵境界. 北京：北京大学出版社，2005.

[52] 周振甫. 文心雕龙注释. 北京：人民文学出版社，1981.

[53] 张清华. 韩愈诗文评注. 郑州：中州古籍出版社，1991.

[54] 上海辞书出版社文学鉴赏辞典编纂中心. 欧阳修诗文鉴赏辞典. 上海：上海辞书出版社，2013.

[55] 葛晓音. 山水田园诗派研究. 沈阳：辽宁大学出版社，1993.

[56] 葛晓音，等. 汉魏六朝诗鉴赏辞典. 上海：上海辞书出版社，1992.

[57] 李玉安，黄正雨. 中国藏书家通典. 北京：中国国际文化出版社，2005.

[58] 周啸天. 唐诗鉴赏辞典补编. 成都：四川文艺出版社，1990.

[59] 于海娣，等. 唐诗鉴赏大全集. 北京：中国华侨出版社，2010.

[60] 萧涤非. 杜甫诗选注. 北京：人民文学出版社，1998.

[61] 唐孝麟. 中国古代散文选. 北京：高等教育出版社，1995.

[62] 严云受. 诗词意象的魅力. 合肥：安徽教育出版社，2003.

[63] 过竹，黄利群. 山水文化. 北京：高等教育出版社，2014.

[64] 王运熙，周锋. 文心雕龙译注. 上海：上海古籍出版社，1998.

[65] 程俊英. 诗经注释. 上海：上海古籍出版社，1985.

[66] 费振刚辑校. 全汉赋. 北京：北京大学出版社，1993.

[67] 逯钦立校辑. 先秦汉魏晋南北朝诗. 北京：中华书局，1983.

[68] 余启华，臧维熙选注. 古代山水诗一百首. 上海：上海古籍出版社，1984.

[69] 吴小如. 汉魏六朝诗鉴赏辞典. 上海：上海辞书出版社，1992.

[70] 萧涤非，等. 唐诗鉴赏辞典. 上海：上海辞书出版社，1983.

[71] 秦岭. 在水一方——中国农村饮水安全工程纪实. 北京：百花文艺出版社，2013.

[72] 田启文. 台湾环保散文研究. 北京：文津出版社，2004.

[73] 陈宣谕. 李白诗歌海意象. 北京：文津出版社，2011.

[74] 杨凤琴. 浙江古代海洋诗歌研究. 郑州：海燕出版社，2014.

[75] 乔治·桑塔亚纳. 美感. 缪灵珠，译. 北京：中国社会科学出版社，1982.

[76] 荣格. 心理学与文学. 北京：三联书店，1987.

[77] 恩格斯. 反杜林论. 北京：人民出版社，1956.

[78] P. E. 威尔赖特. 原型性的象征//叶舒宪. 神话——原型批评. 西安：陕西师范大学出版社，1987.

[79] 泷川资言. 史记会注考证. 北京：新世界出版社，2009.

[80] 詹姆斯·乔治·弗雷泽.《旧约》中的民间传说——宗教、律法与神话的比较研究. 叶舒宪，户晓辉译. 西安：陕西师范大学出版社，2012.

三、期刊文章

[1] 朱小和演唱，卢朝贵翻译，史军超，杨树孔，卢朝贵搜集整理. 哈尼阿培聪坡坡. 山茶，1983(4).

[2] 朱德发. 山水美学与山水诗. 安徽教育学院学报，1993(4).

[3] 王立. 中国古典文学中的流水意象. 中国社会科学，1994(4).

[4] 葛景春. 李白诗歌与唐代绘画. 殷都学刊，1995(2).

[5] 苏昕. 《诗经》中水意象之探源. 晋阳学刊，1997(1).

[6] 张宝石. 论苏轼的题画诗. 北京教育学院学报，1999(4).

[7] 王定璋. 论李白题画诗文. 西南师范大学学报：哲学社会科学版，1996(3).

[8] 韩晓光. 丹青题咏妙处相资——题画诗艺术表现手法浅论. 景德镇高专学报，2001(1).

[9] 王治红. 语奇体俊意也造奇——读岑参《刘相公中书江山画障》.《名作欣赏》，2001(1).

[10] 尉天骄. 中国文学中的水. 河海水利，2001(2).

[11] 邢军. 关于题画诗的初创时期. 辽宁青年管理干部学院学报，2002(1).

[12] 顾平. 中国古代山水画的诗画合璧. 南通师范学院学报：哲学社会科学版，2002(3).

[13] 黄震. "水"与中国法律起源. 湖南社会科学，2004(4).

[14] 金戈. 中国书法与水. 海河水利，2005(3).

[15] 杨成虎，钱志富. 李白与华滋华斯的两首山水题画诗比较. 宁波大学学报：人文科学版，2006(4).

[16] 刘素英. 论杜甫的艺术审美观. 唐都学刊，2006(5).

[17] 李德民. 儒学之水与文学之水的二元对质. 哈尔滨工业大学学报：社会科学版，2007(9).

[18] 尉天骄. 从文学中感受水文化的魅力——《100篇咏水诗文》评介. 河海大学学报：哲学社会科学版，2008(1).

[19] 兰翠. 唐人题咏山水画的文化管窥. 东南大学学报：哲学社会科学版，2011(2).

[20] 顾晔峰. 先秦典籍中的大禹形象. 江苏教育学院学报：社会科学，2011(2).

[21] 张昭. 从《说文》"水部"看水的文化母题. 长沙大学学报，2007(4).

[22] 熊露露.《说文》"水"部字的文化观照. 现代语文，2007(9).

[23] 黄震，杨健康. "法"：一个字的文化解读. 湖南大学学报：社会科学版，2005(4).

[24] 王利明. 宪法的基本价值追求：法平如水. 环球法律评论，2012(6).

[25] 王殿卿. "法"字与水的文化探源. 华北水利水电大学学报, 2009(1).

[26] 邓婷. 江流浩荡兮跉跄以行——浅析楚辞水意象的悲情色彩. 河北青年管理干部学院学报, 2011(6).

[27] 章沧授. 汉赋与山水文学. 安庆师范学院学报, 1987(3).

[28] 张伯良. 魏晋南北朝山水诗的酝酿、形成和发展. 江南大学学报, 2002(4).

[29] 孙明君. 中国古代山水诗的演进, 陕西师范大学成人教育学院学报, 1999(1).

[30] 梁桂芳. 论初唐宫廷文人山水诗. 云南师范大学学报, 2004(2).

[31] 朱海风. 水犹如此吾当如何——试析陈雷部长选赠《咏水》之意旨. 华北水利水电大学学报, 2013(2).

[32] 喻学才. 孟郊山水诗的思想深度探析. 鄂州大学学报, 2011(4).

[33] 赵晓兰. 宋诗一代面目的成就者——王安石. 四川大学社会学报：社会科学版, 1995(2).

[34] 李亮伟. 论张可久山水散曲的审美特征. 宁波大学学报, 2006(4).

[35] 张伟清. 浅论中国山水诗的形式, 镇江师专学报, 1988(1).

[36] 王春冰. 论《文心雕龙》对文学中自然描写的态度. 江西社会科学, 2003(11).

[37] 张继娥. 晋宋山水诗兴起的成因探究. 丽水学院学报, 2006(4).

[38] 沈永年. 《小石潭记》与《醉翁亭记》对比赏析. 中学教学参考, 2010(12).

[39] 王琳. 明代山水诗概论. 阴山学刊, 1999(1).

[40] 时志明. 清代山水诗的因变创新论略. 苏州大学学报：哲学社会科学版, 1992(1).

[41] 范能船, 徐闽. 江山成就四朝诗——浅论金元明清山水诗的创作成就. 上海大学学报：社会科学版, 1996(6).

[42] 薛燕. 东晋的山水意识和山水诗. 时代教育, 2007(6).

[43] 朱映兰. 宋词中的水意象. 语文月刊, 1999(10).

[44] 刘之杰. 儒道释视野下的盛唐山水诗. 江西社会科学, 2008(8).

四、学位论文

[1] 钟巧灵. 宋代题山水画诗研究. 扬州：扬州大学, 2006.

[2] 刘雅杰. 论先秦文学的水意象. 长春：东北师范大学, 2005.

[3] 郑娇娇. 中国传统山水画中"水"的审美研究. 开封：河南大学, 2009.

[4] 崔风华. 《诗经》中"水"意象的审美意蕴探析. 沈阳：辽宁师范大学，2010.

[5] 刘娟. 论六朝山水诗的演进. 石家庄：河北师范大学，2003.

[6] 李红雨. 汉赋中的自然描写及自然观. 泉州：华侨大学，2011.

[7] 李晶. 唐宋山水田园诗之比较. 西安：西北大学，2010.

[8] 王亚青. 鲍照山水诗研究. 兰州：西北师范大学，2012.

[9] 陈岚岚. 试论初唐的山水田园诗. 南宁：广西民族大学，2011.

[10] 程晨. 清初山水诗研究. 泉州：华侨大学，2013.

[11] 黄玥明. 徐再思散曲研究. 南宁：广西师范大学，2008.

[12] 高国庆. 试论晚唐山水诗. 呼和浩特：内蒙古大学，2004.